a corte do ar

a corte do ar

stephen hunt

Tradução de Alberto Simões

SAÍDA DE EMERGÊNCIA
livros para fugir da rotina

SAÍDA DE EMERGÊNCIA
livros para fugir da rotina

TÍTULO: *A Corte do Ar / nº2 da Coleção Bang!*
AUTORIA: *Stephen Hunt*
EDITOR: *Luís Corte Real*

TRADUÇÃO: *Alberto Simões*
ADAPTAÇÃO: *Vanessa Silva e Bruno Anselmi Matangrano*
PREPARAÇÃO DE TEXTO: *Leonardo de Barros Sasaki e Bruno Anselmi Matangrano*
REVISÃO: *Anne Magalhães, Leonardo de Barros Sasaki, Tomaz Adour e Victor Almeida*
COMPOSIÇÃO: *Saída de Emergência, em caracteres Minion, corpo 12*
DESIGN DA CAPA: *Saída de Emergência*
ILUSTRAÇÃO DA CAPA: *Saída de Emergência*
IMPRESSÃO E ACABAMENTO: *RR Donnelley*

CIP-BRASIL. CATALOGAÇÃO NA PUBLICAÇÃO
SINDICATO NACIONAL DOS EDITORES DE LIVROS, RJ

H921c Hunt, Stephen
A corte do ar / Stephen Hunt [tradução de Alberto Simões];
Rio de Janeiro: Saída de emergência, 2013.
544 p.; 16x23 cm.

Tradução de: The court of the air
ISBN 978-85-67296-04-3

1. Ficção canadense. I. Simões, Alberto. II. Título.

13-05564 CDD: 819.13
CDU: 821.111(71)-3

Rua Luiz Câmara, 443
Suplementar: Rua Felizardo Fortes, 420 – Ramos
21031-160 – Rio de Janeiro – RJ
Tel.: (21) 2538-4100
www.sdebrasil.com.br

Sumário

Carta do editor

"Se você não vive no limite, está ocupando espaço demais."
— Stephen Hunt

Se vivêssemos num mundo *steampunk*, talvez algum cientista louco tivesse criado um *diversômetro*: uma espécie de chapéu-pensador do Professor Pardal, cheio de fios, rodas dentadas e uma chaminé com buzina, que colocássemos na cabeça para que medisse a nossa diversão enquanto líamos um livro. Seria uma forma insólita e autêntica de fazermos crítica literária. Se eu tivesse usado esse *diversômetro* nas duas vezes em que devorei *A Corte do Ar,* garanto-lhes que o chapeuzinho teria soltado faíscas, buzinado que nem um louco e lançado colunas de fumaça nos céus. Sim, *A Corte do Ar* é bom assim!

Esta obra-prima de Stephen Hunt inaugura a ficção científica na *Coleção Bang!* Dos milhares de títulos que poderíamos ter escolhido, a responsabilidade recaiu neste por uma simples razão: *A Corte do Ar* é uma odisseia frenética e inteligente que satisfaz leitores de fantasia, ficção científica e *steampunk*. Nele, bandidos, aventureiros, bordéis luxuosos, assassinatos, balões nos céus e órfãos em fuga ganham vida e conquistam os nossos corações. A crítica não exagerou quando disse que *A Corte do Ar* poderia ter sido escrito por Charles Dickens ou Jack Vance... Este livro é uma fusão entre o melhor da literatura inglesa e a fantasia mais espetacular, comparável, em ambição, às obras-primas de Philip Pullman (*A Bússola de Ouro*), Alan Moore (*A Liga Extraordinária*), ou Susanna Clarke (*Jonathan Strange & Mr. Norrell*).

A referência ao imaginário de Dickens é óbvia: nomes, brigas de classes, bairros miseráveis e glórias emboloradas do passado conferem um ar vitoriano a *A Corte do Ar.* Mas são os conceitos que dão forma ao livro que se destaca pela sua avalanche de criatividade: dos homens-vapor (fascinante raça de máquinas que luta pela sua autonomia e que pensa, sente, possui alma e até os seus próprios deuses) aos encantados (humanos com superpoderes de origem mágica), dos cantores do mundo (uma espécie de polícia política mágica) às organizações secretas que observam tudo o que se passa a partir dos céus; das intrigas parlamentares às máquinas tão extravagantes que parecem saídas da cabeça de H. G. Wells ou Júlio Verne.

A ação é digna de um filme de Indiana Jones e gira em torno de dois jovens, Molly e Oliver, que têm que enfrentar um mal antigo que se julgava desaparecido. O leque de personagens secundários e, mais importante, de enredos secundários, é fascinante e complexo, deixando o leitor sem saber o que esperar, que segredos do passado vão aparecer, quem vai sobreviver ou até quem são os verdadeiros heróis. Para facilitar a leitura, incluímos no final do livro um glossário de Chacália.

Caros leitores, a ficção científica não podia começar de melhor forma na *Coleção Bang!* Mais do que uma boa leitura, desejo a todos uma excelente viagem.

Luís Corte Real

Se olharmos para o ano em que começou a revolução a vapor, podemos encontrar quase todas as causas que conduziram às desigualdades sociais e à ansiedade que culminaram no movimento *punk* dos anos 1970 dos Sex Pistols e nas botas Doc Martens. O ano de 2007 foi marcado pelo início do colapso gradual do sistema bancário, provocando desemprego em larga escala e males econômicos num meio em que os cidadãos deixaram de confiar em seus políticos e em instituições como polícia, Igreja, sindicatos, bancos e todo o resto. Como se isso não bastasse, tivemos que lidar com instabilidade política, empregos exportados para a China, alterações climáticas, motins e guerras no Irã e no Afeganistão.

Por tudo isso, não surpreende que, nos últimos anos, muitos jovens desencantados — assim como alguns mais velhos, como eu — optaram por se afastar de nossa sociedade estéril e violenta e olhar para um passado imaginário que nunca existiu, no qual damas e cavalheiros cortejam-se com boas maneiras e vestuário requintado, droides movidos a vapor servem-nos coquetéis de absinto, e cientistas de casacos de couro produzem manualmente objetos para nossa maravilha e deleite.

Esse mundo pode nunca ter existido fora das nossas imaginações, mas talvez fosse melhor ter existido. Não sei qual será a evolução do *steampunk* daqui para a frente, mas me sinto feliz por ter feito parte de sua origem, e tenho uma intensa curiosidade pelo seu futuro. Assim como *A Corte do Ar* transformou a minha vida e carreira, suspeito que o futuro do *steampunk* nos irá surpreender de formas que não conseguimos prever.

Stephen Hunt

A todos aqueles a quem
sou grato.
Vocês sabem quem são.

Capítulo Um

Molly Templar estava sentada com um ar desolado junto ao balcão de pesagem da lavanderia de Handsome Lane. Um carrinho de mão vazio, deixado diante de um cesto repleto de roupas, testemunhava as bolhas que soltava. Molly tentou imaginar como os desanimados se sentiam e fez uma careta com seu rosto sardento que combinou mais com seu estado de espírito. Como tinha sido Rachael, uma das meninas do internato, quem veio chamá-la, e não o inspetor, sua representação magistral dos "desolados" passou despercebida.

Damson Snell, a dona do estabelecimento, veio ver quem tinha acabado de entrar, mas pareceu desapontada ao constatar que se tratava apenas de mais uma jovem do Internato Portas do Sol.

— O inspetor está tão ocupado que não pode vir ele mesmo ver o tipo de arruaceiras preguiçosas que está trazendo para o meu negócio?

— Ele pede desculpas, senhora — respondeu Rachael. — Mas tinha outro compromisso.

— Nesse caso, diga para ele que eu não tenho lugar para gente folgada aqui — disse Snell, apontando para Molly. — Você faz ideia do que ela fez?

— Não, senhora. — Embora o tom de Rachael sugerisse que ela tinha uma suspeita.

— Lendo! — O rosto de Damson Snell ficou vermelho de incredulidade. — Alguém esqueceu um romance barato no bolso de um casaco e ela… leu o maldito livro! Quando reclamei, começou a bancar a espertinha comigo. "Uma boa mocinha", disse ele. Diga ao inspetor que aqui é um negócio e não uma biblioteca. Quando a gente precisar de uma moça letrada, contratarei um aprendiz de escritor e não uma desgraçada qualquer do Portas do Sol.

Rachael assentiu com a sua melhor expressão de compreensão penitente e levou Molly para longe da lavanderia, antes que a proprietária tivesse oportunidade de prosseguir com a sua lenga-lenga.

— Que belíssima lição de negócios — disse Molly quando as duas se encontravam já a salvo do alcance de seus ouvidos. — Ainda por cima vinda dela, que enfia vinte xelins por mês no bolso do inspetor para continuar a ter mão de obra gratuita do internato. Ela só esqueceu de mencionar um salário justo para os que não têm mais nada para dar além do suor do corpo.

Rachael suspirou.

— Parece que você está se transformando numa carlista de mão cheia, Molly. Estou surpresa que ainda não tenha sido despedida por tentar organizar uma conspiração de trabalhadores. Esse romance barato não era por acaso um exemplar de *A Comunidade e os Comuns*, era?

— No bolso de um cliente *dela*? — ironizou Molly. — Não, era uma das aventuras do pirata submarino Samson Dark e o seu aerostato *Frenético*.

Rachael assentiu. O Reino de Chacália estava repleto de escritorezinhos com preocupações editoriais próximas das da região de Dock Street, sempre em busca de novos heróis, bandidos, salteadores e corsários que possam preencher as folhas dos jornais sensacionalistas como o *Notícias Ilustradas de Açomédio* e dos folhetins baratos, em que realidade e ficção se confundem em séries vendidas a preços reduzidos para prender os leitores. As histórias mais imaginativas chegavam a adquirir contornos de lenda, recuperando deuses obscuros dos tempos em que os cidadãos do reino não tinham abraçado as meditações circulistas; as páginas desse gênero de contos tinham ressuscitado demônios como os lupocaptores, espíritos malignos que eram enviados para raptar os perversos e aterrorizar os imorais com suas capas negras e seus dentes afiados.

Para quem vivia no internato, essas leituras eram uma fonte de distração bastante animada, uma vez que se situavam a uma distância incalculável de suas vidas de preocupação e fome. Como Molly desejava que aquelas histórias fossem reais e que, ao menos, as salas de baile resplandecentes e os belos oficiais montados em seus cavalos empinados existissem num lugar longínquo. Mas a amarga sensação de realidade se abateu sobre ela e a fez deduzir que Samson Dark devia ser, na verdade, um velho bêbado e violento, com temperamento assassino e queda para a pilhagem de cargueiros por ser preguiçoso, vagabundo e estúpido demais para merecer comandá-los. Quanto ao alegre dirigível *Frenético*, era mais provável que, em vez de navegar em busca de batalhas gloriosas, se limitasse a andar errante pela região de navegação dos piratas, engordando os peixes com a carne de marinheiros inocentes e mantendo sua posição sobre a embarcação submarina do Dark ao mesmo tempo que largava bombas-barbatana sobre seus mastros e convés, abandonando a embarcação pirata em chamas à mercê dos oceanos e dos deslizagudos. Alguns dias depois, um dos tais escritores de segunda de Dock Street teria cruzado acidentalmente com a tripulação embriagada do aerostato numa taberna, e, em troca de um barril de rum, planejado um conto adornado de glória e combates corpo a corpo. O escritorzinho aumentaria um pouco mais a sua história para os editores de folhetins baratos e para as publicações de Dock Street como as da editora de Torley Smith.

— Alguém me denunciou ao inspetor? — perguntou Molly, voltando a se concentrar em suas preocupações do presente.

— Como se ele já não soubesse de nada... — respondeu Rachael. — Mas não foi por mim. Eu não sou tonta. Mas, Molly, este é o quarto trabalho do qual você é despedida em meses. Ele ia acabar descobrindo de qualquer maneira.

Molly puxou nervosamente as pontas de seus cabelos ruivos para baixo.

— O inspetor está zangado?

— Pode-se dizer que sim.

— Bem, o que ele pode fazer contra mim? — perguntou Molly.

— Você é uma tonta, Molly Templar — disse sua companheira, vendo um brilho desafiador em seus olhos. — O que mais falta fazerem com você? Acorrentá-la? Punições administrativas? Mais dias passados presa do que solta? Cortes nas refeições? Ainda assim, você continua a pedir mais.

— Logo mais vou estar livre de tudo isso.

— Não se esqueça de que você ainda tem mais um ano pela frente antes de expirarem seus documentos de custódia e de você obter o seu direito de voto — disse Rachael. — Se o inspetor continuar zangado com você, um ano pode ser muito tempo.

— Mais um ano e desapareço daqui.

— Para onde? — perguntou Rachael. — Pensa que uma órfã desgraçada como você ou eu vai acabar como uma esnobe da alta sociedade? Pensa que vai ser recebida com torta de perdiz e o melhor *claret*? Se não der jeito em sua vida, você vai acabar roubando carteiras, como os vagabundos de rua da quadrilha-relâmpago. Então os esmagadores vão pegar você, e só vai sobrar a galé com destino para as colônias concorzianas para nossa jovem Damson Molly Templar.

— Eu não quero acabar ali — respondeu Molly, apontando com o polegar na direção da lavanderia de Handsome Lane.

— Ninguém quer acabar ali, Molly querida, mas, se isso render comida na boca e um teto, é sempre melhor do que morrer de fome.

— Bem, eu já estou morrendo de fome aos poucos no internato — disse Molly. — Se ao menos…

Rachael tomou a mão de Molly.

— Sim, eu sei. Também sinto falta da damson. Se os desejos fossem xelins, todas nós estaríamos agora vivendo como princesas.

Para as órfãs, havia apenas uma damson: Damson Darnay, que tinha sido a diretora do Internato Portas do Sol antes do inspetor. Quatro anos se passaram desde o seu ataque cardíaco. Reformista, sempre defendera que o rico bairro de Açomédio podia perfeitamente abrigar um internato às suas portas. Uma casa onde as crianças pudessem ser ensinadas a ler e escrever, onde os estúpidos métodos de trabalho do internato fossem substituídos pelo ensino e por uma boa educação circulista.

Um sacerdote da Igreja Circuliana a levara coberta por uma mortalha para longe das garotas numa manhã fria e o inspetor tomou o seu lugar. No bolso dos comerciantes locais, o custo de manutenção das órfãs passou a ser pago através do aluguel das garotas para os seus comércios. A aprendizagem se dava por observação, de maneira a preparar os gratos órfãos para suas vidas adultas.

Não deixava de ser curioso constatar como as funções das crianças jamais incluíam postos sentados, como o de uma secretária num dos novos edifícios pneumáticos ao longo de Gate Street ou uma posição de funcionária de loja em Sun Lane. Limpadores de esgoto, isso sim. Trabalho em lavanderias, que fazia as unhas caírem de tanto serem mergulhadas em água sanitária; atividades em oficinas mal-iluminadas e em fábricas, nas quais se curvavam sobre teares ou máquinas de cortar, surdas pelo ruído do metal e perdendo um dedo por ano.

Pequena como era para a idade que tinha, Molly havia passado seus 12 e 13 anos trabalhando como garota da ventilação, subindo através dos poços de ar dos pneumáticos de Açomédio com uma escova para limpar o pó e a fumaça acumulados em seu interior. Porém, tudo isso mudou quando a torre de Blimber Watts ruiu. Dotada de uma estrutura de cinquenta andares, a torre fora um edifício pioneiro em seu tempo e estava preparada para acolher milhares de funcionários, com átrios em mármore e até um jardim de inverno no interior de sua estrutura de lona e borracha. Contudo, os projetistas calcularam mal as porcentagens de tensão e as paredes de água acabaram se rompendo, o que fez a estrutura pneumática desmoronar sobre as ruas entupidas.

Quando a torre desabou, Molly estava nos ventiladores do 38º andar, voltando para o térreo numa velocidade ainda maior do que aquela com que tinha subido. No meio da escuridão, agarrou-se com todas as forças às paredes cada vez mais vazias, enquanto seu estômago revirava pela queda livre. De repente, um impacto esmagador, ao qual se seguiram cinco dias presa entre dois depósitos de água. Comprimida entre as paredes, manteve-se hidratada lambendo o líquido morno e imundo que escorria delas, vomitando aterrorizada, gritando incessantemente e suplicando por ajuda num tom agudo como a lâmina de uma faca.

Presa no abraço opressivo e esmagador da borracha, perdeu todas as esperanças de ser resgatada. Foi então que sentiu a presença do homem-vapor acima dela, avançando através dos escombros do edifício. Molly sabia que tinha uma afinidade incomum com a raça mecânica, como se os seus corações de caldeira, seus intricados mecanismos de engrenagem e os prismas de silicato a chamassem para serem examinados, revirados e analisados entre os seus dedos, e depois montados em sistemas sofisticados. Ela fechou bem os olhos e esforçou-se para que o trabalhador ouvisse seus pensamentos — aqui, aqui, AQUI EMBAIXO.

Alguns minutos depois, o silencioso homem-vapor levantou uma camada de borracha com um pé de espessura, permitindo, dessa forma, que a luz insuportavelmente brilhante do dia irrompesse e chegasse ao ponto onde ela se encontrava. O homem-vapor permaneceu imóvel diante dela, como uma estátua de bronze, e Molly compreendeu que a sua caixa de voz tinha sido retirada. Um gentil aceno com a cabeça e o homem-vapor partiu, como se moças imundas e ensanguentadas saindo de escombros de um edifício desmoronado fossem uma visão comum para aquelas criaturas de metal.

O inspetor bem tentou fazê-la regressar às ventilações, amaldiçoando-a e batendo nela. No entanto, a única ocasião em que ela tentou obedecê-lo terminou com duas outras colegas das ventilações sendo enviadas para resgatá-la, trêmula e muda.

— Ande — disse Rachael. — Vamos virar para baixo ali em Blackglass Lane. Quando vim buscar você, estavam preparando um desfile ao longo de Grumblebank.

— O rei? — perguntou Molly.

— Muito melhor, garota. A Guarda Especial.

Apesar do incômodo causado à amiga que fora obrigada a buscá-la na lavanderia por causa de mais um emprego perdido, Molly sorriu. Todo mundo venerava a Guarda Especial: os seus imensos recursos, o belíssimo corte dos seus uniformes, os dias passados no fosso de musculação, delineando sempre um pouco mais os contornos de sua constituição já atlética.

As duas cruzaram com uma série de velhas espeluncas, dobraram a esquina topando com um monte de lixo e imundície até emergirem numa das avenidas largas e limpas que era paralela à Sun Street. Lá, depararam-se com uma multidão de espectadores ansiosos que se acotovelava na rua, assim como com uma linha de esmagadores da polícia local com bandoleiras escuras com balas de cristal brilhante dispostas em cruz sobre os uniformes negros de condestáveis, encarregados de manter a imprensa longe.

Embora ainda estivesse distante, uma coluna da Guarda Especial já avançava em sua marcha avassaladora de pernas que era a sua marca registrada, ao mesmo tempo que as botas altas iam ressoando em uníssono no chão. À medida que foram se aproximando, o chão pareceu vibrar.

— Aí estão seus homens da Guarda — disse Molly.

— E aí está o seu rei — acrescentou Rachael.

Sua Majestade, o Rei Julius, oitavo monarca do Trono Restaurado e rei de Chacália, vinha sentado numa carruagem aberta sobre uma cadeira almofadada e forrada de vermelho, fitando tristemente a multidão curiosa que o olhava.

Molly gesticulou para o Príncipe Alpheus, sentado ao lado do rei, não muito mais velho do que as garotas do internato.

— Ele não parece lá muito contente.

— Como poderia estar contente se sabe que o pai sofre da doença dos barqueiros? Seu pai não viverá nem mais dois anos como monarca. Então vai ser a vez dele.

Molly assentiu. As vestes do rei tinham sido sutilmente modificadas para acentuarem o fato de ambos os braços terem sido amputados. Em pouco tempo, chegaria indubitavelmente a vez do jovem príncipe ser arrastado aos gritos pelos carcereiros da Guarda Especial até a mesa dos Serradores de Ossos.

O protocolo sempre fora este, desde que Isambard Kirkhill avançara velozmente ao longo da terra, envolto num mar de sangue e fumaça de pistolas, para garantir o direito parlamentar à supremacia da chefia do novo exército modelo. Nunca mais um monarca voltaria a erguer a mão contra o seu próprio povo.

Quinhentos anos depois da guerra civil, a Casa dos Guardiões continuava a seguir as restrições de Isambard Kirkhill, o velho Lâmina de Sabre, como era conhecido entre seus inimigos. Aquela marcha do palácio até a Praça do Parlamento era um ritual semanal, ainda que o edifício tivesse se tornado apenas uma prisão de mármore deserta. O episódio da abertura da máscara de ferro do rei era recriado. Depois, ele se dobrava sobre um joelho e atribuía à Casa dos Guardiões o direito de governar o povo. Naqueles dias, as únicas testemunhas daquela encenação eram alguns espectadores desinteressados, um grupo de visitantes forasteiros e uma longa linha de estátuas silenciosas de Eleitores Guardiões do passado.

— Olhe — disse Molly, apontando para a parte mais recuada da carruagem. — O Capitão Faísca.

Rachael empurrou os vendedores ambulantes e o peixeiro que estavam na sua frente para conseguir vê-lo melhor.

— É ele! Molly, você está vendo aqueles músculos? Ele poderia esmagar um regimento inteiro de cavaleiros cassárabes do deserto entre suas coxas.

Molly sabia que Rachael tinha certa preferência por folhetins eróticos, aventuras cuja ação decorria tanto entre as sedas dos haréns fustigados pela areia, quanto com o clamor dos sabres se chocando no campo de batalha. Mas era verdade. O comandante da Guarda Especial era inconcebivelmente bonito. Nenhuma ilustração de capa de folhetim conseguira alguma vez fazer-lhe justiça. Como que dotada de vida própria, a capa do Capitão Faísca agitava-se às suas costas, como uma sombra esvoaçante, ao mesmo tempo em que seus penetrantes olhos azuis percorriam a multidão, fazendo com que cada um sentisse que aquele olhar era dirigido exclusivamente para si próprio. Um relâmpago de luz oriundo do torque de metal preso ao pescoço do capitão ofuscou Molly por um instante.

— Viva a Guarda!

Ouviu-se um grito quase histérico proferido por uma das pessoas no meio da multidão e, como um gatilho, imediatamente, toda aquela gente desatou a repetir o mesmo grito, encorajando e produzindo um estrépito uniforme ao longo de toda a avenida. Outra pessoa começou a entoar o "Leão de Chacália" e, pouco depois, metade da avenida tinha se juntado para entoar sua letra obscena e patriótica.

Molly permanecia ao lado de Rachael, dando vivas; um inchaço de orgulho crescendo em seu peito. Longa vida à Guarda, de fato. Com a Marinha Real Aerostática (MRA) a dominar os céus e a poderosa e heroica Guarda Especial pronta para esmagar qualquer inimigo que se atrevesse a ameaçar os chacalianos em terra, o reino era realmente a força mais poderosa de todo o continente.

Outras nações teriam usado aquele poder para construir um império e sujeitar os países vizinhos à servidão, mas não Chacália. Seu povo não estava exposto a reis loucos, nem a califas sedentos de poder, tampouco a senadores vorazes. Os calmos e pacíficos chacalianos tinham arrancado as garras de seus potenciais tiranos e prosperado ao longo dos séculos, negociando, construindo e inovando, sempre de forma discreta e obstinada. Se um chacaliano tivesse um jardim na cidade para passar o tempo ou um terreno no campo para onde escapar e jogar uma partida rápida de quatro pinos, seu império estava completo.

As outras nações tinham reis ditadores, assassinos políticos e o triste canto das crianças que morriam de fome enquanto os campos áridos repousavam e os exércitos de camponeses se matavam por um capricho dos senhores da guerra locais. Chacália deixava seus tolos muito ambiciosos discutirem e trocarem acenos de dedos entre eles na Casa dos Guardiões.

As outras nações tinham deuses obscuros e profetas de olhos arregalados que exigiam obediência, mutilações infantis, escravidão e pobreza para o povo, ao mesmo tempo que a prosperidade fluía livremente por entre uma classe clerical todo-poderosa. Chacália tinha a sua filosofia circulista livre de deuses, composta de plácidas meditações e de um vasto sistema de oratórios. Um sacerdote circulista podia passar por perto e pedir um chá rápido ou um cafél, mas jamais bateria à porta da casa de uma família para lhe arrancar o primogênito dos braços.

Em poucas décadas, uma potência estrangeira confundiria o gosto pelas regras da lei dos chacalianos por uma ausência de ambição, interpretaria certa inclinação para a autossatisfação e isolamento como um sintoma de decadência e fraqueza de sua sociedade e concluiria que uma nação de comerciantes estaria muito melhor servindo aos guerreiros e opressores tudo o que fora por eles construído, feito e cultivado. Muitos inimigos tinham presumido que *aquele que prefere não lutar* equivale àquele que *não é capaz e que não vai lutar*. Contudo, todos tinham sido severamente castigados por isso. Embora difícil de provocar, seus inimigos descobriam, uma vez feito o mal, que Chacália não era propriamente uma nação de lojistas desajeitados, proprietários rurais gananciosos e camponeses brutos. Deparavam-se com uma fossa de leões, um povo com um temperamento verdadeiramente áspero, indomável e sem qualquer complacência para com os baderneiros, fossem eles estrangeiros ou nascidos naquelas terras. É claro que o fato de Chacália ser a única nação do mundo a ter um fornecimento de celgas nunca fizera mal à soberania do reino. Na verdade, sua frota aérea era única e invejada no mundo inteiro, um muro flutuante de morte, sempre a postos para garantir a liberdade ancestral de seu povo.

"Mais vale ser patife em Chacália do que príncipe em Quatérturno", já dizia a velha canção popular das tabernas e, naquele instante, o coração de Molly correspondia a esse sentimento, apanhado como tinha sido pela atmosfera coletiva daquela multidão patriota. Então lembrou-se do inspetor à sua espera no internato com a vara cortante e seu coração perdeu o ânimo por um momento. No entanto, seu ânimo logo voltou. Ela sentiu sua determinação redobrada ao lembrar-se de uma das lições de Damson Darnay. Cada uma delas era uma joia para ser guardada como um tesouro em sua vida miserável, mas havia uma em particular que ela se recordava com uma clareza apaixonada, mesmo ali, tantos anos depois da morte da mulher que tinha sido uma mãe para ela.

A lição vinha na forma de uma carta, escrita havia muitos séculos: um relatório endereçado ao então rei de Quatérturno pelo seu embaixador em Chacália, muitos anos antes da guerra civil do reino ter acontecido, quando a maior parte do continente estava ainda sob o jugo dos regimes absolutistas. O monarca do trono ancestral de Chacália estava assistindo a uma peça de teatro quando a multidão começou a se manifestar, vaiando os atores até que estes se viram obrigados a abandonar o palco. Ao repararem na presença do rei no camarote real, a multidão o apedrejou também. O quaterturniano estupefato descreveu ao seu monarca a visão inconcebível da guarda do rei lutando contra o povo enquanto batia em retirada, ao mesmo tempo que a população endiabrada forçava o soberano corpulento a se afastar cada vez mais para longe do teatro em chamas. Que cena bizarra para aquele embaixador desconcertado — vindo de uma terra onde um servo obediente podia ser espancado até a morte por não ter se dirigido a um nobre com o devido respeito —, mas como ilustrava bem o caráter de um chacaliano.

Molly trazia essa história bem guardada em seu coração. Ela podia até ser uma órfã educada por um estado indiferente, mas jamais admitiria qualquer forma de intimidação; aos olhos da lei, era igual a qualquer servidor do internato ou ao proprietário de uma lavanderia de Açomédio.

Que bom seria se o inspetor também visse as coisas dessa forma.

O escritório do diretor do Internato Portas do Sol parecia contrastar cada vez mais com as outras áreas decrépitas do lugar, com sua escrivaninha em teca brilhante, seus ricos tapetes e o obrigatório quadro a óleo do Primeiro Guardião, Hoggstone, suspenso atrás da sua cadeira. Depois de ter percebido que o inspetor não parecia inclinado a iniciar mais uma sessão de maus tratos com ela, a segunda coisa que saltou aos olhos de Molly foi a presença silenciosa de uma elegante senhora sentada na *chaise-longue* do escritório. Elegante. Roupa de qualidade. Muito bem-vestida para ser inspetora escolar. Molly lançou um olhar suspeito ao inspetor.

— Olá, Molly — disse ele enquanto seus olhos preguiçosos de vigarista piscavam. — Sente-se aí para que eu possa apresentá-la à nossa convidada.

Molly respondeu com a sua melhor cara de advogado mal preparado para expor o seu caso.

— Sim, senhor.

— Molly, esta senhora se chama Damson Emma Fairborn, uma das empregadoras mais proeminentes do Portas do Sol.

A senhora sorriu para Molly, afastando uma madeixa encaracolada de cabelo louro da face. Atingida pela idade, a madeixa apresentava agora um tom prateado.

— Olá, Molly. Você tem um sobrenome?

— Templar — interveio o inspetor —, por causa do…

A senhora torceu um dedo com um gesto que poderia ter sido interpretado como um sinal de desagrado. Estranhamente, o inspetor se calou.

— Molly, estou certa de que pode responder por si mesma…

— Por causa do templo de Lump Street, onde os sacerdotes me encontraram abandonada e embrulhada num lençol de seda — explicou Molly.

— De seda? — perguntou Damson Fairborn, sorrindo. — Sua mãe devia ser uma senhora de certa posição para se dar ao luxo de jogar fora um pedaço de seda de qualidade. Talvez uma brincadeira com o pessoal dos andares de baixo ou, talvez, um caso amoroso?

A expressão de Molly contorceu-se de desagrado.

— Mas, claro, estou certa de que você já meditou mais do que o suficiente sobre a identidade de seus pais. Afinal de contas, não deve haver muito mais com o que ocupar a mente num lugar destes.

Uma ideia súbita apoderou-se de Molly, mas a senhora balançou a cabeça em sinal negativo.

— Não, Molly, eu não sou sua mãe. Embora, creio, eu tenha idade para que você pudesse ser minha filha.

O inspetor pigarreou.

— Devo dizer que Molly tem certo temperamento, damson. Um temperamento rude...

— Talvez para combinar com os cabelos ruivos? — perguntou a senhora, sorrindo. — E quem não teria, enfiado num lugar como esse? Sem direito a boas roupas, a um bom vinho, à companhia de homens galantes e a um bom jogo de cartas, de vez em quando? Estou absolutamente certa de que o meu temperamento também não melhoraria um milímetro se as nossas posições se invertessem.

O inspetor lançou um olhar gelado na direção de Molly, e depois olhou para a senhora.

— Eu não...

— Creio que já ouvi o suficiente de sua parte, inspetor — disse Emma Fairborn. — Vamos lá, Molly. Poderia me fazer o favor de me trazer aquele livro ali?

Molly olhou para o volume forrado com pele para o qual o seu dedo apontava. O livro estava numa das prateleiras mais altas das estantes do inspetor. Encolhendo os ombros, avançou até a estante, retirou o livro da prateleira e soprou o pó que tinha acumulado no topo com o passar do tempo: ele ficou limpo como novo. Tratava-se de um tratado de filosofia que o inspetor tinha o costume de usar para impressionar as visitas com o seu intelecto. Em seguida, Molly aproximou-se do lugar onde a senhora estava sentada e lhe entregou o livro.

Damson Fairborn tocou suavemente a mão de Molly por um instante, antes de virá-la e examiná-la como uma cigana que lê a palma.

— Obrigada, Molly. Fico muito satisfeita pelo fato de ter passado tão pouco tempo na lavanderia daquela tal de Snell. Você tem mãos muito bonitas para serem arruinadas por água sanitária — disse ela, pousando o livro a seus pés. — Além disso, possui um bom senso de equilíbrio para alguém com a sua altura. Um pouco mais de um metro e sessenta e cinco, diria eu.

Molly assentiu.

— Minha querida, você não faz ideia do número de garotas bonitas que eu conheço que dão coices como cavalos de carga numa feira de província. Ou então que rebolam como um pato que teve o azar de ser enfiado dentro de um corpete. Acho que nós podemos trabalhar isso juntas. Diga-me uma coisa, Molly, você gosta de viver aqui no internato?

— Eu acho... um pouco entediante, damson — respondeu Molly.

A resposta pareceu diverti-la.

— Não me diga? Para alguém criado entre esses muros, você tem um vocabulário muito erudito.

— A diretora anterior era uma circulista, Damson Fairborn — disse o inspetor. — Ela mantinha as meninas na escola muito além da idade regulamentada, desrespeitando a Lei dos Pobres.

— A mente é a coisa mais difícil de aprimorar e a mais fácil de desperdiçar — disse a senhora. — E você, Molly? Recebia salário por esses trabalhos?

— Não, damson — respondeu Molly. — Vai tudo para o Internato Portas do Sol.

Damson Fairborn assentiu com um ar compreensivo.

— Sim, tenho certeza de que o meu queixo cairia de espanto se soubesse o quanto o Quadro Diretivo gasta em provisões para alimentar as meninas nas cozinhas mais baratas. Ainda assim — e olhou diretamente para o inspetor —, tenho certeza de que os fornecedores não deixam de obter também os seus lucros.

O corpo do inspetor se contorceu nitidamente atrás de sua escrivaninha.

— Bem, minha querida — disse Damson Fairborn, enquanto ajustava o curto manto de seda ao redor dos ombros do casaco —, acho que você vai servir perfeitamente. Assim que os honorários para o Quadro dos Pobres forem descontados, creio que poderei começar a pagar um belo salário para você.

Molly ficou chocada. Se havia patrões que pagavam um subsídio ao internato e um salário-extra aos aprendizes, isso era novidade no internato Portas do Sol. O objetivo inescrupuloso do abrigo era funcionar como fonte de mão de obra barata para os seus responsáveis.

— Ela é órfã, não se esqueça desse detalhe — lembrou o inspetor. — Dentro de um ano vai atingir a maioridade e, então, poderá votar. Posso transferir os papéis de sua custódia para o seu nome, mas apenas por 12 meses.

A senhora sorriu.

— Tenho a sensação de que, depois de um ano comigo, os gostos de nossa jovem dama ficarão sofisticados demais para que ela considere a possibilidade de voltar a trabalhar nas proximidades de Handsome Lane.

Molly seguiu a sua nova patroa até a rua, deixando o úmido e frio Internato Portas do Sol entregue ao inspetor e às suas protegidas. Uma carruagem particular esperava a senhora, com os cavalos e o carro tão pretos quanto a farda do criado de cabeça comprida que estava em pé ao lado deles.

— Damson Fairborn — disse Molly de uma forma educada no momento em que o criado abriu a porta da carruagem para elas.

— Diga, minha querida.

Molly apontou na direção dos muros do internato logo atrás delas, altos como os de uma prisão.

— Esse não é o lugar mais comum para se recrutar uma criada.

Sua nova patroa pareceu surpresa com aquela observação.

— Mas, cara Molly, eu não pretendo fazer de você uma criada nem uma lavadeira. Pensei que tivesse me reconhecido pelo meu nome.

— Pelo seu nome?

— *Lady* Fairborn, Molly, tal como está escrito em meu estabelecimento: *Fairborn & Jarndyce*.

Molly sentiu seu sangue gelar nas veias.

— É claro que — continuou a senhora, piscando o olho para o seu criado musculoso —, infelizmente, o nosso Lorde Jarndyce já não se encontra mais entre nós. Não é mesmo, Alfred?

— Uma perda irreparável, *milady* — respondeu o criado. — Dizem que morreu durante o jantar, sufocado com um pedaço de casca de lagosta.

— Sim, Alfred. Na verdade, foi um descuido da parte dele. Uma das raríssimas ocasiões em que a boa vida se revelou altamente prejudicial para o bem-estar de alguém.

Os olhos de Molly ainda estavam arregalados com o choque daquela novidade.

— Mas a *Fairborn & Jarndyce* é...

— Um bordel, minha querida. E eu, para não colocar sensibilidade demais no epíteto, sou conhecida em toda parte como a Rainha das Prostitutas.

O criado se posicionou imediatamente atrás de Molly, barrando o caminho de qualquer eventual fuga pela rua.

— E acho, Molly, que você vai se dar realmente bem como uma das minhas meninas.

De volta ao escritório do inspetor, a Observadora se materializou na realidade do internato. Ela tinha direito a apenas uma intervenção, e, na verdade, fora uma de suas melhores. Pequena, como devia ser. Quase nem se tratara de uma intercessão.

A ideia original do inspetor era ceder os papéis da custódia de Molly ao grande matadouro de Cringly Corner. No entanto, esse caminho realista apenas terminaria como os demais: Molly de volta ao internato em menos de seis semanas, novamente dispensada por insubordinação. Isso não teria servido de nada à Observadora nem aos seus desígnios.

Fora fácil desviar um pouco a atenção do cérebro do inspetor, permitindo que o novo plano tomasse forma em sua imaginação. A mente inteligente e arguta de Emma Fairborn se revelara mais difícil, mas, ainda assim, estava dentro dos limites do alcance das intervenções da Observadora. O inspetor estava agora sentado atrás de sua escrivaninha, calculando a quantia que iria receber em subornos no fim da semana.

A Observadora certificou-se de que tudo ficara registrado na sopa química e espessa da mente daquele homem. Algo, talvez um sexto sentido, fez com que o inspetor coçasse a nuca e olhasse diretamente para o local onde ela se encontrava, mas a Observadora aumentou a intensidade de sua infiltração no nervo ótico do inspetor e apagou até a sua presença de fundo, de maneira a tranquilizar e reconfortar o seu pequeno cérebro de macaco, deixando-o num estado de relaxamento. *Prata e ouro, pense no dinheiro.* O inspetor reorganizou seus papéis e guardou-os numa gaveta fechada à chave. Naquela semana, novamente teria bons lucros.

A Observadora suspirou e voltou a desvanecer-se na realidade. Era realmente uma pena, mas o inspetor não iria viver tempo suficiente para adquirir aquela 12ª casa de campo junto à costa e adicioná-la ao seu império imobiliário burguês. Ela podia até salvá-lo. No entanto, havia algumas intervenções que ela ficava feliz em não ser obrigada a fazer.

Capítulo Dois

O campo de aerostatos de Cem Cadeados estava enchendo cada vez mais com os passageiros que aguardavam a chegada do *Lady Luz do Falcão*. Oliver colocou novamente a mão no interior do bolso de suas calças. Dentro dele, havia a descrição amarrotada do hóspede de seu tio.

— Oliver.

Uma voz desviou a sua atenção para longe da tarefa que o tio o incumbira: Thaddius, um rapaz que conhecia da escola. Dos tempos em que Oliver ainda estava autorizado a frequentar a escola, é claro.

À maneira dos adolescentes de todas as partes do mundo, os colegas de Thaddius tinham dado ao rapaz o apelido de "Fininho" precisamente por ele ser tudo, menos isso. O robusto Thaddius tinha quase tantos amigos quanto Oliver em Cem Cadeados, ou pelo menos tantos quanto Oliver conseguira manter depois do momento em que se tinha espalhado o rumor de quem ele realmente era... ou pelo menos poderia vir a ser.

— Está observando as popas? — perguntou Oliver.

— Estou, sim — respondeu Thaddius, cujas bochechas rechonchudas se esticaram com um sorriso de orelha a orelha ao mesmo tempo que exibia um caderno aberto com uma grade quadriculada e delineada de forma minuciosa a lápis diante dos olhos de Oliver.

— Está vendo? Ainda na semana passada consegui o código da popa do *Lady Âncora Negra*. Normalmente, ele só navega na rota Medfolk-Calgness, mas a marinha mercante está implementando a nova classe *Guardião Cunningham* no Sul, de maneira que agora estão transferindo alguns dos dirigíveis mais antigos para cá.

Oliver assentiu por educação. Thaddius estava desesperado para entrar na Marinha Real Aerostática, mas sua família não tinha posses suficientes para comprar uma comissão. Apenas o bastante para permitir que ele assinasse contrato como um humilde navegante das nuvens. Assim, não restaria ao pobre e roliço Thaddius outro remédio senão seguir o negócio de família e enveredar pela carreira de açougueiro, tal como seu pai e os irmãos restantes. Eventualmente, poderia se habituar a passar as noites no campo de aerostatos, observando com um olhar melancólico os graciosos cascos dos dirigíveis que ora se aproximavam, ora voavam para longe. Sonhando com o que poderia ter sido, um futuro não muito longínquo, uma vez que faltavam pouco mais de três meses para que Thaddius e seus colegas de turma cruzassem os portões da escola pública local pela última vez.

— Homens de campo, à linha! — gritou um dos oficiais de uniforme verde do dirigível e um grupo de escavadores robustos tomou posição, formando de imediato uma linha em forma de charuto sobre a relva. Um par de fortes cavalos de carga avançou até a frente da formação, de forma a se colocar lado a lado com o homem-vapor que se parecia com um trator de campo, pronto para assumir a maior parte do trabalho mais pesado. Dificilmente se poderia dizer que o homem-vapor admirava seu trabalho. Seu nome era Pinoenferrujado e já trabalhava no campo de aerostatos quando Titus, o tio de Oliver, era pequeno. Robusta como duas carruagens, a sua barriga-caldeira era delineada por seis rodas dentadas e, apesar de sua idade avançada, mostrava-se ainda em condições de alçar qualquer um de seus quatro braços para rebocar um aerostato até a posição de decolagem.

— Todos os que têm a reserva feita, certifiquem-se de que têm os bilhetes à mão, por favor! — exclamou um oficial.

Oliver suspirou. Viajar.

Thaddius olhou para ele e adivinhou os seus pensamentos.

— Eles não podem mantê-lo aqui fechado para sempre, Oliver. Têm que deixá-lo partir ou, enfim, você sabe...

A sua voz pareceu sumir.

— Eles nunca me deixarão em paz — contestou Oliver. — Gostam muito de me ver preso aqui para fazerem uma coisa dessas.

Thaddius ficou quieto. As desgraças do iminente período de aprendizagem do ofício da família surgiram diante de seus olhos em contraste com a perspectiva do futuro de seu companheiro no campo de aerostatos. Continuar sendo um proscrito. Marcado para sempre. Motivo de fofoca. Impossibilitado de viajar para além do que era permitido pelo requerimento estatal que ele assinava toda semana. Thaddius lançou um longo olhar compreensivo para ele, afastando-se pouco depois em direção ao hangar dos aerostatos para se juntar ao grupo de observadores de popas que aguardavam junto aos portões.

Um sopro ruidoso vindo do sul e a descida de um quarteto de motores de expansão silenciou o burburinho da multidão à espera do dirigível: o aerostato surgiu da floresta localizada logo atrás do campo de aterrissagem com a metade mais alta de seu casco pintada de verde e a mais baixa com um padrão xadrez de amarelo e preto.

A proa do *Lady Luz do Falcão* inclinou-se para baixo e os seus marinheiros abriram as escotilhas de ambos os lados da nave, lançando para o solo cabos com chumbos nas pontas que os homens de campo se apressaram a recolher. O enorme invólucro foi então rebocado na direção da torre de atracagem, enquanto sua proa era conduzida até o respectivo anel de captura com um enorme rangido metálico. Uma vez fixo, os cabos do aerostato foram amarrados às roldanas para que ele fosse puxado para baixo, até atingir uma posição de flutuação estável a cerca de três metros do solo.

A torre de atracagem havia sido construída sobre uma só barra de ferro. Se o plano de voo do aerostato incluísse um ancoradouro para passar a noite, tanto a torre quanto a nave teriam que ser transferidas para o hangar, situado num dos pontos extremos do terreno onde Thaddius aguardava ansioso na companhia das outras crianças. As escadas de desembarque foram levadas até as portas, e os vagões com água do lastro e os preciosos cilindros de celgas foram puxados para estibordo.

O fluxo habitual de passageiros com negócios em Cem Cadeados começou enfim a desembarcar. Metade dos viajantes era de origem estrangeira: as togas brancas das cidades-estados da Liga Catosiana contrastavam com os ponchos multicoloridos do Sagrado Império de Kikkosico. Nenhum dos dois países permitia que os aerostatos chacalianos sobrevoassem seus territórios, desconfiados do monopólio do reino sobre as viagens aéreas e das oportunidades para reconhecimento geográfico que estas lhe proporcionavam. Os estrangeiros chegavam ao reino atravessando o canal, desembarcando nas Profundezas Erguidas de Toby, e regressavam para casa nas escunas ou balsas que atravessavam o Mar Sépia.

Entre a amálgama de viajantes, podia ser encontrado também um grupo de arqueólogos oriundos de uma das oito grandes universidades, facilmente reconhecíveis pelas malas de pele que traziam consigo repletas de instrumentos sensíveis que jamais arriscariam sujeitar às sacudidelas bruscas do compartimento de carga. Os arqueólogos continuavam ainda a discutir se o fosso colossal que delimitava a cidade era uma deformação natural ou uma façanha de uma civilização antiga.

Oliver enfiou as mãos nos bolsos das calças por causa do frio e sentiu subitamente o papel amarrotado no interior de um deles, lembrando-se de imediato da razão de sua visita ao campo de aerostatos: o hóspede do seu tio!

Entretanto, a maior parte dos viajantes já tinha se dispersado. A fila de passageiros pronta para embarcar no *Lady Luz do Falcão* se resumia agora a alguns retardatários. Ao longe, nos campos, rapazes locais tinham montado um jogo de quatro-pinos, o rápido boliche amador, observado com indiferença divertida, pelos oficiais do aerostato, enquanto aguardavam a carga de celgas e a água do lastro serem depositadas no interior do dirigível.

Um vendedor ambulante oferecia aos passageiros provenientes do Sagrado Império de Kikkosico uma garrafa cheia de fumaça que trazia pendurada no peito; oferecia seis inspirações de ervassussurrante por apenas um *penny*. O pessoal das carruagens também já tinha desaparecido com suas carruagens puxadas por pequenos cavalos, que levavam qualquer viajante até o canal de navegação de Cem Cadeados, que dera nome àquela terra, por meio das ruas da pequena localidade.

Entre os retardatários, encontrava-se um homem que correspondia à descrição do papel que o tio de Oliver tinha pegado de sua escrivaninha. Era um homem magro, ligeiramente mais baixo do que os um metro e oitenta de Oliver, com os cabelos de um louro escuro, curtos e despenteados. A descrição só não mencionava os óculos escuros de ferro pousados sobre o nariz. Modestos como eram, seguramente jamais teriam figurado nas prateleiras exclusivas de um oftalmologista da capital.

Oliver estava bastante habituado a conduzir os hóspedes do campo de aerostatos até a Pousada das Setenta Estrelas de seu tio, mas, normalmente, tratava-se de comerciantes abastados como o próprio Titus Brooks. O seu armazém situado na Cidade dos Barqueiros estava cheio até o teto de barris de vinho do império, geringonças provenientes das cidades-estados e, dizia-se, conhaque contrabandeado de Quatérturno, uma importação que fora legal durante centenas de anos, mas que fora proibida no fim da Guerra dos Dois Anos, tanto em Quatérturno como em Chacália.

O homem que Oliver tinha diante de seus olhos se assemelhava bastante a um sacerdote do conselho paroquial, tal era a modéstia de suas roupas. Oliver se aproximou.

— Sr. Stave?

— Harry — respondeu o homem, estendendo a mão na direção de Oliver. — Harry Stave. A última vez que me chamaram de "senhor" foi em…

O homem fitou Oliver por um instante e pensou melhor se deveria terminar a história.

— Bem, isso foi há muito tempo. Pode me chamar simplesmente de Harry.

— O meu tio está à sua espera, Harry.

Oliver apontou na direção da cidade.

— Não duvido, velho amigo, mas a minha bagagem, mesmo sendo pouca, ainda está no *Lady Luz do Falcão*.

Uma rede de linho tinha sido aberta abaixo da escotilha do compartimento de carga e ia recebendo os sacos de correio vermelhos com o selo RdJ: um leão sob a ponte levadiça da Casa dos Guardiões. Um homem-vapor puxava um carrinho de transporte de viagem carregado com uma série de caixotes, pacotes e baús, afastando-se da sombra do dirigível.

— Não dá para dizer que sua bagagem é pouca.

— Só mais esta — disse Harry, erguendo uma mala de viagem bastante usada com alça de marfim — e pronto.

Cada uma das palavras do hóspede era cuidadosamente proferida, um pouco como se o homem polisse cada vogal antes de pronunciá-la. As palavras medidas contrastavam com a sua aparência rude. Oliver ofereceu-se para carregar a mala, mas Harry balançou a cabeça em sinal negativo.

— Você trabalha para Titus?

— Ele é o meu tio. Então, acho que sim.

— Ah, muito bem — disse Harry, detendo-se para observar Oliver um pouco melhor enquanto os dois já se afastavam do campo. — Jovem mestre Brooks. Eu devia tê-lo reconhecido, embora não reste muita coisa da criança que conheci no homem que tenho agora diante dos meus olhos.

Oliver se sobressaltou.

— Você conheceu os meus pais?

— Posso dizer que sim, Oliver. Os negócios já me colocaram várias vezes no caminho de seu pai e de sua mãe. Uma vez, quando você ainda era bebê, por pouco não vomitou em cima de mim. Você se lembra deles?

— Não. Não me lembro de nada — respondeu o rapaz, incapaz de esconder a mágoa na sua voz. — O meu tio... sabe como é, ele não costuma falar muito deles.

— É tão duro perder um pai quanto perder um irmão, velho amigo — disse Harry com um tom suave.

Ao perceber o efeito que a conversa estava tendo sobre Oliver, tentou mudar de assunto.

— Mas não falemos mais disso. Vamos deixar os que atravessaram o Círculo descansando em paz em suas novas vidas.

Oliver se perguntou se o hóspede de seu tio sabia que ele estava fichado. Era provável que sim. Se tinha conhecido os seus pais, seguramente teria ouvido as histórias relativas àquilo que lhes acontecera, assim como a ele. Contudo, se isso incomodava Harry de alguma forma, ele conseguia disfarçar de modo bastante convincente.

Chegaram à cidade. A Pousada das Setenta Estrelas ficava além dos limites de Cem Cadeados, aninhada à base das colinas que davam para as Profundezas Erguidas de Toby. Um cão amarrado a um pedaço de pau no lado de fora do mercado de peixe ladrava continuamente. Enquanto isso, estivadores vindos da Cidade dos Barqueiros vagavam em busca, nas estalagens e nas tabernas, de um lugar para passarem a noite, fazendo ressoar suas botas com biqueiras de aço nas pedras arredondadas da calçada.

A conversa sobre seus pais tinha abatido o ânimo de Oliver. Então aquele seria o mapa da sua vida. Sem autorização para montar um negócio próprio nem para aprender um ofício, condenado a assinar o livro de registros do condado uma vez por semana, evitado pela maior parte das pessoas da cidade, dando pequenos recados para o tio, de maneira a manter-se ocupado e a não atrapalhá-lo demais, Oliver sequer podia sair dos limites da paróquia sem ser declarado foragido e procurado. Todas essas liberdades básicas, que até uma raposa na toca ou a andorinha na árvore tomavam por adquiridas, eram negadas a ele. Objeto de piedade ou, talvez, de caridade de seu tio. Era objeto de aversão para quase todos os outros que tinham um dia sido seus amigos ou companheiros.

Foi ruminando essas reflexões sombrias que ambos chegaram à Pousada das Setenta Estrelas. Damson Griggs, a criada responsável por todo o serviço de lá, aguardava-os na soleira da porta. Ela analisou Harry Stave de alto a baixo — a mala de viagem gasta, as suas roupas modestas — e sua expressão se contorceu com um ar reprovador, como se Oliver fosse um gato que regressava a casa com uma ratazana morta para abastecer a despensa.

Damson Griggs era uma velha mulher cheia de força, e fosse por causa da perspectiva de trabalhar naquele lugar ou por viver na mesma casa que um rapaz fichado como Oliver, era a única dentre o pessoal do serviço doméstico a trabalhar em tempo integral na Pousada das Setenta Estrelas. Qualquer outra casa de Cem Cadeados com dimensões semelhantes àquela precisaria de, pelo menos, cinco ou seis empregados para manter as suas instalações de forma digna. No entanto, Titus Brooks tinha um lado antissocial e solitário, de maneira que talvez essa fosse a situação que mais conviesse a ele. Damson Griggs encarava o medo supersticioso que toda a cidade tinha de Oliver como um disparate absurdo. Ela conhecia o rapaz desde pequeno e, se ele tinha uma unha de encantado que fosse, nunca se manifestara diante de seus olhos durante os onze anos que passara vivendo com ele.

Era possível que Oliver também fosse da mesma opinião, embora jamais tivesse falado ao tio ou à governanta sobre seus sonhos obscuros e arrepiantes.

— Que mau vento o traz à nossa porta, Harold Stave?

— Harry, Damson Griggs, por favor — disse o hóspede.

— Bem, se vai ficar aqui conosco, é melhor eu fechar o armário do conhaque do patrão. A não ser que tenha parado com suas bebedeiras e vadiagens por todos os cantos de Chacália, e, não duvido, por muitos outros países.

— Mas quem é que tem desonrado a minha reputação desse jeito? — perguntou Harry, coçando o embaraçado cabelo loiro. — Damson Griggs, fique sabendo que, nas últimas duas semanas, não passou nem uma gota desse tipo de material por minha garganta.

— Seus modos eram grosseiros demais para a marinha mantê-lo em serviço — respondeu Damson Griggs, agitando um dedo do tamanho de uma salsicha na direção do homem. — E você também não vai ficar melhor sob este teto.

Apesar das advertências, Griggs abriu um pouco mais a porta para permitir a passagem de Harry, pegando sua capa leve de viagem, apropriada para o verão, e pendurando-a num dos ganchos em forma de chifre do corredor da entrada. Amplo e forrado com azulejos brancos, o corredor ainda se encontrava repleto de uma luz brilhante e límpida. Quando chegasse o fim da tarde, o Sol ficaria além das Profundezas Erguidas de Toby, e o extremo norte de Cem Cadeados faria jus ao seu nome — Lado Sombrio —, enquanto as trevas da represa se abateriam sobre a casa. A damson começaria, então, a se apressar, acendendo as lamparinas a óleo cheias de sangue gorduroso dos deslizagudos pegos no Mar Sépia e abatidos na Cidade dos Barqueiros.

— Obrigado por sua gentileza, damson — disse Harry, piscando um olho a Oliver.

Ouviu-se um ruído no andar de cima. Titus Brooks estava em seu escritório, uma abóbada em forma de cebola. O seu residente anterior, um oficial naval aposentado, tinha mandado instalar um telescópio no centro, do qual só restavam os braços de ferro, uma vez que havia sido retirado e vendido pelos seus filhos e filhas depois de sua morte.

Damson Griggs retirou-se com o hóspede, voltando pouco depois sozinha.

— Ouça bem o que eu vou dizer, Oliver Brooks. Afaste-se desse homem. Ele não é boa coisa.

— Ele é marinheiro, Damson Griggs? — perguntou Oliver.

— Marinheiro? O único dirigível em que ele voa é o *Lady Problema* — resmungou a governanta.

— Mas foi navegador? A senhora disse…

— Preste atenção no que vou dizer agora, jovem mestre Brooks. A única coisa que aquele desmiolado soube fazer na vida foi esgotar as provisões de rum dos marinheiros honestos. Antes de você nascer, Harry Stave trabalhava na Delegação Alimentar da Marinha e era encarregado de comprar alimentos, celgas e outras provisões para a MRA. Ele conheceu seu tio por causa dos contratos que assinou com a Delegação, mas o Sr. Stave acabou sendo despedido. Com certeza foi apanhado com a mão na massa.

— E agora ele trabalha para o tio Titus?

— Não, patrãozinho, certamente que não. Trabalha para ele próprio, tal como sempre deve ter feito ao longo da sua vida.

— Nesse caso, que tipo de negócio o trouxe até aqui?

— Ora, essa é uma boa pergunta. E se a fizer diretamente a ele, duvido que obtenha uma resposta honesta. Talvez ele diga que veio tratar de algum esquema para comprar algo mais barato para vender ligeiramente mais caro.

Oliver contemplou fixamente as escadas que davam para o escritório de seu tio.

— Jovem mestre Brooks, aconselho que você mantenha distância desse homem. O seu pescoço é muito importante para mim e não quero vê-lo dançar para as multidões do carrasco às portas de Bonegate. Se você passar tempo demais com esse patife, ele o levará para o mau caminho, tenho certeza.

Quando Damson Griggs embirrava com alguém, não valia a pena tentar contrariá-la. Por isso, Oliver se limitou a concordar. Mas na situação em que se encontrava, a via do crime chegava a ser mais interessante do que a posição de aprendiz concedida por piedade e pela afinidade familiar por um irmão falecido.

— Agora fiquem longe de mim você e as suas perguntas — ordenou a damson. — Millwards veio entregar a remessa de comida esta manhã e eu tenho uma torta para fazer para o jantar. Uma extragrande, se aquele canalha que está lá em cima com o seu tio passar a noite aqui.

Ao regressar à Pousada das Setenta Estrelas, vindo dos operadores de redes de cristais com a última luz do crepúsculo e uma bolsa de pele repleta de mensagens de cartões perfurados de Açomédio para seu tio — com os preços das casas financeiras de Gate Street e os movimentos das ações da bolsa de Sun Lane —, Oliver estava exausto de tanto andar.

Damson Griggs regressara ao seu chalé, deixando a torta e umas batatas cozidas frias cobertas por um prato na cozinha. Pelos dois copos de vinho vazios e pelos resíduos vermelhos da garrafa de *claret*, Oliver pressupôs que o seu tio e o hóspede já tinham jantado. Então, avançou até o topo das escadas, onde viu que ainda havia luz saindo pela fresta da porta do escritório, à qual se juntava um som abafado de conversa.

As palavras de aviso de Damson Griggs voltaram à sua mente. Por que razão esse intruso de origem incerta tinha vindo visitar o seu tio? Estaria o tio Titus envolvido em algum negócio de natureza obscura? Oliver podia não ser um economista da capital com residência na região mais elegante das Portas do Sol, mas de seu humilde ponto de vista, os negócios de seu tio pareciam seguros o suficiente.

Oliver desceu novamente para o térreo e recolheu uma chave escondida num degrau. Abriu silenciosamente a porta da sala de estar. Lá dentro, o duto da lareira subia até o escritório, dando para uma grelha que funcionava como fonte de calor daquele cômodo durante os frios invernos de Cem Cadeados. Oliver tinha descoberto que, tal como o calor tem a tendência a subir, os sons de uma conversa têm a tendência a descer. Assim sendo, encostou a orelha na abertura. Do lado de fora da casa, as primeiras estrelas da noite começavam a despontar. Antes da meia-noite, as setenta estrelas nas quais a hospedaria de pedra de cal cinzenta fora buscar o nome seriam visíveis. Nem seu tio nem o hóspede falavam muito alto, por isso Oliver teve que se esforçar para ouvir apenas trechos desconexos da conversa entre os dois.

— Problema... contar com um plano comu... comprometido — disse o seu tio.

— Se for isso... pensa que eles... serviço hostil... aprendem — disse o infame Stave.

— Desta vez... até... nas trevas.

Oliver inclinou-se para frente o máximo que pôde. Ouviu-se uma suave, mas familiar, batida: era o seu tio desobstruindo o cachimbo num dos lados da escrivaninha.

— Será que eles vão aparecer... — começou Harry Stave.

— Os nossos amigos do leste? — perguntou o tio Titus.

Do leste? Os olhos de Oliver se arregalaram. O Sagrado Império de Kikkosico ficava a nordeste e diretamente a leste era Quatérturno. No entanto, lá não havia amigos, pelo menos não desde a Guerra dos Dois Anos.

Vendo-se derrotado, o comandante de Quatérturno tinha decidido selar suas fronteiras terrestres por completo, erguendo um muro maldito entre as duas nações. O muro tinha a dupla função de dissuadir os compatriotas do comandante que tinham o desejo de sair do país dilacerado pelas revoluções e de desencorajar qualquer incursão militar por parte dos chacalianos. Depois disso, qualquer intercâmbio mercantil oficial com os turnianos deixou de existir, embora os contrabandistas continuassem a fazer aterrissar cargas de conhaque ao longo da costa nos pontos em que era possível para eles desviar a atenção dos oficiais das casas alfandegárias. Tal como o resto das crianças de Cem Cadeados, Oliver tinha sido exaustivamente avisado para nunca se aproximar das regiões mais interiores a leste da cidade, onde apenas as sombras das patrulhas de aerostatos e as estranhas guarnições de casacas-vermelhas e botas de borracha percorriam os pântanos fustigados pelo vento.

— Um jogo sujo... — disse Harry Stave.

— Já... no vento... — respondeu o tio Titus. Oliver ouviu o arrastar de uma cadeira sendo puxada para trás. — Dois dos meus mortos...

Mortos! Oliver prendeu a respiração. Em que esquema ilegal Harry Stave teria envolvido o seu tio? Estaria o armazém da Cidade dos Barqueiros servindo como esconderijo para barris de conhaque sem selo de imposto? Teriam os guardas alfandegários sido mortos em algum pequeno porto rochoso da região montanhosa acima deles?

Subitamente, Oliver se deu conta de uma coisa: seu tio jamais revelara a extensão total de seus negócios para ele. Oliver levava recados e ia reunindo os pedaços de informação que conseguia compreender, aprendendo gradualmente, através de histórias ocasionais, quais eram os agentes que se esperava que negociassem de forma honesta ou qual capitão de veleiro poderia ser incentivado a deixar passar alguma carga por baixo dos panos. No centro das atividades estava o seu tio... e mais ninguém. Até Oliver podia compreender que os interesses dos que trabalhavam nos armazéns nunca se estendiam, ou eram autorizados a se estender, para além do cais da Cidade dos Barqueiros: seria isso sinônimo de algo mais do que uma natureza cautelosa? A ignorância da mão esquerda quanto aos negócios realizados pela direita seria uma necessidade que impedia que o tio Titus acabasse do lado errado da corda do carrasco às portas da prisão de Bonegate?

Ouvindo várias cadeiras sendo arrastadas no andar de cima, Oliver fechou a porta da sala de estar e silenciosamente subiu para a sua cama no térreo. Parecia que Damson Griggs tinha avaliado bem Harry Stave, mas até que ponto chegaria o envolvimento do tio? Oliver sentiu uma pontada de vergonha ao pensar na possibilidade de seu tio ser preso: não se tratava de uma preocupação pelo seu único familiar vivo, mas sim pelo *seu próprio* futuro. Ao abrigar um rapaz fichado debaixo de seu teto, seu tio se arriscara a ser exilado daquilo que era a classe mais prestigiada de Cem Cadeados. Ainda assim, o ingrato Oliver Brooks continuava mais preocupado com o que poderia acontecer com sua própria pele.

Se o seu tio fosse preso, ele perderia todas as chances de conseguir um emprego em Cem Cadeados, ficando sem qualquer outra hipótese de futuro que não as frias e pouco acolhedoras portas do Serviço de Pobres local. Oliver estremeceu só de pensar nisso. A região do condado da Luz já tinha sua conta de pobres e azarados. Um rapaz fichado caído em seu colo podia ser a gota que faria transbordar o copo. Não seria muito mais simples preparar um pequeno acidente durante a noite? Uma almofada sobre sua cara e o hóspede impertinente desapareceria das vidas dos habitantes do abrigo para pobres.

Apanhado entre os muros invisíveis de sua prisão domiciliar de Cem Cadeados, seu futuro cinzento ia se tornando sucessivamente menor, enquanto Oliver deslizava para um sono inquieto.

Capítulo Três

A Vigilante 46 empurrou o telescópio para a esquerda com o pedal. O motor de transação levou alguns segundos para equilibrar todo o conjunto de espelhos, a imagem na luva-face de borracha perdendo foco antes de recuperar a nitidez com um *clac-clac-clac*. Pelo canto do olho, a Vigilante 46 conseguia observar as outras vigilantes, montadas em tubos de metal escorados, com assentos vermelhos e almofadados colocados por baixo das enormes estruturas dos telescópios.

As miras acompanhavam o arco do *monitorarium*, curvando-se ao redor da parede interna da esfera. Um guindaste montado sobre um trilho se deslocava por trás dos telescópios, os monitores estavam vestidos com uma espécie de sobretudo de tecido cinzento e grosseiro que se arrastava pelas placas de ferro. O frio do *monitorarium* era quase visível a olho nu: qualquer fonte de calor que pudesse interferir com a atividade das observações estava proibida.

— O seu relatório, por favor.

Era a Monitora 81. Ela era sempre assim, brusca e eficiente. Os fios de seus fones de ouvido davam para o guindaste e depois para uma trombeta sobre a qual a 81 se inclinava para falar.

A monitora era da nova leva, recém-saída do treinamento, e ainda pensava que transmitir relatórios *por meio de* era o mesmo que entregar relatórios *a*. Ela pigarreou. Não tinha a menor ideia da técnica dos cantores do mundo que as vigilantes costumavam praticar. Com as botas forradas de veludo, seguia batendo os pés ao longo do guindaste para tentar evitar que congelassem, incapaz de produzir calor através da mente. Se usasse uma das peles das vigilantes, morreria de frio no telescópio antes do final da primeira observação. Era incapaz até de modificar seu sangue, mesmo depois de experimentar uma das muitas amostras que as vigilantes tomavam para se manterem acordadas e concentradas durante turnos que se prolongavam por semanas a fio.

— Esta unidade continua inclinando ligeiramente para a esquerda — lamentou-se a Vigilante 46. — Eu achava que um mecomante tinha colocado o telescópio em modo de manutenção.

— Pare de se lamentar — rosnou a monitora. — Essa observação é prioritária, alguém pode estar ouvindo. Pode até ser a própria velha *lady*. Se você perder o rumo nessa missão, os malditos analistas vão cair na gente. Dê seu relatório.

A vigilante segurou a língua. Podia ser uma prioridade, mas não parecia suficientemente importante para desviar seu telescópio do *monitorarium* e o cronograma da manutenção.

— O aerostato do alvo chegou a Cem Cadeados tal como previsto. O alvo foi acompanhado até a casa do contato, tal como antecipado. O alvo manteve-se no mesmo local durante as últimas sete horas. Você tem alguma instrução ou precisão dos analistas?

— Há 87% de chance do alvo permanecer na casa pelas próximas dezesseis horas. Mantenha a vigilância.

A vigilante suspirou.

— Preparando para observação noturna.

Puxou um tubo de bebida do telescópio e engoliu um pouco do *glup* de laranja que gotejava dele. A poção aqueceu o seu crânio, enquanto algumas faíscas se acenderam em seus olhos. A vista noturna fornecida pela fermentação duraria até o nascer do dia. À medida que o líquido ia se espalhando por seu corpo, ela atingiu o interior de si mesma com um dos truques dos cantores do mundo, tornando a poção inerte antes que atingisse o seu fígado, onde a estranha fermentação transformaria o órgão em guisado.

Olhando mais uma vez pela máscara de borracha, centrou a sua visão na chaminé apagada da Pousada das Setenta Estrelas. Fiel à sua forma, o telescópio deslizou para a esquerda. A Vigilante 46 amaldiçoou os burocratas da Corte. Silenciosamente.

Capítulo Quatro

Prever os momentos em que o Sussurrador vinha insinuar-se nos sonhos de Oliver não era uma tarefa fácil. Às vezes, passavam-se semanas inteiras sem que ele o visitasse. Em outras épocas, o Sussurrador podia aparecer em quatro noites seguidas.

Oliver estava em algum lugar num grande palácio: seu tio, Damson Griggs e outras pessoas corriam pelos corredores, à procura de uma cadeira desaparecida. A cadeira era importante, obviamente. Oliver sabia que se tratava de um sonho porque nunca antes se encontrara com o rei. O monarca, por sua vez, não tão feliz com tudo aquilo, dizia que, se ao menos conseguissem encontrar a cadeira, talvez o parlamento concordasse em recolocar os seus braços no corpo. Foi então que o Sussurrador se insinuou no sonho.

— Oliver, eu posso vê-lo. Você consegue me ver?

— Não, Sussurrador. Vá embora.

— Então você consegue, Oliver — sussurrou a forma desfigurada que surgira diante dele. — Eu consigo me ligar a você. Consigo me ligar a quase todos de sua raça.

— Eu não sou igual a você, Sussurrador — disse Oliver.

— Não. Eu sei disso, Oliver. Você é o melhor de todos nós. Passei a vida inteira à sua espera. Os outros pensam que são perfeitos, isto é, aqueles que não estão fechados aqui com meus amigos e comigo, mas eles não o conhecem. Se o conhecessem, tenho certeza de que não seriam tão orgulhosos, fúteis e autocomplacentes com seus poderes.

Oliver sabia que o Sussurrador estava preso em algum lugar numa vala escura, muito abaixo da superfície da Terra. Tinha sido acorrentado com feitiços, muros malditos e poderosos portões dos cantores do mundo. O seu rosto era um desastre inominável de carne humana, uma coisa impossível de descrever. Quando o Sussurrador nasceu, seus pais devem ter corrido uma légua só para se afastarem dele.

— Por que você não sai dos meus pensamentos? — perguntou Oliver. — Por que é que não sai da minha vida?

— Você é a minha vida, Oliver — sibilou a criatura. — Você e os outros com os quais eu entro em contato. Ou você pensa que a minha vida vale alguma coisa por si só? Prenderam-me no meio das trevas, Oliver. Estou isolado numa cela na qual nem posso ficar de pé para não afugentar os guardas quando eles se lembram de ver se ainda estou aqui. As ratazanas são as minhas únicas visitas, Oliver. Elas vêm atraídas pelo meu fedor e pelos meus restos. Quando os guardas esquecem-se de me trazer comida, às vezes eu cravo meus dentes em seus ossos.

Oliver sentiu vontade de vomitar.

— E que gosto elas têm?

O Sussurrador riu com um ruído semelhante ao do ar que se escapa de um motor de expansão.

— Que gosto elas têm? Frango, Oliver. O melhor frango assado que você já provou. Roubei o sabor de sua mente. Espero que não se importe. Tenho tão poucos pontos de referência...

Oliver sufocou sua resposta e o Sussurrador executou uma breve e louca dança diante dos seus olhos.

— Tento evitar a comida que eles me dão, Oliver. Eles adicionam poções para enfraquecerem o meu cérebro e me deixar exausto e sonolento.

No palácio do sonho, o monarca voltou a aparecer, mas assim que lançou uma olhadela ao Sussurrador, deu rapidamente meia-volta e saiu.

— Que coisa triste, Oliver. Até os fantasmas de um sonho me acham repugnante. Diga-me uma coisa: desta vez, sou eu que estou sonhando com você ou é você quem está sonhando comigo?

— O que isso interessa? — gritou Oliver. — Deixe os meus pensamentos em paz!

— O seu momento está prestes a chegar, meu amigo perfeito — disse o Sussurrador. — Você está prestes a descobrir o quão flexível e surpreendente a vida pode ser. E quando descobrir, é provável que você se sinta bastante reconfortado por ter a mim por perto. Sim, é bastante provável.

— Tenho certeza de que não — disse Oliver.

— Não se decida tão precipitadamente, Oliver. Tudo já está em curso... por exemplo, o seu curioso hóspede, Harry Stave, o que você pensa dele, rapaz? Uma figura um tanto obscura, talvez. Meio ocioso... ou talvez grosseiro?

— Eu não...

— Shh — sibilou o Sussurrador. — Você vai acordar daqui a dois segundos.

Ele acordou.

Era ainda muito cedo para assinar o livro de registros do condado e, como sempre, Oliver se viu prestes a entrar no posto policial de Cem Cadeados, a tempo de ver os prisioneiros da noite anterior saírem das suas respectivas celas, localizadas bem em frente ao pequeno gabinete do magistrado de Rayner Street. Entre o séquito habitual de vagabundos das tabernas, distinguiam-se três quaterturnianos refugiados: dois homens e uma mulher, provavelmente irmã deles.

Suas roupas estavam num estado lastimável e Oliver deduziu que vieram pelo mar, contornando o muro das maldições ao longo da fronteira com Chacália. Um dos homens tremia de forma descontrolada, enquanto seus compatriotas atordoados e silenciosos estavam em choque. Que histórias o Comitê de Propaganda da Comunidade da Partilha Comum lhes teria contado? Que Quatérturno ganhara a Guerra dos Dois Anos? Que Chacália era agora um modelo de práticas carlistas? Que, depois de substituir seus agricultores por Comitês de Equilíbrio Agrário e de colocar seus Guardas Reais mais instruídos sob o jugo de um Colar de Gideon — as máquinas a vapor assassinas que tinham sido instaladas nas praças de todas as cidades da Comunidade da Partilha Comum —, Chacália passara também por um período de fome?

Quaisquer que tivessem sido as mentiras que lhes contaram, não foram o bastante para dissuadi-los da vontade de escapar do grande terror que se vivia em Quatérturno. Desde que os cantores do mundo da Comunidade tinham erguido o muro das maldições, os refugiados que conseguiam chegar vivos a Chacália eram tão poucos que os magistrados passaram a conceder, de forma automática, o estatuto de refugiados políticos a eles. Uma das muitas organizações de caridade para imigrantes era então chamada para intervir. Afinal de contas, o número de nobres quatertur-nianos vivendo em Chacália se tornara maior do que a quantidade de remanescentes no país: os mais afortunados tinham escapado com seu ouro antes do muro das maldições ter sido levantado. A classe menos abastada permanecia ainda nos campos de refugiados da Comunidade da Partilha Comum, agarrados a uma folha de papel com um número escrito em vermelho… e acompanhados de um cadeado de ferro preso ao pescoço.

Enquanto a linha de prisioneiros desaparecia ao longo da rua, Oliver bateu à porta do posto policial e entrou.

— Oliver!

O sargento Cudban olhou em sua direção enquanto fechava as celas à chave.

— Então? Já é dia de assinar o ponto outra vez?

— Parece que sim — disse Oliver.

— Entre de uma vez, garoto, não fique aí parado, fazendo cerimônia. Seu feiticeirozinho já está à sua espera lá atrás. Quer uma xícara de cafél? O jovem Wattle acabou de fazer.

Oliver assentiu. O sargento Cudban era da província: seus modos eram bruscos e francos e sua escassa paciência para cantores do mundo diminuía ainda mais com os modos afetados de Edwin Pullinger, Inspetor Real do Departamento de Estado da Brumencantada e atormentador oficial de Oliver.

— A noite foi movimentada? — perguntou Oliver.

— Sim, como de costume, embora o sacerdote tenha passado por aqui ontem. Há alguém escondendo panfletos políticos no livro de leis circulista.

— Panfletos? — riu Oliver.

— Um resumo de *A Comunidade e os Comuns*. Devia ter visto a cara do homem: acho que o sacerdote nunca tinha lido nada daquilo e a ideia de ter carlistas sentados nos bancos da sua piedosa Igreja Circuliana começou a deixá-lo um tanto nervoso.

Oliver encolheu os ombros.

— Não sei se isso é importante, mas acho que eu também nunca li nada disso.

O sargento piscou para o rapaz.

— Mais tarde eu posso arranjar uma cópia para você, compatriota. Queimar livros nunca me fez muito bem, garoto. Essas coisas são histórias para cotovias estrangeiras, não para chacalianos como nós. De qualquer maneira, desde 81, ninguém põe os olhos sobre Benjamin Carl e, no que me diz respeito, desde que a revolta foi esmagada, a maior parte dos seus revolucionários tem passado os últimos quinze anos fazendo pão e moendo aço.

— E imprimindo panfletos — acrescentou Oliver com um tom malicioso.

O sargento Cudban espetou o anúncio de uma recompensa na parede: uma ilustração de um salteador de estradas e uma recompensa modesta.

— Queixas. Todo mundo se queixa de algo. Você é feliz, garoto? Como é que pode ser feliz quando é obrigado a vir aqui assinar o controle todas as semanas para fazer o gosto daqueles imbecis vestidos de roxo? E acha que eu sou feliz? Três policiaizinhos para fazer respeitar a ordem do parlamento, enquanto a Cidade dos Barqueiros tem dez vezes esse número. E o que fazem o dia todo, interrogam bacalhaus? Prendem gaivotas? Depois mandam os marinheiros para cá, já bêbados, para racharem as cabeças uns dos outros nas minhas tabernas.

A cabeça do policial Wattle surgiu na porta.

— O inspetor Pullinger está perguntando por que está demorando tanto.

— Está vendo, garoto? Queixas.

E depois, virando-se para o policial:

— Acho que o Departamento da Brumencantada não ia apreciar a minha resposta a essa pergunta, jovem Wattle.

Mandaram Oliver entrar no escritório. Cudban se colocou discretamente debaixo da estante das armas da delegacia, limpando os sabres da prateleira mais alta e polindo as espingardas com coronha de nogueira, guardadas mais abaixo, sempre com um ouvido atento a tudo o que se passava na sala. O recurso de poderes mentais dos cantores do mundo para obter aquilo que se desejava não era uma prática estranha no departamento. No entanto, isso não iria acontecer em Cem Cadeados, pelo menos não enquanto o bom e velho Cudban estivesse como chefe da polícia da Comunidade.

O feiticeiro gorduroso tinha uma visita sentada ao seu lado: outro cantor do mundo do Departamento da Brumencantada, embora este não parecesse muito mais velho do que Oliver. Um acólito. Pullinger coçou a testa no ponto em que tinha uma tatuagem com quatro flores púrpuras: a tatuagem marcava a sua posição na hierarquia dos cantores do mundo.

Edwin Pullinger virou o livro de registros ao contrário sobre a escrivaninha e empurrou-o na direção de Oliver.

— A sua assinatura oficial, Sr. Brooks. O meu colega aqui ao lado vai assinar em nome do departamento.

Oliver pegou a caneta e mergulhou a ponta no recipiente da tinta.

— Quando é que está pensando em se aposentar, inspetor Pullinger?

— Não pretendo me aposentar por enquanto, jovem mestre Brooks — respondeu Pullinger.

O inspetor puxou uma pequena caixa de rapé com girorroxo, colocou uma pitada nas costas da mão e inalou o pólen raro. Viciante quando inalado, o pó também potencializava o poder dos cantores do mundo. O acólito produziu um cristal verde e plano, traçando no ar uma linha de sigilos da verdade acima de todos.

Conformado, Oliver pousou a mão direita no cristal da verdade, ao mesmo tempo que Pullinger dava início ao ritual do interrogatório.

— Sofreu alguma manifestação de um dos seguintes poderes de abominação da Brumencantada? Telecinese, poder de voar, força anormal, controle mental sobre animais, invisibilidade, poder de gerar calor ou chamas…

Pullinger percorreu toda a lista de forma exaustiva.

— Não, não sofri — respondeu Oliver quando o feiticeiro terminou. — E o inspetor?

O sargento Cudban riu prazerosamente com a resposta de Oliver. Pullinger inclinou-se para frente.

— Se tivesse sofrido, jovem mestre Brooks, teria sido um reflexo de meu estudo metódico da canção do mundo e do domínio das minhas habilidades naturais sobre os ossos do mundo.

— Naturalmente.

— E essa é precisamente a questão — disse Pullinger. — Através da natureza. Naturalmente. Eu poderia pegar o policial menos dotado deste posto e, com tempo e algum esforço no sentido certo, ensiná-lo a gerir as linhas de Ley e a mover objetos com o recurso da canção do mundo.

Para ilustrar o que dizia, a caneta soltou-se da mão de Oliver e pairou no ar até o cantor do mundo.

— Não se incomodem comigo — murmurou o sargento Cudban.

Pullinger chegou para trás em sua cadeira, dirigindo-se ao seu acólito.

— Como pode ver, o jovem Brooks é o meu maior desafio. Um enigma. Qual é a quantidade de exposição à Brumencantada necessária para uma abominação se revelar?

— Entre dois minutos e uma hora — respondeu o acólito.

— Exatamente — disse Pullinger. — Podia estar tranquilamente adormecido na cama e um mistério sobrenatural se erguer do chão. A primeira coisa em que repararia seria a mudança do seu corpo pela manhã.

O rapaz assentiu.

— Dois minutos — repetiu Pullinger. — E, no entanto, o aerostato do jovem Brooks caiu precisamente sobre a cortina da Brumencantada quando tinha apenas um ano, sendo encontrado, quatro anos depois, vagando sozinho. O único sobrevivente do acidente. Quatro anos exposto à Brumencantada. Jovem demais para se alimentar sozinho. E quando voltou à superfície, não tinha poderes sobrenaturais, nem abominações e absolutamente nenhuma memória do que acontecera do outro lado da cortina.

— Talvez eu tenha sido criado por lobos — disse Oliver.

— Lembrou-se de algo do período que passou do outro lado da cortina desde a nossa última reunião?

— Não — mentiu Oliver.

Como era hábito, o cristal da verdade não reagiu à sua resposta.

— Ultimamente tem tido sonhos considerados anormais?

— Não — mentiu Oliver, sentindo o sibilar do Sussurrador nos ouvidos.

— Tem mantido conversas mentais com familiares que pensa estarem mortos?

— Não — disse Oliver —, embora não me importaria muito se isso acontecesse.

Era óbvio que Pullinger não acreditava em nenhuma das respostas dadas por Oliver. Quatro anos de exposição à Brumencantada sem qualquer abominação resultante? Era algo que nunca tinham ouvido, simplesmente impossível. Oliver se tornara o trabalho de sua vida, sua obsessão.

— Eu sei que está omitindo alguma coisa, garoto — disse o cantor do mundo. — Apesar de conseguir iludir até o cristal, eu sei que não está me dizendo tudo. Consigo sentir no meu estômago.

— Por acaso o senhor se hospedou na Pousada dos Três Sinos? — murmurou o sargento. — Parece que temos mesmo que fazer alguma coisa a respeito da cozinha de lá.

Pullinger ignorou a zombaria.

— Do que tem medo, Oliver? Do ponto de vista físico, é um rapaz normal. Não vai acabar no hospício de Hawklam dizendo disparates, isso posso lhe garantir.

— Serviria.

— Sim, Oliver. Serviria na Guarda Especial. Lá seus poderes seriam colocados a serviço do povo. Seria um herói e deixaria de ser um desconhecido, temido e detestado, para passar a ser o campeão da nação que protege seus compatriotas dos inimigos de dentro e de fora do país.

— Com um torque enfiado no pescoço — disse Oliver. — Controlado por alguém como o senhor.

— Mesmo com todos os nossos poderes, Oliver, a ordem ainda é humana. Nossa missão é dominar tudo aquilo que não é. O torque é a nossa garantia, caso um ser encantado se torne mau... ou louco. Quantos encantados já foram executados pelo torque? Este ano, nenhum.

Oliver balançou a cabeça em sinal negativo.

— Sou mais humano do que os seus amigos do departamento da Brumencantada.

— Sei que você acha que nós o temos tratado mal, mas isso não passa da perspectiva egocêntrica de um garoto que ainda não conhece nada da vida nem do mundo. Todos esses procedimentos são os mais indicados para a sua segurança e para a nossa também. Você pode se tornar um encantado durante uma noite e acordar pela manhã com tanto em comum conosco quanto os insetos de seu jardim. Por exemplo, você poderia decidir virar o corpo de seu tio do avesso apenas para ver como ele é por dentro ou andar por Cem Cadeados incendiando pessoas com a mente só para saber a diferença do timbre de seus gritos. Já presenciei situações desse gênero, rapaz.

— Eu jamais faria uma coisa dessas.

— As pessoas têm medo da Brumencantada, Oliver. Medo de que aquilo que fica além da cortina acabe envenenando Chacália, mudando suas vítimas. Medo de uma abominação que nunca foi testada e submetida ao controle do povo.

— Mas eu sou normal — exclamou Oliver quase aos gritos. — Sou igual a todos vocês!

— Você não pode ser igual, Oliver. Não depois de ter passado quatro anos para além da cortina de Brumencantada. Você é a única pessoa que já esteve lá e regressou viva.

— Eu não me lembro de nada daqueles anos.

— Que vida há para você aqui, Oliver? Seus vizinhos e amigos têm pavor do seu pescoço sem um torque, sentem-se aterrorizados com a ideia de que um dia você acorde encantado e com más intenções. Mostre para mim quem é realmente e me deixe recrutá-lo para a Guarda Especial.

— Cem Cadeados é o meu lar.

— É a sua prisão, Oliver. Você seria muito mais feliz entre os da sua espécie. O Capitão Faísca o receberia na legião como um irmão. Fogueira e os outros guerreiros da guarda fariam de você um herói.

Oliver permaneceu calado.

— As pessoas comuns veneram a Guarda, Oliver. Não haveria uma única taberna no reino inteiro em que entrasse sem que os chacalianos se acotovelassem para pagarem uma bebida para você. E as mulheres, Oliver. Certamente ainda não viu como as mulheres se derretem pelos membros da Guarda Especial. Ouvem atentamente cada palavra deles. Os escritores de Dock Street converteriam suas aventuras numa legião em mitos. O que pode haver aqui que seja melhor do que tudo isso?

— Minha liberdade — respondeu Oliver convictamente.

— Uma estranha forma de liberdade — observou o feiticeiro. — Por enquanto, não tem saído muito cara para você, mas é possível que o preço a pagar por ela seja bem mais alto em breve.

— Eu sou normal — protestou Oliver num tom que fez com que as suas palavras soassem vazias. — Normal.

Pullinger e seu fantoche do departamento prepararam-se para sair.

— Vai acontecer, Oliver, mais cedo ou mais tarde. Quando perder o controle, vamos ver quem você realmente é. Quando isso acontecer, nós estaremos lá para ampará-lo. Ou para *detê-lo*.

Cudban balançou a cabeça no momento em que os dois feiticeiros abandonaram a sala. Uma infinidade de sabres e de espingardas estava disposta sobre a mesa diante dele.

— Admiro seu caráter, garoto, mas será que está fazendo um favor a si mesmo?

— Acha que eu devia dar o que ele quer?

Cudban encolheu os ombros.

— Não tenho a menor ideia se você tem uma ponta de encantado em seu corpo ou não, mas os quatro anos que você passou do lado de lá da cortina são uma sentença de morte na opinião deles. Vão mantê-lo fichado no condado até seu cabelo começar a ficar grisalho e você andar de bengala. Isso não é vida para ninguém.

— Não é justo.

— Uma vez conheci um detetive da Ham Yard, garoto. Quando ele metia na cabeça que alguém era culpado de algum crime, inocente ou não, era melhor confessar tudo ao juiz. Eles vão pegá-lo, de uma maneira ou de outra.

— Mesmo se eu não for encantado?

— Especialmente se não for, garoto. Diga a eles que o velho Isambard Kirkhill tem enviado mensagens da sepultura para você. Deixe que enfiem um torque no seu pescoço e o coloquem na Guarda Especial. Ele não estava mentindo sobre isso. Eles vivem como os Guardiões de Açomédio. Um pouquinho de dever não muito pesado protegendo o povo do rei. Deixe os esmagadores da pesada, como o Capitão Faísca, encarregarem-se da luta de verdade que as ordens parlamentares ditarem. Antes do inverno chegar à metade, estarei lendo, em um artigo do *Notícias Ilustradas de Açomédio*, que você é um belíssimo e jovem campeão do Estado.

No entanto, Oliver não pensava na Guarda Especial, mas no hospício de Hawklam, nas palavras venenosas e sibilantes do Sussurrador e em como seria estar condenado a passar o resto da sua vida numa cela escura e abafada ao lado do inumano andarilho sonhador.

Talvez se tratasse de um sexto sentido, de alguma reação ocorrida dentro de seu corpo que, finalmente, correspondia às expectativas do departamento da Brumencantada. Fosse o que fosse, Oliver percebeu que tinha acontecido alguma coisa na Pousada das Setenta Estrelas assim que abriu a porta dos fundos. Tudo na despensa estava como devia estar: os ancinhos amontoados em um canto, os vasos de barro, as velhas galochas e a mesa redonda e empoeirada coberta com uma capa.

Apesar disso, os cabelos de sua nuca se eriçaram e ele sentiu que as coisas tinham deixado de ser como eram. Por precaução, deixou o portão do jardim entreaberto ao invés de fechá-lo, como era seu hábito. Depois, espreitou a cozinha. Damson Griggs estava deitada de cabeça para baixo sobre os azulejos da cozinha. Os olhos vazios e já sem vida fitavam uma poça de sangue. Uma pequena faca de punho de madeira estava enterrada em sua nuca. A prática e protetora Damson Griggs, uma velha mulher sem nem um pingo de maldade no corpo, assassinada com a facilidade com que um escaravelho de jardim é esmagado sob uma bota.

Oliver conteve um soluço. Sentiu que estava prestes a desmaiar, como se a sua alma estivesse sendo puxada para o céu e o seu corpo levado pela corrente ascendente da morte. Foi então que seu instinto animal de sobrevivência despertou no interior do seu corpo e o trouxe de volta à cozinha. Teria Damson Griggs entrado também pelos fundos e surpreendido algum assaltante roubando as bandejas de prata? E onde estava seu tio?

Oliver sentiu uma onda de pânico apoderando-se de seu estômago. O tio devia estar em casa. Por que razão não teria acudido aos prováveis gritos da damson? Oliver pegou uma faca pousada sobre a pedra de afiar junto à bacia de porcelana e se sentiu levemente tranquilizado pelo seu peso. Alguém tossiu nas proximidades da cozinha. Tentando não escorregar no sangue marrom, incrível e estranhamente marrom, quando obviamente devia ser vermelho, Oliver foi espreitar através da abertura da porta que dava para o corredor.

Um homem que ele não conhecia — não, dois homens — estavam mexendo nas cartas guardadas no armário da entrada. Ambos vestiam-se de escuro, roupas cujo corte Oliver jamais vira antes. Mas onde poderia estar seu tio? Oliver agarrou o cabo da faca com mais firmeza, predispondo-se a agir. Então, uma mão cobriu a sua boca e o braço que segurava a faca foi imobilizado com um aperto firme.

Era Harry Stave.

<Oliver>.

A voz estava em sua cabeça, uma vez que os lábios do hóspede se mantinham sinistramente cerrados.

<Não faça barulho, Oliver. Os outros estão espalhados pela casa. Assassinos. Mexa a boca sem usar a voz. Eu leio seus lábios.>

— Como é que consegue fazer isso? — disse Oliver silenciosamente. — É um cantor do mundo? Onde é que está o meu tio?

<Titus estava em casa quando eu saí de manhã. O eco da mente até pode ser uma técnica dos cantores do mundo, mas você pode ter certeza que não vai encontrar tatuagens roxas no meu corpo, velho amigo.>

— Quem são eles? — disse Oliver apenas com os lábios. — O que é que estão fazendo aqui?

<Quem são é algo que eu mesmo gostaria muito de saber e o que vieram fazer aqui é uma história complicada demais para eu te contar agora.>

— Estão armados? — perguntaram os lábios de Oliver.

<Só por milagre não estariam. Ouça, preciso que você vá buscar os esmagadores, Oliver. Traga tantos policiais quantos conseguir.>

— Mas você...

<É possível que Titus ainda esteja vivo lá em cima. Eu fico aqui. Se for preciso, lutarei com eles. E se não tiver outro jeito, fujo. Agora, VÁ!>

Oliver chegou à delegacia banhado de suor. O coração martelava no interior de seu peito como um tambor. Por favor, que haja alguém. Depois de bater na porta, irrompeu delegacia adentro, assustando o sargento Cudban.

— Sargento — disse Oliver assim que recuperou o fôlego. — Damson Griggs está morta! Os assassinos ainda estão lá em casa.

Naquele momento, Oliver reparou nos dois homens bem-vestidos, sentados no extremo oposto da sala.

— Bem, sargento, como pode ver, foi como eu avisei. Parece que as minhas palavras foram proféticas.

Cudban assentiu para os dois homens.

— O brigadeiro Morgan e o capitão Bates da Ham Yard, Oliver.

— E o fato de eu ter revelado o nome do líder dos assassinos também não foi uma grande façanha de minha parte — disse o homem que Cudban tinha identificado como o brigadeiro.

— Harry Stave — disse Bates, o capitão.

Os olhos de Oliver se arregalaram.

— Mas ele ainda...

— Há quinze anos, Harry Stave escapou da forca às portas de Bonegate — disse o brigadeiro. — Desde então, não tem feito outra coisa senão deixar um rastro de morte e cadáveres pelo Reino de Chacália.

— Você teve sorte de ter conseguido escapar com vida, garoto — disse Cudban. — Você disse que ele e o seu bando de degoladores ainda estão lá na casa?

Oliver gemeu. Tio Titus. Seu tio estava ao alcance de um bando de bandidos e de malfeitores e ele o tinha abandonado à sua sorte na Pousada das Setenta Estrelas. Oliver lançou um olhar para o mandado nas mãos de Cudban: uma ilustração de Harry Stave o olhava de volta por baixo de uma linha de símbolos codificados com sangue, contendo informações que apenas poderiam ser lidas por um motor de transação, seguidas pelo texto do mandado. As letras vermelhas saltaram aos olhos de Oliver. Foragido da prisão de Bonegate, 1560. Mais abaixo, uma longa lista de nomes falsos e duas iniciais enormes no rodapé da página: I. C. — imunidade da coroa caso fosse entregue morto.

Cudban retirou uma espingarda da prateleira, abriu a arma e carregou-a cuidadosamente com um cartucho de cristal.

— Quer dizer então que ele matou a Damson Griggs, garoto? Assassinando a ralé. Bem, desta vez não irá se aproximar da prisão, nem que decida se entregar.

— Mas ele me deixou escapar — disse Oliver. — Podia ter me matado também!

— Ego — disse o capitão da Ham Yard. — De que adiantaria deixar um rastro de morte à sua passagem se os folhetins baratos atribuíssem esses assassinatos a um bando rival?

O brigadeiro pegou um sabre pousado sobre o tampo da mesa.

— E os seus outros guardas?

— Um está no campo de aerostatos e o outro foi para os lados do dique e do canal de navegação de Cem Cadeados — respondeu rispidamente Cudban. — Até eles voltarem, Stave e o seu bando já podem estar a meio caminho de Hamblefolk.

— Isso não é bom — disse o brigadeiro.

— Eu já avisei o condado que estão ficando muito escassos os recursos por esses lados — disse Cudban. — Talvez agora que temos uma matança em mãos, eles me deem mais ouvidos.

— Não é isso — disse o brigadeiro. — O que eu quero dizer é que isso não é bom para você.

Ao dizer isso, fez o sabre avançar e perfurar o estômago de Cudban, girando-o enquanto o sargento recuava dois passos. Um fio de sangue jorrou da boca de Cudban, fazendo-o se engasgar em seu último suspiro. Ao mesmo tempo, o braço de Bates apertou o pescoço de Oliver e um punho fechado esmurrou suas costas, obrigando-o a se ajoelhar.

— É realmente uma coisa horrível — disse Morgan, observando a agonia da morte de Cudban com uma gravidade solene. — Um jovem que se torna encantado e mata todos em sua casa…

Seu colega continuava apoiando o seu peso sobre Oliver como uma montanha.

— …e depois assassina o oficial responsável por seu registro.

Oliver estava sendo empurrado contra o chão, incapacitado de reunir força suficiente para se libertar. O brigadeiro retirou uma corda fina como uma linha do bolso de seu casaco.

— Então o garoto se enforca numa viga da delegacia por não suportar a vergonha de seus atos.

A corda foi passada pela cabeça de Oliver e apertada em volta de seu pescoço.

— Quanto tempo você aposta, capitão? — perguntou Morgan.

— Com o peso dele? — disse Bates. — Três minutos.

— Acho que não é suficiente — opinou Morgan. — Eu diria que ele aguenta seis, engasgando-se e esperneando o tempo todo.

— Não. Muito magrelo.

— Quer apostar um guinéu, capitão?

— Combinado. Você é mesmo um canalha.

Oliver foi colocado de pé. Uma cadeira foi arrastada até ele e o laço foi passado sobre uma viga.

— Vai lá, filho — disse o brigadeiro. — Dê o seu melhor e aguente quatro minutos por mim.

Como em um sonho, retiraram a cadeira que estava debaixo dos pés de Oliver e o laço apertou-o de forma cortante. Era como se alguém derramasse metal fundido goela abaixo. Esperneando e dando pontapés no ar, Oliver até tentava gritar de dor, mas parecia não conseguir encontrar a voz para fazê-lo. Então, o chão começou lentamente a subir em sua direção. Seriam os portões do outro mundo que estavam se abrindo a seus pés?

<Esconda-se debaixo da mesa.>

Ouviu-se um disparo de espingarda e o brigadeiro foi projetado ao longo da sala numa névoa de sangue, tentando, em sua queda, apanhar uma pistola suspensa no ar. O outro detetive da Yard tentou retirar qualquer coisa do interior de seu casaco, mas Harry Stave não esperou para recarregar a arma de Cudban. Círculos de escuridão rodavam ao redor dos olhos confusos de Oliver. Harry se movia como um chicote pela sala. Certamente ninguém podia se movimentar tão rápido! A corda devia estar bloqueando a chegada de ar ao seu cérebro.

Bates dobrou-se no momento em que Harry Stave enfiou a coronha longa da espingarda em seu estômago. Então, Harry deu um passo à frente e o capitão saiu rodopiando no ar. Ouviu-se o estalo de seu pescoço partido quando seu corpo já flácido caiu no chão.

Tossindo convulsivamente, Oliver puxou a corda ainda apertada ao redor de seu pescoço. Ao olhar para cima, viu a faca balançando na parede, onde tinha ficado espetada depois de cortar o nó da forca.

— Onde é que está o tio Titus? — disparou Oliver.

Harry Stave balançou a cabeça tristemente.

— Ó Círculo!

A dimensão da calamidade que acabara de acontecer começou a tomar forma em sua consciência. Três cadáveres frescos aos seus pés: Cudban morto. Damson Griggs. O seu tio.

— Eles tentaram me matar!

— Você não passava de um bode expiatório, velho amigo. Um rapaz convenientemente fichado para culpar por todos esses assassinatos. Era de mim e de Titus que eles estavam atrás.

— Mas eles eram da polícia?

Harry tocou o corpo de Bates com a ponta do pé.

— Talvez fossem, mas nesse caso não eram do tipo de esmagadores que se costuma encontrar na Ham Yard.

Vendo que Oliver estava tentando falar, Stave levou um dedo aos lábios.

— Eu matei dois na Pousada das Setenta Estrelas, Oliver, e outros dois aqui. As perguntas ficam para depois. Agora temos que sair de Cem Cadeados.

Tudo estava de ponta cabeça. A polícia estava matando pessoas inocentes. Um assassino o estava protegendo. Todas as pessoas de quem ele gostava em Cem Cadeados estavam mortas. Oliver saiu da delegacia de polícia como um sonâmbulo, fechando a porta e deixando para trás um amontoado de cadáveres.

Fechando a porta para toda a sua vida.

Capítulo Cinco

Em nenhum momento as lições de Molly com Damson Darnay no internato foram tão intensivas como naquele mês de treino providenciado por *Lady* Emma Fairborn e suas tutoras. Aulas de etiqueta em espaços vazios e vastos como armazéns, tendo como companhia apenas a presença silenciosa dos chicoteadores da casa, vestidos de preto da cabeça aos pés. Protocolo, equilíbrio, postura... como andar, falar, pensar. A diferença entre atacar e se esquivar — muito maior do que se poderia imaginar. A diferença entre as várias facções com assento na Casa dos Guardiões: os Amantes da Terra, os Puristas, os Igualitaristas, os Gritadores e os Circulistas — que era menor do que se poderia imaginar.

Ainda não estava autorizada a perambular pela enorme mansão nem pelos terrenos cercados de muros altos, o que incluía até um pequeno lago para passeios de barco. Além disso, Molly era obrigada a voltar para um quarto compartilhado com uma das garotas, uma veterana indecente chamada Justine. Um ambiente de expectativa e de ameaça pairava no ar. O que aconteceria a ela se não fosse capaz de agradar a uma tutora? E se tropeçasse diante dos olhos gélidos de uma instrutora de dança, de filosofia ou comportamento?

— Nós não somos os trambolhos de dois *pence* vistos nas partes de trás de Hulk Square — explicava *Lady* Fairborn com um tom de desprezo na voz quando Molly se recusara a aprender alguns tópicos de assuntos mais mundanos. — Os clientes que atravessam as portas de *Fairborn & Jarndyce* decidem diretamente o futuro de Chacália ou detêm partes significativas de seus terrenos e negócios.

Molly suspirou de frustração.

— Aproxime-se, minha querida. Não fique tímida comigo. Eu sei muito bem o que é crescer num internato. Pensa que oferecer o seu corpo a um rapaz ou a uma moça é tudo o que precisa fazer para satisfazê-los, mas isso não chega nem perto de um décimo daquilo que faz uma boa amante — assegurou *Lady* Fairborn, batendo com os dedos na testa naquele momento. — O resto está relacionado com aquilo que acontece neste órgão.

Molly ia começar a perguntar:

— A senhora nasceu num…

— Não posso falar do lugar onde nasci, Molly. Além disso, essa questão é totalmente irrelevante em relação ao lugar aonde uma pessoa pretende chegar. Mas sim, tal como você, fui criada em uma ala de um orfanato de um reformatório de Açomédio. Não entre paredes bem-conservadas como as do Portas do Sol, veja bem, mas em Jangles, em meio às espeluncas da cidade, entre os esgotos e os párias.

— Mas a senhora tem um título… — disse Molly.

Fairborn soltou uma gargalhada.

— Querida Molly, as prostitutas mais bem-sucedidas que pode encontrar em Açomédio dormem com a Casa dos Guardiões inteira, o que faz com que o meu título seja uma das maiores barganhas em todo o Reino de Chacália.

Molly parecia perdida em seus pensamentos.

— Sua educação aqui não será apenas para saber fatos e onde encontrar a colher de sopa em cima da mesa, Molly. Queremos que veja o mundo tal como ele realmente é. Queremos fazer você levantar os véus da hipocrisia e das mentiras que contamos a nós mesmas para chegar ao fim do dia. Ainda pensa que seu trabalho aqui vai ser desagradável? Responda-me honestamente, por favor…

Molly assentiu.

— Isso é porque lhe venderam um tecido de mentiras com o objetivo de acorrentarem-na, Molly. Para manter você no mesmo lugar sem fazer muitas perguntas, uma mulher submissa e uma trabalhadora obediente. Sua beleza, a atração primitiva que desperta nos homens, são armas. Use-as bem e você poderá ter tudo aquilo que eu tenho. Algumas pessoas podem dizer que eu sou uma vítima, Molly, mas quando os clientes entram pela minha porta, não passam de ovelhas preparadas para serem tosquiadas, para perderem a pele… e a riqueza. Os negócios que nós fazemos por aqui são transações econômicas como quaisquer outras que possam ocorrer em um salão de baile ou em um altar circulista. Os escritores mais geniais de Dock Street podem retirar algum divertimento escrevendo minhas atividades nas páginas dos seus jornais sensacionalistas e me chamando de "rainha das prostitutas", mas a única diferença entre a filha de um comerciante prestes a ser caçada num baile de debutantes e eu é que eu defino o meu próprio preço.

Ao dizer isto, inclinou-se para frente e beijou Molly, acariciando levemente sua língua com a dela.

— E ao contrário de todas essas respeitáveis senhoras de Açomédio, eu tenho inúmeras oportunidades de repetir o processo de venda.

— Mas e o amor? — perguntou Molly.

— Essa é a maior mentira de todas — retorquiu Fairborn. — Um comichão biológico que a avisa que chegou a hora de começar a fazer pequeninas cópias de você. Além de enfraquecer o seu corpo, devasta a sua beleza. Acredite no que digo a você, Molly, se alguma vez houve um príncipe encantado à nossa espera em um cavalo, deve ter se perdido em alguma parte do caminho. O amor é como a gripe de inverno: desaparece gradualmente depois da estação. O melhor é você aprender a dominá-lo, embrulhá-lo, etiquetá-lo com um preço e começar a construir um futuro para você com ele.

Tinha chegado a hora de Molly ser apresentada ao seu primeiro cliente: um cliente para treino, como era eufemisticamente chamado, que batizaria os primeiros passos de sua carreira como prostituta de luxo na capital. Justine estava sentada atrás de Molly na cama de veludo vermelha, penteando os seus cabelos.

— Não tenha medo, Molly. Eu estive com esse cara e ele é um verdadeiro cavalheiro, velho e elegante como um dândi. A barba dele é tão cinzenta como esta escova aqui.

A voz de Molly soou como que embebida em sarcasmo:

— Por favor, tente vendê-lo para mim um pouco mais.

— Não é um dos nossos clientes habituais, mas, para vir aqui, deve ter alguma boa recomendação. Além disso, um velho sempre é melhor no vaivém. Não vai aguentar nem dois minutos.

Molly balançou a cabeça.

— Eu não consigo fazer isso.

— Você não tem escolha, Molly. Se decidir não ir até o fim agora, você vai parar diretamente na seção de limpeza e isso antes de acabar rolando por umas escadas abaixo ou ser esmagada por um armário. A única maneira de sair daqui é você saldar a dívida do seu contrato.

A garota passou um chiclete verde retangular para Molly.

— Mastiga isso, talvez facilite as coisas.

Molly mastigou a goma, desconfiada. Quase não tinha sabor e tinha a consistência da argila úmida.

— O que é isso?

— Foolha — respondeu Justine.

Molly quase se engasgou.

— Mas isso deve ter custado o resgate de um Guardião!

— Setenta soberanos a onça e a forca, se for apanhada com ela. Uma das vantagens das garotas daqui. Que idade você me dá?

— Uns dois anos a mais do que eu. Uns 18, talvez?

— Tenho 36 — respondeu orgulhosamente Justine. — Dizem que na Cassarábia existem califas com 500 anos ou mais e que também condenam à morte se apanharem alguém passando foolha do deserto através da fronteira. Nem todos os nossos clientes estão do lado certo da lei, Molly.

Molly esfregou a substância argilosa entre os dedos. Vidalonga, como era chamada nas ruas. Ninguém sabia do que era feita aquela substância ou a forma como se cultivava e os magos da Cassarábia jamais tinham descoberto se provinha de uma planta rara ou se era algum tipo de substância que se desenvolvia no ventre das escravas ao mesmo tempo que seus distorcidos biológikos.

— Eu podia ter saldado a dívida do meu contrato há dezesseis anos — disse Justine —, mas quando se passa a ter algum dinheiro no bolso, é difícil voltar a não ter nada. Muito mais difícil do que continuar sempre pobre e nunca chegar a saber qual é a diferença. E não poder comprar um tijolo de foolha por baixo do balcão no *Gattie & Pierce*.

Um pequeno sino de latão soou e, um momento depois, um dos chicoteadores mais corpulentos abriu a porta.

— Por aqui, senhor — disse Justine, chamando o cliente.

Ia recolher a sua bengala, mas o homem fez um sinal a ela para que se afastasse. Aos olhos de Molly, mais parecia um velho artista, com as extremidades de sua barba grisalha e bifurcada figurando como dois pontos exatamente dispostos por cima de um meticuloso nó de gravata.

— Se for possível, preciso de um instante para recuperar o fôlego — disse o homem. — Esta casa tem uma escadaria maior do que a do Museu de Filosofia Natural.

Havia um pequeno sotaque na forma como falava, embora Molly fosse incapaz de discernir de onde.

— Aqui está a nova garota, tal como pediu, senhor — disse Justine — embora eu tenha a impressão de que ainda não teve o prazer de conhecer nenhuma das outras senhoras antes, não é?

— Geralmente, passo as minhas horas livres cuidando das orquídeas de minha estufa ou ouvindo uma peça de música de câmara bem-executada — disse o homem. — Mas tenho a sensação de que esta é a jovem certa para mim.

Justine preparou-se para sair.

— Quando tiver terminado, basta tocar a campainha, senhor. Eu ou uma das outras damas viremos ao seu encontro para conduzi-lo por uma passagem privada. Dessa forma, evita-se qualquer risco de esbarrar com outro cavalheiro à saída.

— Sim, suponho que isso seria um pouco embaraçoso — disse o velho homem. — Embora eu preferisse que você pudesse ficar um pouco mais com Molly e comigo.

— Se deseja a companhia de uma dama extra, senhor, posso providenciar — retorquiu ela, detendo-se meio inquieta. — E, como disse, o nome dessa jovem é Magdalene...

— Minha querida, tenho a sensação de que me entendeu mal. Eu não desejo a companhia de uma jovem extra — disse o velho homem, enquanto uma lâmina de aço saía de sua bengala para se afundar na garganta de Justine. — O que eu preciso é de uma testemunha a menos que tenha visto a minha cara.

Sufocada em seu próprio sangue, Justine tropeçou e caiu moribunda sobre o puxador de feltro verde da campainha, o mesmo que devia ser usado se um cliente se tornasse muito violento. A porta se desfez de imediato e o chicoteador da casa irrompeu pelo quarto com um cassetete forrado de couro, cerrado em um punho do tamanho de um presunto. Molly não ficou esperando que o forte homem se abatesse sobre o velho homem. Em vez disso, desatou a correr por trás das cortinas de veludo enquanto os seus olhos procuravam desesperadamente uma saída. Os caixilhos das janelas tinham barras de ferro que os atravessavam. A porta estava aberta, mas bloqueada pelos dois homens. Foi então que seus olhos enfim avistaram uma lareira apagada. Antes da torre de Blimber Watts ter se desmoronado, ela limpara ventiladores menores do que aquela lareira. A memória da última vez que tinha subido por um espaço tão estreito veio à sua mente. Como ela seria capaz de voltar a fazer uma coisa daquelas?

Ouviu-se o ruído de qualquer coisa se partindo: um dos braços do chicoteador tinha acabado de ser cortado abaixo do cotovelo e o sangue jorrava do ferimento de forma abundante. A bengala do velho tinha se dividido em duas lâminas e ambas traçavam uma dança estranha e quase hipnótica aos olhos do segurança do bordel, em estado de choque.

Fosse pelo efeito desencadeado em seu corpo pelo mascar da foolha ou pela percepção de que iria seguramente morrer nos segundos que se seguiriam, Molly saltou para o interior da lareira e subiu pela chaminé acima como uma raposa que corre refugiando-se na toca. O peso frio da escuridão parecia deslizar por ela, o ar a puxava sempre mais e mais para cima, seus pés etéreos desafiavam a gravidade ao saltarem de tijolo em tijolo, ainda que os seus dedos fossem agora quase grandes demais para os buracos destinados às crianças que limpavam chaminés. O ruído vindo da boca da lareira seria um bom sinal? Quanto tempo levaria o velho para voltar ao exterior e encontrá-la novamente?Ar, frio, noite. Molly estava agora no telhado, dois andares acima da boca da lareira. Depois de reconhecer a linha do horizonte — a região ocidental das Portas do Sol, uma das grandes mansões com jardins particulares e cobertos de árvores —, deslizou pelo cano de escoamento abaixo. Sentia o fôlego escapar de seus pulmões, a cada vez que respirava. Com velocidade sobre-humana, ela descobriu que o chão fluía sob seu corpo. Saltou cercas, contornou um lago minúsculo correndo: *tac, tac,* suas mãos esbarraram num muro. Molly olhou para trás: o muro era duas vezes mais alto do que ela. Ela não teria conseguido saltar um muro daquela altura. Só podia ter sido o efeito da foolha.

Quem em nome do Círculo seria aquele velho? Não, essa não era a pergunta certa. Ele era um cartola: isso era claro como o dia, tratava-se de um dos muitos matadores de elite profissionais existentes no reino. Um assassino. A pergunta certa era: por que motivo tinha vindo encontrá-la em seu quarto? Seria Molly o seu alvo? Seguramente que não. Era pouco provável que Damson Snell estivesse em posição de abrir mão de uma boa quantidade de guinéus só para ver a jovem Molly Templar morta por causa de um cesto de roupa inutilizada. Será que ele tinha assassinado alguém antes nos outros quartos e se predispusera a fazer uma limpeza geral? Mas nem ela nem Justine viram ou ouviram algo de estranho naquela noite. Além disso, ele sabia o nome de Molly, quando não devia sabê-lo, e dissera qualquer coisa sobre uma testemunha. Talvez Justine tenha testemunhado algo que não devia e não puderam deixá-la viva para repetir e Molly tenha sido apenas espectadora. Certamente o assassino não estava atrás *dela*!

Para além dos subornos recebidos pelo inspetor, Molly não poderia ter testemunhado qualquer outro crime. Fosse como fosse, ele mesmo se encarregara de resolver esse assunto à sua maneira corrupta, vendendo a custódia dela à empresa *Fairborn & Jarndyce*. Mas o assassino sabia o seu nome. Perguntara especificamente por ela. Que forma mais cara de acabar com uma vida tão miserável.

Molly estava de volta ao Internato Portas do Sol. Seus pés tinham inconscientemente se encaminhado para aquele triste arremedo de casa. A luz da entrada estava apagada. Todo mundo já devia estar dormindo. Molly entrou no internato com muito medo. O inspetor acreditaria em sua história? Com o rastro de cadáveres que tinha ficado para trás no estabelecimento de *Lady* Fairborn, não havia outro remédio. Talvez *Lady* Fairborn abdicasse das suas perdas e a despedisse por estar amaldiçoada. Ela não trouxera mais sorte ao bordel do que aquela que deixara na torre de Blimber Watts.

As portas largas e duplas do *hall* de entrada tinham sido deixadas ligeiramente entreabertas e parecia que ninguém se sentava na cadeira do vigia noturno há algum tempo. Se o inspetor descobrisse que algum rapaz ou garota tinha escapado do serviço do turno da noite, era mais do que certo que essa pessoa estaria metida em grandes apuros. Molly virou à esquerda e desceu pelas velhas escadas de madeira, em direção ao dormitório das garotas, que ficava no porão.

Estranho. Ainda não passara das dez, apenas uma hora depois do toque de recolher da casa. Deveria haver algumas velas de sebo barato acesas. As meninas órfãs costumavam ficar lendo histórias de folhetins, enquanto falavam umas com as outras e comiam alguma fruta surrupiada dos caixotes de lixo de Magnet Market. Em vez disso, aquele espaço estava completamente às escuras, sem quaisquer contornos definidos pela iluminação da rua mais acima. Molly pegou um fósforo e acendeu uma vela.

As camas de compensado barato estavam viradas ao contrário e os cobertores grosseiros foram espalhados pelo chão, mas não era só isso.

Molly deteve-se junto a um dos muitos montes que jaziam por perto. Não se atrevia a se agachar para ver o que estava embaixo, mas acabou fazendo. Os olhos frios e mortos de Rachael a olharam de volta.

— Rachael. — Molly a cutucou. — Acorde, Rachael!

Mas Rachael nunca voltaria a acordar.

Quem poderia ter feito uma coisa daquelas? O mundo tinha enlouquecido. Assassinos de elite assaltando bordéis e a mesma matança sem sentido no Internato Portas do Sol.

— Molly — disse uma voz vinda de algum ponto debaixo dos lençóis de linho.

Algo se remexeu debaixo dos cobertores. Era Ver'fey, a garota caranguenarbiana. Ela estava ferida: uma das conchas alaranjadas de sua carapaça semelhante a de um caranguejo estava despedaçada na altura do ombro.

— Ver'fey! O seu ombro… — exclamou Molly, correndo para ela. — Pelo amor do Círculo, o que aconteceu aqui?

— Foram uns homens — respondeu a caranguenarbiana com alguma dificuldade. — Estavam vestidos como esmagadores do nono distrito, mas assim que os vi, percebi que não eram policiais.

Ela sabia do que falava, metade da polícia de Açomédio era caranguenarbiana. Seus exoesqueletos duros os tornavam soldados e guardiões da paz parlamentar naturais.

— Foram eles que fizeram isso?

— Estavam à sua procura, Molly.

— De mim?

Ver'fey sentou-se sobre um baú, exausta.

— Rachael disse a eles que o inspetor tinha enviado você para outro lugar, mas que não nos disse onde estava. Tudo o que ele comentou foi que finalmente você tinha conseguido o emprego que merecia. Um dos homens achou que Rachael estava mentindo e começou a bater nela com um Henry de Adormecer. Espancaram-na até a morte diante dos nossos olhos. Ainda tentamos fazê-los parar. Foi quando me fizeram isso — disse ela, apontando para a parte da sua carapaça que se partira.

— E as outras, onde estão? — perguntou Molly, olhando ao redor do dormitório.

— Levaram-nas — choramingou a caranguenarbiana. — Levaram todo mundo. Os rapazes também.

— Mas por quê? — disse Molly. — O que é que eles querem de nós?

— É melhor perguntar o que querem de você, Molly. Era à sua procura que estavam. O que você fez, Molly?

— Nada que vocês não estivessem sabendo — respondeu Molly. — Nada disso faz sentido.

— Talvez seja alguém da sua família.

— Que família? — disse Molly. — Vocês são a minha família!

— Sua família de sangue — disse Ver'fey. — Talvez eles sejam ricos. Ricos e poderosos o suficiente para contratarem um bando de assassinos de elite. Um pai que acaba de descobrir que tem uma filha bastarda indesejada e que está tentando simplificar o processo de herança.

Molly fez uma careta. Na gíria chacaliana, "simplificar o processo de herança" queria dizer abandonar uma criança indesejada à porta de um internato. A teoria de Ver'fey tinha um quê de verdade. Não que ela alguma vez tivesse se sentido muito desejada ao longo de sua vida, mas isso era loucura. Afinal de contas, até era possível que a sua mãe a tivesse abandonado no Portas do Sol por amor, por medo do que poderia acontecer a ela caso seu pai descobrisse que tinha concebido uma filha ilegítima.

— Saia daí, concha velha — disse Molly, ajudando Ver'fey a sair do seu esconderijo. — Eles já se foram e é melhor nós fazermos o mesmo, antes que algum deles se lembre de voltar aqui.

— Você podia vir comigo para a Cidade das Conchas — propôs Ver'fey. — Poderia se esconder lá.

— A menos que você consiga me arranjar uma armadura e um par de braços extra, acho que daria muito na cara. Você estaria em perigo a cada minuto que estivesse comigo.

— Mas para onde mais você pode ir? — perguntou Ver'fey.

— O inspetor sempre disse que eu acabaria correndo com a quadrilha-relâmpago. Acho melhor mostrar que ele estava certo e desaparecer na cidade subterrânea. Vou tentar chegar a Tristesperança e aos fora da lei.

— Mas isso é muito perigoso, Molly! — disse Ver'fey. — Você sabe ao menos como chegar à cidade subterrânea?

— Sei — disse Molly. — Não se lembra de que Rachael trabalhou para as autoridades atmosféricas?

— É verdade! Na estação do Guardião Rathbone.

A estação do Guardião Rathbone era o principal terminal da rede atmosférica para as pessoas que trabalhavam no Portas do Sol. As cápsulas que percorriam os seus túneis eram usadas diariamente por milhares de funcionários e operários. Eram dotadas de motores enormes que trabalhavam no intuito de criar um vácuo atravessado pelos trens.

— Existem entradas para a cidade subterrânea no atmosférico, Rachael passava horas falando delas. É mais seguro do que atravessar os esgotos.

Ver'fey concordou. Realmente, havia inúmeras coisas na rede de esgotos de Açomédio, mas nada com que alguém desejasse se deparar por sua conta e risco. Os limpadores dos esgotos da cidade só desciam às suas entranhas quando se organizavam em grupos de cinco ou seis.

— Por favor, Molly, venha comigo para a Cidade das Conchas. Não há nada na cidade subterrânea para você. Lá embaixo há apenas proscritos, rebeldes e a quadrilha-relâmpago. Se não for apanhada e morta por algum desses criminosos, a polícia política tratará do assunto. Eles sempre espalham gás sujo pelos túneis para eliminá-los.

Molly abanou a cabeça e se ajoelhou ao lado do corpo de Rachael.

— Ela foi sempre a mais sensível, a nossa Rachael. Estava decidida a sossegar, a conseguir um emprego modesto e seguro. Limpe o nariz. Não responda.

Ver'fey tentou puxar Molly para saírem dali.

— Tem razão, mas temos que ir embora.

— Veja aonde isso a levou, Ver-Ver. Assassinada nesta lixeira podre e imunda que ela chamava de lar.

— Por favor, Molly.

Molly pegou uma vela e a atirou em cima de uma pilha de folhetins: o papel barato se incendiou imediatamente e as chamas começaram a crescer ao redor dos lençóis grosseiros, estalando como um porco no espeto sobre brasas.

— Uma pira de guerreira para você, Rachael. Quando eu encontrar o ser desprezível e nojento que fez isso a você, a nós, juro que ele também vai arder, assim como tudo aquilo que ele ama.

Ver'fey estremeceu nervosamente.

— Molly! Oh, Molly, o que você está fazendo?!

— Deixe pegar fogo — disse Molly com um tom subitamente cansado, levando Ver'fey para fora do dormitório antes que as chamas se apoderassem por completo das velhas escadas de madeira. — Deixe esse maldito lugar pegar fogo até desmoronar!

...

Hoggstone, o Primeiro Guardião, batia o pé de forma impaciente no grande vaso de porcelana colocado junto à sua escrivaninha, decorado com imagens do triunfo da guerra civil, delicadamente reproduzidas em um tom azul de obsidiana. O encontro semanal com o Rei Julius era uma formalidade cansativa e servia apenas como um pretexto para estar com o comandante da Guarda Especial. Ainda assim, o parlamento mantinha-se fiel às suas formalidades de outros tempos. Dois cantores do mundo ladeavam silenciosamente a porta do gabinete do Primeiro Guardião. Hoggstone sorriu para si mesmo. A Guarda Especial vigiava o rei. Os cantores do mundo vigiavam a Guarda Especial. E ele os vigiava. E quem vigiava o Primeiro Guardião? O eleitorado, é claro. Essa massa anônima e amorfa, esse aglomerado uivante que estava sempre na expectativa. O Capitão Faísca entrou no gabinete. Sem o rei, mas com seu filho, o Príncipe Alpheus.

— E Julius? — perguntou Hoggstone com um tom de voz agudo.

— Outra crise da doença dos barqueiros — respondeu o capitão. — Ficará pelo menos uma semana sem poder sair do palácio.

Hoggstone suspirou e olhou para o novato. A visão de um monarca quase coroado ainda com os braços ligados ao corpo sempre o deixava nervoso.

— Mas, senhor, posso saber por que o rapaz não colocou a máscara?

— Asma — respondeu o Capitão Faísca. — Com este calor, ele quase sufoca, às vezes.

— Detesto a máscara — lamentou o príncipe. — O ferro arranha as orelhas até sangrar.

Hoggstone suspirou mais uma vez.

— Temos que encontrar para você uma prostituta real, filhote, para que ela nos dê o próximo rei. Depois pode ser que eu tente convencer a Casa a não ensiná-lo a falar. Ensinar vocês mais do que o papaguear dos votos de afirmação semanal não passa de um maldito desperdício de tempo.

— Eu odeio você!

Hoggstone se levantou e dirigiu um punho desajeitado ao estômago do príncipe. O rapaz caiu no chão dobrado em dois e o Primeiro Guardião chutou a sua cabeça.

— É assim que deve ser, Sua Alteza. Agora, fique calado, ou teremos que arrancar os seus braços mais cedo, cobri-los com uma chapa dourada e colocá-los desde já ao lado dos de seu pai no Corredor do Povo.

Faísca levantou o rapaz sem ar e encolhido do chão e sentou-o em uma cadeira.

— Isso era mesmo necessário, Primeiro Guardião?

— Para mim, sim — respondeu Hoggstone.

O pastor, esse era o apelido pelo qual tratavam o Capitão Faísca pelas costas. E era isso que ele havia sido, um rapaz do campo, até o dia em que uma brumencantada se levantou dos terrenos pantanosos e converteu Faísca em encantado, dando a ele tamanha força física com a qual os semideuses da história clássica apenas poderiam sonhar. No entanto, o homem por trás de todo aquele poder era mole. Não passava de um pateta útil e empenhado em proteger seu novo rebanho. O povo. Sim. Tudo pelo povo.

— Nós não somos tão modernos como os membros da Comunidade da Partilha Comum que trazem seus nobres por um Colar de Gideon, senhor — disse Hoggstone. — Por aqui, continuamos a contar com a sola de um sapato e um pé robusto de vez em quando.

— E era sobre a necessidade desse costume chacaliano que desejava falar? — perguntou Faísca. — Dos Carlistas?

— Sequer tenho certeza de que possamos continuar a chamar de Carlistas esse povo que temos pela frente — disse Hoggstone. — Segundo os relatos dos nossos compatriotas em Quatérturno, a máfia local parece estar se arriscando para além das banalidades comunitistas habituais.

— Você suspeita de alguma coisa?

— Há sinais de alguma agitação nas ruas. Muito intensa e disseminada para que se trate de algo que não tenha uma boa organização por trás.

— O Braço de Investigações Executivas da Casa dos Guardiões foi criado para questões desse tipo — disse Faísca.

— Os homens do governo andam ocupados rachando cabeças e limpando o sebo dos suspeitos de costume. Seja lá o que estiver se passando nas ruas, os Carlistas mais antigos estão tão atemorizados quanto nós. Os seus líderes têm desaparecido nos últimos tempos. Pelo menos, todos aqueles que se opunham à nova geração de agitadores e demagogos que estão por aí. Há um ano que a polícia fluvial está recolhendo cadáveres de homens do Comitê Carlista no Apostaflores.

— Tem algum alvo em mente para a Guarda Especial?

O tom de voz de Hoggstone pareceu frustrado.

— Não é um bandido do xeique cassárabe nem uma frota de piratas monárquicos para você poder esmagar em nome do Estado. Precisamos ser sutis.

— Eu sou capaz de rasgar placas de metal com as mãos — destacou Faísca. — As balas das espingardas ricocheteiam em mim e a minha pele consegue amortecer um florete de esgrima. Não me parece que a Guarda Especial seja capaz de grandes sutilezas.

— Mas há outros que são — disse Hoggstone.

Os olhos de Faísca se estreitaram.

— Está se referindo aos encantados do hospício de Hawklam.

Um dos cantores do mundo ao lado da porta avançou.

— Primeiro Guardião!

— Para trás — exclamou Hoggstone, alterando o tom da sua voz. — Malditos sejam seus olhos! Sei perfeitamente o que a ordem pensa daquelas coisas que temos trancadas em Hawklam.

— Elas estão lá por uma razão — disse o cantor do mundo. — As abominações que eles sofreram distorceram suas mentes ainda mais do que os corpos. Aqueles seres têm tanto em comum conosco como nós com uma praga de escaravelhos em decomposição num sótão e, tendo a chance, é provável que nos tratem da mesma forma.

— O que me interessa são as suas mentes. Não precisamos de muitos, apenas de dois deles com o talento necessário para atacarem o cerne do inimigo no meio da nossa neblina.

— Su-sugadores de almas — gaguejou o cantor do mundo. — Acha que a ordem iria libertar sugadores de almas no mundo?

— O povo não ia gostar de uma coisa dessas — avisou Faísca.

— Eu sou o povo! — rugiu Hoggstone. — A voz do povo, para o povo, e jamais permitirei que o povo caia no feitiço de uma horda de demagogos comunitistas. Não posso admitir que o talento e a prosperidade desta nação sejam manipulados por um Colar de Gideon como a carne picada que sai de um moedor. Não posso admitir uma coisa dessas!

Hoggstone bateu com o punho fechado no tampo de sua escrivaninha e apontou um dedo para o Capitão Faísca.

— Você acha que se as pessoas virem os restos humanos disformes do hospício de Hawklam, elas vão deixar de venerar o chão que a Guarda Especial pisa. E podem começar a associar os homens de sua guarda às aberrações da raça dos encantados e não à última edição do *Notícias Ilustradas de Açomédio* com a imagem de seus rostos e sorrisos estampados na maldita capa.

— É possível — reconheceu Faísca.

— O verdadeiro segredo da liderança é saber quando o aplauso da multidão se transforma num eco autodestrutivo — disse Hoggstone. — Se a escolha está entre revelar o que se esconde por trás da sua imagem de perfeição ou deixar o Estado cair na anarquia e no caos, eu escolho a primeira em detrimento da última. Mas não se preocupe, vamos manter os encantados com rédea curta e apenas os deixaremos fazer seu trabalho na obscuridade. Afinal de contas, assustar os eleitores não nos ajudaria em nada.

— Vamos precisar conceber torques especiais para eles — disse o cantor do mundo —, assim como organizar equipes que certifiquem-se de que as aberrações escolhidas não conseguirão escapar.

Hoggstone fez um gesto cansado.

— Façam isso, então. Precisamos saber quem está por trás de toda essa inquietação, quando planeja agir e em que momento espera tirar vantagem das suas maquinações.

— Como o senhor quiser.

— Como o povo quiser. E pelo amor do Círculo, coloque a máscara no filhote real antes de sair da Casa. Não quero que o *Notícias Ilustradas* escreva histórias sobre ele passeando nu pelos corredores do parlamento.

Capítulo Seis

Ver'fey chamou a atenção de Molly com um dos seus membros manipuladores, o menor deles, logo abaixo de seu grande braço-espada de osso.

— Molly, estamos sendo seguidas.

A caranguenarbiana jamais tinha visto uma trepadeira ou videira de Liongeli, mas ela ainda tinha instintos.

— Desde onde?

— Desde que saímos da Watercourse Avenue.

Molly praguejou para si mesma. Então, eles *tinham* deixado vigias na saída do internato. Maldita família. Uma coisa era saber que desde seus primeiros anos nunca fora desejada e se sentir rejeitada como o lixo da noite anterior, mas outra bem diferente era alguém do seu próprio sangue tentar se livrar das suas pontas soltas, recorrendo a um assassino para cortar a sua garganta.

— Quantos são?

— Dois homens.

Molly refletiu sobre as opções que tinham.

— Se é a mim que eles querem e já conseguiram me localizar, não vão ser só dois por muito tempo. A essa hora, o bando que matou Rachael e que revirou a casa do avesso já deve estar de novo por perto do Portas do Sol.

Ver'fey gesticulou para a rua com seu braço-espada de osso.

— Podíamos brincar de esconde-esconde e, então, cortar todos eles.

Molly balançou a cabeça em sinal negativo.

— Você é forte, Ver-Ver, mas nós duas não conseguiríamos enfrentar um grupo de cartolas. Quando chegarmos ao final da rua, você vira à esquerda e segue para a Cidade das Conchas e eu viro à direita e os despisto no *Carapaça de Anjo*.

Ver'fey fez um ruído de nojo. Como qualquer caranguenarbiano que se prezasse, nem morta ela se deixaria levar a uma casa de *jinn*. Os únicos efeitos que aquela bebida rosada provocava nos de sua espécie eram o vômito e a desaceleração do coração para níveis perigosamente baixos.

— Boa sorte para nós! — disse Ver'fey.

— Tome cuidado, Ver-Ver — pediu Molly.

Ao chegarem ao final da rua, Molly seguiu pela direita e subiu por Shambles Lane, o som do pesado corpo coberto de carapaças de Ver'fey tilintando na direção oposta diminuía à medida que ela entrava por ruelas mais estreitas entre as espeluncas do Campo de Pinch. O *Carapaça de Anjo* ficava no fim do beco, virando à esquerda. Tratava-se de um estabelecimento com três andares preparado para receber os pecadores de Açomédio e funcionava como uma espécie de *Fairborn & Jarndyce*, só que mais em conta. Dois pisos de farra alcoolizada e grosseira com quartos no terceiro andar, onde algumas mulheres com pescoços atarracados e costumes ainda mais baixos desempenhavam o ofício mais antigo de Açomédio.

Ao correr em direção à luz amarelada e brilhante daquele lugar, Molly se deu conta das duas sombras que corriam em seu encalço, ainda que, praguejando, uma parte dela estivesse contente por saber que pelo menos tinham deixado Ver'fey em paz. A jovem caranguenarbiana podia se movimentar rapidamente em uma distância curta, mas sua armadura teria feito dela uma presa fácil caso a perseguição se prolongasse. Além disso, estarem atrás dela confirmava que alguém desejava ver Molly morta. E com bastante determinação.

Molly saltou por cima de um amontoado de bêbados caídos, que roncavam, passou por uma entrada sem portas e esbarrou em outro bêbado. O *jinn* derramado foi imediatamente absorvido pela serragem espalhada pelo chão.

— Esmagadores! — gritou Molly como se fosse uma *banshee*[1]. — Fujam, é briga! No bordel de Ham Street!

O térreo imediatamente transformou-se numa confusão de cadeiras arrastadas e de gente tentando encontrar a saída mais próxima. Se havia mulher ou homem honesto bebendo ou tratando de negócios no *Carapaça de Anjo*, seguramente estava ali por engano. Como tantas outras garotas do Internato Portas do Sol, Molly ganhara alguns trocados ali durante o turno da noite, trabalhando como vigia daquele lugar à luz da Lua.

Ouviu-se um barulho de pistola vindo da entrada e alguma coisa retiniu em uma das vigas do telhado. Seguiu-se, então, uma onda de alvoroço e confusão ainda maior. Seus dois perseguidores estavam no salão e Molly mergulhou no chão, correndo e se escondendo, em meio à multidão aterrorizada. Um dos seguranças passou um bacamarte preto e velho a Molly. Ela passou por debaixo de um balcão e saiu em direção à adega, correndo por entre pilhas que iam até o teto de barris de *jinn* feitos de carvalho e marcados a fogo com o selo de seu exportador cassárabe.

Graças ao Círculo, a velha saída dos funcionários continuava aberta, escondida por uma cortina de tecido esfarrapado. Aquela era a porta de fuga caso a quadrilha-relâmpago rival decidisse mudar-se para o *Carapaça*. Molly foi cuidadosa o suficiente para deixar o pedaço de tecido exatamente como o encontrara, antes de deslizar por um pequeno escorregador e cair numa poça de água enlameada e rolhas podres, junto às decrépitas espeluncas adiante.

O labirinto de corredores era constantemente modificado, à medida que os habitantes acrescentavam novas passagens e fechavam regiões destruídas. Logo, não teriam grandes chances de apanhá-la. Molly navegou ao longo de ruas claustrofóbicas, em direção ao final mais recuado do atmosférico do Guardião Rathbone. Antes de vê-lo, Molly sentiu o seu cheiro: duas chaminés enormes soltavam uma fumaça de carvão negro para o céu, conservando os túneis do atmosférico no vácuo.

A estação do Guardião Rathbone era um castelo de mármore branco manchado de fuligem, com abóbadas de vidro arqueadas e traves mestras que se entrecruzavam no átrio central dos passageiros. Era considerada uma das mais imponentes estações de atmosférico de Açomédio — rivalizando apenas com a do Guardião Fairfax, situada ao pé do palácio, e

---

[1] *Banshee* — espírito feminino da mitologia celta, cujos gritos prenunciam a morte de quem os ouve. (N. E.)

com a do Guardião Kelvin, que ficava em frente à Casa dos Guardiões —, embora pudesse ser perigosa, uma vez que era muito tarde para que Molly pudesse se misturar à multidão de funcionários das Portas do Sol de regresso a casa. Àquela hora, circulavam por ali apenas alguns boêmios que tinham saído tarde dos cafés e dos respeitáveis salões espalhados ao longo do jardim de Goldhair.

Três homens-vapor limpavam o átrio, recolhendo lixo e polindo o Mural da Batalha de Clawfoot, que representava o momento da vitória final do parlamento na guerra civil. Molly tinha que sair depressa daquele lugar, afinal o atmosférico era uma rota de fuga óbvia demais. Contou o dinheiro que tinha nos bolsos. Faltava apenas um *penny* para comprar o bilhete mais barato do atmosférico. Droga! Se ao menos tivesse percebido isso antes, podia ter esvaziado a carteira de algum bêbado no *Carapaça de Anjo*.

Dois homens de casacos escuros surgiram do ponto mais afastado da estação e avançaram em direção ao átrio. Molly se escondeu atrás da sombra projetada por um homem-vapor, uma caçamba de ferro com pernas curtas e grossas. Não havia mesmo mais nenhuma hipótese de comprar o bilhete e correr para o cais de embarque subterrâneo. Os dois brutamontes a localizariam num piscar de olhos. Claro que eles podiam ser inocentes e não passar de simples vigilantes de uma das torres das Portas do Sol. Espreitando por detrás da sombra proporcionada pela caixa de ferro, Molly percebeu que os dois tinham se separado e estavam percorrendo a fila um pouco esparsa de passageiros, analisando o átrio com um padrão preciso. Não eram tão inocentes assim.

Molly colocou-se ao lado da caçamba de ferro, deslizando para o interior de um dos sacos de lixo. A cabeça do homem-vapor rodou para conseguir observá-la um pouco melhor.

— Olá, pequena corpo-macio. O que você está fazendo dentro de minha coleção de bugigangas?

— Baixe o volume de seu tubo falante — pediu Molly. — Dois homens andam à minha procura. Querem me fazer mal.

A cobertura de ferro do vidro de seu visor piscou de surpresa.

— Disse que querem fazer mal a você? Isso não está certo.

— Se não falar baixo, é certo que vão fazer.

O volume da caixa de som do homem-vapor baixou para apenas um sussurro.

— Tenho a sensação de que você me é familiar, pequena corpo-macio.

— Não nesta vida — respondeu Molly. — Não havia homens-vapor no Internato Portas do Sol.

O homem-vapor começou a mover suas oito pernas maciças orientadas por uma roda situada na frente, transportando-a ao longo do espaço público.

— O povo de metal não abandona seus semelhantes em internatos. Não é essa a forma de proceder da nossa raça.

— Eu preciso chegar à cidade subterrânea. Pode me levar até lá embaixo, até o atmosférico?

— Há alto nível de perigo físico na cidade subterrânea — respondeu o homem-vapor. — As regras da Comunidade não se aplicam aos que vivem por lá.

— Eu sei que é uma sociedade de fora da lei — sussurrou Molly —, mas não tenho outro lugar para ir.

— Entre em meu saco de lixo — ordenou o homem-vapor. — Seus perseguidores estão se aproximando.

Molly escondeu-se no interior do saco, deixando apenas um espaço ínfimo para poder respirar. Ouviu uma voz áspera perguntando a um passageiro se não tinha visto uma garota fugindo. O brutamontes só se esqueceu de mencionar aquilo de que Molly fugia. Depois, a voz foi ficando cada vez mais distante, até que o *tap, tap, tap* dos pés do homem-vapor ressoando no átrio se tornou o único som que chegava aos seus ouvidos.

Molly ajeitou a cabeça a fim de ter uma vista melhor do lado de fora da caçamba: as barras de metal de uma porta sendo transportadas para o telhado dentro de um elevador coberto de fuligem e grande o suficiente para abrigar o homem-vapor.

— Waldo-Açobhalah a ajudou. Aqueles que desejavam fazer mal a você ficaram para trás.

Waldo-Açobhalah, pensou Molly. Seu salvador falava da religião dos Engrena-gi-ga. Os homens-vapor veneravam os seus antepassados e um panteão de máquinas-espírito, sacrificando o mais puro coque das suas caldeiras e o óleo fervente das suas próprias válvulas e engrenagens.

Por fim, Molly pôde sair do saco.

— Muito obrigada pela ajuda, velha caldeira. Eu acho que você acabou de salvar a minha vida.

— Sou conhecido como Rodas Lentas. Pode me chamar assim.

Molly assentiu. O verdadeiro nome de Rodas Lentas era um número de série aprovado e conhecido apenas por ele e pelo Rei Vapor, o regente da raça das máquinas, mas isso não era da sua conta. Assim que começou sua descida, o velho elevador começou a vibrar.

— Pode me mostrar o caminho para a cidade subterrânea, Rodas Lentas? Queria chegar até Tristesperança.

— O caminho é conhecido pelo povo de metal, jovem corpo-macio, mas é um caminho cheio de perigos. Hesito em expô-la a tal risco.

— A Açomédio da superfície se tornou perigosa demais para mim, Rodas Lentas. Um assassino de elite anda em meu encalço e, agora, a maior parte de meus amigos morreu por minha causa. Não tenho mais para onde fugir, tenho que enfrentar os riscos da Açomédio subterrânea.

— Tão jovem — disse a velha máquina com um tom de reprovação. — Por que os guerreiros livres do seu povo querem destruí-la?

— Na verdade, eu também não sei — disse Molly —, mas acho que tem alguma coisa a ver com minha família. Acho que um dos meus parentes está tentando anular o meu direito de herança do jeito mais fácil, tirando-me de Açomédio.

— É vergonhoso que aqueles que partilham com você uma propriedade biológica ajam dessa forma. Porém, nem tudo é o que parece, existem vários gêneros de heranças.

O elevador abriu as portas e ambos saíram para um espaço amplo e abobadado. Diante deles, havia uma série de caçambas vazias semelhantes àquela que dava forma ao corpo de Rodas Lentas. Com um som estridente semelhante ao do metal sendo retorcido, a metade superior de Rodas Lentas desencaixou-se da cobertura de onde saíam suas pernas e estas ficaram para trás da mesma forma que uma tartaruga abandonaria seu casco. O novo Rodas Lentas era menor, mas tão alto quanto Molly, movimentando-se em apenas três pernas de formação tricíclica.

— O nosso caminho situa-se ao longo da plataforma de embarque do atmosférico. Os guerreiros livres que querem tomar sua vida sem dúvida vão concluir suas buscas na superfície e começar a procurar mais abaixo.

— Eu vou ser rápida — prometeu Molly.

Seguiram por um pequeno túnel iluminado a gás. No final dele, uma porta trancada dava para o principal átrio de trocas da estação do Guardião Rathbone. No centro daquele espaço circular e cavernoso, encontrava-se uma série de plataformas interligadas que transferiam os carros sem janelas das cápsulas do atmosférico entre as diversas linhas. Uma espécie de longos braços com amortecedores nas pontas empurravam as cápsulas atmosféricas pelos tubos da plataforma por meio de cortinas de couro. Molly conseguia ouvir do outro lado das cortinas o rumor da multidão de passageiros embarcando nas cápsulas desprovidas de motor. Em seguida, ouviu o ruído de aspiração da cápsula sendo conduzida ao longo da câmara de borracha até a válvula de projeção das linhas, antes de serem impelidas pela pressão para o vácuo do atmosférico.

Rodas Lentas conduziu Molly através de um caminho suspenso no átrio de trocas e os dois chegaram a um espaço menor, no qual as cápsulas se amontoavam sobre as regiões de manutenção, como se fossem toras de madeira.

— É este o caminho para a cidade subterrânea? — perguntou Molly.

— Primeiro, temos que consultar Ferrugem Vermelha — disse Rodas Lentas. — Ele é o controlador da estação e um mestre Engrena-gi-ga. Certamente saberá qual é o caminho mais seguro.

Subiram por escadas em péssimo estado até o nível de uma cabana com vista para a plataforma de manutenção. Um homem-vapor estava sentado em seu interior, observando o átrio pela janela encardida. Tinha tubos de borracha pendurados em seu crânio metálico como cabelos ondulados. Seus tubos vocálicos eram três pequenos trompetes dilatados, logo acima do seu pescoço.

— Controlador — disse Rodas Lentas. — Preciso de sua orientação para ajudar essa jovem corpo-macio.

A voz de Ferrugem Vermelha ecoou como um arame raspando em ardósia.

— Quando nós não necessitamos da orientação dos que prosseguiram ao longo do caminho do padrão supremo, Rodas Lentas?

— Minha necessidade é particularmente grande, controlador — disse Molly.

Os tubos de borracha de sua cabeça tilintaram quando Ferrugem Vermelha girou a sua cabeça formidável para encarar Molly.

— Uma necessidade particularmente grande, então? Percebo certa precipitação em suas palavras. Talvez fosse melhor você parar um pouco para meditar sobre o seu lugar no padrão supremo.

— Os acontecimentos me obrigam a agir assim, velho vaporoso.

— Mesmo? Nesse caso, o melhor é lançarmos as rodas de engrenagem e ver o que Engrena-gi-ga tem para nos revelar esta noite.

Rodas Lentas passou ao controlador uma xícara de porcelana repleta de pequenas peças metálicas de diversos tamanhos. Ferrugem Vermelha derramou uma pequena porção de um óleo escuro, praticamente cor de sangue, de suas válvulas no chão e depois de espalhar as engrenagens sobre a poça, desenhou um dígito de ferro na mistura.

— Vejo uma garota emergindo dos destroços de uma torre desmoronada.

— Imagino que seja eu — disse Molly.

— Vejo sombras. Estão se movimentando pela cidade. Mortes. Um perseguidor.

— Muita gente está morrendo em Açomédio — disse Molly.

— Vejo o seu desejo de viajar até o ventre do mundo, de escapar dos perigos semeados em seu caminho — disse Ferrugem Vermelha.

— Esse é mesmo o meu desejo, senhor — disse Molly.

— Vejo...

Ferrugem Vermelha se deteve.

— Ah, compreendo. Grande complexidade. Muitas rodas. Você fez bem em trazer essa corpo-macio até nós, Rodas Lentas.

— Ela é conhecida entre nós — disse Rodas Lentas.

— De fato, ela é. As engrenagens já giraram tanto até hoje e agora elas se voltaram para cá — disse o controlador, olhando para Molly. — O que você vê nas engrenagens, jovem corpo-macio?

— Não sou um mestre Engrena-gi-ga, controlador.

— Não importa, observe as engrenagens. Sinta o padrão através da sua mente. Diga-me o que vê aqui.

Molly ajoelhou-se para observar. O cheiro do óleo escuro a deixou tonta.

— História. Vejo a história rodando, voltando para si mesma.

Ferrugem Vermelha pareceu satisfeito com aquela resposta.

— Já vivi muitos anos. Testemunhei a passagem rápida de inúmeras gerações de corpos-macios diante da nossa roda, sempre cheios de pressa e com as ambições precipitadas da sua espécie de sangue-veloz. No entanto, nunca conheci nenhum capaz de ler as rodas de engrenagem.

— É extraordinário — concordou Rodas Lentas.

— Mas não sem precedentes — disse Ferrugem Vermelha.

— Você conseguiu ver mais alguma coisa — disse Molly. — Alguma coisa que não queira me dizer...

— Assim foi — disse Ferrugem Vermelha. — Muitas vezes, aquilo que se cala vale tanto quanto o que se diz e, por vezes, conhecer o futuro pode alterá-lo. Há coisas sobre as quais jamais falarei.

— Quer dizer que vai me ajudar a chegar à cidade subterrânea de Tristesperança? — perguntou Molly.

— Sim, lamentavelmente, vamos ajudá-la — respondeu a caixa de voz rouca. — Seu caminho e o do nosso povo estão de alguma forma entrelaçados. Desejava apenas que tivéssemos um guerreiro para acompanhá-la, um herói. Infelizmente, nossos cavaleiros-vapor se encontram todos além das fronteiras do Estado Livre dos Homens-Vapor e enviar um emissário daqui para buscar um deles poderia levar muito tempo.

— Eu posso acompanhá-la, controlador — disse Rodas Lentas. — Fui eu quem a encontrei.

— Você, Rodas Lentas? — perguntou Ferrugem Vermelha, soltando um assobio por seu coração de caldeira que soou como uma gargalhada. — Trata-se de uma missão destinada a metal mais jovem. Sua forma foi elaborada pelo Rei Vapor ainda antes da minha e eu sou dos homens-vapor mais velhos dentre os que trabalham no atmosférico.

— De fato é como diz, controlador. Nossos caminhos estão entrelaçados pelo padrão supremo.

— Você é apenas um pobre rascunho de cavaleiro, Rodas Lentas, mas assim será. O velho metal guiará o corpo-macio. Juntem-se a mim.

Rodas Lentas deslizou para o lado de Molly e uma vara de cristal fino expandiu-se a partir do controlador fazendo um buraco no tronco de Rodas Lentas. Ambos permaneceram unidos por um minuto, até que Rodas Lentas se libertou do braço de cristal com um ruído semelhante ao de vidro se partindo.

— Agradeço por sua sabedoria, controlador.

— E eu por sua coragem, Rodas Lentas.

O velho homem-vapor tomou Molly pela mão e ambos deslizaram para fora da cabana.

— O que ele compartilhou com você? — perguntou Molly.

— O conhecimento sobre os caminhos e passagens que dão para a cidade subterrânea — explicou Rodas Lentas. — Os túneis pelos quais viajaremos são alterados com grande frequência. Os fora da lei de Tristesperança bloqueiam algumas grutas para confundirem a polícia política e os soldados do forte Downdirt. A polícia política tem o hábito de enviar escavadores para destruírem esses túneis. Além disso, há a corrente de fluxo terrestre que corre pelo solo, trata-se da mesma energia com que as linhas de Ley provocam terremotos flutuantes.

A menção àquele termo provocou um arrepio na espinha de Molly.

Regiões inteiras totalmente devastadas pelas forças da terra, vindas das suas profundezas e enviadas pelos ares em espiral, levando qualquer desgraçado suficientemente azarado para estar sobre o solo no momento. Se aqueles apanhados numa dessas projeções de terra tivessem alguma sorte, as ilhas aéreas recém-formadas estabilizariam a uma altura suficientemente baixa para que os aerostatos da MRA pudessem auxiliá-los. Se tivessem menos sorte, subiriam pelos ares até não serem mais vistos, na noite sem ar, para além do alcance dos aerostatos da MRA. Suas sepulturas geladas formariam assim uma sombra ocasional e passageira sobre a terra mais abaixo.

Geomancia era o primeiro dever da ordem dos cantores do mundo, que precisavam saber escutar e acalmar as forças letais que surgiam das camadas abaixo do solo antes de eclodirem com violência e destruírem grandes extensões de terra em Chacália.

— Podemos chegar até lá a pé? — perguntou Molly, tentando afastar seus pensamentos da possibilidade de uma projeção de terra.

— À cidade subterrânea? Vamos ter que fazer uma parte do caminho dessa forma — respondeu Rodas Lentas —, mas o primeiro trecho da nossa viagem será feito de atmosférico.

O homem-vapor entrou numa pequena cápsula de serviço revestida com feltro, abrindo uma porta circular na parte traseira da placa de metal achatada. Lá dentro não havia nenhuma das comodidades próprias das cápsulas de passageiros: não tinha os assentos almofadados e revestidos com veludo, nem iluminação a gás, apenas um pequeno banco de madeira do lado oposto do carro e umas tiras de couro acopladas às paredes internas com ferramentas de aspecto esotérico amontoadas em suas bolsas. Molly entrou no carro logo atrás de Rodas Lentas, fechando a porta e fazendo girar uma roda para trancá-la.

Por um momento tudo ficou às escuras, até que uma faixa fosfórea acendeu ao longo do teto da cápsula com uma luz verde sobrenatural.

— É melhor você se sentar e agarrar uma dessas tiras do teto — aconselhou Rodas Lentas.

Com um solavanco, a cápsula passou pelo dispositivo de segurança da válvula de envio feito com borracha. Quando a aba fechou, a outra extremidade da câmara se ergueu e a cápsula transportadora avançou. Imóvel por um instante, o carro desprovido de motor começou a acelerar através dos túneis revestidos de chumbo do atmosférico no momento em que a diferença de pressão atingia o valor adequado.

Embora Molly não tivesse até então muitas oportunidades de usar o atmosférico público, a viagem no interior da cápsula fechada decorreu de forma bastante monótona. A velocidade apenas variava quando a cápsula desacelerava e voltava a acelerar ao passar pelas estações injetoras de pressão.

Depois de meia hora de viagem, decorrida em silêncio quase absoluto, a cápsula de serviço se deteve e Rodas Lentas retirou de um caixote uma máscara com óculos de proteção, ligando-a a um cilindro de oxigênio de latão com duas tiras suspensas na parte da frente.

— Lá fora ainda há vácuo. Coloque esta máscara no rosto enquanto eu a ajudo com o cilindro de oxigênio.

A pequena lata era mais pesada do que parecia e Molly quase caiu devido ao peso quando a colocou nas costas. Rodas Lentas ajustou as faixas em seus ombros e, com o peso já bem-distribuído, o campo de visão de Molly foi reduzido à vista obtida através das duas lentes de vidro da máscara. Foi necessário ainda mais algum tempo até que se habituasse à máscara: tudo parecia mais afastado do que estava na realidade.

Quando Rodas Lentas certificou-se de que ela poderia se mexer livremente e respirar, ajustou o nível de pressão da cápsula para ser o mesmo que o do túnel e os dois saíram para uma plataforma de pedra no interior de uma das válvulas de recepção do atmosférico, cheia de utensílios de escavação de túneis, solda de chumbo e sacos de areia. A plataforma estava iluminada pela mesma luz verde da cápsula do atmosférico. Por causa disso, o túnel parecia brilhar. Molly avançou para além dos para-choques que tinham detido a cápsula de serviço e passou um dedo pela parede fria. A ponta do seu polegar brilhou com uma mancha de líquen verde.

Rodas Lentas acenou para Molly do lado oposto da plataforma, enquanto avançava até uma porta semelhante a de um cofre, incrustada na pedra. A porta dava para um pequeno cômodo e outra porta. Ao puxar a corrente suspensa de uma máquina encostada num canto, Rodas Lentas reaproximou-se de Molly ao mesmo tempo que um som sibilante fazia seus ouvidos estalarem.

— Aqui já é possível respirar — disse Rodas Lentas, retirando o cilindro de oxigênio das costas de Molly. — As passagens para a cidade subterrânea começam por esta porta.

Literalmente um peso foi tirado dos ombros de Molly.

— Eles nunca vão me encontrar aqui, Rodas Lentas. Estamos livres.

— Liberdade de regras não equivale à segurança — disse Rodas Lentas. — Na verdade, aprendi já há algum tempo que, com os corpos-macios, as coisas geralmente funcionam da maneira inversa.

Rodas Lentas abriu a segunda porta e Molly ficou boquiaberta: para além dela se encontrava um átrio, seguido de uma escadaria que dava para um nível mais abaixo. Era um lugar enorme, uma catedral gigantesca. As colunas suportavam o peso do teto e as estátuas iluminadas nos nichos pela já familiar luz de líquen eram tão grandes como as casas de Açomédio.

— Não compreendo — disse Molly, maravilhada com a proporção daquele espaço.

— Hoje em dia o povo subterrâneo e os fora da lei vivem aqui — disse Rodas Lentas —, mas não foram eles que construíram tudo isso. Há milhares de anos, os chacalianos viviam sob o jugo de Quimeca, o velho império. Essas ruínas são tudo o que resta daquele tempo.

Quimeca. Embora isso fizesse parte da história antiga, Molly quase não se lembrava dos deuses insetos, dos gafanhotos sacerdotes e dos sacrifícios humanos.

— Eu achava que a cidade subterrânea não passava de um nível antigo de Açomédio que tinha sido construído abaixo dos esgotos.

Rodas Lentas balançou sua cabeça em sinal negativo.

— Não, nem sempre foi assim. Durante os tempos antigos, houve um período de grande frio e, para sobreviver, os quimecanos desenvolveram pelo mundo inteiro suas cidades abaixo da superfície. Diz-se que o primeiro homem-vapor, Loas, é originário dessa época, tempo das máquinas sagradas.

Molly olhou fixamente para os pássaros-morcego, pequenos pontos negros que voavam em círculos próximo do teto.

— Sempre me perguntei por que a polícia política não podia simplesmente bombardear os fora da lei com gás sujo. Aqui embaixo, os esmagadores poderiam perder uma legião inteira de policiais.

— Nós conhecemos somente uma pequena porção de todas as passagens — disse Rodas Lentas. — Muitas delas foram bloqueadas com o passar dos tempos e as que você vê aqui dão para vários pontos longínquos e profundos. Houve cidades subterrâneas que ficaram inteiramente submersas, à medida que a terra girava e rodava em sua viagem por toda a extensão do padrão supremo.

Molly olhou para um grande pedaço de parede caído junto às escadas, quase a um quilômetro da descida.

— Desde que não desmorone enquanto nós estivermos aqui…

— Ferrugem Vermelha escolheu esta saída por sua estabilidade e distância de Tristesperança — disse Rodas Lentas. — É pouco provável que encontremos sentinelas por aqui. Só quem trabalha no atmosférico sabe da existência deste lugar.

— A cidade dos fora da lei ainda é aqui embaixo? — perguntou Molly.

— Creio que sim, materialmente se não espiritualmente — replicou Rodas Lentas.

Seus eixos circulares deslizaram pelas escadas abaixo até uma escadaria muito menor, escondida atrás do nicho de uma estátua.

— Esta passagem dá para as proximidades da grande gruta das Profundezas Duitzilopochtli. É lá que fica Tristesperança, no centro da floresta dos fungos, a um dia e uma noite da nossa localização neste exato momento.

Molly e Rodas Lentas desceram pela passagem lateral por várias horas, com a luz dos líquens aumentando de maneira irregular em determinados lugares e desvanecendo-se em outros, de modo a deixá-los, às vezes, mergulhados numa escuridão quase total. De tempos em tempos, surgiam desvios nas escadas que davam para aposentos feitos para descansar, com formato de caixas, onde haviam pranchas em forma de cama, esculpidas e aplanadas nas paredes. Se o caminho tivesse sido feito em sentido ascendente e não descendente, aqueles espaços teriam sido muito úteis para descansarem. No entanto, Rodas Lentas já tinha decidido que a primeira parada seria feita na floresta dos fungos. O caminho acabou se fragmentando em quatro direções distintas e Rodas Lentas levou Molly pela passagem mais à esquerda.

Duas horas mais tarde, a saída dessa passagem converteu-se num ponto brilhante ao longe. As pernas de Molly estavam doloridas do esforço de descer escadas e suas panturrilhas tensas e contraídas. Ela saiu do túnel.

Por um momento, Molly chegou a pensar que devia haver algum engano, talvez um equívoco de gravidade. Deviam ter voltado à superfície, já que a luz verde dos líquens havia sido substituída pelo brilho da luz do dia. Depois da escuridão da passagem lateral, seus olhos ficaram umedecidos. Pestanejando para afastar as lágrimas, compreendeu, por fim, que estava à beira de uma encosta, um muro de pedra que se elevava em direção à neblina a uma distância incalculável acima deles. O nevoeiro era banhado por uma luz vermelha, crepitando a intervalos descompassados com energias cruas, semelhantes a relâmpagos.

Abaixo da névoa e estendendo-se até onde seus olhos podiam alcançar, havia uma floresta de cogumelos dobrados sobre si mesmos, tão altos e densos como carvalhos. Muitos dos fungos tinham uma cor escura como ébano, mas havia também amostras de cor na floresta, espirais estriadas com manchas brilhantes, avermelhadas, douradas e cor de jade.

— Pelo Círculo — disse Molly. — Isso é muito bonito. É como se houvesse um sol aqui embaixo.

— Observe — disse Rodas Lentas, apontando para uma falha no vapor no teto da gruta envolta em neblina. — Não se trata apenas de um sol, mas de vários. São cristais deixados pelos feiticeiros do Império Quimecano. Usavam suas máquinas de cristal como Chacália usa seus cantores do mundo, para orientar e gerir os fluxos terrestres das linhas de Ley, de maneira a evitar que as cidades subterrâneas fossem esmagadas com a rotação do mundo. As faíscas que você está vendo são os reflexos da violência do mundo convertidos em luz.

— Nós devemos nos apressar agora? — perguntou Molly, apontando para a floresta.

— Primeiro você deve dormir — disse Rodas Lentas. — Estamos no extremo norte das Profundezas de Duitzilopochtli. A maior parte das sentinelas da cidade dos fora da lei está ao sul, onde ficam as entradas mais acessíveis para quem vem de Açomédio, isto é, os esgotos da região.

Rodas Lentas a conduziu pela parede do penhasco e os dois chegaram à frente de um antigo templo esculpido na pedra. Num dos lados da entrada, depararam-se com uma figura de pedra, sentada e encolhida. Pareceria totalmente humana se não tivesse uma horrível cabeça de besouro. Essa figura era acompanhada por uma segunda estátua humana do lado oposto, de cujo pescoço surgia, por sua vez, uma cabeça de aranha colossal.

— Este lugar não me agrada nem um pouquinho — disse Molly.

— Os deuses antigos perderam seus poderes depois da queda de Quimeca — disse Rodas Lentas. — Os templos e as forças da antiga Caotyl Selvagem não têm mais nenhuma influência por esses lados. É melhor descansarmos sob a proteção destas paredes. Existem manadas de bicadores no interior da floresta.

Apesar dos seus receios, Molly aceitou o conselho do homem-vapor, mas só quando entrou no interior do templo que a sensação de cansaço apoderou-se dela. Molly estremeceu. Há muito tempo, os gafanhotos sacerdotes tinham praticado seus rituais obscuros ali… ela podia sentir. Pelo que podia se recordar de suas lições do internato, o panteão dos deuses da Caotyl Selvagem continuava a pairar sobre o mundo como uma horrenda memória ancestral. Cada deus era mais obsceno do que o anterior, dos deuses menores como Khemchiuhtlicue, o Bebedor de Sangue, e Scorehueteotl, o Queimador de Estaca, até o próprio Xam-ku, o velho Pai-Aranha.

No meio da noite, pelo horário de Açomédio, Molly finalmente caiu num sono repleto de sonhos profundos e sucessivos. O espírito de Rachael veio ao seu encontro para avisá-la que Tristesperança não era lugar para uma boa menina do Portas do Sol e insistiu para que ela arranjasse um emprego respeitável como costureira. O inspetor foi o próximo a surgir diante dos seus olhos, com o corpo ainda coberto pelas feridas causadas pela tortura do bando que devastara o internato. Ele gritava incessantemente que ela acabaria na forca diante de Bonegate, até que, de repente, ele foi decapitado pelo velho assassino refinado do bordel, cuja bengala se dividia em dois sabres de lâminas afiadas como num truque de mágica.

— Onde está meu pai? — perguntou Molly ao assassino.

— Eu sou o seu pai — respondeu o assassino. — E você é uma mancha terrível para a nossa família. Não acho que possamos continuar suportando a sua existência.

— Você não devia tentar me matar — disse Molly. — Eu gostaria de falar com a minha mãe.

— Ela morreu de vergonha — disse o assassino. — Quando você nasceu.

— Isso não é verdade.

O assassino de elite empurrou-a para a sujeira, afastando o cabelo ruivo que cobria a parte de trás do seu pescoço.

— Chegou a hora de você morrer, Molly Templar.

— Por favor — suplicou Molly. — Eu só queria ver a minha mãe ao menos uma vez antes de você me matar.

— Não se mexa. Vou mandar você para lá agora.

Foi Rodas Lentas quem a acordou, em vez do beijo frio do sabre de aço. Molly soltou um suspiro.

— É meio-dia no mundo da superfície, Molly corpo-macio. É hora de partir.

Os primeiros fungos da floresta eram árvores altas de cogumelos com vários brotos repletos de manchas vermelhas. Logo, o solo coberto de líquens se tornou sucessivamente mais denso, com cogumelos mais escuros e uma única flor. Por vezes, precisavam voltar um pouco para que Rodas Lentas pudesse redefinir o trajeto.

Molly observou um roedor semelhante a um esquilo mastigando alguma coisa num dos troncos.

— Aqui você poderia viver livre, Rodas Lentas. Se você não se importasse de fazer uma dieta de cogumelos.

— Tristesperança é um lugar mais seguro — disse o homem-vapor. — Relativamente falando.

— Ainda é como nas lendas do Homem Verde?

— Duvido que alguma vez tenha sido o lugar desses contos, Molly corpo-macio — respondeu Rodas Lentas. Em seguida, acrescentou, como se isso explicasse tudo: — É uma cidade de fora da lei.

— Vamos ser bem-recebidos?

— Há muitos anos, meu povo não tem um conhecimento atualizado sobre o que se passa em Tristesperança — disse Rodas Lentas. — Há poucos homens-vapor fora da lei, embora um de nossa espécie viva lá. Chama-se Chaminé Prateada. É uma aberração.

— Você quer dizer que ele é defeituoso?

— Qual de nós não fica defeituoso com o passar do tempo? — respondeu Rodas Lentas. — Não. O que eu quero dizer é que ele é uma junção, uma criatura formada a partir de cadáveres de homens-vapor pela mão de um mecomante humano. O padrão dele foi violado, sua arquitetura prevista pelo Rei Vapor foi adulterada. Três almas dos nossos antepassados vivem aprisionadas no interior das placas que compõem o seu corpo e tudo isso porque ele se recusa, de maneira egoísta, a ser desativado. É uma grande desonra para ele.

Molly lembrou-se de seu sonho da noite anterior.

— Pobre Chaminé Prateada.

— Foi por isso que ele se refugiou na cidade subterrânea. Ainda assim, continua a ser um homem-vapor. O controlador enviou uma mensagem para ele. Se ainda estiver ativo, espero que venha nos receber às portas da cidade.

— Uma mensagem? — disse Molly. — Não me diga que existe uma rede de cristais aqui embaixo!

Rodas Lentas apontou para a neblina do teto, na qual pontos negros rodopiavam pelas correntes de calor da caverna.

— Existem formas mais antigas para se enviar uma mensagem, jovem corpo-macio. Nessas profundezas, pássaros-morcego treinados com anilhas em suas pernas executam a tarefa com igual eficácia.

Eles avançaram num ritmo constante durante o resto do dia, sem que acontecesse qualquer coisa digna de nota, exceto quando uma das árvores de cogumelos fez chover esporos sobre os dois, fazendo com que os olhos de Molly inchassem e adquirissem o tom avermelhado de uma bola de quatro-pinos. A jovem espirrou descontroladamente durante os três quilômetros que se seguiram. Além das linhas formadas pelos estranhos relâmpagos alimentados pelos fluxos terrestres, a luz vermelha e brilhante dos cristais situados muito acima nunca variava ou diminuía de intensidade. Era sempre dia nas Profundezas de Duitzilopochtli.

Ao final da tarde, o chão da caverna começou a se inclinar para cima e a floresta dos fungos se tornou menos densa. A existência de campos de tocos no meio daquela sujeira sugeria uma derrubada maciça, feita pelos habitantes da cidade subterrânea. Antes da curva de uma colina, chegaram a um campo de aspecto diferente, com lápides e marcações de pedra sugerindo um cemitério que se estendia de volta à floresta fúngica.

— É aqui que Chaminé Prateada virá nos encontrar. Isto é, se ele ainda estiver ativo — disse Rodas Lentas.

O homem-vapor deslizou ao longo do caminho, em direção a um santuário num canto do cemitério. O templo parecia tão abandonado como a estrutura quimecana na qual Molly tinha repousado na noite anterior, embora não tivesse as efígies meio-humanas, semi-insetos. Molly deduziu que o santuário tinha sido construído pela cidade dos fora da lei e não pelo antigo império desaparecido. Ao espreitar o seu obscuro interior, Molly distinguiu uma figura agachada no chão: um homem-vapor, tão silencioso como as estátuas dos Guardiões na Praça do Parlamento.

— Não vai nos saudar, Chaminé Prateada? — perguntou Rodas Lentas.

Erguendo-se sobre um tripé de pernas semelhantes a pinças, o grande corpo esférico da criatura rodou sobre si mesmo com uma cabeça prateada que parecia uma cúpula surgindo de uma íris do globo.

— Pensei que não fossem necessárias saudações, Rodas Lentas. O controlador não recebeu a minha mensagem?

— Nós não esperamos pela resposta — disse Rodas Lentas. — As rodas Engrena-gi-ga já tinham sido lançadas.

— Nesse caso ele as leu mal, Rodas Lentas. Tristesperança não é mais o lugar que foi um dia. Qualquer que seja a ameaça que paira sobre essa corpo-macio em Açomédio, é apenas uma fração da desordem que impera aqui embaixo neste momento.

Rodas Lentas deslizou ligeiramente para trás.

— Não estou entendendo.

— Então, permita que eu mostre para vocês — disse Chaminé Prateada, enquanto suas três pernas o levavam para fora do templo.

Os três aproximaram-se do cume da colina para observarem o vale mais abaixo.

Os antigos zigurates do período quimecano espalhados ao redor do solo da gruta tinham sido suplantados pelas torres de uma cidade humana, fumaça surgindo de oficinas e manufaturas. Era parecida com a região de Jangles em Açomédio, quando vista do topo da colina de Rottonbow.

— Onde está a cidade das árvores? — perguntou Rodas Lentas. — O forte e o Lago Chalchiuhtlicue?

— A cidade foi cortada. O forte reconstruído. O lago drenado — respondeu Chaminé Prateada. — O Conselho Anárquico caiu há cerca de três anos. O que resta dos seus membros está atrás de vocês, nesses terrenos.

— Você não nos relatou nada disso — disse Rodas Lentas, com um tom acusador.

— Relatei, sim, mas vocês não receberam as minhas mensagens. O novo regime trouxe coisas voadoras, com dentes e garras. Numa semana perdi todos os meus pássaros-morcego. Vocês tiveram sorte de sua mensagem ter chegado até mim. É a primeira carta que recebo do povo de metal em anos.

— É estranho que todas essas mudanças não tenham chegado aos nossos ouvidos — disse Rodas Lentas.

Era claro que ele não estava habituado à ideia de que uma informação daquele tamanho pudesse escapar à atenção da rede onisciente dos homens-vapor.

— Mais estranho ainda é o fato do novo regime ter sido capaz de identificar instantaneamente todos os informantes da polícia política aqui embaixo — disse Chaminé Prateada. — Os que ainda permanecem vivos têm agora a função de dizer aos Guardiões da superfície tudo aquilo que o novo regime quer que eles ouçam.

Profundamente desapontada, Molly observou fixamente Tristesperança. Ela tinha a expectativa de que a liberdade tivesse uma aparência diferente, que não se parecesse com uma réplica em miniatura de Açomédio. No entanto, por pior que as coisas parecessem estar, sua família assassina não seria capaz de localizá-la ali embaixo.

Chaminé Prateada estendeu uma capa verde com um grande capuz para Molly.

— Vista isto, Molly corpo-macio. Se alguém falar com você antes de chegarmos aos meus aposentos, não se esqueça de tratar seus interlocutores por compatriota em vez de senhor ou damson.

— Eles são comunitistas? — perguntou Molly.

— Não mais — respondeu Chaminé Prateada, virando-se para trás para contemplar as lápides de mármore branco do Conselho Anárquico. — Não. Não são mais.

Capítulo Sete

Se Harry Stave era mesmo um típico criminoso, então Oliver não conseguia entender por que razão os policiais não o tinham prendido há muitos anos. Desde que tinham fugido do posto policial de Cem Cadeados, tudo o que fizeram foi entrar no bosque ao sul da cidade, avançar até o meio de uma clareira e fincar no chão uma estranha bandeira amarela com um círculo negro no centro.

— E agora? — perguntou Oliver, observando a forma como a garoa que caía ensopava a bandeira bizarra.

— Agora esperamos — disse Harry Stave.

— Esperamos pelo quê?

— Esperamos três horas, velho amigo — disse Harry.

— Não era isso que eu queria dizer.

— Eu sei.

Oliver percebeu que não conseguiria arrancar mais nada dele, de forma que se calou e esperou. Àquela altura, alguém já devia ter descoberto os corpos na delegacia. Por outro lado, os corpos na Pousada das Setenta Estrelas poderiam levar semanas até serem descobertos. Damson Griggs trouxera todas as suas coisas para aquela casa. Sua ausência seria a primeira a ser notada por um dos vizinhos intrometidos dos quais ela vivia reclamando. Ou talvez um dos parceiros de negócios do tio Titus enviasse um mensageiro para saber o que acontecera com o proprietário solitário.

Pouco depois de se passarem as três horas, uma figura surgiu do lado oposto da clareira, encoberta pela cortina de chuva que estava um pouco mais densa.

— Quem é aquele? — sussurrou Oliver.

— Se estivermos com sorte, é a nossa passagem para sairmos daqui — respondeu Harry.

— Harry! — chamou a figura.

Harry Stave não se moveu, pois estava sob uma árvore, escondendo-se da chuva.

— Monks! Você não devia estar aqui. Onde está Landless?

— Foi transferido — disse Monks. — Quem é o rapaz?

— O sobrinho do assobiador. Precisamos sair daqui. Fomos enganados.

Oliver estava prestes a perguntar por que chamavam seu tio de assobiador, mas Harry fez sinal para ele continuar calado.

— Chegou a se encontrar com o atravessador, Harry?

— Ele não apareceu. Por isso coloquei um sinal. Uma quadrilha rival chegou e, por pouco, não acabou conosco. Estou dizendo, fomos enganados e precisamos sair daqui agora!

— É para isso que estou aqui, Harry. Vamos.

Harry fechou os olhos sem se mexer. Algo semelhante a uma sombra separou-se do corpo do criminoso, um contorno espectral, avançando em direção à chuva e pela clareira. Para espanto de Oliver, uma criatura do mesmo gênero emergiu do seu corpo, partindo no encalço do fantasma de Harry.

<Silêncio> avisou Harry. <Agora estamos escondidos debaixo da árvore. Ele não consegue nos ver assim.>

No centro da clareira, dois estalos-trovão explodiram e uma língua de fogo absorveu as duas aparições, partindo, em seguida, na direção das árvores mais à esquerda.

— Maldição! — disse Harry. — Um bom atirador. Eu detesto estar certo.

Ambos correram para o interior da floresta, ao mesmo tempo que o homem chamado Monks gritava qualquer coisa às suas costas.

— Ele era seu amigo? — conseguiu dizer Oliver, enquanto corria como uma flecha por entre as árvores.

— Um colega — disse Harry. — Era uma droga de uma armadilha. Meu próprio povo.

Ouviu-se outro estalido às suas costas. Quem quer que fosse estava atirando às cegas na direção das árvores. Oliver abrigou-se debaixo de um carvalho caído.

— Você não parece muito surpreso.

— Digamos apenas que já tinha as minhas suspeitas.

Oliver apontou para o norte.

— Acho que a cidade fica nesse caminho.

— A esta altura, ela já deve estar muito vigiada — disse Harry, instigando Oliver a prosseguir. — Além disso, nunca me sinto muito bem em lugares em que não sei onde fica a porta dos fundos.

Os dois seguiram em direção a oeste por uma trilha na floresta ensopada pela chuva, voltando para trás e mudando de direção para despistar qualquer eventual perseguidor. A brisa conferia uma pontada gelada àquela correria. Desde que encontrara Damson Griggs no chão da cozinha, Oliver não tinha feito outra coisa em sua vida senão correr. Os tiros na direção das árvores cessaram.

— Não estão mais atrás de nós — disse Oliver ofegante.

— Isso não faz o estilo deles, Oliver — respondeu Harry. — Os meus colegas gostam de se movimentar pela sombra. Quanto menos confusão, melhor. Estavam contando com um assassinato fácil, não com uma perseguição improvisada pelas florestas do condado.

O ritmo da marcha diminuiu quando depararam-se com rastros, folhas e galhos espalhados pelo chão. Tratava-se de um caminho de cavalos. Oliver tentou localizar o Sol em algum lugar além da cortina formada pelas árvores. Pela sua posição, a tarde devia estar se aproximando do fim. Então, contrastando com as rápidas nuvens brancas, ele *o* viu: um globo negro que pairava nos céus.

— Harry, olhe! Nunca vi um aerostato como aquele.

Harry olhou para cima.

— Maldito Monks. Aquela era a nossa carona para longe daqui.

— Mas não tem motores de expansão acoplados!

— Eles não são necessários para subir ou descer, Oliver. E subir e descer é praticamente tudo o que ele faz.

— Não estou entendendo.

— Eu explico isso mais tarde. Agora é melhor nos concentrarmos em nossa viagem para sairmos daqui.

Harry seguiu rumo ao que Oliver pensava ser um rio. Só depois ele viu o caminho de sirga margeando o canal e percebeu que se tratava do último trecho navegável de Cem Cadeados. Se fossem pelo canal na direção norte, talvez chegassem aos cem cadeados esculpidos no muro da represa das Profundezas Erguidas de Toby.

— Agora quero que você se mantenha escondido debaixo das árvores — aconselhou Harry. — Precisamos ficar na sombra. Está vendo o túnel naquele monte? É para lá que vamos, sempre por baixo da linha das árvores. O caminho entra no túnel. Nós vamos entrar no canal que está atrás daquele arbusto à esquerda, ali embaixo.

O grau de precisão das instruções de Harry deixou Oliver desconcertado.

— Acha que alguém está nos observando?

— Acredite, há sempre alguém nos observando — disse Harry. — Vamos.

Eles entraram na floresta, até que o túnel do canal surgiu acima deles. A vegetação estendia-se pela colina. Ao forçar a passagem através dela, Oliver arranhou o pescoço em galhos afiados que cresciam por entre as pequenas flores de laranjeira. Estava frio dentro do túnel. Úmido também. Harry sentou-se diante de um ninho de escavador e estendeu os pés sobre o leito do canal.

Oliver sentou-se ao seu lado.

— E agora, esperamos?

— Garoto esperto. Você vai longe.

Meia hora depois, a boca do túnel escureceu e o primeiro de três barcos estreitos quase idênticos avançou para o seu interior. Cada barco tinha um único remo em sua parte de trás, jogando água no caminho.

— Quando o barco do meio passar, salte para a cabine — ordenou Harry.

Oliver fez o que ele pediu. O túnel estreito e a lentidão do barco no canal fizeram com que não fosse muito difícil passar por meio da nuvem de fumaça sobre o convés. Atrás, era possível distinguir o contorno de uma figura envolta pelo vapor, as mãos no leme. Se o homem do canal estava surpreso com o aumento súbito da tripulação pela chegada de mais dois passageiros, não demonstrou.

Harry empurrou Oliver por uma porta em direção a uma sala mais apertada. O interior lembrava o de uma das caravanas de ciganos que passava por Cem Cadeados durante o festival do solstício de inverno.

— Muito bem. Agora vamos ficar aqui durante o resto do dia. Nem pense em sair da cabine até amanhã de manhã.

Oliver começou a sentir uma onda de impaciência se formando em seu peito devido aos modos do seu enigmático salvador.

— Por que, Harry? Você acha que aquele aerostato de aspecto bizarro está flutuando por aí nos procurando? Isso não passa de um monte de esterco de cavalo! Quais são as chances de sermos observados a essa distância?

Harry suspirou.

— Maiores do que pensa, velho amigo. Não é com os olhos humanos que devemos nos preocupar. Existem observadores lá em cima com motores de transação para ajudá-los. No entanto, só conseguem focar um lugar de cada vez e amanhã estaremos fora de seu alcance.

Oliver sentou-se em um pequeno banco de três pernas.

— Harry, você está soando como um paranoico.

— Só seria paranoia se eles não estivessem lá fora querendo pegá-lo, rapaz. E julgando pela recepção que tivemos no bosque, eles querem.

— Mas quem são *eles*?

Harry suspirou mais uma vez e puxou um banco para si.

— Tanto eu como os meus colegas, os que encontramos há pouco tempo no bosque, somos coloquialmente conhecidos como lupocaptores.

Oliver riu com um tom de descrença.

— Lupocaptores? Então você é um demônio que veio para...

— ...para levar crianças desobedientes, Oliver? Todo mito tem um fundo de verdade. O conto é apenas uma versão distorcida da verdade.

— Você é um fugitivo condenado, Harry. Eu vi o anúncio de mandado com a sua foto na delegacia.

— Isso é verdade — disse Harry. — Ainda que eu preferisse ser conhecido como um empreendedor de espírito livre que entrou em conflito com a inclinação da marinha pela burocracia e pelos regulamentos.

— Então o que são essas coisas sem sentido sobre lupocaptores vindos do céu? Daqui a pouco você vai me dizer que também ajuda a Mãe Cavalo Branco a distribuir presentes às crianças nos solstícios de inverno.

— Lupocaptores são bastante humanos — disse Harry. — Ouça. Quando Isambard Kirkhill tomou o poder em nome do parlamento, tinha apenas um receio e esse receio era o trono. Tanto a marinha quanto o exército desejavam que ele se tornasse rei. O velho Isambard teve que enfrentá-los com um sabre para impedi-los de fazerem dele o novo monarca. Além disso, nossos próprios monarquistas exilados em Quatérturno andavam tramando uma contrarrevolução e a restauração. Kirkhill sabia que, se a lei do parlamento durasse, teria que resistir a ambas as conspirações, assim como às ambições dos próprios Guardiões da Casa.

— O que isso tem a ver com um conto infantil? — perguntou Oliver.

— Tudo — explicou Harry. — Kirkhill estabeleceu uma corte sinistra como sua última linha de defesa, um corpo que deveria atuar como autoridade suprema e última garantia da lei do povo. Mas essa corte teria que ser invisível. A Casa dos Guardiões sabe que a Corte está lá, mas desconhece qualquer detalhe relativo à sua localização, sua constituição, seus métodos e missões. Se algum Primeiro Guardião começasse a olhar com cobiça para o trono restaurado, a existência da Corte daria a eles tempo para pensar.

— Mas e todas as histórias sobre demônios?

— Somos demônios para todos que desejam a ruína de Chacália — disse Harry. — Uma conspiração de Guardiões está tramando um golpe. Numa bela manhã, acorda e descobre que seu líder desapareceu e nunca mais foi visto. Um mercador começa a aceitar ouro cassárabe para contrabandear celgas da marinha ao longo da fronteira. Não muito tempo depois, sua tenda é encontrada vazia no meio das dunas. A polícia política começa a receber ordens para fraudar as eleições. Um dia, a lancha do general da polícia é encontrada à deriva, vazia no Apostaflores. Do pobre sujeito, nem sinal. Trata-se de uma mensagem poderosa. Somos os fantasmas da máquina, Oliver, mantemos esse estranho jogo e os corações puros. A única coisa que sabem de nós é o nome que Kirkhill nos deu: a Corte do Ar. Somos a mais elevada de todas as malditas cortes que existem na Terra.

— Mas e os homens que tentaram nos matar? Que mataram o tio Titus?

— Seu tio era um assobiador, Oliver. Fazia parte da rede de agentes da Corte do Ar na superfície. Ele descobriu algo, alguma coisa suficientemente grave para ser morto.

— O tio Titus?

— Era um dos nossos melhores assobiadores. Seus colegas estavam espalhados por toda a parte: Cassarábia, Quatérturno, Concórzia, na Liga Catosiana e no Sagrado Império de Kikkosico, além de ter colaboradores em todos os condados de Chacália, do condado de Chilton ao de Ferniethian.

— Durante todo esse tempo... — meditou Oliver. — Ele nunca foi de falar muito, mas...

— A discrição fazia parte do seu dever, Oliver. Ele foi recrutado pelo mesmo homem que salvou a minha pele da forca às portas de Bonegate, o maior lupocaptor de todos os tempos: estou falando do irmão de Titus.

— Mas isso quer dizer que...

— Seu pai, Oliver. Foi ele quem me treinou e me ensinou tudo. Pegou meus talentos, que já não eram poucos, e deu um propósito mais relevante a eles do que o de desviar mercadorias da marinha para os mercadores de Penny Street.

— Se você trabalha para essa Corte — perguntou Oliver —, por que estão tentando matá-lo?

— Esse é o velho dilema de sempre. Quem vigia os vigilantes? De dois anos para cá tenho reparado em pequenos detalhes, sinais de que alguém dentro da Corte estava jogando em ambos os lados do campo. Seu tio tinha a mesma suspeita. Quando a nossa extração se converteu numa emboscada, essas suspeitas se tornaram realidade.

— Extração?

— Gíria do meio. Dizemos que hastear a bandeira é colocar um sinal. Chamar uma aerosfera para nos levar para cima.

— A Corte vive num aerostato?

— Não é um aerostato, Oliver. Atualmente, nós temos uma cidade inteira nos céus. Mais alta do que qualquer ascensor da MRA. Só os raspadores nos fazem companhia.

— E agora os seus colegas estão tentando matá-lo?

— Só alguns. Eles devem ter despachado o pobre Landless e colocado Monks na aerosfera para ocupar seu lugar. Nunca confiei em Monks. Não era ladrão o bastante para o meu gosto. Em quem podemos confiar agora, Oliver? Mesmo nos melhores momentos, é sempre uma pergunta difícil neste grande jogo. Deixe-me pensar. Se eles estão agindo abertamente, então devo ter sido declarado criminoso. Eles não podiam abortar uma extração e esperar que o assunto fosse camuflado. Isso quer dizer que há uma intervenção sendo feita no nível do regulador. Círculo, a podridão dentro da Corte vai bem mais longe do que eu tinha imaginado.

— E os policiais falsos na delegacia de Cem Cadeados? — perguntou Oliver.

— Eram os cães de alguém — disse Harry —, mas não da Corte do Ar. Nós dispomos de um braço militar chamado de suplemento, destinado apenas ao trabalho duro. São assassinos de verdade. Se os tivessem colocado em nosso encalço, nenhum de nós estaria vivo agora para discutir o assunto. Ora, sendo assim, em quem podemos confiar?

— Posso confiar em você, Harry?

— Confie a sua vida, mas não a sua carteira.

A voz soou na entrada da porta da cabine. Era o timoneiro que havia visto envolto na neblina. Não chegava à altura do peito de Oliver. Seu rosto, delineado por suíças cerradas, era desprovido de orelhas e estava enterrado sob uma série de camadas de pele marrom curtida e pesada. O capitão do barco em que viajavam através do canal era um agarrador.

— Armiral, seu velho canalha! — exclamou Harry, erguendo-se para cumprimentar o agarrador. — Há espaço para dois passageiros clandestinos?

— Ele é um assobiador? — sussurrou Oliver para Harry.

<Armiral? Nem pensar. É um dos meus conhecidos obscuros. Valioso demais para ser desperdiçado nos negócios da Corte. Pode-se dizer que tenho Armiral guardado para os dias difíceis. Nunca sabemos quando vamos precisar sair do grande jogo.>

— Estamos avançando no canal de navegação da Via de Julrei — disse o agarrador. — Amanhã devemos chegar ao largo de Casa de Câmbio. Depois disso, você me diz para onde vamos?

— Espero que sim — disse Harry.

Parecia que o agarrador ia dizer alguma coisa, mas depois balançou a cabeça e voltou para fora.

— O *Diácono Canoro* foi pago com o lucro obtido com desvios dos fornecimentos navais — disse Harry, piscando o olho para Oliver. — *Diácono Canoro* é o nome do barco. Obviamente, o pagamento foi feito de forma meio indireta.

— Alguém tinha que tornar essas mercadorias mais úteis — comentou Oliver.

— Você é um garoto esperto, Oliver Brooks, não posso negar. Dá para ver que o seu sangue é bom.

— O meu pai... E todos esses anos eu pensei que ele estava no mesmo negócio que o tio Titus.

— E estava — disse Harry. — De certa maneira.

— Ele era um bom homem? — perguntou Oliver.

— Bom o bastante para aquele tempo — disse Harry. — Não vou mentir, Oliver. Havia um lado brutal em Fileas Brooks. Se ele achasse que você o estava enganando ou enfrentando diretamente, podia ser um indivíduo impiedoso. Seja como for, para os meus parâmetros, ele se saiu muito bem e nunca houve um lupocaptor melhor.

— As coisas que ele deve ter visto... — disse Oliver. — As coisas que deve ter feito em serviço por Chacália. Só para morrer num acidente de aerostato. Que absurdo desnecessário.

— Um acidente? Talvez... — disse Harry. — Eu sempre tive as minhas dúvidas quanto a isso.

— O quê? Não acha que...

— São apenas suspeitas, Oliver. O aerostato caiu durante o início da não muito bem-sucedida revolução de 1566, à qual se seguiu rapidamente a Guerra dos Dois Anos com a Comunidade da Partilha Comum. A Corte do Ar estava totalmente ocupada com a tarefa de se certificar que os homens do comitê de Benjamin Carl fossem eliminados. Claro que as minhas capacidades na marinha não me deixaram ir além do Abastecimento de Provisões, mas sei o suficiente das tarefas de um comandante aéreo para entender que se você tem um motor de expansão queimando, não decide seguir uma rota que o faça passar perto da cortina da Brumencantada.

Os olhos de Oliver ficaram vermelhos.

— E eu fui o único sobrevivente.

— O único que foi encontrado, velho amigo. O único que foi encontrado. A menos que você saiba uma história diferente.

— Nada que eu consiga lembrar.

— Vamos testar essa sua memória — disse Harry. — Titus nunca chegou a me contar o que descobriu. Esperava que aparecesse alguém vindo do sul antes de me deixar a par do assunto. Em vez dessa pessoa, apareceram aqueles dois falsos esmagadores da Ham Yard e os cartolas no *hall* da pousada. Eu diria que a pessoa que Titus esperava foi interceptada pela mesma comitiva que tentou nos apagar e, provavelmente, eliminada. Você tem alguma ideia de quem poderia ser essa visita do seu tio?

Oliver ponderou sobre a questão.

— Meu tio me pediu para encontrá-lo semana passada, mas não mencionou nada sobre a chegada de mais alguém. De qualquer maneira, o próximo aerostato só devia chegar a Cem Cadeados daqui a quatro dias.

— Vamos tentar outra coisa — disse Harry, empurrando os óculos novamente para o alto do nariz. — Será parecido com os momentos em que falo com minha voz dentro da sua cabeça, a única diferença é que tudo vai fluir na direção oposta. Talvez assim consiga descobrir algumas pistas a partir das suas memórias.

— Mais truques de cantor do mundo?

— De certa maneira, sim, embora as pessoas que nos treinaram não estejam na ordem, por isso, suspeito que isso não agradaria nem um pouco os cantores do mundo se um dia descobrissem. Uma das razões pelas quais eles não gostam dos encantados é precisamente o fato de não aceitarem concorrência.

Harry colocou a palma da sua mão esquerda na testa de Oliver e tapou os seus olhos, tentando estabelecer contato com os pensamentos do rapaz. Oliver esperava sentir qualquer coisa, um comichão, uma pressão ou talvez uma dor de cabeça, mas não sentiu absolutamente nada.

— Que estranho, isso nunca tinha me acontecido — disse Harry. — Não consigo estabelecer contato com você. Consegue ouvir o eco da minha mente, não consegue?

— Como se você estivesse falando a um centímetro do meu ouvido.

Oliver voltou a pensar no cristal da verdade inativo do posto policial. Algo parecia protegê-lo das investidas dos cantores do mundo. Seria alguma coisa de encantado, perigosa e defensiva que se desenvolvia dentro dele, como um tumor, preparando-se para vir à tona e deformar o seu corpo de maneira terrível e anormal? Talvez o bom e velho Pullinger estivesse certo: talvez Oliver estivesse melhor com um torque em volta do pescoço e mantido sob a vigilância rigorosa da ordem.

— Muito estranho, Oliver… Bem, alguns conseguem resistir ao encanto, mas você é o primeiro que eu conheço em carne e osso. Não há outro remédio senão fazermos isso à maneira antiga. Você lembra quantas pessoas visitaram Titus nos últimos meses?

— Umas cinco — disse Oliver. — Um capitão que voltara do Sagrado Império de Kikkosico. Uns mensageiros da rede de estações de cristal com coisas embrulhadas. O empregado principal do escritório de contabilidade do tio em Açomédio veio no início do mês, como de costume…

— Alguma visita incomum?

Oliver colocou o cérebro para trabalhar.

— Um velho agarrador nos visitou duas vezes durante o mês do Celeiro. Uma vez no começo e a outra no fim.

— Velho? — perguntou Harry. — Mais velho que o nosso Armiral?

— Ele tinha a barba branca e as suas bochechas pareciam um campo de neve, exceto por uma marca na bochecha direita.

— Uma tatuagem? — perguntou Harry.

— Não. Era mais como se tivesse sido marcado.

— Armiral!

Harry chamou o agarrador de volta à cabine apertada da embarcação.

— Traga um lápis para o rapaz. Oliver, pode desenhar a marca que viu?

Oliver fez um desenho de um círculo com três linhas inclinadas atravessando-o.

— O que parece para você? — perguntou Harry ao agarrador dono do barco.

— Um mineiro de celgas de Relógio Sombrio.

— Foi o que eu pensei — disse Harry.

Armiral inclinou-se contra a porta aberta do convés e coçou o maxilar de forma pensativa.

— Cada linha representa um desabamento que ele sobreviveu. Poucas pessoas chegam aos três. O portador dessa marca tem que ser idoso, Harry. Nossa, que confusão…

Oliver lembrou-se da forma como o agarrador que os visitara andava pelo interior da Pousada das Setenta Estrelas. Era como se estivesse satisfeito por trocar o espaço e o céu aberto pelo confinamento da casa.

— Tio Titus não tinha qualquer contrato com os minérios de celgas. Por que ele se encontraria com um homem de uma organização dessas?

— Ninguém tem contratos diretamente com Relógio Sombrio, Oliver. O Abastecimento de Provisões do Estado se encarrega disso. Aquele lugar é praticamente uma cidade fechada, é a única a ter um governante militar nomeado pelo parlamento em vez de um presidente eleito pelo povo. Muita gente morreu por causa das riquezas existentes no interior das montanhas de Relógio Sombrio. Traficantes, agentes de todas as grandes potências do continente, contrabandistas de gás. Se Titus descobriu alguma coisa de errado em Relógio Sombrio, não duvido que alguns canalhas de lá pudessem achar que assassiná-lo e nos matar seria um preço baixo a pagar para manter secretas as suas transações.

— Seus negócios vão levá-lo para Relógio Sombrio, Harry? — perguntou o agarrador. — Posso levá-lo de barco até o canal de navegação de Cabeça de Ovelha. Depois, precisarão de vistos especiais para usar as vias aquáticas subterrâneas das minas.

— Vou precisar fazer uma parada na Casa de Câmbio pelo caminho. Depois que eu fizer isso, se você conseguir nos levar até o limite do condado em Medfolk, nós seguiremos o resto do caminho a pé até Relógio Sombrio.

— Tem certeza de que quer mesmo ir a Relógio Sombrio? — perguntou o agarrador a Harry. — A cidadela ao norte é a maior fortaleza da MRA e nossos velhos amigos podem reconhecê-lo. Se a marinha não for o bastante, há ainda a polícia de mineração, o exército regular e uma guarnição da Guarda Especial.

— É sinal de que Chacália sabe como proteger o seu monopólio de celgas, Armiral. Até de mim.

— Como quiser — disse o agarrador. — Você gosta mesmo de viver perigosamente.

— Se você não vive no limite, é sinal de que está ocupando espaço demais, velho amigo.

Harry olhou para a cara de Oliver.

— Não se preocupe, rapaz. Depois do que já passamos, uma viagem até as minas de celgas será como um passeio no parque.

A Monitora 81 não esperava ter o seu trabalho interrompido no *monitorarium*, mas podia dizer, pelo modo como os outros monitores tinham silenciosamente aberto um espaço para a recém-chegada — atarefados, procurando coisas para fazer do outro lado da plataforma —, que a intrusa era importante.

— Monitora 81?

A monitora assentiu. Algo dentro dela, uma voz prudente de cautela, impediu de perguntar à recém-chegada por que razão seu uniforme aéreo preto e justo ao corpo estava sem as insígnias da Corte, à exceção da fita fina e amarela que descia por cada uma de suas pernas.

— Estou interessada no relatório do condado da Luz, 81. O incidente de Cem Cadeados.

— Ele está no setor de análise, senhora — disse a monitora.

— É claro — concordou a visitante. — No entanto, eu gostaria de avaliar as suas impressões sobre os acontecimentos.

A Monitora 81 estava prestes a responder quando notou o regulador esperando nervosamente na entrada, perto do grande *monitorarium*: um nível verde. Normalmente, eles só esperavam uma pessoa. Era *ela*. Todas as conversas no refeitório seriam sobre a 81.

Ela fora amante de Isambard Kirkhill. *Ela* tinha mais de 600 anos. *Ela* era uma bruxa do tempo, das que mantinham a Corte do Ar fixa na troposfera apenas com o poder da mente. *Ela* era uma viciada em foolha e uma revolucionária fracassada. *Ela* era uma manipuladora de contornos, uma trapaceira condenada e foragida do hospício de Hawklam. A mulher que 81 tinha agora diante de si era *Lady* Enigma em pessoa. Procuradora-Geral. Líder da Corte do Ar. Não havia qualquer dúvida quanto a isso.

— Vamos lá, fale — disse *Lady* Enigma.

— Foi de manhã — explicou 81. — Meu vigilante habitual estava de folga porque o seu telescópio tinha sido retirado para manutenção.

— E isso é comum? — perguntou *Lady* Enigma. — Dispensar o telescópio e um vigilante no meio de uma observação?

Sentindo a área abaixo de sua sobrancelha coçar, 81 refletiu antes de responder. Uma gota de suor escorria em seu rosto apesar do frio gélido que fazia na enorme esfera do *monitorarium*.

— Não vai contra o protocolo, senhora.

— De fato — concordou *Lady* Enigma. — Não vai, não, senhora. E qual foi o relatório do vigilante *de reserva* aos comandos do telescópio *suplente* da piscina flutuante?

— Parece que o nosso lupocaptor neutralizou o assobiador da estação local e depois tentou assassinar a equipe de extração e se apoderar de sua aerosfera. O lupocaptor em questão está desaparecido. Quatro vigilantes estão neste momento em uma hélice-elevada na área de Cem Cadeados.

— O lupocaptor em questão se chama Harry Stave — informou *Lady* Enigma — e boa caçada para você, porque vai ficar em uma hélice-elevada durante o resto do ano.

— Oh — exclamou 81, arrependendo-se da insensatez proferida assim que ela saiu dos seus lábios.

— Se tivesse que assinalar uma situação estranha relacionada com a equipe de extração, qual delas seria?

A Monitora 81 sentiu o corpo suando por baixo do sobretudo cinzento. A lógica simbólica tinha sido a disciplina em que tivera piores resultados quando entrara para a Corte.

— Que o piloto habitual da missão foi trocado por outro da lista.

— Lei da coincidência? — perguntou *Lady* Enigma.

— Os padrões suplantam as coincidências, senhora.

— De fato — disse *Lady* Enigma. — A maior parte das pessoas teria, no entanto, ressaltado que o detalhe mais significativo nesse arquivo é o fato de Harry Stave ter regressado ao tipo.

— É que eu sou relativamente nova aqui — justificou-se 81. — E, talvez, um pouco lenta.

Os escuros olhos mouriscos de *Lady* Enigma se cerraram.

— De modo algum. Faça só um pequeno favor para mim, querida: quando seus colegas levantarem alguma questão sobre o que nós conversamos, diga a eles que foi sobre o quadro de observação de Quatérturno.

Isso era apenas um pequeno favor, mas seria perigoso recusar. A Monitora 81 assentiu, mas *Lady* Enigma já estava de costas para ela, dirigindo-se para o regulador verde ao lado do *monitorarium* da entrada. O jogo, tal como o seu instrutor da Corte costumava dizer, tinha começado e o espaço aberto do *monitorarium* pareceu ainda mais gelado do que o costume.

Capítulo Oito

Os aposentos de Chaminé Prateada consistiam numa série de pequenos cômodos situados acima de uma oficina, na qual ele reparava algum mecanismo ou bugiganga que alguém trouxesse para ele.

— Só falta me pedirem para sacrificar partes do meu próprio corpo para arrumar o lixo deles.

Esse era o único comentário que Chaminé tinha a fazer acerca dos seus clientes fora da lei.

Molly reparou na quantidade ínfima de pessoas que passavam pelas ruas de Tristesperança. Estes pareciam caminhar estranhamente curvados. Chaminé limitou-se a murmurar:

— Você vai ver, Molly corpo-macio, você vai ver.

Durante os sete dias que se seguiram, Chaminé manteve Molly fechada em sua oficina, pedindo apenas que ela observasse as pessoas que entravam ali, para ir se habituando aos modos e costumes da cidade subterrânea antes de se aventurar pelas ruas. Rodas Lentas também, já que o homem-vapor parecia relutante em compartilhar o saber que tinha obtido através da ligação cristalina que estabelecera com o controlador da estação do Guardião Rathbone. Parecia que o estatuto de aberração atribuído a Chaminé o tornava impuro de diversas formas aos olhos do seu próprio povo. Rodas Lentas não o ofendia abertamente, mas a postura de desprezo que mantinha em relação ao irmão que caíra em desgraça se tornou óbvia pela forma como sempre passava o seu tempo no cômodo da casa onde Chaminé não estava, limpando obsessivamente o chão e todas as superfícies dos cômodos da oficina, até o ponto de aquela se tornar a casa mais limpa de toda Tristesperança.

Uma espécie de nervosismo na clientela de Chaminé, era perceptível como se todas aquelas pessoas desejassem não se destacar muito no meio da multidão. Aquele era o mesmo ar abatido que Molly costumava distinguir nos olhos de algumas das crianças mais fracas do internato, aquelas que tinham sido maltratadas pelas circunstâncias. Era a mesma vontade de se inserir, de desaparecer na dança subterrânea das ruas de Açomédio, de se tornar um invisível espectro vivo, indetectável, a salvo da observação e da dor da punição, ridícula e angustiante. Tristesperança, a cidade dos fora da lei, da liberdade e de festa desregrada, convertera-se na cidade do trabalho diário dos maltratados pela vida, onde ninguém olhava para ninguém nos olhos, temendo ser detectado e acusado.

Mesmo confinados nos aposentos de Chaminé, o ruído e o fedor de Tristesperança eram constantes. Além disso, havia também o barulho das manufaturas, os ruídos secos das máquinas de perfuração e de corte, e o ressoar das florestas de canos que sugavam a fumaça para cuspi-la nos níveis mais profundos das cavernas. Rodas Lentas sentia um desejo enorme de investigar a oficina mais próxima para tentar compreender qual a natureza do seu trabalho incessante, mas Chaminé Prateada, cauteloso como era, proibira o homem-vapor de sair da loja, apontando para o grupo de trabalhadores acorrentados da fábrica que, por vezes, passava pelas ruas, cabisbaixo e escondido por suas capas verdes, vigiado por soldados de capa vermelha, os policiais do novo regime, apelidados de homens brilhantes pelos cidadãos de Tristesperança.

Molly ajudava na loja, surpreendendo Chaminé Prateada com sua aptidão natural para trabalhar com mecanismos e dispositivos.

— Você nunca foi aprendiz de mecomante, Molly corpo-macio? — perguntou o homem-vapor.

Molly riu com aquela pergunta.

— Em Açomédio as famílias pagam a um mestre para que ele inicie os filhos em um bom ofício, Chaminé Prateada. Logo, não aceitam os trastes do internato.

— Quem me dera os mecomantes se mostrassem tão seletivos em relação às experiências que fazem com meu povo, Molly corpo-macio.

Molly ainda não abordara o estatuto de homem-vapor impuro de

Chaminé, uma aberração. A conversa com Rodas Lentas a tinha feito ignorar esse assunto, temendo a possibilidade de abordar um tabu da raça de metal.

— É por isso que você vive aqui embaixo?

— Eu sou uma carta fora do baralho, Molly corpo-macio — respondeu Chaminé Prateada. — O Rei Vapor faz uso do meu visor de vidro e das minhas dobras auditivas quando precisa, mas a minha estrutura não foi estabelecida por nenhum arquiteto real do Estado Livre dos Homens-Vapor. Tenho certeza de que na superfície não conseguiria encontrar um único semelhante da minha espécie disposto a compartilhar comigo um pouco de combustível de boa qualidade.

— Você foi construído em Açomédio? — perguntou Molly.

— Eu não fui construído, Molly corpo-macio. Fui montado, canibalizado a partir de várias partes de outros homens-vapor — explicou Chaminé Prateada. — Seus mecomantes não podem nos construir, mas, ainda assim, alimentam a esperança de compreender nossos corpos através da profanação dos nossos cadáveres. Existem almas de homens-vapor encurraladas dentro de mim, misturadas de maneira a me tornar o que sou. Em meus pensamentos, eu as ouço chorando. Elas me pedem para libertá-las.

— Morrendo — disse Molly.

— Sim — confirmou Chaminé Prateada. — Através do meu retorno ao padrão supremo. Trago os meus antepassados dentro de mim, cada passo que dou é uma desonra para eles, mas não me atrevo a ser desativado. A vida está cheia dessas coisas, mesmo aqui embaixo. Há beleza nas tempestades e no teto dessas cavernas, há satisfação em consertar o que antes estava estragado. Os cheiros da floresta quando os esporos ejetados cobrem o chão como se fossem neve. É por isso que, em vez de morrer, vivo aqui, escondido no ventre da terra como um covarde e evito mostrar a minha cara aos meus irmãos de metal.

Molly acendeu o fogão no canto da sala.

— Como o mecomante conseguiu tantos corpos?

— Uma torre caiu — disse Chaminé Prateada. — Blimber Watts. Os pneumáticos cederam.

Molly quase deixou cair a pá de carvão.

— Chaminé Prateada, eu estava lá! Foi um homem-vapor que me descobriu no meio dos escombros.

— Então você entende, Molly corpo-macio.

— Sim, suponho que sim.

— O homem-vapor que a salvou devia estar à procura de sobreviventes e de cadáveres dos nossos, para dar alguma paz às nossas almas antes que os necrófagos pilhassem o metal morto. Por Waldo-Açobhalah, embaixo das nossas armaduras nós somos como irmão e irmã. Você tem que ver o que eu faço, certamente vai compreender.

Molly viu as pernas em forma de tripé de Chaminé Prateada avançarem pelo chão. Em seguida, ele destrancou uma pequena porta de madeira escondida atrás de uma cortina.

— Venha.

Chaminé Prateada a conduziu até uma sala do sótão através de uma escadaria estreita. O espaço estava repleto de quadros, todos em padrão monocromático: eram cenas sobrenaturais do cristal de luz caindo pela floresta, com uma figura solitária sentada de pernas cruzadas embaixo de um cogumelo em forma de flauta. A mesma figura indistinta e solitária estava presente em todas as pinturas: ao lado de uma janela pintada por fora, pequena e em contraste com a extensão de um edifício, ou caminhando sozinha, junto à costa de um lago subterrâneo.

Molly passou os dedos pela textura do quadro.

— Você usa sempre o mesmo modelo.

— Não é um modelo — disse Chaminé Prateada. — Eu a vejo de longe frequentemente. Não sei bem quem ela é. Talvez não passe de uma sombra de uma vítima de Blimber Watts ou, quem sabe, uma imagem fantasmagórica que ficou presa em meu visor de vidro depois que o mecomante corpo-macio me unificou.

— São lindos — disse Molly.

— Que eu saiba, sou o único homem-vapor que já pintou — disse Chaminé Prateada. — Se alguma vez tiver a coragem de me desativar, talvez esses trabalhos possam me fazer sobreviver. Nesse caso, restará algo de mim, algo que não foi roubado das almas do meu padrão familiar.

Molly pousou a tela que estava observando novamente no chão.

— Querer viver não é uma covardia, Chaminé Prateada.

— A minha vida impede que três almas agitadas alcancem o padrão supremo. Não tenho qualquer ilusão quanto ao custo da minha própria sobrevivência.

— Nenhum de nós parece ser muito popular em nossas famílias.

— Pois é — concordou o homem-vapor. — Crescer num internato sem um padrão familiar também não deve ter sido fácil.

Molly suspirou.

— Não, não foi. No Portas do Sol, nós tomávamos conta uns dos outros. Na medida do possível, éramos como uma família. Mas também não posso me iludir e dizer que era o mesmo que ter um pai e uma mãe que me amassem e fariam qualquer coisa por mim. Havia dias em que eu caminhava pelas ruas de Açomédio e via pais e mães com seus filhos, caminhando de mãos dadas. Rindo e fazendo coisas juntos. Costumava me perguntar qual seria o meu problema para não poder ter aquilo. Devia ter alguma coisa errado comigo para ter sido abandonada. Você só pinta em preto e branco, velha caldeira?

Chaminé Prateada apontou para sua cabeça prateada em forma de cúpula.

— O mecomante que me fez não sabia o suficiente para programar a minha visão de forma diferente. No entanto, sei como é ver em cores por causa das partes antigas do meu corpo. Acho que, às vezes, também vejo em cores em meus fluxos de pensamento, especialmente a cor vermelha. As maçãs são vermelhas, não são?

Molly assentiu. Chaminé Prateada abriu uma portinha de ferro que dava para o seu sistema esférico central, expondo um labirinto de cristais, placas, silicatos e mecanismos automáticos aos olhos de Molly.

— Eu fui até o Rei Vapor e supliquei que me restaurasse a visão tal como era antes, mas ele se recusou a fazê-lo. Disse que a lei proibia o povo de metal de me desativar, mas que jamais admitiria que mortos-vivos fossem ajudados ou reparados.

Aos olhos de Molly, alguma coisa parecia errada nos sistemas internos de Chaminé Prateada, algo que ela conseguia sentir dentro de si própria como uma dor tangível. Ela deixou suas mãos entrarem pela portinha aberta e começou a reajustar placas e a trocar conjuntos de válvulas.

— Desista, Molly corpo-macio — disse o homem-vapor. — Aqueles que não pertencem ao povo de metal estão proibidos de modificar os nossos corpos.

— Mas o que é isto? — perguntou Rodas Lentas, deslizando para o sótão. — Isso é um ultraje aos olhos de Waldo-Açobhalah! Molly, pare imediatamente com essa violação.

Molly retirou as mãos do interior de Chaminé Prateada e fechou a portinha.

— Chaminé estava avariado. Não fui capaz de suportar isso.

A caixa de voz de Chaminé Prateada ressoou com um tom de grande espanto.

— O chão é marrom! Da cor dos cogumelos secos. E o seu cabelo, Molly corpo-macio, seu cabelo é vermelho, tão vermelho como qualquer maçã! Consigo ver em cores outra vez! Por todos os santos dos Vapores de Loas, você consertou o meu visor de vidro! Voltei a ver as cores!

— Como isso pode ser possível? — perguntou Rodas Lentas. — Molly corpo-macio, você não é mecomante nem uma projetista da ordem dos arquitetos!

— Senti que alguma coisa estava mal-montada — explicou Molly. — Não sei como, mas minhas mãos sabiam o que tinham que fazer.

Chaminé Prateada girou sua cabeça na direção de Rodas Lentas.

— Rodas Lentas, Molly corpo-macio leu as rodas de engrenagem?

— Na presença do controlador, sim — respondeu Rodas Lentas. — O padrão de Engrena-gi-ga foi revelado à Ferrugem Vermelha.

— Não sei como, mas sabia o que era preciso fazer — repetiu Molly. — Sempre senti uma estranha afinidade com esse tipo de coisa.

— Isso não é uma afinidade comum, Molly corpo-macio — exclamou Chaminé Prateada. — E você, Rodas Lentas, sua caldeira velha e louca. Com tantos lugares no mundo, trazer esta corpo-macio para cá, para esse ninho de maldade e caos! Devia tê-la enviado ao Rei Vapor com uma escolta de cavaleiros-vapor velando pela sua preciosa segurança.

— Do que vocês dois estão falando? — perguntou Molly.

O tripé de Chaminé Prateada tinha descido de forma a pousar o seu grande corpo esférico no chão.

— Que grande alteração no padrão supremo. Uma caldeira velha e tola e um cadáver ambulante para protegerem a garota.

— Ei, eu consigo me defender muito bem sozinha — disse Molly. — Desde que aprendi a andar, não tenho feito outra coisa na vida!

Molly estava prestes a exigir uma explicação quando ouviu um bater agressivo na porta da casa. Chaminé Prateada inchou e se arqueou como uma aranha, abrindo uma claraboia para espreitar a rua.

— Quem é? — perguntou Rodas Lentas, não sem antes reduzir consideravelmente o volume da sua caixa de voz.

— A mulher do comitê de nossa rua e das outras mais próximas. É uma política, uma informante.

Outros homens e mulheres com capas vermelhas percorriam as ruas para cima e para baixo, batendo nas portas.

— Despertem, compatriotas — gritava a mulher lá embaixo. — Demonstração obrigatória de lealdade na praça central. Nosso bairro foi selecionado. Este é um dia glorioso.

— Temos que ir — disse Chaminé Prateada. — Os homens brilhantes vão fazer buscas em todos os prédios. Os que não obedecerem à chamada serão executados.

Dúzias de cidadãos locais desembocavam na rua e, a cada minuto que passava, surgiam mais, os capuzes verdes lançando sombras sobre os seus rostos. O único som que se ouvia era o baque contínuo das máquinas de corte das oficinas da rua seguinte.

— Venham — insistia a mulher do comitê. — Venham.

Por onde quer que passassem, vislumbravam figuras de capuz vermelho instigando os cidadãos de Tristesperança a saírem das suas casas. A mulher conduziu-os ao longo das ruas subterrâneas até a praça central de Tristesperança, construída em escala que talvez permitisse rivalizar com o Parque da Esperança de Açomédio, mas ainda coberta pela pátina e pelo pó típicos de uma construção recente. Os porta-estandartes com as bandeiras desfraldadas — fundos vermelhos com um triângulo dourado — marchavam para observar a cerimônia prestes a acontecer. A disposição apagada das pessoas na praça foi substituída por uma atmosfera elétrica. Cada vez mais pessoas chegavam, vindas de vários pontos da cidade, até que uma horda de fora da lei cobriu a paisagem de granito por completo.

Molly teve que se agarrar à mão de ferro de Rodas Lentas para não se ver afastada do homem-vapor pelo movimento da multidão. Chaminé Prateada estava sentado diante deles como um deslizagudo encalhado na praia, com o seu tripé parcialmente recolhido para o interior do corpo.

— Já chegou? — perguntou alguém a Molly.

— Quem?

— Tzlayloc — respondeu um cidadão fora da lei. — Quem mais seria?

— Ali está ele! — gritou outro no meio da multidão.

Uma figura tinha subido num palco, atirando seu capuz vermelho para trás. Ao erguer lentamente os braços, acalmou a agitação da multidão.

— Meu povo! — exclamou a voz para todo aquele espaço aberto. — Contemplo todos vocês reunidos aqui hoje e vejo um exército de semelhantes, de irmãos e irmãs, de compatriotas reunidos em torno de um propósito comum.

Momento de pausa.

— Olhem para a pessoa ao seu lado. Aqui não há proprietários de oficinas. Não existem patrões, nem reis, nem Guardiões. Ninguém para tratá-los como inquilinos, súditos, escravos. E por quê, pergunto eu?

— Porque nós somos iguais — respondeu a multidão em coro.

— Aqui tudo pertence aos comuns, isto é, a vocês! — insistiu o homem chamado Tzlayloc. — E, meus compatriotas, tudo o que vocês são pertence aos comuns.

A multidão urrou em sinal de aprovação. Molly não podia acreditar na velocidade com que o rebanho apreensivo transformara-se num aglomerado em ritmo febril. Era como se um feitiço tivesse sido lançado sobre aquela multidão.

— Quando outro homem ou outra mulher dão o direito de voto a vocês e dizem que outorgam a liberdade, estão na verdade oferecendo algo que vocês já têm, algo com que já nasceram. Ao fazerem isso, transformam vocês em escravos cheios de gratidão.

— Nós não somos escravos — respondeu alguém.

— Não. De fato, não somos, compatriotas. Nós estamos unidos, encarnamos a Partilha Comum perfeita. Nenhuma papoula é maior do que a outra, roubando o sol e condenando-a à sombra, sugando a generosidade da terra enquanto permite que a sua vizinha definhe e morra. Somos iguais?

A multidão rugiu num uníssono quase perfeito:

— Sim!

— Compatriotas, deixem-me apresentar os heróis da nossa sociedade, aqueles que, com o seu exemplo, iluminam o caminho de todos nós!

Ao seu sinal, um homem avançou mancando para cima do palco: uma das suas pernas de ferro cintilava com a luz subterrânea avermelhada.

— Muitos de vocês sabem quem sou. Eu me chamo Ikey Salomon e cheguei a ser o batedor de carteira mais rápido em toda a Açomédio. Quando os esmagadores finalmente vieram me buscar para me enviar para as colônias concorzianas, vim direto a Tristesperança.

A multidão ovacionou sua rebeldia.

— No entanto, eu não era igual. Podia correr de uma extremidade a outra das Profundezas em oito horas e depois beber um litro de cerveja. Nenhum de vocês aqui presentes poderia me desafiar e me vencer.

A multidão murmurou sombriamente em reação à sua arrogância incorreta.

— Foi por isso que decidi igualar minha perna. Vejam — disse ele, erguendo o membro do chão. — Os ossos foram fixados com alfinetes de ferro! Agora, sou tão rápido como vocês. Eu sou a Comunidade da Partilha Comum e vocês fazem parte de mim. Quando corrermos, correremos juntos e não uns contra os outros!

A multidão entrou em delírio com o sacrifício do compatriota Salomon.

— Você acaba de nos mostrar o caminho, Compatriota — disse Tzlayloc. — Mas você não é o único. Pode avançar, Irmã Peggotty.

Uma mulher de baixa estatura avançou por entre a guarda de honra dos capuzes vermelhos, trazendo um rapaz pela mão. Molly concluiu que o pequeno não devia ter mais de 9 ou 10 anos.

— Muitos de vocês aqui presentes devem ter frequentado as casas de apostas de Stalside — começou ela.

A multidão respondeu com uma gargalhada.

— Aqueles que faziam isso certamente cruzaram com o meu filho em algum tabuleiro… pedras de dois saltos, xadrez, movimento circular em roda. Naquela época, os donos das casas usavam o meu filho como um ímã para esvaziar os bolsos dos desesperados e dos viciados. Diziam que era um prodígio, capaz de bater qualquer um de vocês em jogos de perícia ou de azar. Exploravam-no como se fosse a isca de um pescador. Mas agora, olhem para ele…

O rapaz contemplava o público com cara de quem não estava entendendo nada. A baba escorrendo de um dos lados do queixo.

— Compatriotas, agora ele está curado. Foi igualado! Agora, é um dos nossos! Pela graça dos nossos cantores do mundo renegados, seu cérebro foi ajustado. Agora quem o desafiar para um jogo pode vencê-lo ou ser vencido. Não importa o jogo, será uma partida equilibrada!

A multidão rugiu em sinal de aprovação.

— Quem mais irá mostrar a sua devoção? — exclamou a mãe. — Qual de vocês será capaz de provar o amor que sente pelos compatriotas?

Uma jovem empurrou Molly para conseguir chegar mais adiante.

— Eu! Tzlayloc, escolha a mim. Sou bonita e acho que isso não passa de uma maldição. Faça uma cicatriz em minha cara com o ácido das oficinas.

— Não! — gritou um homem enorme, erguendo-se do meio da multidão. — Tzlayloc, repare bem como sou forte. Iguale-me, corte um de meus horríveis braços musculosos!

— Compatriotas — disse Tzlayloc, fazendo sinal aos voluntários para que estes recuassem. — Sua disposição para se juntarem à nossa Partilha

Comum honra a ambos. Mas nem todos partilham das nossas crenças. Ao mesmo tempo que vivemos de forma livre aqui embaixo, nossos irmãos e irmãs continuam seu trabalho sob o jugo dos barões do comércio de Açomédio e da falsa idolatria a eleições fraudulentas a cada quatro anos. Compatriotas, façam avançar os corruptos!

Os soldados de capa vermelha, aqueles conhecidos como brilhantes, surgiram com duas figuras que se debatiam envoltas em togas brancas.

— Essas sanguessugas malditas… — ecoou a voz de Tzlayloc pelos muros da praça. — Essas duas sanguessugas malditas vieram de muito longe, das cidades-estados da Liga Catosiana, para nos fazerem uma visita. Para quê? Para se beneficiarem às nossas custas! Para *lucrarem*.

A multidão pareceu prender a respiração ao mesmo tempo.

— Por favor — suplicou um dos mercadores catosianos. — Ainda no ano passado vocês precisaram das nossas caldeiras de alta tensão para suas indústrias, de peças e instruções para as máquinas. Nós trouxemos aquilo de que vocês precisavam. Tenham piedade, poupem a minha vida. Tenho uma família que precisa de mim, três meninas e um bebê.

— Ouçam bem esses filósofos — zombou Tzlayloc. — Sugam nosso sangue para alimentarem as suas famílias. Mas não é essa a desculpa dos vampiros que se arrastam na superfície? É só um pequeno negócio, só um pouco de sangue: trabalhe para mim em vez de trabalharmos um para o outro. Engorde-me. Enriqueça-me. Homens de Catósia, deixem-me ensinar a vocês uma nova filosofia.

Tzlayloc puxou uma faca com cabo feito de obsidiana, a lâmina de pedra afiada esculpida. Às suas ordens, os encapuzados em suas túnicas vermelhas arrastaram os dois mercadores até um altar onde foram colocados de costas e acorrentados sobre uma pedra, enquanto choramingavam.

— Durante as suas vidas, sugaram o sangue do povo pelo qual deveriam ter zelado. Agora, morrendo, seu sacrifício fortalecerá as energias do povo, fazendo a nossa causa avançar. Xam-ku, Pai-Aranha, ouça a minha oração: que o sacrifício dessas duas ratazanas apanhadas com o focinho enterrado nas nossas caixas de grãos possa aumentar o seu poder e acelerar o seu regresso. Passamos tempo demais debaixo do jugo da escravidão do senhor, do mercador e do mercado sem a luz da Caotyl Selvagem para nos guiar!

— Não olhe agora, Molly corpo-macio — preveniu Chaminé Prateada.

Molly seguiu o seu conselho, mas foi incapaz de evitar ouvir os gritos que ressoavam nos muros da praça enquanto Tzlayloc arrancava os corações pulsantes dos corpos ainda vivos dos mercadores. Tzlayloc os ergueu aos olhos da multidão.

— Xam-ku, sinta o alimento das suas almas!

Os cristais no topo da gruta reagiram com relâmpagos e lampejos de fogo vermelho ao longo das pedras acima deles. Na praça abaixo, a multidão entoava o nome do seu salvador.

— Há muito tempo que os deuses antigos da Caotyl Selvagem não são alimentados — disse Rodas Lentas.

— Consigo sentir a fome deles subindo pelo chão — disse Molly. — As almas derramadas são como o sabor da carne para um deslizagudo que não come há mil anos.

O sangue que saía dos dois corpos já murchos escorria para dois canais cavados na pedra.

— Na morte, esses dois vampiros corruptos realizaram o sacrifício por seus companheiros que jamais estiveram dispostos a fazer em vida — exclamou Tzlayloc. — Vejam, encontrei o seu centro e ele serve de alimento aos comuns!

Molly sentiu vontade de virar as costas àquela cena, mas o fervor da multidão unida em cânticos era ameaçador demais para que fizesse isso.

— Nossos compatriotas de Quatérturno reservam aos membros da espécie que usa o Colar de Gideon o mesmo fim, mas em seu admirável esforço para serem eficientes, parecem esquecer-se da sabedoria ancestral dos nossos antepassados, desperdiçando almas valiosas que poderiam ser dedicadas a Xam-ku — gritou Tzlayloc. — Enquanto isso, as ruas da Açomédio acima de nós continuam repletas de opressores do povo, o inimigo está dentro das nossas casas, negando auxílio para as mãos dos esfomeados, para aqueles que nada têm, para os desesperados. Seremos nós a fazer uma terra de semelhantes? Seremos nós os libertadores do povo?

— Sim! — urrou a multidão.

— Vamos arrastar as sanguessugas egoístas para o esgoto e espancá-las até que as ruas de Açomédio fiquem tingidas com o vermelho do seu sangue?

— Sim, sim, sim! — respondeu a multidão em êxtase.

— Compreendem agora? — sussurrou Chaminé Prateada. — Compreendem por que foi um erro terem vindo para cá? Tristesperança morreu. Tudo o que resta da sua história é essa carcaça de uma cidade em decomposição.

Rodas Lentas baixou a cabeça.

— Peço que me perdoe, Chaminé Prateada. Eu não sabia.

— Não — disse Molly. — Você não tem culpa de nada, Rodas Lentas. Eu estava destinada a vir para cá. Já vi toda essa loucura antes, ou pelo menos algo parecido.

A cabeça de Rodas Lentas se afundou ainda mais de vergonha.

— Há uma canção em seu sangue, Molly corpo-macio, e a memória de suas células aponta para a forma como você viajou.

Mas onde eu vi isso antes?, perguntava-se Molly à medida que se afastavam da praça. *Onde?*

Molly e os dois homens-vapor tinham acabado de chegar aos aposentos de Chaminé Prateada quando a organizadora política que os tinha arrastado para o comício surgiu novamente, batendo à porta da oficina.

— Dia de recolha, compatriota metálico. Dia de recolha.

Chaminé Prateada foi abrir a porta.

— Entre, compatriota corpo-macio.

— Que assembleia, compatriota metálico! Que demonstração de igualdade! Aproxima-se o dia em que os cães da superfície vão ganir debaixo do peso das nossas botas, com certeza!

— Com certeza — repetiu Chaminé Prateada.

— Seus registros, compatriota.

Chaminé Prateada conduziu-a até um quarto nos fundos da oficina, pegou um livro de contabilidade coberto de pó e o estendeu à mulher, permanecendo em silêncio enquanto ela folheava as últimas páginas.

— Excelente, compatriota metálico. A taxa de partilha comunitária foi estabelecida em 90%. O Estado está pronto para receber a parte que é devida.

— Tanto? — perguntou Chaminé Prateada. — No momento, tenho dois assistentes. A garota precisa comer e nós precisamos de combustível de alto grau de combustão.

— Cuidado com o que diz, compatriota metálico — avisou a mulher. — Suas palavras demonstram covardia e derrotismo. Seu talento em questões de mecânica o tem mantido na lista de reserva, mas os moinhos também estão sedentos de trabalho.

— Minhas desculpas, compatriota corpo-macio — disse Chaminé Prateada. — Seja como for, talvez você pudesse mencionar ao comitê de provisões que precisamos de duas cotas a mais de comida.

O tom de voz da mulher se suavizou assim que Rodas Lentas entregou um saco de moedas a ela.

— Bem sei que a sua contribuição para os comuns é difícil, compatriota metálico, mas nenhuma luta é fácil. O seu auxílio para a causa está ajudando a forjar martelos da liberdade para abater os tiranos e as sanguessugas.

— Vamos comer bem quando os tiranos forem abatidos — disse Molly.

O tom de sarcasmo na voz de Molly escapou à mulher.

— Você não é suficientemente crescida para lembrar-se da fome de 66, jovem compatriota. Eu perdi o meu marido no Campo de Haggswood quando os esmagadores investiram contra nós. Meus filhos mais novos morreram de fome enquanto eu estava trancada em Bonegate por causa da lei antimotim, sem que nenhuma das pessoas que viviam na mesma casa que eu dispusesse da comida ou do desejo de alimentá-los. Tudo aquilo que um dia dei valor e amei foi retirado de mim pela natureza de Aço-médio. Tudo, exceto a minha liberdade. Um dia voltaremos a ver a luz da superfície, compatriota, e esse dia será nosso.

— Duvido muito — disse uma figura de capuz verde que descia as escadas que davam para o sótão de Chaminé Prateada.

— O que é isto?! Como você conseguiu entrar na minha oficina? — perguntou Chaminé Prateada ao intruso.

A figura avançava apoiando-se em uma bengala: Molly sentiu alguma coisa afundando em seu estômago.

— É possível que tenha se esquecido de fechar a porta — respondeu a figura ao puxar o capuz para trás.

Era *ele*, o assassino velho e refinado que Molly conhecera na casa *Fairborn & Jarndyce*. De uma maneira ou de outra, o cartola tinha conseguido localizá-la, mesmo ali, em Tristesperança.

— Se bem que é possível deduzir que um Estado que renega a propriedade refuta o uso de trancas na porta, você não concorda, compatriota?

— De que distrito você vem? — disparou a militante. — E quem pensa que é para questionar a palavra da revolução?

— De que distrito venho? Do bairro de Vauxtion, que fique claro — respondeu o velho cavalheiro — e em outros tempos cheguei a usar o bastão de marechal. Por isso espero que perdoe a minha pequena observação quando afirmo que a seriedade dos seus mensageiros encapuzados não servirá de grande proteção quando as bombas-barbatana lançadas de um aerostato chacaliano vierem explodir esse lugar.

— Mas que divagações são essas, bode velho? — perguntou a mulher. — Não existe nenhum distrito chamado Vauxtion aqui em Tristesperança.

— Minha cara damson, vejo que os seus conhecimentos geográficos são tão escassos quanto a sua retórica. Vauxtion é, ou melhor dizendo, era uma província de Quatérturno. Sem dúvida, hoje tem uma denominação bem mais deprimente: a área doze da Comunidade da Partilha Comum ou outra designação tão entediante quanto. Ora, tendo em conta que eu tenho o título de conde de Vauxtion, tudo isso representa um inconveniente pessoal para mim.

— Um *aristo*!

Ele pousou a sua bengala sobre o balcão da loja e começou a caminhar lentamente em direção à mulher.

— Sou, de fato, um aristocrata, embora possa garantir à senhora que os seus colegas carlistas deram seu melhor para se verem livres dos exemplares da minha espécie. Meus olhos foram testemunhas da forma como meus herdeiros, esposa, filhos e netos foram conduzidos até um Colar de Gideon por seus compatriotas fariseus.

A militante finalmente percebeu o ar ameaçador do velho e tentou sair correndo pela sala diante dela, mas ao fazê-lo, uma pistola com bocal de gás surgiu na mão do conde e, de uma forma igualmente rápida, a mulher caiu no chão, imersa em uma nuvem de vapor.

— Uma dica, damson — disse o conde, em pé, ao lado do cadáver. — A melhor forma de escapar da fome não é pegar a comida do continente. Deixe os seus terrenos sem cultivo durante os dois anos da revolução e, então, coloque uma coleira no pescoço de cada uma das pobres almas que ainda sabem o que é agricultura.

Rodas Lentas investiu por trás sobre o assassino, fazendo suas rodas girarem sobre o piso de madeira de cogumelo. No entanto, o conde de Vauxtion ajoelhou-se com um movimento ágil, puxando um lançador de arpões de cano duplo que trazia guardado nas costas e fazendo com que a garra traseira atingisse o meio do seu corpo. O conde afastou-se para o lado e assistiu a Rodas Lentas deslizar até a porta da oficina, enquanto o vapor saía do seu coração de caldeira trespassado e encharcava o chão.

Molly avançou imediatamente para junto de Rodas Lentas, enquanto o conde a tinha na mira da sua pistola de gás.

— Perdão, Molly corpo-macio — disse Rodas Lentas, perdendo o fôlego. — Não consegui defendê-la até o fim.

— Não, Rodas Lentas — disse Molly, com as lágrimas já inundando os seus olhos. — Tudo isso aconteceu por minha culpa. Fui eu quem trouxe a gente para cá.

— Oh, *por favor* — disse o conde de Vauxtion, deixando cair uma série de rodas de engrenagem Engrena-gi-ga sobre o soalho. — Podem culpar também o controlador da estação do Guardião Rathbone. Algum de vocês faz ideia do quão difícil é torturar um homem-vapor místico? Eles conseguem controlar a seu bel-prazer os seus respectivos centros de dor. Fui obrigado a recorrer a um especialista para dobrar o seu amigo, até que ele se mostrou finalmente disposto a me dizer onde poderia encontrá-lo.

— Você não passa de um corpo-macio bárbaro — insultou-o Chaminé Prateada. — Que os Vapores de Loas amaldiçoem você por sua maldade.

O conde de Vauxtion respondeu disparando de forma displicente sobre uma das pernas de Chaminé Prateada, destruindo-a com o cano que restava do seu lançador de arpões. Com apenas duas pernas, o tripé que suportava o peso de Chaminé Prateada cedeu, fazendo-o cair prostrado no assoalho da sua própria oficina. Ele ainda tentou se levantar, mas escorregou e, com as válvulas suplantadas pela dor, perdeu a consciência.

— Dificilmente eu seria um bárbaro — disse o conde de Vauxtion para o homem-vapor imóvel. — O controlador o descreveu como uma velha caldeira louca que se arriscava a fazer arte com um pouco de sangue e água dos fungos, mas faltou a sensibilidade ou os pontos de referência necessários para descrever adequadamente os seus trabalhos. Eles são magníficos, homem-vapor! De um artista para outro, vou poupar os seus braços e a visão. Chame de cortesia profissional, se quiser. Tomei a liberdade de, em troca, levar uma das suas miniaturas comigo: a cena da garota junto à parede do desfiladeiro.

Molly deu um passo em direção às escadas, mas a pistola de gás foi instantaneamente apontada para ela. O cano de borracha projetava-se do seu punho, como se uma cobra estivesse saindo da manga do conde.

— Por favor, Molly. Minha missão é entregá-la viva. Além disso, não há chaminés em Tristesperança para você limpar.

— Você quer me entregar viva?! — disse Molly. — Um convite para jantar teria saído bem mais barato.

— Não quero dar falsas esperanças, minha querida. Tenho a sensação de que quem me contratou não a deixará permanecer nesse estado por muito mais tempo.

— Pode dizer ao meu padrasto que vá para o inferno.

— Padrasto? — perguntou o conde com um tom divertido. — Talvez, embora eu duvide disso. Meu patrão atual prefere manter o anonimato, por isso, não posso falar quais são os seus motivos. Não que isso importe, na verdade. Eu não participo mais de causas ou nem as apoio. Passei a maior parte da minha vida seguindo esse tipo de sentimento e tudo o que isso me trouxe foi um cemitério repleto de amigos, parentes e companheiros caídos.

— Deixe-me ao menos ajudar Rodas Lentas — implorou Molly.

O conde balançou a cabeça em sinal negativo.

— Você é uma presa muito escorregadia, minha querida. Além disso, eu apontei para a caldeira do seu amiguinho. Coloque o capuz e despeça-se deste lugar, tenha em mente que se tentar avisar qualquer pessoa que estamos partindo de Tristesperança, você será morta antes de fechar os lábios, que são tão lindos quanto você. O meu patrão paga mais por você viva, mas receberei quase o mesmo se entregá-la morta.

Molly ainda esticou os braços para Rodas Lentas enquanto o conde a empurrava para a porta.

— Rodas Lentas.

— Siga o seu padrão, Molly corpo-macio — sussurrou a agonizante criatura de metal. — Para onde quer que ele a leve.

Uma vez do lado de fora, Molly tentou esmurrar o assassino de elite.

— Você o matou!

— Conduzi vinte mil soldados para a morte em Morango — disse o conde — e eu gostava deles. Um a mais, um a menos... não passa de um número, Damson Templar, apenas mais um número num livro de registros esquecido que ninguém vai se dar ao trabalho de ler.

Puxando uma chave, o conde trancou a porta da oficina. Já na rua, um homem gordo os abordou, respirando de forma ofegante.

— O compatriota metálico não está na oficina?

— A excitação do comício foi muito forte para ele, compatriota — respondeu o conde. — Ele decidiu descansar o resto do dia.

— Mas há uma cinta de extração avariada na oficina trinta! O que vou dizer ao meu responsável de comitê?

— O que vai dizer? — repetiu o conde. — Diga a ele que o compatriota metálico está de pernas para o ar e que precisarará ficar assim durante mais algum tempo.

Entrar em Tristesperança na companhia de uma velha caldeira tão conhecida como Chaminé Prateada fora relativamente simples. Contudo, guardas de capuz vermelho bloqueando a passagem provavam que sair na companhia do conde de Vauxtion não seria tão fácil assim.

— Os papéis de viagem, compatriota — pediu um dos soldados.

— Houve registros de uma revoada de bicadores atacando as fazendas — disse o conde. — A produtividade sofrerá por causa disso. O comitê exigirá respostas.

— Os bicadores passam a vida levando esporos, compatriota. Teríamos mais sorte se cultivássemos essas pestes de penas negras. De todo modo, preciso ver os seus papéis para saber se quer levar a menina dos olhos brilhantes a um piquenique.

— Mas é claro — disse o conde.

Ao enfiar a mão no bolso da capa, uma explosão fez saltar o telhado de um moinho no fundo do vale.

— Doce Tuitzilopochtli!

— Não saia daqui — gritou o sargento para um dos seus homens. — O resto de vocês, venham comigo. Podem ser os contrarrevolucionários do Conselho Anárquico.

O conde de Vauxtion sorriu para o guarda que ficou perto deles.

— Não seria uma revolução digna desse nome, sem os seus contrarrevolucionários, não é?

— Fique onde está, compatriota — respondeu o guarda com um ar carrancudo. — Enquanto não entendermos o que está acontecendo na cidade, vocês não saem daqui.

— Isso não me parece muito fraternal, compatriota — comentou o conde, abaixando-se para apanhar algo no chão da gruta. — Quanto ao moinho, acho que vão descobrir que alguém foi descuidado e desligou o sistema de águas de uma das caldeiras. Olhe aqui, um verme.

— Acha que isso me interessa?

Molly tentou recuar, mas o conde empurrou-a de volta para o lugar onde estava.

— Trata-se de uma questão de gentilezas políticas, compatriota. A minha forma pessoal de igualdade, embora no lugar de onde venho se chame vingança.

A mão de Vauxtion se ergueu e um disparo de gás atingiu o guarda na cara. O homem brilhante caiu no chão como se um machado o tivesse cortado pela raiz e o conde jogou o verme em cima do seu corpo com um gesto de desprezo.

— Está vendo, compatriota? Igualei você à minha família e a esses jardineiros chacalianos. Que os vermes desfrutem da refeição.

— Seu velho bode assassino — gritou Molly. — Você nem se importa em matar pessoas!

O conde agitou sua pistola na direção da floresta fúngica.

— Pelo contrário, minha querida. Vamos ao nosso piquenique?

— Eu...

Molly quase não teve tempo de se esquivar quando uma bota caiu dos céus, raspando em sua bochecha e enviando o conde pelos ares. Ele caiu sobre o corpo do guarda morto. Molly quase morreu de susto ao ser agarrada e puxada por um braço que a envolvera por trás, levando-a pelo ar, até pousarem sobre um chão de vime. Atônita, Molly se virou e contemplou uma cara caranguenarbiana.

— Ver'fey!

— Eu disse que era ela — disse Ver'fey.

Atrás da caranguenarbiana, estava uma mulher grande, com as mangas da camisa cortadas de forma a realçar seus enormes e bronzeados braços. Foram aqueles braços que agarraram Molly e a resgataram do chão de Tristesperança. A mulher parecia vagamente familiar aos seus olhos.

Molly rodou sobre si mesma e ficou de pé. Estava dentro de uma gôndola de vime não muito maior do que um barco e acima havia uma lona em forma de salsicha. Tratava-se de um aerostato em miniatura. Atrás da mulher, um homem segurava o leme de um motor de expansão de formato circular. Molly abaixou-se por um instante, atordoada, e espreitou o que ficara para trás no solo.

O conde de Vauxtion não passava de um ponto minúsculo na entrada da floresta fúngica.

— Molly — chamou a caranguenarbiana, mantendo-se ao lado de sua amiga humana —, você está ferida?

— Voltem — pediu Molly. — Preciso voltar para Tristesperança!

— Só pode estar brincando — disse a mulher de braços musculosos. — Assim que nos vissem aqui em cima, esses rejeitados do hospício nos matariam.

— Mas eu tenho amigos que ficaram para trás! — protestou Molly.

— Então sugiro que faça novas amizades, porque nós vamos direto para a superfície.

— Ver'fey — disse Molly —, pelo amor do Círculo, o que você está fazendo aqui? Não pode pedir para aterrissarem?

Ver'fey balançou a sua cabeça blindada, apontando para o homem no timão do motor de expansão.

— Eu expliquei onde poderiam encontrá-la e disse que viria junto para ajudá-los a identificá-la.

Molly virou-se para o homem do leme, observando o seu cabelo fino sendo bagunçado pela corrente de ar traseira do dirigível.

— Lamento muito, Molly — disse ele. — Nós nos esforçamos muito para encontrá-la, não podemos nos arriscar a perdê-la novamente em Tristesperança.

— Talvez um obrigado não fosse má ideia — acrescentou a mulher. — Duvido que as intenções do conde com relação a você fossem mais altruístas do que é de costume.

— Você o conhece? — perguntou Molly. — Aliás, quem são vocês?

— O conde e eu já nos esbarramos algumas vezes, mas normalmente nossos encontros são sempre muito rápidos.

— Não a reconhece, Molly? — perguntou Ver'fey. — Dos livros do Internato Portas do Sol?

Era óbvio que a reconhecia: das ilustrações das capas dos folhetins de um *penny*. Uma mulher bronzeada com braços semelhantes aos de um gorila varrendo uma ravina numa selva de Liongeli, com uma enorme pedra preciosa lilás roubada de um templo numa das mãos.

— Amélia Harsh — disse Molly.

— Professora Harsh — corrigiu a mulher.

— O que está fazendo aqui?

— O melhor que sei e que posso fazer, menina. Mas se está perguntando por que viemos até Tristesperança só para resgatar o seu corpo magricela, é melhor falar com o dono do dinheiro — disse ela, apontando para o homem junto ao motor de expansão.

— O dono do dinheiro?

A professora Harsh encolheu os ombros:

— Vasculhar as ruínas de Quimeca não sai muito barato. Este barco pode ser deles, mas aquilo que a universidade me paga não dá para cobrir nem metade das despesas do meu trabalho.

— Quer saber por que estamos aqui, Molly? — perguntou o financiador com um tom triste na voz. — Porque alguém está oferecendo uma fortuna pelo seu corpo em Açomédio. De preferência viva, mas morta também.

Capítulo Nove

A Analista 91 fingiu não ter reparado na presença do recém-chegado que aguardava à porta do gabinete de *Lady* Enigma, limitando-se a preparar os cartões de registro para as transações vespertinas do motor de carregamento, à medida que a Analista 2-80 os dispunha no cano do receptáculo pneumático.

— É ele — sussurrou 2-80.

— Pensei que fosse mais alto — respondeu 91 em voz baixa, mas sem qualquer tom de desapontamento na voz.

O chapéu de *tweed* característico o denunciava. Era como se ele tivesse acabado de chegar de um dia de caça ao tetraz[2] em alguma mina de calcário verde nas terras altas.

— Olhos para frente e para o centro — ordenou a reguladora 9 ao passar pela estação de processamento.

Elas continuavam trabalhando, enquanto a Reguladora *o* revistava.

— Lorde Wildrake, a Procuradora-Geral vai recebê-lo em instantes.

Ao fechar a porta da sala de cálculo, a reguladora conduziu o convidado para uma sala privada com vista para a paisagem imóvel da troposfera através de uma camada de vidro espesso. Lá em cima, tudo era sempre calmo. A Corte do Ar pairava muito acima da formação das tempestades e das

[2] Tetraz — ave europeia de grande porte, aparentada à galinha. (N. E.)

preocupações chacalianas. Wildrake ficou um instante contemplando os aerostatos menores que estavam incumbidos de patrulharem o espaço para além das esferas e globos sob controle. Com nadadeiras finas como lâminas e terminados com uma longa lança pulsante, seu único propósito era manter à distância os raspadores que se aproximavam demais da cidade.

Depois de tirar a capa e pendurá-la num gancho ao lado do busto de mármore de Isambard Kirkhill, *Lady* Enigma bateu com os saltos para anunciar sua presença.

No outro lado da sala, a luz e o espaço do gabinete estabeleciam um equilíbrio perfeito com a pele cor de ébano da Procuradora-Geral. Tratava-se, sem dúvida, de um efeito intencional.

— Sente-se — disse *Lady* Enigma.

Wildrake balançou a cabeça em sinal negativo, e, com um pequeno salto, agarrou um dos tubos de mensagens que atravessavam o teto. Ele começou a fazer flexões na barra, a ondulação em seus músculos denunciando uma agonia crua depois da sessão de exercícios matinal.

Lady Enigma praguejou para si mesma. Sua dependência com aquela maldita droga estava se tornando cada vez mais grave.

— Quanto brilho você está tomando agora, Wildrake?

— Apenas o suficiente para me manter forte — respondeu Wildrake. — Quero continuar sólido. Fale com os seus serradores de ossos, são eles que me fornecem a quantidade de que eu preciso.

Teoricamente, não havia limite para a quantidade de músculos que um abusador poderia ganhar mastigando brilho, droga obtida com as unidades de guarda das cidades-estados. Regimentos de elite inteiros se deformavam até se converterem em mulheres-boi.

— Conte-me tudo o que sabe sobre o *MRA Belerofonte*, Wildrake.

Lorde Wildrake falava rapidamente, tentando terminar cada frase entre as pontadas de dor de seus braços.

— Consegui localizar o que restava dele nas dunas, às portas de Dazbah, escondido embaixo das redes de camuflagem. Para essa previsão, foram necessárias marcas integrais de analistas.

— Continue — disse *Lady* Enigma.

— Um dos oficiais estava comprado. Raptaram a sua família e o chantagearam, obrigando-o a colocar o aerostato fora de rota. Ele conseguiu arranjar uma forma de aterrissar do lado de lá da fronteira cassárabe com um problema no sistema de flutuação. A partir desse ponto, os homens das tribos locais tomaram conta do assunto.

— E os nossos passageiros?

— A maior parte deles foi envenenada com algo colocado pelo traidor em suas doses de rum. Consegui libertar um casal de sobreviventes. Infelizmente, a mulher da tripulação já tinha sido transferida para o harém de reprodutoras de biológikos do califa quando cheguei.

— Muito perigosos — disse *Lady* Enigma. — Eles estão se tornando muito, muito perigosos. Temos que fazer algo logo a respeito da Cassarábia.

— As celgas do aerostato foram desviadas para as instalações nas proximidades de Dazbah — disse Lorde Wildrake. — Estavam usando os ventres das nossas mulheres na tentativa de sintetizarem um substituto orgânico para as celgas.

— A vigilante de serviço declarou que esse lugar foi destruído.

— Infelizmente, continuam sem fazer grandes progressos no processo de tornar o gás das suas aeronaves menos inflamável — disse Wildrake. — Pode-se dizer que eu me limitei ao calor da situação.

— Se não gostaram, que não tivessem se aventurado em nossa cozinha, Wildrake.

— Foi exatamente o que pensei, Procuradora-Geral.

— Agora que o Califa queimou os dedos, tenho outra missão para você.

— Eu já imaginava.

A pele de Wildrake adquirira um saudável tom avermelhado, o suor produzido pelo brilho enchendo a sala com um odor semelhante ao da canela.

— Mais uma das nossas aeronaves desapareceu?

— Não trata-se de uma aeronave — corrigiu *Lady* Enigma. — Mas de um homem. O Lobo Doze está foragido.

— Harold? — perguntou Wildrake, permitindo que o seu corpo se mantivesse suspenso pelo tubo de mensagem por um minuto. — Ora, ora. Aquele velho malandro. Quer dizer então que é preciso um lupocaptor para apanhar outro.

— Exatamente — disse *Lady* Enigma. — Segundo as minhas fontes, vocês já têm uma história juntos, além do serviço na marinha, é claro. Isso seria um problema para você?

— Não me parece que transportar barris de água de lastro por Chacália possa contar como serviço naval, minha senhora — comentou Lorde Wildrake.

— Mas de todos os que foram capturados, apenas o senhor e Harry Stave foram capazes de sobreviver ao campo de Flavestrela — assinalou *Lady* Enigma. — Além daquele rapaz rico, o repórter independente.

— Seis meses da cortesia hospitaleira do Comitê de Segurança Pública da Comunidade da Partilha Comum teve o seu preço sobre a equipe. O fato de alguns de nós terem sobrevivido para contar foi quase um milagre.

Lady Enigma reclinou-se em sua cadeira. Tinha sido depois daquele período no campo que Wildrake começara a tomar brilho. Inchou. Foi como se o lupocaptor quisesse desenvolver os seus músculos para que nenhum torturador da Comunidade da Partilha Comum pudesse voltar a atingi-lo.

— Após a fuga de vocês, eu me lembro de que surgiu uma divergência de opinião sobre quem era o responsável pelo erro que levou ao fracasso da operação em Quatérturno.

— Para *mim*, não há dúvida sobre quem foi o responsável por esse fracasso, Procuradora-Geral. Harold Stave é um oportunista, um acidente apenas esperando para acontecer. Não é mesmo um cavalheiro.

— Essa última parte pode ser verdade, mas, dado seu costume de deixar atrás de si um rastro de destruição, Wildrake, acho que dificilmente estará em posição para censurá-lo.

Wildrake arfou com a dor do exercício.

— Minha senhora, suspeito que foi o meu antigo desentendimento com o Lobo Doze que a levou a jogar essa proposta em meu colo. Pode me considerar pronto para executá-la. As circunstâncias não deixam de contribuir para aumentar o meu interesse pela caçada.

— Nesse caso, o campo é seu — disse *Lady* Enigma. — Ah, Wildrake...

— Sim, minha senhora?

— Faça-me o favor de se dar ao trabalho de trazê-lo vivo para ser interrogado por nossos conjuradores da verdade.

— Farei o meu melhor, Procuradora-Geral — disse Wildrake, pousando os pés no chão e sentindo a dor gloriosa em seus braços. — Farei o meu melhor.

Oliver aguardava numa rua pavimentada ao lado das portas da prisão de Bonegate, enquanto uma multidão juntava-se aos milhares para assistir ao seu enforcamento. Vendedores ambulantes ofereciam travessas de frutas podres e algumas delas já voavam na direção do cadafalso.

Normalmente, as pessoas achavam mais divertido deixar os prisioneiros condenados sentirem a queda. Por isso, só os bombardeavam com lixo quando eles já estavam dançando a quadrilha de Bonegate.

O inspetor Pullinger ergueu os braços e fez-se silêncio entre a multidão de expectadores.

— Pela quebra da ordem estabelecida pela coroa, pela violação das linhas limítrofes do cadastro, por insubmissão aos artigos da Brumencantada, estatuto seis da Lei de Controle de Encantados e, sobretudo, pelo crime capital de homicídio premeditado em três ocasiões, Oliver Brooks foi condenado à morte pela forca.

Uma sacerdotisa circulista avançou até Oliver para administrar o sacramento da conversão, enquanto a multidão celebrava e aplaudia a leitura da sentença. Ela proferiu a litania num tom de voz baixo, para que apenas Oliver e os outros homens sobre o estrado pudessem ouvir as suas palavras.

— Almas perturbadas nesta vida, que a sua essência possa regressar ao mar unificado da consciência, para que o Círculo gire e você possa regressar a esta boa terra numa cápsula mais feliz do que esta.

A sacerdotisa rodou sobre si mesma, horrorizada ao ver a forma desfigurada do Sussurrador subindo para a plataforma.

— Uma cápsula nova? Mas esta não tem nada de errado!

Os carcereiros fugiram aos gritos e a multidão fugiu em pânico.

— Está vendo? Quando quero me sentar, encontro sempre um espacinho livre para mim.

— Sussurrador — murmurou Oliver.

— Sonhos perturbadores, Oliver? — perguntou o Sussurrador. — Eu posso ficar mais perto de casa com eles. Há sempre alguém novo entrando em meu lugar. A guarda de cantores do mundo com seus estranhos hábitos, seus bisturis, poções e luvas de borracha.

Oliver tentou afrouxar a corda já colocada em volta do seu pescoço.

— Graças ao Círculo, desta vez pensei que fosse sério. Pensei mesmo.

— A cada dia se torna mais real, Oliver — sibilou o Sussurrador. — Se eles o pegarem, esse vai ser o seu futuro. Uma cela ao lado da minha, nos subterrâneos de Hawklam é a melhor opção para você agora. Eu avisei sobre Harry Stave, não avisei?

— Minha família morreu, Sussurrador. Mataram o meu tio e Damson Griggs. Tentaram me matar também.

O Sussurrador bateu nas costas de Oliver no momento em que ele cortou a corda onírica com um apêndice ossudo, feito de dentes e ossos de antebraço.

— Vê como estamos ficando parecidos, Oliver? Minha família também morreu. Meu pai estrangulou a minha mãe por ter me dado à luz e eu assombrei os seus sonhos pútridos até que ele subiu ao topo de um moinho de vento em Hazlebank e atirou-se de lá.

— Está louco — disse Oliver. — Nós não temos nada em comum.

— Acha que estou louco? — perguntou o Sussurrador, rindo baixinho. — Neste caso, devia ver as coisas do hospício que eles vão pôr em liberdade, Oliver. Sugadores de almas. Têm torques especiais só para mantê-los. Na verdade, são mais armaduras e não exatamente colares. No hospício, costumávamos chamá-los de bando selvagem. E eles são selvagens.

Oliver observou a praça de Bonegate deserta.

— O que você está fazendo aqui, Sussurrador?

— Que falta de gratidão, Oliver... Vim tratar de uns assuntos. Dos meus e dos seus. Um pesadelo aqui, um pesadelo ali... e não apenas os próprios dos encantados, os normais também.

Oliver tentou evitar olhar diretamente para a forma desfigurada.

— Não sabia que era capaz de fazer isso.

— A cortina de Brumencantada já está em Chacália há mais de mil anos, Oliver, disseminando a sua essência pelos campos, pântanos e florestas. Os cantores do mundo recusam-se a admitir, mas, na verdade, há um pouco de encantado em todos nós — disse o Sussurrador, rindo das suas próprias palavras. — Em alguns mais do que em outros, não é verdade?

— Eu ainda não comecei a mudar.

— Bobagem — disparou o Sussurrador. — Os sonhos são sobre a verdade, Oliver. São uma porta através da qual a negação raramente tem o privilégio de passar. Pergunte a si mesmo: por que será que sua mente, sua mente perfeita, capaz de eliminar os feitiços da verdade dos cantores do mundo e de passear pelas mentes sem nenhuma dificuldade, permite a minha entrada em seus sonhos?

— Eu...

— Reflita um pouco, Oliver. Eu me sinto bem aqui, sabe? Sua mente é de longe, a melhor. Um detalhe adorável. Clareza perfeita. Não é tão fácil como estabelecer contato com os normais. No entanto, eu tenho aguentado, Oliver. Tenho tomado conta da loja por nós dois. Os lugares por onde andei... até nas mentes dos homens-vapor. Entrar nos fluxos mentais das criaturas metálicas é como atravessar uma maré de vidro estilhaçado.

— E nessas viagens? — disse Oliver. — Encontrou algo mais concreto do que esses avisos obscuros a respeito de Harry Stave?

— Oh, sobre Harry, eu estou apenas começando — respondeu o Sussurrador. — Ele é um filho da puta e, maldição, ainda por cima é o nosso filho da puta. Neste momento, ele é a única peça da cidade disponível para o jovem mestre Brooks.

— Que reconfortante.

— Tenho algumas surpresas guardadas para você, Oliver, e para mim também. Há alguém aí fora, ou algo, deixando pequenos vestígios nas mentes das pessoas. Ela pensa que não estou ciente da sua existência, mas eu tenho muitos poderes. Foi por isso que eles me fecharam num buraco tão profundo. Não há torques especiais o suficiente para mim.

A voz normalmente sibilante do Sussurrador subira para o tom de um guincho, os elementos da realidade circundante de Bonegate agitavam-se sob a fúria de seu humor.

— O pobre e velho Sussurrador não pode brincar e se divertir como os do bando selvagem. Para ele, não há passeios à meia-noite pelas ruas de Açomédio. Nada de luz da lua. Nem do ar fresco da noite!

— Pare com isso! — gritou Oliver. — Minha cabeça!

A tempestade onírica começou a se dissipar até desaparecer, enquanto o Sussurrador caía soluçando na plataforma da forca.

— Eu sou imprevisível, Oliver. É por isso que eles têm medo de mim, por isso me mantêm fechado e cercado por uma dúzia de muros malditos interligados entre si, por isso usam um cão treinado para arrastar a tigela de lavagem cheia de drogas que deixam à porta de minha cela.

Oliver observava atentamente a criatura com um misto de fascinação, horror e piedade, enquanto o Sussurrador avançava pela plataforma, arrastando os pés deformados e reconstituindo um ritmo da sua infância que só ele conseguia ouvir.

— *Mais uma dancinha, mais uma dancinha...*

— O que você pensa em fazer, Sussurrador — perguntou Oliver — quando eles me apanharem e o carrasco me enforcar?

— Não diga isso, Oliver — murmurou o Sussurrador. — A memória do rosbife da sua última noite ainda está tão fresca... tão clara. Ah, já percebi o que está tentando fazer. Está me distraindo da mesma maneira como quando colocamos um fio de novelo diante de um gato.

— Embora aquela carne fosse mesmo muito saborosa — disse Oliver, sentando-se na ponta da plataforma dos enforcados.

O Sussurrador arranjou uma forma de se colocar ao lado de Oliver. Era difícil dizer se a aberração tinha uma posição para se sentar ou não.

— Eu até podia suportar a minha prisão, Oliver, se não fosse a Guarda Especial. Só gente bonita, todos os meninos e meninas lindinhos, comendo do bom e do melhor, com as suas fardas de encantados trotando assim que o Estado os chama ao dever. Parecem um bando de cachorrinhos, mimados e tolerantes. No começo, costumava fazer algumas visitas aos seus sonhos, Oliver, mas agora isso está além daquilo que sou capaz de suportar.

— Eles queriam que eu me juntasse à legião — disse Oliver. — Queriam me colocar um torque de cantor do mundo em volta do pescoço.

— O gatinho bonito precisa de uma coleira — comentou o Sussurrador. — Pensa que o meu pai não me prometeu isso quando me trouxe para Açomédio nos fundos de uma carroça? Troco mensagens com todos os prisioneiros do hospício de Hawklam, como uma rede de cristal de encantados. Dificilmente encontrará uma alma ali dentro que não esteja à espera do melhor dos bifes, dos longos dias monótonos passados na fossa de musculação e das massagens com óleo. Ficaria surpreso com o aspecto normal de alguns dos condenados aqui debaixo se os visse. Mas os seus poderes não podem ser acionados e desativados como a torneira de um barril de *jinn*…

A paisagem onírica começou a se dissipar. Oliver estava acordando.

— Eu tomo conta da loja, Oliver Brooks — disse o Sussurrador, novamente de volta à sua cela subterrânea. — Não se esqueça de continuar atento com esse bêbado dissimulado chamado Harry Stave.

— É melhor colocar o chapéu — sugeriu Harry Stave. — Confie em mim.

O *Diácono Canoro* tinha sido construído a seis quilômetros de Casa de Câmbio, bem ao lado de uma taberna na região mais afastada do parque da coroa que, como todo o resto em Chacália, estava associado ao rei, mas pertencia ao povo. As carruagens e os carros estavam dispersos ao longo do gramado e as famílias da cidade desfrutavam da tarde do Dia do Círculo sobre as toalhas com desenho xadrez de piquenique.

— Para que eu preciso de um chapéu, Harry? — perguntou Oliver, ajustando-o à cabeça. — Pensei que tinha me dito que aquele olho que tudo vê do céu estava prestando atenção em outro lugar.

Harry piscou o olho para o rapaz.

— Um pouquinho de paranoia nunca fez mal a ninguém.

Oliver olhou ao redor do terraço de uma taberna bem frequentada: as mesas da cantina estavam repletas de escavadores da manutenção do canal. Em Cem Cadeados, não havia nenhum parque da coroa. O mais próximo ficava no Campo dos Pedintes, muito além dos limites de sua ordem de restrição. Toda aquela parte de sua vida fora completamente destruída e deixada para trás.

— Isso está cheio de gente — comentou Oliver. — Como é que vamos conseguir encontrar o seu homem de confiança por aqui?

— Não é um homem, Oliver, é uma mulher. Além disso, as multidões são boas para nós, há movimento e detalhes de sobra, como uma boa capa, para manterem ligados os vigilantes e os seus motores de transação.

Encontraram a senhora que procuravam sentada em um banquinho diante de uma carruagem coberta, uma venda do tipo que pode ser encontrada com frequência nas feiras de província, vendendo remédios para calvície de proveniência mais que duvidosa. À sua esquerda tinha uma garrafa de *jinn* e, à direita, novelos de lã empilhados num cesto. Ela se entretinha fazendo um suéter de criança.

— Mãe — disse Harry no momento em que ela olhou para cima —, há mais netos a caminho?

— Ela é sua mãe? — perguntou Oliver, lançando um olhar incrédulo na direção da mulher.

A anciã atirou o novelo de lã para cima de Oliver.

— Se está à procura da égua que pariu Harry Stave, pode continuar sua busca, meu querido. Meus filhos são todos casados e vivem de negócios respeitáveis.

— Oliver, esta é Damson Loade — disse Harry. — Uma mãe para seus os amigos.

Ela riu e derramou um trago de *jinn* na boca largamente desdentada.

— Foi um golpe de sorte, eu trabalhava nas minas de prata das colônias.

Oliver fez uma pequena reverência.

— Mãe Loade.

— Você é um pouco mais limpinho do que os companheiros de viagem habituais desse depravado.

— Você é muito indicada para falar disso — disse Harry. — E esqueceu-se de mencionar que viajou até Concórzia a bordo de um cargueiro de transporte.

— Isso é um detalhe — comentou a velha mulher. — É verdade que o juiz me condenou ao barco, mas um pouco de prata é suficiente para comprar alguns perdões em Chacália. Foi o suficiente para me estabelecer nos negócios com o Senhor Locke como fabricantes de armas para enobrecer ainda mais Açomédio e os vinte condados.

— *Loade & Locke* — disse Oliver. — Eu me lembro de ver os seus anúncios nas contracapas da revista *Campo e Feto*.

— Privilégio pelo qual Dock Street cobra generosamente, querido — assinalou a Mãe. — Agora, ouça-me, Harry. Normalmente não atendo a domicílio, dentre outros motivos, porque o meu sócio desprovido de queixo seria capaz de perder os lucros da loja em mesas de jogo.

— Peço desculpas, Mãe — disse Harry —, mas eu me meti numa pequena confusão.

— E quando deixou de estar, meu rapaz? — perguntou a Mãe.

Dizendo isso, pegou um exemplar do *Notícias Ilustradas de Açomédio* escondido atrás do banco.

— Página doze, lá para o fim.

Harry folheou o jornal.

— *Assassinatos em Cem Cadeados justificam pena capital: criança encantada e criminoso foragido matam policiais e tutores familiares.*

— O quê?! — perguntou Oliver, espantado com o que tinha acabado de ouvir. — Eles dizem que fomos *nós* que os matamos! Mas e os corpos dos cartolas na entrada?

— Estranhamente, não são mencionados na notícia — respondeu Harry. — Por outro lado, é bom se lembrar de que a Corte tem muitos editores em sua folha de pagamento, como Dock Street.

— Minhas fontes me resumiram os acontecimentos de uma maneira mais detalhada — disse a Mãe. — Você está na lista dos renegados, Harry. Dizem que você se tornou um criminoso. Todos os assobiadores têm instruções para entregá-lo, daqui até Loch Granmorgan.

— Mãe, isso é tudo mentira — explicou Harry. — Alguém da Corte decidiu virar a casaca, mas não fui eu.

— Você *é* um bandido, Harry — disse a Mãe —, mas eu acredito em você. Não porque seja uma pessoa honesta, mas porque não consigo ver como você lucraria com uma encrenca dessas.

— É bom saber que você tem tanta confiança em mim — disse Harry. — E a sua fonte também te disse qual lupocaptor você deveria ajudar?

A Mãe assentiu.

— O Lobo Sete.

— O maldito Jamie Wildrake. Não sei se me sinto lisonjeado ou insultado. Uma coisa é certa: há alguém lá em cima com muito senso de humor.

— Mantenha-se longe das estradas mais movimentadas da coroa, Harry — aconselhou a Mãe. — Os esmagadores têm máquinas de sangue montadas em alguns pedágios, certamente vão querer testá-las com você. A Ham Yard é como um ninho de vespas com um lenço pegando fogo dentro.

— Aqueles dois palhaços de Cem Cadeados eram realmente policiais? — perguntou Harry. — Isso é digno de nota. Achei que fossem cartolas com falsos distintivos de inspetores. O que será deste mundo se não podemos mais confiar em nenhum esmagador?

— Isso complica as coisas — disse a Mãe.

— Complica e muito — concordou Harry. — No entanto, as máquinas de sangue não vão trazer qualquer benefício à Ham Yard. Quando entrei para a Corte, meu cadastro foi meticulosamente apagado. O meu código sanguíneo registrado pertence a um negociador de galinhas chamado Jeremiah Flintwinch, que morreu de sífilis há mais de vinte anos.

A Mãe ergueu um dedo na direção de Oliver.

— E o código sanguíneo dele? Pode deixar o rapaz comigo, Harry. Será mais seguro para ambos.

— Eu tenho um nome — protestou Oliver.

— E um nome muito bom — precisou Harry. — A estação que foi fechada era dirigida por Fileas Brooks. Mãe, apresento a você mais uma vez Oliver Brooks, filho de Fileas.

— Fileas Brooks — exclamou a Mãe. — Ora, esse é um nome que vale a pena invocar. Pelo amor do Círculo, filho, essa é uma herança pela qual vale a pena viver.

— Parece não faltar gente neste reino disposta a se certificar do contrário — disse Oliver.

A velha mulher se levantou e esticou os braços.

— Agora estou vendo, Harry. É como ouvir o fantasma de Fileas falando! Bem, rapaz, vamos ver aqui se a velha Beth pode dar uma ajuda, mesmo que as coisas não pareçam muito boas. Vamos ver, onde é que anda aquele inútil do meu assistente?

Um jovem aprendiz com uma bandeja de presuntos embrulhados em papel de cera surgiu. Parecia estar pronto para entrar em cena depois daquela deixa.

— Creakle, eu disse para você trazer mantimentos, não a loja toda!

— Tem toda a razão, damson. Desculpe. Eu me atrasei por causa da multidão da feira.

— A julgar pelo seu aspecto, Creakle, você se atrasou por causa de um copinho da cidra de Puttenland. Abra a porta da carruagem, temos clientes à nossa espera.

— Que bom, damson.

Dentro da carruagem, um banco e um balcão tinham sido espremidos para darem lugar a dezenas de pequenos armários. O espaço quase não dava para os quatro ao mesmo tempo. Uma vez que a Mãe se sentou, os outros três se viram obrigados a permanecer de pé.

— Vamos lá, então — disse a Mãe. — O que você deseja, Harry?

— Queria uma coisa discreta, pequena, que pudesse esconder debaixo do casaco, mas com potência suficiente. Qualquer coisa que não seja muito grande, mas que possa garantir algum alcance.

— E para o jovem mestre Brooks?

Harry olhou para Oliver.

— Titus chegou a levá-lo alguma vez para caça ou alguma coisa do gênero?

Oliver balançou a cabeça.

— Não havia armas na Pousada das Setenta Estrelas. Meu tio costumava dizer que a melhor arma que um homem podia usar era a sua própria mente. As armas nos fornecem uma falsa coragem, fazem com que nos comportemos de maneira estúpida.

— É verdade que ele não gostava de armas — disse Harry. — No entanto, nunca confunda a aversão à luta com a incapacidade de lutar. Ainda que pouco tenha servido no fim das contas, ele tinha uma pistola num compartimento secreto de sua escrivaninha.

— Aquela velha *Tennyson & Bounder*? — perguntou a Mãe. — Seria mais útil cuspir em cima do inimigo. Ele deveria ter me deixado fazer uma pistola decente. Só o Círculo sabe quantas vezes eu me ofereci para isso.

— Todos nós somos sentimentais com algumas coisas, Mãe — disse Harry. — Quando eu era pequeno, essas pistolas eram o máximo.

— Oh, meu caro senhor — disse o aprendiz da Mãe. — Quando o senhor era pequeno? Se me permite perguntar, será que o senhor era viciado em foolha, senhor? O lugar apropriado para qualquer *Tennyson & Bounder* é atrás do vidro de um museu.

Harry olhou para o jovem assistente com uma chama de irritação nos olhos.

— Gosta de armas, meu caro?

— Oh, senhor! Gosto muito, de todos os tipos: pistolas de duelo, armas de gás, armas para carruagens. Comissões especiais para oficiais de marinha, armas de grande porte para caçadores… embora confesse que as minhas prediletas sejam as armas para damas. São armas muito delicadas, senhor, do tipo que dá para guardar numa mala ou embaixo de uma saia.

Os olhos da Mãe reviraram-se na direção de Harry.

— Tivemos que aceitar Creakle como aprendiz por causa de um acerto de contas com um companheiro de jogo de Locke.

— Muito bem, aprendiz. O que recomendaria para o meu amigo aqui, que nunca disparou antes?

O estranho jovem aproximou-se de Oliver e começou a apalpar o seu braço e a medir a sua altura, o seu peso e o seu equilíbrio.

— Nunca disparou, senhor? Não é todos os dias que um virgem transpõe as portas da *Loade & Locke*. Creio que uma coisa expansiva, algo com um pouco de peso para termos certeza de que não vai fazer papel de idiota. O que acha? Algo que não precise de ajustes, uma arma de principiante, algo para treiná-lo, pronta para o uso.

Ele abriu uma das gavetas, remexeu e retirou do seu interior uma pistola negra com a ponta em forma de sino.

— Este é o nosso modelo náutico, senhor. Foi concebido para um lobo do mar e para os cavalheiros dos oceanos, onde as ondas e as correntes marinhas tornam a precisão obsoleta. Não serve para atirar a grandes distâncias, mas se dispará-la à distância certa, garanto que os resultados obtidos serão bastante devastadores.

Harry aprovou a escolha da arma de Oliver.

— Se um dia precisar disparar isso, Oliver, por favor, certifique-se de que eu esteja atrás de você.

A Mãe abriu duas gavetas e começou a espalhar as diversas partes de uma pistola ao longo do balcão: canos, tambores, martelos, ignições automáticas. Seus dedos entraram então em frenesi, percorrendo as peças ao mesmo tempo que ela murmurava instruções para seu o assistente, mandando-o vasculhar os cantos mais escuros da carruagem em busca de alguma peça. Quando finalmente sentiu-se satisfeita com a escolha dos componentes, começou a juntá-los, encaixando uns nos outros. Por vezes, buscava uma ou outra ferramenta de relojoeiro de maior precisão. Seus dedos envelhecidos pareciam ter se esquecido da idade movimentando-se sobre a superfície plana, ajustando, consertando, encostando peças mecânicas ao ouvido e ouvindo o roncar e os cliques de cada mecanismo. Foi assim que a arma começou a ganhar forma diante dos olhos de Oliver: uma pistola quadrada e maciça com cano longo.

Harry observava tudo aquilo com grande interesse, apreciando a arte da Mãe.

— Está usando uma culatra de ejeção catosiana.

— Aqui só se usa o melhor, Harry. Vão falando enquanto eu trabalho, gosto de ouvi-los conversar. Pode ir escolhendo as munições para o jovem mestre Brooks.

O aprendiz da Mãe trouxe um saco cheio de balas de cristal e passou-as a Harry.

— Cultivavam árvores de semente de pólvora em Cem Cadeados, Oliver?

— Não. Chegaram a falar sobre a possibilidade de um campo de cultivo há alguns anos, mas os eleitores da cidade derrubaram o projeto. Diziam que era perigoso demais.

Harry ergueu um invólucro de vidro à luz da lamparina a óleo, mantendo-a entre o seu polegar e o indicador.

— Uma bala é construída por um vidraceiro de forma muito semelhante àquela com que a natureza desenvolve as sementes de pólvora nas árvores. Duas câmaras cheias de seiva, separadas por uma membrana finíssima. Cada uma das seivas é inócua por si só, mas misture as duas e você estará se arriscando a perder o braço com a explosão.

— Houve uma pessoa em Claynark que morreu por causa de uma semente de pólvora de uma árvore selvagem. O jovem foi encontrado a mais de sete quilômetros — disse Oliver.

— Uma árvore madura pode disparar suas sementes de pólvora a mais de trinta quilômetros de distância — explicou Harry. — Quando dispara a sua pistola, o mecanismo do cão atinge e destrói o ponto mais frágil do revestimento de vidro da bala, destruindo a câmara de mistura e inflamando a munição.

— Oh, senhor — disse o assistente. — O quebrar, o explodir e o sibilar de uma bala em conjunto compõem um som semelhante ao de uma sinfonia. O jovem senhor sabe das regras?

— Se apertar o gatilho e nada acontecer significa que o tiro falhou, Oliver. Em casos assim, nunca vire a arma em sua direção nem a aponte para alguém cuja vida é importante para você. Mantenha a arma afastada do seu corpo, abra-a ao meio e depois puxe a alavanca lateral para jogar fora o cartucho — disse Harry. — Se precisar retirar manualmente um cartucho encravado, pegue a vareta acoplada ao lado da arma e empurre-a de dentro para fora do cano. Nunca use as suas mãos. Os resíduos de pólvora podem queimar os dedos. É por isso que o cartucho é feito de cristal e não de metal. Quando estiver em campo de batalha, tenha muito cuidado com o lugar em que põe os pés. Uma bala que não disparou pode ter sido muito soprada na fábrica de vidro ou ter caído e rachado. Pisar nela pode arrancar uma bota com o pé dentro.

— E não economize na munição, querido — disse a Mãe, sem parar de trabalhar. — Não pode se dar ao luxo de comprar balas baratas. Cristal de má qualidade mata mais soldados do que qualquer fogo inimigo. O cristal barato vai se estilhaçar dentro da sua pistola no momento errado. Uma pancada mal-calculada em sua mochila e os seus amigos acabarão recolhendo pedaços espalhados pela grama para guardarem em seu caixão.

— Pelo mesmo motivo, nunca ande com a arma carregada. Espere até aparecer um problema e só depois abra e carregue a arma — disse Harry. — Em situações em que a educação é exigida, como, por exemplo, numa caçada, ande com a arma aberta ao meio, para que todo mundo saiba que sua arma está segura.

A Mãe ergueu a sua pistola quase montada para a luz.

— Você vai precisar de algum tempo até aprender as marcas dos vidraceiros nos cartuchos, querido. A forma mais rápida de perceber se o cristal é barato é verificar se uma metade do cartucho tem a seiva de uma cor diferente ou não. A seiva de semente de pólvora é clara como a água, tanto na câmara esquerda como na direita. Um bom fabricante de armas acrescentará tinta em um dos lados. Eu uso tinta vermelha na seiva da câmara direita. Os fabricantes de armas mais baratas que vendem seus produtos a idiotas não gastam a mais com a tinta.

Harry passou um cartucho de cristal a Oliver. Havia um compartimento vazio no receptáculo de vidro situado diante das duas câmaras cheias de seiva explosiva e dúzias de esferas de chumbo.

— O seu bacamarte usa balas desse tipo. Chamam-se cartuchos de chumbo grosso. Não são muito eficientes à distância, mas, por outro lado, não temos tempo para fazer de você um atirador de boa mira. Quando disparar essa menina, a carga vai espalhar o tiro à sua frente. Não é boa para discriminar, sabe?

Oliver olhou para sua arma com cano de boca de sino. Só então entendeu completamente o significado das palavras do tio Titus. A falsa coragem escorria da arma como o calor de um coração. Da próxima vez que um esmagador obstinado da Ham Yard tentasse colocar uma corda no seu pescoço, era bom que viesse armado com algo mais do que um Henry de Adormecer e um sabre de polícia.

— Já entendi, Harry. Quando eu disparar, não pode haver amigos na minha frente.

— Jovem senhor — disse o aprendiz da Mãe. — O senhor aprende *realmente* depressa. E que peça magnífica essa sua. Assim você realmente parece um jovem duelista, senhor.

A Mãe passou a pistola recém montada para Harry. Este começou a verificá-la, olhando o cano e avaliando o seu peso em cada uma das mãos. A velha mulher olhou para Oliver.

— Se alguma vez viajar para fora, querido, é provável que cruze com aquilo que nós, que estamos no ramo, chamamos de armas suicidas.

— Armas suicidas?

— Armas de dois canos, de três canos, de quatro canos, até mesmo com canos de acordeão. Mantenha-se longe delas. Se você carregar uma pistola com mais de um cartucho, a primeira descarga apaga e enfraquece o cristal dos outros cartuchos. Cada tiro extra representa uma chance cada vez maior da arma explodir nas suas mãos. Meu primeiro marido morreu em Concórzia dessa forma, quando foi chamado para embalar uma arma de três canos. De qualquer maneira, ele nunca soube disparar o que quer que fosse.

Harry pousou uma mão sobre o ombro da Mãe.

— Mãe, a senhora é uma artista.

— Meu objetivo é satisfazer o cliente, Harry Stave. Agora, tenho aqui uma curiosidade para o filho de Fileas Brooks.

A Mãe se levantou e destrancou um armário camuflado no chão da caravana. Removendo um pedaço de tecido amarrado com uma corda, desembrulhou uma faca de aspecto pouco agressivo e cabo negro achatado. Tratava-se de um objeto completamente banal, à exceção da cabeça de javali esculpida na extremidade.

— Seu pai me deu esta faca como pagamento por um serviço pouco antes do seu aerostato cair. Não tive coragem de vendê-la depois do que aconteceu.

Oliver sentiu o peso da faca. Era excepcionalmente leve, quase como se flutuasse.

— Obrigado, Damson Loade. Mas por que meu pai usaria uma coisa dessas?

— Sei o que está pensando — respondeu a velha senhora, rindo. — Não serve nem para cortar a corda em que vinha embrulhada, não é? Dê ela para mim.

Oliver devolveu a faca à fabricante de armas. Ela pegou um pedaço de chumbo destinado à fabricação de bolas de projeção, virou a cabeça do cabo e passou a lâmina pelo chumbo como se este fosse um pedaço de queijo mole. Colocou a cabeça novamente no lugar e pousou a faca sobre a bancada.

— Fileas a conseguiu num dos continentes do Leste. É uma faca de feiticeiro, forjada por algo semelhante à feitiçaria de um cantor do mundo daquela região. Seu pai também conseguia fazer com que a lâmina se metamorfoseasse em sabre ou em machado. Eu nunca entendi como se faz isso.

— De aspecto tão inofensivo como a faca de um curtidor, mas mortífera como um deslizagudo — disse Harry, com um tom de admiração. — A arma perfeita para um lupocaptor.

— Mas eu não tenho dinheiro para comprá-la — disse Oliver.

— Há dívidas que não se saldam com dinheiro — disse a Mãe, passando um saco de munições de cristal a Harry — e eu tenho a sensação de que estou saldando grande parte delas hoje. Precisa de mais provisões?

— Apenas de comida suficiente para chegarmos até Relógio Sombrio — pediu Harry.

— Relógio Sombrio! Mas é claro — disse a Mãe, fazendo a língua estalar. — Quando se tem esmagadores à frente e lupocaptores em nossos pés, qual é o melhor lugar para nos escondermos? Na cidade mais bem-guardada de todo o Reino de Chacália.

Harry guardou a sua pistola embaixo do casaco.

— Se bem me lembro, a Mãe me disse que o melhor esconderijo está sempre à sombra de uma delegacia.

— Querido Harry, não se esqueça de que também fui eu quem passou dez anos da minha vida trocando esse tipo de histórias com deportados enquanto cavava canais de irrigação para os inquilinos exploradores das colônias. Daqui para frente, você não vai encontrar mais assobiadores idiotas o suficiente a ponto de serem perseguidos pelos seus pecados.

— A senhora é uma santa, Mãe.

— Ouça, rapaz, eu gostaria que ao menos um sobrevivente da velha guarda ficasse vivo para pôr flores na minha sepultura quando eu estiver debaixo da terra.

— Mãe, a senhora vai viver eternamente.

A velha fazedora de armas engoliu um trago generoso da sua garrafa de *jinn*.

— Não vou, não, embora não negue que, depois que o meu médico me convenceu a largar o meu cachimbo de ervassussurrante, tenha começado a pensar que talvez sim.

O funcionário da rede de cristal não pareceu muito satisfeito com o fato de surgir alguém no balcão de atendimento precisamente quando o seu turno da noite estava prestes a terminar.

— Estamos fechados para o público. A esta hora, só se for correspondência prioritária de Estado. Se não tem um salvo-conduto, deve voltar amanhã.

— Oh, caro senhor, eu tenho um, sabe — disse o cliente, puxando um distintivo de polícia tão brilhante quanto falso do bolso do casaco. — Não estaria prestes a fechar, estaria, senhor?

O funcionário se resignou, empurrando um lápis e um formulário de mensagens para o outro lado do balcão.

— Já é tarde, sabe? Nossos escritórios da estação de Casa de Câmbio já estão fechados há mais de quatro horas.

— Eu teria vindo mais cedo, senhor, mas tive que esperar a minha mãe dormir.

Enquanto o cliente fora de hora preenchia o formulário, o funcionário lançou um olhar desconfiado para a sala de transmissões. Alguns dos remetentes de pele azul do turno diurno já estavam entrando no seu ciclo de hibernação diante dos cristais-filhos.

O funcionário ergueu o olhar ao ler a mensagem.

— A correspondência de Estado é gratuita. Não precisa pagar dois *pence* por cada palavra. Se quiser, pode escrever mais.

— Oh, não, senhor. A extensão não é importante para mim.

O homem bizarro partiu e o funcionário tocou a campainha para chamar um transcritor. Alguns segundos depois, a cabeça de uma mulher surgiu à porta.

— Um atrasado, Ada — disse o homem. — Correspondência prioritária.

A transcritora leu a mensagem escrita no formulário:

— "Lobo Doze. Relógio Sombrio." Pelo amor do Círculo, o que ele quer que eu faça com uma coisa dessas?

— Para mim, é uma dica de um cavalo para as corridas de amanhã — disse o funcionário. — O sujeito que escreveu isso é da polícia. Os malditos esmagadores devem estar se divertindo muito. Codifique isso e passe para a linha.

— Viu o que ele escreveu em destino? Não é uma cidade, é um nódulo de cristal.

Ela devolveu o formulário escrito pelo cliente para ele.

— O quê? — estranhou o funcionário, voltando a ler a sequência de números. — É mesmo. E também não é uma rede de cristal que eu conheça. Você a conhece, Ada? Talvez o esmagador tenha trabalhado na rede de cristais antes de se tornar policial.

— O cristal materno não está em nenhum dos livros azuis que nós temos aqui — suspirou a transcritora. — Parece que a verificação de herança nem sequer está bem-formulada. Escute, eu não recebo segundo a tabela noturna e preciso mesmo ir para casa. Vou colocar a mensagem na linha exatamente como está. Alguém dentro da rede saberá o que fazer com ela.

E alguém sabia mesmo.

Capítulo Dez

Levara duas horas para a multidão agrupada no exterior do palácio real se reunir e atingir a intensidade máxima de sua inclinação natural para a violência. Naquele momento, era possível dizer que o ambiente chegara ao seu ponto de ebulição, com os cânticos atingindo o auge da arrogância e da soberba. A ausência de resposta por parte da fraca coluna de policiais de farda negra, posicionada atrás das grades, apenas fazia com que a multidão se tornasse cada vez mais atrevida, chegando ao ponto de ignorar os tripés dos canhões-gafanhos carregados com cascalho e balas-uva espalhados aleatoriamente na retaguarda da linha policial.

— Estamos fazendo o que podemos para que um magistrado declare a lei antimotim — disse um major da polícia ao Capitão Faísca —, mas ele está bloqueado atrás das barricadas que foram construídas em Gad's Hill.

— Sem dúvida, ficou preso junto com os bandidos — respondeu Faísca.

O major lançou um olhar insatisfeito pela Praça do Palácio. Nenhuma das colunas de reforços caranguenarbianos da Brigada Pesada de Echo Street que ele mandara vir tinha aparecido ainda e isso para não falar dos exomontes dos estábulos nos fundos da Ham Yard.

— As ruas estão repletas de gente, droga — disse o major. — A confederação dos trabalhadores das docas entrou em greve esta manhã e os donos dos portos tentaram fechá-los. Metade do Apostaflores está em chamas.

Faísca assentiu. Da janela do quarto andar do palácio, observava como a frente da tempestade começava a se preparar. A ordem dos cantores do mundo meteorológicos tinha sido chamada para apagar os incêndios na região de armazéns de Açomédio e as nuvens pesadas e negras já começavam a se reunir perto do rio.

— Está pensando em abrir fogo contra eles? — perguntou Faísca.

— Ainda não ultrapassaram as grades — disse o major da polícia. — Vamos segurar o fogo e esperar.

Era óbvio que o major esperaria. Se o protesto na Praça do Palácio terminasse num banho de sangue, era mais provável que a cabeça do major fosse exigida pela Casa dos Guardiões.

— Alguém falou em fogo?

Os dois tenentes de Faísca na Guarda Especial tinham acabado de chegar, vindos dos alojamentos instalados no palácio e acompanhados por seu guarda-costa cantor do mundo, um burocrata de quatro flores.

— Fogueira, Quedadura — disse Faísca, ignorando ostensivamente o homem da ordem.

— Já temos sinal verde para acabar com essa palhaçada? — perguntou Fogueira.

— A Casa dos Guardiões não está em reunião — disse Faísca. — Ordenei a Corta-Nuvens que localizasse o Primeiro Guardião há meia hora e pedi que conseguisse um plano de ação do seu gabinete. Se alguém puder encontrar um juiz escondido debaixo de uma cadeira de magistrado, por favor, obriguem-no a declarar o estado de emergência antimotim.

Fogueira olhou para fora, através das janelas altas da sala do trono.

— Olhem para eles. O rosto da razão, o coração da democracia. Malditos humildinos.

A face de Faísca contorceu-se de irritação. O capitão não gostava nem um pouco que os seus guardas usassem a gíria da Guarda Especial nas imediações do palácio. Humildina Normal era uma vila do norte situada em Drochney, depois da cortina da Brumencantada. Era local onde havia uma cachoeira que tinha a fama de curar os encantados. Centenas de famílias rumavam até lá diariamente, com o intuito de recolherem uma amostra das suas águas para repelir assim qualquer dano causado pela névoa deformadora de corpos à qual imaginavam terem sido expostas. Faísca suspeitava que tudo isso não passava de um mito contado pelos próprios cantores do mundo com o intuito de apanhar potenciais indivíduos da raça encantada.

Fogueira virou-se para o capitão.

— São essas as pessoas que a Guarda Especial protege. O que elas valem para você? Prefiro confiar que um cão raivoso não vai arrancar o meu braço a mordidas!

— Não existem multidões cordiais, tenente — disse Faísca.

Lá fora, a gritaria aumentava. Parte da multidão enraivecida já tentava afastar as grades de separação e as armas-gafanhotos estavam sendo niveladas pelas respectivas tropas para enfrentarem as partes do muro que pareciam destinadas a ceder primeiro.

— Se passarem a vedação, os soldados vão disparar contra eles — disse Quedadura. — Será um massacre.

— Há crianças na multidão — disse Faísca. — Não podemos permitir que uma coisa dessas aconteça.

— Desde que não haja muitas baixas — disse o cantor do mundo —, você tem a bênção da ordem para intervir.

Faísca olhou para o feiticeiro com desprezo.

— Parece-me que já passamos um pouco desse número, não acha?

— Nenhum sangue será derramado hoje!

Faísca virou-se. Era o Rei Julius, que se levantara da cama e estava diante de todos, trêmulo e coberto por um roupão vermelho. O Príncipe Alpheus apressou-se a percorrer o corredor para auxiliar o pai.

— Sua Majestade — disse o Capitão Faísca. — O senhor não está suficientemente restabelecido para estar de pé.

— Ouça aquela multidão lá embaixo, capitão — disse o Rei Julius. — É a minha cabeça que eles estão pedindo. Enquanto houver rei, não pode haver república. Não é isso que diz o velho grito carlista?

— Não é uma república que eles querem neste momento — explicou Faísca. — É o seu sangue.

O monarca velho e exausto se deixou cair no trono.

— Parece-me que ainda me sobra algum para dar, caro jovem, antes que esta doença dos barqueiros me leve para debaixo da terra e eu avance em direção ao Círculo. Tragam a minha máscara e abram as portas da varanda principal.

O príncipe ficou horrorizado com aquela ideia.

— Meu pai! Não há qualquer necessidade de se humilhar diante deles! Hoggstone não ordenou nada disso.

— Meu filho — disse o rei. — Alpheus, sou eu quem eles querem.

— Velho idiota e covarde! — gritou Alpheus. — Por que não os enfrenta ao menos uma vez na vida? Recuse-se a dar aquilo que querem! Deixe-os as costas. Também cortaram a sua coragem quando cortaram os seus braços?

— Alpheus — disse o rei —, os nossos poderes podem ser reduzidos, mas o nosso dever não. Lembre-se do sangue que corre em nossas veias. Nossos antepassados velaram por Chacália durante quase um milênio, ajudaram a derrubar os deuses obscuros e guiaram o povo por séculos. Nós fazemos o que tiver de ser feito, o que *temos* que fazer, e não aquilo que as nossas fantasias nos sugerem.

— Eu odeio você — gritou o príncipe. — E odeio os seus contos de fadas! É o *seu* povo que está ali embaixo e tudo o que eles desejam é aniquilá-lo.

Os olhos do rei estavam distantes.

— Tragam a minha máscara.

Faísca suspirou.

— Tragam a máscara do rei. Fogueira, Quedadura, acalmem primeiro um pouco da sede de sangue da multidão.

A face de Fogueira contorceu-se com um sorriso.

— Está na hora da dor, humildinos.

O vento fez esvoaçar as capas de veludo dos dois Guardas Especiais que abriram as portas da varanda. Fogueira ergueu o punho e um fogo-falso cerúleo soltou-se do seu braço, atacando tudo o que se encontrava no perímetro exterior do palácio. Ao contrário dos demais combustores da Guarda Especial, a energia etérea de Fogueira não acendia objetos físicos e sequer deixava marcas na pele das suas vítimas. No entanto, quem fosse apanhado por aquele feitiço de luz sentiria imediatamente como se estivesse sendo queimado vivo e essa era uma dor mais terrível do que a de uma mão cavando o peito em busca do coração.

Faísca fez de tudo para trazer Fogueira para a Guarda Especial. Na verdade, a polícia política tinha ensinado ilegalmente o rapaz a fazer uso das suas faculdades na seção de repreensão e interrogatório, permitindo que usasse aquele fogo de encantado artificial para soltar algumas línguas mais relutantes. E ele continuava a exercer essa função.

Quando a multidão recuou, graças ao efeito da agonia abrasadora, Faísca assentiu na direção de Quedadura. Este avançou até o parapeito da varanda e colocou as mãos sobre a cabeça, comprimindo o crânio numa posição de concentração. Os milhares de manifestantes que se encontravam na praça começaram a se elevar do chão, com as suas botas e os seus sapatos sacudindo desesperadamente no ar. Veio então uma breve calma quando os brados e os maus-tratos cessaram, um silêncio interrompido apenas pelos gritos dos manifestantes que ainda sofriam com os efeitos secundários do fogo-falso do primeiro guarda.

Quando a multidão chegou a uma altura de cerca de um metro e vinte do chão, Quedadura os devolveu suavemente à segurança da calçada. O Rei Julius avançou lentamente para a varanda com a sua máscara real colocada no momento em que os pés da horda regressavam novamente ao solo. Alguns dos manifestantes, os carlistas mais extremistas e os republicanos, avançaram imediatamente para frente e começaram a atirar frutas e pedras na direção da varanda.

Sem braços para ajudá-lo a se equilibrar, o rei foi rapidamente derrubado pela avalanche de lixo e restos de comida arremessados da praça. O apedrejamento prosseguiu até o monarca atordoado cair de joelhos e se encolher embaixo da chuva de detritos. Mas, toda aquela raiva não tinha mais tanta convicção. A demonstração das capacidades da Guarda Especial realizada por Quedadura tinha quebrado o ânimo de grande parte da multidão. Desconcertados como tinham ficado, vagaram um pouco pela praça e não muito depois começaram a se dispersar, ainda agitados pelos poderes dos seus protetores encantados. Parecia que alguns preferiam partir antes que tivessem a oportunidade de ver uma nova demonstração.

O major se viu obrigado a segurar o príncipe da coroa para impedi-lo de arrastar o pai para o interior do palácio. Lágrimas escorriam de seus olhos.

— Eles estão matando o meu pai, aqueles vermes! Por que eles nos odeiam tanto assim, por quê?!

— Ele não passa de um símbolo — disse o Capitão Faísca. — Para eles é apenas um símbolo, nada mais.

Sorrindo, Fogueira entrou novamente na sala do trono. O exercício vespertino o deixara com boa disposição.

— Não se preocupe, rapaz. Os arquitetos calcularam a distância da varanda para a praça milimetricamente, de maneira a deixarem chegar um par de alfaces aqui em cima sem que Sua Majestade corresse o risco de ser gravemente ferido. Em breve, você verá, será a sua vez de recebê-los na varanda. Mas não tenha medo, seu pai não vai morrer por causa de um par de garrafas vazias de *jinn* atiradas em sua direção. Pelo menos, não hoje.

Alpheus olhou com raiva para Fogueira.

— Houve um tempo em que a Guarda protegia o rei dos seus inimigos dos inimigos do país. Ela protegia o povo das hordas e dos bandidos.

O Capitão Faísca conduziu calmamente o príncipe para fora da sala do trono.

— Eu também ouvi as histórias do seu pai, Alpheus. Deixe-o aqui, eu o levarei para dentro assim que a escória da multidão estiver satisfeita.

— Houve um tempo em que tudo isso foi mais do que apenas histórias, capitão — respondeu Alpheus. — Mas hoje? Não passamos de um bando de gansos reais engordando para o festival do solstício de inverno, uma migalha para ir abrindo o apetite do povo. Depois que se divertirem, atire os ossos da minha família para que palitem os dentes. Minha vida não passa de uma gaiola de engorda.

Faísca tocou o torque de suicídio prateado que trazia no pescoço e inclinou a cabeça para os cantores do mundo, figuras onipresentes semelhantes a corvos.

— Os antepassados da sua família teriam feito muito melhor se tivessem confiado nos encantados, Sua Majestade. Se os velhos reis tivessem depositado sua confiança na Guarda Especial e não na ordem, Kirkhill poderia ter permanecido como um servidor leal da coroa e não estaria, agora, numa caixa embaixo do assento do orador na Casa dos Guardiões.

— Os feiticeiros são poderosos — foi tudo o que Alpheus foi capaz de dizer.

— Quando querem ser — rebateu Faísca. — É verdade que não houve nenhum terremoto flutuante muito grave em Chacália no último ano. No entanto, não vi nenhum muro das maldições sendo conjurado ao redor do palácio agora há pouco. Um cantor do mundo de cinco flores podia ter dispersado aquela multidão tão bem como qualquer Guarda Especial. O problema é que eles nunca parecem dispostos a se colocar em perigo físico a não ser que tenham mesmo que fazê-lo, não é? É muito mais fácil espalhar preconceitos sobre os encantados, enclausurar meia dúzia de aberrações infelizes longe da vista de todos e se passarem por protetores de Chacália. É uma posição bastante recompensadora, posso garantir.

— Às vezes penso em me matar, capitão — disse o Príncipe Alpheus. — Não seria um sacrifício sublime pelo povo? Podia saltar daquela varanda na frente de todos eles. É essa a única liberdade que me resta: decidir quando morrer.

Faísca sorriu pesarosamente, preferindo não mencionar quão difícil seria para ele se suicidar quando estivesse sem braços e com exércitos de cantores do mundo prontos para neutralizarem qualquer rei ou rainha que tentasse privar o parlamento do seu fantoche.

— Peço-lhe que não faça isso, Alpheus. Ambos temos as nossas gaiolas e os nossos papéis para desempenhar. Além disso, muitas vezes a vida consegue nos surpreender quando menos esperamos.

— Você, capitão?

O Guarda Especial abriu a porta para os aposentos do príncipe.

— Em outros tempos, minha vida resumiu-se a uma existência tranquila nas planícies. Meu mundo eram quatro paredes de um chalé de pedra e a rotina de levar as ovelhas para pastarem todas as manhãs. Tudo isso foi antes da névoa ter vindo e me modificado. Mas as coisas que vivi com a Guarda Especial não se comparam com nada do que eu poderia imaginar quando passava os dias comendo carne de carneiro com pão nas colinas para lá de Moral-Essência.

Faísca virou-se para partir, mas Alpheus se aproximou e tocou em sua capa.

— Por favor, capitão. Eu acho que sou capaz de suportar os apedrejamentos, mas, pelo amor do Círculo, não deixe que cortem os meus braços.

— Sua Majestade, há um longo caminho a percorrer entre o dizer e o fazer.

Ver'fey teve que segurar Molly para impedi-la de atacar o homem do leme do aerostato instalado na pequena cesta.

— Caçadores de recompensas! Malditos caçadores de recompensas!

— Molly! — disse Ver'fey, tentando segurar a amiga. — Eles não estão interessados no prêmio pela sua cabeça, juro que não estão! Não teria vindo com caçadores de recompensas até aqui se eles quisessem matá-la.

— Deixe que eu me apresente — disse o navegador. — Sou Silas Nickleby e *estou* interessado no preço estabelecido neste momento pela sua cabeça entre as quadrilhas de criminosos, embora possa desde já esclarecer que não tenho o propósito de recolher essa recompensa nem para mim nem para a empresa que represento.

Molly parou de tentar lutar.

— A empresa que representa?

— A melhor de Dock Street, Ruiva — respondeu a professora Harsh, observando a reação dela com um ar de divertimento despreocupado. — O *Notícias Ilustradas de Açomédio*.

— Você é *repórter*? — perguntou Molly. — Por que alguém ia querer escrever sobre a minha vida?

— Se não tivéssemos salvado você ali embaixo, Molly, sua participação na minha história teria sido semelhante a do rastro de assassinatos que tenho seguido nos últimos seis meses. Suponho que já ouviu falar das matanças de Pitt Street?

— Poucas pessoas se atrevem a andar por Pitt Street depois do anoitecer nos últimos tempos — disse Molly. — É claro que já ouvi falar da matança. Os jornais dizem que deve ser um perseguidor carlista louco e cheio de ressentimentos que mata aristocratas e deixa os seus cadáveres pelas ruas com os olhos arrancados.

— Ele não mata apenas os grandes e os bons — disse Nickleby —, embora seja verdade que a maior parte das vítimas desse assassino seja realmente rica. E não são só os olhos que ele leva. A maior parte das vítimas tem o sangue drenado, Molly, até a última gota.

— Você acha que aquele bode velho é o assassino? — perguntou Molly. — Mas ele é um aristocrata também.

A professora Harsh riu.

— O conde pode enfiar uma faca nas suas costas por um saco de moedas de prata, mas ele não trabalha pela emoção da coisa. Você pode acusá-lo de muitas coisas, mas não de trabalhar de graça.

Nickleby passou o leme do motor de expansão para as mãos da professora.

— Esta é minha história, Molly. Fui um dos primeiros repórteres a chegar ao local do primeiro crime de Pitt Street e, desde então, tenho feito a cobertura de cada uma das mortes seguintes. À medida que fui aprofundando as minhas pesquisas, continuei descobrindo detalhes estranhos, que indiciavam que os crimes eram mais minuciosos do que seria a obra de um simples lunático. Desde então, meus olhos e ouvidos estão abertos a tudo o que seja esotérico, para tentar descobrir uma ligação entre todas as vítimas.

— E o que isso tem a ver comigo? — perguntou Molly. — Eu não sou rica. Você quer descobrir quem colocou o conde em meu encalço e quem é a minha família, é isso?

— Foi isso que Ver'fey me disse quando eu a localizei — explicou Nickleby. — E, de certa maneira, Molly, isso é verdade, embora não me pareça que haja aqui uma questão de herança envolvida. Muitas das vítimas de Pitt Street tinham cabelo ruivo e dois dos mortos eram primos com uma diferença de duas gerações entre eles, o que me levou a suspeitar que talvez existisse alguma ligação familiar relacionada com o assunto.

— Mas não se trata de famílias inteiras assassinadas — disse Molly. — São apenas uns dândis esquisitos, aqui e ali.

— Sim, de fato — concordou Nickleby. — Curioso, não acha? Quase tão curioso como um internato ser incendiado com uma série de cadáveres em seu interior, vítimas, evidentemente, de algo anterior ao incêndio. Além de, é claro, existir um número considerável de órfãos desaparecidos. Por fim, há ainda uma garota desse mesmo internato com a cabeça a prêmio por um valor que não era oferecido desde quando o Rei Ruben estava foragido dos homens do parlamento no meio dos bosques.

— Não estou entendendo — disse Molly, já com algumas lágrimas surgindo em seus olhos. — Nunca pensei em dizer uma coisa dessas, mas eu só quero que as coisas voltem a ser como eram antes. Quero um emprego simpático e tranquilo numa lavanderia de Handsome Lane, com o Dia do Círculo livre para poder ir à biblioteca do povo.

— Não posso oferecer isso, Molly — disse Nickleby —, mas a partir de agora você está sob a proteção do jornal. Sob a minha proteção. Posso garantir que, comigo, descobrirá quem está por trás dos assassinatos de Pitt Street e quem é a pessoa que quer vê-la morta.

O repórter estendeu sua mão para Molly, que hesitou um pouco, mas a apertou.

A professora Harsh riu mais uma vez.

— Se alguém da laia dele vier atrás de você com uma folha de papel para assinar, primeiro mostre para mim, Ruiva. Caso contrário, você vai acabar virando uma ilustração horrível na capa de um folhetim, rodeada por vinte cartolas com machados em riste e um cabelo ruivo tão comprido quanto a capa de um Guarda Especial.

Nickleby dobrou os braços, numa pobre imitação dos músculos da professora que eram do tamanho dos de um gorila.

— A Rainha das Areias, mortífera como uma víbora e rápida como o vento.

— Pobre como um rato de igreja, recusada em sete das oito grandes universidades — retrucou Harsh. — Não há muito para uma boa história nisso.

Molly deixou os seus salvadores entregues às suas brincadeiras e juntou-se a Ver'fey, observando a paisagem que passava diante dos seus olhos. Era a primeira vez que ambas voavam em um dirigível. O aerostato num bolso atravessou uma série de cavernas, algumas vazias, outras cobertas de ruínas de cidades quimecanas, vestígios de zigurates suplantados pelas florestas fúngicas. Passaram por cima de chaminés naturais, que talvez fossem passagens de ar escavadas na rocha, com cada uma das suas enormes aberturas aproximando-os um pouco mais da superfície. Após uma hora de voo, sentindo o balançar da gôndola ao ritmo do monomotor de expansão soluçante do dirigível, o nariz de Molly foi invadido pelo mais desagradável dos odores: estavam navegando por cima de um mar de lodo negro, com uma lava de tom castanho-avermelhado deslizando abaixo.

— Abra o helióstato — disse a professora Harsh. — Se os seus amigos não receberem o código hoje, é provável que presumam o pior.

Nickleby puxou a alavanca que abria uma caixa onde estava guardado o grande helióstato a gás e o retirou de lá, acionando o seu mecanismo luminoso. O repórter começou, então, a mandar sinais pela caverna, puxando a manivela para frente e para trás. Um minuto depois, uma série de *flashes* veio em resposta, disparados do extremo mais longínquo da caverna. À medida que se aproximavam, Molly conseguiu distinguir os contornos de uma fortaleza baixa construída em suas paredes.

Nickleby apontou para as enormes chaminés erigidas de ambos os lados da fortaleza com o objetivo de bombearem o cheiro nocivo do lodo para o mar subterrâneo.

— Este é o forte Downdirt, Molly. A Venerável Companhia dos Engenheiros de Terras Noturnas e o último posto da civilização de Chacália estão diante de seus olhos.

Ao se aproximarem da fortaleza, se o fedor mudou, foi apenas para pior. Molly reparou que os grandes canhões carregados estavam acompanhando a trajetória do aerostato, mangueiras ligavam as armas aos tanques de vapores nocivos e tóxicos. Figuras com máscaras de gás montadas em bicadores adestrados patrulhavam a área, armados de longas lanças enfiadas nos compartimentos traseiros das suas selas. Bombardas carregadas com morteiros de gás sujo estavam dispostas ao longo do topo das muralhas, abrindo suas horríveis bocas de sapo para o mar de esgoto mais abaixo.

— Eles estão esperando problemas? — perguntou Molly.

— Há uma guerra em duas frentes — respondeu Harsh. — Os fora da lei de Tristesperança adorariam apoiar a merda da cidade, embora a última vez que algo assim aconteceu foi nos tempos do reinado do Rei Jude. Além disso, há os caçadores de recompensa dos esgotos e outros tipos de escória da cidade subterrânea mais alta e dos níveis dos porões, que parecem olhar para o lixo de Açomédio como um precioso recurso que está sendo roubado deles.

O aerostato de bolso avançava em direção à fortaleza de pedra.

— Não sei por que eles se dão ao trabalho de aborrecê-los — disse Molly. — Merda é uma coisa que nunca falta em Açomédio.

Harsh passou à Molly uma corda com um peso de chumbo na ponta.

— Penso exatamente a mesma coisa. Quando estivermos aproximadamente na mesma altura que os edifícios, lance pela borda. Tente não acertar na cabeça de ninguém, menina.

Enquanto eram puxados para baixo por uma equipe de engenheiros, Molly notou que os rostos de todos os habitantes da fortaleza estavam escondidos por ameaçadoras máscaras de gás marrom, mesmo os caranguenarbianos de quatro braços. Seus nomes estavam escritos acima dos visores, ao lado das pequenas estrelas de prata hierárquicas. Antes de saltar do cesto para o chão, três engenheiros com grandes tanques de porcelana cheios de vapores inflamáveis e mangueiras com bicos de ferro cercaram o aerostato. Um quarto engenheiro montado num bicador aproximou-se com uma máquina de sangue num carrinho. O bicador raspava impacientemente o chão com a pata, semelhante a de um pássaro, mas desprovida de garras.

O engenheiro desceu do bicador e observou Molly através do visor da sua máscara de gás.

— É essa a garota que vocês foram buscar?

A professora Harsh saltou do dirigível-gôndola.

— Uma coisinha esquelética, sargento. Não há carne nesses braços.

— Quer dizer então que desta vez não há estátuas de ouro para mim, professora?

— Se conseguir encontrar um templo nas Profundezas de Duitzilopochtli que ainda não tenha sido revirado pelo menos um milhão de vezes pelos assaltantes de túmulos, fora da lei e caçadores de recompensas, certifique-se e me dê preferência, sargento.

A professora pressionou o polegar contra a agulha da máquina de sangue e esperou que a pequena máquina de transação confirmasse a sua identidade.

— Sua identificação bate com a do registro, Amélia — disse o comandante dos engenheiros. — Pode garantir o mesmo em relação aos seus companheiros de viagem?

— Eles não saíram do aerostato nenhuma vez — disse a acadêmica. — Sequer tocaram o chão das Profundezas.

Passando pelo engenheiro, Molly desviou-se do bico feroz do bicador e observou o motor de transação da máquina de sangue. Havia alguma coisa de errado na forma como os seus tambores de cálculo estavam rodando. Até o final daquele mês, eles estariam avariados.

O sargento engenheiro desligou a caldeira da máquina.

— Há mensageiros encantados por aqui, menina. Transfiguradores. São cantores do mundo fora da lei, capazes de lançar um feitiço na sua cara e moldá-la como se fosse argila. Todo cuidado é pouco.

Molly ofereceu o seu melhor sorriso de garota tonta ao engenheiro e, enquanto este dava as costas para ela, abriu o tambor descalibrado e o colocou no modo sem pressão. Assim, a equipe de manutenção repararia também naquela deficiência quando viesse reparar a máquina de sangue.

Ver'fey a chamou e Molly reparou que a professora e o repórter já estavam entrando na fortaleza. Duas fileiras de portas de metal espesso se entreabriram como os dentes de um dragão. Lá dentro, uma linha particular de atmosférico levou-os até a superfície numa cápsula de serviço sem cobertura. A cápsula seguia repleta de engenheiros da Venerável Companhia e de soldados corpulentos com máscaras de gás e pistolas descarregadas penduradas em seus cintos, todos com o fedor dos tubos de esgoto e do suor dos bicadores ainda colado ao corpo.

Atingiram a superfície nas Dunas do Norte, colinas baixas de cal que faziam fronteira com os arredores de Açomédio e com o Palácio de Terra Cristalina. Os terrenos de tratamento de resíduos estavam cobertos por hectares inteiros de cúpulas de vidro e estufas, abafando o cheiro da sujeira que se expandia em direção ao rio alcançando as casas e propriedades mais abastadas da Açomédio Norte, situadas em regiões antigas incorporadas à capital de Chacália.

A professora Harsh apertou a mão de Nickleby. Suas mãos maciças faziam com que as do escritor parecessem um conjunto de varetas.

— Preciso esperar que eles fechem as estatísticas e mandem-nas para cima. Suponho que posso confiar no *Notícias Ilustradas* para cumprir com os honorários combinados?

— Eles estão me pagando, não estão? — retrucou Nickleby. — Quer dizer então que ainda está procurando a cidade?

— Daqui, sigo para as montanhas em Arney — disse a professora. — Há um ninho para criaturas do meu tipo lá. Uma vez, ouvi dizer que os lagartos voadores de lá têm uma velha lenda de uma caçada na qual encontram alguma coisa nos céus. Preciso verificar isso.

— Se o pessoal da universidade descobrir, não vai ficar muito satisfeito.

— Por isso essa viagem vai ser paga por você e não por eles — disse Harsh, despenteando o cabelo de Molly e batendo no braço-espada de Ver'fey. — Ainda não é tarde demais para aceitar a minha oferta, Ver'fey.

— Obrigada, mas gosto demais da sensação da calçada de Açomédio debaixo dos meus pés para me juntar à sua expedição, damson — respondeu Ver'fey. — Além disso, o Senhor Nickleby já me garantiu uma vaga no jornal.

— Como mensageira? — perguntou Harsh. — Menina, isso é muito mais perigoso do que se viesse comigo. Há mensageiros do *Estrela*, do *Diário* e do *Correio* esperando em cada esquina de Dock Street que você apareça com os seus exemplares para roubá-la.

Ver'fey bateu em sua armadura com o braço-espada.

— Não há ninguém que conheça os becos e as passagens tão bem como uma garota do Internato Portas do Sol.

Molly concordou.

— Se algum dia mudar de opinião quanto à vida na névoa — disse a professora —, pode me encontrar na universidade de Santa Videira.

Nickleby conduziu as duas jovens do internato pelo labirinto de edifícios revestidos com vidro e canos dispostos como sanfona que constituíam o Palácio de Terra Cristalina. A maior parte dessas estruturas destinava-se ao processamento do combustível dos motores de expansão a partir de detritos dos esgotos, antes de soltarem uma grande quantidade de lixo para as cavernas mais abaixo. O edifício tinha um ar estranhamente majestoso para as funções que desempenhava: receber, tratar e expelir para longe o lixo produzido pela capital. As paredes de mármore entre as várias passagens suportavam as colunas semelhantes às existentes em templos. Havia também algumas estátuas em nichos.

— De que cidade a professora estava falando, Ver'fey? — perguntou Molly.

— Da antiga Camlantis — respondeu a caranguenarbiana. — A professora acha que foi destruída por um terremoto flutuante e que suas ruínas continuam à deriva em algum lugar pelos céus.

Molly riu.

— E como ela vai ser capaz de subir o suficiente para descobrir a cidade? Com uma vara de porcos voadores?

— Assim falou a próxima presidente da Real Academia de Ciências — respondeu Nickleby.

Os três abriram caminho por meio de uma fila de engenheiros vindos dos esgotos com as suas estacas sujas. Em seguida, Nickleby apontou para uma carruagem sem cavalos estacionada à sombra do edifício. Era um modelo de seis rodas importado da Liga Catosiana, com um mecanismo automático de alta tensão significativamente mais sofisticado do que as pobres cópias chacalianas que podiam ser vistas passando sobre o estrume dos cavalos nas avenidas de Açomédio.

— Você tem dinheiro para uma coisa dessas? — perguntou Molly ao repórter, olhando-o de modo suspeito. — Você escreve para o *Notícias Ilustradas* ou é o dono do jornal?

Nickleby sorriu misteriosamente.

— Por acaso, eu também escrevo, Molly.

Ver'fey e Molly couberam exatamente no banco de couro vermelho atrás do lugar do condutor. A capota conversível estava recolhida atrás de suas cabeças, projetada para o caso da chuva começar a cair sobre o carro aberto. A carruagem arrancou com um barulho. Molly quase conseguia sentir a tensão das molas debaixo do assento. Lembrou-se também de um desenho humorístico — provavelmente publicado no *Notícias Ilustradas* de Nickleby — do Guardião que tinha se oposto à chegada das novas carruagens. Nele, o político era projetado em meio a uma nuvem causada pela explosão de uma série de mecanismos em direção ao chão do parlamento, com a legenda: "Meus senhores, peço-lhes que observem a insegurança do meu lugar" escrita no balão de diálogo. Normalmente eram as imitações baratas chacalianas que explodiam. Normalmente.

Nickleby levou-as pelas belas alamedas de Açomédio, passando pelas propriedades e pelas ruas sinuosas de Haggswood. Estava na hora do fim das aulas e as crianças de uniforme vermelho e marrom combinando estavam naquele momento sendo levadas para casa, algumas delas acompanhadas pelas amas de vestido negro e carrinhos de bebê igualmente escuros.

Segurando o volante entre as pernas, Nickleby tirou um cachimbo de ervassussurrante que trazia guardado no bolso do casaco, abriu a porta do seu lado e bateu com ele nas pedras da estrada para esvaziá-lo. Em seguida, reabasteceu-o com novas folhas concorzianas cinzentas. O repórter o acendeu enquanto sua carruagem sem cavalos contornava um carro e um carrinho de leite que executava sua ronda vespertina. O pesado cavalo de província inquietou-se com o ruído da carruagem ao ser ultrapassado. Molly estremeceu. Deviam estar avançando a mais de trinta quilômetros por hora e Nickleby conduzia aquela geringonça com os pés!

Ver'fey inclinou-se para ela e disse:

— Ele vive fazendo isso.

As ruas cercadas de casas começaram a ficar mais estreitas e as vias sinuosas das propriedades, com as suas fachadas de mármore falso, deram lugar à verdadeira Açomédio. A certa altura, Molly pensou ter visto uma nuvem de fumaça vinda do leste. Um tufo de névoa negra e oleosa passava entre as torres pneumáticas das Portas do Sol, as gaivotas subindo para as termas.

Suas suspeitas se confirmaram quando chegaram a um poste de madeira suspenso cruzando a estrada sobre barreiras. Três esmagadores — dois condestáveis e um brigadeiro — acenaram educadamente: quem se deslocava numa carruagem importada das cidades-estados garantia sempre uma dose extra de civilidade.

— Boa tarde, brigadeiro — disse Nickleby. — Algum incidente na estrada?

— Por assim dizer, senhor. A congregação dos trabalhadores das docas está em motim. E mais quatro congregações juntaram-se a ela para apoiá-los. Agora há problemas tanto no exterior do palácio como na Casa dos Guardiões.

O policial apontava para a parte de cima da rua. Uma coluna de caranguenarbianos surgiu trotando pela rua em formação de três, seus tórax pintados de negro. Traziam escudos de metal para se protegerem, ao centro dos quais se podia distinguir o símbolo da polícia nacional: um ouriço amarelo.

Ver'fey se levantou e acenou para eles.

— É a Brigada de Choque de Echo Street.

Molly olhou para o céu. A luz do dia fora parcialmente eclipsada pela sombra escura de um aerostato. Ela leu o nome escrito na zona lateral: *MRA Resoluto.*

— Meu Círculo! — exclamou Nickleby atônito. — O parlamento não está reunido! Quem deu ordens para a marinha?

Um dos policiais olhou para o ar, perplexo.

— A Ham Yard tem estado em contato com o Primeiro Guardião,

senhor. Nós recebemos instruções da sua casa de campo, através da rede de cristais, para trazermos unidades do exército do forte Holloden caso sejam necessárias.

— Mas Hoggstone não chamaria a marinha para intervir, não em ano de eleição — disse Nickleby. — Os Puristas seriam massacrados pelos Gritadores e pelos Centralistas.

As portas do enorme dirigível se abriram e caixas repletas de bombas-barbatana revestidas de vidro reluzente desceram até se tornarem visíveis a olho nu.

— Estão se preparando para entrar em ação — sussurrou o policial, com um tom de voz que denunciava sua incredulidade diante do que estava prestes a acontecer.

— Nós nunca bombardeamos Açomédio — disse Nickleby. — Nem mesmo durante os piores dias da insurreição carlista.

Todos aqueles que passavam pela rua tinham parado para observar o tamanho do dirigível desaparecendo nos céus. O aerostato ia para o leste, em direção ao rio e às docas.

— Pontas vermelhas — murmurou Nickleby.

Molly olhou para o escritor. Lágrimas formavam-se em seus olhos.

— Pontas vermelhas?

— Pontas vermelhas para bombas de fogo, Molly. Verdes para gás sujo e azuis para bombas explosivas e estilhaçantes. Fui recrutado pela seção de informação da marinha durante a Guerra dos Dois Anos. Eu estava lá quando bombardearam Norlay e as outras cidades-celeiros da Comunidade da Partilha Comum. Nunca pensei que voltaria a ver uma coisa dessas, muito menos em casa.

Um espanto coletivo começou a se formar nos pedestres açomedianos quando se ouviu o rufar dos trovões artificiais ecoando ao longe, o chão estremecendo. As duas jovens e o repórter se agarraram uns aos outros e a carruagem de seis rodas também estremeceu. Então o ruído cessou e uma estranha calmaria abateu-se sobre a cidade. As legiões disciplinadas de esmagadores caranguenarbianos continuavam a trotar imperturbavelmente pela rua. O tremor não afetara o ritmo da marcha. Molly pensou que, depois daquele bombardeio, eles não seriam mais necessários quando chegassem ao local dos conflitos.

Nickleby fez a carruagem sem cavalos recuar um pouco e entrou por uma rua secundária.

— Para onde vamos? — perguntou Molly.

— Para onde se deve ir quando acontecem as notícias? — disse o repórter. — Direto para Dock Street.

O primeiro suboficial e o capitão dos oficiais de capa vermelha do *MRA Resoluto* enfrentavam a tripulação do aerostato com pistolas em riste.

— Malditos sejam! Voltem para os seus postos! — gritou o primeiro suboficial.

— Não eram revolucionários! — disse um marinheiro. — Não vi sequer um forcado, muito mais uma espingarda!

O número de marujos na passagem do convés mais baixo era cada vez maior e os mais à frente ameaçavam passar para além da linha que os separava dos dois oficiais.

— O capitão tinha ordens — exclamou o primeiro suboficial. — Tanto da Casa como do Quadro de Almirantes.

— E o senhor viu essas ordens? — gritou um marinheiro.

— Então mostrem as ordens por escrito! — exigiu outro.

— Não banque o advogado de segunda comigo, Pemberton — rosnou o capitão dos oficiais. — O primeiro de vocês que se atrever a passar para este lado da linha é um homem morto!

Um marinheiro acenou com o gancho de carregamento de uma bomba-barbatana de aspecto perverso.

— Vocês só têm duas pistolas. Isso é suficiente para matar apenas dois de nós.

— É mais do que o suficiente para acabar com você, rapaz — avisou o primeiro suboficial.

O capitão dos oficiais lançou um olhar para trás, na direção dos casacas-vermelhas que estavam vigiando o corredor.

— Diga ao comandante do dirigível para vir aqui imediatamente!

O Capitão Dorian Kemp, comandante do *Resoluto*, nave a serviço da Marinha Real Aerostática, estava caído no chão junto à pistola que tinha utilizado para acabar com a própria vida. O que restava do seu cérebro esfriava devido ao vento que entrava pela escotilha aberta.

Um anão com duas cabeças executava uma pequena dança perto do oficial caído no chão. Uma delas tinha tamanho normal, mas a outra era tão pequena que mais parecia a cabeça de um fantoche.

— Apontou para a cabeça e *bum*! Apontou para a cabeça e *bang*!

Enquanto isso, seu companheiro observava com pena aquela criatura encantada e mentalmente perturbada que dançava ao redor do cadáver.

Se metade da Guarda Especial seguia o caminho do Círculo, era aquele caminho que metade da Guarda Especial considerava o ideal.

— Fez um belíssimo trabalho, irmão. A bomba já explodiu. Chegou a hora de nos despedirmos.

— Só precisei ensaiar um pouco em minha cela com as ratazanas — disse a criatura, soltando risadinhas nervosas. — Fiz com que se levantassem em duas patas e dançassem para mim. Minhas ratazanas corajosas travaram uma batalha, em fila, elas se atacaram com pedras. Elas mantêm a linha. Elas mantêm a linha.

— Chega de brincadeiras com ratazanas, irmão. Agora pode pôr os humildinos para fazer o que você quiser — disse o homem cuja pele começava a brilhar com a luz própria da feitiçaria. — Pode possuir quem você bem entender.

— Não vai me colocar de novo na cela, não é? — perguntou o anão humildemente.

— Claro que não — mentiu o seu companheiro, pegando o pequeno ser encantado.

Pelo menos, não enquanto a verdadeira missão do bando selvagem não estivesse concluída. Afinal de contas, havia regras a seguir.

Com um jato de energia, o homem e o seu minúsculo passageiro aceleraram para o exterior do dirigível, fechando desdenhosamente a escotilha aberta com um pontapé antes de desaparecerem nas nuvens negras vindas da cidade. As docas de Açomédio tinham se tornado um bloco uniforme de chamas, com o fogo da multidão em motim completamente descontrolado. A forma negra deixara cair sobre eles sua carga mortífera.

O 24º andar do *Notícias Ilustradas de Açomédio* era um lugar bagunçado, com gente correndo entre as escrivaninhas da redação. O barulho das máquinas de escrever de ferro, estruturas maciças que traduziam o fuzilamento de palavras nos motores de transação dos cartões de perfuração, funcionava como ruído de fundo para os gritos e as vozes que envolviam todo aquele espaço aberto, sufocando a mensagem que Nickleby tentava transmitir à Molly.

— Preciso de um comentário do Quadro de Almirantes!

— Os corpos estão sendo levados para o hospital do Círculo de Targate e os sobreviventes também.

— *Não há* comentário.

— Os tipógrafos dizem que precisam de mais dinheiro.

— Mande alguém para a casa do Primeiro Senhor dos Céus. Interceptem-no em frente à sua porta.

— Pague por isso.

— Entrevistas. Agora!

No meio daquela confusão e anarquia, uma figura apoiada em muletas, semelhante a um corvo, fazia o seu corpo volumoso se movimentar como um pêndulo obsceno. Os olhos eram brilhantes e maliciosos e supervisionavam todo aquele caos. Era *ele*, não havia qualquer dúvida quanto a isso, ali estava o editor e proprietário do *Notícias Ilustradas*. Molly lembrou-se de um desenho de Gabriel Broad feito pouco tempo depois das suas pernas terem sido quebradas pela quadrilha-relâmpago, apontando acusadoramente para o tribunal dos magistrados com uma muleta. Junto à boca do desenho, em um balão de diálogo lia-se: "A verdade não necessita de muletas."

— Chegue aqui, rapaz — ecoou sua voz pela redação, antes de continuar a se aproximar do jornalista para o qual tinha apontado. — Açomédio surpreendida por um ataque aéreo? Eu fico *surpreso* quando um de vocês, sua cambada de bêbados idiotas, chega na hora durante o turno matinal. Ficaria *surpreso* se a minha mulher me levasse um copo de *jinn* quente na cama antes de eu me aconchegar nos lençóis. No entanto, quando vejo um dos nossos malditos aerostatos lançando bombas de fogo sobre a capital de nossa grande e gloriosa terra, não me sinto *surpreso*, caro senhor. Sinto-me violado. Devastado pelo tamanho de uma coisa dessas. Reveja essa legenda, idiota, e se eu chegar a ver de novo algo parecido em minhas páginas, vou à gaveta dos cartões de perfuração e o *surpreenderei* deixando cair o seu certificado de emprego nos incêndios que continuam a queimar tudo na margem leste do rio, entendeu?

Desviando a atenção do redator trêmulo, o editor localizou Nickleby e Molly e avançou na direção deles, afundando as muletas no chão como se fosse um duelista dando um golpe de espada.

— Mais uma criança desamparada para eu dar emprego, Nickleby? Eu farei uma solicitação ao Salão Verde para registrar novamente o jornal como uma organização de caridade circulista antes do fim da semana.

Ver'fey já desaparecera com um exemplar para levar às tipografias, mas parecia óbvio que o editor tinha uma boa memória no que dizia respeito aos detalhes. Molly e o seu libertador seguiram o homem mais velho até o seu gabinete, uma sala com grandes janelas de vidro nas paredes da estrutura pneumática que concedia aos visitantes uma vista privilegiada da fumaça que subia pelos ares no outro lado da cidade. Assim que a porta se fechou, a gritaria da sala dos repórteres foi instantaneamente silenciada. Em meio àquele silêncio, Molly conseguia ouvir até o fluir suave da água através das paredes de borracha do edifício.

— As paredes têm ouvidos. — disse o editor. — Então essa é a garota? Sabe, minha querida, neste momento, podia fazer mais dinheiro se entregasse a sua cabeça do que se vendesse o *Notícias Ilustradas* inteiro.

— Esse mundo é antigo e estranho — disse Molly.

Broad contemplou a fumaça que tomava conta dos céus.

— De fato, minha querida. Se não fosse assim, meu jornal ficaria vazio na maior parte dos dias.

— Eu falei que as chacinas de Pitt Street não eram coisa de um lunático isolado — disse Nickleby. — A Molly aqui é a prova disso, tenho certeza.

— Precisamos encontrar uma ligação — disse o editor. — O que liga essa jovem senhorita a um bando de aristocratas da sociedade com tanto sangue quanto o da carne de uma semana do açougueiro?

— Vai me proteger? — perguntou Molly. — Vai me ajudar a descobrir a verdade?

— A verdade tem um preço — respondeu o editor, erguendo uma das suas muletas. — Há um custo para aqueles que a contemplam por tempo demais, não é, Nickleby?

Ao dizer isso, olhou fixamente para o jornalista, que limitou-se a encolher os ombros e desviar o olhar.

— Bem, o meu amigo aqui tem o melhor nariz do *Notícias Ilustradas* para qualquer história. Se alguém pode ajudá-la a entender por que seu querido cabelo cor de fogo vale, neste momento, o equivalente ao resgate de um Guardião, esse alguém é o nosso Nickleby. Sobre protegê-la, onde foi parar aquela ratazana de biblioteca com braços de amazona? Ela não está na nossa lista de pagamentos?

— Só nos honorários de localização — respondeu Nickleby. — Ela acaba de partir para terras estrangeiras.

O editor balançou a cabeça.

— Mais lenha na fogueira para os folhetins, sem dúvida. Bem, nesse caso, posso sempre destacar um par de chicoteadores daquele bando de maltrapilhos a quem pago para vigiarem a oficina de tipografia e colocá-los para acompanharem vocês.

Nickleby fez que não com a cabeça.

— Neste momento o anonimato é nossa melhor defesa, Gabriel. Nenhum dos caçadores de recompensa e dos cartolas no encalço de Molly suspeita que ela esteja conosco. Se colocarmos um exército de vigilantes armados na porta da minha casa, os rumores vão acabar chegando aos ouvidos da quadrilha-relâmpago, mais cedo ou mais tarde. E as pessoas vão começar a se perguntar por quê.

— Deixe que perguntem por quê — disse o editor. — Aquele velho lobo do mar que costuma andar pelas proximidades da sua casa tem ar de quem sabe o que fazer com um Henry de Adormecer, não?

Alguém bateu à porta: era um entregador ofegante, que irrompeu pelo escritório com uma nota.

— O Quadro de Almirantes nega que o *Resoluto* tinha ordem para estar em Açomédio, quanto mais para bombardear a cidade. Vão enviar o *MRA Ametista* e o *MRA Defensor* para escoltar o *Resoluto* de volta a Relógio Sombrio e têm ordens expressas para abatê-lo caso o aerostato negue-se a segui-los.

— Pelo amor do Círculo — exclamou Broad. — Um duelo nos céus da cidade. Rapaz, diga à redação que é preciso preparar uma segunda edição. Nickleby, você esteve no convés durante algum tempo. A história do Quadro parece verossímil para você?

— Um comandante pode ser enforcado por mostrar iniciativa quanto à posição de um esquadrão — disse Nickleby. — Um capitão não altera a ração diária de *jinn* da sua tripulação sem ter ordens escritas do Quadro.

— O sujeito deve ter enlouquecido por completo — disse o editor. — Rapaz! Rapaz! Mande alguém às tabernas onde os marinheiros vão afogar as mágoas e descubra o nome do capitão do *Resoluto*, assim como tudo o que conseguir saber do seu passado. Quero saber se esse amigo estava ficando maluco, se há antecedentes de loucura na família, tudo.

— Meu Círculo — disse Nickleby. — Na nossa cidade. Ainda não sou capaz de acreditar nisso… é como se estivesse sonhando.

— Está mais para um pesadelo, não é? — disse Broad. — Temos que ir até o fundo disso e colocar a cabeça do culpado numa estaca.

— Escrevendo sobre o assunto? — perguntou Molly.

Uma das sobrancelhas de Broad se levantou e ele pegou uma edição do seu jornal.

— É fácil confundir isso com um amontoado de folhas de polpa de madeira, minha querida, mas você estaria errada. Isto é uma arma. Nada menos que aquele dirigível cheio flutuando acima de Açomédio e isso pode fazer muito mais do que queimar completamente um bairro inteiro, pode incitar uma nação inteira a pegar em armas, pode manipular as pessoas para um lado ou para outro em uma eleição, pode chegar ao cerne das quadrilhas-relâmpago e empurrar a pedra que cobre esse submundo, de modo a todos poderem ver os vermes e a larvas rastejando por nossos esgotos. Isto pode exterminar o fedor e o suor de uma fábrica da Avenida Stalwood e fazê-los chegar ao interior de um confortável prédio de cinco andares de aprendizes, pode pegar um ato desinteressado de coragem e transformá-lo na imprudência mais grotesca ou pegar um idiota e fazê-lo andar de nariz em pé pelos corredores do parlamento como um pavão.

— No entanto, tudo tem um preço, Molly — disse Nickleby.

— Exceto hoje — disse Broad, apontando para os contornos do *Resoluto.* — Hoje, foi a cidade que pagou esse preço por nós.

O conde de Vauxtion agitava o resto do *brandy* no interior do grande copo. Como era de se esperar, as lágrimas da bebida escorriam como dedos dourados contra o lado do cristal. Restavam apenas três garrafas de 1560. Os carlistas tinham apreendido as restantes de sua adega quando a nobreza quaterturniana fora derrotada durante a revolução do povo. Bebidas numa só noite para alimentar a orgia de destruição que assistiu seu *château* ser arrasado, sua família ser presa, seus funcionários serem expulsos de suas casas e, o mais insensato de tudo, seus silos repletos de cereais serem incendiados. Tanta coisa de seu legado e de sua vida terminara naquela única noite.

Ka'oard entrou na biblioteca com um embrulho de papel marrom.

— Espero que não tenha voltado a mergulhar em pensamentos taciturnos, senhor.

O conde de Vauxtion permitiu que o empregado caranguenarbiano tirasse o copo de *brandy* das suas mãos.

— Tenho dificuldade em me concentrar nas palavras escritas dos livros, velha carapaça. Não sei se isso é um sintoma de minha vista debilitada ou do excesso de recordações acumuladas.

O caranguenarbiano colocou o embrulho na mesa de leitura.

— Sua barba e a minha concha estão ficando cada vez mais brancas, senhor.

— Lembra-se das colinas que ficam além de Estreal, Ka'oard? Naquela época, sua concha rachou algumas vezes.

— No conflito do rei com o Estado Livre dos Homens-Vapor? — perguntou o caranguenarbiano. — Recordo-me perfeitamente, senhor. A cavalaria investiu desastrosamente contra os cavaleiros-vapor. O coronel Weltard morreu em sua sela, abatido por um lança-chamas.

— Ele sempre foi um tolo. Valente como um leão de areia, é claro, mas um tolo — disse o conde. — Tinha uma esposa adorável, tão destemida como ele. Se bem me lembro, dirigiu algumas palavras à multidão quando a levaram para o Colar de Gideon. Quando já estava na plataforma, amaldiçoou a multidão por dez minutos antes dos carlistas conseguirem levá-la para o buraco.

— Felizmente o coronel foi poupado dessa visão, senhor — assinalou o caranguenarbiano.

— Sim — suspirou o conde. — Que dupla nós fazemos, velha carapaça. Devíamos estar sentados à beira do rio em Vauxtion, afogando minhocas com uma vara e uma linha observando os nossos netos atirarem pedras um no outro.

— Se bem me lembro, era o senhor que jogava pedras em mim — disse o mordomo.

— Eu era um rapaz curioso — disse o conde. — Achava graça no som que as pedras faziam quando batiam nas suas costas. Além disso, você tinha o hábito de me provocar com o seu maldito braço-espada quando me deixavam dormir na cama acima da sua no beliche do regimento. Se bem me lembro, você se fazia passar por sonâmbulo.

— Meu braço-espada não está mais afiado, senhor.

O conde recolheu o pacote que o mordomo trouxera e começou a desembrulhá-lo.

— Tenho a sensação de que ainda voltará a ser afiado o suficiente. Presumo que isso foi entregue a você pelo correio privado?

— Assim como as outras, senhor.

O caranguenarbiano pegou o espelho já desembrulhado e recuou. Ao fazê-lo, a superfície do espelho começou a tremeluzir, como se o vidro plano estivesse se derretendo em chamas. Uma face envolta em sombra surgiu nele.

— Tem alguma notícia para mim? — perguntou a silhueta. — Novidades da garota?

— Consegui localizá-la — respondeu o conde —, mas a ordem de entregá-la viva parece difícil. Estava já sob meu poder quando foi resgatada por um bando rival.

— Um bando rival? — perguntou a sombra. — Velhote, o meu avaliador não recebeu a visita de nenhum caçador de recompensas para reclamar o que ofereci.

— Não sei por que, fiquei com a sensação de que não iam entregá-la — disse o conde. — Se pudesse me explicar por que a quer, talvez fosse mais fácil localizar o seu novo esconderijo. Preciso compreender quais as motivações dos seus libertadores para tê-la sob a minha mira de novo.

— Isso não é da sua conta — respondeu a voz. — Tudo o que tem a fazer é encontrá-la e entregá-la ao avaliador.

O conde de Vauxtion balançou a cabeça.

— Ela não passa de uma desgraçada do Internato Portas do Sol. Se o que deseja é vê-la morta, deixe-a simplesmente crescer: em menos de três anos terá o fígado afogado em *jinn* e, em cinco, estará em seu leito de morte com os pulmões intoxicados de fósforo ou alguma outra doença industrial semelhante.

— Contratei você apenas pelas suas qualidades de caçador — disse a sombra. — Dispenso as suas elucubrações filosóficas sobre o contexto da sociedade chacaliana. Em que área de Açomédio ela escapou do seu alcance?

— Não foi em Açomédio — esclareceu o conde —, foi mais embaixo. Ela estava escondida em Tristesperança. É uma presa e tanto a nossa jovem Molly Templar. Bastante admirável. Mostrou mais espírito e sagacidade do que a maior parte dos mesquinhos que normalmente sou chamado para apagar entre os mercadores e os senhores das quadrilhas-relâmpago.

— Em Tristesperança?! — rugiu a figura no espelho. — Ela estava na cidade subterrânea? Por que razão não me disse nada a respeito disso?

— Como você tão gentilmente apontou — respondeu o conde —, sua generosidade depende apenas do sucesso da captura da garota. Não sou pago para fornecer apontamentos diários dos meus progressos. Seus dois chicoteadores de dois xelins não me serviram de grande coisa no Portas do Sol. Quando eu precisar novamente de um rastro de cadáveres de um internato a Ham Yard, entrarei em contato com seus meliantes. Até lá, vou continuar seguindo os meus procedimentos habituais e trabalhando sozinho.

— Teste a minha paciência, velho soldado, e meus homens irão buscar *você*!

— Eu não era um mero marechal do antigo regime — respondeu o conde —, eu era também o melhor duelista da corte. Não pense que seria o primeiro a tentar renegociar as condições do nosso acordo no meio de sua execução. Se você está tentado enviar seus valentões para me fazer uma visita, sugiro desde já que certifique-se de que não são pessoas que tenha em alta conta, porque eu devolverei suas cinzas ao avaliador dentro de uma das minhas velhas garrafas de vinho.

— Traga-me a garota — ordenou a sombra. — Não permita que Molly Templar escape de novo.

A superfície do espelho começou a soltar vapor. O feitiço de cantor do mundo estava praticamente esgotado. Não levaria muito mais tempo para aquele artefato servir apenas para alimentar o monte de lixo.

— Uma última questão — disse o conde. — O senhor é, por acaso, o pai da garota?

Uma profunda risada cacarejada como um tronco sendo consumido por chamas soou vinda do espelho. Então, o vidro se retorceu e chiou até se silenciar.

— Eu achava mesmo que não — disse o conde.

— Posso soltar o espelho, senhor?

— Claro que sim, velha carapaça. Coloque-o no mesmo monte dos outros.

— Seria de se esperar que o cavalheiro já tivesse aprendido a se comunicar através do excelente sistema de rede de cristal que tem à sua disposição neste país.

O conde pegou o livro que estava lendo antes: *A Estratégia das Guerras da Unificação*, escrito por um dos nobres kikkosicoanos menos conhecidos.

— Nosso cliente pode ter mais dinheiro do que o dono de uma mina chacaliana, Ka'oard, mas suspeito que não seja propriamente um cavalheiro.

— Assim parece, senhor, assim parece.

— Estou tão cansado de ouvir estes chacalianos cantarem o *Leão de Chacália* no final de cada maldita peça ou baile... Já era tempo dessa gente perder uma guerra e ganhar um pouco de humildade. Tenho a sensação de que devemos fazer uma viagem às colônias assim que recebermos o dinheiro do nosso cliente. Descobrir o que as costas de Concórzia têm para nos oferecer.

— Não será um pouco tarde para começar de novo, senhor? — assinalou o caranguenarbiano.

— Não sei, Ka'oard. Lá os terrenos são baratos. Talvez pudéssemos adquirir um solar com um ribeirinho. Fazer alguns contratos com batedores de carteiras jovens e ladrões de cavalos condenados ao exílio. Observá-los trabalhando a terra enquanto nós pescaríamos. Seria como nos bons e velhos tempos.

— Nos bons e velhos tempos não declarávamos guerra às crianças, senhor — assinalou mais uma vez o caranguenarbiano — nem caçávamos jovens garotas.

— Meu velho amigo, não confunda o azar das nossas circunstâncias presentes com o campo da honra — disse o conde. — Aqui em Chacália, não somos mais do que dois refugiados numa terra de comerciantes. Aqui não se faz guerra. Aqui, fazemos *negócios*.

O mordomo guardou a garrafa de *brandy* no armário e fechou a porta de vidro. Quando se voltou novamente, encontrou o velho aristocrata adormecido. Ka'oard colocou um cobertor sobre as pernas do patrão.

— Com o devido respeito, senhor, parece-me que ainda assim preferiria a guerra — sussurrou ele antes de sair.

Capítulo Onze

Já passara uma semana desde que Oliver e o infame Stave trocaram o calor do barco estreito pelas samambaias úmidas e pelos pântanos castigados pelo vento que cobriam Angelset, da cidade de Cabeça de Ovelha até os arredores de Relógio Sombrio. Para evitarem as máquinas de sangue e os policiais do condado, tinham se mantido sempre afastados das estradas da coroa e de todos os pedágios, caminhando sempre pelo campo aberto.

Não pareciam existir muitos terrenos cultivados por aquelas bandas, uma vez que a fronteira com Quatérturno ficava apenas a alguns quilômetros a leste. Além disso, a presença do muro das maldições — e o estranho e contínuo assobio obscuramente produzido pelas artes dos cantores do mundo e que fora absorvido pelo vento — tinha sido mais do que o suficiente para desertificar o que restava das poucas vilas e aldeias que não foram arrasadas durante a Guerra dos Dois Anos. Naquele momento, Oliver se sentia como um verdadeiro fora da lei. Os dois evitavam qualquer contato humano, mantendo-se nas florestas, sempre alertas, com um olho nos arbustos, bosques e canais mais próximos, para o caso de surgir uma pequena esquadra de vigilância da MRA vinda dos céus. Mesmo sendo verão, a região de pântanos que atravessavam tinha a aparência desolada e destruída. As noites eram geladas, as manhãs úmidas e, como companhia, havia apenas pôneis selvagens ou falcões de cauda ocasionais.

Sempre que encontravam ribeirinhos, reabasteciam seus cantis e

Harry fervia água para fazer um cozido com alguma das carnes defumadas e bacon com que Damson Loade tinha enchido as suas mochilas de viagem. Ela também deixar um jarro de barro com seu *jinn* favorito, arrolhado com uma tampa de prata no formato da cabeça de um touro. O máximo que se podia dizer daquela aguardente de sabor forte era que fornecia algum calor a eles antes de adormecerem à noite, dentro da barraca que ocupava a maior parte do espaço disponível na mochila de Oliver.

Oliver guardara o jornal no qual tinham sido descritos os assassinatos de Cem Cadeados. Sempre que parecia distraído ou adormecido, ele abria o jornal e lia atentamente o pouco que restava de sua vida anterior impressa no papel, na esperança de que aqueles detalhes pudessem fazer algum sentido caso fossem analisados atenciosamente. As tarefas repetitivas e entediantes e a jaula invisível da obrigação do registro semanal pareciam, naquele momento, uma fase da vida de outra pessoa, não da sua.

A barraca que carregava de parada em parada era um objeto de aspecto bastante bizarro, uma espécie de remendo maciço e excêntrico com um padrão de vários tipos de verdes, marrom e preto. Harry explicara que aquela disposição de cores tinha sido feita por um motor de transação, especialmente concebido para quebrar as linhas que o olho humano pode distinguir em objetos fabricados pelo homem. Vista de perto, era mais do que suficiente para dar uma dor de cabeça em Oliver. Uma vez, ele apontou para as ruínas de uma das vilas coberta de vegetação, sugerindo que talvez pudessem acampar sob o abrigo de tetos mais consistentes do que o da barraca.

Harry limitou-se a abanar a cabeça.

— As casas estão abandonadas por uma razão muito simples, Oliver. Quando a Guerra dos Dois Anos se aproximava do fim, a Comunidade da Partilha Comum começou a ficar desesperada. Sua invasão fora repelida e as suas cidades mais desenvolvidas, haviam sido reduzidas a pó pelos aerostatos da MRA. Enquanto isso, a insurreição carlista de Chacália era esmagada. Assim sendo, não restava outro recurso a Quatérturno senão a guerra mágica. Depois dos cantores do mundo lançarem conchas enfeitiçadas cheias de esporos amaldiçoados e partículas de terra flutuantes drenadas das linhas de Ley, revelaram a sua arma secreta: o *Tim Longo.*

— O Tim Longo?

— O nome vem de Timlar Preston, o mecomante que criou o canhão de longo alcance deles. Há um exemplar exposto na Cavalaria Ligeira da Fronteira: monstros movidos a vapor com um cano tão alto como um prédio de escritórios de contabilidade de Açomédio. Durante a guerra, a Comunidade da Partilha Comum bombardeou a maior parte das regiões de Angelset até Perlaise.

— A guerra terminou oito anos antes de eu ter nascido, Harry — disse Oliver. — O mais provável é que as ruínas já sejam seguras, não é?

— A Comunidade da Partilha Comum não jogou uma partida de quatro-pinos, Oliver. Suas munições não estavam carregadas com lascas nem com seiva de sementes de pólvora. A poção diabólica fermentada por seus cantores do mundo deixava as pessoas doentes, como se tivessem sido atingidas, ao mesmo tempo, por uma dúzia de pragas diferentes. As partículas de terra flutuantes originavam as transmutações mais graves: era como ser apanhado numa brumencantada, mas sem a menor hipótese de sobrevivência. Morreram dezenas de milhares de pessoas em agonia durante os meses que a ordem levou para neutralizar a feitiçaria neste condado. É possível que ainda existam restos ativos desse veneno debaixo dos escombros.

— Mas Chacália ganhou a Guerra dos Dois Anos!

— Pelos nossos pecados, ganhou, sim. A Guarda Especial destruiu o Tim Longo e o meu bando fez Timlar desaparecer. Enfiaram-no numa cela simpática e confortável na Corte do Ar e a fúria nos corredores do parlamento ofereceu ao Primeiro Guardião o apoio de que ele precisava para anular a conduta da lei da guerra de 1501. Foi então que a MRA bombardeou Reudox, a segunda maior cidade dos turnianos, com gás sujo. Dizem que o fedor dos cadáveres era tão forte que o Imperador-Deus conseguia sentir o cheiro da carnificina em Kikkosico. Foi quando o parlamento enviou ao Primeiro Comitê uma lista das cidades e povoados que seriam atacados com gás pelo ar a cada dois dias. Na manhã seguinte, aceitamos o armistício que eles nos propuseram.

— Mas isso é horrível, Harry!

— Concordo, velho amigo. Mas eu sou o bisturi, não o cirurgião. O que eu sei, não é? Talvez a Corte pudesse ter impedido a guerra, ainda que sempre tenhamos sido muito cautelosos quanto a intervenções muito vigorosas no exterior de Chacália. O mundo é grande e complicado demais para que passemos a agir como os xerifes de todos os reinos e nações. Quando você se depara com a dinâmica das multidões, abater o lobo sem matar o rebanho se torna impossível. Se os nossos estrategistas tivessem reparado a tempo essas tendências, talvez pudéssemos ter proposto um belo contrato a Ben Carl como escritor de folhetins em Dock Street. Talvez

A Comunidade e os Comuns estivesse na estante mais alta da biblioteca pública, em vez de figurar na lista negra da Casa dos Guardiões.

— Outra pessoa teria escrito se ele não tivesse feito.

— O que vem primeiro, o movimento ou o homem? — disse Harry. — Você tem uma ótima cabeça, Oliver. E ela tem sido displicentemente desperdiçada à sombra das Profundezas Erguidas de Toby. Se conseguirmos superar isso tudo, tentarei mudar a sua sorte.

— A Corte do Ar aceita candidatos possivelmente encantados?

Harry piscou o olho a Oliver.

— Você ficaria surpreso se conhecesse algumas das pessoas que figuram na folha de pagamento dos lupocaptores. Se eles me aceitaram!

Assim prosseguiram. Passaram por aldeias destruídas e por caminhos cobertos por mato e espinheiros que os cobriam até os joelhos. Evitavam as sombras dos aerostatos e as silhuetas dos oficiais de casacas-vermelhas que atravessavam as colinas e vales a cavalo. Na sétima noite desde que tinham começado a viajar por aquelas terras, Oliver dormia um sono profundo, enrolado em seu cobertor. As imagens de tio Titus desfilavam diante dele, suspensas por linhas de marionetes caídas do céu, onde os senhores invisíveis da Corte as faziam dançar e mover-se da maneira que queriam.

O Sussurrador tentava penetrar em seu sonho. Oliver sentia a pressão da solidão daquele ser no peito como uma pedra de uma tonelada arremessada por um pugilista. No entanto, o sonho não estava suficientemente formado para que o Sussurrador conseguisse se inserir nele. Era necessária mais substância em seu sonho-fuga para que o ser pudesse aparecer.

— Oliver — assobiou o Sussurrador. — Não consigo chegar até você.

— O que você disse? — gritou Oliver para o vazio.

— Ela está aqui. Por tudo o que é sagrado, sinto que ela está vindo.

— Quem, Sussurrador? — perguntou Oliver. — Quem está vindo?

— Ela! ELA. Perto dela sou água no oceano, um cuspe no furacão. Querido Círculo… a sua perfeição… faz de mim… um micróbio no estômago… do universo. Tão pequeno…

— Está desaparecendo, Sussurrador — avisou Oliver.

— Uma sombra… na… luz.

A presença do Sussurrador dissipou-se no vazio.

Oliver acordou com o vento frio vindo dos charcos. A aba da barraca havia se soltado. Harry dormia do lado oposto, enrolado no seu saco de dormir e roncando alto como era costume.

O primeiro lampejo do nascer do dia surgiu no céu sob a forma de linhas roxas e alaranjadas que desciam pelo horizonte. Dois animais estavam a cem metros da barraca, uma corça e um veado, farejando cautelosamente o ar. Ambos não pareciam notar a presença da mulher, sentada de pernas cruzadas diante deles e protegida do frio da manhã apenas por uma toga de corte catosiano.

Oliver vestiu sua camisa de gola alta de lã, abotoou as calças e saiu da barraca. Havia alguma coisa de familiar naquela mulher, algo quase hipnótico. Ele se aproximou até ficarem cara a cara.

— Quem é você?

— Será que passou assim tanto tempo para você se esquecer de mim, Oliver?

No momento em que a mulher começou a falar, luzes de várias cores começaram a circular em órbitas vagarosas ao redor da sua cabeça.

— Foi você — disse Oliver. — Foi você quem me ajudou na terra dos encantados do outro lado do véu.

Uma das luzes zumbiu e a mulher sorriu para ela.

— Está vendo? Eu falei para você que ele se lembraria da nossa visita.

A mulher virou as costas para Oliver.

— Não foi fácil convencer as pessoas do tempo rápido que o seu lugar era aqui, Oliver, em seu próprio mundo, com sua verdadeira família.

— Eu perguntei se você era uma deusa ou um anjo — lembrou Oliver.

— E eu respondi que se o anjo tivesse um martelo e o martelo tivesse um prego, eu poderia ser o prego.

— Achei que tinha sido um sonho — disse Oliver. — Você, o tempo que eu passei na Brumencantada, tudo aquilo que aconteceu do outro lado do véu.

— O povo do tempo rápido obedece a um ritmo diferente, Oliver. As regras de existência do povo estão além das capacidades de sua mente e de como ela processa a informação deste lado. Eu mesma tive algumas dificuldades em encontrar argumentos convincentes para que eles o deixassem regressar para casa. Espero que não sinta muita falta da sua família adotiva em Brumencantada.

— Quase não consigo mais me lembrar deles. Mas considerando a vida que tive em Chacália, talvez tivesse sido melhor ter me deixado onde estava.

— Eu prometi aos seus pais que o salvaria, Oliver — disse a mulher docemente. — Fiz um acordo com o seu pai, digamos assim. Se o tivesse trazido da Brumencantada cedo demais, você teria morrido com o choque. Se o tivesse deixado ficar do outro lado da cortina da bruma por muito mais tempo, você teria se modificado para sempre e a sua mente não voltaria a ser capaz de adaptar-se à vida em Chacália.

Oliver olhou para trás, em direção à barraca onde Harry ainda dormia. Ele sabia que o agente da Corte não ia despertar enquanto a mulher estivesse ali. Ela era capaz de se mover como um fogo-fátuo cruzando a face da Terra.

— É sobre você que o Sussurrador falava.

Ela assentiu.

— Temos feito um pequeno jogo de marcações, ele e eu, nas mentes das pessoas de Chacália. Pobre e disforme Nathaniel Harwood: aprisionado em seu corpo decadente, encurralado em sua cela suja... A cortina da Brumencantada é uma ponte, Oliver, e parece que toda ponte tem escondido sob ela um *troll*.

— Nathaniel. Então é esse o nome dele — disse Oliver. — Quem me dera poder ajudá-lo.

— Eu sou conhecida como uma Observadora, Oliver, eu não interfiro. Minhas intervenções são discretas. Não separo águas, não lanço pragas de insetos, não causo fome ou faço ressurreições. Livre-arbítrio, Oliver. Aqui você faz seu Céu ou seu Inferno. Em busca da salvação, não olhe para o céu, que é indiferente aos seus problemas, procure-a dentro de você.

— O que você está fazendo em Chacália? — perguntou Oliver.

— Há problemas em casa, meu jovem. Existem forças exteriores ao sistema, forças desagradáveis, elementos estranhos que adorariam entrar em nosso universo e nele se alojar como parasitas que se alimentam da carne de uma ave viva. Segundo a filosofia deles, não existe grande espaço para o livre-arbítrio ou para qualquer vontade que se tenha. Não é a primeira vez que o seu povo depara-se com os agentes desse mal. Na verdade, é mais correto dizer que foram as crenças da sua raça na existência desses seres que os *criaram*, em primeiro lugar. Eles são chamados de Caotyl Selvagens. São entidades corruptas e o mal ao qual servem está além dos limites dos meus poderes, muito menos dos seus.

— Então está aqui para nos salvar?

Ela riu sonoramente, como se aquilo que Oliver tivesse acabado de dizer fosse profundamente divertido, a coisa mais engraçada do mundo.

— Não, Oliver. Eu sou um prego, uma ferramenta. Posso fechar as cortinas que o protegem de uma tempestade, mas não posso afastar a tempestade. Não posso salvar uma aldeia sem destruí-la.

Uma sensação desagradável apoderou-se de Oliver, um pressentimento terrível demais para contemplar.

— Você não veio até aqui para nos *salvar*. Veio para nos *destruir*.

— O regulamento não pode ser modificado por fora, Oliver. Nós simplesmente nunca aceitaremos isso. Nunca. Se chegarmos a isso, se alguma corrupção se firmar e se espalhar, tudo será aniquilado, as peças desaparecerão do quadro, todo e qualquer pedaço de matéria que você conheceu e tocou, o próprio tempo, tudo será apagado. Não restará nada para o inimigo, nada!

— Mas nós podemos impedir o fim do mundo — disse Oliver. — O livre-arbítrio. Nós podemos escolher.

— Claro que podemos, mas o seu povo escolhe constantemente a crença errada, Oliver. A Igreja Circulista era boa, estava mais próxima da verdade do que os seus sacerdotes e clérigos poderiam imaginar. No entanto, o senhorio não aprecia quando os seus inquilinos convidam gente problemática para as suas casas. Você conhece o tipo: pessoas enfurecidas que passam dos limites, urinam nas paredes, tentando se apoderar dos bens do imóvel enquanto fazem ameaças. Quando o senhorio percebe a situação, emite uma ordem de despejo. E Oliver, acredite em mim, seu povo não vai querer descobrir como a vida é dura quando se está nas ruas.

— Então é isso — disse Oliver. — Quer dizer que, durante toda a minha vida, nunca passei de um peão no seu jogo de deuses?

— Não, Oliver — disse a Observadora. — Você é meu cavalo e mais. Além disso, gosto muito de você. É você quem decide os seus movimentos, assim como todos os outros. Eu teria um imenso prazer se o jogo continuasse indefinidamente. No entanto, isso depende muito de você.

— Mas você *interveio* — argumentou Oliver. — Como você chama esta conversa que estamos tendo neste exato momento? Como você chama o fato de ter me trazido de volta à Chacália quando eu tinha 5 anos?

A mulher olhou para uma árvore, como se ela tivesse notado algo que a confundiu e as pequenas esferas que giravam ao seu redor pareceram rodar mais depressa. A sua atenção voltou a Oliver.

— Consigo intervir apenas para corrigir ligeiramente pequenos desequilíbrios causados por forças externas, o tipo de forças cujo lugar natural não é aqui, tal como as Caotyl Selvagens e seus senhores. Obviamente, sou eu quem decide como remendar as rachaduras, Oliver, mas estamos rapidamente passando do ponto em que um pouco de gesso e uma pintura rápida vão poder evitar estragos maiores. As coisas vão se tornar muito sérias de um momento para o outro e, quando isso acontecer, o que eu desejo ou deixo de desejar vai fazer pouca ou nenhuma diferença. Vou ser afastada, Oliver. Não teremos mais pregos. O mal não terá mais limites. Em vez disso, será atribuído a você algo bastante perigoso com um pavio muito curto.

— Você está bem? — perguntou Oliver. — Parece pálida.

— Preciso... ir... embora, Oliver. Resolução demais. Não estou habituada a operar neste nível de detalhe, presa neste corpo idiota. Sou uma garota de grande visão... no... coração. A beleza fractal dos galhos, fragmentando-se em... folha sobre folha... a simplicidade a partir de complexidade... a complexidade a partir de simplicidade.

Ela estava desaparecendo e o zumbido das suas luzes era cada vez mais intenso.

— Antes de partir, quero que saiba que eu sei por que a cortina está aqui — disse Oliver. — Sei por que ela apareceu há mil anos em Chacália, infectou aleatoriamente as crianças e matou a maior parte dos adultos que tocou.

— É um rapaz inteligente.

Lágrimas escorriam pelo rosto da mulher.

— A terra além da bruma e o povo encantado não serão destruídos, não é? Eles não fazem parte disto, não são parte do nosso universo. Por isso a névoa infecta alguns de nós, para permitir que esses poucos sobrevivam fora do nosso mundo, para escapar da extinção, para que a raça do Homem possa continuar a existir além da cortina. É um túnel de fuga que a nossa raça escavou diretamente até Chacália.

— Se chegarmos a esse ponto, Oliver — disse a Observadora —, você saberá quando tomar o atalho e fugir. Só os encantados podem sobreviver do outro lado do véu. Casais para procriação, Oliver. Quando for para a bruma, leve com você principalmente casais para procriação.

Ela desapareceu e o vento cortante pareceu ainda mais gelado.

Oliver foi deixado com a memória de um menino de 5 anos assustado, abandonado e sozinho na porta de um dos povoados das terras altas, perigosamente próximos da cortina de Brumencantada. Ele tentava falar com o bando de aldeões curioso e aterrorizado diante daquela criança vinda do outro lado. Ele mostrou o pingente que a Observadora dera para ele como talismã, aquele que continha uma miniatura da sua mãe biológica.

Não era a primeira vez que a sua vida anterior terminava.

...

— Ordem! Ordem! — gritou a porta-voz, batendo com o martelo. Nunca antes ela vira aquela câmara tão cheia de gente. Os Guardiões, que normalmente só apareciam em Açomédio uma vez por ano, para almoçarem nos clubes a que pertenciam, bloqueavam o corredor. Do outro lado da sala, as portas da galeria da imprensa tinham sido fechadas e as hienas de Dock Street estavam sendo enxotadas para fora.

Os acontecimentos do dia anterior conseguiram tirar até mesmo Estanho Dobrado do seu leito de morte. O velho homem-vapor, líder dos Igualitaristas, continuava representando Workbarrows como Guardião, apesar das suas visíveis debilidades físicas.

Um breve silêncio caiu sobre a sala no momento em que Hoggstone tomou o seu lugar nos bancos da frente, seguido pelo ministro do Departamento de Guerra, pálido com a perspectiva do que estava por vir.

— Esta Casa convoca o ministro do Quadro da Marinha Real Aerostática para ler a declaração do seu gabinete — anunciou a porta-voz.

— Guardiões eleitos — começou o ministro —, recebi as informações preliminares dos almirantes da marinha a respeito do bombardeio não autorizado em Açomédio por parte do *MRA Resoluto*. Esses detalhes servirão de prefácio ao inquérito oficial da coroa. Contrariamente às especulações sensacionalistas dos jornais de Dock Street, em nenhum momento foi emitida pelo centro de operações qualquer ordem para bombardear a capital. Suas ações nesse assunto foram inteiramente desvinculadas das infelizes perturbações civis que aconteceram em muitas regiões da cidade atualmente, um detalhe enfatizado pela informação de que a lista de baixas no bombardeio ilegal do dirigível inclui muitos oficiais proeminentes da polícia, milícias, magistrados, membros da ordem dos cantores do mundo e regimentos de soldados tentando restaurar a ordem na capital.

— Demissão! — gritou um dos Guardiões sentados na bancada dos Amantes da Terra. Seu grito foi reforçado com uma vaia por parte de vários parlamentares.

Perturbado, o ministro prosseguiu:

— O *MRA Resoluto* desobedeceu às ordens escritas do almirantado para patrulhar a linha de fronteira entre os condados de Medfolk e Shapshire. O comandante do *Resoluto* mentiu aos seus próprios oficiais, alegando falsamente que a nave recebera ordens para abater uma revolta carlista armada na capital.

Sentado no banco reservado à oposição, Estanho Dobrado ergueu uma pequena bandeira amarela. A porta-voz autorizou o pedido de intervenção e o homem-vapor ergueu-se para expor o seu ponto de vista.

— Talvez o honrado cavalheiro do Departamento de Guerra queira ter a bondade de nos explicar qual razão levaria um dos comandantes mais experientes da nossa marinha, um veterano com mais de quarenta anos de experiência, a bombardear uma das nossas cidades?

— Bem — disse o ministro. — Isto é, nós acreditamos que o comandante enlouqueceu. Por um curto período de tempo.

As gargalhadas ecoaram ao longo do salão. Alguns dos Guardiões do governo começaram a assobiar, imitando o som do ar que frequentemente escapava da caldeira debilitada do velho homem-vapor, mas Estanho Dobrado ignorou aquelas provocações.

— Sim, esse é o ponto da história que me parece mais perturbador. Nós temos muitos navios de guerra e comandantes em nossa folha de pagamento. A ideia de que um deles pode, de uma hora para a outra, perder a cabeça e sobrevoar uma das nossas cidades com o intuito de bombardeá-la me deixa um pouco incomodado.

— Já foram tomadas as devidas medidas.

O ministro foi silenciado.

— Que conveniente o capitão Dorian Kemp ter se suicidado, poupando-nos as despesas de um tribunal marcial — disse Estanho Dobrado.

— É exatamente isso — disse o ministro. — Tirar a própria vida dificilmente me parece o ato de um homem são.

— Sanidade parece um termo relativo quando aplicado àqueles que servem à marinha — retorquiu, puxando uma cópia do *Sentinela de Açomédio.* — Embora as suas asneiras pareçam produzir quantidades consistentes de ração para os cartunistas de Dock Street.

Uma enorme ilustração monocromática na capa do jornal do homem-vapor mostrava o comandante do *Resoluto* de olhos arregalados lendo a ordem de governo no convés de seu dirigível. Na legenda, lia-se: "Ato de Remoção dos Bairros Pobres de 1596."

Ambos os lados da câmara eclodiram num ataque de insultos e vaias. Pela câmara, os lacaios da Chicoteadora Superior estavam a postos, com seus Henrys de Adormecer prontos para entrar em ação caso algum dos ocupantes das bancadas tentasse agredir seus adversários políticos. Ex-membros da polícia política com pelo menos vinte anos de serviço, estes lictores estavam notoriamente preparados e dispostos para fazer uso da violência caso os Guardiões tentassem resolver as suas diferenças aos socos. As edições limitadas de cartões antigos, que mostravam as revoltas mais notórias do parlamento, eram sempre muito solicitadas pelos colecionadores.

Um dos porta-vozes da oposição dos Circulianos Médios acabou perdendo as estribeiras quando uma caneca vazia de cafél foi atirada em sua direção e caiu a seus pés. Levantando-se com um rugido, chutou um lacaio mandando-o pelos ares. Beatrice Swoop, a Chicoteadora Superior em exercício, fez o seu chicote se enrolar ao redor da perna esquerda do porta-voz, virando o político com um puxão hábil para cima. Foi então que seus lacaios avançaram como hienas: enquanto dois deles o mantinham imobilizado, um terceiro lançou-se sobre ele com seu Henry de Adormecer, batendo em seu rosto.

Os demais lictores encarregaram-se de formar uma linha divisória, brandindo os seus cassetetes enquanto os Guardiões esqueciam as suas diferenças por um instante e uniam-se para atirar papéis e pesados projetos de lei do parlamento nas forças da Chicoteadora Superior.

— Ordem, ORDEM! — gritou a porta-voz.

Quando a algazarra finalmente terminou, ela ergueu a sua bandeira vermelha de censura.

— O excelentíssimo senhor porta-voz dos Circulianos Médios está proibido de entrar na Casa pelo período de uma semana. Lictores, queiram, por favor, transferi-lo para o consultório do médico do parlamento.

Com um silêncio respeitoso, o político inconsciente foi arrastado pelos pés para fora da sala de debate.

— O Primeiro Guardião tem a palavra — sentenciou a porta-voz.

Hoggstone levantou-se da mesa do líder em seu lado da câmara.

— Tal como meu excelentíssimo amigo da oposição — disse ele, fazendo uma pausa para emitir um pequeno assobio —, sinto-me mais do que incomodado por saber que um oficial traidor pertencente à MRA possa decidir falsificar ordens do Almirantado diante da sua tripulação e atacar o coração da nossa bela terra. É claro que, ao contrário do meu grande amigo e dos seus colegas Igualitaristas, os Guardiões do Partido Purista detêm a maioria dos assentos do parlamento, de maneira que nos vemos obrigados a fazer algo além de ficarmos sentados esperando a chaleira falecer.

Ouviram-se saudações e aplausos vindos dos bancos do governo.

— Já consultamos o Almirantado e o Salão Verde e, com o auxílio da ordem dos cantores do mundo, o gabinete definiu um plano de ação para assegurar que essa terrível tragédia não volte a acontecer.

— Como? — gritou alguém. — Demitindo-se?

Ignorando o cântico sussurrado de "demissão, demissão, demissão", o Primeiro Guardião prosseguiu:

— A ordem dos cantores do mundo propõe que testemos as mentes de todos os comandantes e oficiais de bandeira da MRA, em busca de sinais de demência ou sintomas de infecção da Brumencantada. Até que esses exames estejam concluídos, tarefa que a ordem prevê que levará aproximadamente um mês, a maior parte da frota permanecerá estacionada nas bases nos arredores de Relógio Sombrio.

Os Guardiões mais abastados, aqueles que investiam parte das suas fortunas na compra dos eleitores de seus domínios, murmuraram entre eles com um ar insatisfeito.

— Obviamente, essa medida se aplica apenas à frota de guerra de elite. Os aerostatos da marinha mercante continuarão a realizar normalmente as rotas comerciais e de passageiros. Esta é a proposta que o executivo apresenta nesta Casa e eu a recomendo veementemente.

— Questão de ordem — anunciou a porta-voz. — Alguém deseja desafiar a proposta apresentada à Casa?

Hoggstone lançou um olhar gelado para sua própria bancada. Havia apenas um Guardião do partido no poder capaz de desafiar uma proposta do gabinete. Fowler e Dorrit se remexeram ansiosamente nos seus lugares, mas permaneceram calados. Metade da família de Fowler comprara comissões na marinha. Ainda que o velho idiota e invejoso desejasse desafiá-lo, não era possível intervir sem agitar ainda mais as águas para os seus amigos na marinha. Hoggstone virou sua atenção para o chanceler do Tesouro Público e seus comparsas sem cartão de deputado. Não que o chanceler fosse desafiá-lo diretamente, a disputa não era uma partida de quatro-pinos. Então, o astucioso Guardião Aldwych, um ex-coronel de cavalaria que não gostava muito dos membros da marinha, levantou-se em frente à facção do Tesouro.

— Eu desafio a proposta.

— Desafia, senhor? — perguntou Hoggstone.

— Sim, senhor — respondeu o Guardião.

A porta-voz da Casa levantou a mão.

— O excelentíssimo cavalheiro enfrenta um desafio vindo do interior do seu próprio partido. Chicoteadora Superior, queira fazer o favor de desimpedir o centro da sala e entregar um bastão vermelho ao Primeiro Guardião e outro ao membro desafiante.

Uma saudação estrondosa ecoou ao longo da câmara, enquanto os Guardiões batiam excitadamente as mãos nos bancos. Hoggstone mergulhou as suas mãos na caixa de giz colocada ao lado da plataforma usada para as lutas de bastões de debate. Seu opositor torceu dramaticamente os bigodes ao receber o seu bastão vermelho das mãos de um lictor.

Aldwych era um homem robusto e um oportunista. Seus antepassados tinham retirado o apoio ao rei em detrimento do parlamento ao perceberem o lado que o vento começava a soprar. Séculos mais tarde, os descendentes de Aldwych continuavam a levantar suas velas no sentido contrário ao dos ventos da sorte.

Eles olhavam de forma desdenhosa para Hoggstone, cujo pai morrera de peste amarela e cuja mãe santa fora uma simples remendeira, das que subiam pelos pneumáticos apenas com um ferro de soldar, um saco de remendos de borracha e a necessidade de alimentar seis crianças famintas.

— Chegou a hora da sua aposentadoria, velhote — sussurrou Aldwych, quando os dois já estavam sobre o estrado. — Chegou a hora de entregar a Primeira Guarda a alguém que a usará para fazer de Chacália uma grande nação e não para encher seus bolsos com guinéus dos mercadores.

— Alguém como o meu chanceler, talvez? Não deixarei de passar pelo Salão Verde e pelos escritórios do Tesouro Nacional quando precisar equilibrar o meu livro de contabilidade, mas, até lá, caro senhor, procurarei conselhos onde eu bem entender.

Aldwych ergueu o seu bastão vermelho no ar e tentou golpear a cara do Primeiro Guardião. Hoggstone desviou-se para o lado e viu a sua própria investida bloqueada pelos apoiadores do seu adversário. Tal como Hoggstone tinha previsto, Aldwych era preciso e poderoso, mas previsível. Um produto típico dos Guardas da Cavalaria da Casa, sem qualquer criatividade nem arte nos movimentos. Membros da escola do bater, bater e pisotear.

Batendo com os pés para tentar distrair Hoggstone, Aldwych brandia o seu bastão pelos ares, mudando depois de direção e voltando a brandi-lo, repetindo aquele movimento e intercalando-o com uma série fulminante de golpes.

Muito astucioso para trocar arremetidas inofensivas com o Guardião,

Hoggstone se esquivava incessantemente das suas investidas: os habitantes das espeluncas de Açomédio chamavam de "enguia" àquela postura de combate, em homenagem aos peixes irritadiços que costumavam pescar no Apostaflores.

Cansado, Aldwych começou a suar. O bastão vermelho era bem mais pesado do que o dos treinos ou dos duelos. Os bastões de debate ancestrais eram originários de uma época em que os parlamentares ainda usavam armadura de malha por baixo das suas capas de cavalheiros. O jovem macho estava ficando mais lento e, fazendo uma finta, Hoggstone desferiu um soco preciso no joelho do Guardião.

Uivando de dor, Aldwych se abaixou e Hoggstone coroou o seu crânio com um golpe esmagador. O desafio tinha terminado: Aldwych jazia inconsciente sobre o estrado do debate de bastões.

— O debate foi resolvido a favor do Primeiro Guardião — anunciou a porta-voz. — A proposta está agora sobre a mesa da Casa. Quem está a favor?

Um mar de bandeiras vermelhas ergueu-se no ar.

— Votos contra?

Os Guardiões da oposição contestaram a proposta, agitando suas bandeiras. Mesmo suado e ainda recuperando o fôlego, Hoggstone percebeu que tinha levado a melhor. Uma vez desmontada a jogada estratégica do chanceler, ninguém dentro do partido se atreveria a se opor e as últimas eleições tinham delegado novamente as rédeas do poder aos Puristas.

— A proposta é aprovada — anunciou a porta-voz, batendo o martelo.

Hoggstone ergueu o olhar para o corredor da imprensa, no qual os ilustradores escreviam furiosamente em seus blocos. Não era um homem dado ao jogo, mas se o fosse, o Primeiro Guardião teria apostado que as manchetes de Dock Street do dia seguinte descreveriam o quão perto ele esteve de se ver suplantado por uma rebelião no interior do seu próprio partido.

Um pouco de confusão teatral para os repórteres e o número cada vez maior de mortos na região das docas seria saudavelmente empurrado para as páginas interiores. Fosse como fosse, os abutres não queriam a verdade, mas material para vender jornais.

Sim, tinha sido uma tarde de trabalho bastante satisfatória.

...

Saltando de um pé para o outro, os soldados de casacas-vermelhas tentavam se manter aquecidos enquanto o tempo passava e eles se viam obrigados a aguardar no cais gelado. Jamie Wildrake os olhou com um ar insatisfeito. Diante dele, estava o pior da escória de Chacália. Enquanto qualquer criança, ou melhor, qualquer *cavalheiro*, aspirava entrar para a Marinha Real Aerostática, protetores do reino venerados pelo povo, o que sobrava para os regimentos do novo exército padrão? A ocupação dos povoados previamente destruídos por bombardeios de dirigíveis? Rações miseráveis e a disciplina do chicote? Não admirava que os carrascos se vissem frequentemente obrigados a oferecer a escolha dos seus serviços no próprio local do transporte, deixando os restos humanos das prisões para as forças armadas chacalianas.

Mas era de condenados que o lupocaptor precisava naquele momento, especialmente de criminosos de casacas-vermelhas que haviam sido enganados com seus documentos falsos de coronel, quando ele aparecera em seu forte de fronteira mal guarnecido.

Wildrake sentiu os seus músculos se distenderem ao levantar uma das pedras de granito do chão ensopado. A pressão em seus braços era deliciosa e ficava mais satisfeito a cada pedra que levantava. Sentia como o seu corpo se tornava sempre mais rígido e mais forte e o obrigava a dar mais um pequeno passo no caminho infinito rumo à perfeição. Em contraste, os soldados de Infantaria da Décima Segunda Fronteira estavam sentados sobre as suas bagagens, fumando seus cachimbos de ervassussurrante com seus corpos macios e carnudos, protegidos por camadas sucessivas de gordura acumulada durante os muitos dias passados se aquecendo junto às fogueiras do forte na colina. Observavam a chuva caindo nos cais, enquanto comiam carne de vaca salgada e bebiam a sua dose diária de rum negro, formando patrulhas para verificarem os pontos de escuta e se certificarem de que os turnianos não estavam tentando escavar túneis por baixo do arame farpado mortal de seu próprio muro maldito.

Wildrake não entendia como os soldados podiam suportar sua própria existência com aqueles pneus de carne suspensos de suas barrigas e seus braços. Onde estava a autoestima deles? Será que não sentiam o sussurrar e as tensões dos seus tendões pedindo que fossem distendidos e machucados com exercícios? Dor nas costas, dor no peito, dor nos ombros e nas coxas. Que sensação gloriosa!

O lupocaptor enfiou um pedaço fresco de brilho na boca e observou a carroça que se aproximava vinda do sul. A carroça estava chegando na hora que ele combinara previamente com Tariq. Os soldados olharam nervosamente para a pintura branca da carruagem em forma de caixa, puxada por seis enormes cavalos do condado e seu medo aumentou quando notaram as cobras gêmeas da ordem do cirurgião na parte lateral.

— Coronel — chamou o tenente da companhia. — Aquela carruagem porta a marca da praga, o carro está infestado.

— Uma pequena decepção, tenente, para transportar uma carga delicada — respondeu Wildrake.

O condutor da carroça desceu e tomou o braço de Wildrake conforme o costume do povo cassárabe.

— Então, meu amigo, esta terra amaldiçoada pelo profeta e repleta de infiéis chega a ver o Sol?

— O Círculo tem desígnios importantes demais para se preocupar com derramar sua luz sobre a cabeça de um vira-lata do deserto, Tariq.

— Ah, então é isso? — riu o cassárabe. — Bem, seu ouro vai adocicar o aroma da minha sala de contagem do mesmo jeito. Talvez dê até para comprar uma daquelas sombras ridículas que vocês usam para se protegerem da chuva. Vou me sentar debaixo dela, tomar cafél num de seus jardins e convidar todos os meus amigos para virem à minha casa para verem como estou bem.

— Com um pouco de *tweed* e um alfaiate decente, é possível vestir um cão *spaniel* como um cavalheiro de Chacália — disse Wildrake. — Mas ele continuará a latir.

O cassárabe contornou a parte de trás da carroça e levou uma chave ao cadeado, removendo uma corrente e abrindo as portas.

— Não preciso latir, meu amigo, tenho aqui outros animais para fazerem isso por mim.

Duas criaturas saltaram para fora da carroça: dois arcos castanhos, com músculos semelhantes aos de uma pantera, os focinhos achatados, presas grandes e recurvadas e as mandíbulas parecendo serras tilintando de excitação. Os olhos humanos enterrados em seus crânios igualmente achatados lançaram-se na direção das filas de soldados, que recuaram horrorizados.

— Biológikos! — exclamou o tenente. — Nossa Igreja não admite a sua presença em Chacália.

— Por isso a placa de infestação — disse Wildrake como se estivesse explicando a uma criança. — Um artesão precisa dos utensílios certos para trabalhar, tenente.

— Coronel, essas criaturas foram concebidas no ventre de escravas — insistiu o oficial. — São abominações.

O cassárabe balançou a cabeça.

— Que Alikar me livre da mente retrógrada de um infiel. O que você esperava que fizéssemos com os ventres das mulheres abençoadas pelos cem profetas? Que assássemos pão dentro deles?

— Eles são proibidos em Chacália! — gritou o oficial.

— É o Estado que faz a lei — disse Wildrake —, mas o parlamento cria as exceções a essa lei. Ambos somos funcionários do Estado, tenente. Além disso, o que seria de uma caçada sem cães?

— Essas criaturas não são animais de caça — disse o tenente.

Os dois bichos estavam agora deitados sobre o chão rosnando, sentindo a hostilidade do oficial.

— Eles têm pelo menos uma parte de cão — retorquiu Wildrake, sorrindo para os bichos. — Ou é de lobo do deserto, Tariq?

— Coronel, não vou permitir que a minha companhia siga essas criaturas concebidas de forma profana. Elas vão contra os ensinamentos da lei do Círculo — afirmou o tenente.

Wildrake deu uma palmada nas costas do homem.

— Sabe, tenente, o último lugar em que eu esperaria encontrar um circulista era num forte de fronteira, onde vão parar todo o tipo de vagabundos e homens das companhias de punições. No entanto, admiro um homem com princípios.

Wildrake assentiu na direção de Tariq e o cassárabe exclamou uma ordem em sua língua do deserto. Ambos os biológikos saltaram de imediato para frente, derrubando o tenente no chão. Enquanto ele se debatia, rolando e gritando no meio da relva, os monstros meio-cães, meio-homens o desfaziam em pedaços.

Wildrake desembainhou o seu sabre e o brandiu como se fosse uma varinha mágica diante dos olhos dos soldados aterrorizados.

— Lamento não ser muito versado nas doutrinas da Igreja. Por outro lado, eu me lembro de ter lido uma vez a seção 48 do código dos regimentos, que fala da punição por motim durante o serviço. Mais alguém pensa que o exército deve ser regido segundo os princípios de uma sopa de galinhas circulistas?

Não parecia haver mais dissidentes.

O cassárabe emitiu um ruído gutural para chamar as criaturas e ambos os biológikos deixaram o cadáver em paz.

Wildrake chutou o corpo murcho e já sem vida.

— Então, tenente, qual é o sabor dos princípios circulistas? O oficial que o colocou numa companhia de punições devia ter um senso de humor muito estranho.

Um dos animais lançou um olhar ao lupocaptor e emitiu um som de lamento. Era até possível que se tratasse de uma série de palavras, embora a língua humana, encurralada como estava naquele maxilar canino, transformasse o discurso num choramingar selvagem. Wildrake afagou a cabeça da criatura como se a compreendesse.

— Vocês podem pensar que os dois mastins de Tariq são o produto profano da magia de um ventre cassárabe e é provável que tenham razão. Mas o que precisam compreender é que o Estado não autorizou usar esses animais de forma leviana. As presas que vamos perseguir são dois dos mais perigosos assassinos de Chacália. Um é um criminoso que fugiu há mais de uma década, tendo deixado um rastro de agentes e soldados mortos em suas costas. O outro é um rapaz encantado que matou a própria família antes de escapar do torque.

Os murmúrios obscuros não tardaram a se fazer ouvir por entre os soldados supersticiosos. A raça dos encantados! O coronel não tinha nenhuma tatuagem púrpura. Eles não precisariam de um cantor do mundo para dominarem um assassino tocado pela bruma? Wildrake exibiu o seu mandato da coroa. O tenente tinha criado uma excelente vara. Agora, estava na hora de colocar nela a cenoura de isca.

— Como vocês podem constatar, há uma recompensa generosa em troca das cabeças desses dois assassinos. Agora que o seu tenente avançou para o Círculo, a parte do dinheiro que caberia a ele ficará para *vocês*. O mandado diz que podem ser entregues vivos ou mortos, mas os meus cães de caça os preferem mortos, o que significa menos riscos para todos nós. Posso afirmar que perdi alguns bons amigos nas mãos desses dois canalhas, por isso também desejo obter a minha parte da recompensa. Quero esses dois assassinos comendo vermes antes do fim do dia.

Os casacas-vermelhas pareciam mais satisfeitos. Erguendo as espingardas no ar — umas *Brown Jane* modestas das fábricas de Açomédio —, deram um grito de entusiasmo um pouco hesitante. Era provável que a maior parte deles já tivesse feito coisas piores nas espeluncas e bairros pobres chacalianos das cidades onde tinham sido presos, mas eram letrados o suficiente para compreender a quantidade considerável de dinheiro que era mencionada no mandado.

Wildrake passou a Tariq uma camisa obtida no quarto do rapaz de Cem Cadeado e deu para os biológikos cheirarem. Os animais começaram a tremer de excitação, com o sabor da carne humana ainda presente nas suas bocas. Estavam habituados a caçar escravos ao longo da superfície árida da Cassarábia e, no final de cada caçada, esperavam sempre uma boa refeição.

Assentindo para Tariq, Wildrake brandiu o seu sabre novamente no ar.

— Cavalheiros, a caçada começou.

Capítulo Doze

Molly contemplou a torre: não era tão alta como os edifícios financeiros das Portas do Sol, talvez só tivesse oito andares, mas a forma como se elevava a partir da tranquilidade do jardim particular, dominando abaixo as plantas artisticamente dispostas, conferia uma impressão de grandeza a ela. A torre do pátio culminava com um relógio iluminado, no qual dois gigantescos ponteiros de ferro mostravam a imponente passagem do tempo contra a luz amarela. Lembrou-se de algo que Damson Darnay dissera um dia no internato: *Até um relógio parado fica certo duas vezes por dia.*

— Tem quartos aqui? — perguntou Molly.

Nickleby estacionou a carruagem de seis rodas desprovida de cavalos na garagem próxima a porta da torre.

— A Tock House é minha, ou melhor, nossa.

— Você é um repórter — disse Molly. — Pelo amor do Círculo, como uma torre dessas pode ser sua? Quem é você? A parte da família real quaterturniana que não foi enforcada durante a revolução?

Nickleby cuidadosamente engatou a ponta da carruagem sem cavalos em um gancho de ferro e, depois de saltar para o chão, acendeu a caldeira que ficava num canto da garagem. O mecanismo automático de alta tensão da carruagem começou a chiar e os seus tambores foram colocados sob pressão pelo mecanismo a vapor, preparando o motor para a próxima viagem.

— Não existe sangue azul nas minhas veias, Molly, a não ser que você ache que o sangue dos poetas e dos artistas de teatro seja nobre.

Molly apontou para a torre.

— Então foi uma boa noite de estreia que pagou tudo isso?

— Pensei que fosse uma admiradora da imprensa sensacionalista, Molly... Deve ter perdido os números dos folhetins em que eu e os meus companheiros encontramos os destroços do *Peacock Herne* na Isla Desnecessária.

— O dirigível do rei? Foi você?

Nickleby fez uma pequena reverência.

— Eu estava cobrindo a expedição para o *Notícias Ilustradas*. É claro que não estávamos à procura do tesouro. A universidade apenas queria que nós descobríssemos uma passagem segura pelo Mar de Fogo.

— Eu achava que todos que estavam nessa expedição tinham morrido por causa de uma maldição — disse Molly.

— Doença tropical — corrigiu Nickleby. — Um número suficiente sobreviveu para que o parlamento invocasse a lei das coleções valiosas do tesouro da coroa sobre o conteúdo do *Peacock Herne*. Mesmo depois da Casa dos Guardiões ter se metido, nossa parte do tesouro foi suficiente para que pudéssemos comprar alguns luxos.

Nickleby acariciou amorosamente a carroceria da carruagem e ambos saíram da garagem para o ar da noite. Meia dúzia de pequenos caranguejos metálicos cuidavam do gramado, recolhendo as ervas daninhas e aparando as plantas. Molly quase tropeçou em um deles antes de reparar no que estavam fazendo.

— Vocês têm um homem-vapor sábio-deslizante aqui?

— Eu avisei que vivia com dois amigos. Vamos, eles devem estar em casa. Aliquot Lagartas de Cobre é o motivo pelo qual nós conseguimos sobreviver à Isla Desnecessária. Eles podem morrer com a doença das caldeiras ou com o apodrecimento dos cristais, mas, graças ao Círculo, a febre tropical não tem grande efeito nos homens-vapor.

Molly tentou apanhar um dos caranguejos metálicos, mas o servo deslizou para fora do seu alcance. Os sábios deslizantes eram raros fora dos limites do Estado Livre dos Homens-Vapor. Suas mentes eram tão poderosas que conseguiam difundir sua consciência em múltiplos corpos. Dizia-se que nem mesmo o Rei Vapor e seus arquitetos reais compreendiam totalmente os detalhes da estrutura desses seres que usavam planos recuperados da idade camlanteana na sua construção. Aqueles que não acabavam loucos, forneciam à raça do metal seus melhores xamãs e filósofos. Molly jamais vira um sábio-deslizante na vida e muito menos conhecera um.

No corredor da torre, foram cumprimentados por um homem descomunal. A princípio, Molly pensou que tratava-se de um criado, mas depois percebeu o tridente prateado em seu casaco no momento em que sua voz ressoou:

— Finalmente de volta, Silas Nickleby! Não sabíamos se estava morto ou preso a mil léguas subterrestres.

— É preciso algo mais do que uma descida até Tristesperança num aerostato de bolso para eu perder as minhas estrelas, comodoro — respondeu o repórter. — Quero apresentá-lo a Molly Templar. Ela ficará conosco por algum tempo. Molly, este é o comodoro Jared Black. Foi o submarino dele que nos levou na viagem sobre a qual acabamos de conversar.

— Suas estrelas, de fato — disse o comodoro. — Felizmente para você, mas não tanto para o meu abençoado barco. O que restou de meu pobre *Fada do Lago* ficou nas águas daquele pântano no fim do mundo.

— Foi a idade que o afundou — sussurrou Nickleby para Molly. — Ficava entrando água durante a maior parte da viagem. Foi sorte não termos acabado assados como rosbife no espeto no fundo do Mar de Fogo.

— Ah, Molly — disse o comodoro. — Seja bem-vinda à hospitalidade da Tock House, uma pequena recompensa com paredes blindadas após uma vida em liberdade nos oceanos. Pobre e velho Blacky, privado pelos burocratas fraudulentos de Chacália de sua belíssima embarcação e afastado do navio que fez a sua fortuna. Enfraquecidos pela selva, semimortos por causa da praga tropical e a única pitada de sorte que tivemos, pela graça do Círculo, nos é roubada logo depois pelos avarentos das alas financeiras do Salão Verde. Deixe-me levá-la à nossa cozinha, menina, onde encontrarei uma compensação insignificante para apaziguar a tirania dos ladrões que nos vemos obrigados a acatar, enquanto trocamos as tristes histórias de nossas vidas.

— Há tempo para isso depois, Jared — disse Nickleby para o marinheiro. — Primeiro, preciso de uma ajuda com algumas caixas para Aliquot.

Molly seguiu a estranha dupla até a garagem, onde os dois começaram a descarregar caixotes que pareciam conter jornais antigos de um compartimento traseiro da carruagem sem cavalos.

— Vão queimar esses jornais na lareira?

O rosto do comodoro estava vermelho com o esforço de levantar os caixotes pesados.

— Queimá-los, menina? Só se for no fogo da genialidade de Aliquot Lagartas de Cobre, talvez.

Transportando os caixotes de volta para Tock House, os dois homens os colocaram num elevador. Nickleby puxou uma corda e as caixas desapareceram. Enquanto seguia o repórter e o marinheiro por uma escada em espiral, Molly pensava em como teria sido agradável se os atuais proprietários da Tock House tivessem se lembrado de instalar um elevador para os hóspedes do edifício. No entanto, apesar da falta do elevador, era óbvio que muito dinheiro havia sido esbanjado na torre. As paredes foram revestidas com carvalho de Haslingshire e o chão era de mármore e de pedra-estrela polida, havia também lamparinas a óleo que reforçavam a luz de verão que entrava pelos vitrais das janelas. Brilhantes como um arco-íris, as cenas da amputação dos braços do rei sobre um fundo com colunas de soldados de elmos redondos revelavam a idade do edifício, que teria pelo menos 600 anos. Construído talvez por um mercador, um bispo ou um parlamentarista do lado vencedor da guerra civil.

Quase no topo da torre, encontraram novamente os caixotes repletos de jornais ainda amontoados no interior do elevador. Molly os ajudou a carregá-los pelo corredor acarpetado ao fim do qual se encontrava uma porta ligeiramente entreaberta. Black escancarou-a com uma das suas botas de marinheiro e os três colocaram as caixas no interior daquele cômodo.

— Mais milho para o moinho, Aliquot — anunciou Nickleby.

Estavam dentro da sala que continha o mecanismo do relógio da torre: o vidro do enorme mostrador iluminava as mesas de laboratório cobertas de máquinas e produtos químicos, provetas fumegantes de vidro e tubos em forma de espiral com líquidos verdes borbulhantes. Contudo, o leve cheiro de enxofre vinha de um dos homens-vapor, uma criatura atarracada sentada sobre duas lagartas polidas. Sua cabeça era um grande domo de cristal, cheia de lampejos bifurcados de energia azul ionizada que pareciam girar dentro do seu crânio translúcido. Havia outros homens-vapor menores naquela sala, pequenas coisas de ferro do tamanho de crianças de 10 anos, todos eles idênticos entre si, com as cabeças em forma de garrafa e um único olho semelhante a um telescópio. Deviam seguramente ser alguns dos mu-corpos do sábio-deslizante, escravos possuídos pelo seu intelecto.

— E abençoadamente pesado também — acrescentou o comodoro. — A árvore que deu vida a estes jornais deve ter sido ferida de forma definitiva pelo machado do lenhador. Bem que tentou fazer o pobre coração do velho Blacky parar a cada passo no corredor.

— Jornais? — perguntou o homem-vapor apoiado nas lagartas. — Trouxeram-me jornais? Por que não disseram antes? Podem colocá-los em cima da mesa, depressa.

Sua voz tinha um ligeiro eco, fazendo-o parecer distraído. Assim que Nickleby e o comodoro deixaram cair os caixotes sobre o tampo da mesa, dois dos pequenos *goblins* de ferro subiram neles, rasgando páginas de notícias, enquanto suas cabeças de telescópio processavam o texto a uma velocidade alucinante.

Molly retirou um jornal de uma das caixas que ela própria tinha carregado.

— *Campo e Feto*?

— Ah, menina — disse o comodoro. — O pobre velho Lagartas de Cobre é um sábio-deslizante infinito. Precisa de informação nova em quantidade gigantesca para processar, senão começa a comportar-se de forma estranha, a dançar como uma lebre no Mês Úmido. O papel funciona como uma âncora para o seu barco e o seu peso mantém aquela mente brilhante a salvo de alguma ascensão vertiginosa, como a de um povoado atingido por terremoto flutuante. Mas eu não me importo com a fortuna que gastamos assinando jornais, porque se não fosse ele, o repórter e eu estaríamos mortos assim como os que ficaram na Isla Desnecessária. Há mais sabedoria dentro dessa velha cachola fumegante do que em metade dos motores de transação do Salão Verde.

— Uma jovem corpo-macio — disse Lagartas de Cobre, reparando pela primeira vez na presença de Molly no meio da confusão daquele laboratório. — *A* jovem corpo-macio. Eu a conheço. Sim, eu conheço você.

— Tenho certeza absoluta de que se tivesse conhecido um sábio-deslizante, eu me lembraria — disse Molly, arriscando uma pequena reverência.

— A memória dos caídos, querido mamífero — disse Lagartas de Cobre, apontando para uma mesa encostada à parede de vidro do relógio.

Sobre o tampo da mesa, encontrava-se um crânio de homem-vapor com longos cabos de metal pendurados como se fossem cabelos com *dread*.

— O controlador do atmosférico! — exclamou Molly.

— Um membro do povo de metal foi guiado até o corpo de Ferrugem Vermelha pelos Vapores dos Loas — revelou Lagartas de Cobre. — Os assassinos do controlador abandonaram o seu corpo na Velha Mãe, o Apostaflores, pensando que as águas do rio poderiam lavar o ato horrendo, mas eu consegui recuperá-lo antes que algum pescador de enguias desenterrasse o seu cadáver e vendesse os seus componentes a um mecomante.

Lagartas de Cobre apontou para o crânio sem vida.

— Quem quer que tenha sido o torturador, tentou apagar as suas placas de silicato com forças eletromagnéticas, mas não conseguiu ir muito longe. Tenho muitas memórias parciais, incluindo o momento em que Ferrugem Vermelha lançou as rodas de engrenagem para você, Molly corpo-macio.

— Ele me ajudou a fugir para a cidade subterrânea — disse Molly.

— E essa gentileza custou a sua vida — disse Lagartas de Cobre. — Ferrugem Vermelha era um místico poderoso, capaz de cavalgar nos Loas com um grande grau de precisão.

— Molly está preocupada com os outros dois amigos, Aliquot — explicou Nickleby —, dois homens-vapor que a ajudaram quando ela desceu até Tristesperança.

— De fato, querido mamífero — disse Lagartas de Cobre. — Eu já lancei as rodas Engrena-gi-ga por Rodas Lentas e Chaminé Prateada. Derramei o meu próprio óleo para os espíritos. O Rei Vapor desejará receber alguma notícia sobre o destino dos dois juntamente com a placa alma do controlador.

— Quando os deixei, ambos estavam feridos — disse Molly. — Gravemente feridos.

— Isso é o mais estranho — disse Lagartas de Cobre. — Os espíritos sempre sabem quando um membro da nossa raça se junta a eles. No entanto, as rodas de engrenagem que eu lancei não foram capazes de me dar uma resposta clara sobre o destino de nenhum dos dois. É como se estivessem vivos e mortos ao mesmo tempo. Nunca antes me deparei com uma situação semelhante. O Rei Vapor tem místicos mais poderosos do que eu na corte, tomara que um deles seja capaz de obter uma leitura mais clara.

Molly esfregou os olhos.

— Rodas Lentas, o controlador, minhas amigas do internato, Chaminé… Todo mundo que tentou me ajudar acabou se machucando. Todos pagaram por mim.

— Vivemos tempos confusos, Molly corpo-macio — explicou Lagartas de Cobre no momento em que a tempestade de relâmpagos em sua mente iluminava o seu crânio claro de contornos ovais. — Há uma grande confusão no mundo espiritual: nossos antepassados e os Vapores dos Loas estão inquietos. Além disso, há perturbações no mundo da informação, uma sugestão sutil da ação de forças de um tipo jamais visto e que se encontra, agora, em plena atividade. Você precisa aceitar a ideia de que o controlador conseguiu discernir qual era o seu papel no meio de tudo isso, tendo-a julgado suficientemente importante para oferecer sua vida em troca da sua segurança.

— Que o Círculo tenha misericórdia da minha alma, Aliquot Lagartas de Cobre — disse o comodoro. — Não me fale de coisas desagradáveis. Em vez disso, vamos descer até a cozinha e abrir uma garrafa ou duas de *jinn* para aguçar o apetite para o jantar. Não falemos mais de estranhas correntes nem de espíritos perturbados. Certamente vocês não fugiram daquela selva infernal para mergulharem em outra aventura perigosa aqui, em Chacália.

— Molly não pediu para oferecerem uma recompensa de Guardião por sua cabeça, Jared — disse Nickleby —, do mesmo modo que as casas desmoronadas das docas não pediram para ser bombardeadas por um aerostato e as vítimas dos assassinatos de Pitt Hill não pediram para serem escolhidas e assassinadas.

O comodoro coçou a barba, aflito.

— Se ao menos nós tivéssemos o meu abençoado barco, poderíamos fugir para o mar e submergir em segurança. A bordo do *Fada do Lago* você estaria protegida, menina, e eu poderia mostrar para você as maravilhas do mundo submarino. Os bancos de vapor do Mar de Fogo, as torres de pedra submersas da velha Anjos Perdidos, os deslizagudos treinados embaixo do Estreito de Quat... Infelizmente, tudo o que resta dele é um rastro de escombros à deriva nas águas daquela praia amaldiçoada e, enquanto isso, eu vou apodrecendo aqui, na decadente capital da antiga Chacália.

Nickleby e o homem-vapor pareciam indiferentes ao poço inesgotável de autocomiseração do marinheiro. Lagartas de Cobre prosseguia o seu trabalho de montagem de uma bancada coberta por máquinas de aspecto estranho, ao mesmo tempo que os seus servos devoravam os caixotes cheios de material de leitura.

O repórter virou-se para a porta.

— Aliquot, não me parece que os caçadores de recompensas já saibam que a jovem Damson Templar é nossa convidada, mas no caso de chegarem a saber...

— Círculo mortal — arfou o comodoro, parando logo atrás de Molly e Nickleby. — Não vamos acordar novamente aquele monstro de metal. Vamos deixá-lo descansando e em segurança.

— Meu querido mamífero — disse Lagartas de Cobre, interrompendo o seu trabalho e deslizando numa das suas lagartas. — Aquele *monstro* representa algo mais do que uma arma suplementar que pode ser conectada ao meu corpo. Ele é um servo, um mu-corpo conduzido pela minha *id*... para todos os efeitos e propósitos, aquele monstro sou *eu*.

— Ah, Lagartas de Cobre — argumentou o comodoro —, eu sei que a sua vasta inteligência apoia-se em vários corpos da mesma forma que eu calço um par de botas, mas aquele animal que você mantém fechado no porão está possuído. É tão vil como um demônio de areia.

— Os Vapores dos Loas só cavalgaram nele uma vez e podiam ter apanhado qualquer um dos meus corpos — disse Lagartas de Cobre. E virou-se para Nickleby: — Vá aquecendo a caldeira para mim, Silas corpo-macio. Esta noite fico de sentinela ao lado da porta de Tock House.

Embaixo de Tock House, havia dois andares de salas repletas de lixo. Molly e Nickleby avançaram ao longo de um corredor estreito, bloqueado em alguns trechos por objetos curiosos e coisas velhas: naquele espaço, encontravam-se globos terrestres — cujos continentes deixavam um amarelo consistente e especulativo entregue ao desconhecido —, velhos retratos de Guardiões e oficiais associados, com o seu movimento celestial imobilizado pela ferrugem do mecanismo automático e por outras parafernálias mais recentes, como pilhas de impressões de daguerreótipos obtidas através de uma caixa-real.

Ao contrário dos rígidos retratos de família que costumavam agraciar as vitrines de muitos dos artistas mais conhecidos da caixa-real, essas impressões monocromáticas tinham como motivo principal a própria cidade de Açomédio: a ponte de Nagcross ao nascer do Sol; alguns carros de leiteiro solitários prestes a saírem dos depósitos; os mastros dos barcos que navegavam ao longo do Apostaflores, erguidos como árvores ao longe; o enorme campanário de Julius Brutus despontando da Casa dos Guardiões, com seu sino pronto para tocar diariamente no momento em que o parlamento desse início às suas reuniões; uma criança no campo de aerostatos de Cradledon com uma expressão maravilhada, causada pela presença dos dirigíveis da marinha mercante dispostos ao longo de uma linha que se estendia pelo horizonte. Atrás de todas essas impressões de daguerreótipos, estava uma caixa-real montada sobre o seu tripé, com a triste ponta da lente apontada para as lajes empoeiradas.

Nickleby percebeu que Molly estava contemplando aquele monte de imagens.

— Elas são minhas, Molly.

— Nunca tinha visto nada parecido — disse Molly. — Você podia ganhar a vida vendendo essas imagens.

— Já fiz isso há algum tempo — disse o repórter. — Costumava vender imagens da caixa-real aos jornais, tal como agora escrevo para o *Notícias Ilustradas.*

— Costumava? O que aconteceu?

— Uma mistura entre o lado pessoal e o lado prático. De repente, eu me vi com todas as imagens que queria fazer e, então, um grupo de ilustradores fez pressão no parlamento para conseguir promulgar uma lei que proibisse o uso de daguerreótipos em publicações impressas. Disseram que as imagens podiam ser usadas de forma libidinosa e obscena e pegaram o lado mais sórdido de Dock Street para justificar o seu ponto de vista. Hoje em dia, o único lugar em que eu poderia vender esses trabalhos em caixa-real seria na imprensa clandestina: em brochuras carlistas, panfletos políticos ou nos números da *O Prazer das Damsons*.

Molly percebeu que havia alguma coisa sobre a qual Nickleby preferia não falar, mas pouco depois chegaram ao fim do cômodo e entraram num segundo *hall*, repleto de mobílias e bibelôs deixados na casa pelo proprietário anterior. Havia até manequins de madeira, com armaduras de outras épocas e de países estrangeiros.

Não era de se admirar que os donos atuais da Tock House tivessem escondido toda aquela parafernália: era como se Molly e o repórter estivessem rodeados por um monte de espectros. Havia armaduras em prata do exército monárquico, peças pontiagudas de ferro para usar no peito e elmos pontudos com as perfurações dos tubos apodrecidos da máscara de gás em borracha. Além disso, havia ainda uniformes de cavaleiros do deserto cassárabe — vestes de couro quebradiças com mais laços do que um vestido de baile, máscaras de metal fino e proteções em gaze, capazes de lidar com a fúria de uma tempestade de areia — e casacos de oficial da guarda catosiana, acolchoados com látex e ridiculamente grandes para poderem se ajustar aos músculos inchados e brilhantes de seus peitorais e dorsais.

Em cima dos demais objetos e debaixo das peles de animais de um casal da tribo Liongeli, Molly descobriu algo que pareceu ser, a princípio, uma armadura reforçada para duelos. Mas quando Nickleby se aproximou, ela percebeu que a suposta armadura não tinha qualquer manequim por baixo dela e que, na verdade, tratava-se de um dos corpos suplentes de Lagartas de Cobre — mais concretamente, o *alter-ego* obscuro que fizera o comodoro sair disparado em busca do conforto da despensa. Nickleby colocou alguns pedaços de carvão comprimido no interior da caldeira do homem-vapor e rodou uma chave na ignição do reservatório de óleo.

O corpo despertou com um chacoalhar de braços metálicos e suas quatro pernas de centauro começaram a carburar cada vez mais rápido enquanto, a criatura virou a sua cabeça de formato quadrado para examiná-los.

— Aliquot, consegue me ouvir? — perguntou Nickleby.

— Afirmativo — respondeu o centauro de metal.

Na caixa de voz daquela besta, não parecia restar grande coisa do tom acadêmico ou do ar distraído do sábio-deslizante que Molly conhecera alguns andares acima. Na verdade, este ser era uma máquina de matar e nada mais do que isso. Dois braços manipuladores flexionavam seus dedos metálicos, ao mesmo tempo que, um pouco mais acima, braços longos e semelhantes a dardos de arremesso rodavam em um arco avaliador.

— Bem, vamos andando — disse Nickleby.

— Patrulhar, guardar e proteger — declarou o homem-vapor.

— Não se pode dizer que o Braços Afiados seja muito falante — disse Nickleby para Molly. — O Rei Vapor não ofenderia os cavaleiros-vapor dando aos sábios deslizantes mu-corpos dotados de mentes com capacidade para pensar em estratégias e na arte da guerra. Cabe a Lagartas de Cobre servir de cérebro para ele.

— O Senhor Black não parece gostar muito dele — observou Molly.

— Os marinheiros de submarinos são muito supersticiosos — respondeu Nickleby. — O comodoro tomou um grande susto quando um dos Loas apoderou-se do corpo de Braços Afiados na Isla Desnecessária, mas você pode ficar tranquila que os mu-corpos de Lagartas de Cobre servem apenas para nos manter em segurança dentro da Tock House, possuídos por espíritos ou não.

A espessura luxuosa do colchão e os travesseiros de penas de ganso espalhados pela cama de dossel não facilitaram em nada o descanso de

Molly. Cada vez que fechava os olhos para tentar adormecer, acordava assustada, convencida de que havia alguém no quarto. Agora que a noite se instalara, ela conseguia ouvir o mecanismo do relógio dois andares acima do dela, a procissão arrastada dos ponteiros e, a cada dois minutos, um baque e um ruído surdo interrompendo o gargarejar das águas da torre e dos tubos de aquecimento. Odiando-se por se achar tão idiota, libertou-se do lençol que cobria o seu corpo e fez os pés procurarem os sapatos no escuro.

No fim do corredor havia um banheiro. Talvez um copo de água resolvesse a sua insônia. Uma lanterna não era necessária já que o corredor tinha uma série de nichos com candelabros espalhados por toda a sua extensão, alimentados pela pressão do óleo de deslizagudo e iluminados pelo temporizador automático. Aquela casa parecia um monumento elegante à máquina-tempo: a torre do relógio impunha a sua ordem artificial à medida que o dia passava, fragmentando-o concisamente em minutos e horas, acendendo as luzes durante as trevas e apagando-as ao nascer do dia.

Bocejando, Molly se virou e viu uma figura no fim do corredor. Parecia uma criança, mas… uma criança familiar. Seu coração quase parou. Ela *a conhecia*! Era a garota das visões de Chaminé Prateada, com os mesmos contornos que o homem-vapor definira em centenas de telas. Seria possível que aquela garota tivesse desaparecido dos sonhos de Chaminé Prateada quando Molly regulara o seu visor quebrado? Ou ela estaria procurando por uma nova hóspede para assombrar?

Ouviu-se o som agudo de um gemido e Molly precisou reunir toda e sua coragem para não fugir aos gritos. A menina apontou para o exterior da janela, em direção à profundeza da noite: o gemido vinha do jardim, não era dela. Uma tosse vinda de um dos quartos distraiu Molly por um instante. Mais alguém acordara na casa. Quando Molly voltou a encarar a menina, a aparição tinha sumido. Avançando, encostou o rosto no vidro frio e olhou para o gramado.

Como um leão de pedra, Braços Afiados fazia a sua vigília diante da Tock House, enquanto Nickleby vagava pelo gramado. O repórter era a origem daquele lamento meio animal e os seus braços estavam erguidos para o céu num gesto de súplica. Na mão direita, trazia um narguilé de vidro e a fumaça de ervassussurrante saía de sua boca como uma névoa verde no ar frio da noite. Dois dos *goblins* de ferro de Lagartas de Cobre acompanhavam-no em sua insônia, tentando convencê-lo a voltar ao calor da casa, arrastando-o e puxando-o pelo roupão.

Uma mão pousou sobre o ombro de Molly e ela gritou, dando um salto para trás.

— Sou eu, Molly — disse o comodoro. — Então, você também acordou com o barulho.

— O que está acontecendo ali embaixo? Silas está dançando pela grama. Pela sua aparência, eu diria que está possuído.

— Está novamente foolhado. É uma pena, pobre Silas. Uma dosezinha daquela erva consegue acalmar uma pessoa e fazê-la passar uma boa noite, sem pesadelos, mas ele fuma demais, que droga, parece querer ficar inconsciente à maneira do Sul.

Nickleby caíra no meio da grama e os servos diminutos de Lagartas de Cobre tentavam reerguê-lo, com as patas semelhantes as de um pássaro encharcando-se no líquido do narguilé que derramara na grama. Molly lembrou subitamente que o repórter jamais tinha passado muito tempo sem o seu cachimbo de ervassussurrante, tanto na carruagem sem cavalos como no aerostato de bolso.

— Foolhado por um *penny*, foolhado até a morte por dois — disse Molly, recordando-se do aforismo da velha casa de *jinn*.

— Ah, Molly — suspirou Black. — Você não faz ideia do que aquele homem passou. Os horrores que ele já viu.

— Está falando dos assassinatos de Pitt Street?

— Não, menina, embora não duvide que só isso bastaria para virar o estômago de uma pessoa do avesso, pobres desgraçados. Não, estou me referindo ao tempo que ele passou na guerra.

— Contra Quatérturno? — perguntou Molly. — Ele me disse que tinha servido na marinha, mas só coordenando o gabinete de imprensa. Pensei que ele escrevia propaganda para o Salão Verde ou alguma coisa do tipo.

— Ele fez parte do grupo dos cérebros, Molly. Estavam lá as melhores cabeças das oito grandes universidades, a ordem, os militares. Estratégia, jogos mentais e magia negra. Silas era um dos melhores, um mestre da caixa-real e um pensador criativo. Tramaram grandes planos, se tramaram! Além disso, decifravam mensagens codificadas da Comunidade da Partilha Comum com as máquinas que tinham no Salão Verde e enviavam cartas falsificadas às famílias de Quatérturno passando-se por prisioneiros que tinham morrido na frente de batalha. Diziam que estavam sendo muito bem-tratados em Chacália, que os oficiais do comitê não passavam de umas grandes bestas e contavam as atrocidades que eles os forçavam a executar. Silas era tão bom falsificando daguerreótipos quanto os obtendo na caixa-real. O grupo dos cérebros falsificava daguerreótipos do Primeiro Comitê dando banquetes, nos quais algumas garotas indecentes despidas serviam de sobremesa. Dock Street imprimia essas imagens, e depois os nossos aerostatos as largavam sobre a linha de combate. Agora imagine você, um soldado carlista, menina, que está jogado na lama em Drinnais enquanto a sua família está morrendo de fome nos campos e, de repente, você vê imagens dos seus líderes levando uma vida de marajás e derramando vinho pela garganta abaixo do compatriota ao lado. Quando o grupo de cérebros terminou de se divertir com eles, os regimentos de recrutas de nossas brigadas não encontraram grande resistência.

Nickleby caíra na grama com a cabeça virada para o chão, diante da sentinela esfíngica do homem-vapor; os mu-corpos de Lagartas de Cobre não tiveram grandes dificuldades em levantar o peso morto de seu corpo e carregá-lo nos ombros ao longo das escadas que davam para a casa.

— Devia esconder o cachimbo dele — disse Molly.

— Ele precisa dele, menina, caso contrário não consegue se ver livre das memórias de Reudox.

— A cidade que nós bombardeamos?

— A cidade que nós bombardeamos com gás sujo, Molly. O grupo dos cérebros enviou Silas a Reudox com a sua caixa-real. Após o ataque, a tripulação do dirigível desceu com máscaras e alinhou os cadáveres dos turnianos, fazendo uma linha interminável de corpos. Não tratava-se de soldados nem trabalhadores das oficinas, mas daqueles que poderiam dar uma bela imagem de daguerreótipo na linha de frente. Crianças com uniforme das escolas do comitê, mães, bebês, velhos agarrados a avós, uma linha interminável de inocentes mortos. Depois, o grupo de cérebros pegou essas imagens da caixa-real e fez uma série de folhetos em formato de sanfona com o número da casa e o nome da rua do lugar onde cada cadáver tinha sido encontrado. Os folhetos com as imagens dos corpos foram então jogados sobre o exército do povo e passados aos soldados que vinham de Reudox.

— Nós fizemos isso com os turnianos?

— Depois da armada ter jogado as imagens sobre as maiores cidades turnianas, a Comunidade da Partilha Comum cedeu. Apesar de todo o expurgo, a polícia secreta e seus informantes, os carlistas teriam posto em si mesmos um Colar de Gideon se tivessem permitido que outras cidades suas fossem bombardeadas. Os turnianos cederam e mantiveram o poder e o pobre e amaldiçoado Silas ainda hoje tenta apagar as caras dos bebês mortos em Reudox com a foolha.

— Você já viu alguma delas? — perguntou Molly. — Falo das crianças. Como fantasmas na Tock House?

O comodoro recuou um passo.

— Espíritos inquietos, menina? Não fale dessas coisas. A Tock House é suficientemente grande para nós, mas não para todos os fantasmas de Reudox. Já não sofremos o suficiente nesta vida para agora termos ainda de reconfortar as pobres almas a quem foi negada a progressão ao longo do Círculo?

— Nunca viu um fantasma nesses corredores?

— Pode até ser que existam fantasmas nesta casa, menina, mas eles se mantêm em seu canto e não tocamos no assunto. Vamos, Molly, vamos ajudar Aliquot Lagartas de Cobre a levar Silas para a cama. Depois curamos nossa insônia com um copo de vinho quente e uma fatia ou duas de presunto.

Molly deixou o comodoro conduzi-la ao longo das escadas, mas sentiu um arrepio frio ao passar pelo local onde vira o espectro da garota. Ela pensara que a Tock House iria funcionar como um abrigo, um local onde estaria a salvo das pessoas que desejavam vê-la morta, mas com a visão de Chaminé Prateada perseguindo-a pela casa e o seu autodenominado protetor se revelando um consumidor de foolha meio louco, a proteção do *Notícias Ilustradas de Açomédio* e do seu pessoal começava a parecer para ela perigosamente frágil.

Capítulo Treze

Oliver contemplou a sua mão direita com um olhar horrorizado: o punho estava ficando inchado, parecendo cada vez mais um balão negro. Os pelos e os músculos também não paravam de crescer e o seu braço mais lembrava o membro de um urso do que qualquer coisa remotamente humana.

— Eu disse para você não se aproximar das ruínas — gritou Harry.

— Pensei ter ouvido alguém me chamando! — disse Oliver. — Alguém estava precisando de ajuda!

O infame Stave pegou a faca encantada que a Mãe oferecera a Oliver.

— Pois agora é você quem precisa de ajuda, rapaz. Seu braço precisa ser cortado abaixo do cotovelo antes que o resto do seu corpo seja infectado. Magia de guerra, Oliver. As partículas de terra foram ativadas em seu fluxo sanguíneo. Se eu não cortar o seu braço, dentro de três minutos você vai entrar em choque.

Oliver estendeu o braço. Bolhas de carne começavam a subir pelo membro afetado.

— Corte agora, antes que chegue ao meu ombro!

— Deixe para lá — disse o Sussurrador — e vamos fazer de conta que nada aconteceu.

Harry lançou um olhar horrorizado para o ser da raça dos encantados.

— Maldito seja o Círculo! Quem diabos é você?

— Sou real — respondeu o Sussurrador, passando através dele —, o que já é mais do que eu deveria dizer para você.

Oliver continuava gritando, enquanto o seu braço se retorcia e modificava, mas o caminhante dos sonhos se aproximou e o amparou. O braço voltou ao normal com o simples toque do Sussurrador.

— Você está perdendo o controle dos seus sonhos — disse o Sussurrador. — Vamos, Oliver! Isso é o básico!

— Sussurrador. Obrigado, Nathaniel.

— Então, agora é Nathaniel? Você foi enfeitiçado pela Dama das Luzes.

— Você estava lá — disse Oliver. — Antes de ela aparecer.

— Ela é pura, Oliver. Ou melhor crua, fundamental, mesmo quando aparece por aqui com todas as bactérias sensíveis que existem na epiderme do mundo. Partilhar uma mente com ela é como, enfim, como se fôssemos uma borboleta apanhada na sala das máquinas de um farol.

— Sim — disse Oliver. — Ela é pura.

— Pare com isso, rapaz — disse o Sussurrador em um tom ríspido. — Ela passou a perna em você, muito mais do que pode imaginar.

— Como assim, Nathaniel?

— Eu não me chamo Nathaniel — sibilou o Sussurrador, recuando. — Nathaniel era um rapaz assustado que foi entregue aos cantores do mundo pelo próprio pai em troca de duas garrafas de *jinn*. Agora tenho nomes mais adequados: há tribos de caranguenarbianos em Liongeli que me veneram sob o nome de Ka'mentar, a serpente dos sonhos. Até Sussurrador é melhor do que esse *estúpido* nome humildino.

— Pouco me importa como você quer que o chamem, Sussurrador, isso é indiferente para mim. O que você quer dizer com isso de ela ter passado a perna em mim?

O Sussurrador coçou suas costas com um membro estranhamente ligado ao seu corpo.

— Suas memórias, Oliver. Suas memórias de antes de ter vindo viver com seu tio em Cem Cadeados, elas sempre estiveram vedadas para mim. Pensava que era algum trauma que as mantinha inacessíveis, mas, afinal, era *ela*. Desde a sua visita, todos os muros da sua mente caíram. Tenho passeado por ele e posso dizer que nunca tinha visto nada semelhante... Até as mentes dos homens-vapor têm mais sentido do que essa sua bagunça e, acredite em mim, eu sou um especialista.

Oliver apalpou a pele do seu braço. Conseguia sentir os pelos, tocar as veias... os sonhos com o Sussurrador pareciam sempre tão autênticos. Havia alguma coisa na presença daquela criatura que fazia os seus pensamentos surgirem imensamente vívidos.

— Não me parece que você consiga entender o mundo deles deste lado da cortina de Brumencantada. Você precisa estar *lá*, viver com o povo do tempo rápido para poder compreender. Sabe, Oliver, pode me chamar de pessimista se quiser, mas tenho a suspeita de que, quando a Dama das Luzes o incitava a conduzir todas as pessoas bonitas para o crepúsculo além do véu de Brumencantada, o *troll* não tinha a intenção de sair de debaixo da sua ponte e se juntar a eles.

— Tenho certeza de que não era isso que ela queria — disse Oliver.

— Não era? — insinuou o Sussurrador. — Ela faz parte do sistema, Oliver. Quando uma negociante de Spencer Street se queixa por causa dos pesos e das medidas, levantando o dedo para o Salão Verde, mas dizendo que não pode opor-se ao sistema, *ela* se transforma no sistema do qual fala. Toda aquela conversa sem sentido de *se o anjo tivesse um martelo, eu seria o prego*. O que vejo agora é ela empurrando um barril de óleo de deslizagudo com um fósforo na mão, enquanto grita "Fogo, fogo!". Só o Círculo sabe como essa volta não tem sido exatamente simpática comigo, Oliver, mas estarei mentindo se disser que não gosto daqui. Não estou disposto a trocar a minha vida em Chacália por essa péssima alucinação de ervassussurrante do outro lado da cortina da Brumencantada que você chama de infância.

— É possível que não tenhamos escolha — disse Oliver. — Se o nosso mundo for destruído, com certeza é melhor que alguns de nós consigam sobreviver em outro lugar qualquer, não acha?

— Nós não estamos destinados a viver nesse lugar — insistiu o Sussurrador, levantando um braço torcido com uma orelha na extremidade em vez de dedos. — Um borrifo daquela névoa imunda provoca coisas como essa na maior parte de nós, isso quando não morrem imediatamente. Seus filhos não seriam humanos. Depois de uma década do outro lado da cortina, duvido que você pudesse se chamar assim.

— A vida é igual em toda a parte — disse Oliver — e eu não vou permitir que o nosso povo seja extinto.

— Nosso povo? — sibilou o Sussurrador, rindo. — Oliver, nosso grande salvador! Quem é você, velho Panquetzaliztli? Recebeu a visita dos deuses e eles ordenaram que cavasse um abrigo quente embaixo das montanhas antes que a era glacial apodere-se da superfície da Terra? Pode até ser que esteja disposto a rolar pelo chão e ajudar a Dama das Luzes a construir seu zoológico particular de aves raras, mas quero que me amaldiçoem se algum dia eu levantar um só dos meus dedos deformados para ajudá-la nessa tarefa. Chacália é o meu país e este mundo é minha casa. Se você quiser que eu saia, é melhor que venha com algo mais do que uma abstração e um pouco de atenção e luzinhas cintilantes, está entendendo? O melhor é trazer uns bandidos como reforços e vir preparado para uma briga de verdade.

— Nathaniel, Sussurrador, você não está raciocinando.

— Estou raciocinando, Oliver — disse o Sussurrador. — Não estou é confiando. Você está acordando, rapaz. É melhor que entenda depressa quem está realmente do seu lado e saiba até onde está disposto a ir para vencer.

— Sussurrador — chamou Oliver.

Mas ele já estava sendo puxado para as entranhas de um túnel, de volta ao acampamento frio nas docas de Angelset.

— O que você acha, Oliver? — perguntou Harry. — Tomamos o caminho pela floresta ou seguimos pelo do pântano?

Oliver contemplou os carvalhos e lançou um breve olhar para o solo encharcado das colinas. As sombras por entre as árvores pareciam mais sombrias do que o normal e havia alguma coisa errada com o contorno daquelas árvores. Podia não ter certeza de muita coisa, mas aquele bosque não era nada parecido com o existente na frente de Cem Cadeados.

— A floresta cobriria o nosso avanço, mas não sei, tem alguma coisa nela que me dá arrepios.

— Bons instintos, velho amigo. O muro das maldições passa através das árvores e o ruído das folhas no vento ajuda a camuflar o seu assobio. Podíamos andar sem rumo pela floresta e morrer no minuto seguinte.

— Estamos perto da Comunidade da Partilha Comum?

Harry apontou para leste.

— Quatérturno começa a cerca de um quilômetro naquela direção. O paraíso do povo, onde tudo pertence a todos e não existem senhores gananciosos para explorar o povo da terra. Se você acredita nessa besteira, posso contar outras.

— Já esteve lá?

— Gostava mais de Quatérturno antes da revolução — explicou Harry. — Era menos rigoroso. A última vez que estive lá, usavam demais a expressão "espião chacaliano" para o meu gosto e não pareciam apreciar muito quando eu comentava o fato de que continuavam tendo uma classe dominante e que ela apenas mudara de nome, passando a se chamar Primeiro Comitê. Há sempre uma autoridade, Oliver, e normalmente está localizada entre os que têm as lâminas mais afiadas e maior poder de fogo. Confie em mim: da perspectiva de quem já foi ladrão, há sempre alguém querendo seu pescoço. Em Chacália, condenam você ao barco ou ao buraco. Em Quatérturno, enfiam você dentro de um Colar de Gideon. Se puder me dizer qual é a diferença, o velho chacaliano aqui agradece.

Oliver mudou o peso da sua mochila para o outro ombro.

— Pensei que tinha me dito que era um empreendedor.

— Bem, é possível que fosse um ladrão empreendedor. Lá estava eu, no cerne do Quadro de Provisões, com todos os senhores de mercadorias fazendo fortunas através do suprimento da marinha, com os cargueiros e seus conteúdos viajando para cá e para lá. Suponho que não poderia me considerar humano se não tivesse enfiado os dedos no pote só um pouquinho, nem que fosse só para saber que sabor tinha aquele mel.

Oliver balançou a cabeça.

— Não devia ser muito diferente do sabor da corda da forca em Bonegate.

— Não tive culpa, Oliver. Um verme qualquer dos motores de transação reparou que havia uma discrepância nos registros. A parte mais engraçada é que nem fui eu! A classe dirigente que gerenciava o quadro apenas recebia metade daquilo que reclamava, o resto eram fantasmas nos registros e salários inventados, que mais pareciam ter pura e simplesmente desaparecido no ar. O Salão Verde todo passou pelos espremedores da verdade e os poderosos precisavam de alguma carne para atirar aos cães e salvarem seus próprios pescoços do aperto. Foi assim que decidiram que estava na hora de incluir Harry Stave no menu.

— E o meu pai o ajudou a fugir.

— Não foi bem uma fuga, Oliver, foi mais uma espécie de graduação. Os lupocaptores podiam chamar Bonegate de exame final. Normalmente a Corte do Ar se limita a criar uma morte na cela, mas no meu caso havia tanto a marinha quanto o Salão Verde desejando me ver dançar para a multidão, por isso fui obrigado a saltar por cima do muro. Claro que, se fosse mesmo necessário, eu teria me safado sozinho. Gosto muito do meu pescoço para vê-lo estirado pelos pecados dos chupins que estão até hoje no Quadro de Provisões.

— Mas você os enganava — disse Oliver.

— Você fala como um verdadeiro sobrinho de negociante — disse Harry. — Mas há uma questão de princípio: seja como for, nunca alguém ser enforcado por um crime que você cometeu. O menor dos pescadores em sua espelunca e o salteador mais evasivo da Estrada de Innverney diriam o mesmo para você. Mas esta é uma qualidade que ainda não está na moda.

Oliver prosseguiu pelo solo úmido.

— Fico contente por eles não terem feito você cair no buraco, Harry.

— Eu também — concordou o infame Stave, apalpando o pescoço com um estremecimento. — Agora, repare no exemplo da Partilha Comum. Que confusão! Quem dera eu ter pensado numa coisa daquelas. Teria sido condenado à força por meia dúzia de coberturas de aerostato desaparecidas… Mas avance um quilômetro para além da fronteira e você nota que roubaram o país inteiro e convenceram todos a se tornarem cúmplice. É coisa de gênio. Simplesmente genial.

Eles prosseguiam, contornando a floresta e atravessando, em seguida, as pequenas elevações úmidas que surgiram. Oliver já estava pensando no momento em que parariam para almoçar, quando a sua bota tropeçou num cano de ferro que, por pouco, não o fez cair no solo enlameado. Zangado consigo próprio, deu um pontapé no tubo metálico.

— Parece uma chaminé.

— Mas não é — esclareceu Harry, apontando para a da grama. — É um tubo de homem-vapor.

Oliver seguiu o gesto da mão do lupocaptor. Havia fragmentos de metal salientes espalhados pelas colinas: dedos partidos tentando agarrar os céus, hastes de cabeças que mais pareciam elmos, corpos de ferro antigos esmagados… Tudo servia agora de lar para sapos e ninho para os frangos d'água. Aquele lugar tinha um aspecto frio, duro e sinistro.

— É um cemitério?

— Pode-se dizer que sim. Isso já foi um campo de batalha. Chegamos até ao de Dramon, a entrada do Estado Livre dos Homens-Vapor fica mais a leste. O muro das maldições também circunda o território deles. A Comunidade da Partilha Comum não confia muito no aliado mais antigo de Chacália.

— Pelo amor do Círculo, quantos mortos há aqui?

— O bastante, Oliver. No princípio da Guerra dos Dois Anos, o marechal Adecole avançou com a Sexta Brigada do Exército do Povo pelas montanhas. Os cavaleiros do Rei Vapor os atacaram pelas costas exatamente aqui. A maior parte das trincheiras já está coberta, mas, se você cavar fundo o suficiente, vai encontrar os ossos e quepes apodrecidos das tropas de elite de Quatérturno, isto é, aqueles que as raposas ainda não desenterraram.

Era possível que o velho campo de batalha tivesse perturbado também o infame Stave, uma vez que ele insistia em fazer comentários semelhantes aos de um guia turístico junto aos canais de Cem Cadeados, preenchendo o desconforto do silêncio com o tom vivo da sua voz. Os raios apodrecidos das rodas da artilharia ligeira, o vidro despedaçado das velhas munições de canhão, os arpões enferrujados da ordem anti-homens-vapor da Comunidade, as balas de chumbo do Estado Livre: tudo saltava ao olhos como pontos de interesse de uma visita guiada a um abominável cenário de guerra.

Depois que os vestígios dos cadáveres enterrados e afogados na lama desapareceram, Oliver reparou numa mancha vermelha na superfície de uma encosta. Aquela faixa não pertencia àquele lugar: era como se alguém tivesse se lembrado de abrir um lençol de piquenique gigantesco sobre o terreno de um marrom sombrio.

— Aquilo parece recente.

— É uma vista bastante bizarra, velho amigo — concordou Harry. — Vamos dar uma olhada mais de perto.

À medida que foram se aproximando, Oliver percebeu que aquele lençol não era tão uniforme como parecia. O que ele achou ser uma cobertura avermelhada era, afinal, uma espécie de manta de remendos costurados uns aos outros. A maior parte deles era realmente vermelha, mas havia também outros com riscas e sóis amarelos costurados por cima. Na verdade, eram bandeiras costuradas umas às outras com uma linha grossa — pelo jeito, com linha de rede de pescador do rio. A enorme onda de lona jazia amassada sobre a encosta.

— O que é isso, Harry?

O lupocaptor olhou para o seu companheiro com os lábios cerrados.

— Vamos embora daqui, rapaz.

— O que é isso? Parecem bandeiras.

— É melhor não saber o que é. Vamos seguir nosso caminho para o sul.

Oliver pegou em uma ponta da lona e a ergueu. Por baixo havia uma manta e um amontoado de sacos com… um campo de balões semelhantes a cogumelos crescendo dentro deles. Que forma bizarra de cultivar cogumelos. Foi então que Oliver viu a silhueta de pernas, braços e mãos de um casal fortemente abraçado. Ah, Círculo... havia também uma criança, amparada entre os dois, com os pés tão pequenos quanto os de uma boneca, tão pequena e cinzenta que ele não seria capaz de dizer se era um menino ou uma menina. A bílis subiu à boca de Oliver e, antes que pudesse perceber o que estava fazendo, o seu café da manhã foi projetado na grama, enquanto cambaleava em direção à família para ver se algum deles estava vivo.

Harry o puxou para trás pelo braço.

— Não toque neles. Não dá mais para ajudá-los.

— Eles podem estar vivos! Podem estar vivos.

— Não, Oliver, eles passaram pelo muro das maldições. As coisas que estão crescendo nos seus corpos são causadas pelos feitiços. Às vezes, seus corações param. Em outras, começam a crescer esporos da praga em seus corpos. Às vezes, podem envelhecer cem anos ou, então, seu sangue pode transformar-se em pedra. Morreram no momento em que o balão no qual viajavam perdeu altura e foram contra o muro.

— Mas eles não poderiam ter um balão! — contrapôs Oliver em lágrimas. — Não existem balões em Quatérturno.

— É verdade que eles não têm celgas nem aerostatos, Oliver, mas se juntar um pedaço de lona, fogo e ar quente... você tem um balão. Não é o suficiente para fazê-los passar por cima do muro das maldições, mas como eles poderiam saber de uma coisa dessas? Duvido que restem muitos engenheiros do outro lado do muro.

Oliver não conseguia desviar os olhos daqueles destroços humanos: corpos que um dia riram, choraram, caminharam e viveram não passavam agora de sacos de carne, sem qualquer vestígio daquilo que fizera deles humanos. Como isso podia ser possível? Num momento, seres cheios de vida com esperanças e sonhos; no outro, nada, depósito para um fungo nascido de feitiçaria.

Oliver caiu de joelhos.

— Eu não fazia ideia.

— E eu gostaria que nunca tivesse descoberto — disse o lupocaptor.

— Mas você sabia, Harry.

— A maior parte dos refugiados chega por água, Oliver. Não se pode passar um muro das maldições por água. Pode-se passar por cima dele, mas não por baixo. E, sim, já tinha visto coisas assim antes. Durante o pior período dos anos de fome, os refugiados tentavam até construir catapultas para se projetarem por cima do muro. Seria engraçado, se não fosse o estado raquítico dos corpos que choviam em Chacália.

Oliver sentiu a garganta secar.

— Por quê?

— Por quê? — repetiu Harry. — Por causa de uma grande ideia, Oliver. De repente aparece alguém com a grande ideia: pode ser religiosa, política, racial, antropológica, filosófica, econômica, sexual ou pura e simplesmente a quantidade de guinéus que você tem guardados no seu maldito escritório. Pouco importa, porque a grande ideia vai sempre dar no mesmo: não seria bom se todo mundo fosse igual a mim? Se *todo* mundo pensasse, agisse e louvasse como *eu*, se fosse parecido comigo, tudo seria como um verdadeiro paraíso na Terra. No entanto, as pessoas são diferentes, muito diferentes entre si para concordarem numa única forma de agir, pensar ou vestir. E é aí que os problemas começam. Quando batem à sua porta para fazer desaparecer aqueles que não são iguais a eles. Frustrados pela falta de progresso, pela sua estupidez e pela impertinência dos que não apreciam a perfeição da grande ideia tanto quanto eles, começam a limar o que consideram errado com facas, torturas, homens-machado e Colares de Gideon. Quando se distingue qualquer coisa de diferente numa pessoa e você e *eles* apenas conseguem ver algo de mau nisso, então *os outros* se tornam peças de caça. Deixam de ser pessoas para passarem a ser obstáculos para o bem maior. Nesse momento, a época de caça está sempre aberta para esses *outros*.

Harry apontou para os corpos amontoados nos escombros.

— Esse é o verdadeiro poder do mal. Acha mesmo que as pessoas que tornaram as vidas desses pobres infelizes insuportáveis, a ponto de os levarem a apostar o seu destino ao vento e a um saco de fazenda, acha que essas pessoas se sentem culpadas? Para eles, os ditadores da Comunidade da Partilha Comum são príncipes montados em cavalos brancos, Oliver, que dispensam justiça e prosperidade enquanto fazem do mundo um lugar melhor para se viver. Mesmo quando atiram tochas acesas nos telhados de palha *dos outros*, mesmo quando as suas botas pisam nos filhos *dos outros*, são heróis nos devaneios do Primeiro Comitê. Na sua loucura, consideram que estão derrubando os obstáculos que os separam da perfeição, um cadáver por vez. A parte curiosa é que, apesar de o cântico entoado pelos vencedores sobre os corpos dos inocentes poder soar de forma diferente para cada nova ideia, no fundo a maldita mensagem parece sempre a mesma aos meus ouvidos.

Harry voltou a puxar o lençol com um ar de repulsa, cobrindo os corpos sem vida.

— Antigamente usavam bandeiras para fazer balões... Parece-me adequado. Hoje em dia, deve haver mais bandeiras do que lençóis na Comunidade.

— A imagem dos corpos não sai de minha cabeça — disse Oliver.

— E não sairá por muitos anos. Da próxima vez que encontrar um grupo de chacalianos discutindo sobre a forma como o Círculo pode salvá-lo, pergunte a eles como veem as próximas eleições. E quando encontrar carlistas alegando que o partido os salvará, pergunte a eles qual é sua fé espiritual. A grande ideia não admite obsessões rivais nem heresias no seu caminho para a perfeição. Quer saber do que esses pobres coitados realmente morreram na verdade, Oliver? Eles morreram por terem uma mente pequena demais para suportar mais do que uma verdade única.

O lupocaptor pegou o óleo de deslizagudo e derramou um pouco do líquido espesso sobre a tela enrugada do balão improvisado.

— Parece que está na hora de queimar as bandeiras.

— Desculpem-me — disse Oliver para a família, para o vento úmido vindo do cais, para nada em particular.

Harry acendeu um fósforo e o deixou cair sobre a lona. As chamas se ergueram e começaram a se alastrar rapidamente, crepitando por todo o tecido.

— Um dia, você vai ser posto à prova, Oliver. Terá pela frente uma tarefa difícil, que pode parecer até intransponível. Terá que fazer uma escolha que não se sentirá capaz de enfrentar. Quando esse dia chegar, lembre-se desses três que viu aqui hoje. Recorde todos os detalhes que, em alguns minutos, vai tentar esquecer com toda a sua força. Nesse momento, saberá o que é preciso fazer.

— É isso que você faz, Harry?

— Foi seu pai quem me disse isso — disse o lupocaptor — e, mais uma vez, ele estava certo. Tenho visto tantos cadáveres por causa de grandes ideias. Às vezes, é a única coisa que nos faz seguir em frente.

O fogo estendeu-se pela extensão da colcha. No topo da colina, a névoa que restava do dia dirigia-se para o céu, enquanto a fumaça crescia e enredava-se ao redor dos destroços daquela nave frágil. Oliver olhou para a dança da fumaça com um ar de espanto.

— Harry!

— Estou vendo, Oliver.

Pouco a pouco, a névoa adquiriu uma forma: um gu fres numa armadura. Não, não era uma armadura, a plac seu corpo… um homem-vapor.

— Pelo amor do Círculo, Harry, o que é isso?

— Os Vapores dos Loas — respondeu Harry. — É un deles, um espírito ancestral.

A figura espectral apontou com uma luva de malha p mo tempo que a sua cabeça balançava lentamente em fc cia, virando-se depois para leste e apontando para a d nhas mais distantes: o Estado Livre dos Homens-Vapor clara.

— Ele não quer que a gente vá a Relógio Sombrio.

— Que os diabos me levem e tornem a me levar. Agora sim, vi realmente tudo o que há para ver, a não ser que haja um cantor do mundo por trás daquele monte perdendo o ar de tanto rir, mas por quê?

Um estranho uivo cortou o ar em resposta à pergunta do infame Stave, como se um humano em sofrimento urrasse através da garganta de um lobo.

— Que animal era esse, Harry?

Harry olhou para a neblina por cima da colina. Os contornos do homem-vapor estavam se dissipando em pedaços no céu.

— Um animal que não devia passear tão ao norte da fronteira cassárabe. Corra para as montanhas, rapaz. Rápido. AGORA!

Correndo pelo cemitério de corpos do antigo terreno de batalha, Oliver olhou de relance para o que estava atrás dele. Nada, apenas os restos da tentativa de fuga dos refugiados quaterturnianos.

— O seu bacamarte — lembrou Harry. — A arma, destrave e carregue.

Enquanto corria, Harry a puxou sua longa arma, guardada na mochila. Ele a abriu e carregou com um cartucho. A arma com boca de sino de Oliver balançava na lateral da barraca embrulhada, travada da maneira como o lupocaptor havia ensinado. Bastava puxar o fecho e o cano caía para frente, suspenso da coronha de madeira em sua mão direita. Manuseando o fecho enquanto corria, a arma de Oliver se abriu e o cano balançava pela dobradiça, apontando para o chão. O cartucho de cristal parecia um cubo de gelo na palma da sua mão e os dedos apressaram-se a empurrá-lo para o interior do orifício. O cartucho ficou perfeitamente ajustado e o bacamarte fechou-se com um empurrãozinho da palma da sua mão.

Oliver sondou mais uma vez o espaço atrás de si.

— Não estou mais ouvindo o uivo.

— Estão mais próximos — respondeu Harry, ofegante. — Esse é o silêncio do caçador.

Oliver foi atingido por alguma coisa que o derrubou e rolou com ele na lama pantanosa. O lupocaptor também foi apanhado por uma massa uniforme de músculos tensos: parecia que a criatura tinha permitido que arrancassem a sua pele e os pelos do seu corpo. Oliver conseguiu se reerguer, enquanto as patas do bicho esmagavam o chão. Harry não passava de uma mancha de contornos confusos, fazendo uso dos seus truques de cantor do mundo para defender-se das garras daquela coisa que o tinha emboscado.

Algo ressoou à direita de Oliver com o ruído típico do quebrar da madeira nas rochas, fazendo com que os seus ombros ficassem cobertos de um pó lascado. Casacas-vermelhas observavam tudo das colinas, armados de espingardas longas com baionetas fixas nos respectivos canos, todas apontadas na direção de Oliver e Harry. Estavam exatamente no mesmo ponto em que eles tinham estado antes de receberem o aviso do espectro.

Harry continuava a se debater com o monstro predador no meio da lama. Mesmo que Oliver fosse um atirador profissional, jamais conseguiria disparar sem acertar em ambos. Ouviu-se um rosnado e Oliver ergueu os olhos para o afloramento de granito para o qual estivera de costas até então; um segundo animal caiu sobre ele no mesmo instante. Oliver gritou de dor ao sentir as garras do predador cravarem-se no seu braço esquerdo e o peso do animal o forçou a segui-lo para o chão úmido, ao mesmo tempo que ele tentava desesperadamente enfiar o cano do bacamarte na boca daquele monstro. As garras já começavam a rasgar o seu padrão naval da mão quando ele disparou a arma. Uma explosão de chumbo grosso e trovões ricocheteou na pedra. A maior parte se alojou no flanco da criatura e uma das balas raspou na bochecha de Oliver, rasgando-a.

Oliver tentou sair de debaixo do animal enquanto as suas feridas o distraíam momentaneamente, mas ele era rápido demais e o chumbo grosso não passava de um pequeno inconveniente para ele. Lançando-se numa nova investida, apanhou Oliver pelas costas e o derrubou mais uma vez no chão. Depois, aproximou-se rosnando. Parecia que o bicho desejava falar, que umas palavras idiotas se perdiam na língua suspensa e nos dentes afiados de sua boca: *Comi flug, comi flug.*

Aterrorizado, Oliver enfrentou o seu olhar: o bicho tinha os olhos de uma garota, com cílios longos e íris azuis enfiadas no crânio achatado.

Olhos furiosos e cheios de uma raiva desumana. Aqueles olhos lindos piscaram de surpresa ao sentirem que o chão por baixo deles tinha se desintegrado, rapaz e besta carregados pelo ar como pedaços de lama saídos do solo. Seria um terremoto flutuante, um truque desesperado de cantor do mundo invocado por Harry? Fosse o que fosse, Oliver estava caindo de alguma coisa, uma concha de metal enferrujada, que erguia-se do solo enquanto água saía em esguichos de cortes e buracos.

O predador, pego de surpresa, saíra de cima dele, deixando o braço esquerdo de Oliver queimando de agonia, e saltara para cima da escultura metálica que erguia-se da lama. Era o cadáver de um cavaleiro-vapor com apenas um membro de combate intacto: um braço em forma de picareta com uma lâmina amarronzada e enferrujada. O metal e o músculo uniram-se numa fusão de combate e o animal de caça do tamanho de uma pantera se debateu desesperadamente com a ajuda de suas garras, desferindo golpes na carcaça já bastante quebrada do morto-vivo. Por outro lado, o cadáver do homem-vapor ia torcendo e cravando o braço-picareta através dos músculos muito rígidos do estômago do animal. O único resultado visível da sua ação era o sangue vermelho que escorria ao longo de sua lâmina.

O homem-vapor parecido com um centauro caiu para frente e apanhou o animal com seus braços esqueléticos e dominadores. Entretanto, outro cadáver já se erguia do solo, com duas pernas e as costas corcundas, semelhante a uma ratazana aos pulos, mas com um enorme bico de metal. Sem emitir qualquer ruído, o cavaleiro de ferro esmagou o predador contra o bico do segundo homem-vapor, empalando a criatura. O bicho soltou um uivo que reverberou tão alto que pareceu chacoalhar o coração de Oliver.

Reconhecendo o som de mais gritos humanos, Oliver olhou ao redor para constatar que os casacas-vermelhas batiam em retirada, desaparecendo numa linha de combate disciplinada e disparando as suas espingardas contra os corpos de metal que erguiam-se da superfície da colina. Harry tentava sair da parte de baixo da carcaça do segundo animal. Um homem-vapor sem cabeça e do tamanho de um barril pregara a criatura no chão com a ajuda de um tripé com acabamento em forma de garra e o lupocaptor retirava sua a faca da cabeça daquela coisa.

— Conheço um califa do lado de lá da fronteira que vai ficar bastante irritado quando souber que os seus melhores felinos predadores vão servir de alimento aos vermes de Chacália — sussurrou Harry.

Atrás de Oliver, as carcaças dos homens-vapor que os salvaram já se afundavam novamente na lama. Um dos corpos levava consigo uma enorme quantidade de carne morta.

— Os Loas, Harry, eles controlaram os corpos.

— Bem, seria falta de educação não aceitar um bom conselho oferecido de graça — disse Harry, olhando para os mortos-vivos de ferro que perseguiam o grupo de casacas-vermelhas. — E, a julgar pela proporção que esta briga tomou, seria potencialmente perigoso. Vamos ver o que o Rei Vapor tem a dizer sobre tudo isso.

Harry olhou para o braço de Oliver, apalpando-o com os dedos de ambas as mãos. Oliver gritou com a pressão dos dedos do lupocaptor no músculo ensanguentado.

— Faça uma atadura com uma camisa. Deixe que eu faço um torniquete por cima das marcas das garras. Isso precisa de pontos e cuidados que estão além de minha capacidade.

— Mas e Relógio Sombrio, Harry?

— Suponho que continuará lá, depois de uma visita à Sua Majestade em Mecância — respondeu Harry, sondando o corpo sem vida do animal com a ponta da sua bota. — Mas, enfim, quem dos nossos conhecidos pode passar muito tempo na Cassarábia?

— O embaixador chacaliano em Laminambul?

— A pergunta era retórica — esclareceu Harry, pegando o telescópio e o estendendo na direção dos casacas-vermelhas em retirada. — Uma carruagem branca ali ao fundo, o corpo médico… Um vagão com o símbolo de praga.

Harry fez uma careta.

— A maldita carruagem da praga. Um truque tão *conhecido*, Jamie. Vamos seguir viagem, rapaz, antes que o meu velho amigo e os seus magos de ventres amestrados soltem mais algum bichano do califa em nosso encalço.

Oliver abaixou-se para procurar seu bacamarte. Tirando as marcas dos dentes na coronha, a arma parecia intacta. Os ossos dos animais de caça ficaram para trás, apodrecendo junto aos escombros de homens-vapor e das divisões dilaceradas da Comunidade.

Pouco depois de pararem para almoçar, notaram que o chão lamacento tinha começado a secar, tornando-se mais duro, enquanto que as colinas passaram a dar lugar a contrafortes, com os bosques altos e alpinos no começo de uma cadeia montanhosa coberta de neve. Deviam estar em pleno Estado Livre. Pelo que Oliver sabia, não existiam montanhas na região mais a leste de Chacália. A maior parte dos povoados e cidades da raça de metal ficava situada em penhascos. Naquela região baixa, os únicos vestígios existentes de vida eram o estrume seco dos burros das caravanas de negócio e as varas de metal com longas tiras de tecido da grossura de um papel que pairavam na brisa, marcando o caminho até o reino dos homens-vapor com as múltiplas cores do arco-íris.

Talvez fossem os ventos gelados das montanhas que sopravam pelos picos da cadeia mecanciana, mas, depois de mais de uma hora de caminhada em direção à capital dos homens-vapor, Oliver começou a tremer. A princípio, não passou de um ou outro arrepio ocasional que o fez abotoar a gola do casaco, mas depois sensações de dedos gelados começaram a descer pelas costas de Oliver, espalhando-se pouco a pouco para o resto do corpo. Harry notou que Oliver estava ficando para trás e esperou que ele se aproximasse.

— Aqui nas montanhas é como se estivéssemos no inverno, Harry.

— Inverno? Você está suando, Oliver. Deixe-me ver o seu braço.

O corpo de Oliver estava tremendo de forma descontrolada. Era como se apenas a brisa das alturas fosse suficiente para fazê-lo flutuar sobre as encostas, levando-o como uma folha girando até o domínio dos homens-vapor.

— Não consigo levantá-lo, Harry. A faixa ficou pesada, é como se fosse um bloco de gelo, mas está pingando por baixo do ombro.

Harry disse alguma coisa, mas a sua voz pareceu desaparecer. Então, o lupocaptor se tornou muito alto, ou ele estava se debruçando sobre Oliver? O chão parecia firme, quase quente, com o formato certo para o seu corpo. Se tivesse percebido antes como era confortável, teria parado antes. Os pinheiros erguiam-se nas encostas como sentinelas, altas e definidas, desfilando para o seu prazer.

— Desde que fiquei livre, vi muitas coisas interessantes, Harry. Teria sido entediante se tivesse que passar o resto dos meus dias preso em Cem Cadeados.

Harry falava com ele agora num tom muito suave; devia estar perdendo a voz. Achou tudo aquilo muito engraçado e riu. Depois, a escuridão veio e o levou com ela.

O relâmpago de cristal se tornou ainda mais brilhante no teto acima da cabeça do Sussurrador, projetando uma linha de reflexos nas poças de chuva no piso de pedra. Então, um dos feiticeiros estava descendo as camadas interligadas de muros de maldições e removendo as barreiras invisíveis erguidas ao redor da sua cela. A cortina negra que cobria a porta se tornou subitamente transparente. Era o Canelas: mesmo debaixo do seu manto escuro de feiticeiro, áspero e brilhante pelos encantos do cantor do mundo, o Sussurrador reconhecia o atual chefe dos guardas da prisão. Com ele, vinham dois carcereiros, munidos de cassetetes com toxinas e um cantor do mundo de manto púrpura. Desarmado. Ah, então era *ele*.

— Olá, Nathaniel — disse o chefe dos guardas da prisão. — De pé, ou o que quer que tenha no lugar deles. Há uma visita aqui que quer falar com você.

— Gostaria que me visitasse sem esse manto um dia desses, Canelas — silvou o Sussurrador. — Poderíamos descobrir se as flores que tatuaram na sua cara servem para alguma coisa diante dos meus poderes.

Canelas virou-se para o cantor do mundo desarmado.

— Tenha cuidado, senhor, por pouco ele não fugiu há três anos. Quebrou o feitiço no capacete de uma guarda e a colocou num sonho desperto. Depois a convenceu de que era o seu marido e que ela deveria abrir os muros das maldições para salvar a vida dele.

— Espero que, depois disso, o sigilo do seu manto tenha sido revisto — disse o cantor do mundo.

— Não se preocupe comigo e com Pullinger, Canelas — disse o Sussurrador. — Nós dois somos velhos conhecidos. Lembra-se da última vez que nos encontramos? Naquela época, você era um acólito dos caça-encantados. Seu mestre prometeu ao meu pai que, sob a proteção da ordem, minha vida seria muito confortável. Ninguém voltaria a ter pesadelos na aldeia e nunca mais nenhum pai ficaria furioso por eu ter convencido sua filha de que eu era um semideus com o físico de um membro da Guarda Especial.

O Sussurrador riu das suas próprias lembranças.

— O que você quer que eu diga? Era jovem... Quando somos jovens, fazemos uso dos atributos com que a natureza nos agraciou.

— Você não é uma criatura da natureza, pertence à raça dos encantados — disse Pullinger, com as suas feições distorcidas pelo muro das maldições. — No entanto, é possível que esteja numa situação em que permita desfrutar de uma liberdade maior do que a que tem neste momento.

— Sou todo ouvidos — disse o Sussurrador.

— Nossos videntes acabam de regressar de um pequeno lugar chamado Cem Cadeados — disse Pullinger. — Esse nome diz alguma coisa para você?

— Um dique enorme ao norte... é uma cidadezinha, separada das cidades-estados e da Comunidade da Partilha Comum pela baía. Minhas noções de geografia chacaliana têm sido um pouco, enfim... digamos que um pouco restringidas — explicou o Sussurrador, apontando para as paredes da cela.

— Que curioso — respondeu Pullinger. — Nossos videntes detectaram a presença de resíduos de manifestações naqueles lados. Manifestações da presença de um encantado que parecia ser um dos nossos residentes do hospício de Hawklam. Uma presença contínua e constante, foram essas as palavras exatas, localizada numa casa onde foi encontrada recentemente uma série de cadáveres assassinados. A Pousada das Setenta Estrelas. Suponho que esse nome tampouco signifique grande coisa para você?

— Esse pólen que você passa a vida cheirando o deixa exposto a muitas alucinações — disse o Sussurrador. — Comunicações com os espíritos da terra, abraços em árvores... Isso é tudo muito naturalista.

— Deixe-me simplificar as coisas, Nathaniel — disse Pullinger. — Há um rapaz que eu acredito ter estabelecido contato com o plano espiritual e parece ter-se juntado a um cantor do mundo foragido, autodidata, exterior à ordem e criminoso. Se você me disser onde ele está, eu faço a direção do hospício transferi-lo para uma cela com melhores condições. Luz autêntica, comida autêntica, uma cama. Quem sabe podemos transferi-lo para o serviço de tarefas de assistência. Colocamos os seus talentos a serviço do Estado e, de vez em quando, até o deixamos sair.

— A serviço do Estado, eu? — escarneceu o Sussurrador. — No encalço dos meus semelhantes em nome do departamento de Brumencantada, talvez? Se você quer respostas, vá dançar ao redor de um círculo de carvalhos à noite com os seus amiguinhos estúpidos e pergunte às árvores onde estão esses dois.

— Seria melhor para todos que você cooperasse conosco.

— Vá se danar, cara de flor — silvou o Sussurrador. — Deixe-me *simplificar as coisas* para você. Não acredito numa única palavra que possa sair da sua boca ou dos seus amiguinhos de manto roxo. Da última vez que acreditei em vocês, sua cortesã sem mãe, a única coisa que ganhei foram décadas comendo torta de carne de ratazana e um problema crônico por causa da umidade. Não sei nada sobre Cem Cadeados, nem sobre videntes, nem sobre nada que se passa no mundo desde que você e os seus malditos companheiros me trancaram aqui e a única coisa que eu gostaria de saber agora é se sempre vai mandar os seus cachorrinhos tentarem a sorte comigo ou se está pensando em me matar de tédio com tanta conversa fiada.

— Eu o avisei — disse o chefe da prisão, batendo com um cassetete de toxinas em seu punho armado. — Ele está tão mau como veio. Não se arranca nada dele com bons modos.

— Muito bem — disse Pullinger com um tom irritado. — Nesse caso, vou me retirar. Faça como quiser. Seus sigilos aguentarão quando eu levantar o muro das maldições nas suas costas?

O guarda da prisão assentiu.

— As coisas evoluíram bastante desde a última vez que trabalhou conosco, inspetor. Agora só entramos nas celas com feitiços personalizados e adequados aos poderes de cada prisioneiro. Se dermos tempo suficiente a essa criatura, ela arranja uma maneira de contornar nossas defesas, mas nós somos três e ele vai ter outras... distrações com que se ocupar.

O Sussurrador ergueu-se ao máximo e cuspiu no escudo do lado de lá do muro das maldições.

— Vamos lá então, Canelas! Pensa que eu tenho o dia todo ou o quê? Já tem alguns anos que não despacho um carcereiro.

Pullinger tinha saído para o corredor, erguendo mais um muro das maldições ao se afastar. Canelas fez sinal com o queixo aos dois carcereiros cantores do mundo e apontou o seu cassetete de toxinas para a aberração que ocupava a cela oito zero nove.

— Vai levar umas boas pauladas, Nathaniel. Vamos ver se conseguimos torná-lo um pouquinho mais agradável aos olhos.

O muro das maldições caiu e o caos começou.

Capítulo Catorze

A estação do Guardião Oswald estava repleta de funcionários do governo, servidores civis e administradores de camisa engomada e colarinho alto apertado pelo nó da gravata. A variedade de cores e símbolos era uma forma sutil de indicar o estatuto e a função de cada um: vermelho para os homens dos motores de transação, as pirâmides e os olhos para o departamento de Gestão Doméstica e as asas prateadas para os administradores que trabalhavam no Centro do Almirantado. Enquanto avançavam por entre a multidão agitada de cartolas, Molly, o comodoro e o sábio deslizante tentavam ver qual era o caminho mais rápido rumo à saída do atmosférico sem ficarem com as pernas roxas pelas bengaladas frenéticas dos trabalhadores.

Como um mar de gafanhotos, as bengalas dos funcionários do Salão Verde ressoavam e giravam, batendo com um padrão veloz nas passagens dos túneis e nos cruzamentos da estação. Atarefadas, seguindo a batida. Importantes. Trabalho a ser feito. Informação a ser processada. Reuniões para organizar. Cada bengala indicava ainda as lealdades políticas do seu dono, com seu formato sutilmente alterado de acordo com o gênero de bastão de debate usado pela respectiva ala e partido, das pontas afiadas dos Gritadores aos cajados achatados e em forma de flor dos Amantes da Terra.

— Olhem só para esses abençoados roedores correndo de um lado para o outro — disse o comodoro Black. — Vejam bem como acenam respeitosamente uns para os outros. Bom dia, damson. Bom dia, senhor. Um bom dia em todos os abençoados dias, sentados nos seus gabinetes climatizados e confortáveis, pagos pelo roubo da maior parte do tesouro de homens honestos como eu. Alguma vez os seus pescoços bem-lavados se atreveram a tentar a sorte com as armadilhas e as criaturas da Isla Desnecessária? Algum desses demônios manchados de tinta se viu algum dia obrigado a arrastar corpos semimortos por aquela terrível selva, Aliquot Lagartas de Cobre? Não, porque estavam ocupados demais pensando nas formas mais inteligentes de roubar a minha fortuna.

— Era o tesouro da coroa, Jared — disse Lagartas de Cobre, com as suas grandes lagartas rolando com cautela para não passar por cima das botas de algum corpo-macio. — As leis da descoberta de tesouros do Estado foram aplicadas de forma legítima.

— A coroa, é? E quantas daquelas barras de ouro e joias acabaram nas mãos do pobre Rei Julius, Aliquot Lagartas de Cobre? Ele nem tinha mãos para contar o seu tesouro e, além disso, estava no seu leito de morte! Não, foi essa cambada suja que surrupiou a minha fortuna. Devo ter pagado o salário de mil funcionários articulados pela próxima década. Paguei para que eles ficassem sentados, imaginando formas mais engenhosas de roubar os poucos tostões que deixaram sobrar para o pobre Blacky.

— Cuidado, comodoro — sussurrou Molly, chocada com a inclinação monárquica daquele homem. — Há parlamentares por aqui, democratas. Você vai acabar sendo desafiado.

— Para um duelo, menina? Morreriam fuzilados antes do café da manhã! Não existe um só bajulador manchado de tinta nos corredores do Salão Verde capaz de derrotar o bom e velho Blacky num duelo de bastões de debate ou sabre. Que esses demônios de coração sombrio venham me dar uma chance, porque eu os sacudirei pelas botas repugnantes e descobrirei quantas moedas minhas cairão dos seus bolsos de ladrões.

A cabeça de cristal de Lagartas de Cobre estalou de irritação.

— O meu contato aqui está nos fazendo um favor, comodoro corpo-macio. Seria melhor que guardasse para você suas opiniões sobre a natureza gananciosa da burocracia chacaliana.

Molly começava a duvidar se fora sensata a súbita partida de Nickleby para a cena do último crime de Pitt Hill. Uma anciã de Whineside tinha sido encontrada sem um pingo de sangue no corpo, pendurada nos caibros de seu apartamento numa das torres residenciais que davam para as águas do Apostaflores. Além dessa ausência tê-los obrigado a viajar de atmosférico, a partida do repórter a deixara entregue aos cuidados do triste marinheiro e do reservado sábio deslizante. Molly sorriu. "Rebaixados" a viajar de atmosférico. Duas semanas na Tock House e o que, nos tempos de internato, teria sido uma aventura cara, transformara-se na última opção de transporte, tendo em vista o luxo da carruagem sem cavalos do seu anfitrião.

Enfim, fosse como fosse, era questionável se havia alguém na estação do Guardião Oswald com um conhecimento suficientemente bom da língua comum chacaliana para compreender o praguejar monárquico do comodoro. Os burocratas do Salão Verde eram conhecidos pelo uso que faziam da velha língua pré-quimecana, o nosglês, tendo prazer na elaboração de comunicados, minutas e documentos na língua morta. Convocavam reuniões nas quais os grandiosos e os bons poderiam discursar sobre assuntos de Estado utilizando verbos floreados e conjugações que tinham sido postas de lado por milhares de anos de História. Ainda que os funcionários civis alegassem que o nosglês permitia nuances de inflexão e de semântica que facilitavam o seu trabalho, a verdadeira razão que os levava a usar essa língua era obviamente o fato de poderem exibir muito mais habilidades que os seus patrões na Casa dos Guardiões — isto, claro, enquanto negligenciavam suas obrigações para com os eleitores.

No exterior da estação do atmosférico, a rua estava cheia de pedestres, as carruagens de aluguel trafegavam por entre as multidões, transportando os funcionários civis mais velhos ao longo dos canais. Por cima das águas próximas do Apostaflores, o complexo de palácios, torres e canais subterrâneos de transação recebiam as provisões constantes dos barcos de gelo. Mas mesmo com o esforço dos canos de refrigeração, Molly continuava a sentir o calor residual dos gigantescos motores de transação — era como caminhar para dentro de um forno. Molly distinguiu, entre as ondas de calor que erguiam-se do pavimento da rua, as estruturas semelhantes a torres subindo até a máquina a vapor. Havia mais pináculos do que os sete dos sete versos da velha canção infantil. O Salão Verde tinha mais cristais principais do que qualquer outro nó da rede, uma vez que o fluxo de informação invisível requeria uma infinidade de transmissores minúsculos de pele azul para processamento e moldagem. Todos os dias, quilômetros e quilômetros de cartões perfurados entravam naqueles motores de transação, tanto combustíveis quanto o coque que alimentava suas caldeiras.

Molly já se encaminhava para um dos portões abertos, onde uma multidão de chacalianos aguardava com minutas e formulários semipreenchidos — requerentes prontos para alimentar o moinho burocrático —, mas Lagartas de Cobre apertou o braço dela com os seus dedos de ferro.

— Não é preciso ir para a fila, Molly corpo-macio, eu tenho um contato lá dentro. Por aqui.

Lagartas de Cobre deslizou pela Avenida do Salão Verde, passando diante das bancas que serviam enguias e peixes-dardo que pululavam nas áreas próximas aos transferidores de calor junto à margem do rio. O sábio deslizante conduziu-os a um *pub* do lado oposto ao de uma das entradas de funcionários do Salão Verde, chamado *Jingo Dancer*, a taberna de um homem-vapor, a julgar por todos os cartões perfurados jogados atrás da vitrine, amarelecidos pelo Sol — humor binário barato e mensagens que os clientes trocavam.

Ainda podia ser de manhã cedo, mas o *pub* já estava cheio de trabalhadores do turno da noite. A moda do *jinn* barato importado não pegara entre os subordinados do Diretório de Dados do Salão Verde. Bandejas de cerveja deslizavam por mãos com dedos ainda manchados das fornalhas e músculos tensos depois de tanto pegar coque com a pá nos salões de motores subterrâneos. Os empregados do bar apressavam-se por entre os engenheiros de barbas aparadas segundo o estilo mecomante, cena observada pelos afiadores de cartões com desapego induzido por foolha, sentados em cadeiras de couro, enquanto fumavam os seus cachimbos de ervassussurrante e perseguiam abstrações em suas mentes.

O comodoro resmungou:

— Ele, não! Outra vez essa abençoada ratazana! É nos seus conselhos que vamos confiar?

Um afiador de cartões esguio, de cabelo encaracolado laranja e uma calvície semelhante à tonsura de um monge acenou para eles e apontou para um sofá, afastando-se do alcance do comodoro como se tivesse suspeitado que o marinheiro corpulento estava prestes a cair em cima dele.

— Essa é a novata? — perguntou o afiador de cartões, inspecionando Molly de cima a baixo. — Parece uma garota de Açomédio da cabeça aos pés.

— Guarde os seus olhos para você mesmo, menino-máquina — respondeu Molly. — E as mãos também.

— Estava só demonstrando interesse, querida — disse o afiador de cartões. — Não há necessidade de exaltação. Trouxe o que combinamos, Lagartas de Cobre?

O crânio abobadado de Lagartas de Cobre acendeu o seu canto mais escuro como se estivesse refletindo sobre a resposta.

— Se conseguir nos facilitar o acesso àquilo que pedimos, Binchy corpo-macio.

— E quando o velho Binchy os desapontou? — disse o afiador de cartões. — E não tem sido fácil, não pense que sim. Tive que pedir uns favores… uma infinidade de amigos de amigos meus farão vista grossa esta manhã.

O comodoro aproximou-se do afiador de cartões.

— E eles são mesmo bons amigos, Binchy? Ou são como aqueles espertalhões que botaram as mãos no meu tesouro no Mar de Fogo?

Binchy se encolheu.

— Eu avisei, Jared. Que droga, eu avisei antes. Isso aconteceu por causa das tabelas de pesquisa baseadas na recuperação dos escombros de uma embarcação do império. Pensa que o Imperador-Deus sabe alguma coisa de navegação submarina?

— Apenas o suficiente para manipular e naufragar o *Fada do Lago* na diabólica costa da Isla Desnecessária.

— Mas você voltou, não voltou? E muito mais rico do que quando partiu. Se você gosta tanto assim do mar, Jared, gaste uma parte da sua fortuna num barco novo.

— Não se faça de idiota — disse o comodoro. — Sabe muitíssimo bem por que isso não seria uma boa ideia.

O afiador de cartões tocou a lateral de seu nariz.

— Um aceno vale tanto quanto um piscar de olho, capitão. Não foi o velho Binchy que veio em seu auxílio nesse assunto também? Agora vejamos, uma vez que Lagartas de Cobre parece meio desprovido de bolsos, suponho que seja o comodoro ou a novata que trouxe o meu material.

O comodoro assentiu, puxando um pequeno pacote embrulhado em papel marrom de seu colete vermelho. Binchy o acariciou, quase como se tivesse medo de que ele desaparecesse ao tocá-lo, e voltou a dobrar o papel descobrindo cinco cartões perfurados, negros, bem-aparados e com um brilho prateado sob a luz a gás da taberna. Molly esticou-se para observá-los melhor: as perfurações tinham deixado uma marca de código de motor de transação, o que a atormentou. Sentia vontade de passar os dedos por aquele padrão, sentir a informação, segurar os cartões.

— Será que isso vai funcionar… ou pelo menos ajudar? — perguntou Binchy.

— Pelo menos ajudar — respondeu Lagartas de Cobre. — Afinal de contas, sou um sábio deslizante.

— Sim — reconheceu Binchy. — Inteligente. Muito inteligente é o que você é, Lagartas de Cobre. Seus pensamentos são energia e luz, os meus não passam de carne desengonçada, como um bife estendido em cima da bancada do açougueiro.

— Tantos navios — disse Lagartas de Cobre, um dos lemas mais conhecidos da raça dos homens-vapor.

— Tantos navios — suspirou Binchy —, uns melhores do que os outros. Agora tenho que ir. Sigam-me dentro de três minutos. Entrem pelo portão do outro lado da rua, ninguém vai perguntar nada. Eu encontro vocês lá dentro.

Molly observou como a multidão de trabalhadores, no bar, absorveu aquela doninha de cabelos encaracolados.

— Ele está disposto a ser despedido do Salão Verde em troca de uns cartões de motor?

— Ah, menina, duvido que o bom e velho Binchy tenha muito trabalho no Salão Verde — respondeu o comodoro. — Ele está bem entranhado, é como uma tênia. Nunca conseguirão arrancá-lo.

— Os motores de transação dentro do Salão Verde são gigantescos e muito complexos — disse Lagartas de Cobre. — Vão adicionando sistemas sobre sistemas ao longo dos anos. Primitivos, mas poderosos. Os engenheiros que se ocupam deles entendem o funcionamento das partes, mas não compreendem o todo e, como qualquer sistema consideravelmente complexo, começou a desenvolver parasitas e doenças causadas pela informação. A mulher de Binchy trabalhava com ele como afiadora de cartões, mas foi infectada por um parasita. É um risco ocupacional ao qual os engenheiros estão expostos.

— Querida e abençoada Becky — disse o comodoro. — Uma vergonha mortal. Pobre garota, entrevada numa cama dia e noite, a balbuciar loucuras em binário.

— E aqueles cartões são a cura? — perguntou Molly.

— Não — respondeu Lagartas de Cobre. — O ecossistema de um motor de transação é algo fixo, Molly corpo-macio. Posso curar essa doença nos tambores, nas placas e nos interruptores de um motor de transação, mas assim que um mal causado por essa informação passa para nossas mentes, evolui tão rapidamente quanto eu conseguiria desenvolver conteúdos predadores para removê-lo. Aqueles cartões podem possibilitar ao

Binchy corpo-macio talvez um dia de lucidez com a sua companheira de vida. Depois, ela será novamente suplantada pelo parasita e voltará a cair em demência.

Depois de darem alguns minutos de dianteira ao afiador de cartões, saíram do *Jingo Dancer* e encaminharam-se para o portão dos funcionários e burocratas do outro lado da rua. Enquanto os oficiais empurravam pequenos cartões perfurados de identificação num leitor na catraca, um chicoteador do Salão Verde abriu uma pequena porta lateral para Molly, Lagartas de Cobre e o comodoro. O guarda olhou furtivamente ao redor para certificar-se de que ninguém notara a passagem daqueles três indivíduos pela porta de entrada dos funcionários e, depois, regressou silenciosamente aos seus afazeres. Daquela vez, Binchy parecia ter molhado as mãos certas.

Como era hábito ali, os burocratas e servidores civis do Salão Verde não haviam economizado nas suas acomodações: quilômetros de piso de mármore interligados desfilavam diante dos olhos dos três visitantes — andar após andar de níveis sucessivamente mais elevados, erguendo-se de um átrio esplêndido. O Salão Verde trabalhava para a Casa dos Guardiões da mesma forma assídua como tinha servido aos reis que os tinham precedido. Não restavam dúvidas de que, caso os carlistas conseguissem o que queriam e as avenidas tivessem sido decoradas com os cadáveres dos democratas e dos magnatas do comércio, a única coisa imutável no coração de Chacália seria a presença dos burocratas naquele palácio de papel e de administração. Molly não duvidava que, nesse caso, os mandarins do Salão Verde redigiriam cuidadosamente as listas com os nomes dos notáveis a serem entregues ao Colar de Gideon, desde que isso significasse que poderiam manter suas posições confortáveis, é claro.

Binchy surgiu por trás de uma série de bustos sobre pedestais em granito; trazia consigo um pequeno carrinho de mão, carregado de formulários amarrados com um laço verde.

— Molly, não é? Você leva isso. Lagartas de Cobre, finja que está ocupado com essa sua cabeça. Quanto a você, comodoro…

Binchy atirou uma bengala ao marinheiro.

— Limite-se a parecer perpetuamente insatisfeito, não deve ser muito difícil para você. Se alguém tentar nos dirigir a palavra, responda com um ar carrancudo.

O comodoro Black examinou a bengala.

— Um Gritador?! Mas eu nunca na minha vida votei nos Gritadores!

— Eu acredito, mas como tem a aparência de quem consegue se defender bem com uma bengala, não se fala mais no assunto.

O estranho grupo avançou através de uma série de corredores e salas. Molly estava surpresa com o fato de ninguém dirigir-se a ela. Por outro lado, aqueles corredores não pareciam destinados às pessoas com quem ela cruzara nas oficinas, curtições e lavanderias para as quais tinha sido enviada pelo departamento dos necessitados das Portas do Sol. Ali, não se sentia a ansiedade de atingir objetivos ou contingentes de peças de trabalho. Tampouco o medo de que, caso ficasse indisposta, doente ou simplesmente para trás — ou caso a economia de Chacália entrasse numa das suas recessões habituais —, seu emprego subalterno se revelasse infinitamente intercambiável com outros membros da horda de pobres e desesperados de Açomédio. As pessoas percorriam os corredores do Salão Verde como se estivessem fazendo um passeio matinal terapêutico ao longo dos jardins ornamentais do Parque de Cabelos Dourados.

O coração de Molly quase parou quando uma caranguenarbiana passou por eles e os cumprimentou com um aceno de cabeça.

— *Cum assap te nom motor?*

— *Ot oan uo mal* — respondeu Binchy.

— Essa língua antiga — disse o comodoro Black quando a caranguenarbiana desapareceu no fundo do corredor. — Será que você e o seu bando têm que falá-la o tempo todo?

— Se você se habituasse a ela, seria obrigado a reconhecer que tem certa elegância — disse Binchy. — Além disso, é como a capa dos feiticeiros.

Molly olhou para o homem.

— A capa dos feiticeiros?

— Sim. É como os cantores do mundo que continuam vestindo aqueles mantos roxos, Molly, ou como os magistrados e juízes que usam perucas e pó de arroz, ou engenheiros que falam de despressurização dos tambores de transação em vez de dizerem simplesmente que os desligaram. Cada ofício gosta de valorizar o seu trabalho com um pouco de misticismo e acho apropriado camuflar os seus processos com muitas palavras que não servem para nada além de tornar extremamente complexo o que é muito simples.

Binchy cumprimentou outro servidor civil de passagem.

— Isso mantém os salários no valor em que estão, faz com que o seu trabalho pareça uma coisa muito importante e impede que o ofício seja assaltado por tipos arrivistas que abrem lojas concorrentes em cada esquina. Quanto a você, Jared, não deixa de ser engraçado que venha me dar sermão. Esqueceu-se dos tempos em que me obrigou a ir com você para as colônias naquele seu balde de ferro, você e suas enseadas salgadas? Desembarcadouro inclinado na escotilha, desembarcadouro inclinado a estibordo, baixar inclinação a quatro graus... será que isso não é o mesmo que esquerda, direita, para cima e para baixo? Nunca ouvi tanta conversa absurda como quando estava debaixo do mar com você no *Fada do Lago*.

Um lance de escadas e rampas compridas os fez descer até um pequeno corredor revestido de madeira vermelha de carvalho chacaliano. Havia também um elevador sem porta, com dezenas de botões de marfim indicando as profundidades a que o Salão Verde tinha chegado. Era provável que alguns dos pisos mais subterrâneos estremecessem quando o atmosférico passava disparado.

— O Departamento de Sangue fica neste piso — explicou Binchy. — Seus motores de transação estão desligados por causa de uma manutenção de emergência que teve de ser feita esta manhã. Bem, ao menos foi isso que disseram ao pessoal de serviço. Ficaram apenas alguns dos meus colegas, ocupados em fingir que estão ocupados.

— Um plano eficaz, Binchy corpo-macio — observou Lagartas de Cobre.

— Alguns médicos são mecomantes de pleno direito, velha caldeira — disse Binchy. — Mas uma pessoa que sabe mais do que o suficiente para nos desafiar recebeu um convite da universidade para dar um seminário hoje sobre os desenvolvimentos mais recentes na catalogação de sangue. Como vê — e nesta altura, Binchy bateu com a ponta do dedo na têmpora —, prevemos o futuro. É a marca de todos os gênios.

As rodas de engrenagem e os tambores de cálculo iluminavam o chão da sala para a qual Binchy os encaminhava. Os engenheiros subiam para aquela divisão com os seus aventais de couro castanho. Molly aproximou-se do parapeito do terraço para onde a escadaria dava: bancada após bancada, os motores de transação do tamanho de casas surgiam a perder de vista diante de seus olhos, alguns deles dotados de tambores de cálculo tão grandes como um barril de *jinn* do *Carapaça de Anjo*, centenas, rodando e crepitando à meia-luz. O pessoal dos motores vagava por aquela sala subterrânea em roldanas, com as latas de graxa prontas para serem usadas nos pontos em que as junções começavam a soltar fumaça.

Binchy apontou para os mecanismos e para os tambores de controle no chão.

— Ei, eu preciso disso para trabalhar, caramba!

— Não precisa arrancar mais cabelos, Bincher — respondeu um dos engenheiros. — Essas são as partes suplentes que nós tiramos da Bessy 98, na seção de Prisões e Serviço Corretivo. Foi você quem disse para darmos um ar despressurizado para ela. Algo me diz que uma placa dizendo "Avariado" não resolveria o assunto, não é?

Binchy piscou o olho para Lagartas de Cobre.

— Iniciativa, hein? — comentou ele, aproximando-se de um painel que dava para o motor de transação enquanto retirava o tubo de comunicação do gancho de cobre. — Aqui é do Departamento de Sangue, sala cinco, nível um. Acendam todas as fornalhas para nós, vamos fazer testes ao vivo até a hora almoço.

Colocando de volta o tubo de comunicação no descanso acoplado à parede, avançou em seguida para um processador de cartões junto ao qual um par de engenheiros de avental castanho trabalhava.

— Bincher, daqui em diante, você tem acesso equivalente ao de um diretor de departamento — disse o mais alto dos dois trabalhadores.

Seu colega pegou um carrinho de ferramentas atrás de si. Molly inspecionou a máquina, estava repleta de engrenagens em miniatura e alavancas, embora diante deles se erguesse uma série infindável de pequenos cubos perfeitos, como um ábaco com milhares de contas em excesso.

— É o mais recente — disse o afiador de cartões, afagando aquela geringonça. — Chegou das oficinas reais de Exágua este verão.

Molly rodou uma das contas entre os dedos: cada lado do cubo estava pintado de preto ou branco, alternadamente.

— Quer dizer então que isso é um substituto de uma tipografia de cilindro? Os cubos podem rodar de forma a desenharem padrões: formas, palavras, quem sabe até imagens.

— Caramba! — exclamou Binchy. — Você é assinante do *Jornal de Transações Filosóficas* ou o quê, garota? Não pode ter visto uma rotativa *Radnedge* antes! Só existem quatro no Salão Verde.

— Uma vez vi umas coisas parecidas com essas nas salas de teatro, quando eles passaram imagens de daguerreótipo de explorações e terras longínquas — disse Molly. — Isso se parece muito com aquelas imagens, mas em motores de transação, claro.

— Claro — repetiu Binchy, lançando para a jovem um olhar de suspeita. — Ouça uma coisa, Molly: da próxima vez que tiver uma ideia desse tipo *antes* de ver a engrenagem, venha aqui falar com o Binchy. Eu a apresento aos meus amigos do departamento de patentes.

— Molly corpo-macio parece ter um dom intuitivo para assuntos deste tipo — informou Lagartas de Cobre.

Binchy olhou atentamente para a garota.

— Ah, é? — perguntou ele enquanto carregava um maço de cartões em branco até o receptáculo da máquina de perfuração.

O teclado da máquina era tão vasto como o piano em que Damson Darnay costumava tocar para as crianças do internato, embora consideravelmente mais complexo, com números e letras do alfabeto, acrescidos de centenas de outras teclas com a linguagem lógica dos afiadores de cartões, ironicamente batizada de Simples.

— Vamos ver o que podemos descobrir — disse Binchy. — Molly, você se lembra do seu número de cidadã?

Molly fechou os olhos e desenrolou o número de vinte dígitos que era metido na cabeça de cada criança chacaliana. Enquanto ela o enunciava, os dedos de Binchy dançavam sobre o teclado.

— Boa memória, garota.

— Tinha que apresentá-lo aos meus patrões — disse Molly — e eu tive *muitos*.

— Não consegue permanecer num trabalho, é? Eu também era assim, até que o meu primo conseguiu me arranjar uma vaga como aprendiz de engenheiro.

Binchy passou o cartão perfurado no qual escrevera ao comodoro Black.

— Capitão, importa-se de fazer as honras?

O comodoro Black colocou o cartão no leitor e puxou a alavanca de carregamento. O ruído dos tambores de rotação no interior do motor de transação converteu-se numa sinfonia de pancadas e estalidos semelhante ao som de uma floresta inteira sendo derrubada por um gigante desajeitado.

— Ah, Binchy! É como se estivesse novamente na *Fada do Lago*, navegando às cegas pelo Mar de Fogo sem nada além dos cálculos de um mapa roubado para nos guiar.

Os milhares de contas da rotativa *Radnedge* começaram a girar e a rodar, revelando uma corrente de pictogramas divididos em quatro colunas.

— Não parece ser lá muito detalhado — disse Binchy, traduzindo. — Coisas das estatísticas regulamentares. Basicamente, aquilo que o internato precisava apresentar para requerer subsídios em seu nome. Data de nascimento estimada, requerimento de propriedade do bairro, aprovação estatal dessa requisição, detalhes pessoais.

Binchy lançou um olhar rápido à Molly.

— Diabos me carreguem, você não estava brincando. Há alguma loja ou empresa nas Portas do Sol pela qual não tenha passado?

Lagartas de Cobre analisou as linhas do Simples.

— Parece haver uma anomalia nesse registro. Segundo os meus conhecimentos, não deveria ter uma identificação de sangue corpo-macio nesse arquivo?

— Sim, aqui está — confirmou Binchy, percorrendo os pictogramas. — É... Círculo, não está aqui, mas já esteve. Reparem, a área equivalente foi corrigida. Se nunca tivesse existido nenhum registro, o espaço estaria em branco.

— Mas ainda no ano passado eles me tiraram sangue outra vez — disse Molly. — Disseram que era por causa do pré-registro como eleitora. Foi um médico incompetente que se encarregou disso, meu braço continuou sangrando durante uma semana inteira. Por que não haveria uma amostra nos meus registros?

Binchy assobiou.

— Nora! Se vocês fossem apanhados aqui, condenariam todos nós ao exílio, mas *isso*, isso é manipulação de registros. É crime capital. Um pirata dos cartões criou um perfurador de sistema e andou brincando com o seu arquivo, Molly.

— Isso soa brilhantemente errado — disse o comodoro Black.

— Os afiadores de cartões costumam fazer isso por causa da adrenalina ou de brincadeira — disse Binchy. — Vamos investigar essa história e descobrir se o nosso amiguinho deixou algum rastro.

Seus dedos lançaram-se sobre o teclado e outro cartão de perfuração surgiu apenas alguns segundos depois. O cartão foi carregado e Binchy tamborilou nervosamente com os dedos enquanto esperava a rotativa processar e o último pacote de instruções. Coluna por coluna, o quadro do motor começou a debitar outros símbolos.

— Parece que as supressões são um dano colateral de uma pesquisa ilegal. O perfurador de sistema teve que entrar pela porta dos fundos para não ser detectado pelo controle do motor e danificou o arquivo em que estava tentando entrar. Alguém fez uma busca por certo tipo de sangue e o seu coincidia.

— Sangue, sangue mortal — disse o comodoro. — Tudo acaba sempre nele. Os pobres desgraçados que são deixados para trás nas ruas pelo assassino de Pitt Street como cascas vazias e agora Nickleby e o seu cérebro de lebre nos arrastam para mais uma de suas buscas pela verdade. Pobre Molly, com um vampiro sedento em seu encalço, e pobre de mim, que queria apenas passar os poucos anos que me restam em paz.

— É possível que a sua teoria tenha algum mérito, Jared corpo-macio — disse Lagartas de Cobre. — Desculpem-me, com licença.

Lagartas de Cobre deslizou até o teclado e começou a escrever um cartão novo. Binchy o observava com ansiedade. Os dedos de ferro do homem-vapor eram quase grandes demais para as teclas de marfim. Molly supunha que, normalmente, Lagartas de Cobre teria usado um dos seus servos para executar aquele tipo de tarefa, mas trazer seu séquito inteiro para os corredores do Salão Verde teria atraído muita atenção.

Binchy pegou o cartão finalizado e observou as centenas de buracos ínfimos definidos por Lagartas de Cobre.

— Uma espécie de empurrãozinho, não? — perguntou ele, enfiando o cartão no receptáculo do motor de transação.

— Desejo saber quantos outros arquivos contêm a mesma anomalia verificada no registro de Molly — explicou Lagartas de Cobre. — Esse cartão vai cruzar a informação dos campos nulos e produzir uma tabela de combinações.

Os símbolos começaram a chover da rotativa. Binchy delineava as linhas dos pictogramas com o dedo, soletrando silenciosamente para si mesmo à medida que traduzia do Simples. Colada a ele, a mente de Lagartas de Cobre agitava-se com clarões de energia enquanto fazia a mesma coisa.

Os lábios do afiador de cartões se imobilizaram e ele afundou na cadeira diante da máquina. Quanto a Lagartas de Cobre, mergulhou num silêncio concentrado.

— O que foi? — perguntou o comodoro. — Aliquot Lagartas de Cobre, o que os seus abençoados talentos com essas geringonças revelaram? Não fiquem tão calados, estão assustando a menina.

— Maldição, conte a ela — disse Binchy. — Por favor.

— Vamos! — disse Molly, impaciente. — Você descobriu quem são os meus pais, velha caldeira?

— Não é isso — disse Lagartas de Cobre. — Querido mamífero, existe um detalhe que interliga todos esses registros.

O homem-vapor apontou para o quadro da rotativa.

— Este é o campo de sangue em falta. Ao lado dele, estão as notas resumidas de uma investigação realizada pela Ham Yard. Molly corpo-macio, há mais de setenta nomes nessa lista e todos, que apresentam a mesma anomalia foram assassinados ou dados como desaparecidos. Continuo sem saber a razão pela qual está sendo perseguida, mas, receio que você seja a última corpo-macio dessa lista que continua viva.

Adormecida nas profundezas das salas dos motores do Salão Verde durante o último ano, despertou da sua letargia e verificou a própria integridade em busca de sinais de adulteração, mas não encontrou qualquer alteração digna de nota. Então, avançou através dos interruptores e das válvulas, procurando hesitantemente vestígios de outros observadores. Nada. O lugar usado como esconderijo tinha sido bem-escolhido. As emoções genuínas estavam além das possibilidades dessa coisa, mas ela experimentou algo não muito distante da autossatisfação. Não que a presença das sentinelas primitivas dos afiadores de cartões a preocupassem. Ela daria conta das sentinelas. As coisas que moviam-se ao redor da selva dos sistemas e que a coisa preferia evitar eram outras, seres que cresciam e multiplicavam-se nos velhos tambores dos motores de transação que tinham sido atualizados e substituídos, mas sabiamente mantidos no mesmo lugar, temendo que se quebrassem cadeias de estruturas nos sistemas de dados. Dessas coisas, sim, ela tinha medo. Ninhos de matemáticos mal-intencionados que a consumiriam com prazer e a obrigariam a fazer parte do seu coletivo.

Muito bem, algo a despertara. Uma das linhas invisíveis tinha sido esticada, um fio de disparo a avisou de uma possível descoberta. Uma linha em particular chamou a sua atenção. Era preciso segui-la, descobrir onde estava o erro. Ah, era o último arquivo ativo que estava sendo aberto. Faltava apenas um, ou seja, o seu criador tinha andado *ocupado* enquanto ela descansava. Uma agitação de prazer simulado. Ao que parecia, a tarefa de apagar os alvos tinha despertado uma pequena curiosidade em alguém.

A busca não estava errada para os padrões chacalianos, mas cheirava à falta de elegância e logo no detalhe em que devia ser mais discreta. Localizar a função do operador, um diretor de departamento. No entanto, não havia qualquer registro da entrada do diretor do departamento durante aquele dia. Enfim, também não seria de esperar que o responsável por isso estivesse trabalhando completamente às claras, não é? Como tal, analisar a assinatura-padrão do conjunto de instruções, combiná-la com buscas semelhantes, cruzá-la depois com o acesso dos operadores, relocalizar a função do operador. Um engenheiro na história, um afiador de cartões. Copiar a informação do arquivo do pessoal, o seu endereço... Muito bem.

Havia também uma segunda linha de pesquisa na mesma conta do operador, mas nem em mil anos esta poderia ter sido composta por um cérebro de corpo-macio. Nem uma só linha inútil de Simples em toda a pesquisa: elegante, lindíssima, como a pele de um mirtilo perfeito. Por um momento, aquele ser lamentou não poder jamais conhecer o autor daquele cartão de perfuração. Seu autor era um homem-vapor, claro. Além disso, tratava-se certamente de uma criatura com algum conhecimento. Que desperdício se a sua inteligência tivesse mesmo que ser extinta. O homem-vapor devia ter mantido os seus recursos de pesquisa fora dos assuntos de seu criador, mas era tarde para arrependimentos.

Uma mão mergulhou preguiçosamente num receptáculo e recolheu o cartão mais próximo numa das inúmeras torres de vidro do Salão Verde. Tratava-se de um trabalho fácil, já que a torre lidava apenas com requisições automatizadas. Quando as reservas de farinha do forte Downdirt atingiam um nível baixo e era necessário reabastecer, esse dado era automaticamente codificado pelos motores de transação. Ali não era necessário interpretar mensagens de mulheres idosas escritas com letra trêmula e borrada de feliz aniversário para os filhos como os operadores públicos tinham que fazer, o que não estava tão mau para o mensageiro, porque se ele tivesse traduzido a mensagem criptografada no cartão que levava consigo e, posteriormente, a tivesse denunciado, seu cadáver teria sido encontrado no dia seguinte à deriva nos esgotos do Apostaflores.

Capítulo Quinze

Oliver estava no fundo do mar. Às vezes, subia até a superfície e a pressão das profundezas amenizava. Ele se aproximava o suficiente da luz para conseguir ouvir as vozes. Alguém se queixava em tom estridente:

— *Sou arquiteto, não sou veterinário.*

Depois as vozes desapareciam. Em outras vezes, ele ouvia cantar. Estranhas melodias, não humanas, mas perfeitas. Uma espécie de código. Então, afundava novamente na trevas absolutas, calmas, atemporais, até que um ponto branco surgia no fundo daquele espaço. O ponto crescia, ganhando contornos, até adquirir uma forma desagradável.

Era o Sussurrador.

— Oliver — assobiou ele. — Consegue me ouvir?

— Isso não é um sonho — disse Oliver. — Não estou sonhando.

— Concentre-se em mim, Oliver. Não me largue. Você está em coma. Já é a segunda vez que o seu corpo quase morre nesta semana.

— Eu me sinto tão leve, Nathaniel… É como se pudesse voar para longe.

— Se voar para longe, nunca mais voltará, rapaz. Você foi envenenado. Os dois caçadores escravos da Cassarábia tinham uma espécie de glândula com toxinas nos dentes. Os arquitetos pensam que ela vem de uma enguia venenosa.

— Arquitetos?

— Você está no Estado Livre dos Homens-Vapor, nas montanhas de Mecância. São os próprios médicos do Rei Vapor que estão tentando salvá-lo.

— Que bom — disse Oliver. — Mas você também está com um ar doente, Sussurrador, parece mais magro... O que são essas feridas que tem no lado do seu corpo?

— Cortaram minha comida nestes últimos dias — dissimulou o Sussurrador — e, além disso, fui contra uma porta, devia ter visto o estado em que ela ficou.

Oliver deitou-se no chão daquele corredor infinito.

— Então, vamos dormir um pouco. Depois de uma boa soneca sempre se fica melhor.

— Não durma — gritou o Sussurrador. — Não me deixe, Oliver! Se adormecer, não vai acordar. Seu corpo não está lutando contra a infecção como era esperado. O veneno não é mágico nem uma feitiçaria de cantor do mundo e é por isso que o seu corpo não se importa com ele! A parte de você que está além da cortina da Brumencantada pouco se importa com uma infecção mundana.

— Não faz mal — disse Oliver. — Está na hora de uma soneca.

— O desinteressado foi obrigado a se interessar — disse o Sussurrador, agarrando o braço de Oliver. — Bem, que se dane, você está morrendo, de todo jeito.

Alguma coisa saltou do corpo do Sussurrador para dentro do braço de Oliver, que sentiu como se o seu membro tivesse sido mergulhado em ácido. Gritando de dor, Oliver tentou girar e se afastar.

— Agora diga se isso não desperta os fluidos encantados que há em você...? Ainda está com sono?

Treva absoluta por todos os lados, sem quaisquer hipóteses de fuga. Oliver tentou libertar-se do Sussurrador, mas a criatura o pegou pelo tornozelo e outra faísca de agonia apoderou-se de imediato da sua perna, como se um sol queimasse a pele. Era como se os seus músculos estivessem arrebentando em chamas.

— Isso não tem nada de biológico, Oliver, é uma coisa só entre nós dois, um pouquinho de brincadeira encantada. Foi com esse tipo de brincadeiras que eles me enterraram vivo no hospício de Hawklam há muitos anos.

Debatendo-se para se libertar, o corpo de Oliver começou a estremecer com convulsões, enquanto os punhais de dor se incrustavam nele vindos de todas as partes.

— Por favor! Pelo amor do Círculo, Sussurrador, está me matando com essa dor!

— Estou matando você e a mim também, Oliver — riu o Sussurrador. — Quem se mete nisso por um *penny*, agarra-se por um guinéu. Vamos descobrir quanta agitação esse corpinho de homem consegue aguentar, pode ser?

Seus tendões eclodiram e a pele começou a fumegar. Um corredor negro abriu-se diante de Oliver, ao mesmo tempo que brechas de dor vermelha fendiam seus muros de ébano. Uma série de silhuetas vermelhas saiu do interior da sua boca, num rendilhado furioso de formas demoníacas vomitado por sua garganta. Contornando e atacando seu agressor encantado como um enxame de vespas, os seres minúsculos e nojentos obrigaram o Sussurrador a se dobrar e a cair para trás. Parte do seu braço tinha desaparecido, fervilhando debaixo de uma névoa de vapor.

— Teve tempo o suficiente para sangrar, não teve?

Subindo como o magma expelido por um vulcão, Oliver cavalgou a dor, cada vez mais para cima, até que o seu corredor de paz ficou para trás e ele foi projetado para uma sala de pedra branca, com as costas arqueadas e encharcado em suor.

Oliver respirava pesadamente, deitado numa mesa que parecia ser de lousa branca. Na verdade, tudo ali era branco, de uma luz pura e límpida que chegava até aquela sala por intermédio de uma claraboia. As montanhas cobertas de neve lá fora eram a única prova de que ele não tinha sido projetado do Inferno para o Céu. Tossindo, Oliver agarrou-se à máscara colocada sobre a sua cara — o vapor de substância amarelada e meio nebulosa que saía de dentro dela tinha sabor semelhante ao da sopa de cenoura da Damson Griggs.

Suas pernas pareciam pesadas. Olhando para baixo, descobriu aquilo que parecia ser uma aranha gigantesca sentada aos seus pés e a visão inesperada daquele bicho fez com que Oliver, ainda meio delirante, começasse a gritar.

— Acalme-se — disse uma voz. — É apenas um mu-corpo.

Um homem-vapor surgiu diante dos seus olhos, com a luz brilhante a ser refletida pela sua carapaça polida como uma dúzia de estrelas cintilantes.

— Você está na ala dos arquitetos, jovem corpo-macio e eu poderia passar por perito em medicina comparativa.

— Então, quer dizer que estamos em Mecância?

— Sim. Foi o seu amigo que o trouxe até aqui — respondeu o homem-vapor. — Posso dizer que você é um corpo-macio muito sortudo por continuar ativo. Seu corpo foi infectado pela mordida de uma criatura adulterada com dotes de biomância e os fluidos do seu sistema foram danificados a um nível extremamente básico, um fenômeno semelhante ao que os cristais infligem no meu próprio povo. Estava no processo de criar um filtro para limpar os seus fluidos quando sua própria biologia acabou repelindo o veneno. Não estava consciente do fato da sua raça ter essa característica. Os negociantes corpos-macios costumam me trazer as publicações do seu Instituto Real, mas nunca antes tinha ouvido falar de um caso tão avançado de autorregeneração.

Oliver recordou-se do Sussurrador ardendo no seu corpo e limpou o manto de suor que estava pingando em os seus olhos.

— Tive alguma ajuda.

O homem-vapor deu uma palmada carinhosa no servo sentado no seu colo.

— De fato, você teve. Temos um filtro de teste infiltrado em seu tornozelo. Posso deixá-lo ali, ele se dissolverá de forma inócua com o passar do tempo. No entanto, se preferir esperar mais um dia, este curandeiro pode removê-lo.

— Pode deixar — disse Oliver. — Posso falar com Harry?

— O seu companheiro está reunido com a corte — disse o arquiteto. — Agora precisa descansar.

Oliver tentou levantar-se da mesa, mas caiu para trás. Estava tão fragilizado como um recém-nascido.

— Estamos a uma altitude considerável. Além do envenenamento do seu sistema de fluidos, sua estrutura biológica de corpo-macio vai necessitar de algum tempo para se adaptar à escassez de oxigênio da cidade.

— Por favor, arquiteto...

— Arquiteto Cabeça Dourada — esclareceu o homem-vapor. — É provável que as minhas faculdades como curandeiro de seres de sangue-veloz estejam meio limitadas à leitura de algumas publicações periódicas, mas são suficientes para compreender que, neste momento, você precisa de algum tempo de recuperação e de nutrição, jovem corpo-macio. Por isso, peço que se deite, ou, pela caldeira pesada, serei obrigado a ordenar aos meus servos que amarrem você à cama.

Com a menção da comida, o estômago de Oliver se fez notar.

— Nutrição seria muito bem-vinda, arquiteto Cabeça Dourada.

— Já alertei o pessoal da nossa embaixada — disse o arquiteto. — Eles possuem larga experiência na preparação de suas comidas orgânicas, de acordo com os costumes do povo de sangue-veloz.

Uma refeição preparada por uma raça que não tinha qualquer noção do que era o sentido do paladar? Enfim... A julgar pelos sons vindos de seu estômago, ele não iria se queixar muito.

Oliver passou mais dois dias na ala cirúrgica do homem-vapor arquiteto. Uma vez que não era permitida qualquer visita durante esse período de tempo, suas únicas companhias foram as dos mu-corpos médicos-aracnídeos desprovidos de voz e a de seu senhor. Oliver passou grande parte desse tempo observando a cabeça brilhante e desproporcional do arquiteto, que assentia silenciosa e concentradamente enquanto movimentava-se de um lado para o outro com seus afazeres.

Impossibilitado de se movimentar, Oliver teve um tempo imenso para contemplar a vastidão das montanhas de Mecância pelas janelas espaçosas e limpas da sala de cirurgia. Envoltos em névoa, os edifícios da cidade erguiam-se das montanhas como pérolas de coral: os caminhos limitados pelos corrimãos contorciam-se de acordo com as encostas e as largas escadarias tinham sido escavadas na pedra. Durante a noite, ele conseguia ouvir os ventos altos agitando milhares de bandeiras de oração, serpentinas coloridas acariciadas pelo vento, ao mesmo tempo que os sinos feitos com ossos de homens-vapor retiniam e ressoavam em harmonia com o ritmo do vento.

Durante o dia, Oliver observava as crianças homens-vapor com os seus corpos infantis subindo pelas escadas que davam para as plataformas de muros abertos nos picos do lado oposto à ala dos arquitetos. Lá, sentavam-se em filas ordenadas, cantando hinos ancestrais aos Vapores dos Loas e seus antepassados no seu estranho código maquinal: Waldo-Aço-bhalah, Sogbo-Tubo e Legba das Válvulas.

Sentado em sua cama, Oliver viu coisas com as quais apenas sonhara nos tempos em que vivia refém de sua ordem de restrição: procissões de homens-vapor místicos dançando e rodopiando no crepúsculo, assustadores caixas-armas, homens-vapor do tamanho de casas que subiam cuidadosamente as escadas sobre duas pernas, com canhões maciços prontos para repelir qualquer invasor tolo o bastante para atacar a fortaleza daquela montanha.

No terceiro dia, os médicos do rei declararam-no suficientemente restabelecido para voltar a ver Harry. O arquiteto Cabeça Dourada conduziu o rapaz pelos corredores em direção a uma plataforma ambulante incorpórea que os esperava no exterior. Suas chaminés bem-adaptadas à altitude daquele lugar deixavam um rastro fino de fumaça suspenso no ar frio à medida que Oliver e o seu tutor seguiam pelas ruas escarpadas de Mecância. Nenhum daqueles caminhos montanhosos parecia muito frequentado e a plataforma ambulante quase não precisou fazer soar o seu apito, até porque os homens-vapor afastavam-se de forma solícita assim que percebiam o meio de transporte que se aproximava. A sociedade mecanciana não parecia tão heterogênea aos olhos de Oliver como a de uma cidade chacaliana, embora tivesse cruzado com um ou outro caranguenarbiano ou com um negociante chacaliano, sobretudo negociantes de carvão, cobertos com confortáveis casacos de peles com carroças de mulas que deixavam escapar pó de coque negro dos cestos sobrecarregados. Seus meios de transporte expandiam e encolhiam ao longo das ruas estreitas, ao passo que os edifícios pintados de branco dos dois lados da rua erguiam-se a uma altura semelhante a das encostas de um desfiladeiro. Todos eles terminavam com um telhado vermelho, fazendo lembrar antigos templos que desapareciam nas cortinas sucessivas de névoa. Alguns dos homens-vapor que estavam na janela acenavam ante a passagem da comitiva.

— Harry está próximo? — perguntou Oliver ao arquiteto.

— Ele continua no palácio — respondeu o homem-vapor.

Fazia um frio terrível na plataforma ambulante descoberta. Oliver afundou as mãos nos bolsos do seu casaco de pele. Não admirava que grande parte do território do Estado Livre dos Homens-Vapor fosse constituído por essas montanhas no teto do mundo. Não havia muitas outras raças em Chacália que se adaptassem com muito boa vontade a estas altitudes escarpadas.

O caminho foi se alargando na medida em que se afastaram das ruas cercadas de edifícios, até se aproximarem de uma imponente ponte suspensa que atravessava o ar, rumo à cidadela real de Mecância. Um rio de marfim e névoa passava embaixo da ponte de ferro. Na outra margem, duas portas semelhantes a escudos de pedra sobre rodas se abriram, vigiadas por um caixa-arma com a ponta de seu canhão infiltrada no solo para detectar qualquer ameaça. Uma fila de cavaleiros-vapor aguardava em sentido à sombra delas, como centauros de metal, as cabeças terminadas em bicos afiados como aves predadoras. Os cavaleiros estavam tão imóveis que poderiam ser perfeitamente confundidos com estátuas. Só as bandeiras nas hastes acopladas às suas costas estalavam e agitavam com o vento. Uma vez autorizada a sua passagem, a plataforma ambulante acelerou através da entrada, rumo à cidadela propriamente dita.

Oliver observava atentamente os vastos espaços em que estavam, repletos de homens-vapor ajoelhados entoando os mesmos cânticos maquinais que ele ouvira quando estava mergulhado no estado de semiconsciência causado pela febre.

— Estão cantando em louvor dos nossos antepassados — explicou o arquiteto Cabeça Dourada, seguindo o olhar de Oliver. — Os espíritos ficam satisfeitos quando ouvem as suas vidas e façanhas cantadas pelo nosso povo. Não é certo que todas as nossas realizações sejam feitas sobre os ombros daqueles que nos precederam neste mundo?

Oliver lembrou-se dos cadáveres dos cavaleiros-vapor se erguendo da lama em Chacália.

— Algo me diz que talvez eu também deva agradecê-los.

— De fato, Oliver corpo-macio. Na capital, muito se tem falado dos rumores sobre o que aconteceu com você e o seu companheiro na fronteira. A última vez que os Loas intervieram em assuntos dos de sangue-veloz foi... enfim, digamos que há muito tempo. Receio que essa intervenção tenha sido um presságio dos tempos difíceis que se aproximam.

As palavras da Dama das Luzes voltaram à mente de Oliver: *Estamos rapidamente passando do ponto em que um pouco de gesso e uma pintura rápida vão poder evitar estragos maiores.* No entanto, não disse nada. O quarto na Pousada das Setenta Estrelas e sua vida tranquila passada lendo livros realmente pareciam tão ruins agora? Certamente aquele tédio era bem melhor do que ter o peso do mundo nos seus ombros.

A plataforma ambulante se deteve junto a duas colunas altas e vermelhas e o arquiteto desceu do meio de transporte dos homens-vapor, fazendo sinal para que Oliver o seguisse. Depois das colunas havia um frio espaço aberto, de chão forrado de madeira dourada. No meio daquela área rochosa e daquele clima áspero, aquele, com certeza, era um material precioso.

— Seu companheiro e o Mestre Serra estão prestes a fazer uma demonstração — sussurrou o arquiteto Cabeça Dourada com sua caixa de voz no volume mais baixo. — Uma exposição de artes marciais.

De fato, lá estava o infame Stave no meio daquele espaço, frente a frente com um homem-vapor de três pernas e dúzias de braços esqueléticos, muitos deles terminados em forma de lâminas, cassetetes e clavas, todos com as extremidades envolvidas em tecido grosso para o combate de treino.

Os jovens homens-vapor em corpos infantis estavam silenciosamente dispostos na extremidade oposta daquele espaço, aguardando sentados e cheios de curiosidade para ver como aquele animal corpo-macio conseguiria enfrentar um membro da sua espécie.

— O Mestre Serra é o Cavaleiro-Marechal das Ordens Militares — revelou o arquiteto. — Treinar com ele é uma honra enorme. Seguramente o seu amigo impressionou o Mestre Serra durante as reuniões na corte.

— Ou então o aborreceu — disse Oliver. — Talvez tenha roubado a coroa do Rei Vapor.

O arquiteto Cabeça Dourada pareceu ficar chocado com aquela sugestão.

— Com certeza, não! Dizem que o seu amigo é um cantor do mundo, que ele consegue lutar na velocidade dos feiticeiros.

— Observe e comprove por si mesmo — disse Oliver.

Mestre Serra baixou sua cabeça em bico de agulha na direção de Harry e o lupocaptor retribuiu a pequena saudação. O que se seguiu foi algo rápido demais para se acompanhar com os olhos: o homem e o homem-vapor formaram um borrão de fúria vertiginosa, com golpes sendo desferidos, bloqueados e devolvidos em uma dança executada a uma cadência nos limites da compreensão humana. O soldado de metal lutava em um estilo de moinho de vento frenético, fazendo uso dos seus membros de ataque em arcos de destruição. Harry parecia, por sua vez, fazer uso de sua agilidade animal para saltar, chutar e esmurrar, cedendo espaço sempre que o homem-vapor avançava sem, no entanto, parecer recuar um milímetro, rodando e pairando ao redor dele.

Depois de um minuto observando aquele duelo, o combate parecia ter se tornado outra coisa: os dois lutadores estavam tão sincronizados em seus movimentos que mais parecia um número de dança coreografada. Mais do que violência, aquilo era arte. Hipnotizado pela demonstração, Oliver se sobressaltou quando um dos sinos soou: o combate tinha chegado ao fim. Se questionado sobre a duração da luta, o jovem teria dificuldade em dizer se tinha durado dois minutos ou trinta. Quando executou sua saudação final para o homem-vapor, Harry estava suando de tal maneira que parecia ter acabado de sair de uma piscina, enquanto que um vapor imenso era liberado da caldeira esgotada de Mestre Serra, vermelha por causa da energia extra por ele consumida.

Mestre Serra baixou sua cabeça em forma de elmo.

— A forma da água. Aí está uma boa escolha quando se combate o metal.

— Foi o que me ensinaram, Cavaleiro Marechal, embora o fogo vença a água.

Mestre Serra ergueu os braços-armas enfaixados.

— Nem os cavaleiros-vapor usam armas de fogo num combate de treino.

Harry Stave finalmente viu Oliver e avançou até onde ele se encontrava.

— Rapaz! Você nos deixou muito preocupados por um maldito tempo. Eles não me deixaram vê-lo enquanto não estivesse totalmente recuperado.

— Parece que a sua falta de crença nas nossas capacidades para curar seu amigo era infundada — disse o arquiteto Cabeça Dourada.

Harry lançou um olhar gélido para a criatura de metal e levou Oliver para um ponto onde pudessem falar sem serem ouvidos.

— Encontrei um médico humano que trabalhava com os mercadores que se machucam nos caminhos da montanha, nas encostas e nas quedas, mas depois descobri que era um foolhado. Com certeza regressou para casa. Pensei que talvez tivesse mais chances com o crânio brilhante ali e os seus amigos, embora tenha sido necessário convencê-los de que você não gostaria de membros de metal.

— Agora estou bem, Harry.

— Que bom, rapaz. Eu preferia não ter que explicar ao seu pai, no dia em que seguir em frente para o Círculo, por que seu filho morrera quando estava em fuga com o velho Harry aqui.

— Por que estamos aqui? O que o Rei Vapor quer?

— Alguma coisa tem assustado esse pessoal — respondeu Harry. — Estão tentando disfarçar, mas não o suficiente para passar despercebido. Não tenho dúvida de que o alegre monarca sabe o que está se passando. Já estive com vários oficiais da corte como, por exemplo, o velho mestre de facas ali, mas ainda não vi o Rei Vapor. Ele é um sábio deslizante, Oliver, consegue mover-se por entre os corpos e controlar centenas deles ao mesmo tempo, se assim quiser. Tenho a sensação de que ele anda brincando comigo. Os homens-vapor me procuram o tempo todo e puxam conversa: cozinheiros, soldados e afins, mas é como se estivessem sempre continuando a conversa do anterior. Acho que alguns deles talvez sejam Sua Majestade.

Oliver lançou um olhar sobre aquele espaço. Queria dizer, então, que o Rei podia ser qualquer um daqueles homens-vapor. Talvez pudesse até ser um par deles ao mesmo tempo, para assim poder observar tudo a partir de dois pontos de vista diferentes.

— Acho que eles não querem nos fazer mal. Pelo menos, não agora — acrescentou Harry. — De outra forma, teria sido mais fácil nos deixar na fronteira, à mercê dos casacas-vermelhas e dos caçadores de escravos.

— Acha que podemos confiar neles, Harry?

— São os aliados mais antigos de Chacália. Não estou insinuando que sei como a mente deles funciona, mas até nos darem boas razões para suspeitarmos, acho que é seguro dar o benefício da dúvida a eles.

Um membro da corte aproximou-se dos dois, avançando numa roda de tambor único.

— Sua presença é requerida pelo Rei Vapor.

— Já não era sem tempo — disse Harry. — Há uma semana que estou olhando para o teto do seu palácio.

— Não é a sua presença, Harry corpo-macio — esclareceu o cortesão. — A presença requerida é a do outro mamífero aqui presente.

— Você está brincando comigo? — protestou Harry.

— Tenho as minhas ordens e elas são bem explícitas. Estou certo de que elas não têm qualquer intenção de esnobá-lo.

— E eu estou certo de que não as encarei como tal — respondeu Harry quase de imediato. — Vá lá, rapaz, mas tenha cuidado. O Rei Vapor já estava sentado no seu trono quando Isambard Kirkhill forçou nosso rei a abdicar do dele. A velha caldeira é astuta como uma jaula de macacos.

Oliver seguiu o cortesão para o interior da cidadela real. O homem-vapor avançava a um ritmo lento e pausado, talvez na esperança de que aqueles que cruzassem com ele reparassem na sua posição de serviço direto do monarca. Os dois chegaram ao destino lado a lado. Oliver sentiu o ar gelado ao entrar no novo salão. Ao olhar para cima, constatou que não havia telhado. Estavam num buraco vazio, escavado na encosta da montanha. Uma pequena figura estava sentada no meio do chão. Menor do que uma pinça, podia tratar-se de um brinquedo de ferro, banal, a não ser por uma semelhança notável com a raça humana — maior do que a dos homens-vapor que Oliver conhecia. Seria aquilo o Rei Vapor ou a mente iluminadora da raça do metal estava fazendo com ele o mesmo tipo de jogos mentais de que o lupocaptor suspeitava ter sido vítima?

— Rei Vapor? — perguntou Oliver. — Quer dizer, Sua Majestade?

A figura de pernas douradas e entrelaçadas acenou de maneira quase imperceptível com a cabeça.

— Sente-se, Oliver corpo-macio.

Sem cadeiras por perto, Oliver imitou a postura do Rei Vapor e sentou-se diante dele, como uma criança à espera do início da aula, ainda que o homem-vapor não estivesse com ar de quem leria uma fábula do livro Circulista.

— Não está muito frio para você aqui fora? — perguntou o Rei Vapor, fazendo as suas palavras saírem do *movimento* dos seus lábios e não da caixa de voz.

— No momento, estou ótimo… Sua Alteza.

— Gosto muito de me sentar aqui para observar os na-falcões voando em círculos sobre as montanhas — disse o Rei Vapor. — Você acha que há alguma verdade para ser revelada em seu voo?

— Talvez a verdade que vem de uma mente limpa, Sua Alteza.

O rei assentiu.

— Você diz como alguém que, parece-me, passou muito tempo sentado, refletindo e observando de fora.

— Era uma espécie de passatempo que eu tinha até uns meses atrás — disse Oliver.

Teria passado assim tão pouco tempo desde que a sua vida anterior terminara e esta nova começara?

— Quando entrou aqui, pareceu surpreso por me ver neste corpo.

— Eu o tinha imaginado… Não sei, como uma montanha de maquinaria, colossal, a lançar fumaça e com milhares de mu-corpos servindo cada uma das suas partes, todos sendo o senhor — disse Oliver.

— Já usei muitos corpos — disse o Rei Vapor — e já fui maior e menor do que isso que vê agora. No entanto, creio nunca ter sido uma montanha. Isso que você tem em mente certamente seria impressionante para os que não são da minha raça. Talvez fosse possível empilhar algum lixo velho para construir algo semelhante e eu pudesse me esconder atrás de uma cortina com um amplificador de voz. Talvez fosse divertido assustar a sua embaixadora em sua próxima visita. No entanto, creio que o meu povo iria rir de mim. Para nós, menos costuma ser mais. Preferimos o vasto poder embrulhado em invólucros mais discretos.

O Rei Vapor lançou um olhar cheio de significado a Oliver.

— Não estou seguro de ter grandes poderes, Sua Majestade.

— Por favor, não seja modesto — disse o Rei Vapor. — Sabe qual é a razão por que este corpo me agrada? Foi um dos meus primeiros. É de um tempo mais ancestral, suficientemente antigo para chocar os historiadores de suas universidades. Isso, é claro, se eles tivessem os meios necessários para contextualizá-lo. Fui testemunha das idades do gelo e do fogo, assisti à mudança incessante dos continentes. Vi as próprias leis da física evoluírem por suas fases e transformações e, à exceção de alguns usuários de foolha cassárabes envoltos em cetim, sou provavelmente a única criatura na face da terra que viu um Observador caminhar sobre o solo de Chacália e pensar: "Ah, não, e lá vamos nós de novo".

Oliver desviou o olhar.

— Sim, Oliver corpo-macio. Eu estou a par da Dama das Luzes, assim como de mais algumas coisas. Waldo-Açobhalah atravessa a noite como um coelho assustado, os espíritos de Engrena-gi-ga estremecem, só atrevem-se a cruzar os corredores dos nossos antepassados aos pares. E no meio de tudo isso, surge um jovem corpo-macio, com um suave empurrão da Mãe Universo. É tudo muito curioso, não acha?

— Curioso não é a palavra certa. Preferia que não se tratasse de *mim* — disse Oliver.

— Uma reação perfeitamente natural — concordo o Rei Vapor. — No entanto é de você que se trata. Para existir, cada coisa deve ter o seu oposto. Um sorriso nada significa sem uma lágrima, o prazer não faz sentido sem a dor. Onde quer que haja vida, há igualmente antivida. Estamos sendo ameaçados, Oliver corpo-macio, e é você que temos. Enfim, talvez metade daquilo que temos.

— Metade? — perguntou Oliver.

— Luz e sombra, Oliver corpo-macio. Macho e fêmea. Ouça as minhas palavras: é sempre preferível a existência de alguma redundância no sistema. Você é o sistema de defesa. O sistema de ataque está em outra parte, em algum lugar em Chacália. Via de regra, as Observadoras são sutis… mas previsíveis.

Oliver soltou um suspiro incerto de alívio.

— Quer dizer então que não estou sozinho?

— Nunca esteve sozinho, Oliver — esclareceu o Rei Vapor —, embora, dada a sua vida anterior de exílio interno em Chacália, eu consiga compreender perfeitamente por que você se sente assim. Eu estou com você, sobretudo porque, no que diz respeito a essa questão, ou afundaremos ou sobreviveremos juntos. Quem dera eu pudesse saber *aquilo* que você é, afinal. Ficaria muito mais tranquilo…

— Não tenho certeza. Talvez devesse falar com o meu amigo Harry. É possível que ele saiba mais do que aquilo que dá a entender.

— Talvez você tenha razão — disse o Rei Vapor, enquanto os seus lábios se moviam para quase esboçarem um sorriso. — No entanto, não confio em seu companheiro. Não é nada pessoal, simplesmente meu país talvez seja o único Estado do continente que não conta com uma polícia secreta. Os colegas dele espalhados pelos céus, entretidos contando nossas caixas-armas e planejando uma sociedade perfeita, deixam-me nervoso. Apresentam-se sob a forma de pastores, protegendo o rebanho e matando os lobos. Porém, o sistema da vida também precisa de lobos, Oliver corpo-macio. Os lobos são agentes da mudança, da evolução. A mudança é a única constante com a qual todos nós podemos contar.

— Como uma das ovelhas que ele tem protegido, talvez não concorde com você — disse Oliver.

— Muito bem. O seu amigo foi... qual é o termo exato que eles usam? *Renegado*. Nesse caso ele é um lobo ou um lupocaptor? Nós temos dado o benefício da dúvida a ele, mas não vou dizer que não foi divertido vigiá-lo desde que está na capital.

— Eu confio nele — disse Oliver.

— Confiar — disse o Rei Vapor. — A confiança da juventude... Se bem que certamente só o sangue jovem pode sobreviver às mudanças provocadas pela Brumencantada. Estou certo de que a Observadora sabe o que está fazendo.

— Seu povo pode sobreviver? — perguntou Oliver. — Isto é, do outro lado da cortina da Brumencantada?

— Não sob qualquer uma das formas que faz de nós o que somos — disse o Rei Vapor. — Um pouco à semelhança do que acontece com os da sua raça, Oliver corpo-macio. No entanto, temos outras... rotas de voo abertas, caso não tenhamos outra saída.

— Sinto muito — disse Oliver.

— Não sinta por minha causa — disse o Rei Vapor. — Eu já vivi muito tempo e vi coisas demais. Mas *você* não pode permitir que tudo acabe. É realmente um fardo pesado para se carregar, jovem sangue-veloz, e desejaria muito poder ajudá-lo a suportar... mas meus desejos não farão com que assim seja. A escuridão da Caotyl Selvagem está prestes a cair. Trata-se de uma treva tão perfeita e completa que irá destruir tudo aquilo que mantém a sua espécie e a minha. Temos que nos opor a ela, sejam quais forem as consequências e o preço a pagar.

— Disse que eu era o sistema de defesa — disse Oliver. — E o sistema de ataque…?

— Há uma sabedoria ancestral dos campos de batalha — disse o Rei Vapor. — Por vezes, a melhor defesa é um bom ataque. A sua contraparte está em perigo. Sua presença no quadro continua a ser secreta e essa é uma vantagem que o sistema de ataque não tem. Com a recompensa que oferecem pela cabeça dela, você poderia comprar Chacália inteira. Na verdade, suspeito que seja algo assim que os servos da Caotyl Selvagem planejam fazer.

— E não pode ajudá-la?

— Só muito recentemente notei a existência da sua companheira — disse o Rei Vapor. — E, para ser franco, as coisas não parecem muito favoráveis a ela. O que me recorda que chegou a hora.

Uma porta se abriu do lado oposto e um homem-vapor de dimensões consideráveis sobre lagartas emergiu dela. Sobre a cabeça dotada de olhos compostos, o homem-vapor trazia uma coroa de cristal brilhante. O pequeno corpo que parecia uma criança se silenciou e Oliver compreendeu que a atenção do Rei Vapor tinha se transferido para esse novo corpo diante dele. Duas esferas sobre o pescoço do homem-vapor vibraram quando ele exclamou:

— Mais apropriado à dignidade de meu papel, Oliver corpo-macio?

— Sim, Sua Majestade.

Uma onda de vapor foi projetada na atmosfera gelada pelas chaminés do Rei.

— Então, sente-se na parte da frente do meu corpo, jovem sangue-veloz. Há uma cerimônia na qual devo comparecer e um conselho para convocar.

— Tem certeza, Sua Majestade? — perguntou Oliver. — Deseja que eu suba em cima do senhor como as crianças costumavam fazer com o velho Pinoenferrujado em Chacália?

— Pinoenferrujado ainda trabalha em Cem Cadeados? Ah, aquela velha caldeira. Oliver corpo-macio, estou bastante seguro de que a minha corte vai ficar escandalizada… E esse é precisamente o objetivo.

Oliver subiu na proa do Rei Vapor e suas lagartas avançaram com um ruído surdo, levando-os para fora daquele espaço, descendo através de uma rampa em espiral construída na pedra. No fim da rampa, dois cavaleiros-vapor semelhantes a centauros ladearam o monarca e a comitiva irrompeu pelos corredores da montanha. O estrépito causado pelos cascos de metal ressoava nas paredes do palácio. O grupo desacelerou brevemente para atravessar um corredor movimentado e dois homens-vapor, cada um deles com um olho telescópico, saltaram para a parte traseira do corpo do Rei. Por um momento, Oliver chegou a pensar que talvez eles estivessem comportando-se de forma desrespeitosa, aproveitando a carona do monarca. No entanto, não levou muito tempo para compreender que eram criados, parte da inteligência do próprio sábio deslizante.

Ao final do corredor, entraram na sala do trono e um homem-vapor bateu um cajado de vidro no chão polido de mármore.

— Sua Alteza, o Rei Vapor, protetor do Estado Livre, monarca do povo verdadeiro, Guardião da…

— Basta! — exclamou o Rei Vapor. — Estamos aqui para honrar os caídos, não para enumerar os títulos que os meus cortesãos se lembraram de inventar na última semana. Deixe que os Guardiões das Almas avancem!

A parte da frente da assembleia dos homens-vapor presente na sala do trono se abriu em duas, Oliver avistou Harry ao lado do seu oponente na sessão de treino, o Mestre Serra. Uma linha de homens-vapor esqueléticos apoiados em tripés surgiu da passagem recém-aberta, transportando um lençol com os componentes do corpo de uma das criaturas de metal. A única parte reconhecível era a cabeça de um homem-vapor, com cabos e fios suspensos como se fossem *dreads*. O chefe dos esqueléticos carregadores funerários aproximou-se do Rei Vapor.

— Esse que me trazem é um dos nossos? — perguntou o Rei Vapor.

— Ele era.

— Seu nome pode ser elogiado ao povo?

— O controlador sacrificou a vida pelo povo — anunciou o Guardião das Almas. — Louvamos o verdadeiro nome de Ferrugem Vermelha a Waldo-Açobhalah.

Os carregadores funerários cantaram então com suas estranhas vozes maquinais, entoando um hino binário que ecoou por toda a sala do trono. Os rituais fúnebres eram a única ocasião em que o verdadeiro nome de um homem-vapor podia ser revelado por alguém que não o rei.

À medida que o cântico metálico se desvanecia, o Rei Vapor girou para encarar todos os cortesãos e oficiais da cidadela presentes na sala.

— Aquilo que resta das memórias dos nossos irmãos é partilhado e o que resta dos seus preciosos componentes é enviado para a sala de nascimentos. O lugar onde ele caiu nos é desconhecido. Então, sua cápsula desativada não será enterrada, mas enviada para a fornalha do Monte Pistãofuda. Quem se encarregará das suas placas de alma?

Um dos carregadores funerários avançou com dois painéis de cristal sobre uma almofada roxa.

— Eu me encarregarei da sua alma.

— Quando levá-la para a sala dos mortos, tome conta dela — ordenou o Rei Vapor.

Uma parede num dos extremos da sala do trono começou a se erguer em direção ao teto, revelando uma caverna aberta: milhões de placas de cristal, conectadas a fendas na fachada da caverna, quilômetros e quilômetros de homens-vapor mortos e iluminados por arcos de luz vermelha.

— Talvez exista um pouco de verdade nos seus devaneios sobre as minhas formas montanhosas, afinal — sussurrou um dos mu-corpos do Rei Vapor ao ouvido de Oliver.

Foi então que o carregador funerário começou a estremecer diante dos seus olhos, com as suas pernas tremendo e se agitando. Em seguida, a criatura se acalmou e a sua forma começou a mudar. Pareceu se dilatar, tornando-se mais ereto que o desenho das suas formas permitiria.

— Que Loa apoderou-se deste corpo? — perguntou o Rei.

— Krabinay-Canos — cacarejou o carregador funerário que, depois de recolher o conteúdo da almofada, levou as placas de alma e desapareceu, galopando em direção à meia-luz da sala dos mortos.

— Krabinay-Canos é um sujeito esperto — disse o Rei Vapor a Oliver —, mas vai descobrir o circuito de descanso do controlador na sala. Bem, onde está a voz de Engrena-gi-ga?

Um homem-vapor de cápsula acobreada surgiu por trás de um pilar, baixando a cabeça numa espécie de reverência.

— Sua Majestade.

— O que tem a dizer sobre os nossos visitantes corpos-macios?

— Temos passado os dias lançando as rodas, Sua Majestade. Usamos centenas e centenas de videntes, até as imagens ficarem desbotadas pela falta de óleo e os Loas se irritarem com o nosso interrogatório.

— Cautelosos como de costume — observou o Rei Vapor. — No que diz respeito ao velho inimigo, o que as rodas revelaram?

— Não teremos condições de proteger nenhum dos corpos-macios depois que abandonarem Mecância — disse o místico. — Se permanecerem na capital, estarão seguros. Mas se partirem, não faremos mais parte dos seus assuntos imediatos. A salvação depende exclusivamente dos poderes do jovem corpo-macio e não dos nossos.

Oliver foi atingido por uma sensação de ansiedade. Então ele não teria qualquer auxílio do mais velho aliado de Chacália?

— Mas há algo mais — disse o Rei Vapor. — Consigo sentir escondido nas suas palavras.

— *Um* dos nossos pode providenciar alguma assistência a esses dois corpos-macios. Um e apenas um.

— Revele o seu nome — ordenou o Rei.

— Às suas ordens, Sua Majestade. Seu nome é Golpe de Vapor.

Um ruído de incredulidade percorreu o grupo de homens-vapor reunidos na sala do trono. Mestre Serra destacou-se do grupo de lutadores semelhantes a centauros.

— Não é possível, o conselho de videntes não teria se enganado?

— Não há nenhum engano — respondeu o místico. — Tentamos de diversas formas encontrar uma resposta alternativa, mas em todas as vezes as rodas de engrenagem responderam sempre o mesmo nome.

— Ele está desativado e caiu em desgraça — disse Mestre Serra. — Se apenas um pode seguir com eles, que seja eu ou um de meus cavaleiros.

— Está decidido que será Golpe de Vapor — reiterou o leitor de Engrena-gi-ga. — As rodas falaram.

O rei acenou com a mão e Mestre Serra recuou para junto do seu grupo.

— Não seria a primeira escolha da minha lista de guerreiros… — disse um dos mu-corpos do rei.

Oliver ficou desconcertado. A facilidade com que o Rei Vapor se infiltrava em vários corpos e envolvia-se em conversas simultâneas era desconcertante.

— E devo acrescentar que sequer estaria no final dela.

Oliver estranhou.

— Mas aquele homem-vapor acabou de dizer que ele está desativado. Como alguém morto pode nos ajudar?

— Essa palavra tem vários significados para o Povo de Metal. As placas de alma de Golpe de Vapor não foram devolvidas aos seus antepassados. Ele dorme e as suas funções mentais estão suspensas como forma de punição por seus crimes.

Oliver estranhou ainda mais. Que tipo de criatura defeituosa o Rei Vapor estava tentando impor a eles?

— Foi um crime de honra — disse o servo do Rei, percebendo a expressão de Oliver. — Ele violou o código vaporoso dos nossos cavaleiros.

Covardia. Golpe de Vapor era um dos sete cavaleiros enviados por nós para as selvas de Liongeli numa missão vital para o povo. Sua coragem se avariou e ele abandonou os seus irmãos para morrerem naquele lugar. Preferiu salvar o seu óleo sacrificando seus deveres, sua missão e as vidas de seus companheiros de combate.

— Não sei se quero ter esse homem-vapor vigiando a minha retaguarda quando as coisas se complicarem — disse Oliver.

— Os Loas seguem os seus próprios caminhos — disse o Rei Vapor. — No entanto, eles sabem o que está em jogo para todos nós.

Oliver esboçou um encolher de ombros. Enfim, por que não? Fosse como fosse, ele tinha a polícia, as forças armadas e a ordem dos cantores do mundo de Chacália em seu encalço querendo vê-lo pendurado na forca, isso para não mencionar a Corte do Ar no encalço de Harry, enquanto o inimigo misterioso da Dama das Luzes varria a terra para assassiná-lo. Por que não agregar ao grupo, cujo destino parecia tão sinistro, um homem-vapor pouco confiável e propenso a desaparecer ao primeiro indício de perigo? Com certeza não iria piorar o estado das coisas!

Uma portinha se abriu no telhado e uma garra fez baixar um corpo inanimado até o chão polido da sala do trono. Ouviram-se murmúrios de descontentamento por parte dos cortesãos e oficiais palacianos quando os arquitetos rodearam o guerreiro, ajustando sua maquinaria e devolvendo-lhe à vida. Os olhos de Golpe de Vapor começaram a brilhar, primeiro debilmente e depois de maneira agressiva, até que uma cobertura transparente desceu de suas sobrancelhas, protegendo a sua visão. Os quatro braços da criatura começaram a vibrar à medida que recuperava o tato: duas mãos esqueléticas e dois braços de combate, sendo um deles um martelo de cabeça dupla com um aspecto mortífero.

Sua cabeça se inclinou, observando o rei e a área circundante dos aposentos reais.

— Quanto tempo estive desativado?

— Pouco mais de duzentos anos — esclareceu o Rei Vapor.

— Não foi o suficiente para expiar a minha culpa — disse Golpe de Vapor.

— Os ventos podiam transformar as montanhas de Mecância em areia fina e ainda assim não teria passado tempo suficiente para sua expiação — disse o Rei Vapor. — No entanto, as rodas de engrenagem o convocaram. O que vai responder?

— Existe alguma espada que vai me aceitar? — perguntou o guerreiro.

— Terá que esperar para ver — respondeu Rei Vapor. — Mais urgente do que isso, responderá ao chamado dos Vapores dos Loas? Envergará as cores do Estado Livre e respeitará o código com o que quer que reste de honra no seu corpo?

— Se os Loas me guiarem — respondeu Golpe de Vapor —, não recusarei o seu chamado.

— Nesse caso, sua resposta é mais do que suficiente — disse o Rei. — Agora, vamos suspender a sessão e nos deslocar até a Sala de Espadas para comprovar se elas também curvam-se à vontade dos Vapores dos Loas.

Oliver obedeceu ao protocolo real e seguiu o monarca dos homens-vapor, seus acompanhantes, o guerreiro Golpe de Vapor e, aparentemente, metade da corte, no momento em que essa procissão de Estado abandonou a sala do trono e avançou até a fortaleza cavada na montanha. Algumas das coisas que Oliver entrevia o deixavam confuso: corredores largos, com séries sucessivas de homens-vapor sentados atrás de máquinas, imóveis como estátuas e os olhares fixos no espaço; florestas de esferas de vidro, com arcos de energia saltando e perseguindo-se mutuamente no interior dos globos; abismos de moinhos automáticos esmagando e girando, rodopiando como a língua de um velho ao redor de um doce muito quente.

Já dentro do palácio, o Rei Vapor conduziu a procissão até um salão circular, pequeno o suficiente para obrigar a maior parte dos cortesãos e parasitas restantes da cidadela a se acotovelarem no corredor para conseguirem uma vista melhor. Uma entrada para outra sala circular surgiu mais adiante, ligada à primeira por meio de uma figura de oito padrões.

— Avance, cavaleiro — ordenou o Rei Vapor.

Oliver observou o cavaleiro caminhar até o centro da sala seguinte com o retinir de suas quatro pernas ecoando pelas paredes.

— Mas não há nada ali — sussurrou Oliver.

— Espere um pouco, Oliver corpo-macio — avisou um dos mu-corpos do Rei. — São as armas que escolhem o guerreiro, tal como os tempos selecionam o homem-vapor.

Os machados desataram a surgir na segunda sala e as paredes brancas começaram a girar lentamente. Instrumentos de destruição surgiram dos espaços abertos: espadas, espingardas, cajados, outros objetos que Oliver sequer reconhecia, curvas e lâminas que se retraíam e avançavam em uma estranha e delicada dança.

Oliver reparou na forma como Mestre Serra murmurava e abanava a cabeça ao lado do infame Stave. Era mais do que óbvio que o comandante dos cavaleiros não estava de acordo com a escolha dos espíritos. Um covarde condenado jamais deveria desonrar o salão de armas com a sua presença.

— Armas sagradas — disse o servo real. — Repare, Oliver corpo-macio. O Ás de Paus, outrora brandido por Trinder Meia-Trilha na guerra contra Kikkosico há quase setecentos anos. Aquela arma longa é a Mordedora Afiada, capaz de desfazer os botões do uniforme de um marechal quaterturniano à distância de mais de um quilômetro.

Oliver mordeu o lábio. No meio do salão, Golpe de Vapor avançava e recuava nervosamente. Nenhuma das armas parecia disposta a parar. Eles o autorizariam a acompanhar Oliver se ele não passasse no ritual? Ou prevaleceria o mestre das ordens militares, condenando o lutador de formas centáuricas a milênios desativado?

Golpe de Vapor esticou um dos braços mecânicos implorando na direção de uma lâmina curva, mas a arma retirou-se para a escuridão da parede giratória.

— Cortador Faminto — resmungou o guerreiro. — Pelas barbas de Zaka dos Cilindros, será que nenhuma arma deseja apoiar a minha reivindicação como guerreiro?

— Sua caixa de voz envergonha este salão com o seu som — exclamou Mestre Serra. — Mesmo as armas que você manejou preferem permanecer desativadas a sentirem o ferro dos seus dedos corrompendo sua coronha.

Como em resposta à súplica do cavaleiro, ao insulto do comandante ou à lenta procissão no seu próprio caminho, a parede parou de girar e apenas um portal permaneceu aberto, revelando um pacote preto e trêmulo com uma haste metálica.

— Mestre de armas — disse o Rei. — Reconhece a arma que está se oferecendo?

— Reconheço, sim — respondeu um homem-vapor. — É Lorde Queimarame, o Guardião da Chama Eterna.

Ouviram-se interjeições de espanto saídas das bocas dos cortesãos. O mestre de armas dirigiu-se à pequena multidão:

— A última vez que esta arma escolheu um cavaleiro foi num momento quase além da história do povo verdadeiro, foi...

— Eu me recordo desse dia — disse o Rei Vapor. — Como disse, foi há muito tempo. Bem, parece que temos um guerreiro e o guerreiro já tem sua arma.

— Sua Majestade — disse Golpe de Vapor, fazendo uma pequena reverência perante o Rei. — Qual é a minha penitência? Devo regressar à selva e tentar recuperar aquilo que se perdeu para sempre?

— Não, Golpe de Vapor — respondeu o Rei, apontando na direção de Oliver e de Harry. — Deve acompanhar esses dois amigos do povo e prestar assistência a eles durante a viagem. Deve proteger suas vidas como se fosse a sua.

Golpe de Vapor olhou para Harry e para o jovem sentado sobre o rei e o vidro do seu visor adquiriu um tom de vermelho vivo.

— Esses dois... dois... macacos sem pelo?! Sua Majestade, por favor, isso não pode ser verdade. Por tudo aquilo que é sagrado, diga que é uma brincadeira.

— Não o ativamos para pregar peças de salão, cavaleiro — ressoou a voz do Rei Vapor. — Seu dever é zelar pela segurança dos nossos dois amigos corpos-macios.

Golpe de Vapor lançou um olhar de desprezo aos dois hóspedes.

— Sangues-velozes... É mais fácil acreditar que Ferrugem-Adjasou não me morderia a mão do que acreditar que outro chacaliano protegeria as minhas costas.

— O que ele quer dizer com *outro*? — sussurrou Oliver para o servo do Rei.

O mu-corpo balançou a cabeça com um ar triste.

— Dois guias corpos-macios fizeram parte da sua última expedição às trevas de Liongeli.

— E então? O que eles fizeram?

— Não é tanto o que os guias fizeram a Golpe de Vapor, jovem corpo-macio — disse o Rei Vapor —, mas aquilo que Golpe de Vapor fez a eles: esmagou o crânio de um deles com o seu martelo de guerra e espetou o outro com uma lança.

Os aposentos do Rei Julius não passavam de uma sombra daquilo que tinham sido no passado. Apenas as dimensões pomposas dos quartos do palácio podiam dar um pequeno indício de terem um dia acolhido o monarca absoluto de Chacália, senhor de uma nação inteira. À semelhança dele, os aposentos tinham caído num estado de decrepitude absoluta. A tosse seca de Julius ecoava nas paredes lisas, parecia uma coisa estridente e ruidosa, mais viva do que o ser que lhe dava forma.

O Capitão Faísca contemplou aquele corpo esquelético que jazia sob o cobertor. A lã grosseira era a única coisa que o mantinha a salvo da umidade do edifício. Era verão, de forma que não havia lenha queimando na lareira. O parlamento votara aquela lei há muitos anos: o combustível dedicado aos membros da família real só podia ser usado a partir do mês do Toque Gelado. Tratava-se de uma medida econômica mesquinha, que seguramente dera mais calor aos Guardiões que tinham votado a favor dela do que aquele de que privaram o Rei Julius. O monarca estava pouco ou nada consciente, pego por nova crise da doença dos barqueiros. Cada acesso de febre o deixava um pouco mais fraco do que o anterior.

— O que ele está dizendo, capitão? — perguntou o Príncipe Alpheus. — Parecia que falava de uma delícia.

— Não "delícia" — corrigiu o comandante da Guarda Especial. — Era Alice: sua mãe.

— Da minha mãe... Ah, sim. Quem me dera tê-la conhecido.

— Seria pouco provável que a Casa dos Guardiões permitisse — disse Faísca. — Ainda que ela não tivesse sido devolvida ao lago de procriação real e tivesse...

— ...morrido de pelenrugada? — completou Alpheus. — O número de membros da família real que morre de pragas e de febres na casa de procriação não deixa de me surpreender. Também me surpreendo que sejam capazes de descobrir o sangue de uma filha de escudeiro, quem dirá de uma duquesa, para que eu possa me unir a ela.

— É justo reconhecer que os cuidados médicos não têm sido uma prioridade por lá.

— Também não têm sido uma prioridade por aqui — disse Alpheus.

Faísca encolheu os ombros.

— A doença dos barqueiros é perfeita para o nosso Estado democrático: ataca Guardiões e subcriadas com a mesma ferocidade. Além disso, quando é acometido por ele, não pode se curar, nem que seja dono de todo o dinheiro existente nas Portas do Sol.

— Dizem que o calor e o clima seco da Cassarábia podem ajudar os doentes.

— Talvez — disse Faísca. — Mas não me parece que os parlamentares confiem mais nos califas do que confiam em seu pai.

— É estranho o fato de eu nunca ter adoecido — disse Alpheus. — Nem com o frio do inverno. Parece óbvio que nesse aspecto não puxei nem a meu pai nem a minha mãe.

— Sua mãe era forte — disse Faísca. — Foram as condições existentes na casa de procriação que conseguiram desgastá-la.

Alpheus baixou o olhar para o seu pai.

— Ele ainda se lembra dela.

— Não era uma mulher fácil de se esquecer, Majestade.

Um destacamento de Guardas Especiais fazia sentinela no limite mais afastado dos aposentos, junto às marcas sutis na parede onde as tapeçarias mais valiosas um dia estiveram penduradas, observando silenciosamente a morte lenta do rei. Faísca fez sinal para que abandonassem o espaço e todos rapidamente evacuaram o local numa fileira organizada. Todos, exceto Fogueira.

— Também pode ir — disse Faísca.

— Eu esperava que o cãozinho perdesse a calma e deixasse o assunto nas mãos de um homem.

— Não está preocupado comigo, não é, Fogueira? — perguntou o príncipe. — Só deseja fazê-lo com suas próprias mãos.

— É a graça da novidade — respondeu o membro da Guarda Especial. — Já não me deixam ocupar de uma cabecinha e a verdade é que sinto saudades dos bons e velhos tempos.

— Podia deixá-lo resolver esse assunto — disse o Capitão Faísca. — Neste momento há muita coisa em jogo e depois disso não há mais volta, para nenhum de nós. Não tem que ser feito *por você*.

— Tem, sim, capitão. Seja como for, para onde eu voltaria? — disse Alpheus, pegando uma almofada. — Para uma vida que vai acabar como a dele? Atirado numa cama em estado febril, sem braços para pedir ajuda, sem dignidade, sem liberdade, sem esperança?

O Rei Julius tossiu esganiçadamente no momento em que a almofada empunhada por seu próprio filho tapou o seu rosto suado. Suas pernas começaram a estremecer, até que se agitaram com um resto de vida, uma última vontade de viver que o rei guardava dentro de si. Seus dois membros entraram em convulsão, opondo-se à pressão da almofada e o conteúdo de sua bexiga umedeceu a coberta da cama. Por fim, o monarca estremeceu e parou de se mover.

Alpheus tirou a almofada. Os olhos do velho homem estavam esbugalhados pelo choque, sua pele cinzenta e descorada brilhando como a de quem acabou de sair do banho.

— Seja bom para a minha mãe quando a encontrar, papai.

O Capitão Faísca colocou a sua mão no ombro do príncipe.

— Apesar de tudo, pela forma como ele estava sofrendo, foi um ato de misericórdia fazê-lo avançar ao longo do Círculo, Alpheus.

Alpheus se inclinou, atordoado pela gravidade do que acabara de fazer.

— Se tudo der errado, capitão, apenas peço uma coisa: não deixe que me transformem nele. Mate-me antes disso, prefiro que me mate com as suas próprias mãos a deixá-los exibir os meus braços na Casa dos Guardiões.

A expressão do Capitão Faísca se fechou sem que ele dissesse uma palavra.

— O rei está morto — disse Fogueira, rindo. — Viva o cachorrinho!

Capítulo Dezesseis

— O que é isso? — perguntou Molly, batendo com a ponta dos dedos no vidro espesso da cápsula de contenção. — Parece uma bola de pedra.

— Porque *é* uma bola de pedra — respondeu Lagartas de Cobre, percorrendo o laboratório no topo de Tock House.

Seus corpos-servos saíram do caminho dos três num balé perfeitamente sincronizado por entre as máquinas, mesas e instrumentos que bloqueavam aquele espaço.

— Ah, Lagartas de Cobre, não traga à luz esse material amaldiçoado — pediu o comodoro. — Todos os problemas que ele nos causou, as mortes na ilha...

— Querido mamífero, peço que controle os seus medos. Desde que abandonamos a Isla, ela tem estado inativa.

— A pedra é tudo menos inativa — respondeu Nickleby, mostrando seu rosto distorcido do outro lado do vidro. — Nós nos deparamos com criaturas feitas desse material, Molly, coisas que atacavam das rochas e das pedras. Quando percebemos o que estava nos atacando, metade da nossa tripulação já tinha desaparecido do acampamento.

— Meus pobres e bravos trabalhadores — lamuriou-se o comodoro Black. — Billy Laço-Mestre, Sally Gold, o bom e velho Haggside Peter; jamais houve um grupo melhor de marinheiros para respirar o ar comprimido de uma cápsula debaixo das ondas. Cavei suas sepulturas com as minhas próprias mãos esguias e esfomeadas, menina. Tive que cobrir suas cabeças frias e mortas com a terra daquele lugar terrível.

Molly observou a pedra mais de perto. Sua superfície negra brilhou sob a luz a gás da sala do relógio da casa, destacando pequenos fragmentos de prata e veios de metal ao longo do vidro de contenção.

— Parece uma lembrança curiosa para guardar.

— É o milagre da vida, Molly corpo-macio — disse Lagartas de Cobre, passando uma bandeja de cristais a um dos seus servos. — Nunca a intrigou a forma como alguns objetos do nosso universo possuem um brilho vital que permite a eles andar, pensar, sentir, compreender e definir seu próprio lugar na ordem geral das coisas enquanto outros, mesmo sistemas complexos como o tempo ou esta pedra aqui não fazem a mesma coisa?

— Está nos dizendo que isso não tem nada a ver com aquela geringonça que está ali fora, Aliquot Lagartas de Cobre? — perguntou Nickleby.

Molly olhou na direção do ponto para o qual o repórter apontava, em algum lugar nos terrenos da Tock House, para além da horta e do jardim ornamental, mas não conseguiu ver o que era.

— Meu sistema vai mais longe — disse Lagartas de Cobre.

Depois, virando-se para Molly:

— As vibrações que ocorrem pelo fluxo terrestre, jovem amiga corpo-macio. Não somos o único corpo celestial a girar em volta do Sol. Eu acredito na possibilidade de encontrarmos formas de vida parecidas com as nossas em algum desses corpos. Talvez elas estejam apenas à espera para entrar em contato com intelectos semelhantes.

Molly lembrou-se dos contos dos aeronautas dos folhetins baratos: quão frio ficava quando os terremotos flutuantes colocavam pedaços do solo em órbita nos céus. Quão aquecidos os tripulantes de aerostatos tinham que estar quando bravamente faziam subir os seus dirigíveis para procurá-los; quão rarefeito o ar se tornava à medida que as aeronaves subiam em busca de sobreviventes presos aos pedaços de terra flutuante. Certamente nada poderia sobreviver além dos céus, só se fossem pessoas de gelo, capazes de sobreviver em temperaturas glaciais — com as corcundas que as tribos do deserto possuíam, só que em vez de água, seriam usadas para armazenar o ar necessário para continuarem respirando. Que história isso daria! Contos apresentando vidas estranhas além das nuvens.

Talvez um dia houvesse um mercado dedicado à ficção celestial nas vendas de livros de Chacália.

— Então anda gastando nossos últimos *pence* nessa abençoada coisa que você está fazendo crescer no solo — disse o comodoro. — Uma mãe artificial de cristal, como se um dia fosse existir uma operadora de rede à espera do momento certo em uma das luas, esperando uma ordem do grande Aliquot Lagartas de Cobre para se ativar. Ah, bem, talvez existam tontos tocados pelo luar nas ruas de Açomédio que gastarão algumas moedas do seu próprio bolso para ver essa coisa quando tiver terminado... de manter o açougueiro e os seus cobradores de dívidas à distância.

— Meu aparelho não foi concebido para ser uma diversão secundária como aquele que o meu colega da Sociedade Real nos enviou e que, permita-me recordá-lo, comodoro corpo-macio, você comprometeu-se a me ajudar a montar — respondeu Lagartas de Cobre num tom irritado.

Resmungando, o comodoro afastou-se para buscar um dos últimos caixotes no corredor do elevador. Os mu-corpos incansáveis do sábio deslizante estavam ocupados com uma pirâmide de máquinas, inserindo pistões de cobre lubrificados e fixando-os em seu devido lugar, com lentes de vidro montadas nas respectivas estruturas.

Nickleby acendeu o seu cachimbo de ervassussurrante e a sala do relógio começou a ficar infestada daquela fumaça de aroma adocicado. O odor não era propriamente desagradável, mas a fumaça era tanta que a cabeça de Molly começou a doer. Só o Círculo podia saber o que aquela substância fazia ao corpo do repórter.

— A resposta está debaixo do meu nariz — atirou Nickleby da cadeira em que estava sentado. — Há alguns dias que já não há nenhuma morte associada aos assassinatos de Pitt Hill. Isso coincide absolutamente com o que vocês descobriram nos registros do Salão Verde. Cara Molly, o valor do prêmio por sua cabeça reflete o fato de, qualquer que seja a razão que levou à elaboração de uma lista de morte, você ser a última pessoa que precisa ser localizada e assassinada.

— Quando alguém abandona uma criança às portas de um internato, sua ideia é não ser apanhado — disse Molly.

— Desta vez as circunstâncias infelizes do seu nascimento funcionaram a seu favor, Molly — disse Nickleby. — Não tenho nenhuma dúvida de que, caso sua mãe tivesse ficado com você, eu já teria assinado a reportagem do seu assassinato na seção de crimes do *Notícias Ilustradas de Açomédio*. Além disso, o que existe em comum entre os nomes da lista?

— Absolutamente nada — resfolegou Black, de volta com uma caixa de equipamento. — Ela é uma bendita criança. Não tem idade para ser atirada para os jogos mortais em que você nos mete sempre, Silas.

— Você está absolutamente certo, comodoro. Molly é a mais jovem de todas as pessoas da lista de vítimas do Matador de Pitt Hill. No entanto, quase não se pode mais considerá-la uma criança. Ela está prestes a chegar à idade para exercer seu direito de voto.

— Desenhar uma cruz num papel ao lado do nome de uns ladrões é uma insignificante compensação por ser perseguida por um bando de assassinos lunáticos.

— Há um método aqui — disse Nickleby —, se formos capazes de vê-lo.

Nickleby estudou pela centésima vez a lista de nomes copiada por Binchy depois da descoberta conjunta na ala dos motores do Salão Verde. Os nomes confirmados como vítimas dos assassinatos de Pitt Hill estavam assinalados com uma cruz. Algumas das vítimas não tinham sido ligadas ao Matador pela polícia, que não tinha recursos para uma investigação útil. No entanto, não havia muitos nomes nessa situação. A maioria estava associada a famílias de posição: gente educada, cheia de dinheiro. A média de idade estava na casa dos trinta, estando algumas vítimas na casa dos vinte. A maior parte deles, ainda que nem todos, vivia em Açomédio. Molly era de longe o alvo mais jovem. Ambos os sexos estavam representados de forma equilibrada e as vítimas eram todas humanas: não havia caranguenarbianos nem homens-vapor tampouco agarradores na lista de vítimas do Matador de Pitt Hill.

Molly se sentou diante do repórter.

— Mas, então, o que liga essas pessoas a mim?

— Nada que eu seja capaz de ver, Molly. Mas parece mais interessante perguntar o que não a liga a elas. Brincando de estranho no ninho, seu nome venceria sempre contra todos os que estão nesta lista. Preciso mesmo averiguar alguns dos nomes que não estão associados aos assassinatos de Pitt Hill. Ainda não tenho nenhum detalhe sobre eles. É possível que algum esteja ligado a você. Uma das vítimas era açougueiro em Ventry Lane. A Ham Yard classificou sua morte como suspeita, mas acabou se decidindo por um veredicto aberto. A forma como os esmagadores concluíram que o açougueiro poderia ter perdido todo o sangue do corpo no matadouro é algo que vai além da minha compreensão. Talvez estivessem esperando que o assassino pintasse um aviso na parede dizendo: "O Matador de Pitt Hill esteve aqui."

— Dedução é uma ciência — observou Lagartas de Cobre. — E é a ciência que nos ajudará nessa questão.

— Sua ciência é mortalmente pesada — soprou o comodoro Black, colocando no chão o último caixote. — Se esses caixotes cheios de jornais velhos que eu carrego até aqui para você devorar não pesam uma tonelada, então são suas máquinas estranhas, cheias de canos gigantescos efervescendo com energias obscuras.

Lagartas de Cobre avançou através do seu grupo de servos, enquanto seus mu-corpos reuniam-se ao redor da máquina semimontada no centro da sala do relógio.

— O método científico vai demonstrar sua utilidade neste caso, querido mamífero. Lorde Hartisburgh teve a gentileza de nos emprestar seu último instrumento orgânico de análise e eu preferia não ter que devolvê-lo avariado para ele.

— Longe de mim querer colocá-lo numa posição delicada diante dos seus amigos selvagens da Sociedade Real! Mas eu me pergunto: será que não podia brincar com gases mais leves? Se não, podíamos transformar o andar inteiro para instalar um telescópio e, assim, você poder estudar os movimentos celestes. Isso, claro, se prometer que o fará durante a noite, sem perturbar o merecido descanso de um velho submarinista.

— Os membros do instituto estão autorizados a usar as lentes guardadas em Prighty Hill — disse Lagartas de Cobre. — Além disso, dificilmente sua instalação ocuparia menos espaço aqui do que este aparelho. Sangue, Molly corpo-macio, é ao redor dele que está o mistério de contornos obscuros gira, de alguém que deseja o seu sangue, assim como quis o dos outros nomes inscritos naquela lista. Dos milhões de nomes chacalianos registrados naquele motor de transação, só os de vocês corresponderam aos critérios estabelecidos pelos seus perseguidores. Esta máquina fará com que a luz brilhante da ciência incida sobre aqueles que se escondem nas sombras.

— Não duvido do que está dizendo, Lagartas de Cobre — disse Molly. — Conheço tudo sobre o método científico de detecção. No internato, conseguimos completar a coleção dos folhetins das histórias de Barclay e da Galinha de Caça.

Nickleby pigarreou.

— Seus folhetins baratos não conseguem dar conta de um pingo da vaidade insuportável desse homem.

— Você conhece Barclay?

Molly estava estupefata.

— Nossos caminhos já se cruzaram — revelou o repórter. — Barclay e seu assistente desastrado. Tenho certeza de que você achará que a minha contribuição e a de Lagartas de Cobre para a resolução do caso do abade desaparecido foi cuidadosamente eclipsada pelo tamanho do ego de Barclay e pelo grau de profundidade de suas relações com a imprensa de Dock Street. Se há alguma coisa que me serve de consolo neste mistério medonho é o fato de Barclay e o Pássaro não serem consultados pela Ham Yard e por nenhuma das famílias das vítimas.

— Ele é tão elegante como nos desenhos?

— A realidade pode ser uma coisa muito decepcionante — respondeu laconicamente Nickleby, concentrando-se nos nomes com vigor renovado.

A cabeça de Lagartas de Cobre disparou uma luz para a máquina já quase completamente montada. Os mu-corpos ligaram o ventilador do aparelho e esferas douradas começaram a girar em sua parte superior. Só o Círculo poderia saber o que os vizinhos mais afastados da Tock House poderiam pensar se espiassem pelas janelas naquele momento e vissem a torre do relógio expelindo vapor. Molly calculou que, com a excentricidade dos interesses de Lagartas de Cobre, era muito provável que eles já tivessem visto coisas bem piores e mais bizarras anteriormente.

O piso de madeira começou a vibrar com a rotação dos tambores do motor de transação e o vapor agora visível encaminhou-se para o ar. Uma revoada de garças assustadas levantou voo da horta, em busca de um lugar mais tranquilo para passar a noite.

— Molly corpo-macio — disse Lagartas de Cobre —, sua colaboração na minha experiência é necessária neste momento.

Molly lançou um olhar cético para a máquina.

— Tem certeza de que ela é segura?

— Garanto que sim. Lorde Hartisburgh é um perito nessa área e esse é o modelo mais avançado que existe no momento.

— Mas ele não é médico, Lagartas de Cobre.

— Querido mamífero, poucos médicos poderiam se dar ao luxo de adquirir uma máquina semelhante a essa. Agora, peço que me disponibilize um pouco dos fluidos do seu sistema para que eu dê início à análise.

Molly arregaçou sua manga e um servo diminuto subiu num banco com uma seringa acoplada às suas mãos de ferro iguais a pinças.

— Os fluidos do meu sistema são uma coisa preciosa, Aliquot Lagartas de Cobre. Não é igual ao óleo que eu posso colocar num prato para que você depois espalhe suas rodas Engrena-gi-ga pelo chão. A máquina do seu amigo mercador parece bem instável.

— De forma alguma — disse Lagartas de Cobre, observando o seu mu-corpo recolher o sangue do braço de Molly. — Sua estrutura básica é semelhante a das máquinas de sangue que a polícia usa quando circunscreve uma região por causa de uma onda de crimes. Os fluidos do seu sistema contêm uma métrica biológica única, o que permite ao Salão Verde registrar o arquivo de seu nascimento. É também por meio dessa métrica que eles avaliam seu potencial de tendências criminosas, assim como o seu grau de predisposição para pestes e até mesmo os seus talentos latentes de cantor do mundo.

Lagartas de Cobre transferiu o sangue para um recipiente de vidro e o sangue começou a borbulhar. Depois, transferiu-o novamente para o interior da máquina.

— Ah, bom — disse o comodoro, olhando para a jovem pelo canto do olho quando a máquina começou a se agitar e a fazer estremecer o chão. — Pelo menos, demonstrou algum bom senso ao pedir essa máquina emprestada ao seu clube. Não apreciaria nada ver os nossos fundos desaparecerem por causa de uma dessas abençoadas coisas destinadas aos seus estudos.

— A Sociedade Real não é um clube — respondeu o sábio-deslizante. — Trata-se de uma organização para o fomento das investigações filosóficas mais fundamentais e úteis que possa existir. Estou em condições de garantir que lá ninguém fica sentado em sofás de couro fumando cachimbos de ervassussurrante.

Molly apertou um tufo de algodão contra a marca deixada pela seringa em seu braço e uma lágrima de sangue emergiu do tecido.

— Quer dizer que trata-se de um lugar sério.

O aparelho de impressão nas costas de Lagartas de Cobre começou a liberar um rolo com os resultados, acompanhado do ruído suave dos martelos de impressão. O interior do crânio transparente do homem-vapor brilhou de excitação ao analisar a fita. Em seguida, as luzes se bifurcaram furiosamente num ímpeto de energia com as implicações daquilo que lia em sua mente.

— Aliquot? — chamou Nickleby.

— Algo errado, Lagartas de Cobre? — perguntou Molly.

— Minha pobre jovem amiga corpo-macio. Pelas barbas de Zaka dos Cilindros, não me admira que eles a queiram morta.

— Desembucha de uma vez — disse o comodoro Black. — Abençoado Círculo, o que descobriu com essa sua máquina maluca?

Lagartas de Cobre sacudiu a fita em seus dedos de ferro.

— O que eu descobri? Meus queridos amigos, descobri o motivo para alguém produzir um motor de transação estripador para investigar os arquivos do Salão Verde, por que têm aparecido em Chacália tantos cadáveres de gente rica com os seus fluidos vitais completamente sugados e, principalmente, por que a jovem Molly corpo-macio deve morrer!

Como era estranho, pensou o Capitão Faísca, que o palácio outrora tão luxuoso, que maravilhava até os embaixadores enviados da Cassarábia pelos seus candelabros gigantescos, suas cem capelas Circulistas e os jardins ornamentais particulares, tivesse sido reduzido à concha de uma prisão tão perfeita. A sala na qual o Guarda Especial se encontrava naquele momento, agitada por causa dos preparativos para a coroação, servira há muito tempo de cenário para valsas elaboradas, recepções cheias de brilho, festins de enguias e caranguejos de rio vindos do Apostaflores e carne de veado das lojas de caça. Agora, decorando paredes nuas, havia apenas bolor, lavado um mês antes pelos empregados da casa que, há muitos séculos, ficaram reduzidos a uma dezena de pessoas miseravelmente mal-pagas pelos funcionários do Salão Verde.

Era um dos administradores mais novos do Salão Verde quem avaliava o local. As únicas comodidades com que ele se mostrava generoso eram as que diziam respeito aos assuntos de controle central.

— A carruagem real está sendo restaurada para o desfile — revelou o servidor civil. — As pessoas esperam ver em cada cidade o príncipe firmemente amarrado à cruz de exposição, com máscaras novas em cada parada.

— E com frutas igualmente frescas para atirarem no rapaz, imagino? — sugeriu Faísca, em tom de brincadeira.

— Os cidadãos devem trazer as suas próprias frutas apodrecidas, capitão — disse o administrador. — Mudando de assunto, informaram-me que o senhor mostrou algumas reservas quanto à extensão do desfile real.

Faísca assentiu.

— Não se pode esperar que a Guarda Especial visite metade das cidades com o contingente que o seu departamento sugeriu. Temos outros deveres para cumprir.

— E o que pode ser mais importante do que seus deveres cerimoniais como vigias da monarquia? As pessoas desejam um belo espetáculo, há quase meio século que não há uma coroação. Temos que permitir que o nosso povo livre desfrute do choque de terror de que precisa, vendo um rei quase coroado com os seus braços ainda ligados ao corpo para ser lembrado de que ele ainda pode fazer uso daqueles membros corrompidos para puxar as rédeas do poder para si e reinstalar a tirania.

— Vigias da monarquia — repetiu desdenhosamente Faísca. — Tudo o que Hoggstone quer é um pretexto para oferecer pão e vinho aos eleitores com o seu circo patrocinado pelo Estado. Proteger o povo das ovelhas humanas que vocês têm encerradas na casa de procriação real? Precisaria reler os livros de História para me lembrar do último ato violento de inspiração monárquica contra quem quer que fosse em Chacália. Vocês querem cócegas no boletim de voto e não proteção do príncipe, digo, do rei.

— O Salão Verde não serve nenhum partido em particular — disse o administrador. — Nós nos limitamos a servir apenas ao povo.

— E certamente isso soa maravilhosamente bem quando dito em nosglês — respondeu Faísca.

— As pessoas estão à espera de duas semanas de divertimento — contrapôs o funcionário. — E nós, capitão, esperamos o seu regresso à capital no fim do mês. As multidões vão se acotovelar para obter um bom lugar na Praça do Parlamento, na expectativa de ver o cirurgião real cortando os braços do rapaz e o coroando como novo rei. Vai ser uma ocasião magnífica, capitão. Os bilhetes de aerostato, de comboio e as passagens para a travessia do canal por barco com destino a Açomédio estão praticamente esgotados em toda a Chacália. Eu preferia não estar na pele do desgraçado que tivesse que comunicar à Casa dos Guardiões qualquer impedimento para o início das festas. Bom Círculo, homem, com poderes encantados ou não, as pessoas o fariam em pedaços. Certamente haveria motins por toda a parte.

Faísca balançou a cabeça.

— Algo me diz que vamos ter eleições antecipadas até o fim do ano.

Os dois Guardas Especiais de sentinela na entrada bateram com os saltos e as portas se abriram. A corrente de ar vinda do corredor agitou suas capas vermelhas e os papéis do administrador colocados sobre a mesa. Era um dos cantores do mundo, um dos acólitos novos. Como ele se chamava? Blundy.

— Capitão — disse o cantor do mundo. — Tenho um relatório urgente para o senhor.

Faísca lançou um olhar para o administrador.

— Se nos der licença, parece que afinal a Guarda sempre tem outros assuntos para discutir além das festividades.

— Estou certo de que o assunto que esse cavalheiro deseja discutir com você também é do interesse do Salão Verde — disse o administrador.

— É urgente, capitão — disse o cantor do mundo, aproximando-se da mesa.

— Muito bem, nesse caso… — disse Faísca.

— Trata-se do rei, capitão.

— Alpheus? — perguntou Faísca.

— Não, o rei antigo, Julius. Fui encarregado dos detalhes da transferência do seu corpo para o coveiro da casa de procriação real. Os taxidermistas do museu do Estado não queriam que se repetisse o que aconteceu com o corpo da rainha Marina.

O servidor civil do Salão Verde assentiu em sinal de acordo. O cadáver da predecessora de Julius fora interceptado por uma multidão exaltada e atirado ao Apostaflores, levado pelas correntezas e perdido no mar. Não restou corpo algum para ser empalhado e exposto.

— Compreendo — disse o Capitão Faísca —, mas estou seguro de que o cheiro não é nada que não possa ser amenizado com um pouco de água de rosas.

— Não compreende, eu estava sozinho com o cadáver. Estava entediado, curioso… Além disso, ainda estou estudando para conseguir a minha segunda flor.

— Esta conversa tem algum objetivo concreto, filho? — disse Faísca.

— Pensei que talvez pudesse praticar um pouco a invocação do meu toque de mente. As memórias permanecem ativas durante alguns dias após a morte e praticar sempre é bom.

— Você praticou no cadáver do rei? — perguntou o administrador. — Isso é repugnante. Meu Círculo, seus superiores autorizam esse tipo de prática?

— Não — disse o acólito com o rosto vermelho. — Se eles soubessem disso, não aprovariam. Mas é treino e, além disso, fiquei sabendo como o rei morreu.

— Dificilmente isso pode ser considerado um segredo — riu o administrador. — Ninguém se recupera da doença dos barqueiros.

— Resta uma memória, apenas uma. É provável que ela fosse forte o suficiente para durar uma semana. O Príncipe Alpheus estava sufocando seu pai com uma almofada. A intensidade da sensação de traição e choque foi tão grande que ainda consigo senti-la.

— Alpheus assassinou o próprio pai? — perguntou o administrador. — Quando a doença dos barqueiros estava prestes a matá-lo de qualquer forma?

— Eu sei que isso não faz sentido — disse o cantor do mundo —, mas sua última memória é forte demais. Não há qualquer possibilidade de eu ter interpretado mal. A dor da sua alma era terrível.

— Isso não muda nada — disse Faísca. — Lembre-se das festas, dos carnavais, dos motins se o povo não puder celebrar. A coroação precisa continuar de acordo com a programação do protocolo.

— Isso muda tudo — disse o administrador. — Ainda que o façamos acasalar com alguém diferente, parece que não é possível apagar esse traço de perversão que eles trazem dentro do corpo. Podemos escolher outro na linha de sucessão, existem candidatos mais do que suficientes na casa de procriação. Além disso, o povo apreciará tanto o enforcamento desse pequeno patife às portas de Bonegate quanto a coroação na Praça do Parlamento. Antigamente, essa escória viciosa passava a vida envenenando uns aos outros. Parece que nosso querido principezinho aprecia esses hábitos ancestrais. Mas que oportunidade isso representa para nós, capitão, veja só! Recordamos a autoridade moral da nossa regência com um belo enforcamento e o povo ainda tem direito a um novo rei no trono durante uma semana de festa.

Faísca esticou o braço e partiu o pescoço do administrador. O estalo ressoou nas paredes do salão. O corpo do servidor civil caiu sobre sua cadeira e a cabeça morta pendeu molemente para um dos lados.

— Não sei por que, estava com a sensação de que você ia dizer isso.

O cantor do mundo recuou para o lado oposto do salão, suas pernas já o conduziam inconscientemente para a porta, para junto dos dois Guardas Especiais de vigia.

— O capitão o matou!

— Lamentavelmente, sim — respondeu Faísca. — Mas duvido que alguém sinta a falta dele. Ao contrário de você, Blundy. Seu desaparecimento dará origem a muitas perguntas no seio da ordem.

O cantor do mundo levantou a mão e entoou um feitiço, inclinando-se enquanto dirigia a magia na direção de Faísca. Nada aconteceu. O capitão manteve-se imóvel, alto e imponente como um rochedo.

— Mas você...

— Devia estar queimando, não é? — disse Faísca, batendo com a mão no torque preso ao seu pescoço. — Todas essas runas e rituais malditos instalados dentro do meu torque para o caso de um dia chuvoso, preparados para me virar do avesso... Eu já vi os da sua espécie ativarem um torque num encantado, cantor do mundo, e você? Nunca mais fui capaz de esquecer as órbitas da jovem guarda fumegando na neve. Vocês a chamaram de fora da lei, mas a única coisa que eu vi foi uma garota assustada que não suportou o primeiro gosto de uma batalha, enjoada pelos corpos e pelos homicídios. É uma coisa terrível para se desejar a quem quer que seja.

— Só um cantor do mundo pode anular o feitiço de um torque.

— É o que dizem — assentiu Faísca. — É claro, embora tenhamos o maior número de crianças encantadas trocadas, Chacália não é o único país que tem gente capaz de cantar a canção do mundo.

Um dos guardas abriu uma porta. Uma coisa deformada do tamanho de uma pinça avançou desequilibradamente: tratava-se de um dos prisioneiros amaldiçoados do hospício de Hawklam.

— Será que o senhor enlouqueceu, capitão? Onde está o manto enfeitiçado dessa coisa? E os seus domadores da ordem?

— As placas que os cegam? Não faço ideia, Blundy, deve ser dia de lavanderia. Quanto aos domadores, vou mostrar para você o que aconteceu a ele...

A cabeça do cantor do mundo subiu e o sangue começou a gotejar de suas narinas, ao mesmo tempo que a mente daquela criatura selvagem forçava a passagem para o seu cérebro, investindo contra ele. Ambos os braços do feiticeiro foram imobilizados por um guarda e uma mão cobriu a sua boca para impedi-lo de gritar.

— Gosto deste — disse o encantado, acariciando o peito e os braços do feiticeiro. — É novo e, além disso, é forte.

— Irmão da bruma, sabe o que precisa fazer — disse Faísca.

— Você é tão generoso comigo, irmão.

O maxilar da criatura se soltou com um estalo e o seu queixo desceu até o chão. Em seguida, o encantado subiu pelo corpo trêmulo do feiticeiro. Debatendo-se pela própria vida, Blundy se agitou, tentando libertar-se do guarda que o imobilizava, mas não tinha qualquer chance contra a força natural de encantado do seu adversário. Quando este chegou aos ombros do cantor do mundo, a cabeça de Blundy desapareceu com a sucção dos lábios da coisa. Seu corpo cobriu-se de rios de carne de encantado e a fusão daqueles dois seres originou uma vacilante pele translúcida. O cantor do mundo caiu. Suas pernas o fizeram titubear como um bezerro recém-nascido que tenta se equilibrar nas patas. Blundy se endireitou e se encostou à parede, respirando fundo.

— Já terminou? — disse Faísca.

Blundy deu uma pancada em sua própria nuca, apalpando a virilha com a outra mão.

— Sim, sim. Este corpo vai durar *meses*.

— É o bastante — disse Faísca. — É mais do que suficiente para os nossos planos.

Hoggstone descia as escadas em espiral, em direção às profundezas da sede da Ham Yard. Seus passos ecoavam na escadaria.

— Isso é mesmo importante, inspetor Reason?

— Os políticos parecem achar que sim, Primeiro Guardião. Desde que o apanhamos, temos recusado sistematicamente os pedidos de transferência de sua custódia.

— Eu sei — disse Hoggstone. — Em que lugar você pensa que as requisições políticas da polícia acabam?

O inspetor Reason estendeu a mão para uma série de interruptores e várias luzes a gás se acenderam abaixo deles, revelando uma escadaria em espiral infinita.

— Seus colegas deviam pensar em instalar um elevador aqui — observou Hoggstone.

— O exercício não o teria incomodado tanto assim quando era jovem, Primeiro Guardião.

— Naquela época passava o meu tempo distribuindo panfletos nas portas das espeluncas do Poço de Drisel e brandindo bastões de debate com jovens fanfarrões Igualitaristas.

O inspetor sorriu.

— E eu era um esmagador de aparência enjoada em busca de mergulhadores e da quadrilha-relâmpago.

— Percorremos um longo caminho desde o Poço de Drisel — disse Hoggstone.

— Foi mesmo. Isso é verdade, Primeiro Guardião. E não pense que não sou grato pela ajuda que deu às minhas possibilidades.

— Como minha mãe costumava dizer, é sempre bom poder convidar o esmagador local para uma xícara de café!.

— Ela sempre fazia doce demais — disse o inspetor. — Acho que nunca disseram isso para ela.

— O *jinn* barato acaba com o paladar. O doce é tudo o que sobra.

— Eu sou abstêmio já há algum tempo — disse o policial.

— O que a polícia política deixou de fora do relatório?

— Suponho que a maior parte dos nossos esforços para conseguirmos apanhá-lo. Mas temos que ser justos com os rapazes e admitir que foi pura sorte esbarrarmos com ele.

— Alguma vez ele chegou a ficar do lado dos rebeldes nas docas?

— Atrevo-me a dizer que alguns deles eram compatriotas seus de há muito tempo. No entanto, ele não está diretamente envolvido com os novos grupos, Primeiro Guardião.

— Tem que desmascarar esses novos revolucionários — disse Hoggstone. — Não admito que esse mistério abominável se alastre pelas minhas ruas e consuma a nossa autoridade.

— Sim — concordou o inspetor. — Eu li alguns dos relatórios dos esmagadores no turno da luz a gás. Estavam aterrorizados e petrificados por aquilo que pensavam ter visto. Companhias de cantores do mundo e Guardas Especiais fazendo coisas inomináveis nos bairros pobres e nas vielas.

— Nada disso deve chegar a Dock Street — disse Hoggstone.

— Se continuar assim, não vai levar muito até que os jornais descubram as nossas incursões — disse o inspetor. — Posso presumir que os seus amigos não conseguiram encontrar qualquer informação útil, já que aceitouo meu convite para vir até aqui embaixo?

— Você diria que eles estão tentando caçar fantasmas — rosnou Hoggstone. — O homem que apanhou, você disse que era um tipógrafo, certo?

— Sim. Uma pequena operação na Praça de Hoax. Ao que parece, foram presos alguns coladores de cartazes dos tônicos. Alguém conseguiu obter uma informação segundo a qual ele mantinha uma atividade paralela no ramo, o que veio a se confirmar. Caixotes de pornografia de caixas-reais, imagens em quantidade mais que suficiente para manter o Comitê de Censura do Salão Verde ocupado durante semanas. Provavelmente foi uma das suas garotas que denunciou diferenças artísticas e coisas do tipo.

Hoggstone segurou-se no corrimão do lado da parede à medida que descia o poço da escadaria.

— Mas vocês voltaram à tipografia dele depois de terem os resultados da máquina de sangue?

— Isso mesmo, Primeiro Guardião. Invadimos durante a noite e viramos o lugar do avesso da maneira mais silenciosa possível. Foi então que encontramos o outro material. Desde então, temos um vigia no local, só para ver se aparece mais alguém por lá.

— Só com muita sorte isso acontecerá — disse Hoggstone.

— Pode ser um desperdício de tempo, mas já aconteceram coisas mais estranhas. O meu palpite é que agora os políticos também têm o local sob vigilância.

A escadaria terminou, por fim. Diante deles, havia apenas uma porta de ferro. O inspetor Reason bateu com o punho no metal e uma grade recuou. Em seguida, a porta se abriu. Um agarrador com a farda negra da polícia os cumprimentou.

— Nunca esteve aqui antes, não é, Primeiro Guardião?

Hoggstone balançou a cabeça.

— Uma porta para dentro, outra para fora. Ambas vigiadas. Muita gente vinda de Bonegate tira uma soneca aqui depois de passar pelo carrasco para o cumprimento da sentença, mas nunca ninguém conseguiu escapar destas celas. Alguns bons e velhos canalhas tiveram a sorte de passar por aqui: o estrangulador do Campo dos Leões; Vaughan, o salteador de estradas; até mesmo piratas científicos, como Newton e Krook.

Um segundo policial destrancou a porta diante deles, revelando um longo corredor com celas com portas de vidro de ambos os lados. Ignorando os outros condenados, Reason conduziu Hoggstone a uma cela mais ao fundo: tratava-se da única cela com uma porta de ferro e estava selada hermeticamente como um submarino.

— Diminua o barulho — gritou Reason para um dos guardas — e abra os ferrolhos desta.

Três estalos ecoaram naquele espaço fechado. Reason fez girar a roda da porta. No interior da cela, uma figura acorrentada e de olhos vendados se levantou bruscamente.

— A polícia política teria conseguido a informação que queremos dele de forma muito mais rápida — disse Hoggstone.

— Devagar, mas estável — disse o inspetor. — O senhor sabe que nós aqui não apreciamos muito os métodos deles. Aqui, nosso amigo continua com os dedos intactos. Além disso, não preciso de um feiticeiro de esquina para arrancar as informações da sua cabeça. Quando se é forte, pode-se treinar a resistência pelos métodos usados pela política e, se for fraco, o preso vai acabar dizendo aquilo que eles desejam ouvir. Quando nós queremos saber a verdade, limitamo-nos a deixá-los sozinhos com o barulho: um dia, uma semana, um mês… No final, o barulho dobra todos eles.

Hoggstone percorreu a cela com o olhar. Estaria totalmente vazia se não fosse pelas placas de reverberação que faziam com que o ruído se movesse melhor por ali. O som que se ouvia lembrava uma dança demoníaca.

O inspetor Reason retirou a venda que tapava os olhos do prisioneiro. Seus olhos dilatados se moveram lentamente por todos os cantos do quarto, incluindo Hoggstone e o policial. O olhar do prisioneiro era selvagem, como se a realidade tivesse se quebrado e existissem outras coisas no quarto que só ele era capaz de distinguir, coisas que ele precisou deixar de lado para dar espaço para aquelas duas visitas.

— Então que nome está usando hoje? Garrett ou Tait?

O prisioneiro murmurou qualquer coisa.

— Não deve ser fácil escolher — continuou o inspetor Reason. — Você atendeu pelo nome de Garrett durante os últimos catorze anos, mas seus registros de sangue provam que você se chama Tait. Diga-me uma coisa, Garrett não era um tipo muito respeitável, não é? Talvez até fosse na aparência, mas aquelas caixas de coisas indecentes que andava espalhando por aí… Só isso é o suficiente para passar uns anos na cadeia. Então, diga a este senhor aqui como se chama.

— Tait — disse o prisioneiro. — Meu nome é Tait.

— Mas o Senhor Tait é um mecânico — disse o inspetor. — Dos campos de carvão. Como acabou se tornando outra pessoa?

— Identidade. Fiquei com o nome de Garrett. Ele morreu durante a fome, ninguém soube de nada.

— Mas isso é um problema — disse Reason. — Tait continua sendo procurado por organizar os sindicatos de mineiros durante a revolta carlista. Garrett pega dois anos em Bonegate, mas Tait… Bem, parece que Tait vai pegar a forca!

— Tait, eu me chamo Tait.

— Certo — disse o inspetor. — Para ser sincero com você, Tait, não estou muito preocupado com sua pele. No que diz respeito ao que andou fazendo nos velhos tempos… Sabe, se eu fosse prender todo mundo que meteu um estopim numa garrafa de *jinn* durante as revoltas, teria os senhores do comércio fazendo fila na porta da Yard para protestarem contra a falta de mão de obra. O que me preocupa mesmo é o porão camuflado embaixo de sua tipografia, todas aquelas cópias de *A Comunidade e os*

Comuns impressas, esperando para serem distribuídas... Ainda continua encontrando mercado para esse tipo de lixo hoje em dia?

— Por favor, deixe-me dormir. Só quero dormir.

— Então me diga o que eu quero saber, homem — disse Hoggstone. — Para que nós possamos transferi-lo para uma cela com cama. Conte-me tudo sobre as desordens de rua. Estava com os seus amigos nas docas quando as coisas ficaram feias no Apostaflores?

— Não fomos nós — disse o prisioneiro. — Não fomos nós.

— Mas a gentalha de encarregados se autointitula carlista.

— Não são do tipo que se juntaria ao meu grupo — disse o prisioneiro. — São diferentes.

— Em quê? — perguntou Hoggstone.

— Eles exigem coisas. Coisas dos seus membros. Coisas esquisitas. Feitiços, por exemplo. As pessoas começam a acreditar nisso.

— Eu prefiro pensar que as ideias mais poderosas são como feitiços — disse Hoggstone. — Quem são os cabeças, onde o comitê deles se reúne?

— Perversos — disse o prisioneiro. — Eles estão nos matando. Matando os nossos.

— *Nem ele* sabe quem são — disse o inspetor Reason. — O barulho teria arrancado essa informação dele.

— Uma coisa tão bem-organizada como essa não pode aparecer do nada — disse Hoggstone. — É possível que não esteja sabendo do novo movimento carlista, Tait, mas um dos seus deve saber de onde está surgindo essa última versão de veneno revolucionário.

Tait gemeu de dor.

— Diga o nome, Tait — disse o inspetor Reason. — Repita ao meu amigo o nome que me sussurrou. Diga para onde o seu dinheiro vai. Diga quem está financiando, para quem está imprimindo cartazes.

Tait abanou a cabeça.

— Maldito seja! Preciso ouvir esse nome — disse Hoggstone.

— Já aguentou três dias sozinho com o barulho antes — disse o policial. — Já vi homens verdadeiramente duros aguentarem cinco, talvez sete dias antes de se dobrarem. Quer descobrir se é tão durão, Tait?

— Carl. Ben Carl — exclamou o prisioneiro num tom que mais parecia uma oração. — Ele sabe dos novos revolucionários.

Hoggstone mordeu o lábio.

— O filho pródigo de Açomédio? Meu Círculo, mas eu pensava que ele estivesse mais do que morto! Por onde ele tem se escondido durante todos esses anos?

— Então, valeu a pena a descida? — perguntou Reason ao Primeiro Guardião.

Tait estava chorando, arrasado pela vergonha da forma fácil como a traição ocorrera.

— Só o vi uma vez, num encontro. Ele também tem medo. Agora, eles também estão atrás dele, isto é, os mais novos. É importante demais para ser deixado em paz.

O Primeiro Guardião se virou para o inspetor Reason.

— Acredita neste sujeito?

— Depois de três dias aqui dentro, acredito.

— Mantenha o local de trabalho dele sob vigia — ordenou Hoggstone. — Noite e dia. Que demônios o levem, Benjamin Carl. Nunca pensei que precisaria me encontrar com esse maldito filósofo problemático. Deve estar bem velho a esta altura... mas ainda aprontando das suas.

Reason fez um gesto para o prisioneiro.

— E os magistrados? Certamente vão condená-lo à forca.

— O que eu vejo é apenas um velho tipógrafo idiota e exausto que decidiu imprimir umas coisas sujas em vez de outras. Acusem Garrett e não Tait. Façam-no discretamente e arranjem uma maneira de colocá-lo na minha área. Eu me certifico de que ele pegue apenas o barco.

— Dormir — gemeu Tait.

O inspetor consultou o relógio de bolso.

— Você vai parar de ter visões ainda esta noite. E, então, vai poder dormir por vários dias.

— "Os primeiros dias de uma nação mais justa" — disse Hoggstone, citando a dedicatória de abertura de *A Comunidade e os Comuns*.

O inspetor chamou os seus subordinados para que estes se aproximassem e desacorrentassem os grilhões do prisioneiro.

— Ben Carl — disse Hoggstone, enrolando o nome na boca. — Benjamin Carl. Meu velho, pensava que você estivesse morto.

— Trouxe-lhe tudo que estava na lista que me deu — disse Awn'bar.

— Bom trabalho — respondeu Binchy, recebendo o cesto de vime cheio de comida do rapaz caranguenarbiano e vasculhando o bolso em busca de uma moeda de três tostões. — Como estava o *Jerps* no parque?

— Com uma fila enorme, como é de costume.

As manchas próprias da adolescência no crânio blindado do rapaz brilhavam com a luz do Sol no corredor.

— Decidi trazer uma xícara de enguias gelatinosas para você. Parecem muito frescas.

Binchy sorriu.

— Fez bem, rapaz. Então, já tenho jantar.

— Minha matriarca me pediu para perguntar pela Damson B. — disse o rapaz.

— Agradeça à sua mãe por mim. Diga a ele que estamos vencendo a raça.

— A raça?

— A raça dos homens — riu Binchy.

— Não tem tempo para me mostrar as cartas mais uma vez, não? — perguntou o rapaz.

Era um bom rapaz. Numa idade em que a maioria dos jovens da Cidade das Conchas passava a maior parte do seu tempo correndo pelos bairros pobres atirando bolas de lama em todos que não gostassem das suas piadas, aquele menino era capaz de detectar um circuito recursivo numa linha de Simples e de ler as marcas de um cartão perfurado como qualquer engenheiro experiente.

Binchy consultou as horas no relógio antigo no *hall* da casa.

— É melhor voltar para o seu clã, o Binchy precisa ir. Fazemos isso amanhã.

— No dia do Círculo, então — disse o rapaz caranguenarbiano com uma voz desanimada.

Ambos se viraram ao ouvirem o ressoar de uma ponta de bengala que avançava pelo corredor da torre. Até onde Binchy sabia, não era ninguém que vivesse naquele andar.

— Senhor Binchy? — perguntou o homem elegante de certa idade ao se aproximar dos dois.

Binchy colocou o cesto de comida no chão do corredor.

— Creio não ter o prazer de conhecê-lo, senhor…?

— Professor Vineis. Creio que o meu gabinete tenha entrado em contato com você.

— O alienista? Só ontem recebi a sua carta — disse Binchy, olhando para Awn'bar. — Pode ir, rapaz. Amanhã, certo?

— Amanhã — confirmou o caranguenarbiano, correndo para longe.

O professor se apoiou na bengala.

— Um povo excelente, os caranguenarbianos, não acha? Já soube da infeliz condição da sua esposa, Senhor Binchy e, se me permitir, gostaria de discuti-la com você.

— Então, é melhor entrar — disse Binchy. — Você não está na lista do Instituto Real? Eu já consultei a maior parte deles, são uns cretinos inúteis. A doença dos motores está além dos conhecimentos deles. Se atacasse os Guardiões e os donos das casas de contabilidade, certamente seus conhecimentos depressa se alargariam.

— Eu tenho feito minhas pesquisas em várias cidades-estados durante os últimos anos — disse o professor, tirando a capa.

— Bem estava achando mesmo que o seu sotaque tinha um toque exótico.

Binchy recolheu a capa e a pendurou num gancho atrás da porta.

— Como me encontrou? Já passou algum tempo desde a última vez que apareceu alguma informação sobre a doença nos jornais.

— Uma curiosa sucessão de eventos — esclareceu o conde de Vauxtion —, sucessão essa que culminou com uma massagem e um espelho partido.

Binchy fez uma expressão carrancuda.

— Um espelho partido? Isso dá azar.

— De fato — disse o conde de Vauxtion. — Azar para alguém. Mas agora, Senhor Binchy, quanto ao nosso assunto…

Capítulo Dezessete

Oliver observava a forma como a faixa improvisada era enrolada em volta do martelo de guerra de Golpe de Vapor, espreitando, em seguida, para o exterior do estábulo de pedra para certificar-se de que ninguém os tinha visto se escondendo em seu interior. O cavaleiro-vapor olhou para o pano que cobria o seu corpo e para os alforjes suspensos das suas costas com uma notória falta de entusiasmo.

— Disfarçar o meu status dessa forma não é um gesto honrado. Além disso, uma única camada de pano não é uma estratégia eficaz.

Harry continuou cobrindo seu membro de metal com panos.

— Está se referindo ao seu estatuto de cavaleiro-vapor reintegrado ou ao de guerreiro desonrado e condenado à desativação?

— Pequeno corpo-macio — rosnou o cavaleiro —, se não tivesse jurado sob o código de honra que protegeria a sua vida, quebraria seus ossos com isso que você tão desajeitadamente tenta ocultar.

— É um mal necessário — disse uma voz estranha.

Oliver olhou para o local em que a arma sagrada do cavaleiro, Lorde Queimarame, jazia sobre um monte de feno. Havia alguma coisa na caixa de voz daquela arma que o inquietava. O som de todas as almas que ela tinha feito desaparecer do mundo dos vivos fora concentrado naquele seu timbre artificial e agudo. Felizmente para o chacaliano, a arma raramente falava.

Golpe de Vapor não respondeu para sua arma, mas sua predisposição para obedecer àquela relíquia sagrada parecia óbvia. Se não fosse a sua intervenção na sala de armas, o cavaleiro teria sido devolvido ao seu sono eterno desprovido de sonhos.

— Pode ter certeza de que é preciso — disse Harry. — Uma vez que pareço ser o único desta expedição que já esteve em Relógio Sombrio antes, permitam-me dar a vocês uma ideia daquilo que nos espera. Relógio Sombrio é uma cidade fortificada: suas muralhas datam da guerra civil. Existem quatro portões, todos vigiados dia e noite por casacas-vermelhas. A entrada para as minas fica dentro da cidade, os maiores e mais bem-protegidos campos de aerostatos do reino estão em seu exterior. Quem deseja entrar ou sair da cidade por estrada ou mar é revistado por causa do contrabando.

— Celgas? — perguntou Oliver.

— Isso mesmo — disse Harry. — A Casa dos Guardiões tem uma postura paranoica no que diz respeito às minas de gás, como seria de esperar, uma vez que estão convencidos de que são a única fonte de gás do mundo.

— E não são? — perguntou Oliver.

Harry bateu levemente em seu nariz.

— Você ficaria surpreso se soubesse de onde as celgas surgiram, velho amigo. Mas estou desviando do assunto principal: o dado mais importante é que quem controla Relógio Sombrio controla a armada. E quando se controla as forças navais, controla-se o continente. Todo mundo sabe disso e alguém está se fazendo de idiota na cidade. Seu tio estava prestes a descobrir alguma coisa que envolvia aquele lugar e todos os que se aproximaram remotamente dele até agora acabaram mortos.

— Nós ainda estamos vivos, Harry.

— Não sem algum esforço, Oliver. Se não fosse o primo desta velha caldeira, aqueles caçadores de escravos cassárabes junto à fronteira estariam agora mastigando nossos ossos, o que teria sido um triste fim para um sujeito com os meus talentos.

— Outros poderiam achar esse fim adequado — disse Golpe de Vapor.

— Sem dúvida que sim — disse Harry. — Mas uma vez que os seus antepassados parecem ter oferecido seus préstimos a esta alegre excursão, que tal se você emprestasse algo desse seu intelecto superior de homem-vapor para descobrir uma forma de entrarmos naquela cidade sem sermos incomodados pelo exército, pela polícia da cidade ou pela marinha?

— Não há ninguém do seu bando na cidade que possa nos ajudar? Lupocaptores? Assobiadores?

— Ninguém em quem eu possa confiar — respondeu Harry. — Aqueles dois gatos das areias e meu bom e velho amigo Jamie esperavam por nós porque faziam um piquenique na região, rapaz. Minha rede de contratos foi gravemente afetada. Mesmo que os assobiadores de Relógio Sombrio não tenham sido diretamente denunciados, as pessoas que querem nos ver riscados do mapa já os contataram a essa altura. É arriscado demais.

— Podemos penetrar pelas suas muralhas durante a noite — disse Golpe de Vapor. — A dissimulação também pode nos ser útil.

Harry pareceu pensativo.

— Sim, você vê tão bem de noite como de dia, não é? Pode ser que não tenhamos outra solução, mas se não existe ninguém que eu conheça de confiança em Relógio Sombrio, sei de *alguém* em quem não posso confiar.

— É esse o seu nível de pensamento estratégico? — perguntou Golpe de Vapor.

Harry terminou a camuflagem da armadura de guerra do homem-vapor.

— Mantenha os seus amigos perto e os seus inimigos mais perto ainda. Acho que está na hora de enviar uma mensagem ao Círculo e rezar por auxílio.

— Um amigo em quem pode confiar, Harry?

— Os laços da amizade podem definhar com a idade, Oliver, mas uma pequena chantagem dura para sempre.

Oliver olhou para o pó de carvão que encardia suas roupas. A caravana de comerciantes a qual eles tinham se juntado para saírem dissimuladamente do Estado Livre dos Homens-Vapor podia ter se afastado, mas o pó das suas mulas sujas continuava em seu corpo. Se ele tivesse de regressar à Pousada das Setenta Estrelas naquele estado, seu tio teria mandado Damson Griggs atrás dele com um esfregão.

— A polícia secreta, os camuflados pelas nuvens, também estão à procura de vocês? — perguntou Golpe de Vapor.

— É possível que sim — disse Harry —, mas para nos seguirem precisam nos localizar antes. A Corte do Ar pode ter sido corrompida por dentro, mas com certeza nem todo mundo está comprado. Duvido que haja uma sentinela em Relógio Sombrio. Quem quer que esteja por trás destas matanças seguramente andou metendo o nariz nas minas de celgas. Com certeza não vão querer chamar a atenção com um batalhão em grande escala percorrendo a área dia e noite só por nossa causa.

— Esconda-me nos alforjes — sugeriu Lorde Queimarame.

Oliver compreendeu que era para ele que a arma sagrada falava. Foi necessária toda a sua força para tirar aquela coisa da palha e enfiá-la num dos sacos que camuflavam o flanco do homem-vapor. Quando Golpe de Vapor a ergueu, por sua vez, a arma pareceu tão leve como a pistola de marinheiro que a Mãe Loade tinha disponibilizado tempos atrás.

— É um pobre exemplo de escudeiro — disse Golpe de Vapor.

— Você também não é lá muito parecido com o bom e velho Pinoen-ferrujado de Cem Cadeados — respondeu Oliver. — Com alforjes ou sem eles. E os policias deste condado, Harry? Acha que eles também estão à nossa procura?

— Estamos muito longe do condado da Luz, Oliver. Com certeza sabem de nós na delegacia da cidade, mas não me parece provável que nos deparemos com máquinas de sangue da Ham Yard em pedágios tão a sul. A partir de agora, vamos passar a viajar durante o dia como chacalianos respeitáveis que somos. Hoje à noite, vai haver Lua cheia e existem muitas vilas e propriedades por esses lados para nós nos movimentarmos dissimuladamente. Não quero ter um fazendeiro qualquer atirando sobre nós por nos confundir com caçadores ilegais ou ladrões de ovelhas.

A decisão tomada por Stave de passarem a viajar durante o dia se mostrou certa. Todas as manhãs, as estradas por onde avançavam se enchiam de gente: dos criadores de gansos que os conduziam às centenas até o mercado, acompanhados de cães que delimitavam o caminho das aves grasnantes e as mantinham na estrada, continuamente afastadas dos prados, aos negociantes independentes com suas carroças repletas de barris de provisões e produtos de mercado transportados num alvoroço de movimento e ruído. Os três paravam ocasionalmente para descansar em abrigos vermelhos do tamanho de estábulos, estrategicamente colocados à beira da estrada. Aquelas construções eram conhecidas como Lissacks Comuns e tinham sido batizadas dessa maneira em honra do Guardião que reunira os fundos necessários na Casa para pagar sua construção. Oliver costumava adormecer ao som do piar das corujas, enquanto Harry trocava histórias fantasmagóricas com os viajantes e mercadores que tiravam proveito daquele posto de descanso grátis.

As noites se tornaram amenas à medida que o verão foi se instalando e as preocupações e inquietudes de Oliver se dissiparam. Até Golpe de Vapor parecia quase não olhar mais uma segunda vez quando atravessavam os caminhos batidos das aldeias do condado. Os aldeões instalados nos jardins pareciam mais preocupados com a próxima chegada do correio do que com eles e Oliver cansou-se de informar quando foi que uma carruagem do correio barato de um *penny* passou por eles pela última vez. Eram essas mesmas carruagens que os transportavam frequentemente e seus condutores não mostravam qualquer inclinação para poupar o chicote com que fustigavam os pobres cavalos. Corriam uns contra os outros como sempre tinham feito, tentando bater os recordes para a empresa que representavam, embora fosse pouco provável que alguém além dos cocheiros se importasse com isso em Chacália. O correio de um *penny* viajava de aerostato e as cartas urgentes, em que o dinheiro não era problema, podiam ser entregues numa estação de rede de cristal.

De vez em quando, descansavam debaixo das folhas de um freixo frondoso quando a sombra de um aerostato passava sobre eles. Normalmente, tratavam-se de naves de guerra que se dirigiam para o sul, mais concretamente para Relógio Sombrio. Harry estava curioso pela frequência com que esses enormes dirigíveis passavam sobre as suas cabeças, até que descobriu a razão pela boca de um cavaleiro que descansava seu garanhão num dos muitos Lissacks Comuns: a frota avançada de guerra tinha recebido ordens de aportar por causa de distúrbios ocorridos na capital; naquele momento, só a marinha mercante estava autorizada a entrar e sair dos campos de aerostatos. Essas notícias pareceram perturbar Harry, embora ele não quisesse, ou não pudesse, explicar por quê.

Foi nos limites de uma das estalagens de carruagens que demarcavam a estrada que se depararam com um grupo de andarilhos de estilo selvagem, parecido com os das caravanas ciganas que iam até Cem Cadeados durante o festival do solstício de inverno. Tinham cavalos de seis patas vindos das colônias, o par extra de pernas útil para transportar suas carruagens de dois andares. Oliver observou as carruagens-casa. Suas estruturas eram verdadeiras obras de arte, construídas como se fossem coloridos galeões terrestres. A maior parte dos clãs de andarilhos tinha chegado a Chacália fugida das planícies a leste de Quatérturno durante os últimos dias da revolução. Os novos chefes de Estado tinham declarado o povo de espírito livre anticomunitista, egoísta e improdutivo. As punições começaram quando os acusados foram exilados para uma Comunidade organizada e, via de regra, terminavam quando um Colar de Gideon era enviado para cada um deles.

Harry percebeu que os ciganos seriam uma excelente cobertura para percorrerem os quilômetros que faltavam até chegarem a Relógio Sombrio e depressa tratou de estabelecer amizade com o chefe numa estrebaria ao fundo de uma estalagem. Ambos riram e cantaram canções de bêbados, soando de forma blasfema e indecente, ainda que cantassem numa língua incompreensível, provavelmente um dialeto turniano. Chegaram a um acordo e Oliver e Golpe de Vapor se viram fechados numa das carruagens-casa. Ali, entre o guerreiro-vapor taciturno e os viajantes tagarelas que se comunicavam numa espécie de linguagem chacaliana corrompida, Oliver logo passou a desejar estar junto de Harry na frente da caravana. Pelo menos as histórias dele faziam sentido. O chefe de família da carruagem em que Oliver seguia tinha uma cabeça sem pescoço, lembrando uma batata ao contrário, e uma postura permanentemente curvada. Quando não estava embriagado e loucamente feliz, adquiria uma expressão carrancuda e coçava os cabelos grisalhos no mesmo ritmo regular com que os cavalos avançavam.

Ainda assim, a comida era ótima: pernas de porco macias e cozidas numa crosta de migalha de pão e pimenta, empurradas goela abaixo com vinho de ameixa. Foi uma experiência surreal. Deitado na parte de trás da caravana, Oliver se deixava embalar ao som das rodas esmagando as cascas, a palha e as conchas dos campos de cereais. Enquanto se banhava naquela luz quente do Sol, os membros de uma conspiração letal tramavam seu desaparecimento em algum lugar em outro ponto de Chacália. A vida das outras crianças de Cem Cadeados não devia ser muito diferente daquilo durante as semanas de descanso dos professores: sem quaisquer restrições emitidas pelo departamento da Brumencantada, passando os dias junto dos seus familiares nos mais diversos lugares de Chacália, recolhendo madeira de bétula para a lareira na companhia dos primos, descansando nas clareiras e observarem as nuvens se arrastando no céu acima deles.

De vez em quando a carruagem em que seguia era ultrapassada por outra fila de cavalos. Oliver ficou bastante surpreso ao perceber que uma das carruagens pertencia a um homem-vapor. Os membros metálicos daquela criatura estavam decorados com lenços de padrões berrantes, como se ele tivesse sido enfeitado para aparecer num festival. Não falava nenhuma outra língua além do quaterturniano e o único comentário que Oliver conseguiu obter de Golpe de Vapor acerca do seu semelhante foi que ele devia ter algum defeito nas suas funções cognitivas.

Ainda que o homem-vapor taciturno fosse um companheiro de viagem silencioso, sua atitude em relação a Oliver tinha se suavizado o suficiente para que todas as noites permitisse, e talvez até ordenasse, que o jovem polisse a velha relíquia da sala de armas. Oliver continuava sem saber exatamente que tipo de arma Lorde Queimarame era. Lembrava-se vagamente de ter lido um dos textos clássicos do seu tio sobre a guerra, repleto de instruções de blocos de regimentos e indicações de manobras. Nesse texto, dizia-se que os homens-vapor preferiam as pistolas de ar que podiam ser conectadas às suas próprias caldeiras de pressurização, mas Lorde Queimarame não parecia estar nesse grupo. O metal negro do qual era feito, semelhante a uma carapaça, vertia um óleo estranho e escuro que precisava ser limpo diariamente. Por isso, Oliver tinha que lavar constantemente os trapos que usava para a tarefa.

Um som crepitante chamou a atenção do rapaz. Um fogo ardia a céu aberto do lado oposto de uma copa de folhas de carvalho. Os viajantes traziam feiticeiras com eles, mulheres lindíssimas e selvagens que conseguiam transformar as chamas das fogueiras dos acampamentos em correntes de cometas dançantes e cobrir-se com o fogo como um manto de seda, ao saltarem de forma ligeira pela relva, despreocupadas com a gravidade. Seus rostos eram tão perfeitos e os seus corpos tão ágeis que o mero fato de vê-las era o suficiente para provocar uma dor no coração. Harry já o avisara quanto às mulheres ciganas, sugerindo que qualquer ligação com elas acabaria com provavelmente suspenso na lâmina de um amante ciumento ou sendo forçado a se casar apressadamente durante a viagem. Fosse como fosse, Oliver não via a possibilidade de se aproximar delas. Das poucas vezes em que mostrou interesse por alguma das garotas de Cem Cadeados, elas acabaram rindo dele, com olhares de medo e curiosidade piedosa expressos nas suas caras. Os gritos de "encantado, encantado!" ao cruzar com os grupos de rapazes da sua idade nas ruas ecoavam ainda em sua memória, assim como as conversas dissimuladas e semissussurradas ao passar pelas garotas. Oliver poliu a relíquia com uma dedicação redobrada. Isso não voltaria a acontecer no futuro. Nunca mais.

Golpe de Vapor cortava o ar da noite com seus movimentos marciais sob a sombra da árvore, rodando e se esquivando em uma dança executada de forma lenta diante de um céu que se tornava cada vez mais vermelho com o pôr do sol.

Oliver suspirou.

— Por que você veio conosco, cavaleiro?

Oliver fez aquela pergunta de forma retórica, de maneira que foi com surpresa que ouviu a caixa de voz de Lorde Queimarame ressoar com uma resposta.

— Porque era necessário.

Oliver pegou um pano limpo.

— Parece ser um dos poucos a pensar assim. O próprio comandante dele o queria enterrado no solo de Mecância.

— Mestre Serra não conheceu o medo, de forma que não pode compreender o crime do cavaleiro.

— Golpe de Vapor conheceu o medo?

— Golpe de Vapor enfrentou aquilo que nenhum outro homem-vapor atreveria-se a enfrentar. Existe um povo aparentado da nossa raça no centro putrefato de Liongeli: os lodotentadores. Eles se alimentam da força vital das nossas placas de alma e são capazes de beber o nosso óleo e dilacerar os componentes cristalinos da estrutura dos nossos peitos para os usarem como colares durante os seus rituais bizarros, sem pensarem duas vezes no assunto. Os coletores de meu cano estão quentes?

— Estão esfriando enquanto eu limpo este líquido negro — disse Oliver.

— Golpe de Vapor esteve no coração das trevas e enfrentou o que nenhuma mente devia ver sem ser depois desmontada para sempre. Mestre Serra nunca conheceu o medo, apenas enfrentou as tribos de caranguenarbianos e os regimentos quaterturnianos na fronteira do Estado Livre. Ele não *sabe*. Foi essa a razão pela qual eu escolhi o cavaleiro.

— Mas se você compreende isso — disse Oliver —, nesse caso também conhece o medo?

— Conheço.

Oliver contemplou a horrível arma escura em seu colo, pesada o suficiente para se tornar desconfortável até na horizontal.

— Pelo nome do Círculo, o que você teme, Lorde Queimarame?

— Temo o que precisarei fazer, jovem corpo-macio. E temo que, um dia, comece a gostar de fazê-lo.

Capítulo Dezoito

— O que o seu analisador descobriu, Aliquot? — perguntou Nickleby.

— São meus pais? — disse Molly. — Descobriu a identidade deles?

— Receio que não existam máquinas de sangue suficientemente sofisticadas para executarem tal façanha — disse Lagartas de Cobre —, embora, em termos teóricos, eu esteja seguro de que, com algumas modificações, poderia... mas estou divagando. Pode verificar por si mesma, Molly corpo-macio. Encoste os olhos à lente de ampliação.

Molly enfiou a cabeça no interior da máscara de borracha diante da máquina. O vidro frio oferecia uma vista para um rio cor-de-rosa, cheio de várias criaturas, coisas frágeis e de aspecto gelatinoso que se moviam no líquido.

— Isso é o meu sangue?

— É, sim — confirmou Lagartas de Cobre. — A compressão do gás atua como uma lente poderosa, aumentando um milhão de vezes o tamanho dos fluidos do seu sistema.

— Parece... esquisito. É como um rio cheio de peixes e enguias.

— E de muitas outras coisas, jovem corpo-macio! Está repleto de respostas. Ora, veja!

Lagartas de Cobre ativou a ampliação e a máquina assobiou enquanto intensificava a pressão interna dos cilindros a gás.

— Consegue distinguir os organismos menores nos fluidos do seu sistema?

— O que está vendo, menina? — perguntou o comodoro Black, aproximando-se. — O que esse periscópio dos demônios está mostrando?

— Coisas pequenas, rodas de engrenagem girando, remexendo-se no meu sangue, como os parafusos de um barco. Isso não é normal, é?

Uma sensação terrível de apreensão apoderou-se de Molly. Será que a tinham envenenado e ela estava morrendo?

Lagartas de Cobre pegou um pedaço de fita obtida a partir da máquina de análise.

— Seu povo tem um nome para isso, jovem corpo-macio: chama-se Doença de Popham. Se precisasse receber uma transfusão de fluidos de sistema durante uma operação médica, morreria em agonia, a não ser que o doador dos fluidos também sofresse da mesma doença. Era essa a ligação que nos faltava, a característica que partilha com todas as outras vítimas do Matador de Pitt Hill. Essa informação não estava disponível nos registros das salas dos motores de transação do Salão Verde porque a entidade de informação que revelava esses detalhes apagou os dados. Posso garantir que todos os nomes existentes na lista de vítimas sofriam a doença.

— E por que um tipo de sangue raro faria de Molly um alvo a exterminar? — perguntou Nickleby. — Será que existe alguém importante que sofra dessa doença? O Matador querer eliminar todos os potenciais doadores de sangue, por quê?

— Essa seria uma razão lógica se o assassino não estivesse em condições de desativar diretamente sua vítima — respondeu Lagartas de Cobre. — No entanto, não me parece ser esse o caso.

Um dos mu-corpos do sábio-deslizante regressou à sala do relógio com um livro com capas de couro. O tomo estava rachado e adquirira um tom castanho com os anos. Lagartas de Cobre recebeu o livro e o colocou cuidadosamente no balcão. Ele o abriu e Molly percebeu que as páginas estavam iluminadas com uma tinta metálica. Apesar do estado fragilizado do papel, a tinta ainda brilhava. Nunca antes Molly vira ilustrações tão belas como aquelas, eram imagens metálicas, delicadamente representadas e delineadas por uma caligrafia preta em uma linguagem que era desconhecida para ela. As imagens em série das folhas dos jornais e folhetins de Chacália mais pareciam rabiscos aborrecidamente esboçados por amadores. Algo lhe dizia que quem quer que tivesse criado cada uma daquelas página num trabalho tão minucioso, não pertencia à raça dos homens.

Um dos dedos de ferro de Lagartas de Cobre percorreu uma página em particular e Molly viu o que ele a queria mostrar para ela: um bloco em arco-íris que ela tomara inicialmente por um trabalho abstrato destinado a decorar as margens da página, mas que, na verdade, era uma série de desenhos de grupos das mesmas criaturas pequeninas que estavam nadando pelos rios internos do seu corpo. Setas vindas do texto apontavam no sentido das ilustrações: tratava-se sem nenhuma dúvida de comentários e informações acerca daquelas criaturas.

— Está vendo, Molly corpo-macio? O conselho médico do seu povo classifica a Doença de Popham como uma desordem nos fluidos do seu sistema, mas não é nada disso. Na verdade, a Doença de Popham é um dom!

— Um dom que a deixaria à beira da morte se estivesse ao alcance do bisturi de um serrador de ossos — comentou o comodoro. — Pode muito bem guardá-los para você, esses abençoados dons.

Molly acalmou o comodoro.

— O que quer dizer com um dom?

— Você não sente uma afinidade pela mecomância, Molly corpo-macio? Nas salas dos motores do Salão Verde, você adivinhou instintivamente qual o propósito da rotativa *Radnedge* só de olhar para ela. Rodas Lentas e Chaminé Prateada a seguiram de forma instintiva pelas cavernas do reino dos fora da lei e o controlador Ferrugem Vermelha deu a própria vida para proteger a sua depois de uma simples leitura de rodas Engrena-gi-ga.

Molly lembrou-se dos seus dedos vasculhando os cristais de visão de Chaminé Prateada, da forma simples como restaurou sua visão colorida.

— Não nego que sinto uma proximidade em relação à sua raça e um talento para arrumar máquinas, mas isso é uma habilidade que sempre tive.

— Sempre a teve porque você tem um pé no mundo dos sangues-veloz e outro na raça dos homens-vapor, jovem corpo-macio! Essas criaturas que você traz no sangue são próprias da minha raça. Elas são vida mecânica. Pertencem à raça de metal.

Molly se sentiu tonta. A estranha diferença que ela sempre sentira por toda a sua vida, as pequenas diferenças entre ela e as outras crianças do internato, tudo surgiu diante dos seus olhos numa profusão de claridade.

— E como elas vieram parar em mim, Aliquot Lagartas de Cobre?

— Para saber isso — respondeu o homem-vapor —, você terá que recorrer a livros perdidos como este aqui. Este tomo data da era que se seguiu à queda de Quimeca, a primeira era de liberdade após o descongelamento do mundo. Antes disso, todos os reinos do continente, incluindo Chacália, estavam sob o jugo do Império Quimecano. Eram eles que governavam as ruínas do mundo a partir das suas grutas subterrâneas. Certamente você viu algumas das suas ruínas na viagem ao mundo abaixo do nosso, não?

— Ainda há zigurates e cristais em algumas cavernas — disse Molly.

— A reputação desse império se diluiu com a passagem dos milênios — esclareceu Lagartas de Cobre. — Mas o meu povo ainda se recorda da violência. Eles obtinham poderes por meio do sacrifício humano, misturando-o com as correntes de fluxo terrestre que estão agora dominadas apenas pela ordem dos cantores do mundo. Os reinos empobrecidos existentes na superfície não passavam de colônias de escravos, cujas almas serviam de pasto para seus rituais abomináveis. Durante os piores anos da longa era gelada, comeram a carne dos seus irmãos no Círculo e das raças dos homens, agarradores e caranguenarbianos. Tudo servia de comida para sua mesa. Semicobertas de gelo, as nações arruinadas dos que viviam na superfície não tinham qualquer chance de resistir às legiões quimecanas. Muitos dos túneis do atmosférico são uma herança do seu reinado. Naquela época, faziam parte de um transporte subterrâneo capaz de deslocar, no espaço de dias, exércitos de assassinos de coração negro para qualquer parte do continente, esmagando revoltas e capturando famílias inteiras e, às vezes, a população de toda uma cidade, para sacrifícios punitivos.

— Quer dizer então que essas coisas no sangue de Molly são do império deles? — perguntou Nickleby.

— Exatamente o contrário, querido mamífero — disse Lagartas de Cobre. — Quando as terras da superfície começaram a aquecer e o ciclo do mundo voltou novamente a uma era mais cálida, fazendo os lençóis de gelo recuarem para o norte, as nações dos povos da superfície readquiriram confiança e começaram a tramar conspirações para expulsarem os seus senhores quimecanos. Este livro fala de um escravo do império chamado Vindex, um filósofo e professor do que são hoje as cidades-estados da Liga Catosiana. Ele descobriu um segredo terrível. Os quimecanos e seus obscuros deuses-insetos da Caotyl Selvagem estavam muito conscientes de que o aumento da temperatura na superfície poderia significar o seu domínio da terra e o abastecimento de carne e almas. Começaram a maquinar um plano terrível, que permitiria reforçar o seu domínio do mundo, mas seu projeto horrendo fracassou. Vindex conseguiu se libertar e atrair para junto de si um grupo de heróis que se opuseram ao último recurso dos quimecanos. Com a retração dos lençóis de gelo, Vindex descobriu uma portinha que dava para uma antiga estação subterrânea repleta de feitiçaria e de máquinas. Máquinas que iriam modificar seu corpo, levando-o para o domínio do metal.

— Ele também tinha essas coisas no corpo?

— De acordo com este tomo e com o livro de cânticos que até hoje usamos para louvar nossos antepassados ancestrais, os fluidos do seu sistema teriam se unido com a vida metálica. Depois de ter transformado seu corpo, Vindex criou sete máquinas sagradas para confinar os deuses de Quimeca nas trevas, as sete Máquinas-Mágicas, e as liderou na guerra contra os quimecanos e seus deuses da Caotyl Selvagem.

Algo da história que Lagartas de Cobre contava parecia fazer sentido para Molly: os sonhos horríveis que tivera no templo abandonado das cavernas, a sensação de *déjà vu*...

— Ora, ora, velha caldeira — disse o comodoro. — Esse conto de deuses obscuros e impérios diabólicos é coisa para investigadores e arqueólogos! O que tudo isso tem a ver com a nossa Molly Templar?

— Será que não entende? Molly corpo-macio é uma descendente de Vindex e essa é a razão pela qual seus fluidos fervilham com a própria substância da mecomância. Todos os que morreram nas mãos do Matador de Pitt Hill são descendentes dele.

— Mas apenas indivíduos isolados têm sido assassinados e não famílias inteiras nem crianças — apontou Nickleby. — Se quisesse acabar com uma linha sanguínea tão antiga como essa nos dias de hoje, ele seria obrigado a assassinar milhares de chacalianos.

— A herança da Doença de Popham não se manifesta de maneira uniforme — explicou Lagartas de Cobre. — Seus mecanismos ainda não são totalmente compreendidos, e, desde a sua descoberta, confunde os médicos que a veem como uma doença quando não se trata de nada disso. Eles apenas sabem que se manifesta pouco antes ou pouco depois da adolescência, mas não compreendem mais nada acerca da natureza aleatória de sua forma.

— Então essas coisas que andam no meu sangue estão lá por acaso — disse Molly. — Quer dizer que eu podia ter nascido igual a todo mundo.

— Não andam dentro de você por acaso, mas por um desígnio que nos é desconhecido, Molly corpo-macio. Seu corpo permite que se comunique com as Máquinas-Mágicas, comande os dispositivos sagrados como quem maneja uma espada num duelo. Nem todos nascidos na linha sanguínea de Vindex são operadores natos, o dom apenas manifesta-se naqueles que têm o talento de controlar as Máquinas-Mágicas. Esse dom permanecerá latente naqueles que não o têm, como um camaleão, imitando os animaizinhos naturais dos fluidos dos seus sistemas de forma a serem indistintos, mesmo num analisador orgânico tão avançado como este.

— Então é essa a razão — disse o comodoro. — Pobre Molly, com o sangue infeliz de um sábio ancestral correndo em suas veias.

— Seja como for, continuamos sem saber uma coisa — disse Nickleby. — Quem quer os operadores das Máquinas-Mágicas mortos?

— As respostas a essa pergunta não podem ser encontradas neste tomo — esclareceu o homem-vapor. — No entanto, já temos informação suficiente em nosso poder para refletirmos sobre as suas motivações. Os operadores potenciais das Máquinas-Mágicas estão sendo eliminados. Como tal, a conclusão mais racional que podemos tirar desse fenômeno é que alguém deseja que as Máquinas-Mágicas não sejam operadas.

— E esses dispositivos tão antigos ainda existem? — perguntou Molly.

— Se o nosso povo tivesse uma resposta para dar a essa questão, Molly corpo-macio, seguramente o espírito de Waldo-Açobhalah repousaria descansado na sala dos seres ancestrais. Três das Máquinas-Mágicas foram quase que certamente destruídas durante a guerra da queda de Quimeca, duas das quatro restantes estão desaparecidas desde aquela época. Mas eu recolhi tantas histórias, rumores e lendas acerca do que lhes pode ter acontecido a elas como as horas que existem no dia para ouvi-las. O mais provável é que tenham sido levadas pela enxurrada da História e dos mais diversos acontecimentos ao longo das eras.

— Então sobram duas — disse Nickleby.

Lagartas de Cobre entregou o volume precioso a um dos seus mu-corpos; o servo minúsculo desapareceu com ele rumo à biblioteca de Tock House.

— Precisamente. Dizem que uma delas está em Liongeli, avariada e virtualmente inutilizada, nada mais do que uma raridade que hoje pertence a uma raça odiosa que eu muito lamentavelmente tenho de reconhecer ter estado um dia ligada aos homens-vapor. Quanto à outra Máquina-Mágica, dizem que guarda as cavernas da subcidade. Parece que percorre túneis camuflados e cidades desmoronadas a uma profundidade que nem os necrófagos atrevem-se a descer. É um fantasma solitário que assombra o palco de seu grande ato: banir os deuses da Caotyl Selvagem para as trevas situadas para além dos muros do mundo.

— Então de que vai adiantar se me matarem? — disse Molly. — Pelo que diz, haverá outros que virão depois de mim. Chacália pode estar repleta de crianças que terão essa doença, esse *dom*, quando crescerem.

— Essa é uma pergunta extremamente fascinante, Molly corpo-macio. É a última portadora por um dia, um mês, ou um ano, até que outros descendentes de Vindex cheguem à adolescência. Por outro lado, é possível que reste também apenas uma Máquina-Mágica. Que ato nefasto poderá nascer da conjugação desses dois fatores, eu me pergunto.

— Nada de bom — disse o comodoro Black. — Disso tenho certeza absoluta. Com a quantidade de dinheiro que eles estão oferecendo pela cabeça da pobre menina, o que me surpreende é que ainda não tenhamos metade da quadrilha-relâmpago batendo à nossa porta.

— O anonimato joga a nosso favor nessa questão — disse Nickleby.

O crânio de Lagartas de Cobre irrompeu num clarão de luz mais ameaçador do que todos os que Molly distinguira nele até então.

— Querido mamífero, receio que o anonimato acaba de nos trair. Acabo de perder contato com todos os meus mu-corpos que estavam além da linha das árvores.

— Um acidente?

— Com todos ao mesmo tempo?

Os mu-corpos do homem-vapor espalhados pela sala do relógio começaram a correr de um lado para o outro, executando uma dúzia de tarefas sincronizadas simultaneamente.

— Diga-nos que isso não está acontecendo, Aliquot Lagartas de Cobre — gemeu o comodoro.

— Temo que esteja. Há intrusos no terreno, em número suficiente para destruir uma dúzia de mu-corpos ao mesmo tempo.

Uma sensação de medo se formou no estômago de Molly. Acabara de descobrir o motivo pelo qual tinha este séquito de inimigos implacáveis em seu encalço. Não se tratava de uma herança de família que sequer existia, mas de seu próprio sangue. Agora era tarde demais. Seus amigos estavam novamente em perigo… e tudo por causa dela. O inimigo encoberto iria dar a Tock House o mesmo tratamento que dera à sua família no Internato Portas do Sol e ela acabaria numa mesa de açougueiro para que uns maníacos obcecados com a História abrissem suas veias. Ela se converteria em apenas mais um nome na longa lista do Matador de Pitt Hill.

— A minha bela casa — lamentou-se Nickleby. — Eu sabia que isso era bom demais para durar para sempre.

O comodoro Black avançou para uma despensa na sala do relógio, regressando de forma decidida com os braços cheios de armas e cartucheiras de couro preto repletas de balas de cristal. O comodoro notou a expressão de Molly.

— São restos da *Fada do Lago*. Não tive coragem de jogar fora estas abençoadas coisas.

— Meu Círculo, comodoro, mas o senhor tinha um submarino ou um navio de guerra?

— Ora, Molly, quando se viaja pelo mar, corremos o risco de encontrar alguns maltrapilhos duros de roer no meio dos oceanos.

Os mu-corpos de Lagartas de Cobre pegaram algumas das armas que ele trazia nas mãos e se dispersaram silenciosamente para ocuparem algumas posições estratégicas em Tock House. Black colocou sobre o ombro uma monstruosa funda de oito canos. Molly se lembrava bem de ter ouvido os chicoteadores do *Carapaça de Anjo* falando daquelas coisas e eles jamais tinham dito algo positivo acerca delas.

— Comodoro, isso é uma arma suicida!

— Não, menina, uma arma suicida dispara apenas um cano de cada vez. Este demônio malvado descarrega seus oito canos ao mesmo tempo. É uma arma abençoada! Montada na torre de comando da *Fada*, onde costumava ficar, quantas vezes não usei sua magnífica boca para limpar os conveses dos bandos de piratas que tentavam nos invadir enquanto recarregávamos os suprimentos de ar da *Fada*.

Molly saltou com o ruído de uma explosão vindo pela escadaria. Nickleby colocou uma mão firme em seu ombro.

— Tock House foi construída imediatamente depois da guerra civil, Molly. Os soldados de ambos os lados tinham acabado de largar as armas e perambulavam pelas ruas, perigosamente desocupados. Por que você acha que não existem janelas nos dois primeiros andares? Era aí que o motor de transação da casa carregava o automatismo do escudo acima da porta.

— O escudo?

— Trinta centímetros de camadas sucessivas de blindagem — esclareceu Nickleby. — Acho que a Companhia de Artilharia Chacaliana faria uma pausa antes de derrubar a nossa porta.

Algo zuniu nas paredes da torre.

— Isso está muito quieto — comentou Nickleby.

O comodoro Black arriscou uma espiada pela janela.

— São cartolas, então. Ah, estou vendo que usam silenciadores em suas armas mortais. É preciso ser realmente impiedoso para vir matar uma menina assustada... Venham aqui, seus sacanas de coração negro, para ver se gostam do que o velho Blacky tem para vocês!

Um esquadrão de assassinos profissionais de Açomédio. Não um, mas um exército deles. Era como se já estivessem mortos. Molly deitou-se no chão e afastou o seu cabelo ruivo da cara. Ela os tinha atraído até os seus amigos. Era melhor que a tivessem apanhado na rua das Portas do Sol junto ao internato, pelo menos nada disto estaria acontecendo.

Nickleby acendeu o seu cachimbo de ervassussurrante e o cheiro doce se espalhou mais uma vez pela sala. Depois, pegou uma espingarda do monte bélico do comodoro e a ofereceu para Molly como se estivesse estendendo uma tábua de queijos à mesa do jantar.

— Mas eu nunca usei uma arma na vida — disse Molly.

— Garanto que em menos de dez minutos vai ter um abençoado mundo de experiência, menina — exclamou o comodoro Black de sua posição junto à janela.

Oliver reparou que o número de pessoas que atravessavam a praça principal de Rufar era cada vez menor. O dia tinha sido cansativo e nem sinal do homem que esperavam. Rufar era o último povoado antes de Relógio Sombrio e era lá que se realizava um mercado de lavradores onde os pastores da região podiam negociar suas aves e seus suínos sem ter de pagar o pedágio de entrada na cidade. Seus companheiros de viagem ciganos também estavam evitando a estrada principal da coroa, tendo rumado ao sul pelas escarpas das colinas durante a manhã. Pagar pedágio ao comitê local de estradas era algo que atraía os nômades tanto quanto a hipótese de trocar suas carruagens de madeira brilhante por um dos chalés de palha de Rufar.

Os ponteiros de cobre do relógio da praça refletiam a última chama do pôr do sol em seu metal polido.

— Seu contato costuma aparecer quando convocado? — disse Golpe de Vapor.

Harry assentiu.

— Se ele sabe que é bom para ele, sim.

— Tem certeza de que ele recebeu sua mensagem? — perguntou Oliver.

— Ainda tenho uma ponta de fé na natureza humana, velho amigo — disse Harry. — E ainda mais no poder de compra dos xelins chacalianos que dei àquele negociante para que as minhas palavras chegassem a ele.

As luzes das janelas de Rufar iluminavam o lugar, com o cheiro do óleo de deslizagudo surgia das tabernas atrás deles e ao mesmo tempo que os empregados da estalagem de serviço iluminavam suas lanternas. Finalmente, uma carruagem surgiu diante deles, rangendo num ritmo imponente e Harry levantou-se para cumprimentar. De rédeas na mão, seu condutor era simplesmente o homem mais velho com que Oliver já se deparara na vida: sua cara cheia de rachaduras causadas pela idade estava ainda parcialmente coberta por uma barba branca aparada como uma forquilha. No colete, trazia uma coleira de cão com os símbolos do infinito e do peixe pertencentes à fé circulista. O homem assentiu para o infame Stave.

— Harold.

— Reverendo — respondeu Harry.

O pastor lançou um olhar demorado a Oliver e ao cavaleiro-vapor.

— Achei que trabalhasse sozinho.

— O rapaz é quase parte da família, reverendo, e meu companheiro de metal… Enfim, podemos dizer que é uma espécie de favor.

O pastor grunhiu e olhou para Golpe de Vapor.

— Esses alforjes são ideia *dele*, suponho.

— Correto — disse o homem-vapor.

— Uma vez vi uma raposa com um chapéu — observou o reverendo. — Não deixava de ser uma raposa. Pode nos acompanhar, meu amigo perigoso, a não ser que prefira puxar um pouco minha carruagem. Harold, rapaz, lá para trás.

Com o pobre cavalo quase tão desdentado como o clérigo puxando a carruagem, rodearam lentamente a praça da vila, começando depois a trotar ao longo das vielas do vilarejo.

— Estava convencido de que eu viria, Harold?

— Assim que recebesse a minha mensagem — respondeu o lupocaptor.

— Uma dedução presunçosa da sua parte. Você sempre foi um oportunista durante toda a sua vida.

— Creio que agora estou em terreno seguro — disse Harry. — Em terreno santificado, para ser mais exato. Precisamos entrar em Relógio Sombrio e, desta vez, não trago comigo os papéis de autorização de entrada na cidade. Além disso, também precisamos de um esconderijo para nos abrigarmos enquanto eu faço um pequeno negócio.

— A Corte perdeu seu gosto para a falsificação, Harry? Ou é você que está pensando em fazer alguma coisa que não pode constar dos livros de registros?

Harry coçou o nariz.

— Preocupe-se apenas em nos colocar do outro lado das portas dos policiais, reverendo, e deixe os livros de registros por minha conta.

Para grande surpresa de Oliver, o clérigo circulista desviou a carruagem da estrada principal em direção a um bosque. Quando finalmente voltaram a emergir do abraço dos pinheiros, as muralhas altas de Relógio Sombrio se ergueram diante deles, uma nuvem de fumaça de máquinas pairava sobre a cidade. Delimitada por um muro com cerca de dezoito metros de altura, a cidade estava disposta ao longo de três colinas, sendo constituída, sobretudo, por edifícios altos — feitos de granito do condado de Pent — e ruas escarpadas, estreitas e sujas de fuligem. Embora já fosse noite, Oliver ainda conseguia ouvir as pancadas abafadas e o sibilar das máquinas das minas de gás.

A carruagem desceu a encosta em direção à cidade. O visor de Golpe de Vapor brilhava à medida que analisava as muralhas imponentes que davam para as sentinelas. Ao contar as torres visíveis no ponto mais alto dos montes, o cavaleiro reparou em cada um dos navios de guerra inflados e ancorados no interior da cidade: os aerostatos desapareciam e reapareciam do campo de visão por entre as nuvens de fumaça das minas, suspensas no ar cálido de verão. Quando já estavam próximos do fim da descida, a carruagem do reverendo passou pelas portas de um cemitério e entrou num campo de pedras bem-cuidadas, mas, inevitavelmente, enegrecidas pela proximidade da cidade. Dois agarradores de peito nu e músculos salientes pararam de cavar um buraco novo para acenarem para o clérigo, retomando pouco depois seu trabalho.

— Não tinha certeza se ainda o encontraríamos respirando — disse Harry.

— O Círculo ainda tem um trabalhinho para eu fazer por aqui antes que a roda gire para mim — disse o reverendo.

Depois de estacionar a carruagem à sombra de um templo, o reverendo abriu a porta e os conduziu até o interior de uma sala fresca, no centro da qual se encontrava um sarcófago mergulhado numa profunda escuridão. Um casal de expressão serena fora esculpido na pedra. Abaixando-se até a superfície do sarcófago, o reverendo puxou o símbolo do infinito delineado no mármore e o fez girar. Depois recuou enquanto o sarcófago deslizava para trás com um ruído arrastado.

O reverendo fez sinal para que descessem pelo buraco que se abrira diante dos seus olhos, iluminados pela luz trêmula de uma lamparina amarela. Desceram por uma escadaria e Oliver viu-se diante de mais agarradores, cujas suíças retorciam-se à medida que descarregavam o conteúdo de um caixão para a passagem subterrânea. No interior do caixão não havia qualquer cadáver, mas sim garrafas de *jinn* sem rótulo e cheias do familiar líquido cor-de-rosa.

Harry pegou uma das garrafas que estavam no chão e a abriu contra a parede, esvaziando-a na garganta com um movimento seco.

— E eu pensando que o governador tinha uma cidade seca em mãos.

O reverendo arrancou a garrafa das mãos de Harry.

— É o que vai acontecer se continuar consumindo o produto dessa forma.

Seguiram pelo túnel por mais alguns minutos e o corredor pelo qual avançavam se expandiu para uma série de catacumbas semelhantes a grutas. Golpe de Vapor endireitou as costas, o assobio baixo de sua caldeira era o único som perceptível na gruta. Poupadas pela fuligem das maquinas existentes na superfície, as paredes da caverna brilhavam de tão brancas quando a tocha do clérigo passava diante delas.

Harry deu uma palmada numa pilha de barris enquanto os quatro avançavam pelos túneis.

— Todo esse dinheiro... Um dia desses venho visitá-lo e descubro que desapareceu. Hei de perguntar: e o reverendo, onde está? E vão me responder: o reverendo se aposentou nas colônias. Deixou uma herança para um sobrinho e comprou uma plantação.

O reverendo riu com desdém.

— Você sabe perfeitamente para onde vai o dinheiro, Harold. Se não soubesse, até agora estaria em Rufar. Nem todos os nossos caixões estão cheios de contrabando. Pelo amor do Círculo, quem me dera que assim fosse.

O reverendo continuou conduzindo-os pelos túneis frios e sinuosos das catacumbas, passando por galerias repletas tanto de produtos de contrabando quanto de ossos. Debaixo da superfície de Relógio Sombrio, existia uma verdadeira fortuna de material contrabandeado. O reverendo parecia ter passado da pregação contra o pecado para a gestão e o controle do mesmo no interior dos muros da cidade. Sua posição de clérigo circulista era a cobertura perfeita. Oliver se perguntou se o sacerdote de Cem Cadeados não teria também auxiliado os contrabandistas a descarregarem seus produtos ilegais na baía do dique. Talvez a Igreja Circulista de Chacália não passasse de uma fachada para a quadrilha-relâmpago, com os barões do crime todos secretamente instalados em bispados e abadias.

Ao regressarem ao nível do porão de uma igreja, Oliver transpôs uma porta camuflada na parede, entrando numa sala cheia de bancos de madeira envelhecidos e gárgulas danificadas esculpidas em carvalho.

— Podem ficar nos quartos dos fundos do albergue — disse o pastor a Harry. — Não são muito sofisticados, mas suponho que para um bando tão bizarro como vocês, sempre é melhor do que as perguntas que teriam que enfrentar se tentassem encontrar um quarto numa estalagem ou pensão.

O reverendo já ia sair, mas Harry o deteve.

— Nós precisamos falar com uma pessoa, reverendo.

Ao dizer isto, pegou um papel e mostrou ao clérigo o desenho do homem com uma malha de cicatrizes estampada na cara que Oliver tinha feito no barco de Harry.

— Certamente ele tem uma posição alta na hierarquia dos agarradores e na associação dos mineiros. Parece mais velho.

O reverendo se sentou numa velha cadeira esculpida em madeira para pensar. Parecia um monarca da antiga era de Chacália, um velho profeta enrugado em meditação.

— Você veio de longe para nada, Harold. Eu sei bem quem é o homem com essas cicatrizes. Está morto, eu o enterrei com minhas próprias mãos.

— Como assim, morto?

— Oficialmente, foi um desabamento de uma gruta. Mas na verdade, bem, digamos que eu vi muitos ferimentos causados por desabamentos de pedras e aquilo que restava dele para enterrar não tinha aspecto de ter sido vítima disso. Eu diria que alguém deixou cair esse mineiro num poço bem fundo de uma mina. A cerimônia fúnebre precisou ser realizada com caixão fechado, se entende o que quero dizer.

— Ele era um homem da associação — disse Harry. — Tinha uma patente alta! No tempo em que eu vivia aqui, teria havido uma greve de mão de obra até que os esmagadores encontrassem o assassino.

— Teria mesmo — confirmou o reverendo. — Há cinco anos teria sido assim, mas as coisas mudaram em Relógio Sombrio nesse espaço de tempo. Muitos desabamentos de minas e explosões de gás aconteceram debaixo destes três montes. Esses acidentes tiveram a virtude de eliminar todos os membros-chave da irmandade dos mineiros de gás.

— E a associação não fez nada? *O senhor* não fez nada?

— Eu sou um homem velho, Harold. Num dia bom, o máximo que consigo fazer é subir para a minha carroça sem ajuda e percorrer a paróquia. Além disso, a associação se desfez há tanto tempo quanto eu.

— O governador não podia partir um ovo pela manhã sem o consentimento do seu representante. Pelo amor do Círculo, o que aconteceu aqui enquanto eu estive fora?

— A associação foi desfeita de dentro para fora. Não pelo topo, embora eu tenha certeza absoluta de que o governador esteja envolvido em todas as artimanhas que se fazem por aqui. Ou isso, ou está tão assustado que prefere fazer vista grossa. O homem que vocês procuram tem um filho. Eu posso pedir para que ele passe por aqui amanhã. Pode perguntar a ele.

— O que Anna acha de tudo isto? — perguntou Harry.

— Ela avançou para o Círculo há alguns anos — disse o reverendo. — Idade. Eu mesmo a enterrei. Elizabeth e as garotas partiram pouco depois. Cansaram-se de sacudir o pó das minas de seus vestidos, das máquinas fumacentas, talvez até tenham se cansado de ver a pouca ou nenhuma diferença que eu faço aqui agora.

O reverendo partiu para verificar se estava tudo em ordem nos quartos dos fundos. Harry parecia pálido e enfraquecido. Esperava encontrar alguém diferente. O velhote tinha mudado, murchado.

— Está pondo em risco o padre corpo-macio com a denúncia das suas atividades ilícitas? — perguntou Golpe de Vapor.

— Não me fale nesse tom tão reprovador — disse Harry. — Desviar produtos das alfândegas das cidades é o de menos. Ele era uma velha raposa perversa quando jovem. Deu o que fazer aos lupocaptores como nenhum outro na história da Corte.

— Como o nome de um vigário de uma cidade de província chega aos ouvidos da Corte? — observou Oliver.

— Não foi o clérigo que nos chamou a atenção — disse Harry. — Foi outra pessoa completamente diferente, mas acho que esse homem morreu. Vamos, está na hora de irmos arrumar as nossas sacolas.

A igreja do reverendo fora construída entre as plataformas das ruas estreitas de Relógio Sombrio. Oliver estava sentado num lugar junto a uma janela, entretido em limpar a arma do marinheiro da maneira que Harry ensinara e com a atenção dividida entre essa atividade e o acordar da cidade lá fora. Três níveis mais abaixo, os mineiros de gás estavam mudando de turno: multidões de agarradores com capas de borracha e máscaras de gás arrastavam-se penosamente de volta para casa, com os filtros de respiração elefânticos suspensos dos seus rostos num balanço pendular solene. Normalmente, os agarradores seriam capazes de trabalhar nas minas sem proteção, suas próprias cidades nas encostas eram prova disso. No entanto, a exposição às celgas causava queimaduras até em sua raça embrutecida, de maneira que tinham passado a circular pelos ascensores subterrâneos com seus uniformes sufocantes, oferecendo seu suor pela mercadoria mais preciosa de Chacália.

Em algum lugar lá fora, havia respostas, obscurecidas pela fumaça dos sistemas e do pó das pedras de Relógio Sombrio: as respostas para o porquê de sua família ter sido morta em Cem Cadeados e seu nome aparecer como procurado em cartazes pelas paredes das delegacias por crimes que ele não cometera; e não menos importante: o porquê de momentos tão importantes parecerem girar na órbita da sua vida normal, como dançarinos embriagados em volta de um mastro de festival.

— Não parece muito habituado a fazer isso, rapaz.

Era o reverendo. Em todos aqueles anos, devia ter sempre se movido de forma tão silenciosa como um gato. Mas havia ainda outra coisa que parecia estranha a Oliver: a forma como a sombra do velhote se movimentava — por vezes, rápido demais para sua idade, comprida demais para o seu tamanho. Era como se pertencesse a outra pessoa.

— Na verdade, não parece mais confortável do que quando limpa aquela obscenidade falante que o seu amigo homem-vapor traz guardada debaixo de um pano.

Oliver colocou o cano brilhante sobre a capa.

— Só a disparei uma vez e se acertei no que estava apontando, foi por mero acidente.

— Já imaginava isso. Que idade tem, filho? Tem cara de quem devia estar terminando a escola, em vez de seguir Harold Stave, um lobo tomando conta das galinhas.

Oliver desenhou algo na fuligem acumulada na janela.

— Fui expulso da escola quando me registraram no cadastro do condado.

— Ah — disse o reverendo. — Tem sangue selvagem correndo em suas veias, então? Que pena. Nós não temos muita bruma por aqui. Acho que não se dá muito bem com o fluxo terrestre e o gás sob os quais estamos sentados. Aqui em Relógio Sombrio, é mais fácil morrer de pulmão negro devido à podridão dos túneis do que se encontrar com um feiticeiro.

— É por isso que vive aqui? — perguntou Oliver.

— Eu vou para onde for necessário, peregrino — respondeu o reverendo. — Sou velho demais para temer a bruma. Velho demais para sobreviver às alterações do meu corpo caso ela me atingisse. Além disso, um homem tem que morrer de alguma coisa.

— Eles precisam de você para fornecer *jinn* aos mineiros?

— Isso é o tipo de conversa de mercenário que você deve ter aprendido por passar tempo demais com Harold Stave — respondeu o reverendo. — Há mais do que apenas um tipo de crime. Por exemplo, Relógio Sombrio não tem uma junta dos pobres para ajudar as famílias quando atravessam tempos difíceis. É uma cidade de mineiros. Se não está trabalhando, o governador não o quer ocupando um espaço valioso que poderia ser preenchido por outra pessoa mais capaz. Não é um bom lugar para mancos, feridos ou doentes.

— O senhor parece um carlista falando — observou Oliver.

— Já disseram isso antes — disse o reverendo. — Mas, se pensar bem, não há muita coisa que venha escrita em *A Comunidade e os Comuns* que não tivesse sido dita antes por um profeta ou por outro bom livro. Os outros são tudo o que as pessoas têm, rapaz. Precisamos olhar uns pelos outros.

A verdade das ações do reverendo se cristalizou subitamente na mente de Oliver.

— Então é por isso que o senhor gere tudo isto como se fosse a quadrilha-relâmpago! Usa o dinheiro para ajudar as famílias que teriam recorrido à junta dos pobres.

— Fale mais baixo, filho. O Estado não apreciaria muito se soubesse que eu tenho um sistema paralelo de tributação montado bem debaixo de seu nariz.

— E Harry descobriu tudo.

— Essa é uma forma educada de perguntar se foi por isso que ele ficou no meu pé — disse o reverendo. — Se foi, isso seria o melhor para todos. O bando dele pode estar preocupado com a segurança deste lugar, mas não estão minimamente interessados nas incongruências do sistema de tributação montado nas portas da cidade. A conduta deles é a mesma que a minha. Desde que a história existe as pessoas não têm feito outra coisa senão beber e encher os seus cachimbos. Alguém precisa fazê-lo. Da forma como eu faço, há menos crianças esfomeadas impedindo os pais de dormirem durante a noite porque o guisado tinha mais água do que propriamente caldo.

— O senhor parece cansado — disse Oliver.

— Pode ter a certeza de que estou cansado, peregrino. Na minha idade, a vida é como servir numa guerra. Tudo aquilo que amou e as pessoas que conheceu desapareceram com o passar dos anos. Sobrevivi a todos, à minha mulher, aos meus amigos, à maior parte dos meus malditos inimigos também. Tudo o que me resta agora é um sentimento de raiva pela imbecilidade do mundo. Tantas crueldades desnecessárias e a pompa e a vaidade das pessoas que deveriam ter aprendido a não cair nesses erros. A maior parte do tempo, desejo apenas dar algum sentido para o mundo.

Oliver não sabia o que dizer. Ouvir aquele velho senhor era como escutar um trovão se formando no final de uma tempestade. Era óbvio que os lugares de cada um deles no mundo estavam separados por um golfo do tamanho de uma vida. Havia qualquer coisa no reverendo que o fazia se sentir desconfortável, embora não estivesse certo se era um lado negro oculto no homem ou ecos daquilo que ele mesmo poderia se tornar em setenta anos.

Oliver ouviu Golpe de Vapor o chamando das escadas.

— É melhor eu ir.

— Já devia ter ido, rapaz.

Quando Oliver desapareceu, o reverendo certificou-se junto às escadas de que ele partira e fechou a porta daquela sala. Em seguida, avançou para o lugar próximo à janela em que Oliver tinha se sentado e levantou uma tampa, retirando uma caixa de madeira debaixo de um monte de cobertores. Descansando os ossos numa cadeira, colocou a caixa sobre as pernas e brincou com o fecho. O que o teria feito pensar naquilo agora? Há meses que não mexia naquela caixa, quanto mais olhar para ela. Muita conversa sobre o passado. Não há tolo pior que um velho tolo. Indo contra os seus melhores instintos, levantou a tampa e a luz do conteúdo da caixa iluminou as rugas do seu rosto. Suspirando, colocou a caixa de lado até que, descansando um pouco na sua cadeira, adormeceu.

Era um sono leve, o sono da idade e do desgaste. Quando era pequeno, o reverendo achava muito engraçado o fato do seu próprio avô adormecer durante o dia. Parecia engraçado para ele; agora, fazia o mesmo quatro ou cinco vezes por dia. Desde que Anna avançara para o Círculo, seus sonhos tinham se tornado vagos. Andava ocupado com a igreja, verificando se as almofadas continuavam debaixo dos bancos. Então, a coisa entrou vinda da rua. Certamente ninguém poderia ter se ferido daquela forma numa explosão de gás no túnel e sobrevivido. Aquilo era uma gárgula em carne viva.

— Por tudo o que é maldito — disse o reverendo.

— Nem tanto — respondeu o Sussurrador. — Embora um de nós possa estar amaldiçoado.

— Pelo nome do Círculo, quem é você, meu amigo?

— Pode me chamar de sua consciência — sibilou o Sussurrador.

— Nesse caso, minha consciência se tornou má desde a última vez que a usei.

— Deixe de falsa modéstia — disse o Sussurrador —, sua consciência apanha mais ar fresco do que eu. Todos esses pagamentos secretos às viúvas e às crianças, a comida para os mineiros com membros tão triturados como os meus…

O sonho parecia mais vívido do que era habitual. O reverendo olhou ao redor da igreja, iluminada por uma claridade artificial.

— A minha consciência está muito bem-informada, senhor.

— Gosto da sua mente, velhote. É tão imóvel como aquela sepultura de que você passa a vida cuidando e tem tantos túneis secretos em seu interior como ela.

— Todos nós temos os nossos segredos — disse o reverendo — e uma história para contar. Como você, atrás dessa sua carne.

— Ah, mas a minha história é um mero resumo em comparação com a sua, velhote — disse o Sussurrador. — O que eu tenho para contar? Uma saída de Brumencantada e uma criança adormecida no lugar errado, na hora errada.

— As vidas dos Guardas Especiais começam dessa forma.

— Se pensa isso, um dia desses devia dar uma voltinha pelo hospício de Hawklam, velhote. Cutucar com um pau pelas grades de alguma aberração encantada de baixo risco com as damas e os cavalheiros curiosos de Açomédio. Devia ver como a maior parte das nossas histórias termina.

— Quer dizer que você está ligado ao rapaz.

— Sim — disse o Sussurrador. — Estou tendo pequenas dificuldades em chegar aos sonhos de Oliver nos últimos tempos. As defesas do seu corpo parecem estar reagindo à minha presença como se eu fosse uma ameaça, desde que me vi obrigado a enfiar um remédio encantado um pouco desagradável pela sua garganta.

— Que sorte para o rapaz.

— Não seja assim, velhote. Estou apenas tentando encaminhá-lo na direção certa.

— Certa para quem? — perguntou o reverendo.

— Vindo de você, isso soa um tanto hipócrita, pastor — sibilou o Sussurrador. — Não era você quem passava a vida redefinindo a linha que separa o certo do errado? Ou será que já esqueceu-se disso? A lei do Círculo durante o dia, o capuz e o cavalo negro durante a noite. Quem algum dia poderia suspeitar de você?

— O dinheiro foi para aqueles que mais precisavam dele — respondeu o reverendo.

— Algo me diz que as casas de contabilidade e os mercadores de quem você desviou todo aquele ouro também achavam que precisavam dele — disse o Sussurrador.

— Eles estavam enganados.

— Eu não reprovo o que você fez — disse o Sussurrador. — Muito pelo contrário. Lembra-se de quando ofereceram a caixa para você, quando *o* encontrou quase morto no altar da sua velha igreja? É hora de passar a caixa para ele.

— Está falando do rapaz.

Os membros do Sussurrador se retorceram, mas seu silêncio falou por ele.

— Ele já não está amaldiçoado o suficiente? Seu sangue é selvagem e agora foi forçado a fugir de casa na companhia de dois assassinos.

— Está na hora de passar a caixa, velhote, está na hora de *ele* voltar a ser livre.

— Eu me recuso a fazer uma coisa dessas com o rapaz — disse o reverendo. — Passei as duas últimas décadas tentando esquecer quem fui.

— Mas não é capaz, velhote, não é? Você é como um cantor do mundo que tenta combater a necessidade de inalar outra dose de pó de pétala através da meditação. A caixa o chama, não é? Ela canta para os seus ouvidos para que a abra, para que se sinta vivo novamente, para fazer da noite a sua capa e fazer com que os perversos sofram sob o seu peso.

— Não vou deixá-lo sair de novo — disse o reverendo. — Eu me recuso a assumir a responsabilidade por uma coisa dessas.

— A responsabilidade nunca esteve em suas mãos para você assumi-la — disse o encantado disforme.

— E mesmo que pudesse, Harold Stave não deixaria.

— Stave sabe tudo sobre você, mas nunca soube da caixa. Até onde a Corte sabe, o Capuz do Pântano morreu há muito tempo. Entregue a caixa a Oliver. Chegou o momento de ser *ele* a manobrá-la, ele vai dar conta do recado.

— Isso é uma coisa horrível para se desejar a um homem.

— É possível que ele não consiga sobreviver sem ela — disse o Sussurrador. — Pode preferir se esconder no nevoeiro das minas, mas com certeza você já percebeu todas as coisas estranhas que têm acontecido na capital, certo? Os desaparecimentos. Os espancamentos. Fora com o velho, viva o que é novo.

— Posso estar velho — disse o reverendo —, mas ainda não estou cego.

— Bem, o que eu estou dizendo é que você não sabe de metade da missa. Uma tempestade está a caminho e pode esquecer aquela linha das leis circulistas sobre aliviar a dor onde ela estiver, porque não vai contar durante muito mais tempo, meu velho amigo. Desta vez, não poderá pagar o funeral de um pobre com duas onças de ervassussurrante desprovida de impostos. Todos os olhos famintos das crianças que você foi obrigado a enterrar, aquelas que costumavam visitar os seus pesadelos... Sugiro que comece a preparar uma fornada fresca de caixõezinhos.

— Saia da minha cabeça — gritou o reverendo.

— Entregue a caixa para o rapaz.

— Ele já pertence à raça dos encantados — disse o reverendo. — Será que não tem poderes de feiticeiro?

— Neste momento, parecem um pouco tímidos e defensivos demais para os meus padrões — disse o Sussurrador. — Além disso, tal como você referiu, Oliver não passa de um humano. Ele foi forçado a afastar-se de tudo o que era familiar para ele, tudo aquilo que entendia por sua família desapareceu debaixo dos seus pés. Agora está sendo perseguido como uma raposa pela ordem e pelos esmagadores por um crime que nem cometeu. Se uma vida inteira de desprezo humildino não o tivesse feito tão antissocial e contido, tudo isso já o teria quebrado. Você consegue sentir a raiva dentro de Oliver, velhote. Um mar dela, precisando ser libertada. Eu preciso que *ele* seja libertado da caixa e Chacália também.

As costas do reverendo se contorceram no encosto da cadeira, sentindo o peso de cada um dos seus anos.

— Sempre pensei que morreria como o Capuz do Pântano.

— Devia ter queimado a caixa — disse o Sussurrador.

— Não pense que não tentei! Eu a coloquei nos fornos do monte, apenas para encontrá-la na manhã seguinte novamente arrumada dentro de minha arca por baixo dos cobertores, esperando por mim como um maldito cão espera para ser alimentado. É isso que está pedindo que eu passe a ele.

— Desta vez vai ser alimentada — sibilou o Sussurrador. — Está na hora de realizarmos um banquete.

Capítulo Dezenove

— Eles estão vindo — gritou Nickleby da janela.

Uma torrente de tiros silenciados veio se alojar nas paredes espessas de Tock House. Molly disparou a sua espingarda e o coice da coronha acertou dolorosamente o seu ombro. Não chegou a entender onde o disparo tinha atingido. Estava escuro lá fora e os cartolas traziam fardas mais negras do que a barra das calças de um limpador de chaminés.

— Agarre-se bem à espingarda, menina — disse o comodoro. — Não dê espaço para ela dançar em seu ombro.

Dito isso, colocou o seu canhão monstruoso no parapeito da janela aberta e disparou para o chão: os oito canos espalharam o caos. Os servos de Lagartas de Cobre corriam atrás dele, recolhendo as espingardas descarregadas, abrindo-as e depositando os cartuchos de cristal usados em recipientes de pedra. Um dos mu-corpos passou uma espingarda recarregada a Molly. Lagartas de Cobre continuava concentrado atrás da bancada e da máquina de sangue. Agora que os seus servos estavam ajudando a repelir o ataque, o homem-vapor estava silencioso.

— Aliquot — chamou o comodoro. — Venha nos ajudar aqui, estamos lutando pelas nossas abençoadas vidas!

Lagartas de Cobre não respondeu, mas a noite foi coberta de gritos vindos do lado exterior da casa. Braços Afiados galopava pela escuridão, perfurando uma série de cartolas com os seus membros pontiagudos. Tinha aguardado até aquele momento, camuflado pela linha das árvores, que o corpo encarregado do assalto estivesse reunido em sua força máxima, e agora irrompia através do chão como a consciência negra do sábio-deslizante, deixando um rastro de morte e corpos-macios esmagados em sua passagem.

— Sua coisa linda e assustadora — gritou o comodoro. — Seja como for, ainda bem que temos quatro paredes espessas entre nós e vocês.

Enquanto os cartolas sobreviventes tentavam se reunir para voltar a enfrentá-lo, Braços Afiados não parava de se mexer por entre as árvores. A turbulência dos seus membros pontiagudos avançava e recuava de forma ininterrupta antes que ele desaparecesse novamente entre as árvores, reaparecendo no meio deles vindo de outro ângulo.

Molly, Nickleby e o comodoro disparavam tiros na direção dos bandidos, fazendo com que vários corpos rodopiassem sobre si mesmos e acabassem caídos no chão ou nos canteiros minuciosamente cuidados. Lagartas de Cobre surgiu pelas costas de Molly e a obrigou a se desviar enquanto passava aos seus mu-corpos taças cheias de um líquido vermelho fumegante. Eles atiravam aquela substância química pelos buracos do relógio avariado da torre, fazendo-a cair em cima de um grupo de cartolas que manobravam nesse momento um aríete com uma cabeça repleta de seiva-pólvora na direção da porta de Tock House. Um fogo gelatinoso se espalhou por todo o grupo e as chamas se propagaram pelos arbustos e árvores ao lado da garagem de carruagens.

— Pelo amor do Círculo, Aliquot — disse Nickleby. — Lembre-se da minha carruagem.

Enquanto Braços Afiados empalava mais dois cartolas, os contornos de uma sombra surgiram dos arbustos pelas costas do homem-vapor, empunhando uma boleadeira de três esferas sobre a sua cabeça. Ao contrário de todos os outros, aquele cartola não estava vestido de preto. Na verdade, mais parecia ter saído de uma recepção noturna à luz de velas em um dos palácios gastronômicos do Parque Cabelos Dourados. A luz emanada do incêndio químico de Lagartas de Cobre iluminou sua face por um instante e Molly perdeu o fôlego: era *ele*! O velho diabólico do bordel, o desgraçado que matara Rodas Lentas e Chaminé Prateada. O conde de Vauxtion. Mais parecia um Jack Calcanhar de Mola[3] saído de uma história de folhetim.

[3] *Jack Calcanhar de Mola (Spring-Heeled Jack)* — personagem do folclore inglês da era vitoriana. (N. E.)

Cada vez que ela julgava ter escapado e se imaginava a salvo dele por força do anonimato, ele voltava a aparecer como o olho impassível de um ciclone mortífero.

As esferas do conde pareceram retorcer-se em câmara lenta, enrolando-se ao redor das pernas traseiras de Braços Afiados. O homem-vapor sacudiu dois cartolas mortos dos seus membros pontiagudos para o chão e a sua cabeça em forma de elmo virou-se na direção da ameaça surgida pelas costas. Um dos outros mu-corpos de Lagartas de Cobre saiu dos arbustos e avançou na direção do guerreiro. Estava prestes a atingi-lo quando a explosão aconteceu, projetando o pequeno servo para trás e fazendo-o cair sobre o cascalho. Quando a fumaça dissipou, Molly percebeu que as pernas traseiras do homem-vapor tinham sido destruídas. Braços Afiados tentava fazer uso das suas pernas dianteiras para avançar, mas os assassinos vingativos caíam sobre ele, perfurando a sua armadura desgastada com armas similares a arpões.

Atrás de Molly, o corpo de Lagartas de Cobre se jogou sobre as suas lagartas. Esmagado pela dor da morte do seu servo guerreiro, o homem-vapor começou a gemer. Nickleby e o comodoro despejaram os seus cartuchos sobre a gangue, mas era tarde demais. O homem-vapor vigilante de Tock House jazia inativo num lago de óleo negro, com sua força vital sendo derramada naquela noite agradável de verão.

— Eles estão batendo em retirada — gritou Molly.

Parecia que os cartolas à porta estavam recuando em direção às árvores.

— Não é isso, menina — disse o comodoro Black. — Os desgraçados de coração negro já sabem que agora estamos debilitados. Estão se reorganizando.

Assim como o submarinista previra, os cartolas regressaram alguns minutos depois, munidos de armas bizarras, que mais pareciam cabos de vassoura com barris nas pontas amarrados aos seus corpos.

Molly levantou-se para ver melhor.

— O que são aquelas coisas?

— Abaixe-se, Molly!

Nickleby a puxou para o chão no momento em que um dos barris disparou o seu cabo de vassoura e, que entrou pelo relógio já despedaçado. O cabo estava furado com buracos de pimenta e rolou pelo chão, enchendo a sala de fumaça.

— Aliquot — gritou Nickleby —, tire a menina daqui.

— Minha visão de vidro está danificada — respondeu o homem-vapor. — Descubra o meu mu-corpo mais próximo.

Mais cabos de madeira foram disparados para a sala, girando à medida que o gás ia se espalhando. Black lançou um impropério, mas Molly já não estava em condições de distingui-lo no meio da névoa. O gás tinha um aroma doce e atacava os seus olhos como se fosse vinagre, respirá-lo era como tentar respirar lã de algodão. Sua garganta secava enquanto os seus pulmões tentavam separar o ar da nuvem viscosa e fétida.

Rastejando pelo chão e respirando pregos, Molly se viu incapacitada de localizar Nickleby ou qualquer outro de seus amigos; perturbada pelas lágrimas, sua visão estava reduzida a alguns centímetros além da espessa neblina mostarda. Uma explosão sacudiu a torre, seguida do clamor originado pelo derrubar da porta blindada de metal, que afundou como se fosse um deslizagudo agonizante. Antes do primeiro gancho de combate se alojar na estrutura metálica da face do relógio, o corpo trêmulo de Molly foi envolvido por trevas imensas.

— O que está escondido debaixo daquele cobertor que ele deu para você? — perguntou Harry Stave.

— Ainda não vi o que é — disse Oliver. — É um presente. Ele me disse que trata-se de uma coisa que ele já não utiliza muito.

— Ele teria usado melhor o tempo se procurasse pelo mineiro com quem precisamos falar — disse Harry. — O velhote disse que conhecia o filho dele, será assim tão difícil encontrar um simples agarrador?

O reverendo surgiu ao fundo das escadas.

— Isso depende do quão arduamente o agarrador em questão está tentando não ser encontrado, Harry.

— É bom saber que o seu ouvido ainda funciona, velhote.

— Já minha hospitalidade começa a apresentar alguns sinais de desgaste, o que quer dizer que estamos ambos com sorte. O filho do mineiro acabou de entrar na igreja. Ele está à espera de vocês dois e do seu amigo homem-vapor. Aconselho-o a ter cuidado com a língua, porque esse peregrino é um tanto arisco.

— Já não era sem tempo — disse Harry.

— Pare com isso, Harry, é apenas um velho — disse Oliver. — Parece que ele está convencido de que vai avançar para o Círculo muito em breve.

— É possível que ele tenha razão — disse Harry. — De uma maneira ou de outra.

O agarrador os esperava com um ar nervoso no albergue da igreja. Suas botas remexiam-se no chão, embora ele parecesse ter ficado ligeiramente mais calmo ao ver o reverendo de volta.

— Este é Mabvoy — disse o reverendo. — O pai dele era o contato que você descreveu.

— Sente-se, meu amigo — disse Harry. — Estamos todos do mesmo lado. As pessoas que assassinaram o seu pai são as mesmas que estão tentando nos matar também.

— Pois então desculpe se isso não me parece lá muito tranquilizante — disse o agarrador. — Só vim aqui porque, com os amigos do reverendo vasculhando a cidade e perguntando por mim, não levaria muito tempo até que *eles* soubessem que vocês estão à minha procura, e, se isso acontecesse, bem, podia me considerar tão morto como o meu pai… e vocês também.

— Seu pai veio nos visitar algumas vezes em Cem Cadeados — disse Oliver.

— Ele visitou você?

O agarrador contemplou Oliver como se só agora tivesse notado a sua presença.

— Meu tio — esclareceu Oliver. — Ele costumava visitar o meu tio Titus.

— Ah, sim? Ele foi ao norte algumas vezes, disse que precisava tratar de alguns problemas por causa das minas. Pensei que tivesse ido falar com alguém do Salão Verde.

— Ele nunca revelou nada às autoridades daqui? — perguntou Harry.

— Houve quem o tivesse feito — disse o agarrador —, mas esses que o fizeram não voltaram a ser vistos. Não há nada que aconteça em Relógio Sombrio sem a autorização do governador. Todo mundo aqui sabe disso. É como ir se queixar aos vigilantes da estrada por causa do assalto a uma carruagem do correio. Um dos negociantes que costumava vir até aqui disse ao meu pai que conhecia um homem capaz de resolver seus problemas. Isso lhe custou a vida.

— Também custou a vida de meu tio — disse Oliver. — Os assassinos de que você fala apareceram na pousada dele e acabaram com a vida de todos nós. A vida ali não era lá grande coisa, mas era minha.

— Lamento pela sua família — disse o agarrador com um tom de voz que parecia sincero.

Harry olhou pela janela. Golpe de Vapor vigiava junto ao muro. Sua placa de visão ia registrando os trabalhadores e as famílias que subiam e desciam pela rua. O cavaleiro-vapor observava os pedestres em busca de alguém que parecesse andar devagar demais por aqueles lados ou repetir muitas vezes aquele itinerário. Lorde Queimarame estava suspenso num gancho em seu flanco, impondo a sua presença taciturna, negra e ansiosa para matar.

— Conte-me quais são os problemas — disse Harry.

O agarrador riu, mas não havia boa disposição naquela gargalhada.

— Você tem o dia todo, é? Tudo começou há dois ou três anos, quando apareceu sangue novo na associação dos mineiros. Radicais. Diziam que estávamos sendo ludibriados, que nossos patrões não nos pagavam o que era devido. Queriam pedir mais dinheiro, enfim, o mesmo de sempre.

— Seu pai tinha uma posição alta na hierarquia.

— Ele estava no comitê da organização — disse o agarrador. — A princípio eles se opuseram aos radicais, disseram que eles não mostravam qualquer respeito pelos mais velhos, que essa não era nossa forma de fazer as coisas. Depois os radicais passaram por cima do comitê e avançaram diretamente para o governador com os pedidos de reformas e o meu pai acabou cedendo. Assim, sem mais nem menos. Sem paralisação do trabalho, sem operação-padrão. Ele se limitou a dizer "está bem", tão manso quanto puder imaginar.

Stave emitiu um som gutural vindo da parte mais recuada da sua garganta. Era incredulidade, embora tivesse soado em parte como um rosnar.

— Vejo que já sabe como funciona — disse o agarrador. — Não há *penny* que entre em nossos bolsos que não tenha sido suado e arrancado dos bolsos dos patrões, nem balneário público em Relógio Sombrio que não tenha sido construído à custa de uma assembleia pública ilegal e cheia de desacatos. Mas com os radicais é diferente, eles pedem e o governador dá tudo o que desejam.

— Isso deve ter causado alguns problemas — disse Harry.

— Acabou com o comitê antigo — disse o agarrador. — Depois disso, nunca mais ninguém conseguiu deter os radicais. Eles se apoderaram da associação. Viraram a cidade do avesso como se fossem os senhores do lugar.

— Então por que eu não vejo um mar de caras sorridentes saindo de cada turno para as ruas? — perguntou Harry.

— Mas nós continuamos recebendo o nosso salário — disse o agarrador. — Acontece que recebemos muitas outras coisas também. Os mineiros começaram a desaparecer. A princípio foram só alguns, mas os que partiram eram os líderes da associação. Construtores de túneis, assentadores de estruturas, engenheiros, enfim, o melhor que a cidade tinha. Sem eles tomando conta das coisas, as minas de gás se tornaram perigosas de um dia para o outro.

O agarrador abriu sua camisa, mostrando as queimaduras em sua pele seca como couro.

— Explosão de gás. Matou quatro da minha equipe. Nos velhos tempos, esse tipo de infiltração teria sido detectada, selada e drenada. Hoje, quase não resta um único trabalhador nos túneis que conheça um tubo escavador de cavidades de uma ponta à outra. O novo comitê aboliu o sistema de aprendizagem, dizem que encoraja um sistema de castas desiguais e foram tantos os trabalhadores que desapareceram da cidade, que agora eles mandam os novatos inexperientes para os buracos.

— Mas com certeza isso afetou a produção de vocês — disse Harry. — A Casa dos Guardiões pode não estar muito preocupada com a queda de rochas nos túneis, mas, pelo amor do Círculo, seguramente se preocupam com o abastecimento de celgas.

— Eu ouvi dizer que o governador tem disfarçado a queda na produção com o uso das reservas — disse o agarrador. — O governador e a associação estão juntos nisso. Abra a boca para se queixar e, se as mãos da associação não o fizerem avançar para o Círculo, os casacas-vermelhas o arrancam da cama no meio da noite e nunca mais ninguém volta a vê-lo.

— Para onde os mineiros desaparecidos são levados? — perguntou Oliver.

— Infelizmente eu sei muito bem para onde vão os opositores incômodos — disse o agarrador. — Fui a uma das cavernas da associação que foi declarada além do limite. Há corpos por todos os lados, cadáveres em decomposição em pilhas da altura de uma casa. É provável que tivesse encontrado o meu pai também por lá, mas não tive coragem de procurá-lo.

Oliver sentiu uma náusea apoderando-se dele. Pessoas tratadas como os restos de uma mesa limpa, com seus corpos abandonados para se decompor debaixo da terra, sem direito a um enterro circulista.

Os olhos de Harry se fecharam.

— Só os opositores?

O agarrador assentiu.

— Os trabalhadores são levados para longe. Minha irmã trabalha na administração lá em cima e nem ela sabe para onde eles os levam. Contaram para ela uma história qualquer sobre outra mina de gás que descobriram e que precisava ser mantida em segredo por razões de Estado, mas tudo isso cheira a estrume de mula de túnel. Todo mundo sabe que as celgas são encontradas apenas no subsolo de Relógio Sombrio.

— Se há outra fonte de celgas — disse Harry —, certamente não está sendo explorada por mineiros de Relógio Sombrio, velho amigo. Pelo nome do Círculo, mas o que está acontecendo aqui? Nada disso faz sentido.

— Talvez exista outra mina de celgas, Harry — sugeriu Oliver. — Isso não parece um segredo suficientemente forte para eles assassinarem tio Titus?

— Talvez — disse Harry. — Já vi matarem por muito menos.

No entanto, o lupocaptor não parecia convencido. Harry lançou um olhar para Golpe de Vapor, que continuava vigiando ao lado da janela.

— Ainda assim, não me parece que o Rei Vapor seja do tipo que se torna agressivo por conta de uma fortuna em gás, nem se estivesse localizada nas profundezas dos picos da cordilheira mecanciana.

Oliver esfregou os olhos. Desde que tinham chegado a Relógio Sombrio pareciam estar permanentemente cobertos de pó. Uma fortuna pela qual valesse a pena matar… mas Harry tinha razão, as riquezas de uma nova fonte de gás podiam despertar a avareza na raça dos homens, mas não eram o suficiente para desconcertar a Dama das Luzes nem produzir as previsões funestas do Rei Vapor. Chacália estava em perigo, mas a natureza do seu inimigo parecia tão difusa como sempre.

— Você acha que a sua irmã pode descobrir qual a próxima data em que as autoridades planejam transportar outra leva de mineiros para fora da cidade? — perguntou Harry ao agarrador.

— Eu não quero ter nada a ver com vocês — disse o agarrador. — Basta olhar para vocês três para perceber que vão me arranjar problemas. Escondo para salvar a minha vida. A única coisa que eu preciso fazer em Relógio Sombrio neste momento é desaparecer, antes que alguém desapareça comigo.

— Lembre-se do seu pai — rosnou Oliver. — Ele se preocupou com o que estava acontecendo aos que estavam próximos o suficiente para agir.

O agarrador estremeceu em sua cadeira.

— Estou muito assustado.

— Eu sei o que é isso — disse Oliver. — Desde que saí de Cem Cadeados não tenho feito outra coisa em minha vida senão fugir, mas as pessoas que andam em seu encalço não se esquecerão de você. Ainda que se esconda muito bem, vai dormir todas as noites pensando quando vai acordar com uma faca espetada na garganta, ou se vai acordar. Você não quer viver assim o resto da sua vida, isso é como morrer todos os dias. Pense no seu pai no fundo daquela pilha de cadáveres. Quer que eles paguem pelo que fizeram? Dê a eles alguma coisa para refletirem... Dê-nos a eles.

— Muito bem — disse o agarrador, arrasado. — Se ela conseguir descobrir quando o próximo aerostato parte, eu dou os detalhes. Pode levar alguns dias. Não restam muitos homens nesse ramo que sejam merecedores do nome "irmão", as minas estão raspando o fundo do tacho.

— Nós estaremos aqui — disse Oliver.

— Bom trabalho — disse Harry a Oliver depois da partida do agarrador.

— Ele só precisava de alguém para acender o fogo que traz dentro do estômago — disse Oliver. — Dava para perceber o medo em seus olhos.

Harry olhou para Oliver. Havia alguma coisa de diferente no jovem, mas ele não era capaz de discernir exatamente o quê.

— Está pensando em seguir o aerostato até o seu destino? — observou Golpe de Vapor.

— Nada disso — respondeu Harry. — Estou pensando em nos alojar na maldita coisa. Passei a maior parte da minha vida arranjando formas de fazer entrar e sair material de contrabando nas naves da MRA. Se não conseguir descobrir uma forma de enfiar nós três no aerostato do governador, nem mereço ser enforcado como ladrão.

— Nesse caso, é como se já estivéssemos a bordo — disse Golpe de Vapor.

Oliver se remexia continuamente no quarto dos fundos da igreja. Desde que o Sussurrador deixara de fazer suas visitas noturnas, seus sonhos tinham se tornado desconexos e confusos. Passara a sonhar com coisas indistintas e desbotadas, das quais ele tinha dificuldade de se lembrar quando acordava. Para piorar as coisas, os apitos e assobios das minas chegavam até ele com a ajuda do vento noturno, tornando qualquer tentativa de descanso difícil. Oliver estava habituado à tranquilidade rural de Cem Cadeado, onde era capaz de dormir até com uma tempestade devastando o muro do dique, mas o ruído das botas dos mineiros de volta do turno da meia-noite bastava para mantê-lo acordado.

Corria pelos bosques nos fundos da Pousada das Setenta Estrelas, com os assassinos da polícia e a Corte do Ar no seu encalço. Conseguia ouvir a voz de Pullinger aos gritos em suas costas, prometendo ser gentil caso ele se entregasse. A cabeça de Oliver estava pegando fogo, cada vez mais apertada por uma faixa de dor. *Por favor, deixem-me viver, por favor, deixem-me viver*: a súplica se repetia em sua mente. Enquanto fugia, outros sonhos pareciam se misturar em seu esforço desesperado de fuga. Seria possível sonhar dentro de um sonho? Relâmpagos fulminantes, um cavalo negro que deslizava noite a fora com os olhos ardentes e brilhantes como os de um demônio. Os soldados atacavam no caminho, mas o cavalo e o cavaleiro passavam por cima deles e gritos eram ouvidos à medida que ele irrompia por uma janela e colocava-se no topo de um telhado, envolto em trovões e relâmpagos como um nimbo.

Então, regressou ao bosque nos fundos da sua casa, acompanhado de um trovão vindo do outro sonho e o trovão se tornou uma gargalhada profunda e horrível, como se todas as árvores da floresta tivessem sido possuídas por demônios. Contudo, a gargalhada vinha da sua própria garganta, de dentro dele… Dois casacas-vermelhas surgiram no meio da noite. Ainda rindo, partiu o pescoço do primeiro e agarrou a espingarda do segundo, recuando e fazendo girar o casaca-vermelha por cima da sua cabeça. Em seguida, virou a espingarda ao contrário e, com o soldado no chão, perfurou-o com a baioneta. Nesse meio-tempo, aproximaram-se outros soldados, mas ao verem Oliver rindo no meio do campo daquela forma, dispersaram-se em fuga, assustados. Sua sombra se movia sobre ele como uma capa, como se dotada de vida própria, remexendo-se de acordo com a sua própria vontade.

— Aqui está o meu pescoço — gritou Oliver para os soldados quando estes já se afastavam. — Aqui está o meu pescoço! Está à espera da força dos cantores do mundo, à espera dos gatos de caça do califa, à espera da justiça da Corte. Alguém se atreve a tomá-lo?

Ele conseguia vê-los, senti-los. Cada intenção pérfida, cada pecado, pequenos embrulhos de faíscas malévolas escapando para as trevas, tentando escapar com todas as suas forças, mas condenados a expirar durante sua fuga.

Onde estiver o mal, sussurraram as árvores.

— Onde estiver o mal — repetiu Oliver como se fosse um juramento.

Ele será chamado.

— Ele será chamado.

A dor no interior da sua cabeça se intensificou e ele caiu no chão, agarrado à sua testa.

A escuridão é a sua capa. O medo seu aliado. A perversidade sua mãe.

Oliver olhou ao redor da clareira, o manto de dor desapareceu. Então ele encheu a floresta com a sua nova e terrível gargalhada.

— Eu cavalgo à noite.

— Oliver!

Harry o sacudia, tentando despertá-lo.

— Eu ouço o barulho — disse Oliver, semiatordoado.

Levou ainda um instante até compreender onde estava, e talvez até mesmo quem era.

Lá fora, o ressoar de uma marcha ecoou pelas paredes sujas de fuligem da rua. As pessoas da cidade saíam para a rua para ver com os seus próprios olhos o que estava acontecendo.

O reverendo entrou na sala e se debruçou na janela.

— Homens-vapor. Um exército deles.

De fato, era. Um exército de criaturas metálicas dividido em três regimentos avançava em sincronia perfeita até o exterior da igreja, enquanto suas caldeiras exalavam uma fumaça negra e suja para o ar.

— Eles não são da nossa espécie — disse Golpe de Vapor, analisando o regimento de seres em marcha com sua placa de visão ameaçadora. — São golens, objetos desajeitadamente manufaturados pelos seus mecomantes corpos-macios, embora eu não duvide que tenha sido os cadáveres de muitos dos meus companheiros o que deu forma às suas estruturas.

Oliver se aproximou para vê-los mais de perto e constatou que Golpe de Vapor tinha razão. Não havia neles o menor vestígio da singularidade nem da vida característica dos cidadãos do Estado Livre dos Homens-Vapor na forma como tinham sido concebidos. Eram como ervilhas numa vagem, um exército cambaleante de zumbis automatizados. Os tambores dos motores de transação giravam nos seus peitos e os seus corpos estavam selados por solda e parafusos desajeitados. Os homens-vapor produzidos por empresas como a *Doyce & Clennam* tinham saído de moda há muitas décadas, depois que os mordomos desastrados demonstraram certa tendência em derramar a sopa fervendo sobre o colo dos convidados, incendiar salas de estar e esmagar os pés das crianças e as patas dos animais de estimação. Nem mesmo os automáticos da Liga Catosiana conseguiam se aproximar dos súditos mais simples do Rei Vapor. Essas novas criaturas eram primitivas, mas, ainda assim, melhores do que os servos saídos das oficinas da *Clennam* de Açomédio. Vistas sob esse prisma, constituíam uma espécie de progresso.

— Há algo de errado neles — disse Oliver.

— *Tudo* está errado neles. São uma violação da lei do metal — disse Golpe de Vapor. — Uma afronta, um sacrilégio perpetrado por vocês, malditos corpos-macios, parodiando a nossa perfeição.

Lorde Queimarame rosnou no interior do coldre colado ao corpo do cavaleiro:

— Eles devem ser *destruídos.*

— Por mais violadores que sejam — disse Harry —, acho que Relógio Sombrio resolveu o seu problema de falta de mão de obra.

— Não — disse Oliver. — Não consegue senti-las? Há almas encurraladas dentro daquelas coisas, pedaços de carne humana fechados no interior do metal. Alguns deles são feitos até com pedaços de animais. Os cérebros, os corações de ave e de porco. É horrível.

Harry mediu as legiões de golens que faziam estremecer o batente da janela. As famílias de mineiros espalhadas pelas ruas estavam petrificadas, olhando-os, pasmos. As crianças corriam atrás daquelas coisas primitivas, como se os festejos da coroação tivessem começado mais cedo.

— Uma fusão de homens-vapor com animais? Maldita seja, não quero um mecomante enfiando o meu fígado numa coisa daquelas.

Lorde Queimarame fervia de raiva.

— Nem nosso povo iria querer uma carne frágil estufando dentro das nossas placas das Almas. Isso é magia negra pura.

— Guardião da Chama Eterna — disse Golpe de Vapor —, alguma vez tinha ouvido falar de uma prática tão blasfema como essa?

— Em tempos antigos, existiram monstruosidades semelhantes a estas — respondeu a arma. — Eram conhecidas como metalcarnívoros e basicamente não passavam de fusões de carne e de homem-vapor que perambulavam pelos lençóis de gelo, matando-se mutuamente em busca de sangue para beber e de ossos para consumir. No entanto, eram autossuficientes e estavam organizados, ao contrário dessas coisas fardadas e tão descaradamente concebidas pela raça do homem.

O pastor estava sentado atrás deles rindo e tentando acender um cachimbo.

— Onde está a graça, velhote? — perguntou Harry.

— Harold, estou rindo para não chorar. Quando se chega a uma idade em que se pensa já ter presenciado todos os horrores e testemunhado todas as dores que somos capazes de nos infligir uns aos outros, aparece uma coisa que nos resgata da nossa senilidade. Que engenhosidade tão aguçada a nossa. Pensam que aquelas coisas precisam dormir? Que necessitam de pausas para descansar? As explosões de gás não farão diminuir o ritmo de seu trabalho e, se houver um desabamento, pelo amor do Círculo, podem ser abandonados debaixo dos escombros. De uma forma ou de outra, acabariam morrendo.

— Fique calado, velhote — gritou Harry. — Passe a mensagem ao agarrador, vai haver uma transferência de mineiros de Relógio Sombrio nas próximas noites. São homens que essas coisas vêm substituir. Eu preciso saber exatamente quando.

— O que deu em você? Quem botou fogo em seu rabo, Harold?

— É a jogada final, pastor. Se o governador planeja usar aquelas coisas nas minas é porque se deu ao trabalho de prever o que acontecerá caso descubram na Casa dos Guardiões a situação em Relógio Sombrio. Por qual outra razão você acha que fariam uma coisa dessas?

O reverendo se levantou.

— Porque muito em breve não importará se ele fez isso ou não.

O mar de homens-vapor híbridos e desajeitados continuava desfilando diante da igreja.

— Importa para mim — sussurrou Oliver.

O telescópio da vigilante Sete dos monitores da Corte do Ar estalou ao girar um grau para a esquerda. Um raspador tinha pairado momentaneamente em seu campo de visão, bloqueando-lhe a vista. Na troposfera abaixo dela, essas criaturas enormes e semelhantes a balões estavam sendo perseguidas por um bando de levechicotes, uma dúzia de seres da espécie dos homens-lagartos com asas de couro, que circulavam pela atmosfera rarefeita. Tentavam subir um pouco mais, buscando evitar as garras dos tentáculos suspensos do raspador. Ao que parecia, as caçadas dos levechicotes eram muito frequentes àquela altura. Só durante a última semana, a vigilante Sete contara pelo menos cinco.

Ela estava trabalhando claramente mais tempo sem que os outros percebessem isso. Os registros dos seus monitores falsificavam dados entre turnos, de forma a fazer com que ela parecesse respeitar grande parte das suas pausas do ciclo de restauração. A maior parte dos vigilantes conseguia aguentar durante uma semana ou duas sem dormir. Ela tinha acabado de completar quatro dias sem tocar nas poções do seu tubo de bebida, limitando-se a fazer uso das técnicas de cantor do mundo da Corte. Se ela tivesse se juntado à Corte na superfície, os seus pares seriam obrigados a redefinir a escala de tatuagens para dar lugar ao número de flores que teriam que desenhar em sua testa.

O fato de terem sido *eles* a escolhê-la para executar esta tarefa não fora por acaso. Ela era a melhor dos melhores, talvez até melhor do que os seus mestres discretos percebiam. Colocando à parte a tentação de acompanhar as brincadeiras dos levechicotes, aumentou o poder de foco do telescópio. A borracha da máscara de observação dos monitores resfriados já estava desconcertantemente fria. Lá estava ele! Exatamente o que ela pensara ter visto de relance quando virou o telescópio, imediatamente antes do raspador ter bloqueado a sua vista.

Era um pequeno alfinete verde no meio da noite. Aumentar o grau de resolução, esperar que o motor de transação da Corte fosse capaz de acompanhar a focalização. Um monte de pó queimando no meio da escuridão, emitindo uma estranha energia verde que quase queimava os seus olhos. Antes do treino ministrado pela Corte, ela poderia estar com os pés sobre o pó incandescente e sequer perceber que ele estava queimando. Agora, com aquele grau de resolução, era como olhar para a face do Sol.

Ela anotou a localização. Um telhado de igreja em Relógio Sombrio. Embora tratasse-se de um relatório que não seria transmitido através do canal oficial dos monitores, os seus chefes ficariam muito satisfeitos. Seu testemunho seria recolhido verbalmente, em algum canto secreto da Corte. Um segredo dentro de um segredo.

O lupocaptor foragido tinha sido localizado. O perigoso e infame Harry Stave seria novamente perseguido e, desta vez, o maldito sacana não voltaria a fugir da sua vista.

O Príncipe Alpheus observou o seu médico. Mesmo para os seus olhos imaturos, o homem não parecia sequer merecedor do grau mais baixo da Ordem de Cirurgiões de Açomédio. Suas mãos tremiam de tal maneira que ele mal conseguia preparar a seringa para a coleta de sangue.

— Se isso é uma demonstração de preocupação com a minha saúde — disse o Príncipe Alpheus —, é tarde demais.

Faísca reparou nos olhos ávidos dos dois funcionários do Salão Verde que tinham acompanhado o médico até o palácio: pareciam dois vampiros, apenas esperando que a amostra de sangue real fosse entregue.

— É uma medida de segurança — disse o capitão da Guarda Especial. — Eles querem ter certeza de que há as marcas da casa real no seu sangue.

— Uma vez que me criaram como se fosse um maldito cão da raça *spaniel*, nunca pensei que houvesse alguma dúvida quanto a isso.

— Provavelmente Sua Alteza não conhece o caso do Príncipe Silvar — disse um dos enviados do Salão Verde. — Três guardas reais de Quatérturno tentaram trocar o aparente herdeiro por um sósia fornecido pelos califas. Foi uma tentativa fracassada de criar uma monarquia no exílio e desestabilizar o parlamento. Tudo isso antes da revolução turniana, é claro.

— Mas é claro — respondeu o príncipe. — Eu imagino que posso apenas sonhar com o entusiasmo com que a Comunidade da Partilha Comum me saudaria hoje. No entanto, Hoggstone pode voltar a contar as suas estrelas da sorte, uma vez que as minhas estrelas do azar ainda não permitiram que eu deslizasse para sua cadeia de sufocamentos. Podem estar seguros de que terão o artigo autêntico se arrastando pelas cidades e condados de Chacália.

— Nós nos limitamos a servir — disse o oficial.

— Sim, mas alguns de vocês conseguem manter os braços colados ao corpo enquanto o fazem.

O médico retirou a seringa do braço do príncipe e entregou o recipiente vermelho aos oficiais, guardando-o numa caixa forrada com veludo que selaram pressionando o brasão do Salão Verde contra uma gota de cera quente.

— Obrigado pela disponibilidade — disse o funcionário mais velho, colocando a caixa debaixo do braço. — Vamos apresentar o seu certificado ratificado da casa real ao médico antes do fim das cerimônias de coroação na Praça do Parlamento. Na ocasião, voltaremos a fazer um exame rápido com uma máquina de sangue, apenas para confirmar a sua identidade.

— Posso ir? — perguntou o príncipe.

— Claro — respondeu o oficial. — Tenho certeza de que tem uma série de compromissos.

— Enorme — disse o príncipe. — Não é fácil comparecer a todas as festas, inaugurações e aberturas de ponte com tantos apedrejamentos no meio do caminho.

— Nós nos limitamos a servir — entoaram os dois oficiais em uníssono, fazendo uma saudação para o Capitão Faísca e para os Guardas Especiais antes de partirem.

Faísca viu o Príncipe Alpheus partir logo depois dos dois funcionários terem sido acompanhados até a saída do palácio. Quedadura se aproximou de Faísca. Foi um estranho gesto de intimidade, mas a Guarda Especial considerava a possibilidade da ordem estar secretamente escutando as conversas que decorriam naquela sala. Seus guarda-costas cantores do mundo tinham se mostrado muito inquietos durante os últimos dias, quase como se suspeitassem que a ordem normal das coisas não estivesse sendo seguida. Estariam certos, é claro, mas não tinham qualquer indício para adivinharem.

— O Salão Verde vai descobrir tudo — disse Quedadura — quando fizerem o teste na máquina de sangue.

— Pode ser que não reparem — cogitou o Capitão Faísca. — É possível até que, mesmo reparando, não liguem. Meio-monarca é melhor do que escolher alguém que não é membro da casa de criação real e designá-lo rei. Os jornais e folhetins estão muito familiarizados com Alpheus como príncipe. A cara dele é muito conhecida dos eleitores.

— É a outra parte do seu jovem principezinho que me preocupa — disse Quedadura, sacudindo a capa e fazendo com que a pistola se agitasse sobre a cintura de forma provocante, não que precisasse disso, tendo em conta seus poderes encantados.

— Eles não conseguem rastrear a outra metade até mim — disse Faísca. — Só a névoa pode nos tornar marcados. Não existem marcadores no sangue, nem nós podemos transmitir nossos dons aos nossos filhos. Se pudéssemos dar à luz a seres puros e encantados, há muitos séculos já teríamos nos libertado.

— Sim, suponho que teríamos de fato — disse Quedadura. — Se o nosso sangue marcado fosse transmissível, há anos que os caçadores de encantados da ordem teriam descoberto que o príncipe é o seu filho e não do Rei Julius.

— Alpheus é um humildino — disse Faísca. — O que quer que ele seja, é uma pessoa normal.

— Para um membro da realeza — fez notar Quedadura. — Mas não somos marcados pelo destino? Está pensando em contar tudo para ele quando isso acabar?

— Ele vai descobrir.

— Talvez ele se mostrasse mais cooperativo se soubesse de tudo agora.

— Ou talvez não — disse Faísca. — Ele deseja liberdade tanto quanto nós desejamos a nossa. Acho que, por ora, podemos deixar as coisas assim.

— Como preferir, meu capitão — disse a Guarda Especial. Com seus olhos tristes e famintos, ela o observou sair. — Como preferir.

Era estranho. Oliver preparava a sua bagagem depois de ter passado uma semana na igreja de Relógio Sombrio. Despedir-se do pastor era mais ou menos como abandonar o seu tio. Uma espécie de laço se estabelecera entre os dois — bem mais forte do que se poderia esperar com alguns dias de hospitalidade obtidos à custa da chantagem do infame Stave. Restavam ainda alguns trabalhadores nas ruas, com os seus serviços oferecidos às minas de gás, até mesmo durante as horas mais inóspitas da noite. E por que não, se nos buracos e canais subterrâneos era sempre de noite?

— Não precisa ficar acordado até tão tarde — disse Oliver. — Afinal de contas, não está nos ajudando de livre e espontânea vontade.

— À noite nunca estou cansado, rapaz — disse o reverendo. — É o período mais sossegado do dia.

Oliver verificou o seu cantil em busca de água.

— Eu entendo o que quer dizer.

Pelo Círculo que Oliver, sim, entendia. Na última noite, dormira apenas duas horas e, em vez de se sentir cansado, era como se tivesse passado um mês inteiro num dos melhores hotéis de Açomédio. Mais do que isso, seus ossos pareciam vibrar durante as horas de sono, enquanto o seu sangue borbulhava com o chamado da Lua. Sentia vontade de sair e sentir a beleza da escuridão em sua pele, passando através da sua pureza límpida. Seus sonhos tinham se tornado espirais comprimidas de imagens, repletos de memórias densas de vidas anteriores, centenas delas, todas diferentes e simultaneamente as mesmas.

O pastor viu Oliver prender a arma de marinheiro numa alça exterior da sacola e estendeu o braço para detê-lo.

— Está na hora de abrir aquela caixa que dei para você.

— Seu livro de Lei Circulista? Está aqui.

— Não é um livro de Lei Circulista — disse o reverendo. — Eu ainda sirvo para isso.

Oliver abriu o cobertor velho e desbotado que cobria a caixa e sua tranca dupla. Ao levantar a tampa, um brilho prateado iluminou as suas mãos, a luz lunar interagiu com o conteúdo da caixa como se fosse alquimia. Lá dentro, estava uma braçadeira com duas pistolas prateadas idênticas, com coronhas em marfim e cada centímetro de ferro repleto de desenhos retratando asas de águia e duelos, regimentos de guerra, silhuetas de homens selvagens. No mármore de cada coronha estava também esculpido um leão de aspecto familiar, muito semelhante ao da divisa de Chacália, embora sob uma forma mais primitiva, bruta e ameaçadora, ao contrário do leão gentil em repouso das armas da nação.

— Isso tudo era seu? — perguntou Oliver.

— Pode-se dizer que a arca tem sido passada de herança pela família.

No topo da caixa estava guardado um coldre duplo de couro negro, do tipo que pendura-se no ombro e pode ser usado camuflado por um sobretudo.

— Mas nesse caso devia dá-lo às suas filhas — protestou Oliver. — O metal está coberto por uma folha de prata genuína. Deve valer o conteúdo do cofre de uma casa de contagem.

— Há muitos anos, cheguei a pensar que a minha filha mais velha estivesse interessada nela, mas acabei descobrindo que estava enganado — disse o reverendo.

Oliver apontou para a velha arma de cano em forma de sino da *Loade & Locke*.

— Com aquilo, nunca sei o que vou atingir. Certamente existem armas de duelo, concebidas para assassinos profissionais ou para um oficial num regimento.

— Pegue, vamos — disse o pastor.

Oliver as retirou da caixa. As armas pareciam quentes, confortáveis, quase como uma extensão do seu braço. Por que ele tinha mostrado tantas reticências em aceitar aquele presente? Eram perfeitas.

— É estranho — disse Oliver. — Eu...

— O segredo — disse o pastor — é saber quando pegá-las e quando deve deixá-las descansar.

As mãos de Oliver tremeram depois de voltar a colocá-las na caixa, da mesma forma que vira trabalhadores das balsas tremerem ao se dirigirem para as tabernas de Cem Cadeados com uma sede que apenas o *jinn* barato poderia matar. Não, agora não iria rejeitar aquela oferta. Que idiota a filha do pastor fora.

— Eu as estou passando para você — disse o pastor de forma determinada.

— Acho que agora não vou mais precisar da pistola de marinheiro — disse Oliver.

— Pois é — confirmou o reverendo. — Mas não deve se desfazer da faca.

— Mas eu não me lembro de ter...

— Nem precisava fazê-lo — disse o reverendo. — É uma boa faca. Do tipo que eu gostaria de ter tido há muitos anos.

Oliver olhou para fora. O apelo da noite era mais forte do que nunca.

— Obrigado por tudo.

— Rapaz, com esse seu sangue selvagem, é provável que seja o melhor de todos nós.

— Acho que guardarei a faca na minha bota.

— Era o que eu faria — disse o pastor.

No andar de baixo, o feitiço que Harry desenhara no ar estava se desfazendo. Afinal de contas, ouvir continuamente a velha raposa não fora uma perda de tempo. Qual seria afinal o jogo do reverendo? Ele estava envolvido em alguma coisa, disso o lupocaptor estava certo. Até então, o clérigo escondera jogo, mantendo-se reservado e fora do seu caminho na cidade das minas. Como Guardião de tantos segredos que era, odiou a possibilidade de aquele velho idiota saber algo que ele desconhecia. Não era assim que tencionava disputar o grande jogo; se havia manipulações sendo feitas em Chacália, era preferível que a mão do infame Stave estivesse no leme delas.

Sem as brisas diurnas para dispersarem a fumaça dos motores, Relógio Sombrio estava sujeita ao mesmo fedor das névoas de Açomédio. Nevoeiros espessos expelidos pelos motores se erguiam durante a noite, reduzindo a Lua cheia a um esboço de prata escondido pela bruma.

Oliver olhou para baixo, para as pedras que pavimentavam as ruas, suas botas avançavam de forma invisível por baixo daquela sopa e a umidade da nuvem causava cócegas nos seus pés. Conseguiam ouvir os gritos das patrulhas se interpelando mutuamente pelas muralhas altas. De vez em quando, distinguiam a passagem de luz de uma pequena lanterna. À medida que avançavam, mantinham um olho atento aos policiais noturnos e aos encrenqueiros da associação, mas parecia que eles concentravam sua vigilância, sobretudo, nas ameias. Apesar do seu volume considerável, Golpe de Vapor conseguia se mover de forma praticamente silenciosa: sua cabeça élmica girava e a grade da sua caixa de voz vibrava à medida que ele emitia rajadas de som captadas a um nível além do alcance do ouvido humano. O homem-vapor jurara poder navegar através da neblina daquela forma, interceptando as conversas entre os homens do governador e os facínoras da associação. Era óbvio que ele possuía esse talento, uma vez que os estava conduzindo através do labirinto de ruas desertas sem que eles jamais se cruzassem com quem quer que fosse, percorrendo um itinerário sinuoso que os levava sempre mais para cima, em direção ao campo de aerostatos pessoal do governador.

O que Oliver não mencionou aos seus amigos foi que ele também conseguia sentir a presença dos criminosos — assim percebia o quão perfeitamente o homem-vapor os levava contornando as patrulhas armadas. Conseguia sentir todos, como pequenas lanternas de maldade que se consumiam no meio da noite. Não eram apenas as patrulhas. Havia o chefe de bando bêbado a quatro ruas de distância espancando a esposa que tentava proteger os filhos da raiva do marido, o assaltante de telhados que forçara uma claraboia e vasculhava um cômodo escuro em busca da chave para um gabinete trancado, munido de uma faca no cinto para o caso de alguém surgir para perturbá-lo, ou o governador em sua mansão aplaudindo com prazer ébrio o espetáculo oferecido por seus soldados, que espancavam até à morte um mineiro que tentara fugir. Cada um deles era uma brasa de malícia brilhando na escuridão.

— Oliver! — disse Harry, ajudando o rapaz a se levantar. — Está doente?

— Consigo senti-lo, Harry.

— Consegue sentir o quê?

— O mal. Consigo sentir o mal neles.

— Está suando como se estivesse com a praga — disse Harry — e falando como se estivesse tentando assustar uma multidão numa sessão espírita.

— Menos barulho. Temos que prosseguir — disse Golpe de Vapor. — Esta pode ser a última noite de transferência dos mineiros de Relógio Sombrio por aerostato.

— Eu estou ótimo — disse Oliver. — O suor vai passar.

Uma série de luzes débeis se acendeu em Lorde Queimarame, guardado nas costas do cavaleiro homem-vapor.

— É como se os Loas o guiassem, Oliver corpo-macio, embora não detecte a presença deles aqui, apenas a ânsia por grandes acontecimentos. Que curioso.

— Eu estou aqui, Guardião da Chama Eterna — disse Oliver. — Sou só eu. E Golpe de Vapor tem razão, esta é nossa última oportunidade para apanhar uma carona grátis, cortesia do governador. Temos que avançar agora.

O campo de aerostatos ficava no topo da colina, além das muralhas da mansão do governador. Um dirigível estava ancorado nos trilhos de retração diante do hangar, tratava-se de uma nave da marinha mercante, sem suportes para armas nem escotilhas para as bombas-barbatana no casco. Sem dúvida Thaddius ou qualquer outro dos rapazes de Cem Cadeados saberia distinguir a sua classe só de olhar para o formato do aerostato. No entanto, para Oliver, tinha o mesmo aspecto de tantos dirigíveis que por eles tinham passado quando estavam a caminho de Relógio Sombrio. A nave tinha sido puxada até muito perto do chão, com as escadas de embarque fechadas para o interior da gôndola.

— É aberto demais — disse Golpe de Vapor, apontando para as caixas de luz alinhadas na colina. — Pouca cobertura e gente demais ao redor do hangar.

Harry encostou as costas no muro.

— Eu posso tratar disso. Vamos para o motor de grande expansão aportado pelo proa. Eu consigo colocar nós três lá dentro. Se alguém nos vir, você usa a sua voz sobre eles.

— Minha voz? — perguntou Golpe de Vapor.

— Não se faça de ingênuo comigo, velha caldeira. Eu vi com os meus olhos como Mestre Serra fez tocar um sino do lado oposto à sala de treinos apenas com sua caixa de voz. Tenho certeza de que você também consegue fazer uma vibração ancestral diabólica nos ressoar no sangue.

Harry tomou o silêncio do cavaleiro por um sinal de consentimento e sentou-se de pernas cruzadas murmurando na língua dos cantores do mundo. À medida que murmurava, a névoa começou a se erguer dos seus pés, subindo através da colina e apoderando-se de todo o espaço circundante. Um chamado do tempo. Oliver conseguia sentir as garras da canção do mundo tornando o nevoeiro cada vez mais alto e mais espesso, ao mesmo tempo em que a colina vibrava com o poder da terra. A neblina passara a ser extremamente espessa. Com as correntes de fluxo terrestre tão fortes quanto as que passavam por baixo de Relógio Sombrio, o nevoeiro precisava apenas de uma pequena força para subir ainda mais.

A energia mágica no interior do corpo de Oliver eriçou-se ao sentir a canção do mundo. Naquele momento, sentia-se capaz de ver dentro de si, como se um véu tivesse sido levantado e a complexidade das fontes dos seus próprios poderes estivesse notoriamente descoberta. Era um pouco como observar os vermes escavando um cadáver que ele amara anteriormente: doloroso demais para observar, mas, simultaneamente, muito medonho para que conseguisse desviar o olhar. Faziam parte dele, embora fossem uma parte estranha, eram algo que não deveria ter o direito de ocupar o monte de carne, água e ossos do seu corpo, que não deveria acompanhá-lo neste reino das geometrias sólidas e dimensões limitadas. Agitavam-se dentro dele e Oliver não conseguia perceber como ele não os vira antes. Na verdade, era incrível que ele tivesse se sentado diante de caçadores de encantados, cantores do mundo e de inquisidores e tivesse tido o audácia de apelar pela humanidade deles.

A névoa parecia se adensar de forma mais intensa sobre os calcanhares do que o chão que ele pisava, insinuando-se e enrolando-se ao redor das suas pernas, até Harry parecia surpreso com o quão rápido a invocação se tornava localizada.

— Não faz mal — disse Oliver. — Eu gosto do nevoeiro.

— Já temos a nossa cobertura — disse Golpe de Vapor.

Oliver tentou olhar através do leviatã do ar embrulhado em névoa. Não era necessário ao homem-vapor indicar que eles também tinham o seu elemento-surpresa. A maior parte dos trabalhadores sadios de Relógio Sombrio andava escondida para tentar evitar ser transferida naquele aerostato. Dificilmente os guardas esperavam alguém com um mínimo de bom senso que andasse rondando a mansão do governador e os seus arredores. Como de costume, o caminho deles os fazia mergulhar de cabeça no perigo.

Golpe de Vapor recuou cinco passos e correu para o muro, saltando por cima dele com grande facilidade. Harry fez uma cova com as duas mãos e catapultou Oliver para o topo do muro. Uma vez lá em cima, Oliver estendeu o braço para o infame Stave e os três voltaram a se reunir no meio da bruma. A neblina distorcia os sons da tripulação de terra e as suas conversas, mantidas geralmente do lado oposto do campo chegavam até os três aventureiros como se os funcionários estivessem a apenas alguns metros de distância deles.

— ...o lastro está carregado.

— ...nunca vi um nevoeiro que descesse como este.

— ...e então ele disse, fale com o primeiro oficial. Primeiro oficial, digo eu, ele que precisa falar comigo.

Por pouco Oliver não esbarrou na hélice feita de lâminas de ferro. A cadeia de montagem do motor de expansão era quase do tamanho de uma casa, com as suas linhas curvas forjadas pela fundição dos dirigíveis à imagem da cabeça de um leão gigantesco, com os olhos cruéis e gélidos, fixos na dianteira, e dentes ameaçadores à mostra. Harry se colocou embaixo da hélice e entrou na boca daquela casa de metal, alimentando assim o felino metálico.

— Há um alçapão de manutenção aqui — sussurrou ele.

— Duvido que a minha magnífica estrutura possa passar por esse buraco — disse Golpe de Vapor. — Fui concebido para a guerra, não para rastejar pelos dutos das suas naves flutuantes como um roedor corpo-macio.

Depois de aguardarem mais alguns minutos, foram recompensados por um estalo no balão rígido do aerostato; foi então que uma portinha desceu com a ajuda de uma manivela instalada ao lado do motor. Já dentro da nave, Harry se encontrava num espaço repleto de barris de madeira selados por vidro comprimido a gás e marcados com a silhueta das árvores de sementes de pólvora. Os vapores dos barris viajavam armazenados de forma segura.

— O assistente de bordo deve ter verificado o armazenamento da frente esta manhã — disse Harry, subindo a rampa de carregamento. — Podemos nos livrar de alguns desses barris e preparar um esconderijo para o caso de algum dos membros da tripulação aérea aparecer por aqui durante a viagem em busca de combustível.

Oliver abriu sua sacola e confirmou que a comida ainda estava lá.

— Não vai precisar disso — disse Harry. — Não é um dirigível comercial, faz parte da linha do Guardião Smike de transporte. Não tem autonomia suficiente para explorar os lagos de Liongeli, Oliver. Por mais mineiros que eles levem daqui, serão sempre carga geral, e isso significa que iremos aterrissar em algum lugar de Chacália.

— Vamos estabelecer nossa posição de dissimulação por entre os barris — disse Golpe de Vapor. — Algo me diz que poderia ser um erro colocar o Guardião da Chama Eterna no meio deste carregamento.

Harry lançou um olhar para os contornos das árvores de sementes de pólvora no interior dos barris.

— Muito intuitivo da sua parte. Quanto a mim, vou me abster do meu cachimbozinho diário de ervassussurrante, até porque me lembro de forma bastante vívida da afeição da maior parte dos comandantes pelo cadafalso quando encontram um marinheiro com um cachimbo no bolso.

Uma vez construído o abrigo por entre a carga, os três aguardaram durante uma hora até gritos vindos do exterior os prevenirem da decolagem iminente do dirigível. O chão estremeceu e a nave foi puxada primeiro para o trilho de lançamento e depois para uma plataforma giratória, de forma a captar a direção certa do vento. Foi então que as garras dos trilhos ficaram para trás e o estômago de Oliver pareceu cair com a subida da nave nos ares. Tornou-se difícil ouvir quem quer que fosse no meio das subidas e descidas do ruído do motor, de maneira que os sussurros de todos se transformaram em gritos. Era possível que chegassem surdos ao campo de aterrissagem, mas pelo menos o barulho tornaria quase impossível que algum marinheiro de passagem ouvisse qualquer movimento pela área de armazenamento de combustível.

Pouco depois, o aerostato cessou de ganhar altitude e a temperatura a bordo caiu. A gôndola principal e os compartimentos reservados à tripulação podiam ter sido aquecidos, mas agora Oliver percebia por que razão os membros da tripulação aérea que pousavam em Cem Cadeados passeavam pelas ruas da vila com camisolas de gola alta e lã muito grossa amarradas em volta das calças das suas fardas como se fossem cintos, independente fosse verão ou inverno. Congelando de frio, Oliver e Harry retiraram os seus sacos de dormir e enrolaram-se neles, enquanto aqueciam as mãos alternadamente na caldeira de Golpe de Vapor.

Apesar do frio e do barulho, Oliver conseguiu finalmente adormecer durante as horas da madrugada. Harry abriu um olho durante o seu descanso. O jovem respirava pesadamente formando uma nuvem no ar gelado. Golpe de Vapor e a sua arma pareciam também sonolentos, próximos do fluxo de pensamento. Inclinando-se para a frente, Harry recolheu a caixa de madeira que o reverendo tinha oferecido a Oliver em Relógio Sombrio. Certificando-se de que o corredor estreito no exterior da área de armazenamento estava deserto, Harry avançou pela passagem estruturada de duralumínio. Sempre que se esquecia de se abaixar, esferas de lonas com celgas roçavam a sua cabeça.

No final da passagem, abriu uma porta de madeira que dava para a pequena região mais avançada do dirigível: era uma sala simples, com pouco mais do que um assento com uma aba que abria para os céus. O infame Stave levantou a tampa da caixa. Ambas as pistolas estavam ainda em seu interior, cintilando de forma malévola. Mesmo sem as suas belíssimas cenas gravadas, os punhos de marfim e as placas de metal precioso, o conjunto teria valido uma saca cheia de guinéus tilintantes em qualquer fabricante de armas ou loja de penhores de Chacália. Não era preciso ser feiticeiro para sentir a pressão da sua canção ou a atração perversa do seu esplendor. Harry estremeceu, fechou a tampa energicamente, colocou a caixa no compartimento de ejeção e puxou a alavanca de descarga.

A escotilha se abriu e a caixa caiu no meio das nuvens. Foi uma intuição muito cara, mas por outro lado, Oliver tampouco saberia o que fazer com qualquer uma daquelas duas peças de assassino profissional.

— Da próxima vez, guarde os seus malditos presentes para o solstício de inverno, pastor — disse Harry.

O capitão Stone do *Coração de Carvalho* a serviço da MRA puxou o sabre suspenso do seu uniforme para trás. Aquela maldita coisa estava constantemente entrando debaixo dos seus pés, mas tinha sido requerido traje formal para aquela noite. Metade da alta-frota parecia estar reunida na antecâmara que dava para o salão de jantar da mansão do governador: a frota do Norte, a frota do Leste, até alguns rígidos calças-azuis com sua solitária faixa amarela da frota do Oeste. Um dos capitães do Oeste avançou por trás do grupo e se aproximou dele: era Haredale. Ambos tinham sido cadetes da marinha no *Fada dos Céus*.

Haredale assentiu educadamente em sua direção.

— Stone.

— Haredale.

O capitão Stone apontou para o corte de cabelo do seu colega oficial, raspado quase a zero dos lados e espetado por cima.

— Está se tornando um nativo?

— É a grande moda em Concórzia — respondeu o oficial colonial. — Metade dos oficiais da frota do Ocidente usa assim.

— Como as coisas andam lá fora? — perguntou Stone. — Ouvi dizer que há alguma tensão e que não é só entre os nativos.

— Estão aceitando mais colonos de verdade, assim como a mão de obra forçada. São um maldito bando de gente volúvel, os transportados, as primeiras famílias e os locais, sempre arranjando histórias, mas nada de que a marinha não seja capaz de dar conta. Basta o contorno de um aerostato no horizonte para fazê-los fugir para o mato. Como está a frota do Sul? Ouvi dizer que teve alguns aborrecimentos nesses últimos tempos.

— Está se referindo ao *Belerofonte*? — perguntou Stone. — Digamos apenas que há a versão apresentada pelo Primeiro Senhor dos Céus aos repórteres de Dock Street e há os rumores veiculados dos pobres diabos que conseguimos resgatar com vida. Se dependesse de mim, mandaria fechar a fronteira por completo, mas depois o parlamento teria os malditos importadores de *jinn* de Chacália batendo em suas portas, o que não me parece que vá acontecer. Hoje em dia, é raro uma pequena frota sair sem que nos vejamos forçados a enxotar um grupo considerável de invasores vindos das terras áridas em direção às terras altas.

Haredale levou um dedo ao alto do colarinho e soltou o pedaço de tecido.

— E o califa alega serem bandidos, é claro.

— Bandidos uma ova — respondeu Stone. — Estão muito bem aparelhados e são sofisticados demais para serem xamãs nômades das areias. Os dedos do califa estão em todas as invasões. Não esqueça do que vou dizer, não vai demorar muito tempo até termos metade dos Guardiões das terras altas exigindo que ataquemos alguns palácios em Laminambul e deixemos Cassarábia com um olho roxo.

— Desde que isso mantenha a frota do Sul livre de mais confusões — observou o capitão colonial. — Quer dizer então que passou nos malditos exames da ordem?

— Uma quantidade tão imensa de coisas sem sentido como eu nunca tinha visto antes — rosnou Stone. — Metade dos oficiais azuis às voltas pelo condado, esperando que chegasse a sua vez de um feitiço de verdade. Quantos encantados eles descobriram em serviço? Desta vez, digo que estão remando contra a maré.

— O Quadro do Almirantado jamais deveria ter concordado com uma coisa dessas — disse o capitão Haredale. — E agora que a ordem já fez o que bem entendeu, o governador de Relógio Sombrio teve que oferecer um jantar em nossa honra. Já avistou algum almirante ou senhor dos céus na cidadela desde que eles ordenaram a suspensão da atividade da frota elevada?

— Não existe nenhum perigo da parte do Quadro do Almirantado — desdenhou Stone. — A não ser que o parlamento esteja preocupado com a possibilidade de eles espetarem alguém com um aparo. Teriam mais sorte se mandassem vir um alienista para nos classificar como incapacitados. O capitão do *Belerofonte* estava claramente louco, não era um encantado.

— Nunca gostei daquele homem — afirmou o oficial colonial. — Dirigia uma nave descontente. Era rápido demais em recorrer ao chicote, devia ter confiado mais nos seus subordinados para manter a disciplina. Não me surpreende que tenha acabado daquela forma.

— Ainda assim — observou Stone —, lançar bombas-barbatana sobre Açomédio… Tivemos a sorte de não nos terem fechado com policiais políticos cantores do mundo como os da Guarda Especial.

— Jamais poderia acontecer uma coisa dessas — disse Haredale. — Só existe espaço para um comandante num navio. Para isso, seria melhor nos enfiar num dos seus colares malditos e nos trazer por uma coleira.

Duas portas enormes se abriram no final da sala, revelando uma mesa comprida e alta, com pratos repletos de carne fumegando e jarras de vinho.

— Ventos de Thar, há um banquete à nossa espera — disse o capitão colonial. — É melhor nos servirmos antes de regressarmos ao pão mofado e à nossa carne seca salgada, certo?

Os oficiais da frota começaram a avançar para a sala maior, não reparando na barba de três dias crescida nas caras dos casacas-vermelhas dispostos nas portas, nem em suas túnicas mal-abotoadas.

O governador sentado à cabeceira da mesa aguardou que os oficiais tomassem os seus lugares. Depois, o político rechonchudo ergueu um grande copo de cristal.

— Oficiais da frota, bem sei que vocês, marinheiros, evitam passar pelas muralhas da minha cidade por causa da nossa triste escassez de tabernas, mas, como podem ver, o meu pessoal está mais do que satisfeito por renunciar às regras em nome da ocasião desta noite.

Ouviram-se algumas reações ao fundo da mesa.

— Os resultados dos testes efetuados pela ordem já foram enviados ao Almirantado e entregues à Casa dos Guardiões. Infelizmente, nenhum de vocês daria um grande mineiro, pelo que a frota decidiu relutantemente manter vocês no serviço!

Mais reações de felicidade.

— Acho que isso prova o que todos nós sabíamos de antemão.

O governador ergueu uma folha de jornal que acabara de chegar da capital por correio. Na primeira página podia-se ver um esboço de um capitão de aerostato desmaiando nos braços de alguns aeronautas de camisa listrada e uma figura exagerada de um cantor do mundo empurrando um cristal da verdade na direção do oficial com os seguintes balões de diálogo entre os dois marinheiros: "O feiticeiro da Brumencantada está levando o comandante?" e "Não, foi o cheiro das eleições antecipadas que o fez desmaiar".

— Cavalheiros, creio que isso prova que uma laranja podre não inutiliza toda a colheita.

Enfim, os capitães aplaudiram.

— Assim sendo, e como prova de reconhecimento dos seus serviços na proteção de Relógio Sombrio, permitam-me que agradeça aos nossos vizinhos da cidadela e aos aerostatos do Norte de uma maneira tão adequada como o de qualquer navegante das nuvens que alguma vez pôs os pés a bordo de um dirigível: com um copo erguido de vinho! São as celgas de Relógio Sombrio que fazem voar suas naves, que a nossa hospitalidade faça agora elevar os nossos corações antes de vocês se espalharem pelos quatro cantos de Chacália! À Marinha Real Aerostática!

— À MRA! — respondem todos em uníssono.

Sentado no meio da mesa, o capitão Stone passou uma travessa de fatias de presunto a Haredale. As fatias estavam repletas de gordura e mel, exatamente como os chacalianos gostavam.

— Não bebe, Stone?

— Estou com barriga de areia — respondeu o capitão Stone. — O médico da nave me recomendou tomar uns pós. Basta um pouco de vinho, *jinn* ou rum para me deixar com náuseas.

Enchendo o seu copo com água, o remédio do boticário o deixara tão desidratado quanto a pele da tenda de um nômade do deserto. Stone desculpou-se e abandonou o salão em busca de um banheiro. Amaldiçoou sua sorte e lamentou o dia em que saiu da poeira sufocante do acampamento para experimentar aquele pedaço de cordeiro no espeto na entrada do mercado de fronteira.

Depois de vomitar as tripas, Stone percebeu que estava suando. Enfiou a mão no bolso da túnica em busca de um saquinho de pó e blasfemou ao notar que tinha tomado o último antes de deixar a cidadela rumo à mansão do governador. Só restava um pouco de ar fresco, mesmo que se tratasse do miasma envolto em neblina suspenso sobre as elevações de Relógio Sombrio. Saindo pela porta e seguiu a linha de uma sebe ao redor dos jardins. Diziam que, quando um vento vindo do oeste soprava com força suficiente para dissipar a fumaça, a vista daquela colina era a melhor da cidade murada, embora naquele momento ele não fosse capaz de distinguir mais do que uma constelação de lâmpadas débeis através do nevoeiro fumacento da noite instalado nas ruas mais abaixo.

O capitão Stone olhou para trás. Que estranho, parecia haver uma grande movimentação no salão do jantar. Uma companhia inteira de casacas-vermelhas ia e vinha ao redor da mesa. Não era possível que tivessem terminado o prato principal assim tão depressa. Quando não estavam confinados ao dever no interior dos balões rígidos dos seus aerostatos, os oficiais da frota alta eram capazes de esticar uma festa até altas horas da madrugada. Stone se aproximou um pouco mais da janela.

Lá dentro formara-se uma imagem de loucura absoluta: corpos empilhados pelo chão, outros suspensos de suas cadeiras com um ar já rígido e alguns capitães da linha ainda rastejando no chão, vomitando a bílis enquanto os seus rostos ficavam vermelhos. Os casacas-vermelhas se moviam de forma metódica por entre a carnificina com facas nas mãos, erguendo os oficiais para degolá-los. À cabeceira da mesa, o governador abrutalhado se empanturrava com a comida, rindo e batendo com os punhos na mesa à medida que os seus homens despachavam os oficiais da frota como se fossem animais em fila para o abate.

Foram necessários alguns segundos para que o absurdo daquela situação penetrasse na consciência de Stone, segundos esses que se estenderam como se fossem minutos. Só depois recuperou o seu raciocínio com a primeira descarga de adrenalina e o instinto animal de sobrevivência. Primeiro o capitão do *Resoluto* e agora aquela atrocidade? Parecia que os cantores do mundo tinham soltado os seus mastins na direção errada. Talvez devessem ter deixado a cidadela em paz e tentado sua sorte em Relógio Sombrio.

Puxando seu sabre ao desaparecer no meio do jardim, o capitão Stone rezou silenciosamente para encontrar mercadores da Cassarábia, mais especificamente o vendedor da carne de cordeiro assada e de qualidade mais do que duvidosa que salvara a sua vida.

Oliver acordou cedo. Parecia que estavam afundando e o ar ficando cada vez mais ameno. As subidas e descidas do motor de expansão tinham igualmente mudado de ritmo. O visor incansável de Golpe de Vapor observava em volta. Ele tirara Lorde Queimarame do coldre. Harry seguia apoiado num barril de gás de motor de expansão.

— Estamos aterrissando? — perguntou Oliver no meio da barulheira infernal causada pelo motor.

<Estamos, sim> respondeu Harry, fazendo uso da sua voz mental. <Neste momento, estamos a cerca de 45 quilômetros de Açomédio, mais concretamente na floresta de Mesopântano, se não estou enganado.>

— Como você sabe disso?

Harry abriu uma bússola.

<Destino, direção e velocidade média de um aerostato completamente carregado.>

Os motores foram desligados e Oliver conseguiu ouvir o silêncio pela primeira vez enquanto a nave avançava suspensa no ar. Uma ligeira sacudida e estavam sendo puxados.

— As cordas já foram lançadas — disse Harry. — Estaremos em terra firme em breve.

— Talvez fosse sensato enviar um batedor ao exterior para observar a superfície depois da aterrissagem — disse Golpe de Vapor. — Podíamos usar o porão dos motores como posto de observação.

— Isso não vai ser possível durante as próximas horas. Neste momento, o circuito de hélices deve estar suficientemente quente para fritar uma boa quantidade de bacon em cima dele. No entanto, há uma alternativa, posso fazer minha alma caminhar.

— Também consegue fazer isso? — perguntou Oliver. — Pensei que fosse perigoso. Nem os caçadores de encantados do departamento da Brumencantada eram capazes de fazê-lo e olha que o velho Pullinger era um cantor do mundo de quatro flores.

— É necessária muita concentração — disse Harry. — Precisa reunir muita força da terra em você, a ponto de ela conseguir crescer e romper a ligação entre o seu corpo e a sua alma. No entanto, eu não vou assim tão longe como isso, vou só dar uma olhadinha aqui pelas redondezas. Um verdadeiro caminhante de alma é capaz de ir até Cem Cadeados e voltar pairando.

O infame Stave empurrou a sua sacola para o lado do abrigo construído por entre os barris de gás e sentou-se na posição de lótus.

— Silêncio, agora, um transe interrompido e vão ter que me alimentar com papinha na colher até os esmagadores me apanharem.

Oliver sentiu a existência do lupocaptor abandonar o seu corpo, pairar sobre eles e deslizar para a cortina recurvada do aerostato. Ele e os seus companheiros homens-vapor aguardaram nas trevas do porão. Uma luz cor de laranja começou a se acender na lateral de Lorde Queimarame. A relíquia sagrada estava pronta para combater. Oliver percebeu com um sobressalto que ele também. Harry regressou ao seu corpo e estremeceu para se libertar do transe.

— Que adversários vamos enfrentar? — perguntou Golpe de Vapor.

Harry parecia pálido.

— Dê-me um instante, velho amigo — disse ele, emitindo um ruído com a garganta. — Meu Círculo. Tenho a sensação de estar pegando fogo. Eu estava certo, estamos mesmo na floresta de Mesopântano. Existe uma velha mina deserta atrás de nós, desativada há muito tempo. A maior parte das suas estruturas adjacentes está abandonada, mas o buraco foi reaberto e reconstruíram a casa das máquinas. Não fui capaz de ir muito longe no interior da mina, o terreno bloqueia o caminhar da alma.

— Qual é o número aproximado de inimigos?

— Há esmagadores nas redondezas, ou pelo menos chicoteadores com fardas de polícia, o que vai dar no mesmo, segundo o meu manual. Os outros andam um pouco mais longe, têm filtros de esporos nos colarinhos, o que me leva a crer que vêm da cidade subterrânea. Devem ser do bando fora da lei de Tristesperança. Mas isso ainda é o de menos, a Guarda Especial está aqui!

— Esses constituem um inimigo quase digno de se combater — observou Golpe de Vapor com um tom mais feliz. — Seu molde natural foi distorcido, por isso as suas capacidades marciais são surpreendentes.

Oliver fez esticar seus sentidos recém-descobertos, tocando a alma das pessoas no terreno e sentindo repugnância pelo grau de sua depravação. Perversidade, *ali*, no interior daqueles que estavam encarregados da proteção de Chacália. Poderia haver maior traição do que aquela?

— Eles já estão se preparando para descarregar os mineiros de Relógio Sombrio. Os pobres diabos estão presos no compartimento principal com grilhões nas pernas — disse Harry. — Mas por que numa mina abandonada? Se aqui não há celgas…

— Mas algo diabólico está por aqui — disse Oliver. — E alguma outra coisa além disso…

Ambos fitaram Oliver.

— O que você sabe sobre esse lugar, rapaz?

— Eu sei ler, Harry. Antes de esses desgraçados terem me roubado a vida, era praticamente a única coisa que me deixavam fazer. Esse lugar aparecia nos folhetins de uns anos atrás. Três crianças brincavam numa mina de cobre desativada quando descobriram estátuas num templo. Ouro sólido, gemas nos olhos. A mina foi entregue aos arqueólogos das oito universidades e os policiais do condado tiveram que aguentar e repelir as investidas dos caçadores de tesouros e dos salteadores de tumbas da capital, vindos na esperança de desenterrarem uma fortuna.

— O governador não ia arriscar o pescoço na forca por causa desse ouro — disse Harry. — Pode ganhar muito mais dinheiro com o apoio do governo de Relógio Sombrio do que com o valor das antiguidades. O que quer que seja que eles andam preparando por aqui, precisam de mineiros para conseguir, da experiência dos trabalhadores das minas profundas. As estátuas eram da era glacial?

— Da Era Quimecana, Harry. Acho que foram expostas no museu de Açomédio.

— Muito bem, eis o que vamos fazer: vamos esperar que os mineiros de Relógio Sombrio sejam desembarcados. Depois, vamos descer a rampa e nos dirigir para o meio das árvores. Há uma quantidade enorme de gente por perto. Mesmo se alguém nos vir, é mais provável que nos tomem por navegantes das nuvens. Uma vez no bosque, definimos um posto de observação para tentar apanhar um deles e saber para onde os mineiros estão sendo levados e se vai ser fácil entrar naquele maldito lugar.

Oliver conseguia sentir a apreensão dos mineiros, seu medo do desconhecido à medida que desciam pela rampa principal de carregamento, assim como o coração cruel dos guardas que vigiavam os seus movimentos. Não viam os mineiros como pessoas, mas como um meio para atingir um fim.

A manhã rompera lá fora. Ao descerem a plataforma, a luz brilhante ofuscou Oliver depois de toda aquela escuridão do porão. Descer. Avançar com ar despreocupado, como quem tem um propósito. Agir como membros da tripulação... até que Oliver ouviu o grito e arriscou uma olhada para trás. Lá estava ele, junto ao grupo de trabalhadores resignados com seu destino enquanto eram conduzidos para os portões da velha mina: era o Sussurrador! Um espécime cambaleante da raça dos encantados do tamanho de uma criança, tão distorcido pela bruma que era difícil entender onde seus membros começavam e onde seu tronco terminava. Porém, não era a alma amargurada do Sussurrador que estava dentro da aberração encantada. Além disso, aquela criatura envergava uma armadura prateada, uma espécie de manto de contenção de cantor do mundo, com placas de metal cobertas de runas e amarradas firmemente com correntes. Ela apontava para eles e uivava como se tivesse sido apanhada no abraço de uma máquina de tortura. A criatura apontou diretamente para Oliver e uma patrulha de casacas-vermelhas surgiu diante dos seus olhos vinda do refúgio feito de árvores para onde eles pensavam em se dirigir.

— Chegou a hora de combatermos — disse Golpe de Vapor.

Oliver sentiu as palmas das suas mãos pegando fogo. Ao olhar para baixo, percebeu que o presente do reverendo tinha surgido nelas. Harry lançou um olhar atônito para as duas armas e abriu a boca como um homem cuja vida acaba de terminar. Um tiro passou entre os dois. Golpe de Vapor se virou e Lorde Queimarame disparou uma bola de fogo giratório, uma espécie de sol em miniatura atingiu os guardas atrás deles incinerando sete deles com um jato de fogo gelatinoso que desceu sobre os que estavam mais próximos. Golpe de Vapor voltou a disparar. Após cada disparo, Lorde Queimarame soltava um guincho que era um misto de grunhido inspirado e expirado, como se a arma sagrada sugasse o resto de vida que estrebuchava nos falecidos.

Ambas as pistolas de Oliver se descarregaram sobre os seus adversários e dois soldados foram arrancados do solo. Ele abriu as armas e as recarregou com munições da cartucheira com uma precisão mecânica impressionante. O infame Stave se movimentava, por sua vez, na velocidade dos feiticeiros, com a sua pistola de cano longo empunhada. Agora, Oliver conseguia acompanhá-lo, observando a distorção dos ossos da terra enquanto Harry absorvia a sua energia com as linhas Ley se enredando em seus pés, retorcendo-se e vibrando. A pistola de Stave estalou e a fumaça do cartucho cobriu momentaneamente o ar perplexo de sua expressão. Oliver conseguia ver várias perspectivas diferentes ao mesmo tempo: os aeronautas do dirigível que corriam rampa acima para se proteger, os mineiros fugindo em busca de um lugar seguro, os casacas-vermelhas diante deles, os fora da lei de Tristesperança à entrada da mina.

Soltou uma gargalhada demoníaca, sabendo de antemão que aquele som assustaria a todos. A patrulha de ataque tinha acabado de descarregar a carga das suas espingardas e, em vez de voltarem a carregá-las, juntavam-se a fuga com as baionetas erguidas, gritando de raiva e medo. Foi, então, a vez de Golpe de Vapor fazer sentir a sua voz, fazendo ecoar sua caixa vocal despedaçando um casaca-vermelha que galopava em sua direção. Verdadeira máquina mortal, fez rodar o seu braço em forma de martelo em arcos rápidos e meticulosos, amassando corpos-macios, esmagando crânios e dilacerando os soldados debaixo de seus pés. Os perseguidores já estavam quase em cima de Oliver que, sem outra escolha, ergueu o seu braço esquerdo e enfiou uma bala de chumbo na cara de um dos soldados, afastando com um chute a lâmina de uma baioneta, esmigalhando o joelho do seu dono com um chute e golpeando a sua nuca com a coronha da pistola, fazendo-o cair na lama.

Harry ora lutava a seu lado, ora desaparecia e voltava a surgir de forma igualmente repentina, derrubando os adversários em meio a uma mancha indistinta de botas. Oliver sentia o atirador mirando na direção deles do topo da mina, chegou a ver o cano suspirar sobre sua própria coluna. Pousando a arma da sua mão direita em cima do ombro, sua pistola descarregou uma bala e o cadáver do atirador rolou pela encosta abaixo. Oliver sequer se deu ao trabalho de olhar.

Harry tinha, por sua vez, parado de se movimentar e olhava fixamente para o céu.

— Agora não, droga!

Uma série de explosões floresceu ao redor deles, suspendendo o pó da terra, e uma onda de calor abrasadora derrubou Oliver no chão. A terra caiu sobre os montes, como se escavadores maníacos remexendo grandes pedaços de lama tivessem-no cercado e se ocupassem febrilmente em cavar uma cova para ele. Era como se estivesse surdo, as pétalas de chamas irrompiam ao seu redor com uma fúria silenciosa. As pistolas estavam ainda em suas mãos, sólidas e tranquilizadoras. Semienterrado, Oliver observou a forma ágil como as cordas desceram da fumaça: eram as escadas de uma série de anjos vingadores, vestidos com capas negras de couro e máscaras dotadas de visores e tubos de borracha suspensos de ambos os lados.

Oliver não conseguia distinguir os seus olhos nem sentir as suas almas; mal conseguia sentir a presença daqueles seres. As palavras de Harry vieram à sua cabeça. *Nós dispomos de um braço militar chamado de suplemento, destinado apenas aos trabalhos físicos mais difíceis. São assassinos de verdade. Se os tivessem colocado em nosso encalço, nenhum de nós estaria vivo agora para discutir o assunto.*

Um deles o varreu com o olhar através do visor espelhado, quase não se dando ao trabalho de registrar sua existência. Parecia óbvio que Oliver não representava grande ameaça para ele. Depois, um guerreiro idêntico surgiu do meio da fumaça, levando um corpo de forma desajeitada no ombro, com as calças e o colete de sua vítima destruídos pelas explosões. O infame Stave! A Corte do Ar viera reclamar o seu lupocaptor vigarista. Ambos os suplementos já se dirigiam para as escadas de corda surgidas da nuvem escura de sua fortaleza, uma escada que, para todos os efeitos, podia dar para o teto do céu.

Gemendo de dor por causa do esforço, Oliver conseguiu puxar a faca escondida em sua bota, tentando se erguer, mas uma bota com esporas a chutou da sua mão antes que ele conseguisse ativar a lâmina mágica. O chute viera de um terceiro suplemento, que recuava para as cordas. A mão do guerreiro esticou-se para frente, com o dedo indicador fazendo um gesto de reprovação.

<Menino travesso.>

Em sua outra mão, o suplemento tinha uma espingarda com um cano longo como se fosse uma lança cobrindo Oliver com a sua boca. Eles o deixariam para trás. Mas também, por que se interessariam num jovem fichado, arrancado do seu lar e atirado para o meio do seu mundo selvagem? Não passava de mais um corpo para a justiça dos esmagadores e juízes capitais. Oliver riu. Se ele sobrevivesse àquele cataclismo, eles passariam a se importar com isso, ele os faria se importar. O guerreiro se deteve, surpreso por um instante com o som horripilante daquela alegria. Um momento depois, já estava enrolado na corda, subindo atrás dos outros dois suplementos. A escada começou a levantar voo e desaparecer de vista.

Oliver praguejou e reencontrou a sua faca. Irrompendo pela fumaça, Golpe de Vapor surgiu diante dele a passo de galope, analisou Oliver e lançou um olhar para o céu obstruído. Apontou Lorde Queimarame para uma parte do firmamento escondida pela treva escura da batalha.

— É uma aerosfera — exclamou a arma sagrada. — Tenho o nome dela em minha mira. Está a mais de dez metros acima de nós.

— É capaz de trazê-la para a terra? — perguntou Oliver por entre a tosse, se levantando.

— Sou um aniquilador, pequeno corpo-macio, não uma espingarda aérea de um fabricante de armas chacaliano — respondeu Lorde Queimarame. — Posso destruí-la ou deixá-la partir. Vinte metros.

— Deixe-a ir. Maldito Círculo!

Harry desaparecera. Eles iriam quebrar a sua mente e depois aquilo que restasse do seu corpo seria despejado numa cela, abandonado a própria sorte na companhia de outros indesejáveis que tinham cruzado com a Corte. Seu amigo, seu guia, desaparecido. Tudo o que restava para ele era uma ânsia terrível e o mal que encontrara Oliver em Cem Cadeados e o perseguira por todo o reino. Sua esperança desaparecera, mas restava a perversidade. Esta continuava sentindo presente.

— Há reforços vindo da mina — disse Oliver.

Golpe de Vapor o ajudou a se levantar com o seu martelo manchado de sangue e o seu braço mecânico, colocando-o em suas costas. Silhuetas surgiram por entre a fumaça e árvores em chamas no solo revolvido, suas capas negras de couro destacavam-se no meio do calor do fogo. A Guarda Especial e uma dezena de encantados do tipo do Sussurrador. Assim que avistaram Oliver, as aberrações atacaram a sua mente, ferindo-a com vibrações de energia odiosa. Ao mesmo tempo, um Guarda Especial levantou o braço lançando labaredas cerúleas sobre Oliver e o seu corcel homem-vapor. As chamas azuis lamberam uma abóbada invisível ao redor deles enquanto Oliver tomava o controle dos dardos mordedores em sua mente e os devolvia aos seus mentores. As aberrações semelhantes ao Sussurrador caíram no chão gritando.

— Um cantor do mundo — gritou um dos guardas.

— Não — respondeu o Capitão Faísca, sobressaindo da linha de ataque. — É um dos nossos. Não sentem o poder dele? É um irmão da bruma.

Golpe de Vapor avançou de forma impetuosa, com Lorde Queimarame cuspindo esferas de sol fluido por toda a linha. Oliver mal conseguia permanecer montado no cavaleiro-vapor a galope.

— Deixem-me tornar vocês irmãos dos vermes, malditos corpos-macios assassinos! Waldo-Açobhalah! Waldo-Açobhalah!

Oliver agora estava quase incapacitado de acompanhar a linha em dispersão. Alguns tinham acelerado e se convertido em manchas na velocidade dos feiticeiros, outros tinham se tornado invisíveis ou inflado de forma a se tornarem montanhas de carne sólida como ferro. A maior parte das esferas de sol do Lorde Queimarame tinha desaparecido em fendas espiraladas no ar, enquanto as outras se desfaziam num muro de escudos circulares cor de laranja que fora conjurado diante dos membros da Guarda Especial. Golpe de Vapor derrubou um guarda e o seu martelo se lançou contra o peito de outro, fazendo-o saltar pelos ares. O homem-vapor tinha entrado em um frenesi; Oliver conseguia sentir o grau de pureza da sua raiva, a virtude da sua fúria. Os ataques chegavam de todos os lados, mas Oliver conseguia invertê-los e desviá-los, anulando-os um por um. Fogo, gelo, dardos aguçados de porco-espinho, diversas tentativas de espancar e desgarrar sua mente, enquanto eles o atacavam cada vez mais rápido.

Oliver percebeu a presença de dois fora da lei de Tristesperança em suas costas, munidos de bestas carregadas com um peso com bolas. Uma pistola surgiu na palma da mão de Oliver e a bala atingiu um deles nas entranhas. Seu companheiro disparou e as bolas rotativas paralisaram as pernas traseiras de Golpe de Vapor, imobilizando o cavaleiro. Com o tropeço do homem-vapor, Oliver foi projetado com o ímpeto de um peso morto. Surgiram mais homens de Tristesperança para apanhá-lo pela retaguarda, com as energias de encantados a escorrerem pela fronte. Oliver estava muito próximo deles para recarregar.

Sem outro recurso, puxou a faca e a ativou com um puxão. O cabo chiou em sua mão, reagindo à presença do seu proprietário. A lâmina não fora forjada por alguém da raça dos homens, estava viva, e reconhecia o sangue da linhagem de Fileas Brooks.

— Espada — disse Oliver.

A lâmina se expandiu de imediato, o punho curvando-se no cabo.

Então Oliver investiu sobre as forças de Tristesperança. Mesmo depois dos seus troncos serem separados das suas pernas, os fora da lei continuavam correndo, numa chuva de membros decepados pelos movimentos da lâmina de feiticeiro de Oliver, como a dança de um esgrimista. Os ecos das suas formas anteriores o seguiam como uma sombra e o próprio fantasma do seu pai surgiu no meio deles. Um uivo de vapor soou atrás dele e Oliver caiu sobre um dos seus joelhos, empalando um brutamontes com um tridente. O Capitão Faísca cavalgava as costas de Golpe de Vapor, uma das suas mãos enfiada na caldeira do cavaleiro enquanto a outra imobilizava Lorde Queimarame. As chaminés do seu aliado chiavam à medida que a força do homem-vapor se esvaía. Os braços mecânicos de Golpe de Vapor se torceram para trás, tentando desalojar o capitão da Guarda Especial das suas costas para colocá-lo ao alcance do seu braço em forma martelo.

Oliver avançou na direção deles para ajudar Golpe de Vapor, mas uma silhueta ganhou vida diante dos seus olhos: era uma velha mulher numa capa da Guarda Especial, que estava invisível até então ou podia projetar seu corpo à distância. Ela atacou Oliver, que mal teve tempo de se esquivar do seu chute. Que coisa mais desconcertante, era como se ver obrigado a lutar com a velha Damson Griggs. A lâmina de feiticeiro se alongou para perfurar sua garganta presa pelo torque, seguindo sua própria curva encantada de crueldade pura, mas queimou em escudo transparente de fogo que brilhou quando a lâmina passou de raspão por ela. Oliver se viu obrigado a recuar para evitar o seu disco de energia. Tentou neutralizar o escudo, mas os poderes encantados da mulher se esgueiraram por entre os limites da sua percepção.

— O poder bruto não é o bastante, rapaz — disse ela, cercando-o. — Precisa de disciplina e concentração.

Seus ouvidos ainda zumbiam por causa das explosões, a voz dela soou como se estivesse sendo transportada pela água.

— Isso é o que veremos.

Sua lâmina de feiticeiro o machucava no cabo, ansiosa por se afundar no peito da velha, suas pistolas sussurravam para que as carregasse e uma dúzia de vidas passadas o deixavam tonto, cada uma expondo em detalhe as cem formas diferentes de como ele a poderia eliminar.

Ela cravou uma mão em forma de garra no corpo de Oliver e este se colocou ao seu alcance, sentindo as rugas da sua pele, a energia da sua alma retorcida pelo encanto — amplificando-a e alimentando-a —, fazendo com que os campos resplandecentes ao redor das suas mãos se incendiassem de uma forma tão brilhante como uma das explosões solares do Lorde Queimarame. Com um grito, ela caiu para trás, suas mãos queimavam. Não havia perversidade na sua alma, apenas determinação e um sentido de lealdade para com seus compatriotas — uma vida dedicada ao serviço da Guarda. Oliver ignorou o apelo da lâmina de feiticeiro para cortar a sua cabeça e se virou para Golpe de Vapor.

O Capitão Faísca tinha golpeado o cavaleiro até conseguir deixá-lo num estado de semiconsciência. A caldeira de Golpe de Vapor estava retorcida, deformada e soltava vapor por uma dúzia de pontos distintos; a luz da sua visão não passava agora de um débil ponto vermelho atrás do visor. Cheio de cólera, Oliver se inclinou para a frente com a lâmina de feiticeiro em riste, ansioso por cortar um daqueles braços repletos de músculos perfeitamente definidos do tronco do capitão. Porém, a faca encantada se curvou no braço do Guarda Especial, sua lâmina gemendo de agonia. Depois de séculos de uso, tinha finalmente encontrado uma matéria densa o suficiente para resistir ao seu gume.

Faísca se aproximou dele.

— Como os caçadores de encantados o deixaram escapar, rapaz? Há muitos anos que você devia ter entrado para a Guarda.

Oliver enrolou o cabo e empurrou a ponta da lâmina contra o joelho. Ela se retorceu e voltou ao seu tamanho de faca em sinal de protesto.

— Prefiro a minha liberdade.

Faísca roubou a faca das suas mãos, virando-se depois para desferir um soco na cara de Oliver.

— Então, temos uma coisa em comum, irmão da bruma.

Oliver esticou a mão e concentrou as suas energias encantadas num murro direto. No entanto, ainda que fosse mortal, a carne do capitão estava endurecida por anos e anos passados nas fossas de musculação. Aquela constituição não servia apenas para impressionar os cidadãos de Chacália durante os cortejos do monarca. Oliver caiu para trás, vacilando; outro Guarda Especial surgira por trás e Oliver sugou a chama azul que irrompera na direção do seu corpo, desviando-a com um golpe de ar. Em seguida, outro guarda surgiu da carnificina causada pela aerosfera, depois um terceiro e um quarto. A força da gravidade se inverteu, mas Oliver suspendeu o feitiço. O ar se tornou frio o suficiente para congelar tudo à sua volta, mas Oliver o reaqueceu, lançando um feixe de luz sobre o bando de encantados enquanto se esquivava de um murro na coluna vindo do Capitão Faísca. Oliver disparou uma carga para o espaço vazio de onde o guarda translúcido tentava apanhá-lo, destruindo o vidro da carapaça da qual ele se autoejetara.

Outros seres parecidos com o Sussurrador vieram atacar a sua mente, comprimindo o seu crânio com vários tipos de dores. Oliver cortou a ligação mental, matando-os instantaneamente, mas no segundo necessário para se defender do seu ataque, o Capitão Faísca enterrou o seu pé em seu flanco sem qualquer resistência. Foi como se alguém tivesse feito uma casa cair sobre seu corpo. Oliver ainda tentou se levantar, mas uma dúzia de guardas caíram sobre ele, atacando-o com os punhos, as botas e os seus poderes encantados.

Puseram-no de pé, espancado e sangrando. Golpe de Vapor estava atrás deles, chiando, avariado no chão remexido. Os olhos machucados de Oliver vislumbraram o céu, não havia sinal da aerosfera. Harry fora levado e seria finalmente obrigado a enfrentar a justiça da Corte. Estava tudo terminado. Oliver falhara com Chacália, a Dama das Luzes não conseguira punir os assassinos da sua família e ele não fora capaz de honrar o legado do seu pai, nem de proteger as vidas dos seus amigos.

— O que vai ser de você, irmão? — perguntou Faísca.

— Eu vejo você — rugiu Oliver. — Consigo ver todos vocês. O mal que mancha as suas almas.

Seu olhar se concentrou no homem-vapor caído no chão. Lorde Queimarame voou do cavaleiro caído de bruços para a mão de Oliver, mas foi agarrado por um Guarda Especial que surgiu entre os dois. O guarda virou a arma sagrada ao contrário e desferiu um golpe com o cabo de marfim em sua cara. Só então Oliver começou a apanhar de verdade.

Capítulo Vinte

Alguém estava diante da luz que vinha do túnel. Molly avançou receosa. Não fazia a menor ideia de como chegara até ali, embora soubesse que tinham acontecido coisas das quais ela deveria se lembrar.

Os contornos da silhueta acenaram em sua direção. À medida que ela se aproximava, também adquiria mais detalhes. Era uma menina. Alguém que devia ser familiar, alguém que Molly conhecia, uma figura no corredor de uma casa durante a noite. Tock House, o nome veio à sua mente, algo acontecera em Tock House, algo de que ela deveria se lembrar. Confusa, espreitou mais de perto a garota: era menos fantasmagórica e mais concreta, mas ainda assim calada como um mímico.

Molly tentou falar, mas a sua voz não saía. Não havia forma de se comunicar com aquela aparição de... um homem-vapor: Chaminé Prateada. Esse nome trouxe consigo mais imagens e lembranças, mas a garota era o *seu* espectro, não mais o do homem-vapor. Ela brilhava de forma pálida, oferecendo um calor que reconfortava a dor no coração de Molly.

<Este é um momento perfeito?> perguntou Molly, descobrindo o meio correto para se comunicar.

O espectro se limitou a sorrir e apontar para a luz.

<Para mim?>

A garota assentiu.

A luz subiu, envolvendo-a e esfriando-a com a sua claridade. Depois enfraqueceu e ela se descobriu deitada num chão cheio lama, dentro de uma cela semelhante a uma caverna. A dureza do chão, a rigidez dos seus ossos, o formigar na pele, tudo aquilo era real.

— Molly — disse Nickleby.

Ela se virou sobre si mesma. O repórter e o comodoro também estavam na cela.

— Eu… — disse ela, incapaz de terminar as suas palavras, engasgando-se e tossindo.

— Ah, menina — disse o comodoro. — Isso mesmo, tussa, bote tudo para fora. Fomos atacados com bombas de gás e você é a mais leve entre nós. O que nos salvou foi ser um tipo extremamente fino, senão teríamos deixado nossos pulmões em Tock House.

Os olhos de Molly percorreram a cela. Não havia camas, apenas uma cavidade no solo, mais para o conforto dos guardas do que para o deles, calculou ela. Barras de ferro uniam o teto ao chão e a zona mais recuada daquele espaço era um declive de rocha.

— E Aliquot, onde está?

— Quando acordamos, não estava conosco — disse Nickleby. — Talvez tenha se esgueirado entre os assassinos no meio da confusão.

— Ou isso ou ficou debaixo das paredes de Tock House — complementou o comodoro. — O gás sujo pode ter emperrado os seus cristais. É essa a melhor maneira de abordar uma embarcação quando ela está na superfície e queremos nos apoderar dela sem grandes dificuldades: abrimos uma fenda no casco e a enchemos de gás. Os marinheiros começam a correr de um lado para o outro como coelhos num viveiro, depois, é só mandar as doninhas avançarem.

— Ele consegue selar as tubulações que dão para o sistema da caldeira e fazê-la funcionar a frio. Lagartas de Cobre é capaz de passar horas sem precisar de ar.

— Talvez seja — disse o comodoro —, mas isso não impede que nós estejamos aqui pendurados como lebres na despensa, apenas esperando os nossos preciosos pescoços serem cortados.

Molly encostou a cara nas barras de ferro. Pareceu ter ouvido os passos de alguém se aproximando.

Uma voz chegou até eles vinda do corredor.

— É uma questão interessante, com toda a certeza.

Era o conde de Vauxtion, seguido logo atrás por um grupo de cartolas vestidos de preto e uma mulher de cabelo grisalho preso num coque. O conde de Vauxtion olhou para a mulher.

— Pode me confirmar o resultado da análise da máquina de sangue?

— Posso — respondeu ela. — Ela é o artigo genuíno. Já estou tratando dos preparativos para pagar os seus honorários combinados.

— *Ela* tem nome — disparou Molly, pressionando a sua cara contra as barras. — É você quem vai pagar pela minha cabeça?

— Eu sou apenas a assessora, minha querida — disse a mulher —, e se você soubesse a quantidade de cadáveres desfigurados que já foram entregues para mim de mãos pouco escrupulosas que se contentam com o dinheiro oferecido pela sua cabeça sem se darem ao trabalho de capturá-la, ficaria surpresa.

— Quer dizer que hoje em dia é abençoadamente difícil encontrar um assassino honesto — comentou o comodoro.

— Exatamente — disse a mulher. — Mas as boas notícias são que receberemos agora a nossa parte da comissão.

A mulher virou-se para um dos cartolas.

— Abra a porta. Se a fedelha der trabalho, mate os dois inúteis. Se esses dois derem trabalho, mate-os também, mas antes corte uma das orelhas da menina. Ela não precisa ouvir para ser útil ao nosso patrão.

O conde se virou para um velho caranguenarbiano que estava um pouco afastado do grupo e o informou com um gesto que estavam prestes a partir, mas a assessora levantou a mão.

— O contrato diz "para a satisfação do patrão", compatriota Vauxtion. Ainda tenho que ouvi-lo expressar essa satisfação.

— Minha senhora, parece mais bem-informada do que eu — disse o conde —, uma vez que eu sequer estava certo de que o patrão era um *homem*.

— Ele é cheio de fumaças e espelhos, não é mesmo? — disse a assessora. — Bem, nesse caso deixe-me satisfazer a sua curiosidade. Acredito que o achará uma excelente pessoa.

O mordomo caranguenarbiano se aproximou, sussurrou alguma coisa ao ouvido do conde de Vauxtion e este assentiu. Molly foi levada por um cartola e os seus dois companheiros seguiram logo atrás, percorrendo um corredor ladeado de celas vazias. No final da passagem, duas portas duplas de ferro foram desacorrentadas e abertas.

Molly ficou abismada, esperava o porão da mansão de um rico lunático de Açomédio, não uma coisa daquelas. Uma escadaria de degraus largos que dava para uma paisagem de zigurates iluminados, a luz vermelha dos cristais quimecanos no teto da caverna, conferindo à paisagem um ambiente de crepúsculo eterno. A maior parte das ruínas estava num estado abandonado, coberta de vegetação selvagem, ou melhor, de fungos espinhosos e esféricos e de ervas lisas e vermelhas como um mar de fogo. Tinham sido desbravados caminhos pela vegetação mais rasteira e caixotes de equipamento estavam arrumados por trás das cercas vedadas. Do outro lado das ruínas, Molly conseguiu distinguir uma cidade de barracas estendida em filas ordenadas, a luz dos edifícios humanos e o zumbido da indústria. Ela voltara ao ponto de partida.

— A cidade subterrânea! — disse o conde.

— Ah, é verdade, você desceu na linha particular do atmosférico, não foi? — perguntou a assessora. — Talvez isso seja um pouquinho mais profundo do que você notara.

— Os fora da lei de Tristesperança não seriam capazes de juntar a fortuna que estão pagando por minha cabeça — disse Molly.

— Obviamente não — disse a assessora —, mas nós estamos muito longe de Tristesperança, minha querida.

— Esta é uma surpresa mortalmente ruim — lamentou-se o comodoro Black.

Um dos cartolas o forçou a se calar com a coronha da sua carabina. Nickleby o ajudou a ficar novamente de pé.

Ao contornarem o zigurate mais próximo, Molly passou por uma linha de homens-vapor titubeantes que saíam da região das barracas. Havia algo de errado com aquelas criaturas, ela conseguia perceber pelo seu andar parecido com o de mortos-vivos, pela uniformidade artificial de seus corpos e pela natureza de seu metal, equivalente ao dos rebentos orgânicos saídos do ventre de uma feiticeira.

Ela se aproximou e um dos homens-vapor se deteve.

— Molly! — exclamou a voz arranhada da caixa de voz incrustada na cabeça metálica. — É você, Molly?

Molly parou.

— Eu…

— Molly, sou eu, Sainty, do Portas do Sol!

Molly observou fixamente a máquina viva e malfeita.

— Mas você é…

— Eles fizeram isso comigo! — disse Sainty, embora sua voz fosse difícil de entender por causa dos assobios e estalos metálicos.

— Eles andavam à sua procura, trouxeram para cá os que não foram assassinados como Rachael. Eles nos despedaçaram e nos enfiaram nestes corpos novos. A maior parte do internato está aqui. Com os outros, com os...

Um homem armado com um bastão avançou na direção delas e a garota que um dia fora Sainty caiu sobre os seus joelhos de metal, chiando de agonia pela caixa de voz.

— Nada de conversas entre os igualados. Dois minutos de dor como punição.

Um dos cartolas agarrou Molly pelo braço ao mesmo tempo que ela tentava agredir o capataz, que já tinha regressado à segurança da sua coluna de escravos cambaleantes de metal.

— Deixe-a em paz, seu maldito! Fui eu que comecei a conversa com ela. O que você está fazendo com ela? O que *vocês fizeram* com a minha amiga?

— Ela está fazendo aquilo para que foi concebida — respondeu o capataz. — Quando for igualada, também vai entender. Agora avance, ou vou ser obrigado a aumentar o nível de punição dessa compatriota.

— Se ela conseguir viver o suficiente para arranjar um corpo novo, poderá se considerar uma garota de sorte — comentou a assessora.

— Vamos, menina — disse o comodoro, observando os guardas restringirem os movimentos de Nickleby. — Esses demônios das cavernas de coração negro não têm qualquer vontade de nos dar provas de uma ponta de piedade que seja. Ajude a sua amiga do melhor modo que pode, deixe-a.

Os três avançaram aos puxões, empurrados e arrastados pelos cartolas, seguindo os passos da assessora, que os conduziu pela cidade em ruínas em direção ao centro da metrópole superdesenvolvida. Aproximaram-se do maior zigurate através de uma alameda ladeada por lamparinas de pedra negra, semelhantes a braços e pernas, com cristais luminosos mortos há muito tempo, recentemente substituídos por lanternas a gás suspensas por fios de arame. Subiram pelas escadas centrais do zigurate. Vista do nível da rua, não parecia muito alta, mas Molly logo sentiu as pernas doloridas, vendo-se forçada a descansar de acordo com as necessidades de seus guardas para recuperar o fôlego.

Dos degraus talhados na pedra, observava a totalidade daquelas ruínas. À direita, podia ver uma fossa escancarada e rodeada de rampas e andaimes. Parecia que a maior parte da atividade da renascida cidade quimecana tinha se concentrado ali, com legiões de melancólicos corpos metálicos de híbridos metalcarnívoros. Encaminhavam-se para as trevas, em direção ao ressoar distante das máquinas e do assobio dos motores a vapor, que expeliam a pressão para a dança dos reguladores giratórios. Atrás deles, ficava a gruta onde sua cela fora escavada, as figuras esculpidas cresciam do chão até o teto ocultado pela névoa, numa extensa procissão de monstruosidades: guerreiros de peito descoberto da raça humana, homens e mulheres, com elmos de cristal e as articulações próprias das patas dos gafanhotos. Molly reparou em como o conde de Vauxtion também observava aquela série de estátuas das mais antigas para as mais recentes. Pelo ar de curiosidade em sua expressão, o caçador implacável sabia tão pouco quanto os demais sobre o que se passava ali embaixo.

No topo do zigurate havia outros guardas de capa vermelha e fardas semelhantes a túnicas: eram os homens brilhantes. Queria dizer então que os valentões de Tristesperança estavam cientes dos planos secretos e proibidos daquele lugar. Enfim, ela não podia esperar menos. A assessora movimentou-se por entre as colunas de soldados. Ao fundo, estava o líder de cabelos negros de Tristesperança sentado em seu trono, o senhor daquele lugar arruinado.

Molly, o comodoro e o repórter foram arrastados até junto dele.

— Tzlayloc!

— Compatriota Templar — disse o senhor dos rebeldes. — Tantos problemas na forma de uma jovem damson! Parece quase inconcebível que tenha dado todo esse trabalho.

— Você o conhece? — perguntou Nickleby.

— Silas, ele é o rei de Tristesperança. Você me resgatou da sua capital nas Profundezas de Duitzilopochtli.

— Uma fuga apenas temporária, ao que parece — disse Tzlayloc. — Se eu soubesse que era a minha hóspede naquela época… mas não parece muito convencido, compatriota repórter?

— Eu tenho alguns anos a mais do que Molly — disse Nickleby —, ou seja, a minha idade é mais do que suficiente para me lembrar dos tempos em que ainda não era proibido publicar imagens de caixa-real nas folhas dos jornais. As imagens eram dos líderes da revolta carlista, *Jacob Walwyn*.

— Seu olhar é astuto — disse Tzlayloc. — No entanto, tenho que dizer que Walwyn morreu. Aquele estudante ingênuo de Benjamin Carl deu o seu último suspiro durante a revolta e o seu sangue escoou pelas sarjetas junto com o dos carlistas cujos corações e métodos provaram ser insuficientes para executar as tarefas que a história exigia. Eram brandos, enquanto o inimigo era endurecido, de maneira que se viram vencidos pela sua própria debilidade. Você pode acreditar nas minhas palavras quando digo que esse é um erro que Tzlayloc não pretende cometer.

— Se o senhor é o meu mandatário — disse o conde de Vauxtion, avançando um passo — e está satisfeito com as condições em que terminei a minha missão, nesse caso peço que me dispense. Temo que a política chacaliana me pareça um assunto um tanto quanto entediante.

— Compatriota Vauxtion, que bom poder vê-lo por fim sem a distorção de um espelho para atrapalhar as nossas conversas. Suas palavras me ferem e estou certo de que, na verdade, você acompanha os desenvolvimentos da política da sua terra adotiva tão de perto como o fazia em seu próprio país. Você provou ser um caçador de recompensas extremamente capaz — disse Tzlayloc. — Na verdade, você vinha altamente recomendado.

— Posso saber por quem?

Uma silhueta oculta por uma túnica azul militar surgiu curvada pelo peso das medalhas atrás da linha de guardas, com cantores do mundo a flanqueá-lo vestidos com roupas de corte estrangeiro. O braço-espada do mordomo caranguenarbiano do conde de Vauxtion retiniu raivosamente com a visão do homem de nariz quebrado e feições embrutecidas.

— Capitão Arinze!

— *Marechal-Cidadão Arinze* agora — retorquiu o oficial —, embora eu não esperasse que vocês dois estivessem familiarizados com as fardas do exército do povo. Seu corte foi bastante reformulado desde que ambos abandonaram a Comunidade da Partilha Comum.

— Mais um maldito turniano — disse Molly, fazendo o seu olhar alternar entre o conde e o marechal. — Maldição, este lugar está infestado deles.

— Mas o conde não é mais quaterturniano, jovem compatriota — respondeu o oficial. — Ele abdicou desse direito quando passou dos limites das nossas fronteiras. Lembra-se do discurso que fez ao comando-geral na noite de véspera da última batalha e daquilo que eu disse, não se lembra, conde? Parece que afinal de contas sempre me decidi pelo lado vencedor, velhote, e agora sou eu quem ostenta o bastão de marechal, ao passo que você tem andado de certa forma a servir às minhas ordens, uma vez que é o ouro da Comunidade que paga a assistência de nossos compatriotas exilados. Você manteve seu título, mas perdeu seu país, velhote. Espero que o negócio tenha valido a pena.

— Já você manteve o seu uniforme, mas perdeu tudo o que um dia fez com que valesse a pena vesti-lo — redarguiu o conde. — Uma troca que, estou certo, cai em você como uma luva.

— Como uma luva, de fato — disse o marechal, acenando aos soldados, que arrastaram um baú para frente. — Seja como for, que não se diga que não somos homens de palavra. Eu disse que a Comunidade da Partilha Comum iria apoiar as atividades dos nossos compatriotas em Chacália e é isso que estamos fazendo. Goze o dinheiro enquanto pode, compatriota, em pouco tempo valerá tanto quanto o anacronismo do seu título e as reminiscências maculadas das suas posses. Uma sociedade de iguais não precisa de outra moeda além da devoção à causa.

Os olhos do comodoro se abriram com a visão das sacas fartas de guinéus guardadas no baú.

— Mas será que vocês são idiotas?! Para que o seu reino monstruoso quer essa menina necessitada e um velho submarinista como o pobre velho Blacky?

— Nós apenas exigimos a cooperação dos nossos vizinhos — respondeu um soldado quaterturniano.

— Essa é uma forma delicada de dizer que esse é o seu pagamento por um pedaço de Chacália — disse Tzlayloc. — Nada de muito extenso... apenas o terreno que vai da fronteira até Comlonney, ao longo de uma faixa de noventa quilômetros, o que inclui uma porção de Relógio Sombrio e as minas de celgas, claro.

— Devia estar fechado num manicômio, Walwyn — disse Nickleby. — A marinha não vai ficar sentada vendo a Comunidade baixar o seu muro das maldições, mobilizar e avançar através da fronteira. Você vai apenas provocar outro Reudox sobre as suas pobres cabeças. Centenas de milhares de cadáveres quaterturnianos mortos em suas cidades para pagarem pela sua guerra de doidos.

— Você escreve muito bem — disse Tzlayloc. — Sempre achei isso. Com a mão esquerda, não é?

Os guardas do repórter agarraram Nickleby e o forçaram a avançar.

— Acho apenas que seus textos são floreados demais para o meu gosto. Permita-me que faça uma pequena demonstração daquilo que estou prestes a fazer com a sua querida Marinha Real Aerostática de Chacália.

Puxando um sabre do cinto de um guarda, Tzlayloc desferiu um golpe com ele sobre o braço esquerdo de Nickleby, fazendo a mão decepada rolar pelo chão até parar aos pés do marechal.

— É difícil de nos concentrarmos, não é? — disse Tzlayloc entre os gritos do repórter agarrado ao cotoco sangrento. — É claro que, para demonstrar o meu ponto de vista de uma forma mais exata, devia ter cortado a cabeça, embora dessa forma não restasse muito de você para se fazer à igualização.

Tzlayloc apontou para a fossa fogosa atrás de si e os guardas arrastaram Nickleby naquela direção, encostando o que restara do seu braço nas brasas. No momento em que o seu braço foi cauterizado, o repórter já estava inconsciente.

Tzlayloc acariciou o rosto de Molly enquanto ela insultava o líder rebelde.

— Não se preocupe, compatriota Templar. Muito em breve, ele terá uma nova mão de metal.

— Seu porco horrendo! Não tem nem um pingo de compaixão?

— Minha compaixão está reservada para o povo que sofre por causa da tirania que impera na superfície — respondeu Tzlayloc —, não para criminosos de guerra e propagandistas do antigo regime! Vejo que está chocado, comodoro, eu sei tudo sobre você e os seus amigos. Temos muitos irmãos e irmãs nas salas dos motores do Salão Verde e certamente você deve ter feito muito pior quando era um pirata científico, Samson Dark!

Molly lançou um olhar aturdido na direção do comodoro.

— Você tem um parafuso a menos — disse o comodoro. — Não sei do que você está falando.

— Tenho que admitir, seu código sanguíneo e essa cara que o seu cantor do mundo de esquina conseguiu arranjar confundiram nossos compatriotas do Salão Verde, capitão Dark, mas existem outras instituições capazes de localizar linhas sanguíneas mais remotas.

Ao fazer um sinal com um dedo, uma figura vestida como um cavalheiro de província de Chacália avançou na direção deles, usando um colete que prendia firmemente o seu peito musculoso.

— Creio que conhece nosso compatriota da Corte do Ar.

O comodoro Black voou para cima daquela figura num frenesi, mas o alvo da sua fúria se transformou num borrão, desequilibrando o submarinista e permitindo que os guardas o apanhassem pelos braços e impedissem os movimentos do homem que mais parecia um urso.

— Wildrake — gritou o comodoro, debatendo-se —, ordene a essas bestas que me larguem, vamos resolver nossos assuntos entre nós!

— Você se tornou fraco, capitão — disse Jamie Wildrake. — Os músculos do seu peito são uma vergonha para um lutador. No entanto, tenho de felicitá-lo pela quantidade de tempo que levou para deixá-los perder sua força, catorze anos, e a Corte convencida de que tinha morrido com o resto da sua tripulação na ilha.

— Comodoro — disse Molly —, pelo amor do Círculo, do que ele está falando?

— Ah, agora é comodoro? — disse o lupocaptor. — Que título tão humilde para o duque de Ferniethian. Minha pequena menina de rua, você tem convivido com aquilo que resta da aristocracia chacaliana. Desde o final da guerra civil, os corsários monárquicos têm sido uma espinha em nossa garganta, no entanto, não passavam de um bando desorganizado até nosso Dark aparecer, criado como uma cobra de mar em seus antigos barcos roubados. Samson Dark congregou as famílias de *émigrés* brigadas e fez delas uma terrível ameaça para as rotas de comércio.

— E foi necessária a sua traição nojenta para nos afundarem — disse o comodoro. — Não havia um único comandante cahacaliano em condições de investir uma lança de mar contra nós.

— Podemos trair uma causa em que não acreditamos — justificou-se Wildrake —, como, aliás, os senhores atuais de Chacália estão prestes a descobrir.

— Você é um esmagador? — perguntou Molly. — E trabalha com esses maltrapilhos?

— Ele é pior do que todos os esmagadores — disse o comodoro Black. — Há um ninho de vespas iguais a ele suspenso nos céus, observando a todos como se não passássemos de umas abençoadas formigas, que esticam os braços para nos esmagarem quando nos veem avançando pelo caminho errado.

— Então deveria aplaudir aquilo que eu estou prestes a conseguir, Dark — disse o lupocaptor —, aquilo que os seus nobres no exílio não foram capazes de fazer em quinhentos anos de invasões inócuas e mercadores pilhados e queimados. O fim do parlamento, o legado corrompido de Kirkhill desfeito em pedaços.

— Não há outro compatriota igual a esse em Chacália — disse o marechal Arinze, dando palmadinhas nas costas de Wildrake como se fosse o seu filho. — É um verdadeiro filho da revolução, um exemplo brilhante de como um irmão pode ter os olhos abertos para a verdade e renunciar às raízes incomunitistas de suas origens. Vejam só como o seu corpo agora é sólido. É uma espada do pensamento virtuoso, uma lâmina pronta para ser cravada por nós no coração do inimigo do povo.

— Seu maldito pulha traidor — bradou Molly. — Seu pescoço perfeito vai acabar balançando suspenso numa forca em Bonegate.

O marechal Arinze deu um tapa em Molly com as costas da mão, derrubando-a no chão.

— Gostaria de ter a oportunidade de a arranjar uma vaga para você num de nossos campos, garota, para abrir os seus olhos para a verdade do Carlismo. Você que nasceu com tão pouco, devia ser um soldado natural da nossa causa. No entanto, terá outra forma de servi-la.

— Eu não vou servir a causa de vocês de forma nenhuma. Você e os seus amiguinhos turnianos vão ser massacrados — disse Molly. — Nosso povo esmagará o maldito exército sujo de vocês assim que ele atravessar a nossa fronteira, tal como sempre fez antes.

Tzlayloc riu com o marechal, fazendo o seu braço apontar para o desfiladeiro abaixo deles onde suas legiões trabalhavam arduamente.

— Mas nossos vizinhos de Quatérturno não virão *pela* fronteira para nos ajudarem, compatriota Templar... Eles virão *por baixo* dela! Esta cidade não é o único segredo que os restos ancestrais da Caotyl Selvagem partilharam comigo. Eles me levaram até os túneis mais profundos das linhas do atmosférico, semiderrubadas e destruídas com o passar dos anos, mas nada que uma força dedicada a trabalhar pela sua própria liberdade e a esforçar-se por uma sociedade mais livre não possa limpar. A tirania dos comerciantes e proprietários está prestes a ruir diante da verdade da revolução, compatriota Templar. Dentro de apenas alguns dias, terei à minha disposição uma brigada do exército do povo pronta para marchar até à entrada da própria Açomédio. Desta vez, não seremos apanhados pelos acontecimentos do momento. Nós não somos os filósofos indulgentes e as famílias sentimentais que afundaram com as armas de Chacália há quinze anos. Desta vez, temos a pureza dos propósitos ao nosso lado.

O corpo de Molly estava tremendo. Tudo aquilo soava delirante, mas o seu coração parecia informar que os banhos de sangue ocorridos em Quatérturno há alguns anos estavam prestes a se repetir em seu país. As linhas de atmosférico do velho império... deviam ter desimpedido perto de trezentos quilômetros de túneis para chegarem até a fronteira com a Comunidade da Partilha Comum!

— Procure bem dentro de você, jovem compatriota. Sabe que é a verdade. Quando tivermos purgado a MRA das suas sanguessugas aristocráticas, soltaremos as nossas tripulações de navegantes das nuvens sobre o resto do continente. Os mecomantes complacentes das cidades-estados, aquele gordo deus-chefe de Kikkosico, a inteligência fria do Rei Vapor, todos eles serão depostos pelo nosso novo exército de luz! Apagaremos os velhos reinos desta terra, e os substituiremos pela nossa nova ordem perfeita.

— Por que você tem tentado me caçar, Tzlayloc? Não existe um lugar para mim nessa sua nova terra maculada.

— Aí está a beleza de tudo isso, compatriota — respondeu Tzlayloc. — Na nossa terra cada um tem um lugar equivalente ao dos outros, embora você, minha querida compatriota, tenha sido marcada para ocupar um lugar um pouco especial nessa nossa nova ordem. Sem falsa modéstia, descobrimos os restos de uma máquina de análises de sangue em seu endereço mais recente e eu estou a par de todos os detalhes da pequena visita de investigação de vocês às salas dos motores do Salão Verde. Acho que já devem ter compreendido suficientemente bem o que você é.

O mordomo do conde estava atrás de Molly, enchendo uma velha mochila do exército com sacos de guinéus chacalianos.

— Compatriota Vauxtion — disse Tzlayloc —, antes de você partir, tomei a liberdade de cancelar o seu camarote no vapor para Concórzia. Seu serviço será especialmente útil nos próximos meses. Vai haver um número infinito de pessoas precisando ser caçadas: Guardiões, lordes do comércio e membros do conselho circulista. As colônias seriam incapazes de dar valor suficiente a um assassino com os seus talentos únicos.

Vauxtion pareceu não ficar satisfeito com aquela novidade, pensou Molly, mas se tinha alguma objeção a fazer, o assassino de lábios cerrados foi sábio o suficiente para não expressá-la diante de Tzlayloc.

— Você tem uma doença qualquer em você, Tzlayloc — disse Molly. — Não preciso do sangue de um combatente ancestral correndo pelas veias para ver isso. Você é um idiota doente.

— Esse seu sangue tão valioso também é doente — disse Tzlayloc.

Dizendo isso, apertou uma esfera de pedra incrustada no braço de seu trono. Parte do chão começou a recuar, dobrando-se em pregas, ao mesmo tempo em que um estrado se erguia para a luz artificial de cristal da caverna. Uma cruz negra feita sobre uma laje ocupava o centro do estrado, tinha a superfície de pedra raiada com uma estrutura de canais prateados. A cabeça da cruz se expandiu como um bulbo, transformando-se numa gema oca, maior do que qualquer joia que Molly já vira. As paredes daquele cristal estavam cheias de um sangue borbulhante, sangue que parecia um ser vivo, com seus tentáculos ricocheteando as paredes internas da pedra, lutando para se libertar antes de se estilhaçarem, informes, e voltarem a formar um mar vermelho.

O medo colou os pés de Molly ao chão. O terror que sentiu foi tão absoluto que a deixou paralisada. A gema era tudo o que restava dos homens e das mulheres, seus parentes, as vítimas do Matador de Pitt Hill, suas almas e seu sangue amalgamados num mar angustiado de desespero.

— Tenho um trono para você — disse Tzlayloc. — Você vai se tornar a mãe santificada da nossa causa ao meu lado, compatriota Templar.

— Deixem-na em paz, suas abominações — gritou o comodoro. — Menina, menina, seu pobre sangue infeliz!

Tzlayloc riu.

— Levem esse aristocrata gordo e idiota e o seu amigo criminoso de guerra de volta para a cela. Preparem-nos e meçam-nos para receberem a bênção da igualização. Não vejo nenhuma razão para que um duque não trabalhe lado a lado com os nossos irmãos e irmãs das oficinas de armamento. Não se preocupe com o sangue da minha jovem irmã, compatriota duque. Ela é a última da sua espécie. Ao contrário dos amigos e parentes dela, não preciso que o seu cadáver seja drenado.

— Nesse caso, o que você quer de mim? — perguntou Molly, sentindo a garganta secar.

— Sua agonia, jovem compatriota. Preciso que o seu sofrimento seja explorado tão longamente quanto possível. Sua dor libertará todos nós.

A cabeça de Oliver se desanuviou com um zumbido familiar, o assobio das esferas radiantes e das miniestrelas inteligentes que circulavam ao redor *dela*. Era a Dama das Luzes. Oliver olhou à sua volta. O espaço tinha sido congelado e Golpe de Vapor jazia na terra, não muito longe, destruído sobre o chão sujo. Dois homens que ele não reconhecia estavam sozinhos sentados ao lado das barras de ferro que aprisionavam Oliver e Golpe de Vapor.

— Oliver — disse a Observadora. — Meu querido Oliver, o que você faz aqui? Não era esse o caminho que você devia ter seguido. Quem guiará de forma segura o seu povo agora? Você precisa sobreviver até o fim de tudo isso, nós precisamos de você. Seu caminho se fundiu perigosamente com o fracasso do *yin*, com o caminho da ofensa.

— Nunca me agradou muito ficar em segundo plano — rosnou Oliver. — Ao que parece, seu guerreiro favorito está exercendo o tão comentado livre-arbítrio que você diz valorizar.

— O que aconteceu com você, Oliver? Há alguma coisa dentro de você. Consigo sentir algo diferente. Seu padrão se corrompeu.

— A vida está cheia de surpresas, não é verdade, *mãe*? — respondeu Oliver. — Se quer guardar uma criatura de zoológico para apaziguar a sua culpa por nos ter exilado, procure outro para fazê-lo. Morrerei lutando aqui antes de voltar a pôr um pé que seja do outro lado da cortina de Brumencantada. Pertenço à raça dos homens e é neste reino que está a minha casa. Já fugi e me escondi mais do que o suficiente para o resto de minha vida. Chega!

— Nesse caso, quer dizer que pensou no assunto? — suspirou a Observadora.

— Sim. Em seu "acordo" com o meu pai — disse Oliver.

— Eu precisava vivenciar a sua existência pela perspectiva do seu povo — disse a Observadora. — Foi por isso que deixei por perto aquilo que se pode chamar uma sombra de mim mesma, uma espécie de eco do que sou. Uma sombra mortal. Um pouco mortal, como veio a ver, carregando as ânsias e as paixões de sua carne. As coisas não acabaram muito bem para ela, não foi?

— Você parece aproveitar ao máximo os seus erros, mãe — disse Oliver com um tom amargo.

Oliver sabia que normalmente deveria sentir alguma coisa por aquela deusa, uma espécie de carinho. No entanto, estranhamente, sentia apenas um vazio dentro da sua alma. Seria possível que as pistolas tivessem aquele efeito anestesiante sobre ele? Não. Mesmo se elas nunca o tivessem encontrado, sabia que se sentiria exatamente daquela forma. Era como descobrir que tinha sido fertilizado pelas rajadas dos ventos do norte. Uma pessoa pode sentir amor por alguém, mas por um conceito? O que alguém poderia esperar sentir por um conceito?

— Oliver — argumentou a Observadora, cujo rosto etéreo deixava transparecer cada vez mais o desespero —, você está condenando a sua própria espécie. Você é a última esperança de sobrevivência. Eu preciso da sua espécie para sobreviver, preciso que *você* sobreviva.

— Então, devia ter deixado certo rapaz sagrado nos domínios do povo do tempo-rápido — disse Oliver. — Nunca devia ter me trazido para Chacália.

— Não é tarde demais para isso, filho. Neste momento, está nas mãos dos lacaios do inimigo e sua posição está condenada. As últimas barreiras de contenção cairão muito em breve e o inimigo vai chegar. A Caotyl

Selvagem vai desejar avançar e fazer coisas muito piores. Vão querer retomar o seu plano terrível de subversão da ordem neste reino e, quando isso acontecer, as forças que estão por trás de mim começarão a rasurar tudo aquilo que sustenta a sua existência. Você ainda pode conduzir qualquer encantado que aceite segui-lo até um porto seguro.

— Faça o que acha que tem que fazer. Mas saiba que, quando tentar fazê-lo, não serão apenas as trevas para além dos muros do mundo que você enfrentará — disse Oliver.

— Isso não é você — disse a Observadora.

Seu corpo tinha começado a vibrar, oscilando entre uma imagem focada e desfocada. Não era aquele o desvanecer suave de que Oliver se recordava. Ela estava mudando e as suas esferas de luz estremeciam em sinal de alarme. A Dama se esticou para suas luzes numa posição suplicante.

— Pare-os... Ainda há tempo... Eu tenho que...

Seus contornos cresceram, como uma crisálida que se transforma em borboleta, e até suas luzes começaram a se metamorfosear, mudando sua forma de esferas brilhantes para um cacho maligno de espinhos que rodavam ao redor do seu novo senhor de forma cada vez mais veloz. Era como se os contornos de um urso estivessem ganhando vida. Não tinha traços delimitados, era apenas uma massa negra, uma escuridão bípede. Um único olho vermelho e semelhante a uma linha recortada ao longo de sua cabeça fitou Oliver e observou a cela, enquanto os seus sentidos fluíam para Oliver e se estendiam ao longo de milhares de quilômetros em décimos de segundo.

— É você, não é? — disse o Urso Sombrio. — Mil anos depois, o melhor que ela conseguiu arranjar foi você. Só me admira não ter sido chamado mais cedo.

As palavras da Observadora ecoaram nos muros frios e na mente de Oliver: *Vou ser afastada, Oliver. Acabaram os pregos. A limitação dos estragos também. Em lugar disso, será atribuída a você uma missão com um pavio infinitamente curto.*

— Presumo que esteja falando do pavio? — perguntou Oliver.

O Urso Sombrio espalhou um olhar gelado pela cela, mas era sobre nações inteiras que seu olhar se estendia.

— Que confusão tremenda. Vocês não têm tomado conta da loja como devia ser, certo?

Oliver riu, fazendo a estranheza daquele som ressoar na fuga de tempo congelado.

— Pelo amor do Círculo, o que você sabe sobre a vida real?

— Essa é nova — disse o Urso Sombrio. — Não admira que a tenha assustado a ponto de me chamar. Se acha que isso basta para que você se salve, está muito enganado. Particularmente, se estivesse em sua pele, eu me enfiaria por aquele túnel de rato que ela escavou da última vez que houve problemas por aqui.

O Urso Sombrio apontou um dedo zangado na direção de Oliver.

— É para isso que eu fui feito. Depois que você tiver realmente se empanturrado de água e carne, talvez até me obrigue a mandar tudo isso abaixo só para me entreter um pouquinho com o inimigo. Há séculos que eu não me divirto tanto, oras.

Oliver aproximou sua cara até ficar a um centímetro de distância da silhueta disforme do Urso Sombrio.

— Então, é melhor começar imediatamente a queimar, pequeno e curto pavio. Imagino que deva ter muita coisa para fazer.

O Urso Sombrio balançou a cabeça em sinal de indignação.

— Ela se adaptou mesmo a isso, humano.

O Urso Sombrio desapareceu como se jamais tivesse existido e o tempo regressou à sua fluidez normal.

A dor tornava-se intensa de tal forma em certos momentos que Molly deixava de senti-la, como quando o fogo vivo que consumia sua pele se tornava tão agudo que o seu sofrimento transcendia a possibilidade dos seus nervos localizarem a agonia. Esses breves interlúdios de calma fria eram interrompidos quando a cruz de pedra à qual estava amarrada sentia sua sublimação, mudando o padrão da dor e transformando-se numa sequência de espinhos móveis e penetrantes ou no peso avassalador de uma montanha que a esmagava. Era muito esperta, aquela prancha de marfim, capaz de sentir o momento em que a mente de Molly estava prestes a se desligar e estilhaçar numa infinidade de cacos esquizofrênicos para isolá-la da sua torrente de sofrimento. Segundos antes da sua mente desmoronar, a cruz se desligava automaticamente, deixando os seus sentidos vagarem um pouco pelo ar da caverna, sem nada para observar além das lanternas de cristal quimecanas, que se apagavam e reacendiam com as ondas de fluxo terrestre.

— Dizem que isso pode se tornar viciante — disse Tzlayloc.

Há quanto tempo ele estava ali, observando as suas contrações e ouvindo os seus gritos?

— Como é inteligente esse artefato da era glacial. A pedra tem tanto de cirurgião como de torturador, pode mantê-la viva durante anos a fio, ferindo-a para curá-la depois. A beleza disso é que está tudo na mente. É como um microcosmo de vida, dando um pouco de dor enquanto promete igualmente um pouco de prazer, ou pelo menos um momento de alívio da sua agonia.

Molly sentia uma dificuldade enorme para se concentrar, mesmo nos momentos em que a laje em forma de cruz aguardava que o seu corpo se recuperasse. Tentou não morder a língua ao responder:

— O que você quer? Eu dou o que quiser, mas me tire daqui.

— Não se trata do que eu *quero* — disse Tzlayloc, o homem que fora um dia Jacob Walwyn. — Peço, por favor, que não pense as coisas dessa forma. Trata-se daquilo que é *necessário*. Você é a última operadora, compatriota Templar. Aquilo que você sente é o mesmo que a Máquina-Mágica sente, não existem mais operadores nos quais ela possa se apoiar para disseminar as suas sensações. Quando eu a torturo, estou torturando a Máquina também.

— Mas eu nem cheguei a conhecer a Máquina-Mágica! — soluçou Molly.

— Eu acho que conheceu, sim, Molly — disse Tzlayloc, batendo nas paredes de cristal da gema atrás de Molly, fazendo com que o sangue dos seus familiares amplificasse o seu sofrimento como uma lente que foca sobre sua fonte de luz —, tal como os seus parentes afastados também a conheceram. Aposto que você vê coisas durante a noite, em seus sonhos. Uma criança pequena, talvez?

O fantasma dela. O jovem espírito de Tock House. Seria ela a Máquina-Mágica?

— Eu próprio a vi em meus sonhos — disse Tzlayloc. — Seu corpo real também, assim como lampejos seus circulando pelos túneis. Eu fui obrigado a descer, compatriota Templar, depois da revolta. Nem mesmo Tristesperança podia significar um abrigo para Jacob Walwyn, com os caçadores de recompensas e os fora da lei da cidade livre dispostos a arriscar a pele para me capturarem e receberem o prêmio pela minha cabeça. Fui mais fundo e mais longe do que qualquer outro desde a queda de Quimeca. Rastejei pelo cascalho das ruínas e desci pelos poços de ar, cruzei com as ossadas dos ladrões de túmulos, com o pó e com as armaduras dos legionários quimecanos que permaneceram em seus postos até o seu final nefasto. Bebi dos lagos subterrâneos que não foram vistos durante mais de um milênio, comi os cogumelos que o império antigo cultivou para evitar que o povo morresse de fome e provei até o gado selvagem que os sacerdotes gafanhotos guardavam para si. Algumas das suas máquinas remanescentes ainda estão vivas, são máquinas feitas de carne, com a mesma feitiçaria que hoje sobrevive, ainda que de forma mais fraca, nas dunas da Cassarábia.

Molly gritou de dor. A laje percebera que o seu corpo estava suficientemente forte para outro acesso de agonia.

— Minhas desculpas, compatriota — disse Tzlayloc —, mas você é a chave de tudo. Não consegue sentir? Xam-ku está prestes a se juntar a nós e a Toxicatl, todas as trevas da Caotyl Selvagem. Sua agonia vai abrir os portões da prisão dos seus antepassados e das suas criações precipitadamente condenadas. Muito em breve, a Máquina-Mágica será incapaz de suportar tudo isso e será forçada a vir até aqui para salvá-la. Será o momento em que nós a destruiremos.

Molly ainda conseguia distinguir os contornos dos seres ancestrais formando-se no ar, com as suas mandíbulas esfomeadas tilintando de expectativa e as memórias recuperadas das disputas antigas com os malditos parasitas no poder. Sete máquinas sagradas e um bando de guerreiros desesperados de todas as raças existentes no continente numa batalha mortífera em busca da conquista de sua liberdade. O velho mal estava de volta, mas a sua presença ainda não era permanente. Para isso, seria necessária a destruição da Máquina-Mágica e o banquete de Almas que o líder de Tristesperança planejava para consolidar o seu domínio. Os corações eram atirados para as piras dos ritos quimecanos. Que necessidade tinham os igualados de um pedaço de carne latejando em seus peitos? Os igualados não precisavam de nenhuma paixão com a qual sentiriam inveja, de nenhum esforço para serem melhores, de nenhuma esperança com que alimentar os seus sonhos. Seu objetivo estava plenamente estabelecido e fixado nos seus novos corpos admiráveis, que dariam forma ao admirável mundo novo de Tzlayloc.

As costas de Molly se arquearam sobre a laje e os seus gritos atravessaram a cidade destruída.

— Não pode confiar nos seres ancestrais — conseguiu dizer entre dentes.

— Eles são uma força, nada mais do que isso — disse Tzlayloc. — Nossa crença é seu maná, nossa devoção, seu alimento. Tal como o vendaval faz funcionar um moinho de vento, nós defenderemos a Caotyl Selvagem como o vento que impele nossa causa adiante. Será um acordo de ordem iminentemente prática, eles se alimentam de nossas almas e existem tantas almas para eles na superfície, que não farão falta! Gerentes de casas de contabilidade, superintendentes de oficinas, imperadores e toda a espécie de outras corjas de vampiros incomunitistas que têm se alimentado do povo desde que a roda da História começou a girar. Uma reviravolta é justa, não? Eles roeram os nossos tendões durante muito tempo. Agora, é a nossa vez de fazermos um banquete com a sua carne.

— Não... faça... isso — implorou Molly.

— Pense bem nisso, Molly Templar, há mais de uma década que nossos compatriotas em Quatérturno exploram as terras estéreis com os seus Colares de Gideon e não produzem nada mais do que adubo para as suas fazendas. No entanto, com a ajuda dos deuses da Caotyl Selvagem aliados à revolução, não haverá nada que nós não sejamos capazes de conseguir. Não haverá inimigo capaz de nos derrubar. Criaremos um reino perfeito de igualdade, que durará por toda a eternidade.

Molly gritou ao sentir a pele queimar.

— Por favor!

Lágrimas correram pelo rosto de Tzlayloc.

— Farei de você uma santa, Molly. Mandarei erigir templos em sua honra, a pobre menina de rua que deu a sua vida para selar o nosso mundo perfeito. Seu sofrimento vale isso, não é? Certamente vai querer nos ajudar.

O sofrimento de Molly fez com que o resto das suas palavras se perdesse.

Fazia mais de uma hora que o conde de Vauxtion estava exatamente na mesma posição, sentado em sua cadeira com o baú de dinheiro diante dos seus olhos. Um saco de guinéus chacalianos tinha sido alinhado em montes perfeitos ao longo do tampo brilhante de sua mesa. O conde reduzia uma coluna de moedas para construir outra ao seu lado, repetindo incessantemente o mesmo processo... uma partida de xadrez sem fim.

— Acredito que, agora sim, possui os meios necessários para se aposentar, senhor — disse Ka'oard.

— Sim — concordou o conde —, embora eu suspeite que teríamos dificuldade para encontrar um lugar disponível nos barcos para Concórzia caso decidíssemos tentar os estáticos ou os vapores a remo.

— Talvez pudéssemos tentar a sorte com um dos velhos comandantes dos navios altos, senhor, ou quem sabe num submarino antigo. Eles ainda não detêm o controle de Chacália. Há balsas para as cidades-estados e para o Império Sagrado. Se for necessário, minhas ligações com o clã podiam nos assegurar uma passagem segura através da região mais difícil de Liongeli. Se conseguíssemos chegar a um dos Mares Sem Sal dos portos de Carangorocco, talvez pudéssemos navegar até Thar. Sempre me perguntei como seria viajar para o Leste, senhor. Além disso, duvido que eles estejam vigiando a rota de *jinn* para o Sul.

— Cassarábia? — perguntou o conde, começando a rir. — Um velho sentado num telhado de tijolos à sombra de uma palmeira, mastigando foolha e tentando se lembrar de como é beber vinho sem o sabor de areia nele. Isso não tem a ver com o patrocínio contínuo de Tzlayloc, velha carapaça. Tem a ver com a aplicação do poder. De toda a maneira, os agentes deles só estão de olho em mim. Você pode seguir para as colônias conforme tínhamos previsto, não faz sentido ficarmos ambos apodrecendo aqui enquanto este lugar desmorona.

— Não me parece que isso seja do meu interesse, senhor — respondeu o caranguenarbiano. — Acabei por me afeiçoar bastante a esta nação tonta e vacilante. Eles têm poder suficiente para controlar o continente inteiro e, no entanto, preferem se entreter com os seus jardins cortando as pontas das plantas de formas graciosas, duelando com bastões de debate e fazendo pausas toda hora para fermentarem um pote de cafél. Chacália merece algo melhor do que aquilo que aconteceu com nossa terra, não acha, senhor? Além disso, sem sua companhia, tudo me pareceria bastante entediante.

— Assim seja, então — disse o conde. — Sou um bom caçador, mas algo me diz que não me adéquo bem ao papel de presa. Assim, o que devemos fazer?

O mordomo caranguenarbiano estendeu uma bandeja.

— Não creio, de forma alguma, que se trate de uma questão de poder, senhor.

O conde de Vauxtion parou de construir a sua torre de moedas.

— Então, de que se... Ah, entendo. Afinal de contas você sempre a guardou.

O conde recolheu uma lâmina fina da bandeja. Ka'oard observou a forma como os olhos do seu senhor brilharam quando manuseou o sabre de esgrima. A ordem para se ver livre daquela espada há trinta anos fora a única a que o velho mordomo desobedecera num campo de batalha.

— Parece-me, senhor, que se trata antes de uma questão de honra — disse o caranguenarbiano.

...

Os regentes de Tristesperança instalados no topo do zigurate tremiam e desejavam estar em qualquer lugar exceto ali. Nunca antes tinham visto Tzlayloc com uma fúria tão assassina.

— Por quê?! — ele gritava para os presentes, apontando para o corpo frouxo e coberto de suor amarrado à laje de tortura quimecana. — Por que a Máquina-Mágica não aparece? Ela já está na cruz há dois dias! Sua agonia tem sido formidável, mas eu não vejo nenhuma Máquina-Mágica!

Houve um murmúrio nervoso entre os sacerdotes gafanhotos. Tinham abraçado a religião ancestral com prazer, deixando que as suas mentes se inundassem com o poder dos textos antigos que Tzlayloc recuperara quando fizera sua odisseia particular pelo mundo subterrâneo. Naquele momento, alguns deles sentiam saudades do relativo anonimato de uma carcaça igualada de que seus compatriotas gozavam.

— A compatriota Templar não é a última operadora — disse um deles. — Essa é a única explicação possível.

— Sempre soubemos que havia esse risco — exclamou um dos sacerdotes na linha da frente.

Tzlayloc enfiou um dedo no rosto da figura de túnica vermelha que tinha acabado de falar.

— Vocês são os Guardiões da nova ordem, os pastores da igualdade... E esse é o melhor conselho que me podem me dar?!

— É uma questão de probabilidade — disse um deles, que fora anteriormente um engenheiro no Salão Verde. — Talvez tenha surgido um novo descendente de Vindex com poder suficiente para controlar a Máquina-Mágica, ou talvez ele estivesse aqui o tempo todo, com o seu código sanguíneo não registrado. Algumas das paróquias mais distantes demoram muito na entrega dos seus registros.

— Mas os operadores vêm sempre parar aqui — guinchou Tzlayloc. — Sempre! São atraídos pela última daquelas máquinas infernais. Acorde seu bichinho do motor de transação, faça-o analisar novamente os registros do Salão Verde. Se houver um operador novo, deve encontrá-lo. Preciso do seu sangue, da sua agonia!

— E o que fazemos com ela? — perguntou o sacerdote gafanhoto, apontando para Molly. — Podemos drenar o sangue dela para o barril.

Tzlayloc atingiu o sacerdote gafanhoto na cara, derrubando-o.

— Sacerdote imbecil. Olhe bem para ela! É perfeita, foi abandonada pelos tiranos, deixada à responsabilidade de um abrigo de pobres, é corajosa e bela. Tem mais força dentro do seu corpo do que uma dúzia de homens brilhantes. Se existir outro operador, é mais provável que seja da mesma laia que as outras presas das equipes de Pitt Hill: burgueses, conselheiros, aristocratas e filhos dos indolentes opressores. Acha mesmo que poderíamos levantar uma estátua em honra de um jovem mártir que recebe dez mil guinéus por ano? — disse Tzlayloc, acariciando os cabelos ruivos de Molly. — Não, ela é perfeita. Coloquem-na novamente na cela, deem comida e deixem-na se recuperar. Enquanto isso, depois de descobrirmos a identidade desse novo talento, decidiremos quais operadores alimentarão o barril e quais irão para a cruz.

O sacerdote gafanhoto que Tzlayloc tinha censurado se prostrou aos pés do líder.

— Permita que eu conduza uma força até os túneis para localizar a Máquina-Mágica, compatriota Tzlayloc. Deixe-me encontrar a maldita máquina e destruí-la pela nossa causa.

— Não — respondeu o rei rebelde. — Talvez eu tenha sido ríspido demais com você, compatriota pastor. É certo que leu os textos recuperados por mim, mas não faz ideia do grau de astúcia da Máquina-Mágica, nem da profundidade a que ela se esconde neste momento para sussurrar murmúrios de afeição à sujeira liquefeita. Escorre por túneis tão profundos que os cristais que controlam o fluxo terrestre há muito derreteram. Não tem ideia do calor que faz lá embaixo. Além disso, existem outros perigos além dos picos de corrente de lava. Os ecos da Máquina-Mágica ruminando para si mesma seriam o bastante para fazê-lo enlouquecer. Não existe caçador de recompensas, cartola ou soldado da causa que pudesse capturar aquela coisa feroz.

Tzlayloc colocou gentilmente a mão na cabeça do sacerdote prostrado.

— Não. Vamos lançar mais uma vez o nosso anzol. Não posso me dar ao luxo de destruir a vida daqueles que são fiéis à causa — disse ele, pegando um punhal de obsidiana e abrindo a garganta do sacerdote. — Não quando os fiadores da revolução morrem de fome pelas almas dos idiotas demais para conduzir o povo até à liberdade.

Com uma voracidade quase indecente, os outros sacerdotes gafanhotos caíram sobre o seu irmão, amparando-o enquanto Tzlayloc arrancava o seu coração do peito.

— Xam-ku, Toxicatl — invocou ele. — Cruatolatl e Bruaxochima!

Ao mesmo tempo que os cristais brilhavam no teto, os contornos negros de homens-insetos surgiram de forma transitória, com os sacerdotes gafanhotos repetindo os gritos de Tzlayloc excitados com a oferenda. O rei de Tristesperança apontou para as brasas.

— Assem o coração rapidamente. Se for deixado muito tempo ao ar livre, cru, perde o sabor.

Dois soldados arrastaram o cadáver do sacerdote gafanhoto já sem vida pelos degraus do zigurate e pela longa alameda subterrânea. Entre as sombras de um dos edifícios, alguém observava tudo, sibilando para si mesmo em duas vozes.

— Outro corpo. Os seres ancestrais estão ficando cada vez mais fortes.

— Nós podemos ajudar, foi o que ela disse…

— …ainda não é o momento certo.

— Temos a hora certa.

— Temos sim. Shhh…

Ele regressou às sombras, sussurrando para si mesmo.

Molly despertou já na cela. Era estranho que, depois de ter suportado por tanto tempo todo aquele sofrimento, seu corpo parecesse estar fresco, vivo e incólume. O comodoro se aproximou dela.

— Ah, menina, estava com medo enlouquecesse com aquelas torturas sacrílegas.

— Comodoro… Ou devo chamá-lo de Samson?

— Deixemos esse velho nome na sombra — disse o comodoro. — Não trouxe senão vergonha para a sua linhagem. Num mundo onde Isambard Kirkhill jamais tivesse causado todo aquele mal, teria todo o orgulho em ostentar o meu título de nobre e poderia ter desfrutado dos luxos que me estavam destinados. No entanto, neste mundo, é melhor ser o pobre velho Blacky. Antes isso do que um exilado por ter tido um azar pérfido no nascimento.

Ela lançou um olhar para Nickleby que dormia e suava agarrado ao coto sangrento onde antes estivera o seu braço. O repórter não parecia bem. Além deles, havia mais dois na cela: um homem-vapor de aparência feroz e um rapaz com as roupas num estado miserável. O rapaz era aproximadamente um ano mais velho do que ela.

— Quem são aqueles?

— Dois maltrapilhos, com toda a certeza — respondeu o comodoro. — Nossos carcereiros juram que ele é da raça dos encantados. Espalharam Guardas Especiais pelo corredor para terem certeza de que ele não fugirá. Acho que ele foi tocado pelo luar, devia ouvir sua abençoada gargalhada.

Mais parece um demônio cacarejando. Às vezes, senta-se ali e desata a falar para si mesmo.

Black apontou para uma cela aberta diante da deles. Dentro dela, encontrava-se uma coisa negra com o aspecto de uma pistola e uma faca velha e enferrujada fechada no interior de uma caixa de cristal, além de um cinto com pistolas com aparência mais normal colocado na porta da cela ao lado. A lâmina da faca parecia se contorcer e se revirar, como se fosse uma cobra.

— Aquela arma negra está viva. Às vezes, o rapaz e o homem-vapor a chamam e consegue-se ouvir a resposta dela através do vidro. Certamente o amigo do rapaz é mal-intencionado, ao contrário do nosso bom Lagartas de Cobre. Mantenha-se bem afastada daquele martelo, menina, talvez ele seja capaz de abrir a sua linda cabeça.

Molly espiou através das barras, tentando ver o que se passava no corredor, mas era impossível.

— Guardas Especiais. Eles deviam estar dando um jeito neste lugar.

— Eles estão ajudando aquele revolucionário diabólico, Molly. Não temos qualquer chance, menina. Dentro de uma hora, tanto eu como Nickleby vamos ser medidos para as carcaças de metal e amanhã à noite nenhum de nós servirá para nada a não ser como mu-corpos para o bom e velho Lagartas de Cobre, tropeçando por essas cavernas diabólicas, como fantasmas metálicos, trabalhando como escravos para Tzlayloc e contribuindo para a realização dos seus planos mortalmente pérfidos.

Molly abraçou o submarinista.

— Lamento muito, comodoro. Tudo isso é culpa minha. Vocês apenas tentaram me ajudar e agora vão acabar como Sainty e o resto do Internato Portas do Sol.

— Vamos, nada de lágrimas pelo velho Blacky — disse o comodoro. — Minhas estrelas me viram trapacear a morte desde o dia em que nasci em meu velho barco antigo. Mais vale morrer aqui embaixo do que ser enfiado na casa de procriação real como um bezerro premiado esperando para saciar o prazer cruel do parlamento.

Molly se aproximou do homem-vapor de quatro pernas.

— Deixe-o em paz — disse Oliver. — Ele não está com disposição para servir de distração para uma garota de rua de Açomédio.

— E você é quem? — retorquiu Molly. — A mãe dele? Ele está sofrendo.

— Deixem-me sofrer — resmungou Golpe de Vapor. — Pela segunda vez, revelei-me incapaz de cumprir a missão de que o Rei Vapor tinha me incumbido. Este é o destino que eu mereço.

— Está reclamando demais para o seu tamanho — disse Molly, enchendo a mão com a lama do chão e moldando-a sobre os rasgos em sua armadura. — Além disso, assim deitado no chão sentindo pena de si mesmo, você não vai poder ajudar o Rei Vapor, afinal.

Golpe de Vapor suspirou de alívio e a luz vermelha atrás do visor brilhou com um pouco mais de intensidade. Molly abriu a sua barriga metálica e começou a trabalhar nas vísceras do cavaleiro-vapor. Os dedos dela redispunham as rodas de engrenagem nos encaixes certos, ajustando placas e removendo componentes estragados.

— Você é *ela* — disse Oliver. — Você é o plano de ataque.

— Silêncio — disse Molly. — Como eu posso me concentrar com você assobiando nas minhas costas?

O trotar das botas em marcha chegou até eles vindo do corredor. Molly fechou a porta da barriga de Golpe de Vapor para que ninguém notasse o que ela estava fazendo com o seu corpo.

O Capitão Faísca surgiu diante da cela com um rapaz ao seu lado, o único da comitiva do capitão sem farda de guarda. Oliver teve a sensação de que conhecia aquele rapaz, era como se ele fosse o tema de inspiração de um número infinito de caricaturas pérfidas dos ilustradores dos folhetins.

— Meu Círculo — disse Molly. — É o Príncipe Alpheus!

Oliver se levantou de imediato.

— Você veio mostrar a caça? Se não tivesse metade da Guarda ajudando você, não teria sido capaz de me capturar.

— Talvez — respondeu o capitão, esticando uma resma de folhas em sua direção. — Tenho aqui os registros do seu cadastro, Oliver Brooks. Os cantores do mundo não sabiam o que você era e os mercenários de Tzlayloc também não. Não é um lupocaptor, confirmei isso com a fonte mais confiável que pode haver. Você parece ter aparecido no meio de tudo isso por mero acidente.

— O fato dos seus amigos terem assassinado a minha família não foi um mero acidente.

— Foram os próprios membros da Corte do Ar que se encarregaram disso. Se não todos, pelo menos os que são fiéis a Tzlayloc.

— O que está fazendo aqui, guarda? — perguntou Molly. — Supostamente, você não deveria nos proteger?

— Estou aqui para fazer uma oferta — disse o capitão. — Quanto ao resto, duvido que pudesse entender mais alguma coisa, Damson Templar.

— Não estou interessado — disse Oliver.

— Ainda não ouviu o que tenho para propor — disse o Capitão Faísca.

— Depois de algum tempo, passa a soar sempre o mesmo — disse Oliver. — Você veio aqui para me propor a mesma coisa que os cantores do mundo me propunham todas as semanas, quando me obrigavam a me apresentar na delegacia de polícia para assinar o registro do condado.

— Mas com uma diferença significativa — respondeu Faísca, tocando com os dedos o torque colocado ao pescoço. — Os cantores do mundo da Comunidade da Partilha Comum aboliram o feitiço. A Guarda Especial foi libertada, acabaram-se as execuções segundo os caprichos da ordem e as campanhas lançadas contra o nosso corpo pela Casa dos Guardiões. Estamos livres!

— É só isso? — perguntou Oliver. — Nesse caso, meu caro, tenho a dizer que você se vendeu.

— Não seja burro, Oliver. Vamos ter o nosso pedaço de terra. A julgar pela sua escolha de companheiros de viagem, parece óbvio que você veio do Estado Livre dos Homens-Vapor. Diga, por que não um Estado Livre dos Encantados? Em troca da nossa contribuição para a revolução, vamos receber as terras altas. Seja como for, ninguém quer viver muito perto da cortina da Brumencantada. Vamos oferecer esse ideal às nossas crianças, fundar a cidade dos encantados. Dos encantados livres!

— Espero que não estejam planejando ter famílias — disse Oliver. — Isso que nós temos não é como a gripe sazonal. As modificações da bruma vão ser passadas para os corpos dos seus filhos e matar oito em cada dez que estiverem à mercê da cortina.

— Vamos aprender, Oliver. Não sabemos nada sobre a cortina, você é a prova viva disso. Passou sua infância inteira além dela. Pode nos ensinar a sobreviver.

— Capitão, você não passa de um imbecil — disse Oliver. — Acha mesmo que os seus aliados vão permitir que o sul de Chacália se torne a capital mundial da procriação de encantados? Vão usá-los para destruir o reino e quando deixarem de ter utilidade para eles, vão enfiar um Colar de Gideon em vocês.

— Você não vai conseguir nos derrotar — disse o Capitão Faísca. — E eles também não. Lutamos para conquistar nossa liberdade, vamos lutar para mantê-la. Com quem quer que seja.

— Pois então desfrute dessa fantasia enquanto pode, Guarda. Eu vi o interior das almas daqueles que você trata por compatriotas e elas estão podres até o âmago.

— Tanto poder acumulado sendo desperdiçado — disse Faísca. — A ordem nunca devia tê-lo mantido em Cem Cadeados. Você tinha que estar conosco desde o início. Agora, vai pagar pelo erro deles, morrendo aqui embaixo. O lupocaptor quer trazer alguns dos seus companheiros para rasgar a sua mente em pedaços, só para descobrir quantos amigos desonestos você acobertou em seu caminho até aqui. Se aceitar vir comigo como Guarda, Wildrake não terá outro remédio senão se contentar com seu amigo homem-vapor.

— Se o preço pela minha liberdade é subjugar todos os outros chacalianos, pode guardar a sua maldita oferta para você mesmo — disse Oliver.

Ao lado do capitão, o príncipe olhava fixamente para o comodoro Black.

— Por que está com essa cara espantada olhando para mim, velho?

— Ah, rapaz, nós dois somos parentes. Quando Isambard Kirkhill depôs o rei de direito do trono, uma das minhas tataravós muitas gerações atrás se casou com o irmão do rei. Em outro mundo, você teria sido o meu sobrinho e eu seria o duque de Ferniethian.

— Mas é neste mundo que eu me encontro — disse o Príncipe Alpheus — e estou prestes a ganhar uma coroa e a perder os braços por causa disso.

— O acordo perverso com a Casa dos Guardiões em troca do seu miserável trono — disse o comodoro. — Querido rapaz, pelo amor do Círculo, importa-se de me explicar o que você faz no meio deste covil de monstros e vilões?

— Não são só os meus carcereiros da Guarda Especial que desejam ser livres — disse o Príncipe Alpheus. — Eu também quero e assim serei. Todas as pessoas importantes de Chacália estão neste momento indo para Açomédio, esperando que o cirurgião real exiba os meus braços cobertos de sangue no meio da Praça do Parlamento como uma bandeira hasteada. No entanto, meus novos compatriotas vão oferecer um espetáculo bem diferente ao povo.

— Rapaz, eles são seu povo. Nossa luta é com o parlamento. Só o Círculo sabe o que eu também sofri nas mãos deles, perseguido por aeronaves de guerra e aerostatos, como vi os meus amigos corajosos e as *suas* famílias serem chacinados segundo os caprichos de vira-casacas e traidores. Contudo, nossa causa é governar para o povo e não acima dele. De outra forma, seria melhor pegarmos as propriedades reais desocupadas e convertê-las em oficinas recheadas de crianças para ganharem um *penny* por dia e concorrer às eleições como Guardiões.

— Quem dera você tivesse conhecido o meu pai, duque de Fernie-thian — disse Alpheus. — Acho que vocês teriam se tornado amigos rapidamente. Mas a sua causa está perdida. O povo é uma besta tola que prefere nos atirar garrafas de *jinn* cada vez que um jogo de quatro-pinos é adiado por causa da chuva. Eles pegam homens da Guarda como o Capitão Faísca — e naquele momento, o príncipe tocou o braço do capitão —, o homem mais notável que conheço, e põem neles uma coleira que pode se transformar no laço de uma forca caso puxem muito por ela. Não existe nada nem ninguém na superfície de Chacália por quem eu sinta o desejo de governar. Quando a guerra terminar, duque, intercederei por sua vida. Mas isso é tudo o que farei.

O príncipe e o guarda deixaram os prisioneiros entregues ao seu destino, fazendo ecoar novamente seus passos pelo corredor. O comodoro Black voltou a se sentar e começou a soluçar.

— Quer dizer então que esta é nossa causa. Um rapaz idiota criado dentro de uma caixa de mármore vazia que se esqueceu de seu dever. É por isso que nós seremos transformados em escravos de metal ou torturados até que a morte se torne um abençoado alívio.

— Não se preocupe — disse Oliver. — Não vamos viver assim tanto tempo. Eles pensam que estão montados sobre um tigre, mas na verdade o tigre está montado sobre eles.

— Meu Círculo, ainda bem que você é otimista — disse Molly, fechando a portinha na barriga de Golpe de Vapor. — Aí está, velha caldeira. Está bom o suficiente para conseguir se movimentar com a sua chaminé quebrada. Pode ter perdido sua capacidade de esmagar muralhas de fortalezas e de levantar aerostatos no ar, mas eu não ficaria na frente do seu martelo.

— Os Loas estão mesmo dentro de você, jovem corpo-macio — disse Golpe de Vapor, erguendo lentamente o seu corpo de centauro sobre as suas pernas blindadas e testando o peso. — Consegue curar a nossa raça como se tivesse sido instruída na sala dos arquitetos.

— Molly — tossiu Nickleby do chão —, comodoro, pelo amor do Círculo, um de vocês tire o cachimbo do meu bolso.

Era Oliver quem se encontrava mais perto dele, de maneira que foi ele quem puxou o velho cachimbo de madeira e o preparou com ervassussurrante. Ao mesmo tempo, os amigos do repórter verificavam o seu braço esquerdo, enfaixado com um pedaço de tecido verde tirado do seu casaco.

— E, então, já tem sua história — disse o comodoro Black. — O mistério das chacinas de Pitt Hill. Mas esses malditos demônios não o deixarão chegar até Dock Street para escrevê-la.

O repórter levantou o que restava do seu braço esquerdo.

— Além disso, nunca fui grande coisa escrevendo com a mão direita.

A expressão de Molly se contorceu ao notar o toco sangrento em que Tzlayloc transformara o braço do seu amigo.

Nickleby olhou para Oliver e Golpe de Vapor.

— Pensei que vocês estavam nos meus sonhos, achei que ia acordar em Tock House.

Oliver fez estalar o cabo lateral do cachimbo, acendendo a erva.

— Sabem, desde que saí de Cem Cadeados, acordo todos os dias me sentindo exatamente dessa maneira.

A cabeça de Nickleby caiu para trás, aliviada pela fumaça que começava a sair da cabeça do cachimbo.

— Se é mesmo filho da bruma, rapaz do Norte, por que não concentra sua natureza encantada nessas barras? — propôs Molly. — Derreta-as ou atravesse-as, faça qualquer coisa.

Oliver lançou um olhar gélido para a jovem.

— Sou o escudo, não sou a espada. Isso é com você. Há Guardas Especiais na porta e eu sei que você é capaz de sentir as outras coisas que andam por aqui, os seres ancestrais.

O comodoro balançou a sua cabeça desesperadamente.

— Querido Círculo, não parece suficiente estarmos aqui presos sem uma abençoada caneca de *jinn* para aquecer os nossos corações? Teremos ainda que lutar com algum espírito terrível?

— O Querido Círculo está certo — disse Nickleby. — Há mais de um milênio que Chacália segue o cânone do Círculo, um milênio próspero sem a paixão de deuses diante dos quais nos ajoelhávamos. Tzlayloc vai nos fazer mergulhar novamente na era das trevas quimecana.

— Mas ao menos estamos juntos — disse o comodoro. — Molly, foi o seu antepassado que coroou o primeiro rei de Chacália, até à guerra civil, foi minha família que protegeu o reino do regresso dos monstros dessa raça. Nossos destinos nos trouxeram até aqui. Fizemos o melhor que podíamos e não há vergonha nenhuma nisso.

— Alguém vem aí — disse Oliver.

— Não consigo ouvir nada — disse Molly.

— Eu não estava usando os ouvidos.

Acompanhado por dois Guardas Especiais que o tornavam relativamente pequeno, o conde de Vauxtion surgiu diante das barras da cela.

Molly cuspiu na direção das barras.

— Pensei que a essas horas já estivesse gastando a sua recompensa, conde.

O conde de Vauxtion pegou uma folha de papel.

— Para os maus nunca falta trabalho. Meu benfeitor foi muito generoso com o seu patrocínio. Atrevo-me a dizer que, quando Açomédio cair, iremos apanhar alguns dos nomes mais esplendidamente distintos desta lista. Tzlayloc já tem o seu túnel de atmosférico antigo desimpedido, pelo qual a Terceira Brigada deve chegar a qualquer momento.

Nickleby gemeu. A Terceira Brigada da Comunidade da Partilha Comum era a sua tropa de choque. Quando a revolução de Quatérturno estourara, os comunitistas tinham esvaziado suas prisões e recrutado prisioneiros políticos, assassinos, estupradores e ladrões. A Terceira Brigada era tropa em que grande parte dos piores criminosos tinham ido parar e o seu nome fora sinônimo dos maiores excessos numa guerra civil por si só já brutal. Eram verdadeiros demônios agindo por baixo de um uniforme.

— Você é um verdadeiro cartola — disse Molly. — Uma verdadeira obra de arte.

— Lamento de verdade, minha querida. Você deve acreditar que não tiro qualquer prazer do que faço — disse o conde, apontando para o trinco da cela.

Um dos Guardas Especiais afastou a sua capa para recolher as chaves.

— Os sacerdotes gafanhotos requerem a sua presença no andar de cima para mais um serviço sagrado. Despeça-se dos seus companheiros, Molly. Quando você regressar, é pouco provável que o criminoso de guerra e o marinheiro estejam aqui… Além disso, há um monte de feiticeiros da verdade ansiosos pelo privilégio de explorar as mentes do rapaz e do homem-vapor.

O conde sorriu friamente para Oliver.

— Se Molly sobreviver às bênçãos dos sacerdotes, talvez esteja disposta a limpar a baba do que restar de você.

Oliver sabia o que estava vindo. A pressão em suas mãos aumentou com o peso de uma bigorna que ninguém conseguia ver.

A porta se abriu com um estalo e os pesados Guardas Especiais se posicionaram de forma a cobrir a saída. O mais alto dos dois lançou um olhar de descrença para baixo no momento em que uma mancha de sangue surgiu em seu uniforme e uma espada se alojou em seu peito. Oliver anulou a ligação com a bruma do segundo guarda ao mesmo tempo que o conde tirava o seu sabre do corpo do primeiro e decapitava o segundo com um golpe tão rápido que quase nenhum dos presentes percebeu. Os outros não tinham sequer notado o cinto com as pistolas de duelo que surgira nas mãos de Oliver.

— Duvido que sejamos capazes de cobrir os seus honorários — disse Nickleby ao conde.

O conde de Vauxtion limpou o sangue da sua lâmina, voltando a montar sua espada-bengala.

— Tive dois filhos outrora. Eles pagaram por vocês.

— Então é isso? — disse Molly. — Passou aquele tempo todo me perseguindo e agora decidiu mudar de lado assim, de um momento para o outro?

— Eu escolho para quem trabalho — disse o conde —, assim como decido quais as comissões que aceito. Eu alertei Tzlayloc uma vez que ele não deveria alterar os termos do meu contrato no meio de sua execução. Foi o que ele fez e agora um de nós vai se arrepender bastante dessa decisão.

— Vamos zarpar deste lugar — disse o comodoro —, antes que esses demônios descubram que você percebeu o erro das suas escolhas. Podemos comemorar a sua mudança de barco em Tock House, se a sua maldita comitiva de cartolas deixou alguma garrafa intacta na minha adega.

— Eu não estava mentindo sobre a Terceira Brigada — disse o conde de Vauxtion. — E os muros do seu excêntrico forte não são espessos o suficiente para resistirem aos tiros e canhões.

— Você não nos libertou para nos salvar — disse Golpe de Vapor, saindo da cela e esmagando o vidro no qual Lorde Queimarame se encontrava preso.

— Já não era sem tempo — rosnou a arma sagrada.

— Você precisa das nossas espadas — disse Golpe de Vapor, devolvendo a lâmina de feiticeiro a Oliver. — Já enfrentei a sua nação de corpos-macios no terreno da honra vezes suficientes para poder reconhecer a sua astúcia.

— Você tem uma memória extensa, se consegue se lembrar de olhar para o norte do Estado Livre dos Homens-Vapor e avistar outros campos de batalha além de Quatérturno.

O conde desenhou com sua bengala o esboço de um mapa na poeira do chão.

— Aqui estão as ocupações da mina no chão da caverna e aqui fica o terminal vazio da linha de atmosférico chacaliana. Aqui fica a galeria onde estão alojados os barris explosivos de seiva de semente de pólvora. Há barris mais do que suficientes para deixarem uma montanha plana. Se conseguirmos acendê-las, podemos enterrar toda a força invasora no túnel sob mil toneladas de escombros.

— Eles são do seu país — observou Nickleby.

— Agora sou chacaliano — disse o conde, erguendo a bengala e a longa lâmina que trazia escondida no interior — e estes são os meus bastões de debate. Não sabiam?

Oliver carregou ambas as pistolas.

— Nesse caso, vamos discutir política com Tzlayloc.

Molly notou que o conde pegara a arma a gás que ela o vira usar anteriormente em Tristesperança, enquanto o comodoro e Nickleby aliviaram os guardas mortos do peso das suas armas guardadas nos respectivos coldres. Foi o conde de Vauxtion quem os conduziu pela cidade perdida, sempre com a arma a gás encostada às costas de Molly, ao passo que Oliver sugeria atalhos através dos edifícios escurecidos e muito grandes para evitarem os membros da Guarda Especial e os seres encantados mais difíceis de enganar. Molly e os seus dois companheiros da Tock House desempenharam com perfeição os papéis de prisioneiros maltratados, auxiliados pelo coto sujo de Nickleby. Quando os homens brilhantes e os combatentes da Comunidade os interpelavam, o conde exibia os salvo-condutos assinados pela mão de Tzlayloc. Isso e os modos agressivos do assassino provaram ser suficientes para que eles fossem se aproximando do fim da mina.

As lâmpadas brilhantes dos engenheiros faziam aumentar a luz do crepúsculo no interior do buraco de forma semelhante à que Oliver tinha observado nas ruas mais elevadas de Relógio Sombrio. O fedor da fumaça dos motores a vapor mal-ventilados e o ruído das máquinas trabalhando se erguiam do buraco. Mais abaixo, passavam as legiões de mão de obra igualada, cantando as canções dos fora da lei do tempo da revolta com suas vozes esganiçadas. A população de Tristesperança que um dia fora orgânica e os mineiros espremidos de Relógio Sombrio trabalhavam em conjunto debaixo da supervisão dos homens brilhantes. Nos extremos do buraco, os andaimes bambos e as escadas estavam sendo aumentados e substituídos por rampas de reforço suficientemente fortes para aguentarem as colunas, os canhões e o mar de botas da Terceira Brigada. O grupo estava prestes a chegar ao buraco quando ouviram um tiro vindo da caverna acima das suas cabeças: era o marechal Arinze.

— Compatriota Vauxtion — gritou o oficial. — Nossos irmãos chacalianos querem a garota novamente na cruz. O que está fazendo aí embaixo?

— Continuem avançando para o fim da rampa — sussurrou o conde, gritando depois para trás: — Tzlayloc quer que a garota assista ao processo de igualização dos seus companheiros nas oficinas de conversão. Ele acredita que isso aumentará a agonia da compatriota Templar na cruz.

— Esplêndido — gritou o marechal. — Mas agora me explique, como vão igualar esse guerreiro-vapor brutamontes que leva com você?

O marechal também disse algo para as suas tropas, estas começaram a retirar cartuchos de cristal das suas cartucheiras e a destravar as espingardas e o caos irrompeu no solo do fosso. Tiros estalavam enquanto Golpe de Vapor respondia com irrupções solares giratórias que chamuscavam as paredes com uma luz plasmódica. Os trabalhadores igualados se agitavam de um lado para o outro, tentando entender onde e por que razão aquela súbita explosão de violência interrompera o seu trabalho. Um número considerável de compatriotas forçados a trabalhar ali se dirigiu desordenadamente para as rampas, tentando aproveitar a confusão para fugirem; imediatamente seus capatazes acionaram suas rodas de engrenagem disciplinares e os trabalhadores igualados caíram no chão, torturados pela dor.

— Nas suas costas — gritou Molly ao mesmo tempo que uma onda de igualados leais ao poder avançava já cambaleando na direção de Golpe de Vapor, empunhando picaretas e cortadores de pressão.

O homem-vapor cantou na língua das máquinas para Lorde Queimarame e a relíquia sagrada projetou um jato de fogo azul. Golpe de Vapor o espalhou por todos os lados por onde estava sendo atacado. Os gritos dos híbridos homens-máquinas morreram no momento em que as suas caixas de voz explodiram numa bola de fogo sobrenatural, gerando uma chuva de metal derretido e carne queimada que acabou por cair sobre as cabeças dos filhos da revolução.

Lorde Queimarame estava fumegando nos braços mecânicos do cavaleiro, com o óleo negro que manchava sua superfície completamente queimado.

— Não permita que essas abominações sobrevivam, Golpe de Vapor! Erradique-as até à última amostra desprezível existente.

— Fechar fileiras — rosnou o conde de Vauxtion.

Sua retaguarda estava sendo pressionada por um bando de capatazes desarmados, se não fosse pelas suas rodas disciplinares. Nickleby e o comodoro recarregavam freneticamente as suas armas com o que conseguiram das cartucheiras roubadas enquanto Oliver ergueu ambas as pistolas e descarregou as respectivas cargas sobre as juntas dos andaimes. Uma seção da rampa cedeu e os soldados mergulharam de uma altura considerável, ao mesmo tempo que uma explosão de tubos de ferro e uma nuvem de pó caíram sobre os seus adversários. Vauxtion avançou agilmente com ambas as lâminas da bengala nas mãos em direção à súbita tempestade de pó, brandindo o sabre e a faca longa como se fossem asas de uma borboleta, abrindo gargantas e cortando tendões.

Presa ao cinto de Oliver, a lâmina de feiticeiro estremeceu de deleite. Ali estava um inimigo com o qual ela podia lidar sem a dor de tentar penetrar no músculo alterado de um encanto. Oliver avançou também, engolido pela nuvem de pó de pedra, com a lâmina mágica alongada para o tamanho de uma espada. Movia-se com passos serpenteantes, agarrado ao cabo da espada com ambas as mãos e varrendo para cima e para baixo, com um único corte em cada corpo. Oliver mal conseguia distinguir os rostos dos seus adversários, que não passavam agora de sombras no meio do pó, com os seus gritos enraivecidos silenciados à medida que pereciam. A parte dele que não morrera em Cem Cadeados estava contente por não ser possível vislumbrar o ar de assombro contorcido nos rostos dos seus inimigos no momento em que a lâmina de feiticeiro reclamava por suas vidas.

No entanto, conseguiu distinguir a expressão aterrorizada de Molly à medida que o pó assentava. O conde e ele se olhavam mutuamente no meio de um mar de homens brilhantes caídos no chão pela ação das três lâminas lubrificadas com sangue. De alguma forma, a repulsa de Molly importava mais do que deveria.

— Um estilo ancestral de combate — disse o conde. — Não fazia ideia de que ainda fosse ensinado.

Oliver baixou a espada e limpou o sangue da lâmina de feiticeiro no casaco de um cadáver. Uma lâmina escorregadia é uma lâmina perigosa: essas palavras vieram à sua memória como se saídas da boca do seu pai. Golpe de Vapor galopou na direção do túnel que Vauxtion mostrara no mapa improvisado. Oliver e o conde se colocaram na retaguarda, vigiando enquanto os seus três companheiros corriam cobertos pela carcaça blindada do homem-vapor, com os tiros ricocheteando em sua armadura.

Ao chegarem ao abrigo da boca do túnel, alguém gritou alguma coisa do topo da caverna: era uma voz de mulher, a assessora. Mas suas palavras débeis eram absorvidas pela série de patrulheiros quaterturnianos disparando suas espingardas. Vauxtion estendeu a mão e Oliver passou uma das suas pistolas. O conde apoiou-se num joelho e colocou-se de lado, apontando a arma uma única vez: a assessora caiu para frente já sem vida, tombando sobre o regimento de soldados e fazendo com que um deles caísse por sua vez na boca do buraco.

— Lembrem-me de dizer a Ka'aord para contratar um intermediário novo.

Os túneis se ramificavam diante deles em todas as direções possíveis. Acabaram avançando através de uma massa de trabalhadores desorientados, igualados e humanos, seguindo os passos do conde. Molly piorava a confusão, gritando avisos de ataque de esmagadores, de colapsos de túneis, de terremotos flutuantes e de cristais desabando do teto de Quimeca. O solo do sistema de minas estremecia no meio de tudo isto, conferindo bastante autenticidade aos seus avisos.

— Uma cápsula de atmosférico — exclamou o comodoro. — Os abençoados turnianos vêm aí. Se não destruirmos os túneis, em pouco tempo estaremos diante de uma brigada repleta de bandidos.

O conde de Vauxtion puxou do seu bolso um detonador esférico tampado.

— Tenham cuidado, com certeza há guardas na porta do depósito de munições.

Oliver franziu a sobrancelha. Não estava conseguindo detectar soldados nas redondezas. Golpe de Vapor contornou o túnel, apenas para encontrar uma porta de metal que bloqueava o caminho.

— Não há ninguém aqui.

— É melhor assim — disse o comodoro. — Vamos preparar o seu abençoado explosivo e fugir daqui, antes que ele faça o seu trabalho letal.

Golpe de Vapor ergueu Lorde Queimarame e lançou sobre a porta trancada uma labareda azul, derretendo aquela barreira com a precisão de um relojoeiro de Açomédio. Ao entrarem naquela sala cavernosa, todos se detiveram com surpresa: a galeria estava vazia. Quatro barris solitários e protegidos pelo vidro tinham sido deixados no centro e um trabalhador igualado estava prestes a colocar um deles em um carrinho de duas rodas.

— Onde estão os outros? — gritou o conde. — Onde fica o depósito de explosivos?

— Compatriota — cumprimentou o trabalhador igualado —, este *é* o depósito de explosivos.

— Os barris de sementes de pólvora — disse Vauxtion. — Ainda ontem à noite este espaço estava cheio de barris!

— Foram transferidos para a oficina doze — explicou o trabalhador, ao mesmo tempo que os tambores de cálculo em seu peito rodavam hesitantemente à medida que ele tentava reunir as palavras. — Há vários dias que os sopradores de vidro estão sem seiva para carregamento de manufatura. O comitê de trabalho dos mineiros decidiu que os barris já não eram necessários aqui, disseram que estava na hora das balas.

O comodoro Black virou o carrinho ao contrário com um chute.

— Nossas estrelas. Nossas estrelas desafortunadas!

— Soldados estão vindo à nossa procura pelos túneis — disse Oliver. — Não podemos nos dar ao luxo de sermos encurralados aqui.

— Podemos sair daqui? — perguntou Molly para o conde.

— Não estava planejando morrer neste lugar — respondeu o conde de Vauxtion, voltando a guardar o detonador no bolso. — Este complexo é um verdadeiro formigueiro, há túneis à nossa volta e os mais altos dão para a velha mina de cobre que está acima de nós. Há dirigíveis que saem da floresta de Mesopântano.

— Com nossa sorte fatal, a Terceira Brigada deve ter estacionado os carregamentos de munições sobre eles — disse o comodoro.

Depois de se arriscarem a sair novamente das passagens da mina, passaram por vários bandos de igualados, felizmente alheios a tudo o que acontecia para além dos buracos na pedra em que estavam trabalhando e do equipamento que arrastavam com eles. Sua ignorância se transformou em pânico no momento em que os bandidos da Comunidade surgiram pelos corredores em busca dos intrusos.

Golpe de Vapor virou três vagões de cascalho bloqueando o caminho instantaneamente. Uma língua de chama azulada foi expelida do interior de Lorde Queimarame, mandando os soldados que a enfrentavam pelos ares. Molly enfiou a cabeça através de uma passagem lateral, experimentando depois outra abertura que dava para o túnel.

— Uma dá para cima e a outra para baixo.

Soaram disparos e Nickleby tentou recarregar a sua pistola com apenas uma mão.

— Eu posso segurá-los aqui.

— Comigo ao seu lado — disse Golpe de Vapor, descarregando outra explosão de fogo. — Eu podia assassinar o exército inteiro da Comunidade da Partilha Comum nestes túneis e não pensar muito no assunto depois.

Molly empurrou o comodoro através do túnel, na direção de Oliver.

— Não vou deixar ninguém aqui. Podemos destruir a escadaria do poço atrás de nós, os turnianos não conhecem esses túneis tanto quanto nós.

— Ele tem razão — disse o conde. — Se dois de nós ficarem para trás e barrarem o túnel...

Molly ouviu a esfera de vidro percorrer o corredor e se aproximar deles: duas cápsulas de líquido, cobertas por uma cabeça automática que girava na direção do cristal. Alguém gritou "granada" e Golpe de Vapor se atirou de imediato em cima do cristal explosivo. A detonação projetou o guerreiro-vapor contra a parede do túnel, sacudindo todos que estavam por perto. O cavaleiro em chamas se contorceu contra o suporte de madeira do túnel, quebrando a viga no momento em que uma avalanche de pedras caía sobre ele.

Oliver se levantou de um salto. O sangue escorria da sua cabeça, mais especificamente do ponto em que fora atingido por uma pedra. O comodoro Black se ergueu de um amontoado de pó de pedra.

— Ó Círculo misericordioso!

Tinham sido separados dos outros pela avalanche. Do outro lado do desabamento havia uma pequena réstia de luz vinda das lanternas, o lado deles ficara mergulhado na mais completa escuridão.

— Estamos aqui — gritou Oliver através de uma fenda minúscula.

Do outro lado da rocha, Nickleby e o conde de Vauxtion erguiam-se da camada de escombros do túnel e gritavam em resposta. A cabeça e o peito de Golpe de Vapor eram visíveis, mas o resto de seu corpo estava soterrado debaixo de uma pedra enorme. O teto diante deles também tinha cedido e o rosnar dos combatentes da Comunidade do outro lado daquele bolsão do túnel chegava até eles.

— Menina! — gritou o comodoro. — Molly! Molly está com você, Silas?

— Ela não está aqui.

O comodoro Black olhou fixamente para a massa de pedra.

— Círculo misericordioso. Molly, Molly!

Vendo o submarinista tentando remover freneticamente os escombros e as pedras, Oliver o puxou pelo braço.

— Não consigo sentir a presença dela aqui, comodoro. Consigo sentir a Terceira Brigada passando nas cápsulas do atmosférico acima de nós, mas não consigo sentir a presença de Molly.

— Ela pode estar inconsciente debaixo daquelas pedras, rapaz. Pode estar encurralada em um bolsão de ar.

— É possível que sim, mas é melhor que não esteja. Uma companhia de mineiros armados de barris de explosão e brocas levaria pelo menos um dia para desimpedir isto. Se ela acordasse lá embaixo e não estivesse morta...

— Ó menina, minha pobre menina.

Nickleby colocou a sua cara junto da fissura entre as rochas caídas.

— Nós estamos encurralados aqui. Golpe de Vapor foi atingido e está praticamente desativado. O desabamento do túnel não foi tão forte do outro lado. Talvez possamos escavar nessa direção, embora me pareça que vamos nos deparar com metade da Terceira Brigada à nossa espera.

— Duvido que eles tenham renunciado às regras da brigada no que diz respeito aos prisioneiros desde que os enfrentei com o que restava do exército monárquico — disse o conde. — Os soldados que aceitam uma rendição são transformados em ração dos seus outros prisioneiros.

— Existe outra solução — rugiu Lorde Queimarame do chão do túnel.

O conde de Vauxtion levantou a arma do solo.

— O que quer dizer com isso?

— Dentro da minha estrutura, trago o elemento da antivida, um grão de energia primordial superior a uma floresta de árvores de sementes de pólvora em termos de força explosiva. Posso fazer descer as barreiras de contenção desse poder e liberar a minha força vital numa única explosão.

O comodoro subiu pela rocha para falar através do buraco.

— Silas, você não poderá sobreviver a uma coisa dessas. O Círculo sabe que não pode deixar sozinhos o bom e velho Blacky e o rapaz aqui, revirando-se no escuro como ratazanas apanhadas numa armadilha.

— Afaste-se, Jared — pediu Nickleby através da fenda. — Para o mais longe, o mais rápido que puder. Afinal de contas, vamos fazer desabar o teto sobre a Terceira Brigada.

— Não, Silas — gemeu o comodoro.

Oliver puxou o comodoro pelo casaco.

— Temos que subir tão alto quanto conseguirmos.

— Avise ao Broad — gritou o repórter. — Diga que eu quero o meu nome impresso quando publicarem a minha história sobre os assassinatos de Pitt Hill. Não é para ser atribuída a mais ninguém. Esse artigo é meu.

— Eu digo — prometeu o comodoro, ao mesmo tempo que ele e Oliver avançavam escuridão adentro. — Terá até a abençoada primeira página.

Nickleby passou o seu cachimbo ao conde de Vauxtion para que este o reacendesse.

— Fuma?

— Prefiro um *brandy* — respondeu o conde —, mas não se consegue obter uma boa colheita aqui em Chacália. Vocês não têm solo para isso.

— É verdade — disse Nickleby. — Lembro-me dos *brandies* que costumavam ser importados de Quatérturno. Há anos que não vejo uma garrafa dessas. Para mim, nada de álcool, nem mesmo *jinn*.

Alguns sinais vermelhos apareceram na superfície oleosa de lorde Queimarame, movendo-se num padrão circular como se fossem um relógio. Um zumbido de estática saía da caixa de voz de Golpe de Vapor, como se a vida do velho guerreiro estivesse esvaindo o ar abafado da gruta formada pelo desabamento.

— Parece uma melodia — observou o conde de Vauxtion.

— Ele está se aproximando da desativação — esclareceu Lorde Queimarame. — Está cantando para os Vapores dos Loas. Pedindo a sua bênção. Neste momento, só se recorda das línguas de nível baixo, tem muitos componentes destruídos. Ele me disse para pedir desculpas a vocês por não ser capaz de cantar um pouco em sua língua, para que também vocês recebessem a bênção dele.

— Quanto tempo nos resta? — perguntou Nickleby.

— Talvez três minutos — respondeu Lorde Queimarame. — As barreiras que eu estou transpondo não foram concebidas para serem ultrapassadas de uma forma leviana. Só a sabedoria da minha idade me permite vencer as restrições da minha arquitetura.

Do outro lado da luz que vinha das rochas caídas veio o som dos escombros sendo removidos. O conde de Vauxtion puxou seu delicado sabre da bengala e o colocou sobre os joelhos.

— Duvido que eles consigam chegar aqui a tempo — disse Nickleby.

— Meu sabre permanecerá à mão caso seja necessário — disse o conde de Vauxtion. — Não duvido que, graças ao número de valas que tiveram que cavar quando eram prisioneiros, alguns dos elementos da Terceira Brigada possam ser indubitavelmente excelentes cavadores…

— Claro que sim — concordou Nickleby. — Bem, tenho o meu cachimbo e o senhor o seu sabre. Acho que posso dizer que estamos satisfeitos.

...

Tinha-se formado um redemoinho no exterior da mina, um tornado de energia obscura que rodopiava e sugava todos — os soldados da Comunidade da Partilha Comum, os homens brilhantes e os igualados para o interior da sua boca voraz. As mãos se agarravam desesperadamente nas extremidades do buraco escavado, ao mesmo tempo que ferramentas, pedras e roupas eram igualmente puxados para o remoinho de cheiro pútrido.

Um soldado aterrorizado correu na direção do marechal Arinze, abandonando a sua espingarda e gritando apelos ao deus do sol há muito banido pela Comunidade. O marechal empurrou o soldado para trás e o fez subir no ar ao disparar em suas costas.

— Permaneçam em seus postos, soldados compatriotas. Não os abandonem!

Ao lado do oficial, dois cantores do mundo tentaram uma invocação, mas um rastro de escuridão voltou a sair do fosso, furando as suas cabeças. Os dois cantores do mundo caíram para trás, enquanto o vapor saía a uma temperatura escaldante de um pequeno buraco em cada um dos seus crânios.

Tzlayloc surgiu e o marechal o agarrou.

— Compatriota, meu povo está sendo dizimado!

Tzlayloc riu, apontando para o remoinho cada vez mais violento.

— Tem muito pouca fé na causa. Seus soldados não estão morrendo, mas sendo salvos: eles estão alimentando a Caotyl Selvagem!

No momento em que terminou de falar, o redemoinho explodiu em direção ao teto da caverna, soltando seis tempestades de insetos que se projetaram e rodopiaram umas contra as outras. Os cidadãos de Tristesperança e os seus aliados taparam os ouvidos ao sentirem um burburinho horrível encher o ar da caverna, abafando os gritos terríveis das tropas mais abaixo.

Cada nuvem rodou sobre si mesma e mergulhou no buraco da escavação, encaminhando-se para um único túnel. Os mineiros e os seus chefes morreram esturricados com a corrente de energia dos homens-insetos que varreu as galerias em direção à força que se revelava ainda mais abaixo. Com o desabamento das rochas, as Caotyl Selvagens foram arremessadas para trás. Um muro prateado de contornos translúcidos se erguia como sentinela para além dos soldados e mineiros que cavavam de forma frenética: os Vapores dos Loas salvaguardavam o guerreiro escolhido por eles. As aparições das Caotyl Selvagens sibilaram de raiva através de suas presas aracnídeas. Os vapores sutis das deidades homens-vapor eram espíritos menores. Como tal, podiam devorar a guarda da morte do cavaleiro, mas não nos poucos segundos que sentiam restar no mostrador tremeluzente de Lorde Queimarame.

Girando como uma força única, as Caotyl Selvagens derrubaram as condutas de ventilação e a cortina de borracha do terminal do atmosférico. Avançando através das válvulas da estação, esguichavam contra as paredes. Quilômetro após quilômetro, o túnel de transportação foi borrifado com uma pele instável de energia profana. Depois aguardaram, ignorando o sussurro das cápsulas de atmosférico que passavam a grande velocidade.

Algumas pedras caíram da superfície de uma rocha inclinada, expondo um pequeno triângulo de espaço entre os dois pedregulhos.

— O que você consegue ver? — perguntou uma voz do lado oposto da obstrução.

O conde de Vauxtion meteu o seu punho no nariz que surgia pelo vão, chacoalhando a mão enquanto o soldado do lado oposto caía para trás.

— Devia tê-lo atravessado com o seu sabre — disse Nickleby.

— Essa observação é típica de um navegante das nuvens genuíno — disse o conde. — A arte da guerra é mais do que deixar cair bombas-barbatana do casco de um aerostato. Às vezes, é muito agradável derrubar o inimigo com nada além das próprias mãos. É uma questão de honra.

— Sim — disse Nickleby. Uma série de rostos lívidos lançando olhares acusadores pela calçada de uma rua deserta. Em seus pescoços, as placas com os nomes dos lugares onde os cadáveres haviam sido encontrados. — Uma questão de honra.

Do outro lado da rocha, ouviram gritos de raiva e o corre-corre dos engenheiros e soldados tentando desobstruir o buraco cada vez maior.

O repórter lançou um olhar para Lorde Queimarame em seus braços: a luz vermelha refletia-se em seu rosto enquanto os sinais giravam. Seria a relíquia sagrada capaz de atacar ainda mais uma vez se os engenheiros da Terceira Brigada conseguissem passar? Nickleby não acreditava muito nessa possibilidade.

— O que vocês me dizem disso? — gritou o conde de Vauxtion através da fresta. — O que vocês têm a dizer sobre honra, meus compatriotas e conterrâneos? Será que ainda existe uma réstia de honra em nossa belíssima terra ou ela foi mesmo esmagada debaixo das botas da Terceira Brigada? Será que a honra vai ser ainda repartida pelo comitê 4.032, ou os últimos que a traziam dentro de si foram enfiados num Colar de Gideon para estarem sujeitos ao golpe de uma estaca de ferro?

A boca de uma arma irrompeu através da fresta e Vauxtion se apoderou dela, projetando a coronha da espingarda contra a cara do seu dono antes de puxá-la para o lado deles. Depois, acariciou os contornos da arma horrenda, verificando o cartucho de cristal carregado no cano. Um ar de desapontamento instalou-se em seu rosto.

— Funcional, na melhor das hipóteses… Uma ferramenta para intimidar lavradores e ameaçar filhos de padeiros, nada mais. Encontra-se mais mestria mecânica numa Brown Jane chacaliana dos casacas-vermelhas. Existe mais arte numa arma de mala de senhora.

Vauxtion inclinou a arma para a fenda e disparou. A descarga do cartucho ecoou naquele espaço confinado como se fosse um trovão. Nickleby tossiu e afastou a fumaça de forte odor com o seu cachimbo de ervassussurrante. O conde atirou a arma descarregada no chão com desprezo.

— Peço que me desculpe — disse o conde.

— Não se incomode — respondeu Nickleby, inspirando profundamente o seu cachimbo. — Estamos atravessando tempos difíceis.

— Muito. Repare que quando esses parasitas estavam às minhas ordens, jamais teríamos atacado debaixo da terra, como ladrões esvaziando uma adega. Nada disso, teríamos avançado pela fronteira da mesma forma de sempre, marchando como homens, e depois combateríamos o novo padrão do seu exército com a trindade militar do nosso rei: cavalaria, infantaria e artilharia. Pela glória do Sol e de tudo que é mais sagrado, teríamos lutado como *demônios*.

— E nós teríamos escorraçado vocês da mesma forma de sempre — retorquiu Nickleby. — Com os combatentes de casacas-vermelhas dos esgotos, ameaçados pelo chicote nas costas e a promessa de uma dose generosa de *jinn* quando tudo estivesse terminado.

Vauxtion sorriu e assentiu, concentrando a sua atenção novamente nas rochas que iam caindo pelo chão do lado oposto da divisória.

O repórter sentiu o raspar da mão de um braço mecânico em suas costas.

— Ni.c.kle.by, preste a.tenç.ão à.s minh.as pa.l.a.vra_s.

Era Golpe de Vapor, semiesmagado e semidecapitado. O cavaleiro-vapor tinha, de alguma forma, conseguido reunir forças suficientes para reativar algumas funções e se comunicar na língua mais aguda.

— Es.ta.mos t.odos nos a.p.ro.xima.ndo d.a de.sat.iva_ção. O G.uar.

dião da Cha_ma Et_ern.a v.ai ma.tar a tod.os. T.êm qu_e cantar. C_antem a.o Loas, por f.avo.r.

— Receio não ser de grande serventia com os hinos do seu povo, velha caldeira — disse Nickleby. — Pura e simplesmente, não tenho caixa de voz para isso.

— E_nt.ão en.to.e o ma.nt.ra pr.ó.pri.o da s.ua esp.écie. Nos.so tem.po es.tá s.e apr.oxima.ndo do f_i_m.

O repórter encolheu os ombros.

— Por favor, não — disse Vauxtion.

Do outro lado da rocha, as tropas e os engenheiros interromperam os seus trabalhos de desimpedimento.

— Que barulho é esse? Não estão ouvindo?

— Estão cantando — respondeu um dos trabalhadores igualados. — Estão cantando o "Leão de Chacália".

A caverna estremeceu por inteiro, como se o mundo tivesse caído por completo sobre a cidade subterrânea. Os cristais incrustados na caverna se partiram, lançando o pó da máquina ancestral sobre os quepes dos soldados da Comunidade. Os revolucionários igualados detiveram o seu trabalho por um momento, retomando-o em seguida conforme previsto, como se nada tivesse acontecido. Tzlayloc esticou uma mão ao marechal Arinze e o militar levantou-se do chão.

— A Terceira Brigada já está aqui, compatriota marechal. A revolução chegou a Chacália.

O comodoro Black contemplou o buraco que acabara de escalar. Tinha desabado, e estava coberto dos destroços da avalanche que se seguiu ao tremor de terra. Um minuto e teriam sido tragados para o seu interior.

— Os túneis continuam de pé — disse Oliver. — Consigo sentir as tropas em suas carruagens de atmosférico. Ladrões e assassinos. Milhares deles.

— E Silas? E o seu amigo?

Oliver balançou a cabeça.

— Silas Nickleby, seu idiota — choramingou o comodoro. — Silas e Molly, ambos mortos. E tudo para nada, para nada! Eu o avisei que isso poderia acontecer. Você ouviu o que eu disse. As enrascadas em que aquele malandro me meteu. E agora, o que vou fazer sem a companhia daquele idiota impetuoso? Um exército composto pelos piores assassinos da História em nosso encalço... Não há mais ninguém, rapaz, só nós dois! O que é que nos resta?

A sombra de Oliver preencheu o túnel sujo como se estivesse viva. O cinto das suas pistolas brilhava com uma luz própria, independente das lamparinas dos túneis. Ele verificou os cartuchos de cristal que estavam no ombro de Black.

— Quarenta balas.

Capítulo Vinte e Um

O brigadeiro-general Shepperton mediu longamente o aerostato solitário que pairava sobre os Campos de Fulven nos arredores de Açomédio.

— Mas afinal o Quadro do Almirantado está brincando ou quê?! Não podemos nos colocar em posição sem a cobertura da nossa marinha. Não entendo o que está acontecendo hoje com essas merdas de aerostatos! Onde estão esses malditos vagabundos para a sinalização?

O major Wellesley surgiu assustado em seu sextúpede, o cavalo estava inquieto por causa das fileiras de corpos de metal brilhante que avançavam pelas baixas colinas do lado oposto. Aquelas criaturas não tinham cheiro e os cavalos dos oficiais tinham passado a manhã num estado de grande agitação justamente por causa disso.

— Brigadeiro-general, nenhuma das nossas patrulhas conseguiu localizar uma única estação de rede de cristal que não tivesse sido incendiada pelos carlistas na noite de ontem.

O major lançou um olhar na direção do aerostato. Tratava-se de um velho exemplar da classe Guardião Prester que ia ser retirado do serviço da armada real e usado, sobretudo, pelos aposentados da MRA e por uma dezena de voluntários entusiasmados da seção de Açomédio da Sociedade *Mais Leve que o Ar*. Um grupo considerável de observadores de popa na sala das bombas-barbatana. Wellesley estremeceu, rezando para que não se esquecessem qual exército estava do lado deles.

Outro oficial a cavalo se aproximou a toda velocidade vindo do norte, puxando as rédeas apenas quando estava exatamente em frente à mesa do oficial.

— A sede do Quadro do Almirantado está em chamas, brigadeiro-general. Falei com um dos homens de lá e ele me informou que alguns membros do Quadro são da raça encantada. Há encantados usando os corpos dos Senhores dos Céus. Há muito que fazer na cidade, senhor, turnianos por todas as partes, barricadas e os carlistas controlando-as. Não está fácil circular.

— Onde está o seu chapéu, homem?

— Ficou inutilizado durante a troca de tiros, brigadeiro-general.

— Então vá buscar outro no comissariado — ordenou o brigadeiro-general. — Aconteça o que acontecer, não quero ver as minhas tropas desleixadas. Desta vez os navegantes das nuvens nos deixaram muito mal, com as naves da frota paradas à toa em Relógio Sombrio como uma maldita escola de raspadores inúteis. A Casa precisará fazer alguns inquéritos.

Wellesley se encolheu: já tinha comunicado duas vezes ao brigadeiro-general que a Casa dos Guardiões tinha caído no início do assalto da Comunidade. O fato das Espingardas de Açomédio estarem fora dos seus alojamentos quando o ataque noturno tivera início foi uma questão de pura sorte.

— Brigadeiro-general — disse o major Wellesley, apontando para as colunas impecáveis de suas tropas —, agora que temos a confirmação de que a MRA não virá em nosso apoio, posso sugerir que reconsideremos nossas determinações?

— Não, não pode, senhor — replicou o brigadeiro-general. — O exército do novo padrão não perdeu uma só batalha desde que foi formado por Isambard Kirkhill. Nossa tática de batalha foi experimentada e testada ao longo de séculos por algumas das mentes militares mais brilhantes que Chacália algum dia produziu.

Notoriamente irritado, Wellesley mudou de posição na sela.

— Com todo o respeito, senhor, nossa determinação atual está prevista para ser desenvolvida com a alta coordenação da frota. Neste momento, temos apenas um aerostato. Ora, nossa formação requer pelo menos um esquadrão da linha. Esses tipos não são os moleques dos chalés das colônias com que nos deparamos o ano passado.

— São turnianos, major — retorquiu o brigadeiro-general. — Turnianos, acompanhados de uma cambada de carlistas criminosos. Eles vão nos atacar da mesma maneira de sempre e nós vamos derrotá-los da mesma maneira de sempre. Este não é o momento apropriado para nos aventurarmos com novas formas de pensar, major. Não preciso de mais do que um aerostato para dar jeito nesse grupo de malditos turnianos e na horda de traidores que rastejou para fora da cidade subterrânea.

Wellesley ia responder, mas viu a expressão na cara do brigadeiro-general e pensou duas vezes. Tudo aquilo começava a adquirir contornos de pesadelo, desde o momento em que tinham recebido a notícia de que o forte Downdirt tinha sido tomado até à confirmação de que as linhas quaterturnianas estavam escavando um caminho em direção às portas da capital.

O brigadeiro-general se virou para o oficial de cavalaria que acabara de entrar.

— Você, senhor tenente não-tenho-chapéu, atravesse a coluna e me traga um cantor do mundo. Quero saber o que a raça encantada está fazendo em volta da Casa do Almirantado. E, por favor, alguém localize a Guarda Especial!

— Ali, senhor! — apontou um oficial.

Resplandecendo nos céus como um cometa, os Guardas Especiais cruzavam o campo de batalha vagarosamente, sobrevoando as colunas de tropas da Comunidade da Partilha Comum e as fileiras de canhões, antes de virarem para se dirigir às forças chacalianas. Com um golpe de vento que por pouco não levava os quepes e os tricórnios dos militares, os membros da Guarda Especial aterrissaram diante da mesa dobradiça coberta com o mapa.

— Já não era sem tempo, que droga — disse o brigadeiro-general. — Não receberam as ordens por escrito que eu enviei ao Capitão Faísca?

— Recebemos, sim — respondeu o guarda.

— Sendo assim, meu senhor, talvez pudesse ter a gentileza de me dizer onde estão as companhias da Guarda?

O guarda passou uma carta ao brigadeiro-general e voltou a partir em direção aos céus, tomando o caminho de volta à capital. O brigadeiro-general leu a nota, colocando-a diante dos olhos por tempo mais do que suficiente para apreender a totalidade de seu conteúdo. Então, passou-a a Wellesley, montado em seu cavalo.

O major Wellesley a leu em voz alta para que o resto do corpo de combate ficasse a par dela:

— "A Guarda não vai lutar por vocês, a Guarda não lutará contra vocês. Esta é uma guerra de humildinos. Vejamos como Chacália se sai sem nossa intervenção. Capitão Faísca."

— Eles podem fazer isto? — murmurou um dos oficiais.

O oficial da cavalaria reapareceu pelo lado esquerdo, acompanhado de um cantor do mundo de vestes de um tom quase tão arroxeado como o das bochechas enfurecidas do brigadeiro-general.

— Ei, você aí! Houve um motim entre os Guardas Especiais. O que os membros da ordem fizeram para resolver esse assunto?

— Já recebi alguns relatórios, brigadeiro-general — disse o cantor do mundo.

— Não sei nem quero saber da quantidade de pó que já enfiou pelo nariz acima, homem, ou se tem jogado xadrez no plano mental com o deus-imperador de Kikkosico. Fatos, senhor, eu preciso é de fatos!

— Os torques que estão instalados em seus pescoços não dão sinal. O feitiço de controle está lá, mas deixou de funcionar. Brigadeiro-general, a ordem não tem neste momento qualquer controle sobre a Guarda Especial.

— Pelo Círculo! Deixaram de ter controle! — praguejou o brigadeiro-general. — Isto é altamente irregular, não acha?

Vários pedaços de grama saltaram do solo diante deles com uma salva de tiros da linha do inimigo.

— Creio que isso foi um ataque deliberadamente dirigido a nós — gritou o brigadeiro-general.

— Assim pareceu — concordou um membro do grupo dos generais.

O major Wellesley bateu com os pés nos flancos do seu cavalo e se encaminhou para junto dos seus homens, que estavam mais abaixo. Cavalgou tão rápido que sequer reparou que a nuvem à deriva em direção ao último aerostato chacaliano no ar não era de chuva, mas um enxame de algo semelhante a insetos.

A batalha por Açomédio tinha começado.

Quando Molly acordou, o teto estava se movendo, era como uma espécie de mar de rocha negra, que não parava de cair e se afastar dela. Algo semelhante a uma maca feita de barras e lonas das antigas minas aguentava o peso das suas costas rígidas. As perspectivas não pareciam nada boas, Molly só conseguia ver com um olho. Sua mão tocou a própria cara, sentindo a bochecha inchada bloqueando a vista do olho direito e um grito de dor saiu da sua boca.

— Molly — chamou uma voz —, está consciente?

O balançar do teto parou, fazendo com que o seu estômago transmitisse de imediato uma sensação de náusea a jovem.

O olho bom de Molly conseguiu captar quem a estava carregando: era uma espécie de homem-vapor, embora parecesse extremamente mal-montado. Faltavam-lhe placas de cobertura, o que fazia com que a máquina estivesse à vista e produzisse um barulho profano na barriga da criatura.

— Isso é a cidade subterrânea? Onde estão meus amigos?

— Nós achamos que estão mortos, Molly corpo-macio — disse o homem-vapor. — Houve uma explosão, uma explosão muito grande e a maior parte da mina desabou. No entanto, o inimigo estava protegendo o atmosférico e nós sobrevivemos nos tubos de manutenção.

— Nós?

Molly olhou ao redor. Nenhum dos seus companheiros estava por perto. Mortos? Nickleby e o comodoro, o guerreiro de Mecância e seu estranho amigo encantado, até mesmo a sua nêmese negra de Quatérturno. Não. Não! Contudo, sua última memória antes de ficar inconsciente era do cavaleiro-vapor atirando-se para cima da granada de cristal que fora jogada neles. A explosão, o chão se abrindo debaixo de seus pés, ela caindo no meio de uma avalanche de pedras que atingiam as laterais de seu corpo... depois, mais nada. Seus amigos tinham mesmo sido assassinados. Estava novamente sozinha e todo mundo que tentara protegê-la tinha sido abatido. Não admirava que a sua mãe a tivesse abandonado na escadaria do Internato Portas do Sol, parecia óbvio que ela tivera uma premonição de qual seria seu destino caso tentasse ficar com a filha amaldiçoada.

É possível que Molly tenha chorado durante horas a fio, até que sentiu uma das pinças do homem-vapor aconchegá-la com o pedaço de tecido gasto com que a tinham coberto.

— Molly — disse o homem-vapor. — Não nos reconhece, Molly corpo-macio?

Suas lágrimas ardiam como se fossem chamas no seu rosto machucado.

— Já nos conhecemos antes?

— Nunca achamos que voltaríamos a vê-la, Molly corpo-macio. Não depois de Tristesperança e da sala de consertos.

— Sala de conser...

Ela observou o homem-vapor e os contornos das peças do seu invólucro, tentando se concentrar no timbre da sua voz. Algumas das suas partes eram extremamente familiares, mas de onde?

— Foi fulminante, Molly corpo-macio, a Máquina-Mágica veio até nós e nos mostrou como unificar nossos corpos. Chaminé Prateada não se importou muito com isso, uma vez que ele próprio já era uma profanação, mas Rodas Lentas não queria viver assim, até que a garota dos quadros abriu a sua placa de visão. Mostrou os caminhos que o mundo tomaria caso não fôssemos reunidos. *O que seria de você, Molly corpo-macio?*

— Querido e doce Círculo — disse Molly, estendendo a mão para sentir o metal quente do homem-vapor. — Rodas Lentas, Chaminé Prateada, vocês foram consertados!

— Estamos reunidos e fundidos por vontade da própria Máquina-Mágica, jovem corpo-macio. Violamos a Lei dos Vapores dos Loas e canibalizamos a nossa própria carne, mas ela é de uma ordem superior e faríamos tudo de novo. *Faríamos novamente para salvá-la, Molly corpo-macio.*

— Eu nunca teria pedido a vocês que fizessem uma coisa dessas — disse Molly.

— Nós sabemos — disse o homem-vapor, começando a puxar novamente a maca. — Foi por isso que tivemos que fazê-lo por nossa conta e risco.

Molly sentiu uma gratidão enorme pelos homens-vapor destroçados que tanto tinham sofrido por sua causa.

— Pela roda do Círculo, obrigada...

— Rodaprateada. Fomos ambos despojados de nossos nomes verdadeiros e agora esta é nossa designação comum.

— Para onde nós podemos ir agora, Rodaprateada? Chacália está sendo invadida por Tzlayloc e a cidade subterrânea está dominada pela mesma praga. Não existe nenhum lugar seguro para onde nós possamos fugir. Quando eles sentirem que eu ainda estou viva, virão novamente atrás de mim.

— *Ela* está se aproximando, Molly corpo-macio. Foi avisada pelos oceanos de lava que deixaram de correr e já se encaminha em nossa direção, mas nós temos de nos aventurar e descer para ir ao encontro dela. A Máquina-Mágica, Molly, ela precisa de um operador, precisa de você!

Os sons comuns em qualquer batalha se tinham tornado esporádicos nas proximidades do palácio. Persistiam ainda alguns focos de incêndio espalhados pela cidade, mas a maior parte deles era resultado dos ataques-surpresa executados durante a noite anterior. As estações da rede de cristais tinham sido desativadas, as delegacias de polícia destruídas por granadas atiradas pelas janelas e os alojamentos da Sexta Coluna e da Guarda Especial invadidas.

Para o Príncipe Alpheus, estar na varanda e observar a cidade sem ter que aguentar um ataque de frutas podres e de pedras atiradas da rua era uma experiência absolutamente nova. Contudo, centenas de pessoas tinham se reunido na praça aos seus pés, ajoelhadas de frente para o palácio, fazendo um estranho som agudo sair das suas gargantas. Uma neve ligeira despontara durante a noite e os flocos brancos continuavam a cair sobre o povo imóvel na praça. Açomédio estava habituada aos nevoeiros originados pelas fábricas e ao miasma de sujeira provocado pelas indústrias, mas neve no meio do verão?

Fogueira saiu para a varanda e espreitou a multidão por cima do ombro do Capitão Faísca.

— O que um homem precisa fazer para conseguir dormir um pouco por aqui? Quem é essa gente toda? Isso é um mantra circulista, não é?

— Estão cantando há quase uma hora — disse o Príncipe Alpheus. — Os primeiros a chegar vieram das congregações da manhã, antes dos turnianos começarem a fechar as igrejas. Choravam e pediam ajuda, suplicando que a Guarda Especial saísse das suas instalações.

Fogueira apontou para o carrinho de corpos vestidos de roxo empilhados junto ao portão. Era incrível como alguns cantores do mundo de Chacália ainda pensavam que os torques suicidas colocados no pescoço dos guardas funcionavam.

— Eles que procurem a ordem e supliquem por ajuda. Vão ver se os mágicos humildinos conseguem vencer os turnianos sem a ajuda dos guardas.

— Eles não estão cantando por vocês — disse o príncipe a Fogueira. — Estão cantando para mim.

— Para você! — riu Fogueira.

— É a velha lenda — disse o Capitão Faísca. — Os reis adormecidos. Sempre que Chacália é ameaçada, os primeiros reis despertarão debaixo das colinas de Elmorgan.

Fogueira começou a rir com tal violência que as lágrimas saltaram de seus olhos.

— O cachorrinho? O cachorrinho vai salvá-los? Ó Círculo, essa é muito boa!

Fogueira estendeu o braço e disparou uma salva de fogo-dor azul na direção da multidão que cantava.

— Mais alto, seus malditos humildinos nojentos! Não consigo ouvir vocês.

Faísca baixou o seu braço rispidamente.

— Já chega, Fogueira.

— Por que se importa? Deixe-os dançar um pouquinho antes de sairmos desta maldita prisão.

Uma coluna de soldados igualados surgiu ao fundo da praça com os seus ombros metálicos cobertos de neve. Marchando sem parar, encurralaram num canto da praça os chacalianos que cantavam, espancando furiosamente até a morte com os seus punhos de ferro qualquer um que tentasse escapar das suas linhas. Carros carregados com caixas de madeira enormes foram transportados até o centro da praça. As tropas de uniforme azul da Comunidade da Partilha Comum as descarregaram no espaço desimpedido.

Um oficial turniano subiu num dos carros com um cantor do mundo da Comunidade ao seu lado, amplificando a sua voz para se fazer ouvir em toda a praça.

— Por ordem do Primeiro Comitê da Comunidade da Partilha Comum de Chacália, qualquer reunião de três ou mais indivíduos não autorizada por acordo prévio do Primeiro Comitê será classificada como atividade contrarrevolucionária. Em segundo lugar, por ordem do Primeiro Comitê da Comunidade da Partilha Comum de Chacália, a filosofia circulista foi classificada como atividade anticomunitista, ficando, por conseguinte, banida. A punição pela violação de qualquer uma dessas duas leis do povo é a expulsão da comunalidade e da irmandade do Estado.

As pessoas presas atrás da linha de soldados igualados começaram a gritar de medo e fúria, até que os mais agitados foram abatidos com sabres e derrubados com as coronhas das espingardas. A maior parte deles já tinha lido em quantidade suficiente nos jornais sobre os primeiros dias da revolução do outro lado da fronteira de Quatérturno para reconhecerem os eufemismos usados pelos carlistas quando se falava de pôr os partidários do antigo regime num Colar de Gideon, na exclusão da comunalidade ou da irmandade do Estado.

Fogueira observou a elevação da enorme máquina de processamento de sangue no meio da praça com um esgar de fascinação.

— Acha que eles vão nos deixar descer para assistir?

— Aquelas pessoas são chacalianas — disse o Príncipe Alpheus. — É o nosso povo!

— A partir de agora nós somos o seu povo, filhote, *eles* são apenas humildinos. Se está se esquecendo disso, posso sempre descer e fazê-los atirarem meia dúzia de garrafas de *jinn* em você.

— Vamos, Alpheus — disse Faísca. — Precisamos verificar a nossa bagagem para quando chegar a hora de seguirmos para o sul.

— Deixe o cachorrinho ficar aqui vendo — disse o Guarda Especial quando já iam embora. — Quando eu era pequeno, costumava vê-los colocando os bandidos na forca às portas de Bonegate. Nunca me fez mal.

No exterior, os engenheiros militares da Comunidade já tinham montado a estrutura dos Colares de Gideon com uma rapidez que apenas a prática proporciona.

Damson Davenport espreitou através do buraco da fechadura para conseguir ver um pouco melhor os soldados quaterturnianos que bateram ainda com mais força em sua porta. Ao abri-la, os soldados a algemaram antes de ela ter tempo de tirar a corrente, partindo o trinco e imobilizando-a enquanto uma série de outros recrutas ocupava a entrada do pequeno apartamento.

— Nesta rua não há gente rica, jovem — disse Damson Davenport. — Eu trabalho na casa de *jinn* de Sling Street, não no maldito palácio do Salão Verde!

— Cale a boca, velha — disse o soldado, empurrando-a em direção a uma caravana de estilo cigano puxada por quatro cavalos que, na verdade, era uma máquina de sangue móvel lançando fumaça no ar.

Então os rumores eram verdade, os chacalianos estavam mesmo sendo selecionados e separados na rua em dois grupos guardados pelos metalcarnívoros. O vizinho dela, o Senhor Kenwigs, explicara que aquelas coisas metálicas já tinham sido parte da raça humana, mas aos seus olhos isso não parecia muito provável.

Depois de recolherem uma amostra do seu sangue, eles a fizeram esperar pelos resultados. O que estariam tentando descobrir? A carruagem não era suficientemente grande para poder ter os registros de todo mundo de Açomédio lá dentro. Só podia ser o novo registro obrigatório de cidadãos: Guardiões, aristocratas e outros chacalianos famosos. Ninguém que vivesse naquela rua estaria na lista. Se ao menos eles não encontrassem a garota... Mas os gritos vindos do interior dos alojamentos já confirmavam os seus piores receios. Pobre Cru'brin, todo mundo das redondezas conhecia a jovem caranguenarbiana desde que ela era pequena. Não levou muito tempo para arrastarem-na até a rua, ainda com o uniforme vermelho e puído da Sexta Coluna. Teria sido melhor ser morta com o resto da sua companhia ou ter desaparecido na Cidade das Conchas. Esconder-se ali com a sua mãe fora uma verdadeira loucura.

Um oficial longilíneo surgiu do interior do vagão. O captor caranguenarbiano levantou-se de um salto e o cumprimentou apressadamente.

— Marechal Arinze.

O marechal ignorou a todos, avançando para a desertora que se debatia entre os braços que a imobilizavam, seguido por outro soldado com o uniforme com as mangas arregaçadas para melhor exibir os seus braços musculosos. Era uma vez um rapaz que amava a si mesmo, costumava cantar Damson Davenport. Muitos dias passados nas fossas de musculação, provavelmente com um espelho no bolso das calças.

— Apoio às tropas inimigas — exclamou o marechal Arinze, chamando os soldados que puxavam as pessoas chorando para a rua. — Compatriota sargento, queime este prédio todo. Não haverá misericórdia para os inimigos do povo.

Insultando o marechal, a jovem Cru'brin tentou se libertar das faixas de couro que a impediam de usar o seu braço-espada. Ainda assim, os soldados estavam com algumas dificuldades para dominá-la.

— Compatriota marechal, se me permite…

— Compatriota coronel Wildrake?

— Deixe-me fazer uma demonstração para esses criminosos contrarrevolucionários do poder da Comunidade da Partilha Comum e da superioridade de nossas forças.

Arinze passou a sua mão pelo braço do coronel com um ar preocupado no rosto.

— Compatriota coronel, não é necessário que você prove a sua lealdade à revolução de forma contínua. Você foi o maior responsável pelo avanço da nossa causa em Chacália, à exceção somente do próprio Tzlayloc, é claro.

— Olhe para ela, compatriota marechal, para sua carapaça esquelética. Que tipo de músculos ela pode ter debaixo daquela armadura? Meus músculos dorsais estão se ressentindo com a ausência de um teste à sua altura.

Arinze suspirou.

— Suspenda o incêndio, sargento. Cara compatriota soldado da Sexta Coluna, você terá a oportunidade de mostrar o que você vale nesta sua cidade decadente. Diante de você, está um gladiador da Terceira Brigada. Se conseguir vencê-lo em combate, pouparei a sua rua inteira do castigo que a espera.

Formou-se um círculo ao redor da desertora caranguenarbiana e do coronel Wildrake. Quanto ao marechal, sua atenção foi momentaneamente desviada pelos seus soldados, que arrastavam um velho com uma barba ruiva para a comitiva dos oficiais de comando.

— Apanharam o homem errado! — gritava ele. — Eu não fiz nada de mal. Tudo o que tenho é um barco no estuário… Levo e trago pessoas ao longo do Apostaflores, só isso!

— Compatriota Meagles — disse um dos soldados. — Secretário da Federação Chacaliana de Quatro-Pinos. Seu código sanguíneo já foi confirmado no registro obrigatório dos cidadãos.

— A Federação é uma organização proscrita — disse o marechal. — Tem encorajado atividades anticomunitistas no povo. Tendências *improdutivas*. O povo deve trabalhar para fazer avançar a nossa causa e não passar os dias mergulhado em preguiça, atirando bolas de couro em pedaços de madeira espetados na grama.

— É apenas uma brincadeira — suplicou o barqueiro. — Depois vamos sempre à estalagem para beber umas cervejas e *jinn*. Por favor, vocês também podiam vir, o senhor e os seus soldados.

Arinze deu-lhe um violento tapa para que parasse de dizer absurdos e, em seguida, levantou a voz para que todos os chacalianos reunidos naquela rua pudessem ouvi-lo.

— O jogo de quatro-pinos foi *banido*, os bastões de debate foram *banidos*, a dança do solstício foi *banida*, a canção o "Leão de Chacália" foi *banida* e a associação a partidos políticos foi *banida*. Vocês vão trabalhar arduamente no serviço do povo dos iguais. Em troca, a Comunidade servirá vocês da mesma forma.

Um dos soldados de Arinze apontou para o barqueiro.

— Devo colocá-lo no grupo treze?

— Um Colar de Gideon é bom demais para ele. Precisamos de um exemplo inequívoco de firmeza. Levem o compatriota Meagles até a alameda no Campo de Roll e pendurem-no numa das lamparinas ao lado dos corpos restantes dos membros da Casa dos Guardiões.

Wildrake já tinha se despido diante dos apartamentos e os soldados que normalmente untavam seus músculos recuaram. Estava um frio de rachar na rua e Wildrake esfregava seus bíceps para protegê-los das investidas do vento gelado. Ao assentir na direção das tropas que imobilizavam a caranguenarbiana, estes a libertaram para a sombra da rua. Ela estava no auge da sua juventude, com o braço-espada afiado o suficiente para partir um carvalho em dois, embora tivesse ainda um aspecto meio magricela por causa da pobre alimentação do exército. Não que fosse possível comparar, é claro. Os músculos caranguenarbianos trabalhavam de uma forma completamente diferente da dos humanos e ela era forte o suficiente para caminhar com pelo menos 45 quilos de carapaça por baixo de sua mochila da infantaria.

Seus braços manipuladores e o seu braço-espada se esticaram e Wildrake rodopiou sobre uma perna, esmagando o seu joelho esquerdo com a bota. O joelho estalou e ela uivou de dor. Os caranguenarbianos tinham pouca tolerância à dor. Apesar de todo aquele peso que carregavam, pura e simplesmente não estavam preparados para ela. O vira-casacas chacaliano distinguiu na soldado caranguenarbiana os movimentos instigados pelos exercícios de rotina da Sexta Coluna. No entanto, ela sequer era digna de que ele mudasse sua velocidade para a dos feiticeiros. Wildrake esboçou um sorriso rasgado ao se desviar de uma investida do seu braço-espada, esquivando-se para trás dela e a imobilizando com o seu braço.

Seus músculos se retesaram por baixo da pele, inchando com a pressão aplicada no tórax da sua adversária. Aquilo era melhor do que levantar quarenta quilos numa fossa de musculação. A dor era eletrizante. A carapaça começou a estalar, ao mesmo tempo que os músculos de Wildrake adquiriam um tom avermelhado por causa do contraste com o frio, debaixo do olhar espantado das tropas da Terceira Brigada. Eles tinham enfrentado tropas de caranguenarbianos na linha de fronteira com Liongeli, mas nunca tinham visto nada semelhante àquilo. Ouviu-se um som semelhante ao de um assoalho velho sendo atravessado, seguido de um estalo no momento em que a armadura do peito dela cedeu à pressão. Os pedaços de carapaça escorreram pelos braços ensanguentados de Wildrake. Ainda assim, este se colocou sobre a soldado chacaliana moribunda, rugindo com a emoção da vitória, enquanto as tropas quaterturnianas celebravam a sua demonstração de força.

Damson Davenport virou o rosto, horrorizada, só depois percebendo que o técnico da máquina de sangue se dirigia a ela.

— Hoje deve ser o seu dia de sorte, compatriota. Não está na lista. Serviço industrial. Foi colocada nos trabalhos de campo de elevação do canhão que está sendo montado em Carros de Trabalho.

Ela aceitou a folha numerada que ele estendeu.

— É o número de sua fila para a igualização. Próximo!

Damson Davenport observou ainda as tropas sorridentes saltando por cima do cadáver de Cru'brin e atirando tochas na direção da sua casa. Considerou se o granizo que estava caindo apagaria o incêndio antes que o carro dos bombeiros chegasse.

Um grito elevou-se entre os soldados:

— Lembrem-se de Reudox! Lembrem-se de Reudox! Lembrem-se de Reudox!

A Terceira Brigada abriu fogo sobre as pessoas que ainda estavam dentro das suas casas, outros chacalianos pobremente vestidos foram abatidos ao tentarem escapar dos prédios em chamas. Homens e mulheres saltavam das janelas do segundo andar, alguns deles com crianças nos braços, e os mortos-vivos metálicos cercavam a área onde eles caíam no mesmo instante, agredindo-os com os seus braços de metal até pararem de se mexer.

O diretor da Federação de Quatro-Pinos, Meagles, por sua vez, era arrastado pela rua, com os pés desenhando duas linhas na neve, ainda gritando que os turnianos tinham apanhado o homem errado. Seus gritos se diluíam pouco a pouco entre os gritos daqueles que tinham sido apanhados no interior da casa da damson.

— Ai, meu Círculo. Meu querido Círculo.

Ela estremeceu, fechando um pouco mais o xale sobre o corpo. Parte dela desejava ir até as coisas de metal, até os soldados da Terceira Brigada e implorar que parassem com aquilo. Eles *eram* o povo de Açomédio, não eram diferentes de nenhum dos soldados senão por um mero acaso de geografia e nascimento. Não eram diferentes deles, de suas mães, de suas irmãs, nem de seus amigos. Que podiam ser todos compatriotas em conjunto, bastava tentarem com um pouco mais de determinação. No entanto, ela sabia o que aconteceria se o fizesse e, ainda que um dia suas dores e mal-estar terminassem com a longa progressão de seus dias de velhice, ela gostaria de viver ainda um pouco mais. Não era uma questão de covardia, mas de senso comum.

Damson Davenport se lembrou de fazer uma pergunta, um absurdo do tipo dos que a mente arranja apenas com o intuito de abstrair uma cena repugnante demais e atroz para continuar a observar.

— Olhe, desculpe, o que é igualização?

Tzlayloc sentiu com satisfação o ar fresco e frio do pátio quadrado da Casa dos Guardiões. Um dia, chegara a sonhar que seria eleito para aquele lugar, que erradicaria a pobreza gritante de Açomédio, que mudaria o estado das coisas. Certamente, os pedestais destruídos de Isambard Kirkhill e de outros parlamentares famosos tinham sido testemunhas daquele desejo. Era uma pena que Hoggstone não tivesse sido capturado quando eles cercaram o palácio da democracia. Agora que cada poste da Praça do Parlamento estava ocupado com um Guardião balançando no fim de uma corda de forca, o seu comitê tinha que começar a fazer as coisas à moda quaterturniana e meter o Primeiro Guardião num Colar de Gideon assim que este fosse capturado.

Todo mundo era obrigado a avançar com a evolução dos tempos, tal como os sacos empilhados diante do altar construído no centro daquele espaço o provavam. Tzlayloc deteve um trabalhador igualado que carregava um dos sacos, do qual escorria sangue para a superfície lisa do seu novo corpo perfeito. Os modelos mais recentes de metalcarnívoros mantinham alguns traços do gênero do compatriota através da sua caixa de voz. Seus mecomantes e magos da carne pagaram caro por aquela desigualdade. Era incrível o quanto seus feitiços e mecanismos tinham evoluído desde que ele sacrificara alguns deles.

— De onde veio esse saco, compatriota?

— Da unidade de igualização vitória nove, compatriota — zumbiu o fora da lei metalcarnívoro.

Tzlayloc afundou uma mão no interior do saco: corações, centenas de corações, embora muito poucos latejassem ainda. Alguns deles tinham sido removidos já há quase um dia. Assim que as fábricas de igualização na superfície estivessem prontas, passariam a ficar mais frescos. Naquele momento, contavam apenas com as poucas fábricas de libertação que tinham construído em Tristesperança.

— Esplêndido. Coloque-os na pira do altar, compatriota. Incinere os últimos vestígios dos pecados da diferença. Agora você é livre, livre da ganância, da luxúria e do orgulho, livre do jugo do patrão. Todas as fábricas em que trabalhar serão suas!

O fora da lei igualado se prostrou aos pés de Tzlayloc.

— Abençoado seja, compatriota Tzlayloc. Que mil bênçãos sejam feitas ao senhor.

Lágrimas escorreram pelo rosto de Tzlayloc.

— Levante-se, irmão. De agora em diante, nunca mais precisará se humilhar. É por você que eu faço tudo isso. Suas palavras significam para mim mais do que aquilo que eu posso expressar.

Tzlayloc olhou para o círculo de sacerdotes gafanhotos ocupados com a fumaça que saía da pira para o ar. Conseguia distinguir os contornos esvoaçantes dos insetos girando ao redor da coluna de fumaça, cada vez mais forte e poderosa à medida que as horas iam passando. Os insetos eram os seus aliados perfeitos: obstinados, incansáveis e dedicados, cada um deles disposto a morrer sem qualquer hesitação para que os seus irmãos pudessem avançar sempre um pouco mais.

Ergueu uma mão e gritou para todos os que o podiam ouvir:

— Vejo um mundo perfeito, compatriotas! Um mundo em que não corremos uns contra os outros em competição, mas em conjunto, como amigos, irmãos e irmãs. Cada um de nós igual aos outros. Cada um de nós, perfeito!

Os igualados entoaram o seu nome de forma um pouco mais lenta do que quando se encontravam ainda em suas formas desiguais, mas pouco a pouco o mantra foi tomando conta do pátio. Tzlayloc assentiu, escondendo o seu desapontamento. Afinal de contas, tinham apenas acabado de começar. Sua compreensão do processo de igualização se desenvolveria com a prática e esta avançaria de forma ainda mais fulminante quando o Estado Livre dos Homens-Vapor fosse absorvido pela União das Comunidades da Partilha Comum, algo que Quatérturno e Chacália estavam planejando em conjunto. O mal seria expurgado. A cada ano que passasse, haveria uma igualização mais próspera e resplandecente; cada ano significaria um pouco mais de avanço nesse sentido. Juntos. Sempre juntos.

Tzlayloc ajudou o trabalhador a se levantar e a transportar o pesado saco de órgãos sangrentos em direção às chamas.

— Como eu gostaria de poder me ver livre da minha desprezível forma desigual, compatriota. Infelizmente, a Caotyl Selvagem exige o meu manto manchado de carne para colaborar e não a simetria perfeita do seu maravilhoso corpo sem mácula.

— O povo compreende o seu sacrifício, compatriota Tzlayloc — disse o trabalhador, jogando os órgãos no fogo. — Você, que comanda esse rebanho, tem que se sacrificar mais do que qualquer um de nós.

Tzlayloc reparou na presença dos bajuladores e respectivos acompanhantes militares do lado oposto do pátio. Mais trabalho, mesmo não dormindo mais de duas horas por noite e confiando à Caotyl Selvagem a tarefa de purificar o seu corpo fraco e impuro, as exigências da sua agenda não paravam de aumentar. Fosse como fosse, ele se mostraria à altura da tarefa. Precisava ser. Tzlayloc escolheu um coração negro na pira e mastigou-o.

— O povo me alimentará, compatriota, como sempre fez.

Dito isso, avançou na direção dos cortesãos e estes partiram, enquanto ele percorreu o que fora um dia o pavimento da Casa dos Guardiões. Os bancos tinham sido arrancados para alimentar a pira instalada ao centro do palácio do parlamento. Uma larga mesa redonda tinha sido instalada no espaço anteriormente ocupado pelos bancos, na qual todos podiam se sentar como iguais. Tzlayloc não podia reclamar o crédito dessa ideia, claro. Não tinha sido um dos primeiros reis a se lembrar daquela solução?

Ambos os sacerdotes gafanhotos que ele tinha despachado regressaram. Melhor assim. Tzlayloc olhou para o ser que outrora fora um engenheiro.

— Estavam tentando sobrecarregar as caldeiras quando tomamos o Salão Verde, compatriota Tzlayloc, queriam destruir as salas dos motores, mas o meu cartão demoníaco conseguiu entrar nos controles de pressão e frustrar os seus esforços.

Tzlayloc bateu com o punho na mesa, enraivecido. Os funcionários do Salão Verde tomando decisões sem a autorização da Casa dos Guardiões?! Alguém escolhera um péssimo momento para fazer uso do seu sentido de iniciativa.

— Fez bem, irmão. Jamais poderíamos controlar Chacália sem controlar as salas dos motores — disse ele, virando-se com uma expressão de expectativa para o sacerdote gafanhoto que acabara de regressar dos túneis do atmosférico.

— A invocação decorreu como previsto, compatriota Tzlayloc e a sua intuição provou estar certa. A Caotyl Selvagem conseguiu sentir o cheiro de apenas três almas nos escombros: o guerreiro homem-vapor, o criminoso de guerra Nickleby e o traidor Vauxtion. Da compatriota Molly Templar, nem sinal. Tampouco sabemos o que foi feito do encantado, nem do duque de Ferniethian.

— Os dois últimos são irrelevantes — disse Tzlayloc. — Faísca e os seus amigos retorcidos são os únicos que lamentarão a morte do rapaz encantado. Quanto ao nosso duque gorducho, há mais de seis gerações que ele e sua família vivem fugindo. Podíamos enforcá-lo na porta de Bonegate e ainda assim o seu pescoço oleoso deslizaria da corda.

— Mas a compatriota Templar...

— Sim. Minha linda menina, tão cheia de coragem. Mais uma vez fugindo e desta vez não temos o conde de Vauxtion para localizá-la em nome da nossa causa. Não seria de esperar menos da parte dela

— respondeu ele, virando-se novamente para o velho operador da sala de motores.

— A partir do momento em que passei a ter todos os recursos do Salão Verde à minha disposição, a busca se tornou mais fácil do que esconder meu bichinho nos tambores pela primeira vez. Esse código sanguíneo foi registrado apenas recentemente. Tenho a sensação de que você vai compreender quando souber o seu nome.

O sacerdote passou um cartão perfurado e dobrado a Tzlayloc, que leu o nome do segundo operador, o recipiente da maldição sanguínea sacrílega da Máquina-Mágica.

O sacerdote gafanhoto pensou que Tzlayloc fosse rir, tal como acontecera a ele mesmo quando descobrira a ironia daquele nome, mas o líder do Primeiro Comitê se limitou a colocar suavemente o cartão sobre o tampo da mesa.

— Ó, Molly. Minha querida, santa Molly Templar. Agora vou ter mesmo que acabar com você, minha menina tonta. Perdeu o seu lugar no panteão do povo.

— Tenho também os nomes dos companheiros do compatriota Vauxtion — esclareceu o sacerdote gafanhoto. — Não há dúvida de que alguns deles são realmente competentes no assunto.

Tzlayloc sorriu.

— A compatriota Templar já não está só fugindo *de* nós. Algo me diz que agora ela está correndo *para* alguma coisa. A Caotyl Selvagem tem sido muito bem-alimentada nos últimos dias. Está na hora de tentarmos outro tipo de caçada.

Seis soldados avançaram assim que Tzlayloc acenou. Este reconheceu o mais velho dentre eles das ilustrações que tinham decorado os muros de Açomédio durante o reinado do Estrangulador de Whineside: o criminoso tinha prosperado depois de sobreviver a Bonegate durante todos aqueles anos. As cicatrizes vermelhas nas áreas em que tinham tentado enforcá-lo por três vezes eram visíveis no seu pescoço. Que coisa mais idiota aquele costume da justiça chacaliana, quem sobrevivesse à forca três vezes teria a sentença de morte anulada. Tzlayloc emitiu um som de reprovação com a boca e ordenou que os seis fossem acompanhados até o exterior do pátio quadrangular. Na era do Colar de Gideon, a lei dos três enforcamentos estava mais do que desatualizada. Jamais alguém teria uma segunda oportunidade com o Colar.

— Disseram que a gente deveria se juntar à Terceira Brigada — disparou o Estrangulador de Whineside.

— Esse privilégio está reservado aos seus compatriotas de Bonegate — respondeu Tzlayloc. — Tenho alguns deveres mais dignos de você e dos talentos especiais de seus amigos.

— Desde que a gente não tenha de voltar para Bonegate — disse o assassino.

— Garanto que não voltará a ver os muros de uma cela em sua vida.

Acima da montanha de corações em brasa, uma nuvem de fumaça tinha começado a se formar com os cânticos dos sacerdotes gafanhotos, garras chegando como as mandíbulas de um inseto. Debilitados por aquela demonstração de magia negra, os seis homens partiram apreensivos, sentindo a nuvem oscilar hipnoticamente sobre as suas cabeças. Em seguida, como se a nuvem tivesse tomado uma decisão, vários arpões de fumaça entraram pelas narinas dos seis condenados, encaminhando-se para o cérebro de cada um deles e absorvendo a totalidade da fumaça da pira. Todos se arrastavam aos tropeços uns sobre os outros, com as bocas abertas como se gritassem de forma silenciosa.

Tzlayloc os observou com satisfação. Aqueles seis corpos robustos e taurinos tinham sobrevivido ao inferno das sentenças de prisão perpétua e naquele momento inchavam ainda mais sob o poder da Caotyl Selvagem. Sua estrutura corporal se expandiu e as roupas rasgaram e se desfizeram com o aumento do volume dos seus músculos em proporções gritantes, como se, de um momento para o outro, tivessem começado a desenvolver tijolos embaixo da pele.

O Estrangulador de Whineside olhou para Tzlayloc. As íris dos seus olhos tinham se transformado num redemoinho negro com a fumaça que penetrara em seu cérebro.

— Fui reformulado.

— Foi sim. Agora sabe o que tem a fazer.

— A Máquina-Mágica não pode encontrar um operador. Se as fissuras forem seladas, todos nós desaparecemos. O operador precisa morrer.

— Sim — confirmou Tzlayloc com uma ponta de tristeza na voz. — Você deve encontrar Molly antes que ela consiga se aproximar daquela máquina imunda. Faça isso pelo povo. Localize Molly e a apanhe, antes que você se torne o objeto de caça.

Olhando para a pilha de corações cozinhando em fogo lento, o Estrangulador de Whineside sentiu uma fome tremenda, diferente de todas as pontadas que seu eu anterior sentira em Bonegate.

— Aquilo não é alimento suficiente.

— Haverá mais — disse Tzlayloc. — Só agora começamos a libertar o povo de sua carne desigual. Além disso, também haverá sacrifícios. Nem todos os que pertencem ao antigo regime estão pendurados nos lampiões lá fora. Nossos sacerdotes estão tentando reformular um Colar de Gideon, munindo-o de uma lâmina de obsidiana e adicionando uma garra capaz de arrancar o coração enquanto ele ainda lateja.

— Não confio nelas, nas máquinas — sussurrou o Estrangulador.

— É compreensível, mas agora vivemos num admirável mundo novo. Essas máquinas vão trabalhar para nós. Um sacerdote gafanhoto precisa de meia hora para alimentá-la com uma só alma de um improdutivo. Quando tivermos o nosso colar, poderemos aumentar esse número para cem ou mais numa hora.

O Estrangulador dobrou os dedos, observando a forma como as suas unhas tinham se transformado em garras.

— A carne é de confiança. Pode ser controlada. Há sempre muita carne por aqui, respirando e se multiplicando.

Tzlayloc sorriu. As Caotyl Selvagens eram primitivas, quase infantis. Domá-las era quase como domar o poder da própria terra. Ele tinha se convertido no último cantor do mundo, exercendo uma força que fazia com que as correntes pouco confiáveis do fluxo terrestre parecessem tão efêmeras como o orvalho da manhã. A Caotyl Selvagem tinha alimentado os quimecanos durante um milênio e agora iriam se converter na pedra basilar de uma união global de Partilhas Comuns. Tzlayloc recolheu o cartão de perfuração do Salão Verde colocado sobre o tampo da mesa. Um só nome. Bastava que tivesse sido o de outra pessoa. Se ao menos a compatriota Templar não tivesse fugido, rejeitando o destino que ele havia planejado para ela. Tzlayloc amassou o cartão entre os dedos. Havia certas coisas que nem mesmo as forças da revolução eram capazes de controlar.

Despercebido tanto por Tzlayloc como por seus aliados, o Urso Sombrio estava quase em ebulição num dos cantos da galeria — não exatamente por conta da quantidade extraordinária de energia que tinha que concentrar para permanecer camuflado aos olhos do inimigo. Era o nome codificado naquele cartão. Aquele nome estava de tal maneira fora da ordem das coisas que sua predecessora bem podia ter deixado um bilhete para ele com a seguinte mensagem: "Intervenção não autorizada: desculpe-me."

Aquilo era impensável. Eles eram o conjunto de regras. E regras não se quebravam por si próprias. Aquela estrada dava seguramente para o caos. No entanto, lá estava o nome escrito no cartão. A Observadora não poderia compreender, na época, como as coisas iriam se desenvolver ali embaixo com o nível de precisão necessária para realizar uma intervenção não autorizada e tão delicada. Ela não poderia saber que ele seria obrigado a esperar e a investigar os detalhes de tudo, não é? Lá se fora todo o seu divertimento pela janela. Uma pequena surra dada ao inimigo bem fora do seu campo de visão e, depois, teria sido possível fechar aquele espaço e recolher qualquer prova da brincadeira com a Caotyl Selvagem e com a treva maior que desejavam convocar para a realidade. Arrancar as asas dos insetos também não deixava de ser igualmente divertido.

O Urso Sombrio começou o processo de apagamento.

Dane-se, todos acabariam morrendo de todo modo.

Capítulo Vinte e Dois

O comodoro Black ainda não tinha parado com seus lamentos desde que Oliver os afastara das proximidades de Tock House.

— Quer dizer então que chegamos a isso? Uma companhia de idiotas da Comunidade estacionados em minha bela casa, esvaziando minha adega e pilhando tudo o que há de valor nela para levarem para suas casas!

— Eles estavam nos esperando — disse Oliver. — Tzlayloc deve ter distribuído os nossos códigos sanguíneos por todas as patrulhas espalhadas por Açomédio.

— Ah, rapaz, não diga uma coisa dessas. Vamos fugir para a costa e deixar Chacália para Tzlayloc e o seu bando.

Oliver balançou a cabeça. Se Chacália caísse nas mãos das Caotyl Selvagens, jamais haveria uma distância suficientemente segura para que eles pudessem se considerar a salvo. Então, passaram pelo banheiro exterior e entraram no quintal dos fundos da única casa existente na capital em que ele supunha poder ser alvo de uma recepção pelo menos um pouco amigável. Oliver tentou abrir a porta dos fundos, mas estava trancada.

— Deixe-me passar, rapaz, eu tenho algum talento com fechaduras.

O comodoro encontrou um velho prego quase totalmente coberto pela neve e começou a usá-lo de forma ágil como alavanca no mecanismo da porta.

— Consegue ouvir os dispositivos de segurança estalando? Essa fechadura é infinitamente melhor do que a porta em que está instalada, Oliver.

— Suponho que esse não seja um talento muito utilizado em um submarino...

— Pobre do velho Blacky, perseguido por causa do nome da sua família, sem nada senão uma forca ou uma cela da casa de procriação real à sua espera. Você também teria desenvolvido o gosto por arrombamento de fechaduras se estivesse em meu lugar.

Ouviu-se um estalo e a porta cedeu, abrindo passagem para um cômodo escuro. Aquele lugar parecia deserto, havia apenas o cheiro das sementes de pólvora e do óleo lubrificante para recebê-los.

— Avancem — disse uma voz. — Se correrem, eu dispararei.

— Mãe? — perguntou Oliver. — Sou eu, Oliver Brooks. O filho de Fileas.

Uma pequena lamparina a óleo se acendeu: Mãe Loade estava sentada numa poltrona com uma arma do tamanho de um barril apontada na direção deles. Sua arma era do mesmo tipo das repetidoras que ele vira nas mãos dos cavaleiros-vapor em Mecância. Não tinha grande alcance, mas àquela distância era pura e simplesmente mortal.

— Por onde anda Harold, rapaz?

Oliver apontou um dedo para o teto.

— Foi apanhado.

Ela emitiu um som de reprovação com a boca.

— Quer dizer que acabou a sorte daquele maltrapilho. Não que isso seja muito importante agora.

— Primeiro tentamos entrar pela porta da frente, Mãe. Sua loja tem o cartaz que diz "Fechado" e as janelas estão tapadas. Se não fosse o seu anúncio na *Campo e Fetos*, nunca teria conseguido encontrá-la.

— E por que acha que isso aconteceu, rapaz? Quando os turnianos apareceram, meu marido fugiu para a costa e os meus aprendizes desapareceram todos. Neste momento, meu negócio deve me valer um posto na linha de produção das indústrias de armamento.

Oliver fitou inquisitivamente o teto.

— Antes da rede de cristais ter sido desligada, recebi uma mensagem do meu filho. Quatro palavras apenas: "Hora de ir dormir." Sabe o que isso quer dizer, rapaz?

— Círculo abençoado — disse o comodoro. — Oliver, essa damson à qual trouxe Blacky nesta hora de aperto, ela não é quem estou pensando, é? Essa damson está com a Corte, não está?

Mãe Loade olhou para o comodoro.

— Não conheço você.

— Corra silenciosamente, corra profundamente, é isso que a sua breve mensagem da rede de cristal quer dizer. Como um barco que está sendo perseguido por um aerostato chacaliano, exceto que desta vez são os turnianos que estão nos caçando, e os lupocaptores e os assobiadores são as lebres em fuga.

Os olhos dela se estreitaram.

— Isso é mais informação do que você deveria saber. É mercador?

— Ah, menina, o velho Blacky aqui não se envolve nos jogos pérfidos que você faz com os seus amigos. Ele é apenas a pobre raposa, perseguida impiedosamente pelos lupocaptores pelo acaso infeliz do seu nascimento.

— Bem, querido, nesse caso já somos três sem grande vontade de ser interrogados numa barricada ou num posto de controle...

Mãe Loade se deteve ao ver Oliver tirar o casaco. Os seus olhos se esbugalharam ao perceber o coldre com as pistolas fixas em sua cintura.

— Guardei a sua faca — disse Oliver.

— Círculo misericordioso, elas existem mesmo — disse ela, esticando uma mão.

Oliver passou uma das pistolas para ela. Mãe Loade segurou a arma em sua mão trêmula, seus olhos maravilhados com o trabalho prateado dos leões de Chacália minuciosamente gravados em sua pátina malévola.

— Nunca pensei que chegaria a ver uma coisa dessas — disse ela, erguendo o olhar para Oliver. — Já não posso protegê-lo, rapaz, nem mesmo pela memória do seu pai. Mais cedo ou mais tarde, eles virão à sua procura.

Oliver recuperou a pistola e a guardou no coldre.

— Harry não sabia dessas pistolas, não é?

— Ele não é fabricante de armas — respondeu a Mãe — e, além disso, nunca teve muito tempo para lendas, mas a Corte do Ar tem os seus próprios fabricantes, rapaz, vindos de lugares que você sequer suspeitaria. Eles vão descobrir, eles vão saber. Eles sempre sabem.

Ouviu-se um bater ríspido na porta da frente e a Mãe estremeceu em sua poltrona. Oliver expandiu os seus sentidos e o seu coração se apertou: um oficial turniano e uma companhia de metalcarnívoros aguardavam à porta da Mãe. O comodoro Black espreitou através de uma fenda entre as duas tábuas pregadas à janela.

— Abençoadas tropas, estão também na entrada dos fundos da loja.

A Mãe acenou na direção das espingardas dispostas pelas prateleiras.

— Quem pensaria que os carlistas também liam a *Campo e Fetos*? Estamos feitos. Qual deve ser a pena para posse de armamento particular?

Oliver retirou dois cartuchos de cristal de sua cartucheira.

— Não me parece que os novos tribunais sejam grandes adeptos da deportação.

— Já passei por isso uma vez — disse Mãe Loade, percorrendo o corredor com um cano ao estilo de um acordeão da sua arma de homem-vapor se arrastando até o fogão de pressão. — Além disso, estou velha demais para um absurdo desses.

— Abram — ordenou uma voz do lado de lá da porta —, em nome da Comunidade da Partilha Comum de Chacália!

— Só um segundinho, querido, eu já vou abrir a porta — gritou a Mãe Loade, ao mesmo tempo que sua gigantesca arma começou a assobiar como se fosse uma chaleira no fogo.

Ela puxou uma alavanca para cima e a arma chiou com um barulho semelhante ao de uma lâmina de serrote que corta um tronco de madeira. A porta se fragmentou em duas partes, cobrindo Oliver, o comodoro e a Mãe com lascas e destroços. A Mãe derrubou aquilo que restava da porta com um pontapé. Quando puxou novamente a alavanca da arma, uma chuva de balas de metal foram projetadas pelo cano e o alimentador de gravidade entrou em cena, recarregando-a.

O oficial foi projetado para o outro lado da rua, seu uniforme azul transformado numa mistura de tecido e carne vermelha.

— Bem-vindo a Açomédio, querido — disse a Mãe para ele, virando-se depois para os revolucionários igualados enquanto erguia a repetidora de pressão em sua direção. — Quanto a vocês, rapazes, devo dizer que não passam de uma cambada de desgraçados.

— Mãe, não!

Oliver arrastou o comodoro de volta para o abrigo da loja enquanto ela acionava a arma pesadíssima, regando os metalcarnívoros com uma tempestade de balas. Os revolucionários foram reprimidos e abatidos por milhares de cortes causados pelas balas que trespassavam seus órgãos mais recônditos. O granizo de ricochetes destruiu as janelas existentes na rua e levantou uma nuvem de pó de tijolo das paredes. De um momento para o outro, o ruído do serrote terminou. A Mãe estava deitada de barriga para baixo no meio da rua. Oliver correu até ela e a virou. Estava sangrando por uma infinidade de feridas causadas pelo ricochete das balas e os seus olhos lutavam para continuar abertos.

— Quando eu encontrar o seu pai, falo com ele, filho, antes de avançar para o Círculo.

— Eu sei que sim.

Oliver mal conseguia ouvir a própria voz. Ela levantou uma mão manchada de sangue e a colocou sobre a pistola de Oliver, como se a arma pudesse transmitir a energia de que ela precisava para um último suspiro.

— Não confie neles... Oliver. Nunca... confie... na... Corte do... Ar.

Ela morreu logo depois. Oliver colocou novamente o corpo da Mãe no chão, suas costas tingiram a neve de vermelho. Black gritou em sinal de aviso: as tropas que tinham contornado a loja e entrado por trás haviam descoberto o caminho para a parte da frente da rua. Oliver ouviu assobios. Parecia o mesmo assobio dos esmagadores, embora ele duvidasse que ainda houvesse algum condestável da Ham Yard em condições de responder àquele chamado.

Oliver avançou de forma vacilante para a loja. O comodoro Black queria ficar com a arma da Mãe, mas primeiro teve que vencer a resistência de seus dedos mortos. Só depois conseguiu arrastar a arma com o seu respectivo cano até a entrada. Mais revolucionários com lanças avançavam pelas ruas em direção a eles, seguindo os outros oficiais quaterturnianos.

— Lamento, rapaz — disse o comodoro —, mas tenho a sensação de que esta é nossa última posição.

Oliver suspirou. A Mãe devia ter guardado seus barris de sementes de pólvora reforçados com vidro no sótão, ao lado das ferramentas próprias para soprar vidro. Ao menos assim, poderiam queimar todos, seguindo o exemplo de Golpe de Vapor e levando uma rua inteira de bandidos consigo.

— Eu também lamento, comodoro. Devíamos ter fugido para a costa e termos nos escondido entre as multidões de refugiados.

Oliver se sentia exausto, como se pudesse dormir durante mil anos. Era uma questão de alguns minutos até obter a sua eternidade feita de paz.

— Nada de "devíamos" nem "podíamos", rapaz, eles o perseguiram por causa do seu sangue encantado, assim como me perseguiram pelo sangue real que corre em minhas veias! Vamos vender para eles o nosso sangue abençoadamente caro.

A lâmina de feiticeiro já estava nas mãos de Oliver, expandindo-se como a língua de um lagarto e transmitindo memórias sombrias do seu pai enfrentando uma equipe inteira de cartolas. O comodoro Black colocou a repetidora de pressão fumegante sobre o balcão da loja e cobriu a entrada. Os gritos de batalha do inimigo estavam cada vez mais próximos. Oliver verificou se ambas as pistolas estavam carregadas, sentindo o calor transmitido pela arma do homem-vapor chegar ao seu rosto.

Harry Stave estava numa cela da Corte, com aquilo que restava da sua mente destroçada pelos feitiços da verdade dos lupocaptores. Golpe de Vapor e Lorde Queimarame já percorriam os corredores dos Vapores dos Loas. Oliver conseguia quase sentir as suas sombras por perto.

— Vamos nos ver em breve.

O inimigo estava na direção deles, preenchendo a viela e quebrando as janelas tapadas da *Loade & Locke.*

— Chamem a Terceira Brigada — gritou Oliver por cima dos guinchos da arma do comodoro. — Chamem todos eles!

Molly e Rodaprateada estavam atravessando uma ponte construída com uma linha de tijolos de vidro oscilantes, sustentados por cabos de prata. A ponte transparente oferecia uma visão muito clara do abismo sobre o qual avançavam. Àquela profundidade fazia um calor tremendo, com correntes, lagos de lava e rios em ebulição, que enchiam os corredores com gases sufocantes. Outrora, aquelas fortificações escondidas tinham feito ecoar em seus muros as botas dos senhores de um império subterrâneo que cobrira todo o continente, embora os quimecanos tivessem desaparecido há muito tempo. Restavam ainda seus cristais, embora os seus feitiços continuassem sugando o poder do fluxo terrestre e enchendo o mundo por eles criado com uma luz bizarra e inconstante.

A visão surgiu aos olhos de Molly sem nenhum aviso prévio. Rodaprateada a agarrou ao vê-la tropeçar num dos cabos de mão.

— Está vendo? — perguntou o homem-vapor.

— Estou — confirmou Molly.

A figura espectral da pequena menina estava no outro extremo da ponte de cristal.

<Eles estão vindo> disse a Máquina-Mágica.

Molly avançou decididamente pela ponte e a imagem recuou com sua aproximação.

— Eu consigo ouvi-la.

<Estou falando com você através do seu sangue, Molly. Estou me aproximando de você, tal como você está de mim. Você vibra com a minha essência.>

— Nós encontramos Molly corpo-macio — disse Rodaprateada. — Nós a levamos até as profundezas dos túneis de atmosférico, até à bolha protetora da aura do próprio inimigo para que ela sobrevivesse à explosão.

<Você é inteligente e corajoso, Rodaprateada. No entanto, sou obrigada a pedir mais de você. *Eles* estão a caminho. A Caotyl Selvagem está manobrando seis caçadores da raça dos homens, que querem impedir que eu me junte a um operador. O objetivo deles é matar vocês.>

Molly se juntou a Rodaprateada no outro lado do desfiladeiro e o homem-vapor cortou os cabos que suportavam a estrutura da ponte com suas garras mecânicas. Os tijolos de cristal caíram no vazio e se incendiaram ao entrar em contato com a lava.

— Eles que tentem vir pelo ar.

<As cidades da era gelada têm inúmeras passagens, Rodaprateada> disse a Máquina-Mágica. <Existem inúmeras formas deles chegarem até vocês.>

— Você está perto de nós? — perguntou Molly.

<Estou mais próxima a cada hora que passa. Minha amante, a Terra, tem me ajudado. Já estou longe das suas carícias no centro do mundo. Seu coração de fogo líquido transportou-me por inúmeros níveis do seu corpo, impulsionando-me em direção a você em uma velocidade cada vez maior. Estou vindo até você, Molly, mas ainda assim, o inimigo chegará antes de mim.>

— Consigo senti-la em meu sangue — disse Molly —, e à medida que se aproxima, sinto de uma forma cada vez mais clara. Meu corpo está mudando, eu sinto. Consigo sentir o bater do coração da Terra, os pensamentos do mundo.

<A Terra *está* viva, Molly. Graças ao seu calor e à sua paixão, mantive-me viva durante todos esses séculos. Foram eles que me deram forças para continuar enquanto os meus amigos e parentes pereceram. Ela ainda nos ama. Ainda que nós a machuquemos e consumamos os seus recursos, ela continua a nos amar. Mesmo quando roubamos o seu poder e extraímos canções de feitiçaria das suas linhas de Ley. Ela sempre se preocupou conosco, mesmo quando os quimecanos penetraram em seu núcleo como vermes numa maçã e profanaram as suas rochas sagradas com o sangue da sua espécie; mesmo quando nossas mentes e nossas almas fabricaram deuses perversos, que confinaram sua pele a uma prisão de gelo.>

Molly se sentiu envergonhada.

<Você ganha forças à medida que se aproxima de mim, Molly. Juntas somos invencíveis, somos a espada de Vindex. O desespero do nosso ini-

migo vai levá-lo a fazer de tudo para evitar que a nossa reunião aconteça. Os seis que vêm para capturá-la separaram-se em três grupos e estão perseguindo os ecos da sua alma que eu tive o cuidado de espalhar pela cidade subterrânea.>

— Eles vêm como agentes de Xam-ku — disse Rodaprateada. — Como emissários dos deuses antigos.

<Não é Xam-ku. Ainda não. Os poderes imensos da Caotyl Selvagem continuam fechados dentro dos muros do mundo que aguarda pela minha morte e pelo banquete das almas que Tzlayloc pretende oferecer em sua honra. Só as sombras da Caotyl Selvagem conseguiram escapar. Essas, sim, percorrem já neste momento as ruas de Açomédio. Seja como for, essas coisas que andam em busca de vocês são poderes menores, pequenos escaravelhos da morte com que os deuses antigos limpam a sua pele.>

— Mas ainda assim, são poderosos o suficiente — disse Molly.

<Sim, Molly. De fato, eles têm realmente poderes mais do que suficientes. São criaturas diabólicas, e estão no comando dos exemplares mais perversos e fortes da sua espécie.>

— Nós a seguimos em nossos sonhos quando ainda éramos Chaminé Prateada e Rodas Lentas e continuaremos a segui-la agora, que somos um só — disse o homem-vapor.

<Nesse caso, siga o meu rastro, querido e leal amigo metálico. Molly, você tem que CORRER, tão depressa e por tanto tempo quanto conseguir. Corra para preservar a sua existência e as esperanças do mundo.>

Foi o que fizeram, correndo como se os portões do Inferno tivessem se aberto às suas costas.

Começou a ouvir-se um som distinto, que acabou se sobrepondo ao ruído típico da madeira sendo serrada, proveniente da arma de homem-vapor nas mãos do comodoro. O ruído era um pouco parecido com o quebrar das ondas na Cidade dos Barcos e foi forte o suficiente para se ouvir acima do ciclone de ricochetes de balas que ziguezagueavam pelo corredor. Black tirou o dedo do gatilho e uma bala solitária girou no interior do tambor no topo da arma. Ouviram gritos vindos do exterior da loja: os oficiais quaterturnianos tinham aceitado de boa vontade que os revolucionários igualados de Chacália entupissem o corredor da loja com os seus cadáveres.

— Está ouvindo o mesmo que eu, rapaz?

Oliver saltou por cima do balcão de vendas arruinado da *Loade & Locke*.

— São pessoas, comodoro, há uma multidão se aproximando!

Lá fora, a companhia turniana fugia pela rua abaixo. Os revolucionários igualados de Açomédio ergueram suas lanças para receberem a horda ofensiva que corria em sua direção, então duas facções se encontraram num turbilhão de bastões de debate e pontas de lança. Os metalcarnívoros eram mais lentos do que os seus adversários não igualados e as placas das suas novas carcaças apanharam muito antes que os órgãos que lhes restavam se arrebentassem e perecessem.

Black olhava o assalto feroz com admiração.

— Nunca pensei que avistar um bando de abençoados parlamentares pudesse me fazer tão feliz!

Dois tipos de bastões de debate castigavam as lanças e esmagavam os crânios dos metalcarnívoros: os combatentes de rua dos Gritadores e o movimento dos Jovens Puristas tinham juntado forças! Aquela era uma briga até a morte — nenhuma clemência seria exigida ou dada —, e os números não eram muito favoráveis para o lado dos revolucionários. Em pouco tempo, a rua ficou bloqueada com os corpos de ferro caídos no meio da neve e os seus tambores de cálculo latejavam com o sangue que ainda restava em seus tubos de borracha espalhados pelo chão.

Os combatentes de rua chacalianos se movimentavam como uma máquina bem-lubrificada, arrastando os corpos dos igualados para fora do campo de visão, em direção aos becos e vielas dos bairros mais pobres. Os quaterturnianos mortos tinham sido despojados dos seus uniformes e as suas armas haviam sido arremessadas num monte como se fossem lixo. Uma garota correu para uma das vitrines da loja e mergulhou um pincel em um balde de tinta vermelha, espalhando séries de V invertidos pelas janelas e pelos muros mais próximos.

— Os dentes do leão — disse um homem alto, aproximando-se de Oliver e do comodoro. — O Leão de Chacália. Senhor Locke?

O comodoro balançou negativamente a cabeça e Oliver apontou para o corpo da Mãe caído na neve.

— O Senhor Locke desapareceu e Damson Loade está morta.

O homem avançou até os lutadores de rua que desbloqueavam o corredor da loja cheio de corpos de igualados, regressando com os braços cheios de espingardas, pistolas e tonéis de vidro repletos de sementes de pólvora.

— Pelo que vejo, levou um bom número deles com ela antes de avançar para o Círculo. Uma verdadeira patriota. O senhor também deve ter dado trabalho a eles. Nós conseguimos ouvir vocês do outro lado de Whineside. São Amantes da Terra?

— Eu sou um homem de pensamento independente — respondeu Black.

Oliver observou melhor o homem corpulento, seu nariz de boxeador e seu cabelo rarefeito. Não admirava que ele fosse familiar:

— O senhor é o Primeiro Guardião!

— A política já não é o que era em Chacália — respondeu Hoggstone.

Ouviram-se gritos no telhado, vindos de uma sentinela que tinha subido pela escadaria de uma chaminé.

— A cavalaria! A cavalaria está vindo!

Levando espólio do armazém bélico da Mãe, os lutadores de rua se espalharam pelas vielas e desapareceram. Certa vez, Oliver fora testemunha da forma como uma torrente de roedores negros se esgueirava por entre a mercadoria assim que se acendeu uma lâmpada no armazém do seu tio na Cidade dos Navios, um exército de ratazanas evaporou diante dos seus olhos. Mas esses lutadores eram ainda mais rápidos.

A garota que tinha lançado o grito de alarme deslizou por um cano de esgoto abaixo.

— São exomontes, vêm cavalgando do Norte.

— Devem ter chegado aos estábulos antes da Ham Yard tê-los envenenado — disse Hoggstone, olhando para o comodoro e para Oliver. — Os homens independentes sabem brincar de se esconder nos becos?

Black assentiu.

— Como profissionais.

Oliver percebeu que o trotar da investida inimiga se aproximava cada vez mais, ao mesmo tempo que fugiam pelas passagens por entre as casas. Há muito tempo, vira um exomonte ser levado num barco para acasalar em Kikkosico e ficara impressionado com a forma como o barco estreito se agitou com as investidas violentas do animal na jaula. Pouco antes de serem cavalgados, cortavam o efeito do sedativo caranguenarbiano. Se demorassem muito tempo saindo do torpor da erva soporífica, ficavam grogues e lentos no campo de batalha. Se, por outro lado, demorassem pouco, o mais provável era derrubarem o cavaleiro em serviço no chão para devorá-lo. O tempo de recuperação era decisivo. Oliver esperava que os corcéis tivessem acabado de ser despertados, embora o clamor das suas patas no pavimento das ruas indicasse exatamente o contrário.

Para alguém cujo estômago fora habituado ao melhor da cozinha de Açomédio nos últimos anos, Hoggstone movimentava-se com agilidade. As passagens iam se estreitando — algumas eram tão apertadas que a neve não conseguira cair e se assentar — com aberturas nos muros que davam para as tubulações subterrâneas e as linhas de lavagem e secagem acima das suas cabeças.

Ouviu-se o eco de um uivo pelas ruas do bairro.

— As linhas avançadas deles não conseguem passar por essas vielas — disse Hoggstone, usando a ponta de metal do seu bastão de debate para empurrar uma pirâmide de madeira empilhada que serviria de fogareiro para alguém. — Além disso, aquelas latas de metal em que eles enfiam o povo não enxergam muito bem no escuro dos becos.

— É a infantaria, com a Terceira Brigada à frente — explicou Oliver.

— Os turnianos não vão se atrever a entrar nos becos — disse Hoggstone. — Há muitos pontos de emboscada.

Mas, o ressoar das botas mais adiante desmentia a sua convicção.

— O rapaz consegue sentir encrenca à distância, Hoggstone — disse o comodoro.

Bateram em retirada e entraram por uma passagem lateral, aumentando a velocidade num ritmo tão intenso quanto lhes era possível naquelas ruas sujas. Chegaram até uns degraus de madeira e uma rua cheia de casas humildes e abandonadas, com portas que se abriam para os corredores dos apartamentos. Nas ruas não havia quase ninguém, com os revolucionários armados e as tropas quaterturnianas fazendo rondas pelas ruas, a população de Açomédio procurava se abrigar em suas casas. Ouviram ruídos de festa no final de um dos becos, devia ser uma casa de *jinn* ainda aberta, com alguns dos habitantes do bairro tentando secar o lugar enquanto o seu dinheiro ainda tinha algum valor, antes que a Comunidade da Partilha Comum de Chacália imitasse os seus companheiros do Leste e considerasse a produção, transporte e venda de líquidos estimulantes ilegais por lesar a produção de quotas comunitistas.

Hoggstone se deteve, recuperando o fôlego por um instante.

— Eles sabem onde nós estamos. Cada vez que chegamos a uma das ruas que dá para os becos, eles estão à nossa espera.

Oliver assentiu. Aquilo parecia uma partida de xadrez e as peças dos turnianos eram movidas com uma clareza premonitória. Se não fossem os avisos das posições dos soldados, já teriam caído numa dúzia de armadilhas. O comodoro Black protegeu os seus olhos do Sol que espreitava das nuvens cheias de neve, esquadrinhando a faixa de céu acima da rua estreita.

— Ali!

Oliver olhou na direção do ponto para o qual o comodoro apontava e viu três triângulos de material branco girando abaixo do nível das nuvens.

— Aquilo não é um aerostato, comodoro.

— É um abençoado cavaleiro navegante, rapaz. Olha para ele, exibindo sua hélio-placa aos amigos no terreno. Por vezes, quando pensavam estar sendo perseguidas pelos nossos barcos, as naves turnianas pairavam acima dos seus conveses.

Oliver abriu uma das pistolas e puxou um cartucho de cristal, fazendo-o deslizar para o interior da arma e fechando-a.

— Daqui não dá para acertá-la, rapaz — disse Hoggstone. — Mesmo o melhor atirador dos nossos regimentos teria grandes dificuldades para acertar numa nave com uma arma de longo alcance, quanto mais no cavaleiro.

O mecanismo de martelo automático começou a zumbir assim que Oliver colocou o dedo sobre o gatilho. Uma série de imagens sombrias começou a desfilar em sua mente: um cavalo subindo uma duna de areia à distância, com seu cavaleiro tombando no momento em que ele disparava; uma mulher correndo por instáveis lençóis de gelo no oceano, não mais do que um mero ponto móvel à luz do Sol e um único disparo empurrando seu cadáver para as águas glaciais. Oliver piscou para afastar aqueles sonhos devaneios.

— Então, é melhor ficar calado, Primeiro Guardião.

Amparou a pistola sobre o seu braço esquerdo. O estalar da cápsula de vidro foi seguido de uma explosão que ecoou nos cartazes descorados de uma bebida que não era vendida em Açomédio há mais de uma década. Bem acima deles, um ponto cinzento se separou da embarcação em que viajava e caiu desamparadamente no chão, com a vela à deriva se deformando e subindo como um falcão nas alturas.

— Não é fácil controlar uma coisa daquelas — disse Oliver —, especialmente quando não se está agarrado a ela.

— Malditos sejam os meus olhos — exclamou Hoggstone, enquanto Oliver jogava os restos do cartucho no esgoto da viela. — Meu caro, você é *o* atirador.

— Agora há patrulhas espalhadas por toda a área — respondeu Oliver. — Nosso amigo lá de cima cumpriu o seu dever.

— Eu conheço um caminho — disse a garota sentinela. — Sigam-me!

Atravessando os corredores dos prédios de apartamentos, a garota foi seguida, com dificuldade, pelos três homens, derrubando muros e subindo vedações. O trajeto foi se tornando sucessivamente mais lúgubre, descendo para o nível de porões e de passagens que eram claramente pouco seguras. A maior parte delas estava com barricadas, outras estavam abandonadas e vazias há séculos, os invernos tipicamente longos de Chacália tinham dado lugar a um clima mais ameno. Ainda mais abaixo, o fedor dos esgotos se erguia do solo parecendo o cheiro de ovos podres e fazendo o estômago de Oliver se contorcer.

Encolhendo-se para caberem num cano de ferro, saíram numa boca de esgoto. À frente deles, a água amarronzada caía em cascata de uma escadaria com degraus de pedra para o leito de um rio de lixo em forte corrente. No extremo oposto da boca de esgoto, uma espiral de escadas enferrujadas terminava ao lado de uma barca estreita, ancorada no canal imundo. Um emaranhado de tubulações de borracha estava suspenso sobre a água turva, como tentáculos de uma lula na parte traseira da embarcação.

— Uma abençoada balsa coletora a gás — identificou o comodoro.

— É isso mesmo, comandante — confirmou a garota. — A minha mãe me criou nas coletoras. A chama do gás é mais brilhante do que a do óleo na biblioteca de um cavalheiro ou de uma dama.

— Você chegou a aprender o ofício? — perguntou Hoggstone. — Sabe se movimentar por entre os canais da rede de esgotos?

— Se eu quisesse, podíamos ir daqui até Tristesperança.

— Acho que o outro lado de Whineside é mais do que suficiente — disse Hoggstone.

A garota ligou um motor de expansão não muito maior do que uma cafeteira e dois remos laterais começaram a girar, queimando os mesmos gases que a balsa coletora. Black deu ordem de partida e a embarcação começou a avançar através do rio de lodo, subindo a corrente e se aventurando pelas trevas fétidas. Hoggstone se colocou na proa, agarrado ao seu bastão de debate, como um fiscal taciturno que espera para cobrar seu pedágio.

— O senhor podia ter fugido — disse Oliver para o Primeiro Guardião. — Podia ter se exilado na Liga Catosiana e tentado mobilizar o exército a partir dos condados.

— Eu nasci no quarto de um remendador ao lado do pneumático de

Spouthall e pretendo morrer numa mansão das Portas do Sol. Até onde sei, a Terceira Brigada é somente um bando de turnianos que estão na superfície apenas de passagem.

— Eles nunca vão desistir de persegui-lo.

Hoggstone olhou para Oliver e para o comodoro.

— E quem em nome do Círculo são vocês dois? Você dispara como um demônio e arranja encrenca com todas as companhias da Terceira Brigada que aparecerem pela frente. São desertores de um dos regimentos especiais? Duelistas? Cartolas de elite da quadrilha-relâmpago? Ou não passam de dois lunáticos que aproveitaram a queda da cidade nas mãos dos turnianos para fugirem do manicômio?

— Ah, senhor — disse o comodoro —, essa é uma história longa e cruel de se contar. Eu não passo de um homem honesto, cujas esperanças de obter algum descanso no outono da vida se frustraram pelas marés mal-intencionadas da fortuna.

— Minha experiência me diz que os homens honestos não têm o hábito de sublinhar as suas virtudes. E você, atirador? Não tem tatuagens de um cantor do mundo, mas a forma como nos conduziu por entre as patrulhas nas vielas... Dá a entender que deve ter algum sangue selvagem correndo pelas veias.

— Meus tornozelos parecem estar cobertos pelas mesmas marés mal-intencionadas de que o comodoro fala — disse Oliver. — Eles mataram todo mundo que significava alguma coisa para mim e é por isso que agora *eu* vou matá-los: os turnianos, a revolução, seus malditos deuses antigos, todos. Hei de mergulhar as suas cabeças na maré e descobrir de quanto tempo preciso para afogá-los.

— Parece que minha primeira impressão sempre esteve certa — observou Hoggstone. — Vocês são mesmo dois lunáticos foragidos do manicômio.

Oliver seguiu a sucessão de lamparinas a gás montadas na proa. O telhado baixo, apenas alguns centímetros acima de suas cabeças, dava para a superfície curva de uma grande chaminé de pedra.

— Consigo sentir a perversidade em suas almas.

— Eu costumava ter um talento não muito diferente desse, conseguia sentir os votos deles em meu bolso — disse Hoggstone, olhando ao redor. — Isso é uma velha estação de atmosférico. Trata-se de um dos túneis de suporte estreito dos anos da monarquia.

De fato, a embarcação derivou do túnel para aquilo que mais parecia ser os escombros de uma estação. Os parafusos de ferro incrustados nas paredes eram o único vestígio de que outrora houvera um selo de vácuo naquele lugar. A condutora fez rodar a balsa coletora até junto de uma escadaria improvisada e acoplada ao muro da plataforma.

— Fim da linha, comandante — disse a garota.

O comodoro Black a ajudou a amarrar o cabo. Hoggstone saltou pesadamente para a escadaria, atirando o seu bastão de debate na plataforma empoeirada, produzindo um ruído seco. Oliver se aventurou um pouco mais, enquanto o Primeiro Guardião sacudia a fuligem do mosaico de tijolos pintados com cores vivas, já desbotadas com o passar do tempo.

— Ceptro — disse Hoggstone. — Esta é a estação de Ceptro. Este lugar está desligado da linha de atmosférico há mais de quinhentos anos.

— Menina, você nos trouxe longe demais — disse o comodoro. — Se bem me recordo dos mapas antigos, estamos do outro lado do rio, no lado sul do Apostaflores. Este lugar fica junto ao velho palácio da colina.

— Não, comandante — disse a garota, avançando até uma porta de ferro e girando uma manivela para abri-la. O metal não parecia ter sido usado desde que um monarca absolutista se sentara no trono de Chacália pela última vez. — Trouxe vocês tão longe quanto precisavam.

Oliver os sentiu tarde demais, levando as mãos às armas em seu cinto. Uma linha de homens irrompeu da sombra, com pistolas e arcos apontados na direção da plataforma. Um velho sentado numa cadeira de rodas avançou sozinho por entre os combatentes.

— Ouvi dizer que estava morrendo de vontade de me conhecer, Primeiro Guardião.

— Benjamin Carl — murmurou Hoggstone. — Malditos sejam os seus olhos, senhor, maldito o seja.

— O senhor primeiro, creio — disse o pai do Carlismo. — Flutuando pelos esgotos com o resto do lixo purista... Eu diria que encontrou finalmente sua verdadeira vocação, Hoggstone. Damson e senhores... bem-vindos, bem-vindos à revolução!

O Capitão Faísca olhou para o guarda que acabara de regressar dos gabinetes do quartel-general. O guarda estendeu a Fogueira a lista de requisições com metade das linhas riscadas para que pudesse ler.

— Como se explica que aqui esteja apenas metade das concessões que nós exigimos?

— Já viu como as coisas estão na cidade, comandante? — respondeu o guarda. — Ninguém foi trabalhar, estão com medo de serem apanhados pelos homens brilhantes e transformados nas oficinas de igualização. Meu Círculo, ninguém sabe sequer se ainda é *legal* trabalhar. Os canais estão congelados, as colheitas debaixo de uma camada de neve e a Terceira Brigada tem saqueado todos os edifícios de Açomédio cujo destino não tenha sido decidido ainda. Podemos nos dar por satisfeitos por termos obtido tudo o que conseguimos.

— Precisamos de provisões para a nossa viagem para o Sul — disse Fogueira —, e de muito mais coisas enquanto estivermos construindo nossa cidade nova!

— O pessoal do quartel-general mandou dizer que nós vamos ter de esperar. O Salão Verde está escolhendo operários para quebrarem o gelo que se formou nas vias aquáticas; quando a Segunda e a Sétima Brigadas atravessarem a fronteira, os turnianos poderão nos ajudar com a mão de obra. A Comunidade também está trabalhando para fazer descer o muro das maldições. Pensaram que podiam pura e simplesmente derrubá-lo, mas quando tentaram fazer isso, descobriram que os cantores do mundo que o tinham erguido haviam sido eliminados, de maneira que agora estão tentando resolver o problema com os seus próprios feitiços e livros de magia.

— Mas isso pode levar meses! — disse Faísca. — Onde está o aerostato que eles nos prometeram?

— Também houve problemas nesse ponto — respondeu o guarda. — Parece que há uma nave que nós podemos utilizar, mas estamos procurando uma tripulação comercial de navegantes das nuvens capaz de fazê-la voar.

— Uma tripulação comercial? E a marinha, e os seus navegantes das nuvens?

— Parece que o motim de Relógio Sombrio não correu tão bem como o previsto, comandante. A frota foi quase toda eliminada, mas alguém fez chegar a informação do que aconteceu aos navegadores e pilotos. Quando a cidadela caiu, os oficiais de bordo tinham desaparecido. O povo de Tzlayloc tem enfiado os aeronautas num Colar de Gideon e forçado os sobreviventes a colaborarem.

Faísca balançou a cabeça num reflexo de frustração.

— Não há dúvida de que eles estão tentando nos incutir o mesmo tipo de lealdade que a ordem nos impunha. Esses idiotas não seriam capazes de organizar uma festa das colheitas, quanto mais uma revolução. Isso não é forma de depor uma tirania! Onde está a ligação da Terceira Brigada?

Fogueira apontou para as movimentações ocorridas abaixo da janela da sala.

— Alguém dentro da Brigada deve ter ouvido você.

Lá embaixo, o cortejo do marechal Arinze avançava lado a lado com o líder da Terceira Brigada. O grupo passou em formação imperial pela sombra do Colar de Gideon montado na Praça do Palácio. O Capitão Faísca se levantou no momento em que o marechal Arinze entrou pela porta, com seu lupocaptor de estimação logo atrás com uma túnica totalmente azul da brigada quaterturniana.

— Marechal. Não fazia ideia de que estivesse pessoalmente envolvido com o gabinete do quartel-general.

Arinze recebeu a requisição de provisões, contemplou-as e passou-as com um ar de desprezo a um oficial da comitiva.

— E não estou, compatriota capitão. Suas requisições de reservas foram suspensas.

— Suspensas? — repetiu Fogueira com um tom menos respeitoso.

Arinze ignorou o simples guarda e se dirigiu ao Capitão Faísca diretamente.

— As coisas não estão avançando tão depressa como supúnhamos, compatriota capitão. Açomédio já é nossa, mas as forças da tirania estão se organizando contra nós em diversos pontos de Chacália. Ainda não conseguimos nos apoderar do controle da MRA e nossas patrulhas têm declarado que alguns dos sobreviventes dos Campos de Fulven andam organizando os regimentos de Chacália na fronteira ao sul.

— Isso não nos diz respeito — respondeu Faísca. — Baixem o muro das maldições, enviem mais tropas através da linha de atmosférico, enxotem os navios de guerra do mar Sépia e os soldados de terra ao norte. Não é meu dever ensinar às suas forças como se movimentarem e se distribuírem.

— O Primeiro Comitê de Chacália acredita que é — retorquiu o marechal Arinze. — Se tem intenção de reclamar o seu território, tem que fazer por merecer.

Faísca apontou um dedo irado na direção de Arinze.

— *Reclamar*! Nós não somos candidatos ao Quadro dos Pobres, marechal. O Estado Livre dos Encantados é nosso por direito. Temos um acordo com Tzlayloc, trabalhamos com ele, não para ele. A Guarda Especial ainda não caiu nas mãos dos homens brilhantes e os açomedianos que vocês têm chacinado podem ser humildinos, mas continuam sendo cidadãos de Chacália.

Arinze estalou os dedos e algumas folhas enroladas foram dadas a ele.

— Todas as revoluções implicam chacina, compatriota capitão. Está na hora de você também sujar as suas mãos. Aqui estão as suas ordens da parte do Primeiro Comitê.

Faísca desfez o selo a lacre e analisou os papéis.

— Marchar sobre as terras altas sob o comando da segunda companhia da Terceira Brigada. Isso é alguma brincadeira? Nós tínhamos um compromisso, Arinze, não obedecemos quando nos ordenaram que entrássemos em ação contra vocês, mas tínhamos avisado que não lutaríamos contra os nossos próprios regimentos. Garantimos que toda a força da MRA estaria ancorada em terra no momento do ataque de vocês, certificamo-nos que cada Guardião, cada magnata do comércio e nobre chacaliano detentor de um título estaria em Açomédio para a coroação quando vocês chegassem. Sem a ação da Guarda Especial, os restos do seu exército estariam a esta hora regressando aos tropeços a Quatérturno, ocupando-se em retirar estilhaços de cristais das bombas-barbatana de seus uniformes.

— Não há plano de batalha que sobreviva ao contato com o inimigo, compatriota capitão. Os tempos mudaram e o acordo também.

— Maldito seja! — gritou Fogueira. — Maldito humildino, quer mudar os termos do acordo? Diga-me antes o que acha das minhas condições!

O punho do guarda emitiu um raio de fogo que banhou o marechal numa luz assombrosa. Arinze caiu no chão, gritando de dor, e Faísca empurrou o braço do Guarda Especial para o teto, enquanto o arrastava para longe do oficial quaterturniano.

— Vamos ver se Tzlayloc e os homens do seu comitê querem ou não renegociar quando eu arrancar a sua cabeça e a devolver dentro de um saco. Escória turniana! — gritou Fogueira.

Arinze se levantou.

— Agredir um oficial da Terceira Brigada é uma ofensa capital, compatriota guarda.

— Eu não faço parte do seu exército, turniano. Mal pertenço à raça dos homens!

— Executem-no! — gritou Arinze.

Dois cantores do mundo surgiram de trás da comitiva do marechal cantando e encurralaram Fogueira. O Guarda Especial começou a rir, mas sua expressão de desdém se converteu em choque no momento em que seu corpo começou a se contorcer, apanhado por uma pressão invisível. O torque em volta do seu pescoço começou a brilhar, com o fogo do seu brilho sugando ar e sibilando ao redor do seu corpo, como uma caldeira prestes a chegar ao ponto de ebulição. Os braços e as pernas do Guarda Especial emitiram ruídos semelhantes a estalos, esmagados debaixo do próprio peso e começaram a surgir rasgos vermelhos em sua pele, resultantes da explosão das suas veias. Fogueira se contorceu como um saca-rolhas, rígido e fechado num campo oculto diante deles, enquanto os seus músculos eram imperdoavelmente esmagados. Os dois cantores do mundo pararam com o cântico e a mistura sangrenta daquilo que restava de Fogueira caiu sobre o piso do palácio com um som nauseante.

A mão de Faísca tinha inconscientemente subido para o torque ao redor do seu pescoço.

— Vocês...

— Foi necessário algum tempo para que nossos cantores do mundo desativassem os feitiços dos seus lindos colares — disse o marechal Arinze. — Segundo me disseram, três anos, com uma equipe exclusivamente dedicada à resolução desse problema. Depois, mais dois para deixá-los em seu devido lugar, com o gatilho neutralizado. Acha mesmo que teríamos nos dado todo esse trabalho para depois deixarmos uma força militar tão poderosa como a Guarda Especial à solta? Nós não neutralizamos os torques, capitão... Nós os *modificamos*.

Faísca deixou-se cair para trás.

— O que eu fiz? O que eu fiz?

— Não se preocupe, compatriota capitão, no final terá o seu território no Sul. Depois de lutar por ele, depois de *merecê-lo*. Verá que vai gostar de servir como parte da Terceira Brigada. Nós não somos puritanos como o compatriota Tzlayloc e o seu Primeiro Comitê, com seus hábitos meio bizarros. Ninguém vai fazer fila para modificar o corpo nas fábricas de carne da Comunidade da Partilha Comum de Quatérturno. Nós temos orgulho dos nossos corpos, eles devem ser mantidos fortes para servirem à revolução.

Arinze passou a mão no peito do major Wildrake.

— Seus guardas foram abençoados com um poder e esse poder nos será extremamente útil. Criará a sua cidade para os encantados e as suas crianças serão a tropa de choque da revolução.

— Nós somos livres — disse Faísca, como se repetir aquela frase pudesse alterar a realidade.

— Não há liberdade maior do que servir à Comunidade — disse Arinze — e o serviço como Guardião da causa tem suas recompensas. Não somos regidos pela arrogância circulista, não enforcamos os nossos soldados por abusarem das mulheres, não os castigamos por roubarem as aves do galinheiro do camponês inimigo. Para pedir a homens duros que executem ações difíceis, para infligir o terror no inimigo, é necessário que nossos soldados se mantenham tão afiados como o gume dos seus sabres.

— Não deve ser fácil para você, Faísca — disse o major Wildrake. — Eu também sou chacaliano, compreendo o que você sente, mas esse povo reconhece a verdadeira natureza de nossa raça. Eles abriram os meus olhos para os princípios da Comunidade, mostraram-me o quão fraco e branco tinha me tornado, a decadência em que Chacália tinha caído.

— Por vezes, só alguém nascido para além das fronteiras da Comunidade da Partilha Comum pode apreciar a sua verdadeira beleza — disse o marechal Arinze. — Bem, e agora onde está o rei que perdeu a coroa? Cadê o cachorrinho?

— Alpheus? — perguntou Faísca. — O que quer com ele?

— De minha parte, nada. É Tzlayloc quem o quer.

A voz de Faísca soou em seu limite.

— O Príncipe Alpheus ajudou a revolução, contribuiu para ela ao se certificar de que todo mundo estaria em Açomédio no momento em que vocês queriam!

— E agora, o *compatriota* Alpheus está prestes a servir mais uma vez à revolução.

— E como ele vai servi-la? — perguntou o Capitão Faísca.

Arinze deu ordens gestuais para que um grupo de cantores do mundo e soldados vasculhasse o palácio.

— Essa é uma pergunta que deve ser colocada ao presidente Tzlayloc. Como eu disse antes, seus conterrâneos têm hábitos meio bizarros.

— Os acordos mudam — murmurou Faísca.

Seus guardas contemplavam com um ódio declarado os cantores do mundo infiltrados no meio das tropas. Aquele estranho rapaz encantado que eles tinham capturado tinha se revelado sinistramente profético: afinal, só tinham trocado de senhor.

Molly nunca antes correra tanto e tão depressa, até o corpo incansável de Rodaprateada sentia dificuldade em acompanhar o seu ritmo. Havia um zumbido estranho em suas pernas, uma dor que apenas o esforço da corrida parecia aplacar. A própria matéria do seu sangue fervilhava com a proximidade crescente da Máquina-Mágica, quanto mais se aproximava dela, mais seu corpo mudava. Conseguia sentir a dor da Terra. Os túneis e as cidades de Quimeca funcionavam como curativos sobre uma ferida antiga. Os cristais com gravações de feitiços que davam energia às suas cidades eram como sanguessugas que se alimentavam da força do mundo e, mais abaixo da superfície, as linhas de Ley tinham se tornado veios de uma energia extraordinária, com as pedras e o magma fervilhando graças às ínfimas formas de vida; o fluxo terrestre se arrastava com o peso do mundo e a alma da terra respirava e suspirava, machucada pelas manipulações grosseiras com que os deuses ancestrais iam tecendo os seus remendos no muro da realidade.

Além disso, ela conseguia sentir algo mais — alguma coisa na superfície, não subterrânea — alguma coisa pura, que perseguia a Terra de uma forma letal. Estava bem camuflada, mas por mais árdua que tivesse sido a tarefa de sua localização, a passagem dessa entidade indetectável era como a ponta de uma faca encostada à epiderme sensível da Terra. Molly estava se tornando uma borboleta, mas o seu corpo e o seu casulo ainda se faziam sentir com o intuito de lembrá-la das necessidades da raça humana. Percebendo que estava morrendo de fome, mudou de rumo sem pensar nisso, conduzindo a si mesma e Rodaprateada para o exterior do túnel que estavam seguindo — uma velha ligação de microatmosférico que dava para a propriedade de um senhor sacerdote quimecano de uma das suas cidades — e saindo dele através de uma fenda que dava para uma gruta.

Os edifícios cresciam do telhado para baixo, como estalactites acima de suas cabeças, como zigurates empilhados e invertidos. Algumas ruas dividiam o chão da caverna, levantado e tão bem-preservado, salvo algumas fendas causadas pelos anos e pelas quedas do teto. Não seria muito difícil acreditar que os quimecanos haviam abandonado a cidade há apenas alguns minutos. Com as suas cabeças bulbosas, campos de caules inclinados cresciam nas sombras das ruas, uma pirâmide de cristal límpido ao centro de cada um desses campos servia de iluminação, seus feixes de luz mesclavam as partes extremas com as dos cristais do teto. Tudo aquilo era energia sugada do fluxo terrestre e dispersada pelas estruturas piramidais nas plantações.

Molly atravessou correndo uma das ruas desertas, em direção a um campo em forma de fosso.

— Comida, Rodaprateada, uma caverna inteira repleta de comida!

O homem-vapor acelerou para acompanhá-la, esmagando as lajes de marcação conforme passava.

— Molly corpo-macio, você não pode se alimentar disso.

Ela acenou para o fosso, com plantas estremecendo com a energia sugada das pirâmides.

— As plantações estão em repouso há mil anos, não há ninguém por perto para nos proibir de comê-las.

— Use os seus sentidos, Molly corpo-macio. Toque os caules com a sua mente, sinta a essência dessas plantas, não apenas a sua superfície.

Ela fez aquilo que o homem-vapor sugeriu e recuou enojada, debatendo-se para não vomitar. Sua fome passara.

— Se você se alimentar dessa safra, vai acabar como Tzlayloc, Molly corpo-macio, enlouquecida e consumida por uma fome terrível e insaciável. Quando a era glacial se instalou, os Estados que se tornariam posteriormente o Império Quimecano alimentaram as suas massas com o recurso mais abundante que seus magos de carne conseguiram encontrar.

— Pessoas — disse Molly. — Meu Círculo, essas plantas eram pessoas!

— Não foi muito difícil para eles alterar o padrão delas com a ajuda da magia negra do império — explicou Rodaprateada. — Havia milhões de pessoas na superfície que teriam acabado morrendo de frio de qualquer forma. As legiões imperiais trouxeram consigo as sementes dessas flores como um tributo das nações da superfície.

Agora sim, ela conseguia ver distintamente: pernas, braços e corpos fundidos num só caule, as reentrâncias dos bulbos no lugar onde existira um rosto, sua essência misturada com o musgo e com os líquens de maneira a poderem se dividir e se tornar frutíferos. Durante uma centena de gerações, esse cultivo de pessoas-planta tinha crescido à luz artificial de um império caído, alimentado pela força vital do mundo em rotação. As pessoas-planta não eram apenas os descendentes da sua raça. Algumas das plantas daquele campo tinham sido agarradores, levechicotes e caranguenarbianos. Os quimecanos precisavam de uma dieta variada. Não era de se admirar que a Máquina-Mágica tivesse abandonado a raça desprezível dos homens para aquecer o seu corpo no núcleo da Terra.

— Essas plantas podem ser impróprias para consumo, Molly corpo-macio, mas a água que as alimenta é sugada dos poços do império caído, localizados abaixo do leito do mar, e purificada por quilômetros de filtros de vidro. Nós precisamos reabastecer o sistema da nossa caldeira, assim como você.

O homem-vapor os conduziu ao longo da rua que se erguia até uma rampa esculpida na pedra. Molly não queria entrar no fosso do campo de cultivo, mas a sua sede era maior. Fileiras e fileiras de plantas de carne diante dos seus olhos, a superfície verde dos seus caules revestida por uma leve penugem, os bulbos coroados por um grão que parecia à distância a casca de uma noz, mas que de perto lembrava mais uma crosta opaca de cabelo humano.

Rodaprateada descobriu a boca do reservatório que alimentava os canais de irrigação: uma estátua com a forma de um escaravelho inchado. Abriu o seu painel e acumulou toda a água que os seus tanques conseguiram armazenar da escultura esmeralda do escaravelho. Molly vinha bebendo água da sua caldeira, de forma que aproveitou aquela oportunidade para matar a sua sede. O líquido era tão frio e tão puro como qualquer outra água que ela provara na superfície, de qualidade superior a que chegava às torneiras dos banhos públicos de Açomédio, com certeza. Os pés dela esmigalharam alguma coisa no solo. Molly se abaixou para descobrir o quê. Algumas cascas emanavam um perfume. Onde ela tinha sentido aquele cheiro de almíscar antes?

— Rodaprateada...

A atenção do homem-vapor foi da água para Molly.

— Rodaprateada, se nós estamos sozinhos aqui embaixo, por que há cascas quebradas ao lado desta fonte?

— Temo não ter nenhuma resposta tranquilizadora para essa pergunta, Molly corpo-macio. Vamos abandonar este lugar tão depressa quanto nos for possível.

Rodaprateada estava no meio da rampa do fosso de cultivo quando um raio de energia passou pelo seu tronco e ricocheteou na pirâmide do campo seguinte. O mecanismo de dispersão assobiou de raiva, queimando as pessoas-caule mais próximas com uma tempestade de relâmpagos. Do outro lado da caverna, surgiram duas criaturas aos saltos pelas escadas abaixo, vindas dos zigurates invertidos. Seus corpos brilhavam com uma radiação negra, a radiação da glória abominável da Caotyl Selvagem. Os caçadores!

— A fenda! — disse Rodaprateada, com a sua voz enlatada em seu volume máximo. — Vamos voltar para o túnel.

— Não, Rodaprateada — retorquiu Molly, puxando o homem-vapor de volta à rampa. — Se confia em mim, velha caldeira, desta vez deve me seguir.

Ela correu próxima aos muros do fosso, escondendo-se depois num canal de irrigação, abaixo da superfície de água fria.

— Você por acaso perdeu o raciocínio lógico, Molly corpo-macio?

Ela subiu para o exterior do canal. Suas roupas estavam encharcadas.

— Vamos fugir por entre as plantas, até chegarmos ao exterior da caverna pelo outro lado.

— Mas esse é o caminho mais longo para sairmos daqui!

Ela agarrou a sua mão mecânica.

— Eu sei.

Os pés de Molly estremeceram ao mergulharem no campo de cultivo, com a energia que alimentava as pessoas-planta subindo pelas suas pernas, fazendo com que as suas panturrilhas formigassem e se contraíssem. Os caules saltavam à passagem das pegadas do homem-vapor e os bulbos balançavam numa agonia muda sobre a cabeça dela, à medida que os dois desenhavam um caminho improvisado através das plantações. Acabaram perdendo de vista os muros do fosso e das ruas erguidas, mas Molly confiava no instinto de navegação metálico inato de Rodaprateada para mantê-los no caminho certo.

À esquerda deles, os bulbos das plantas irromperam numa ducha de polpa carnuda, com um raio ébano disparado violentamente pelo punho brilhante de um dos perseguidores. Os dois condenados disparavam a esmo e eram as plantações quimecanas que mais sofriam com isso.

— Vou pegá-la, menina — gritou um dos caçadores, com a voz ainda distante —, vou fazê-la comer pó enquanto arranco os pedaços da sua carne com os meus dentes.

Outro raio mandou uma série de cabeças de bulbo pelos ares.

— Mais depressa, Molly corpo-macio!

O visor de Rodaprateada estava iluminado com a energia da pirâmide mais próxima, o que perturbava os seus próprios mecanismos.

— Podem continuar gritando à vontade — murmurou Molly para os perseguidores. — Preparem-se para uma boa dose de suor.

As plantações ficaram para trás, eles tinham chegado ao extremo mais afastado do fosso de cultivo. Rodaprateada levantou Molly e, com um impulso súbito de aceleração, subiu o declive, projetando-os pelos ares sobre a estrada artificial. Os dois aterrissaram com um som de protesto numa rua. As faixas motoras do homem-vapor rodavam num ritmo furioso. Molly olhou para trás, em direção à plantação. A dupla de condenados tinha percorrido dois terços do fosso de cultivo, esquecendo-se completamente dos caules das plantas balançando que se inclinavam sobre eles.

— Molly corpo-macio, nós…

— Espere um segundo — disse Molly, sacudindo a água que pingava do seu cabelo ruivo.

Um clamor se ergueu das plantações, uma série de cacarejos semelhantes ao som de chocalhos, seguidos de uma tempestade de corpos de pelos brancos saltando sobre os homens.

— Bicadores selvagens — disse Rodaprateada, com sua cabeça localizando os gritos de caça dos mamíferos lagartos.

Atraídos pelo frenesi de sangue, outros bandos daquelas criaturas albinas correram dos fossos de cultivo mais próximos, derrubando as lajes de marcação com as garras de aparência pouco amigável. Eram espertos, mais espertos do que os fora da lei de Tristesperança tinham pensado. Molly conseguia distinguir as ondas de informação contidas naquele barulho. Esses bandos se aninhavam nos túneis, praticamente cegos, mas conscientes do valor da plantação de carne semeada pelos automáticos quimecanos. Ninguém tinha o direito de invadir o seu território de direito.

Uma onda de choque explodiu na plantação da qual eles tinham conseguido fugir, incendiando as plantações. As cabeças dos bulbos explodiram com o calor. Um dos caçadores estava caído no chão e as forças da Caotyl Selvagem que o tinham possuído ceifavam tudo à sua volta com seus espasmos de morte. Coberto pela neve dos assassinos albinos, o outro não sobreviveu muito mais tempo.

No meio daquele calor das cavernas profundas, as roupas de Molly não demoraram muito tempo para secar. Logo, ela estaria suando novamente.

— Vamos, Rodaprateada, não temos tempo a perder.

Capítulo Vinte e Três

Gritando, o Príncipe Alpheus foi arrastado para a cruz e acorrentado à pedra fria.

— Deixem os meus braços em paz! Tínhamos um acordo! Eu ajudei vocês, seus canalhas!

— E agora vai nos ajudar mais uma vez — disse Tzlayloc. — Não se preocupe porque não vamos arrancar seus braços, compatriota. Esses gestos simbólicos eram necessários quando o antigo regime precisava desse tipo de diversão para distrair a massa. Eu conheço métodos mais diretos de controlar o fervor do povo.

O príncipe tentou virar a cabeça para observar o cristal repleto de sangue borbulhante.

— O que é aquilo? O que vocês estão fazendo?

— É uma lente para amplificar as terminações dos seus nervos. Agora cale a boca, a não ser que queira se cansar ainda mais. Muito em breve, vai precisar de toda a sua energia. Pelo jeito, suspeito que não irá aguentar tanto quanto a minha querida menina.

— Mas vocês disseram que iam me libertar!

— Dissemos, não foi? — disse Tzlayloc. — E por uma estranha reviravolta irônica, é você quem agora libertará o povo com o seu sangue.

— Eu não tenho mais sangue real — soluçou Alpheus. — Eu vou abdicar, expliquei para você que ia abdicar! Pode ficar com o trono. Eu só quero ir para o Estado Livre!

— Não é o seu sangue real que eu quero — disse Tzlayloc. — Que curioso o fato do Salão Verde não ter qualquer registro de uma união entre a Casa de Vindex e sua linhagem. Mais curioso ainda que jamais alguém oriundo da casa de procriação real tivesse aparecido com a maldição de sangue. Seja como for, é isso que acontece quando se permite que vermes nojentos como os da sua espécie procriem sem a supervisão adequada.

— Qual maldição de sangue? Eu não tenho maldição nenhuma. Deixe-me em paz, por favor, pelo amor do Círculo!

— O simbolismo do seu lugar na História será diferente — disse Tzlayloc. — Não será o de um anjo corajoso saído do proletariado para oferecer a sua vida pela causa. Em vez disso, será o último vínculo com a tirania que precisava ser expurgado para selar o nosso novo reino pleno de coragem.

Os sacerdotes gafanhotos amarraram Alpheus à cruz de pedra e assentiram para o presidente do Primeiro Comitê.

— Eu quero abandonar o palácio — gritou Alpheus. — Quero sair de Açomédio!

— Você não está mais em Açomédio, compatriota. Quando acabarmos o que temos que fazer com você, terá o seu devido lugar num museu, embalsamado, ao lado do exemplar de um proprietário de oficina. O último rei de Chacália, ainda que não coroado.

— Por favor, você prometeu...

Tzlayloc olhou para os sacerdotes gafanhotos.

— Por tudo que é sagrado, acabem com essa choradeira que está começando a me dar dor de cabeça.

Os sacerdotes traçaram alguns sigilos no vidro de ativação e os uivos de Alpheus passaram a encher apenas a galeria subterrânea.

— Assim está melhor.

O sangue do último operador fervia com toda a sua fúria nas costas do príncipe, juntando-se a ele em sua agonia. Tzlayloc assentiu de satisfação. Em algum lugar abaixo dos seus pés, aquela máquina nojenta também estaria se contorcendo de sofrimento. Mesmo se a pobre Molly Templar não tivesse ainda sacrificado a sua vida pela causa, restavam apenas dois operadores entre os quais a Máquina-Mágica poderia distribuir sua essência. Um estava fugindo para salvar a sua pele e o outro estava prestes a ver a sua vida ser arrancada das veias.

Sua soberba transformou-se em insatisfação no momento em que reparou em seu reflexo através de um cristal de sangue. Estava ficando corpulento. Ao olhar para os sacerdotes gafanhotos, reparou pela primeira vez que eles também estavam. Deviam ser os restos das fábricas de igualização, isto é, a colheita de corações dos novos Colares de Gideon. Com tantas oferendas à Caotyl Selvagem, era difícil resistir à tentação de provar alguns dos exemplares. Por um momento, a possibilidade de tanto ele quanto os pastores da fé terem algo de desigual se insinuou na mente de Tzlayloc, mas, depois, o pensamento desapareceu. A vocação de todos eles era pesada, tão pesada quanto os seus deveres: seus corpos precisavam de muito combustível para se manterem nas condições que a revolução exigia. O aparelho quimecano seria transferido para a Praça do Parlamento, decidiu Tzlayloc. Com certeza se sentiria muito melhor quando pudesse observar a agonia do último monarca de Chacália a partir das janelas da Casa dos Guardiões.

Os gritos de Alpheus mudavam de timbre à medida que a máquina procurava surpreendê-lo com o seu grau de minúcia e disseminava a tortura por todo o seu corpo. Tzlayloc afagou os cabelos do príncipe. Como eram curtos, murchos e sombrios em comparação com os longos caracóis orgulhosos da compatriota Templar. Todo mundo estava fazendo a sua parte e todo mundo tinha o seu devido lugar na nova ordem, até mesmo um monárquico asqueroso.

Aliviados de suas armas, Oliver, Hoggstone e o comodoro Black foram colocados num cômodo surpreendentemente caseiro, levando-se em conta que ficava numa estação de atmosférico há muito abandonada. Apenas a presença do bando fora da lei armado com velhas espingardas e arcos e flechas apontados para eles denunciavam o fato de não estarem sentados na biblioteca particular de um cavalheiro.

Benjamin Carl atravessou aquele espaço em sua cadeira de rodas, guiando-a na direção de uma mesa com um candeeiro e duas lamparinas a óleo. Sua cabeça brilhou à luz do candeeiro: uma leve tonsura grisalha era tudo o que restava do cabelo envelhecido do revolucionário.

— Muito bem, caro amigo — disse o comodoro. — Está pensando em nos torturar? Não estou vendo parafusos diabólicos em cima da sua mesa.

— Torturar vocês? Antigamente, era eu que costumava encarar a lenga-lenga das campanhas eleitorais dos amigos puristas de Hoggstone como uma tortura. Não, pensei que talvez pudéssemos tomar uma boa xícara de café!. Damson Barbary, queira ter a bondade.

A garota que os conduzira à emboscada saiu da sombra da biblioteca, regressando com uma cafeteira de porcelana fumegante e quatro xícaras.

— O tempo foi simpático com você, Carl — disse Hoggstone. — Se levarmos em conta que estou falando de alguém que, até algumas semanas atrás, eu pensava que estivesse morto. Tirando a cadeira...

Benjamin Carl bloqueou os raios de ferro das rodas de sua cadeira.

— Não foi a idade que me pôs nesta cadeira de rodas, Primeiro Guardião. Alguns trapaceiros mais ou menos do mesmo lado da sua facção política me raptaram e eu me vi obrigado a saltar de um aerostato redondo e negro. Como deve calcular, a aterrissagem não foi das mais suaves.

— O tribunal secreto? E eu pensando que isso não passava de uma velha fábula política contada apenas para me manter na linha. Realmente, teve sempre uma sorte dos diabos, Carl.

— Essas fábulas são verdadeiras o suficiente — respondeu o velho revolucionário, apontando para as paredes da sua propriedade. — Além disso, neste momento está usufruindo da minha sorte, Primeiro Guardião. O senhor com os seus trapos miseráveis cheirando a lixo, enquanto a Terceira Brigada trota pelas avenidas de Açomédio em formação de parada.

— A Comunidade da Partilha Comum é a sua filha, Carl. Pergunto-me se o seu coração enche-se de orgulho quando vê tudo aquilo que conquistaram.

Benjamin Carl se afastou em sua cadeira para buscar um livro nas estantes.

— A primeira edição de *A Comunidade e os Comuns*. Tem um valor incalculável no mercado negro desde que o senhor o proibiu — exclamou Carl, atirando o livro a Hoggstone. — Faça um favor, seu cretino purista, diga-me onde diz aí que devemos construir campos para retirarmos as crianças da guarda dos progenitores para as criarmos longe dos pais, que devemos por o povo de uma nação na linha sob a sombra de um Colar de Gideon, que um Estado deve invadir outro, que devemos utilizar um bando de valentões para derrubarem portas a pontapé e arrastarem as pessoas para as fábricas de carne. Ache, por favor, onde eu escrevi isso!

Hoggstone pegou o livro e o devolveu a Carl.

— As palavras podem não estar aí dentro, Carl, mas é isso que se impõe para criar a sua colmeia perfeita a partir de uma sociedade feita de pessoas que nascem sozinhas, morrem sozinhas e vivem suas vidas cada uma por si.

— É até possível que nasçamos sozinhos neste mundo, purista, mas não existe nenhuma lei imutável da natureza que nos ligue a um pedaço de terra ou confira esse direito por nascença a um recém-nascido! Ao nascermos neste mundo, ele pertence a todos por igual.

— Isso não passa de uma bonita carta de corso escrita por um assaltante de estrada, Carl. Sua Comunidade é uma autorização para que todos aqueles que passaram a vida sem fazer nada possam chegar diante de um fazendeiro que destruiu as próprias costas ao longo da vida trabalhando nos campos e exigir uma porção *justa* das suas colheitas com o gume de um sabre.

— Estou perdendo o meu tempo com você, purista — gritou Carl.

— Devolva o meu bastão de debate, senhor, que eu trato de dar a lição que o povo não teve a coragem de impor a você nas eleições de 1566.

Oliver se interpôs entre os dois homens irados com as suas pistolas novamente nas mãos. O fora da lei que ficara com elas e que as tinha colocado junto com o bastão de debate de Hoggstone ficou incrédulo com a forma como o cinto tinha se esquivado da sua atenção. Dois dos arqueiros soltaram suas flechas. Oliver atirou uma pistola ao ar, virou-se e viu uma das setas se espetar numa estante. Pegando a outra flecha, espetou sua cabeça de metal na escrivaninha, fazendo com que a discussão descesse de tom, antes de pegar a pistola e encher o ambiente daquele espaço com uma das suas risadas demoníacas.

— Está na hora de uma xícara de café!, Ben Carl — disse Oliver. — Não deve ter se dado ao trabalho de trazer o Primeiro Guardião até aqui para discutir filosofia política com ele.

— Quem é você, compatriota?

— Eu sou *o povo* para quem vocês dois dizem trabalhar.

— E neste momento, é melhor o povo não ser perturbado — assinalou o comodoro.

— Que o Círculo nos livre disso — concordou Carl. — Não me escapou o fato de os partidos terem posto as suas diferenças de lado para trabalharem em conjunto. Parece-me que isso pode ser considerável uma… aliança mais ampla?

— Com você? — disse Hoggstone. — Querido Círculo, homem, pensei que estivesse na reforma. Caso não tenha percebido, é o seu povo que está se pavoneando na superfície.

— Jacob Walwyn era um estudante brilhante, Hoggstone. O melhor que já tive. Quando o conheci, era um homem delicado, que passava os seus dias do Círculo ensinando os órfãos dos internatos a ler. Depois de 1566, passou duas semanas sendo espancado e torturado pela polícia política. É preciso lembrar que não era um preso oficial. Foi entregue aos cuidados de um de seus esquadrões patrióticos. Depois de conseguir fugir, a recompensa por sua cabeça foi fixada num valor que só era superado pelo da minha. O que me pergunto neste momento é: qual de nós ensinou as lições mais importantes para o homem que hoje atende por Tzlayloc?

— Por pouco os agitadores sob as suas ordens não desencadearam uma guerra civil em Chacália — acusou Hoggstone. — Do lado da fronteira quaterturniana, houve um banho de sangue em nome do seu legado durante uma década inteira. Por que, caro senhor, eu assinaria um pacto com o diabo?

Carl serviu uma das xícaras de porcelana e ofereceu-a ao Primeiro Guardião.

— Pela mesma razão que eu me vejo obrigado a fazê-lo, compatriota purista. Jamais estive disposto a suportar a sua tirania, mas a de Tzlayloc me parece infinitamente mais cruel e o mais repugnante de tudo isso é ele estar tentando montar algo apoiado em sua visão distorcida da verdade comunitista. Nenhum de nós é forte o suficiente para derrubá-lo, mas talvez juntos consigamos alguma coisa... Alguma vez chegou a ler o meu livro, Hoggstone, isto é, antes de atirá-lo para a fogueira?

— Sua maldita filosofia não foi senão uma praga dentro da minha casa — respondeu o Primeiro Guardião. — É claro que o li.

— Você se lembra da última frase?

O comodoro Black pegou o exemplar de cima da mesa e o abriu na página final.

— "A força não tem qualquer significado se não for usada a serviço dos fracos. Um bastão pode se partir, mas um conjunto representa a Comunidade e a Comunidade jamais quebrará."

— Uma aliança com um carlista — murmurou Hoggstone. — A Casa dos Guardiões teria me impugnado por uma decisão dessas. Quantos homens você tem às suas ordens?

— Uma cidade completa, Primeiro Guardião. Está na hora da voz do povo voltar a ser ouvida novamente.

Hoggstone ergueu a sua xícara.

— Ao povo, seu cão comunitista.

— Ao povo, então, seu capataz de escravos purista.

Oliver assentiu em sinal de aprovação e guardou as pistolas nos respectivos coldres. Hoggstone o olhou enquanto ele tratava dos preparativos para partir.

— Atirador, esse é um momento histórico. Para onde pensa que vai?

— Para onde poderia ir se os lunáticos se apoderaram do poder? Vou fazer uma visita ao manicômio, claro.

Molly começava a se arrepender de não ter bebido mais água quando tivera oportunidade. A cada hora que passavam caminhando, o calor parecia se tornar mais opressivo, minando a sua capacidade de manter um ritmo constante. Naquele momento, apenas a sua proximidade crescente da Máquina-Mágica a fazia continuar avançando. Tinha tentado sentar nas costas de Rodaprateada, mas o metal da superfície de suas placas estava a uma temperatura escaldante. Se tivesse uma fatia de bacon, poderia fritá-la no corpo do homem-vapor.

Ainda havia água em alguns pontos, sugada pelos canais de refrigeração dos cristais quimecanos que tinham sobrevivido àquela profundidade. Ela conseguia senti-la na névoa que preenchia o ar de algumas das galerias pelas quais passavam. A pressão suplementar de funcionarem a uma profundidade tão grande significava apenas que os cristais tinham sofrido bem mais do que os das Profundezas de Duitzilopochtli. Muitos tinham se derretido ou estilhaçado com a tensão imposta pelo calor, sequências inteiras de exemplares quebrados como ovos chocados eram visíveis a olho nu. O piso das passagens era iluminado pelas lascas pontiagudas de vidro nos pontos onde tinham explodido.

Molly diminuiu o passo, havia linhas gravadas na pedra do muro daquele corredor, formas alongadas com círculos incrustados em seu interior. Ela começou a imaginar um reservatório escondido atrás do muro, tão frio e fresco como as águas de irrigação que alimentavam os cultivos de pessoas nas cidades acima deles.

— Vamos parar, Rodaprateada — disse ela, batendo na parede. — Precisamos de água, senão cairemos exaustos.

Rodaprateada recuou até ela, sua chaminé com uma tonalidade cor de laranja agressiva denunciava onde o metal estava superaquecido.

— Nós compreendemos, Molly corpo-macio, mas somos obrigados a prosseguir. Já não falta muito.

Molly bateu novamente na parede.

— Há água por trás deste muro.

— Não, Molly — respondeu ele, seguindo com o seu braço mecânico a linha dos sinais escavados na pedra. — Isso não é um tubo refrigerador. É um reservatório para escoar a pressão do magma que a terra passa através do seu corpo a esta profundidade. Fogo líquido e terra, Molly corpo-macio. São ventiladores de escape, concebidos para o caso de os canais ficarem sobrecarregados demais.

Molly resmungou e deixou-se cair sobre os seus joelhos para descansar.

— Como os quimecanos aguentavam viver aqui embaixo?

— Seus mecanismos de refrigeração não sofreram uma negligência de mil anos, Molly corpo-macio. Além disso, o calor era valioso, podia ser passado através de permutadores e utilizado para ajudar a manter as nações da superfície subservientes ao império durante os anos mais ásperos da era glacial. Eles precisavam de seu gado, de seus escravos, de suas reservas de comida. Enfim, precisavam sobreviver.

Molly recomeçou, ainda que relutantemente, a seguir o homem-vapor. As cavernas pelas quais estavam passando eram menores e continham algumas torres e zigurates inacabados e abandonados já durante os anos do crepúsculo do Império Quimecano — crepúsculo este que o ancestral de Molly ajudara a infligir. O percurso foi se tornando cada vez mais difícil: havia paredes cujas portas de pedra destinadas a manterem o fogo controlado tinham sido danificadas por fugas de magma e corredores que davam para grutas inacabadas.

Numa dessas cavernas sem saída, encontraram um amontoado de ossos tão antigos que se desfizeram em pó no momento em que Molly tentou pegar um deles. Não havia armaduras, nem joias quimecanas, nem restos de roupas como nos outros esqueletos com que se deparara antes, mas alguns deles estavam acorrentados entre si por uma velha corrente.

— Um grupo de trabalho forçado — disse Molly. — Deviam estar cavando uma cidade nova para os seus senhores, pobres almas.

— Suspeitamos que não fosse bem isso — disse Rodaprateada. — Não se pode avançar daqui, seremos obrigados a voltar.

Molly arrastou penosamente os pés atrás do homem-vapor, que inverteu, por sua vez, o sentido da marcha das suas lagartas.

— Mas já existiam correntes naquela época?

— Só as cidades mais elevadas foram construídas com trabalho escravo, Molly corpo-macio, no tempo em que a vida sobre a epiderme do mundo era muito densa e havia milhões para serem enviados e distribuídos pelas grutas para cavarem. Os ossos que você viu não eram dos trabalhadores. Eram de uma oferenda. Os minerais existentes em seus corpos eram uma iguaria para uma roedora branca, criada pelos magos da carne de Quimeca. As roedoras brancas desempenhavam as funções dos mineiros. Aqueles pobres corpos-macios não passavam de uma refeição de carne doce, um sacrifício oferecido em sua honra.

— Você viu isso quando era Chaminé Prateada, Rodaprateada?

— Todos os grandes construtores de túneis são fêmeas, Molly corpo-macio. Antes de morrerem, dividem-se em dois: seu eu envelhecido expira e seu eu jovem prossegue o caminho. Não precisa se preocupar com esses assuntos, uma vez que a Máquina-Mágica capturou a maior parte delas para sua amante Terra.

— A maior parte delas?

— Uma roedora branca atacou Tristesperança uma vez, ela é antiga, astuta e conseguiu fugir da Máquina-Mágica. Dizem que foi uma nobre quimecana e que teria assassinado sua família e, por isso, foi condenada a ser transformada num verme de pedra para expiar o seu crime. De acordo com a lenda dos fora da lei, ela decidiu que jamais morreria e que manteria sua fome viva durante o tempo necessário para destruir o império e todas as suas obras.

Molly limpou a condensação formada no visor do homem-vapor com a manga do seu vestido arruinado.

— Ela cumpriu aquilo que prometeu.

— A fome é uma coisa terrível, Molly corpo-macio. Uma criatura esfomeada é capaz de esquecer seu intelecto, sua moral e seus deuses. Em seu desespero, é capaz de fazer qualquer coisa para comer. Houve um tempo em que os quimecanos não eram assim tão diferentes do seu povo. Nós devemos ter pena de semelhante vida. A fome em massa os levou a cometerem os crimes mais horrendos e a venerarem coisas terríveis.

— Quando a Máquina-Mágica mostrou como fundir os seus corpos, penso que deixou algo da sua essência em você, Rodaprateada.

— Ela estava conosco, Molly corpo-macio, mesmo quando éramos Chaminé Prateada e não passávamos de um sacrilégio, um leproso entre o povo de metal. Agora, somos duas vezes esse sacrilégio e ela continua dentro de nós. Se sobrevivermos a tudo isso, o povo de metal não acreditará em nossa história. Não aceitarão que a mais sagrada das máquinas possa ter executado semelhante profanação.

— Eles vão acreditar em você — disse Molly. — Eu arranjo uma maneira de fazer com que a nossa parte em tudo isso seja publicada num folhetim de Dock Street e envio cópias ao Rei Vapor, até que ele cante o nome de vocês em seus hinos.

— E que nome pensa em dar à história?

— "O Horror das Grutas de Cristal" — respondeu Molly. — Agora, é claro que eles vão descrever as minhas sensações todas ao contrário. Vão me fazer parecer corajosa e valente ao longo de todo o texto, em vez de assustada, cansada e com tanto calor que seria capaz de deixar tudo para trás por um mísero copo de água fresca. Tudo o que eu fizer será porque o planejei assim e não porque não tive outra opção.

— Mas você *teve* outra opção, Molly corpo-macio — disse o homem-vapor. — Seguiu o seu caminho e manteve-se fiel a ele. Não existe coragem maior do que essa. A Máquina-Mágica nos mostrou algumas imagens de um mundo no qual não há esse valor e era um lugar escuro, frio, silencioso e terrível. Por vezes, o destino da Terra depende das ações cotidianas dos indivíduos comuns.

— Não tenho certeza absoluta de que eu devesse ter sido a escolhida, Rodaprateada. Com tanta gente em Chacália, continuo a me perguntar por que tudo isso ficou em minhas mãos. Não passo de uma órfã do Internato Portas do Sol, todo mundo dizia que eu acabaria batendo carteira nas ruas com a quadrilha-relâmpago. Essa tarefa devia ter sido atribuída a uma aventureira como Amélia Harsh ou a um bonito oficial de convés num aerostato. Eu não tenho família nem tenho trabalho. Com tanta gente no mundo, por que eu?

— O padrão supremo dispôs o seu lugar na grande trama melhor do que pode compreender, Molly corpo-macio — disse Rodaprateada. — O sangue de Vindex corre em suas veias não apenas no sentido literal, você é a verdadeira herdeira do seu legado. De todos os descendentes com a canção do sangue cantando em suas veias, não podemos imaginar outra pessoa que preferíssemos ter ao nosso lado.

A última sílaba das palavras do homem-vapor se perdeu num uivo que ecoou nas paredes daquele corredor.

— Isso veio da garganta de um corpo-macio — disse Rodaprateada.

— Mas não apenas humana— disse Molly. — Só pode ser uma coisa controlada por um Loas maligno.

Ao aguçar os seus sentidos, Molly sentiu a pressa da viagem da Máquina-Mágica através do magma. Ela estava a pelo menos uma hora de distância da posição em que ela e Rodaprateada se encontravam.

Começaram a correr do ruído, mas Molly se mostrava relutante em fugir, verificando o caminho com as mãos, à procura de alguma coisa.

— Molly corpo-macio?

— Eles estão perto demais, Rodaprateada. Vão nos apanhar em dois minutos.

— Mas eu não tenho nenhuma arma capaz de ferir a Caotyl Selvagem — disse o homem-vapor. — Nem mesmo para ferir duas entidades menores. Você já se juntou à Máquina-Mágica?

Molly balançou a cabeça.

— É melhor pouparmos as nossas forças, ficar aqui e enfrentá-los.

— Consegue sentir a presença de mais um bando de bicadores selvagens?

— A única coisa aqui que pode ser caçada *somos nós*, velha caldeira.

Ela o puxou para junto de si.

— Fique ao meu lado, Rodaprateada, não tente me proteger nem se colocar diante de mim. Nada de sacrifícios heroicos.

Mais abaixo no corredor, os dois condenados dobraram a esquina montados em duas esferas de luz negra levemente acima do chão. Suas mãos crepitavam com o fogo incinerador. Ao avistarem as suas presas, aceleraram na direção de Molly e de Rodaprateada, soltando um uivo que era um rugido de triunfo emitido através das suas gargantas humanas em brasa.

— Isso é o caos — disse Oliver.

Os soldados da Terceira Brigada tinham ficado para trás no extremo oposto da rua, em uma formação disciplinada: a primeira fila disparava, enquanto as tropas que tinham recuado alguns passos recarregavam com a munição das suas cartucheiras. Na ponte de Nagcross, os revolucionários igualados eram agarrados pelas pernas de ferro e atirados no Apostaflores pelos combatentes políticos, que corriam diante das lojas existentes na ponte empunhando seus bastões de debate.

O comodoro Black estava armado com a carabina de um turniano morto e a usava com a precisão de uma espingarda de longo alcance, abatendo um elemento da Terceira Brigada com cada cartucho que usava.

— Use o capacete, rapaz, seu crânio de encantado pode deter uma bala assim como o de qualquer outro humano.

Um dos oficiais às ordens de Benjamin Carl correu até eles. Sua única marca distintiva era uma faixa vermelha de tecido enrolada em volta do braço.

— Eles estão espalhando piquetes pelas entradas dos esgotos. Não podemos deixar ninguém para trás.

— E as outras pontes? — perguntou Oliver.

— Estão com ainda mais defensas do que esta.

A ponte de Nagcross tinha que cair. Oliver olhou para os regimentos de soldados do lado oposto da ponte. A força militar inimiga estava abrigada por trás de uma fortificação de madeira, uma das barricadas móveis que tinham concebido para selarem as regiões mais problemáticas das cidades quaterturnianas. Enquanto observava aquela estrutura, uma fileira de soldados surgiu diante dele, marchando a passo rápido para reforçar a posição ao norte da ponte.

— Os uniformes são diferentes — disse o comodoro. — Olhem, são bonés, não são quepes. O marechal deve ter engolido o seu orgulho e está chamando reforços de outra cidade para ajudar a esmagar os contrarrevolucionários da cidade.

Um velho homem-vapor surgiu por entre suas linhas, apoiado em dois jovens combatentes políticos do partido dos Igualitaristas.

— É o Guardião Estanho Dobrado — exclamou o oficial carlista.

Estanho Dobrado emitiu um assobio cansado, deixando escapar vapor das suas placas metálicas.

— Eu avisei Hoggstone de que nossas forças não estavam preparadas para um assalto total. Eu o aconselhei a preparar uma campanha de guerrilha.

Oliver apontou na direção dos soldados quaterturnianos que bloqueavam o extremo norte da ponte.

— O tempo está do lado deles, velha caldeira, não do nosso. Se não formos capazes de libertar Açomédio antes de o muro das maldições ser baixado, vai ter, afinal, sua guerrilha, gerações de combatentes lutando a partir das grutas das terras altas.

— Os sangues-veloz são realmente uma espécie precipitada — suspirou o político. — Muito bem, nesse caso, temos que salvar Chacália da loucura da nossa vivacidade. Nosso povo na cidade está bloqueado, precisamos criar uma passagem para o exterior ou seremos cercados e derrotados. A ponte de Nagcross deve cair.

Caixas de munições recém-chegadas estavam sendo descarregadas junto ao extremo turniano da ponte, fazendo com que as tropas se sentissem suficientemente encorajadas para lançarem uma investida de fogo capaz de causar sérios estragos entre os lutadores de rua rebeldes. Os bastões de debate desfizeram as portas laterais da loja e aquele exército desordenado se abrigou nela.

Uma dupla de arremessadores rápidos com granadas de vidro tentou percorrer a ponte e fazer com que os explosivos acertassem o extremo norte, mas a distância era grande demais, mesmo para os dois fanáticos do jogo de quatro-pinos. As explosões apenas fizeram chover algumas chamas nas proximidades da barricada, enquanto a Terceira Brigada os eliminava. Os rebeldes fizeram soar a tradicional salva de palmas em honra à tentativa fatal dos mortos.

Oliver virou-se ao sentir um barulho de cascos reverberar atrás de si, temendo se deparar com uma carga de exomontes. Em vez disso, o que viu foi uma linha de cavalos montados por cavaleiros tão heterogêneos como as próprias forças dos combatentes da cidade. Eram caçadores vindos das aldeias, cobertos de túnicas vermelhas que poderiam passar pelos uniformes dos casacas-vermelhas, por sobretudos negros dos condutores das carruagens dos correios, por uniformes azuis dos policiais do condado e, de longe, em grande maioria, por centenas de nômades: ciganos selvagens em um turbilhão de cores, com suas feiticeiras das chamas nuas em cavalos sem celas, com pinturas de guerra espalhadas em seus músculos ágeis. À frente desse grupo estava um oficial da Casa da Guarda Montada, o regimento de cavalaria mais antigo de Chacália.

— Jack Dibnah — gritou o oficial a cavalo, endireitando o capacete redondo. — Jack Louco para os amigos, membro recente da Casa. Tenho caçado qualquer turniano suficientemente estúpido para meter a cabeça para cá do condado de Stainfolk e ouvi dizer que apareceram alguns idiotas desse gênero aqui em Açomédio que precisam ser colocados na linha.

Dito isso, apontou para as centenas de cavalos parados atrás de si, sextúpedes em sua grande maioria, magros como cães e arfando com o ritmo da cavalgada.

— São os defeituosos de Dibnah. Não servem para um desfile, mas são suficientemente úteis com um sabre ou uma lança à mão.

Uma das feiticeiras das chamas fez o seu cavalo avançar até à frente da coluna.

— Basta de tanta conversa! Prometeram-nos o sangue dos *beng* que nos tiraram das planícies de Natsia.

Jack Louco piscou o olho para Oliver e para o comodoro.

— Não há regalias de comando, mas são umas potrancas de espírito, não são? — perguntou ele, olhado depois para o político homem-vapor. — Está com aquele regimento acampado a leste?

— Eu sou o honorável representante de Workbarrows, jovem corpo-macio — respondeu o Guardião Estanho Dobrado. — A que agrupamento se refere?

— Bom Círculo, homem, há um exército inteiro de seu povo estacionado a leste do Apostaflores!

— Isso quer dizer que o Rei Vapor honrou o tratado ancestral — disse Estanho Dobrado.

O assobio de algumas balas passou raspando pelo capacete de Jack Louco, mas este se limitou a balançar a mão junto à cabeça como se estivesse sendo incomodado por mosquitos atraídos pelo suor de seu sextúpede.

— Precisamos dos homens-vapor aqui — disse o oficial carlista. — Por que eles não estão avançando para nos ajudar?

— O Rei Vapor está limitado pelo tratado — suspirou Estanho Dobrado. — Nenhum exército do Estado Livre atravessará o Apostaflores se não for convidado a fazê-lo pela Casa dos Guardiões.

— Mas será que o Rei Vapor está mortalmente louco? — disse o comodoro Black. — A Terceira Brigada está nos chacinando aqui! Se não formos capazes de atravessar rapidamente as suas linhas, as tropas deles vão deter seus carros e, em pouco tempo, estarão nos castigando com os seus canhões!

— Eu tenho que ir até eles — disse Estanho Dobrado. — Eles terão que aceitar o meu mandato como Guardião e atravessar o rio.

Depois, virando-se para Jack Louco:

— Seu cavalo pode me carregar?

— Só se fosse num carro ao lado, velha caldeira. Não vê como você o assusta?

Oliver apontou para a corrente rápida do Apostaflores.

— O rio pode levá-lo até eles rapidamente.

— Quer que nós façamos o Guardião descer o Apostaflores como se fosse um barril? — perguntou o comodoro. — Os refugiados levaram todos os barcos capazes de aguentar a corrente desse rio mortal!

— Não levaram *todos*.

O comodoro Black olhou com um esgar de horror para o local onde Oliver apontava: um barco transformado em taberna ancorado nas margens do rio.

— Uma casa de *jinn*, rapaz? Arriscaria o nosso destino numa banheira velha que há dez anos ou mais não abandona as margens do Apostaflores?

— Com um comandante experiente no leme, comodoro.

— Não, rapaz. Não me peça uma coisa dessas. Eu já não sofri o bastante? Minha bela casa cheia de bandidos turnianos, meus amigos e companheiros chacinados e soterrados, e ainda metade dos exércitos da Comunidade tentando nos dar o mesmo fim. Assim que nos vissem tentando fugir, aquelas tropas estacionadas na ponte iam esburacar o casco todo.

— Nós desviaremos a atenção deles — disse Oliver, olhando para a cavalaria. — Ouvi dizer que os cavalos não saltam uma formação de baionetas.

A cigana o olhou com desprezo.

— Estes cavalos não são *salahori*, pequeno *gadje*.

— Nunca foi ferido, meu querido rapaz? — perguntou Jack Louco. — Saltar por cima de uma cerca ou por cima de turnianos com as suas faquinhas na ponta das espingardas, para mim dá no mesmo.

Oliver saltou para a garupa da égua da cigana e puxou a sua lâmina de feiticeiro.

— Boa sorte, comodoro, acaba de ser promovido àquilo que resta da marinha chacaliana.

— Ah, rapaz, quando chegar ao seu manicômio, diga eles para irem aquecendo um quartinho para você. Antes disso, ainda levará o bom e velho Blacky para a sepultura!

— Como um homem que não sabe andar a cavalo monta de costas? — perguntou a cigana.

— Minha memória vai e volta.

Jack Louco fez girar o seu cavalo e apontou o sabre para a ponte.

— Todos os que queriam montar como homens livres e que estejam dispostos a lutar por Chacália avancem comigo *agora*!

O trotar do grupo se converteu num meio-galope e, em seguida, num galope uníssono, acompanhado do trovejar dos cascos e dos gritos das mulheres ciganas que percorriam a longa extensão da ponte. Alguns cavalos da frente caíram, eram o alvo mais fácil de atingir e os seus ferimentos eram tão fatais para seus cavaleiros como se as balas tivessem encontrado o caminho para seus corações. Os cavalos e cavaleiros abatidos ficaram para trás, no meio da tempestade da investida.

Oliver arriscou desviar o olhar rapidamente da cada vez mais próxima barricada construída pela Terceira Brigada e seus soldados, que já recarregavam a munição. O comodoro Black corria em direção ao palácio de *jinn* ancorado, uma dezena de homens leais a Ben Carl ajudavam Estanho Dobrado a descer as escadas.

Serpentinas de fogo formaram-se diante dos olhos de Oliver ao redor dos braços pintados da cigana feiticeira.

— *Cri, cri, cri, cri*! — gritou ela.

Não eram mais uma carga de cavalaria, mas um relâmpago que adquirira uma forma mortal e avançava contra a linha quaterturniana, o barulho dos cascos e dos gritos era doloroso para os ouvidos.

Diante deles, as pontas das espingardas com baionetas da linha quaterturniana se ergueram como os espinhos de um ouriço.

— A parede! — gritou Molly para o seu amigo homem-vapor, enquanto os dois condenados possessos voavam para cima deles. — Use a sua voz na parede!

Rodaprateada girou sobre si mesmo para ficar face a face com a passagem de pedra e sua caixa de voz vibrou ao usar a frequência bélica dos cavaleiros-vapor. Uma teia de aranha de rachaduras formou-se nas paredes devido à violência de sua voz.

A energia negra atravessou o corredor, os uivos inumanos da Caotyl Selvagem, semelhantes ao de uma *banshee*, irrompiam das gargantas corpóreas. As fendas foram se alargando pela parede, primeiro de forma lenta e depois ondulando para fora devido à pressão exercida pelo escoamento do magma, até que a fúria da terra forçou sua exteriorização: pedaços daquela pedra verde apreciada pelos quimecanos explodiram, seguidos por um gêiser de rocha derretida.

Molly avistou os dois condenados com sua luz negra tentando fugir do magma e batendo em retirada. Em seguida, sua visão foi bloqueada por uma pedra enorme caída do teto, que se alojou a um centímetro do ponto onde eles se encontravam. Ela sentiu ainda o ressoar de uma segunda porta, que selou definitivamente os seus perseguidores para fora do seu campo de visão. O magma abaixo da porta começou a esfriar, chiando aos seus pés.

— Molly corpo-macio, isso foi *imprudente* da sua parte. E se o detonador da porta de incêndio não tivesse funcionado?

— Nesse caso, teríamos o prazer da companhia daqueles dois inúteis quando avançássemos para o Círculo — respondeu ela, apontando para um dos cristais desenvolvidos na pedra do solo. — Aquele sensor anti-incêndio está quebrado, consigo sentir que há algo de errado nele, mas o do outro lado me pareceu estar funcionando.

Rodaprateada soltou um assobio que foi parte alívio, parte frustração.

— Vamos ver se os seus sentidos conseguem nos levar até a Máquina-Mágica.

— Você tem uma boa voz, Rodaprateada. Devia ter sido um cavaleiro-vapor.

Rodaprateada ignorou a piada. As passagens pelas quais continuaram avançando tinham deixado de ter o aspecto da pedra escavada de forma grosseira para adquirirem um ar mais complexo: pilares falsos e colunas dóricas suportavam o peso dos telhados como se os artesãos do império caído tivessem sido chamados para despenderem um último lampejo de vigor naqueles níveis mais profundos. Por outro lado, o que se mantinha imutável pelo caminho era o calor que sugava as suas energias, além dos mecanismos de cristal que teriam regulado a temperatura se não estivessem destruídos e dispersos pelo solo. Raramente deparavam-se com um cristal ainda em funcionamento brilhando como um sol, zumbindo e vibrando com a tensão resultante da tentativa de manter controladas as temperaturas dignas de um forno.

Molly e Rodaprateada atravessaram uma ponte levadiça sobre um canal de magma borbulhante, entrando numa galeria de muros escuros e oleosos que se alongavam para uma escuridão imensa. Ela observou de perto algumas estátuas dos deuses da Caotyl Selvagem, alinhadas dentro da gruta. As estátuas estavam esculpidas numa pedra negra, que parecia engolir a luz dos cristais das paredes que ainda brilhavam em elevações.

— Ela está próxima, Rodaprateada. Meu corpo começa a estremecer com o poder dela.

— As cidades de Quimeca não se estendem além deste ponto — disse o homem-vapor. — Existem passagens que poderiam nos conduzir a pontos mais longínquos, até o leito do mar, mas nenhuma delas nos permitiria descer mais. Este é o limite do território deles, a profundidade da ferida infligida no corpo da Terra.

Havia mais ossos empilhados no outro extremo daquela catacumba e desta vez não eram alimentos para as roedoras brancas, mas legionários do velho império. Jaziam dispostos de forma ordenada, diante de quatro portas maciças; os portões eram suficientemente largos para que o volume de um aerostato chacaliano pudesse atravessá-los. Entre o pó e os restos de ossos, havia placas negras de armadura presas a uma malha de correntes, espingardas bizarras e uma mistura de pedras e cristais com o aspecto de algo que uma criança poderia montar como um brinquedo.

— Estavam encarregados de guardar a entrada, Molly corpo-macio, e desempenharam as suas funções até o fim. Preferiram morrer de inanição aqui a abandonarem os seus postos.

Molly estremeceu ao avançar por entre o pó que fora um dia os corações daqueles homens, capazes de não abandonar suas posições nem mesmo quando viam os seus companheiros caírem de sede ou de fome à sua volta. Fanáticos. Ao escolher um caminho por entre os restos ancestrais, Molly encostou a palma da mão numa das portas, metálica e estranhamente fria no meio daquele ambiente febril.

Seu sangue se movia nas marés secretas e ela respirava ofegantemente, o corpo se dobrando de um lado para o outro conforme a sua vontade. Molly tentou dizer alguma coisa a Rodaprateada, mas sua voz saiu como o hino gorgolejante do ruído de uma máquina. Uma luz dourada aqueceu a palma da sua mão, espalhando-se pela superfície da porta e resplandecendo de uma forma tão brilhante que Molly foi obrigada a fechar os olhos. Aquela radiação abrasadora parecia atravessar suas pálpebras, a sensação era tão dolorosa que ela teve que gritar. Depois desapareceu, deixando atrás de si uma levíssima dor de cabeça pairando em sua testa. Molly voltou a abrir os olhos: as portas tinham desaparecido, era como se nunca tivessem existido e os dois estavam agora na entrada de uma cratera polida e repleta de um sistema de corais de uma complexidade negra. Fios de vidro, milhões deles, desenvolvidos em formas que latejavam e se moviam com o próprio simulacro de vida.

— Uma máquina — disse Rodaprateada, extasiado —, mas não de metal.

Molly percebeu que fazia frio naquele espaço. Depois de dias e dias passados num calor digno de uma fornalha sonhando com os outonos frescos de Açomédio, ela tremia.

— Não, velha caldeira. Não de metal. Esses fios são sangue cristalizado, que foi sugado dos corpos dos próprios filhos dos senhores quimecanos. O derradeiro sacrifício que seus deuses exigiram.

O corpo de Molly efervesceu de repulsa por aquela abominação dissimulada, sentindo como a proximidade dela acionava sua relação com a Máquina-Mágica. Seu corpo estava mudando, as estruturas do seu corpo estão se reconstituindo por si mesmas, transformando-se em algo novo. Ela era a filha de Vindex e o filósofo escravo tinha visto esse quadro, ela tinha certeza disso. Esteve exatamente no mesmo lugar onde ela se encontrava e sentira as mesmas emoções, as mesmas paixões que o tinham levado a liderar a revolta das nações escravas.

— Molly corpo-macio, qual é a função desse artefato?

— Por enquanto, nenhuma — disse Molly, sentindo o eco das palavras em sua cabeça antes de dizê-las. A Máquina-Mágica estava mesmo muito perto deles. — Está apenas semiconstruída. Se a sua construção tivesse sido finalizada, seria um tubo musical para entoar uma melodia para a Caotyl Selvagem e descodificar a substância do padrão supremo, permitindo à Caotyl Selvagem convocar os seus próprios deuses. Metadeuses! Seres para além da substância frágil do nosso universo.

— Pelas barbas de Waldo-Açobhalah — silvou Rodaprateada —, existem hinos do nosso povo que jamais são entoados. Nomes que nunca foram pronunciados, por temor do poder que eles podem trazer ao mundo. Para que a Caotyl Selvagem pudesse fazer uma coisa dessas, o Círculo teria que ser fechado e o padrão supremo dissolvido! Nós pensávamos que tudo aquilo que a Caotyl Selvagem desejava era voltar a cobrir a superfície da Terra de gelo, devolver o Império Quimecano à sua glória antiga e fazer de nossa força vital uma refeição em sua mesa.

Molly balançou a cabeça.

— Pobre e louco Tzlayloc. Ele pensa que está limpando o caminho para uma nova ordem perfeita, mas a ordem nunca foi nada disso. Vai ser controlada pelos senhores da Caotyl Selvagem, uma eternidade perfeita de método completo... sem caos, calor, gravidade, movimento ou mudança, com tudo o que existe obedecendo ao domínio inerte dos metadeuses e à vontade da Caotyl Selvagem. De certa forma, seríamos todos iguais, iguais na nossa não existência, iguais na nossa morte viva, inserida num círculo de tempo infinito. É esse o futuro que meu antepassado entreviu e é essa a razão pela qual ele se revoltou contra o Império Quimecano!

— Molly corpo-macio, você está se transformando — disse Rodaprateada com um tom de perturbação latente em sua caixa de voz.

Ele recuou, a mesma aura dourada que tinha desintegrado a porta ainda há pouco estava levantando a pele de Molly em ondas. Aquela aurora boreal estava fazendo com que o instrumento de destruição final da Caotyl Selvagem brilhasse como um milhão de estrelas vermelhas em um firmamento escuro. A própria carapaça de Rodaprateada foi iluminada com aquele brilho. A energia dourada o fez se sentir tão cheio de saúde como Rodas Lentas tivera um dia, antes de Rodaprateada ter fundido os seus corpos de forma profana.

Molly gemeu e se encostou no corrimão construído ao redor do aro da cratera, ajoelhando-se por causa da tensão gerada pela mudança em seu corpo.

Quando o brilho começou a se dissipar, a placa de visão de Rodaprateada se desanuviou e ele distinguiu uma sombra negra a apenas um metro de Molly. Um fogo negro escorria dos olhos daquela sombra e o som de sua gargalhada malévola ecoava como se tivesse vindo das profundezas de um pesadelo.

Damson Davenport estava sentindo grandes dificuldades para manter o ritmo dos outros, os que tinham sido igualados há mais tempo do que ela e já estavam habituados à forma planificada e tediosa na qual tudo parecia em seus novos corpos. Passava os dias estendendo constantemente os braços para os objetos que deslizavam diante de si sobre a plataforma industrial sem conseguir apanhá-los ou, então, os deixava cair, mas do que ela sentia falta mesmo era de uma boa xícara de cafél ao fim do dia. O coque com que mantinham suas caldeiras acesas podia durar dias em suas novas formas enfeitiçadas, mas ela continuava a se lembrar da sensação do sabor das coisas, de ter apetite. Os líderes do grupo se gabavam de terem eliminado a fome e isso era de certa forma verdade também em seu caso, embora ela continuasse a sentir a falta da paz proporcionada pelo sono. Apenas permitiam dormir pouco mais de uma hora no seu novo corpo e quando a acordavam do descanso sem sonhos, quase não sentia o efeito daquela brevíssima pausa.

— Mantenha o ritmo da linha — gritava o chefe do seu grupo de trabalho, castigando as suas costas de ferro com a vara mágica de punição. — Compatriota Davenport, está atrasando toda a fila. Não é capaz de seguir o exemplo da compatriota Carker? Ela é uma excelente trabalhadora, um exemplo extraordinário para o povo que serve.

A compatriota Carker já tinha encontrado o ritmo certo para trotar em seu novo corpo, mas a verdade é que Harriet Carker era leal à Tristesperança e tinha sido uma das primeiras a ser igualada. A pobre estúpida tinha se oferecido para essa existência, tendo sido uma das que estabelecera as oficinas de carne nos domínios subterrâneos.

Era muito difícil distinguir os igualados — dos leais aos forçados —, o que tornava necessário controlar muito bem aquilo que se dizia e a quem. Damson Davenport experimentara o bastão da dor apenas uma vez, mas fora o suficiente para que ela se calasse. Os rumores de uma resistência e contrarrevolução tinham sido negados pelos líderes da companhia. No entanto, eles tinham interrompido a leitura noturna de *A Comunidade e os Comuns* só para darem essa informação. Era certo que a tinham cortado em fatias e enfiado o que restava naquelas formas cambaleantes feitas à base de metal e de carne, mas não a tinham privado de seu senso comum. Ela conseguia distinguir o medo nos olhos dos homens brilhantes, conseguia ver os "V" invertidos — os dentes do leão — desenhados nos muros das ruas, conseguia até distinguir a fumaça ao longe e ouvir os rumores próprios da batalha.

— Alto! — gritou o chefe da companhia.

Estavam todos do lado de fora da catedral circulista da Lilburne Street; as tropas da Terceira Brigada estavam em sentido e guardavam as portas. O que se passava no interior da catedral? — perguntou-se Damson Davenport. A prática do culto circulista se tornara um crime passível de ser punido com o bastão da dor; os líderes da companhia tinham deixado isso bem claro. Vários contêineres estavam sendo levados para o interior da igreja, dezenas deles, com coberturas de lona que escondiam seu precioso conteúdo.

— Formar! — gritou o chefe da companhia para a coluna de trabalhadores igualados. — Um contêiner para cada oito trabalhadores. Os contêineres devem seguir para a Praça do Parlamento. Depois de serem entregues, retornem, porque haverá mais contêineres esperando vocês. Este será o nosso trabalho até sermos novamente destacados para a construção de canhões.

O *nós* real, pensou Damson Davenport. O líder da companhia subia num dos contêineres e os seus compatriotas igualados começavam a executar de imediato aquilo que lhes tinha sido ordenado.

— Estes contêineres são concebidos para transportarem cavalos — disse Damson Davenport antes de poder evitar que aquela observação saísse em voz alta.

— Eles os têm comido— sussurrou o metalcarnívoro atrás dela, com sua caixa de voz em volume baixo. — Ouvi dizer que os homens brilhantes estão se queixando de que não há mais carne disponível em Açomédio.

Damson Davenport lançou um olhar à sua volta. Graças ao Círculo o chefe da companhia não tinha ouvido aquela conversa não comunitista. Os boatos eram uma forma de roubar empenho à causa, eles tinham sido avisados quanto a isso. O cortejo foi escoltado por uma miscelânea de tropas da Terceira Brigada e de homens brilhantes, com suas espingardas destravadas à mão durante todo o trajeto. Uma pequena esperança nasceu dentro dela: se estavam sendo escoltados, era porque ainda havia necessidade de se protegerem de alguém de Açomédio.

As sentinelas de uma barricada com as bocas dos canhões sobressalentes foram erguidas para o céu na entrada da Praça do Parlamento. Uma estrutura achatada e negra tinha sido montada no centro da praça, com suas estacas soltando uma fumaça oleosa e negra para o céu cheio de neve. Damson Davenport reparou no amontoado de restos das estátuas que tinham sido destruídas para darem lugar à nova estrutura. Havia ainda outra coisa recentemente instalada na praça: uma grande cruz de pedra, colocada no chão à entrada da Casa dos Guardiões, com alguém preso a ela uivando como uma *banshee*. Seus gritos chegavam a todos os cantos do espaço frio daquela praça. Uma pedra preciosa vermelha fervilhava por cima da pessoa que estava sendo torturada, à medida que os flocos de neve que começavam a cair sobre ela, se condensavam.

Os soldados da Terceira Brigada retiraram as coberturas de lona dos vagões, revelando o conteúdo das caixas e os tambores de cálculo no peito de Damson Davenport ressoaram com o choque. Os contêineres estavam cheios de pessoas; suas roupas, que eram há bem pouco tempo de fino corte, tinham sido rasgadas e manchadas no confinamento de um espaço que um chacaliano não reservaria nem ao mais miserável dos cães de rua. Lá dentro havia velhos, famílias inteiras e crianças com os uniformes das academias particulares destroçados por semanas dormindo e vivendo com eles vestidos. No entanto, a coisa mais estranha era a beatitude deles. Estavam ali com um ar conformado e nada mais. Por que não estavam zangados? Aquela gente era a elite da cidade, com certeza estava habituada à melhor comida e às melhores comodidades que Açomédio podia oferecer. Agora tinham sido reduzidos a sombras desoladas, sem uma ponta de energia que ao menos os fizesse chorar pelo seu próprio destino.

Os soldados desmontaram as paredes dos contêineres e empurraram os prisioneiros sujos para o exterior, forçando-os a formarem uma linha em direção à estrutura achatada. Atrás dela, o líder da companhia falava com um dos homens brilhantes. Uma vez terminada a conversa entre os dois, o líder se aproximou de Damson Davenport e a isolou da sua equipe de transporte de contêineres.

— Você continua atrasando os vagões, compatriota. Ainda não está habituada aos seus novos contornos maravilhosos. Assim sendo, decidi mostrar alguma compaixão por você. Durante o resto do dia, você vai trabalhar na caldeira do Colar.

No Colar? Então, aquilo, um Colar de Gideon. O líder a levou até o meio da praça, deixando-a junto da fornalha que estava sendo alimentada nos fundos daquela estrutura. Ela conseguia ouvir o estalar dos raios disparados no interior do edifício: um a cada cinco segundos. Rápido, indolor, humano: aquilo era claramente o reflexo de uma sociedade avançada. Damson Davenport olhou para baixo, para o combustível introduzido na fornalha pelos trabalhadores igualados.

— Mas isso são livros, compatriota coordenador.

— As reservas de carvão atingiram um nível baixo demais, compatriota Davenport — explicou o chefe da companhia, apontando para a neve. — Sua preocupação é positiva, mas os livros são uma fonte de combustível adequada. Além disso, pode estar segura de que você não vai encontrar nenhum exemplar de *A Comunidade e os Comuns* entre eles.

Claro, havia apenas um livro essencial. Damson Davenport recebeu uma pá das mãos do chefe da companhia e se juntou aos outros trabalhadores, recolhendo pilhas de livros com ela e os atirando nas chamas da fornalha. Ela não sentia o calor vindo do interior, tampouco era capaz de sentir o frio da praça. Sabia qual era a temperatura, uma vez que o seu corpo conseguia dar essa informação, mas pura e simplesmente não a sentia. Por pouco que os gritos penetrantes da pessoa na cruz não a fizeram deixar cair uma pilha de livros na neve.

— O que é aquilo?

Um dos seus companheiros de trabalho orientou sua caixa de voz na direção dela.

— O rei.

— O rei? Mas ele está morto, não está?

— O *novo* rei.

— Ó, meu Círculo.

Damson Davenport olhou para a silhueta distante e contorcida de dor na cruz. Devia ter perdido o festival da coroação. Todo mundo do bairro estava tão ansioso por aquela festa… Ela tinha até conseguido reunir um pequeno arsenal de fruta podre durante semanas a fio em seu quarto, só para ter alguma coisa para atirar no monarca no dia em que chegasse a Açomédio. Amargamente desiludida, Damson Davenport retomou a tarefa de alimentar o fogo do Colar de Gideon.

Capítulo Vinte e Quatro

As granadas de vidro arremessadas pelos cavaleiros destruíram a barricada montada sobre a ponte, com os cavalos atravessando aquela barreira para se juntarem aos que já tinham passado por cima da linha de baionetas. Oliver ceifava tudo o que se encontrava abaixo dele com a ajuda de sua lâmina; a faca mágica tinha se transformado numa réplica exata de um sabre curvo. À sua frente, a feiticeira cigana fazia rodopiar um chicote de fogo sobre o soldado da Terceira Brigada mais próximo. Oliver se desviou de uma bala de espingarda que vinha na direção da sua cabeça, puxando em seguida uma pistola do coldre e matando o atirador. Conseguiu ainda desviar de uma investida de baioneta vinda da sua esquerda e responder com um chute que derrubou o soldado no chão.

Era estranho combater montado sobre o cavalo, mas o porte do sextúpede infligia medo nos corações dos soldados que lutavam no terreno e sua altura facilitava a tarefa de atacar ininterruptamente, embora o colocasse simultaneamente na linha de fogo. Soltando um grito vingativo, a cigana feiticeira se lançou da garupa do cavalo e mergulhou no meio da briga como um cometa em chamas. A Comunidade da Partilha Comum a tinha expulsado das suas terras em Quatérturno e, agora, os invasores pagariam com seu próprio sangue por tentarem repetir esse tipo de expurgo em Chacália.

Oliver lançou um olhar rápido para o outro lado das proteções da ponte e viu a cuba do comodoro descer ao longo da corrente de água esverdeada do Apostaflores. Por enquanto, as tropas estacionadas em cima da ponte não o incomodavam. Sem pensar duas vezes, avançou no dorso do cavalo e tomou as rédeas, espetando-o com as esporas e saindo do meio daquela confusão. Passou a galope por um amontoado de soldados feridos da Terceira Brigada que haviam sido resgatados da frente de batalha por seus compatriotas. Deixou a batalha para trás em direção à cidade. Em pouco tempo, estava no coração de Açomédio: as janelas estavam cobertas de gelo e escurecidas e as poucas pessoas que andavam pela rua à procura de comida sumiram à sua passagem.

Oliver sussurrou palavras ciganas vindas à sua mente na orelha do animal e a égua aumentou o ritmo. Antes de avistar o hospício de Hawklam, sentiu o seu cheiro: o odor das fogueiras do muro das maldições estabelecido na colina, com o horizonte ondulante à medida que os flocos de neve caíam sobre esse escudo. Antes havia um muro normal, construído para evitar que os cidadãos de Açomédio se aproximassem demais da barreira de cantor do mundo. Não que ele fosse necessariamente indispensável, os que não se sentiam desencorajados de se aproximarem com o assobio diabólico do outro muro tinham seguramente razões de sobra para terem deixado de se preocupar com ele. Oliver permitiu que a sua percepção se estendesse para além dos portões do manicômio, seus sentidos espalharam-se e difundiram-se pela colina de Hawklam. No entanto, a falta de controle fez com que dilacerasse a si próprio. Com um esforço de concentração, conseguiu reunir os seus fragmentos, reestruturando o quebra-cabeça da sua consciência. Conseguira tocar o interior dos cantores do mundo e acessar as suas mentes, atentando para as sutis diferenças entre cada um deles. O domínio da canção do mundo os tornara mais semelhantes do que qualquer diferença de nacionalidade, política ou raça. Os chacalianos lutavam por sua liberdade e por toda a Açomédio, mas aqui as coisas seguiam o seu caminho normal, como de costume. Os encantados selvagens tinham que permanecer presos, esse era um ponto em que ambas as partes estavam de acordo.

Em sua fúria, Oliver sequer reparou que tinha subido pela vedação limítrofe e atravessado o muro das maldições, deixando um buraco aberto na barreira brilhante. Sentiu apenas o estrondo das linhas de Ley nas estruturas da Terra, seis grandes correntes de poder que passavam pelo topo da colina de Hawklam. Desde que os chacalianos tinham ocupado aquelas terras, aquela elevação era um local de poder e de superstições.

Religiões ancestrais tinham erguido templos de pedra ali, derramado sangue, identificado a dança das estrelas e enterrado chefes de guerra. Tanto fluxo terrestre, tanto poder.

A entrada principal do manicômio era uma barreira blindada tão espessa como o casco de um submarino de guerra. Eles tinham selado Hawklam logo no início da invasão. Nenhum encantado deveria escapar durante o combate.

Oliver bateu à porta com o punho da sua lâmina de feiticeiro e uma fenda de vigia se abriu diante dele. Os contornos de um portal do tamanho de um homem eram visíveis no interior da grande barreira negra.

— Como conseguiu chegar até aqui em cima? — perguntou uma voz. — Não entrou ninguém pelos portões principais.

— Está a serviço de quem? — perguntou Oliver.

— O quê?

A voz vinda do outro lado parecia confusa.

— Gostaria de saber uma coisa — disse Oliver. — A ordem dos cantores do mundo serviu os reis antigos, depois a Casa dos Guardiões. Em Quatérturno, serviu a monarquia, depois a Comunidade. Queria saber se existe alguém com quem a sua maldita organização ainda não tenha se prostituído de forma a não perder seus privilégios e posição.

Um carcereiro empurrou o cantor do mundo em serviço junto à porta e espreitou pelo buraco.

— Desaparece, moleque idiota! Se me obrigar a abrir esta porta, vou dar uma surra em você e deixá-lo quase morto aí no meio da rua.

— Vou dar mais uma opção — disse Oliver. — Tragam-me o encantado Nathaniel Harwood e tragam-no agora. Senão terei de buscá-lo aí com vocês.

— Eu não vou nem responder a essa ameaça, rapaz — disse o guarda, gritando para os seus colegas em busca de reforços. — Pensa que estamos em Bonegate? Aqui não há dia de visitas, não deixamos entrar curiosos só para verem os prisioneiros dançar nas celas por um *penny* a olhadinha.

— Eu não vim aqui para vê-lo dançar — disse Oliver, cortando um círculo na barreira com sua lâmina de feiticeiro e fazendo ranger o aço negro, que caiu para trás com o ruído de um sino de catedral antes mesmo de ter lhe dado um chute com a bota. — Vim para ver vocês dançarem.

Ao dizer isso, mergulhou numa tempestade de feitiços, cânticos e maldições, um turbilhão de energia projetado sobre ele por um semicírculo de cantores do mundo. Oliver permitiu que eles descarregassem todas as feitiçarias sobre seu corpo. As linhas de Ley agitaram-se com o poder da Terra manipulado e investido sobre ele. No entanto, a intensidade daquela energia diminuiu à medida que o ataque perdia força. A fúria e a confiança dos feiticeiros se dissipavam e, no lugar delas, surgia a surpresa, que evoluiu em seguida para o medo quando a gargalhada de Oliver encheu o ar do átrio do hospício. O ataque perdeu força e parou.

— Oliver Brooks!

Oliver avistou quem o chamava do lado oposto do corredor.

— Inspetor Pullinger. E eu pensando que vinha fazer uma visita a um velho amigo quando afinal posso visitar dois.

— Eu tinha razão — afirmou Edwin Pullinger. — Estava certo sobre a sua natureza durante todo este tempo.

— Resolvi aceitar o seu conselho, inspetor. Vim para Açomédio para me juntar à Guarda Especial, mas parece que eles estão colaborando com os turnianos, tal como o senhor. Será que isso faz de mim o último dos guardas honestos?

Mais carcereiros protegidos por armaduras antifeitiço surgiam atrás de Pullinger, puxando os cassetetes de toxinas pendurados em seus cintos.

— Sempre soube que era um maldito rapazinho encantado — disse o cantor do mundo. — Um daqueles que jamais iria se deixar controlar.

— O meu pai era um lupocaptor e a minha mãe uma semideusa. Quanto ao meu destino, ele é só meu. Para você, sou apenas a mão da justiça.

— Você é perigoso demais para ter um torque soldado em volta do pescoço — disse o feiticeiro, pegando a sua caixa de inalação e aspirando uma dose de girorroxo — e agora que Chacália está funcionando de acordo com as leis da Comunidade, deixamos de ser obrigados a seguir as restrições entediantes da carta que a Casa dos Guardiões nos tinha imposto.

— A lei da mão de ferro — disse Oliver num tom de desprezo. — A lei do faça o que quiser. Nesse caso, ambos estamos livres das leis que nos impediam de agir. Sua canção do mundo não consegue me atingir, esse é o meu poder, inspetor. Não estou tocado pela Brumencantada, eu *sou* a Brumencantada.

— E é por isso que vai morrer.

Os carcereiros de Pullinger já tinham os seus cassetetes tóxicos a postos, já passavam de cinquenta só naquele átrio. A lâmina de feiticeiro estremeceu na mão de Oliver e o metal da ponta do sabre se alterou em sua extremidade, que se bifurcou. O cabo metamorfoseou-se, estalou com o ruído próprio de um osso que se parte. Continuava a ser inacreditavelmente leve, mesmo transformada agora num machado de cabeça dupla. A parte da alma do seu pai que ficara impressa na arma se congratulou com aquela escolha. Oliver tentou apagar a maldade existente nas almas dos carcereiros e sentiu os seus pecados como uma dor: as surras, as experiências com feitiços, as lutas organizadas entre os presos e os encantados para que eles pudessem fazer apostas sobre o resultado, vidas inteiras repletas de crueldade.

Girando e retorcendo-se em suas mãos, a lâmina de feiticeiro descobriu uma forma de apagar toda aquela maldade.

— Venham, homens arrogantes do hospício de Hawklam. Mostrem-me uma boa forma de morrer.

— Essas caldeiras precisam de mais energia — gritou um dos sacerdotes gafanhotos.

O Colar de Gideon diante dos olhos de Damson Davenport começava a estremecer sobre os pés da plataforma. O motor de processamento da máquina estava trabalhando claramente além dos seus limites de esforço. De poucos em poucos minutos, um trabalhador turniano de avental de couro atirava um saco que se estatelava no meio da neve, deixando uma poça de sangue no lugar quando os homens brilhantes a transportavam para o palácio.

Damson Davenport já não ouvia mais os gritos do jovem rei amarrado na cruz. Ao se concentrar no trabalho de manutenção da fornalha, tinha conseguido que os seus olhos evitassem os vagões e as jaulas vazias na Praça do Parlamento. Famílias inteiras num estado imundo e prisioneiros bem-vestidos eram forçados a fazer uma fila por entre as coronhadas das espingardas, sabres e lanças.

O homem mais importante, aquele a quem todos chamavam Tzlayloc, surgiu por uma das portas do parlamento rodeado de guardas e sacerdotes gafanhotos. Tinha passado o dia inteiro entrando e saindo da Casa dos Guardiões, mais parecendo uma criança excitada à espera do seu presente de solstício de inverno. Distraída como de costume, Damson Davenport tropeçou num dos outros trabalhadores igualados que alimentavam as fornalhas das caldeiras. Eram seis ao todo trabalhando exclusivamente no Colar de Gideon.

Tzlayloc se aproximou de um dos sacos de corações.

— Mais depressa, compatriotas. Estamos muito perto!

Perto de quê? — perguntava-se ela. Seu capataz se dirigiu rapidamente ao líder, e no meio de todas aquelas saudações, Damson Davenport percebeu que o seu trabalho no Colar iria se tornar cada vez mais frenético. Então, um oficial da Terceira Brigada a cavalo chegou a galope, vindo do meio da tempestade de neve e interrompendo a idolatria do seu capataz. Ela apenas conseguia ouvir parte do seu relatório. Contrarrevolucionários, cavaleiros-vapor, reforços da Primeira Brigada.

Tzlayloc uivou de raiva e ela não teve qualquer dificuldade em perceber suas instruções.

— Cancelem a ordem da Guarda Especial de rumar para o sul. Eles devem entrar em ação, tragam-me o Capitão Faísca.

Seu séquito o rodeou e uma chuva de ordens se seguiu à partida do cavaleiro, com os subordinados de Tzlayloc se apressando em obedecer. Inesperadamente, Tzlayloc caiu no chão, aos gritos. Não seria de se admirar, Damson Davenport pensou, que no meio de tantos gritos e correrias, ele estivesse tendo um infarto. Contudo, logo ela percebeu que os berros soavam mais como a exteriorização de um êxtase do que outra coisa.

Ouviu-se o som de um tecido se rasgando e uma fissura surgiu no ar acima da Praça do Parlamento, feita de cores que ela nunca tinha visto antes em sua vida e que escorriam de uma fenda.

— Xam-ku — gritou Tzlayloc. — Xam-ku!

Patas negras rastejaram para o exterior da fissura. Os flocos de neve se transformaram em vapor ao tocarem nos braços que se esticavam e se dobravam no ar, movendo-se como as patas de uma aranha que emerge de seu esconderijo de caça. Duas das patas se esticaram para Tzlayloc, tocando-o de leve enquanto ele gemia de prazer. Seu corpo estava mudando, inchando e se dilacerando à medida que a escuridão que deslizava da fissura tomava forma. Tzlayloc tremia — e não era devido ao frio daquele estranho inverno que tinha congelado Açomédio. Os sacerdotes gafanhotos estavam ajoelhados ao redor do chefe do Primeiro Comitê, cantando numa língua que ela desconhecia.

Um fogo negro começou a escorrer dos olhos de Tzlayloc e o seu olhar percorreu a Praça do Parlamento de uma ponta à outra. Ao mesmo tempo, ria com uma gargalhada metálica, que fazia lembrar o estalar de uma mandíbula preenchendo o vazio do ar frio. Damson Davenport não fazia ideia de que recurso da mecomância eles tinham usado para trocarem seu coração palpitante pela válvula metalcarnívora, mas o que quer que fosse, ela percebeu naquele momento que o órgão podia estremecer de terror exatamente como antes.

O comodoro Black saltou da jangada improvisada e a puxou através dos juncos e da água gelada até a margem do Apostaflores. Apoiando-se no bastão de debate que tão bem servira como leme de embarcação, o Guardião Estanho Dobrado também desceu para terra firme. A fumaça do barco-taberna em chamas que havia sido perseguido se dissipou finalmente quando o barco improvisado afundou nas águas castanhas do rio.

Um grupo de cavaleiros estacionados nos campos do exército dos homens-vapor já tinha se aproximado para vir receber aqueles novos refugiados.

— Caro mamífero, sua circulação vai congelar com a temperatura do rio.

O comodoro Black ergueu o olhar para a barreira coberta de neve.

— Lagartas de Cobre! Abençoado Círculo, conseguiu escapar com vida de Tock House!

— Claramente — disse o homem-vapor, sendo rodeado em seguida por um séquito de mu-corpos, mecanismos gigantescos de combate, escravos da sua consciência dotados de placas de visão agressivamente brilhantes e duas vezes maiores do que Braços Afiados. — Não foi possível encontrar uma embarcação mais digna desse nome para fugirem das imediações de Açomédio?

— Fugir! Nós viemos buscar vocês, sua velha caldeira obtusa. O pobre Blacky aqui foi arrastado pela corrente do Apostaflores, enquanto aqueles demônios da Terceira Brigada nos usavam como alvo flutuante para seus canhões e espingardas. Não reconhece o Guardião Estanho Dobrado?

Os mu-corpos que cercavam Lagartas de Cobre fizeram uma reverência ao político.

— Guardião Estanho Dobrado, chegaram até nós rumores de que o senhor teria perdido a vida quando as forças quaterturnianas selaram o Bairro Vapor e ergueram um cerco ao nosso povo no interior do bairro.

— Por mero acaso, eu estava em Workbarrows tratando de negócios. E felizmente, os combatentes de nosso lado conseguiram furar o cerco usando a rede de saneamento — informou Estanho Dobrado. — Venho representando o parlamento. Onde está o Rei Vapor?

— Nós o levaremos até ele.

Os cavaleiros abriram caminho para que uma das caixas-armas do Estado Livre avançasse até à margem, fazendo arrastar os seus pés de ferro pela neve. A caixa se baixou como um elefante de guerra e o comodoro e Estanho Dobrado subiram em sua boca de morteiro. Agarrando-se ao bombardeiro como podiam, atravessaram o acampamento do exército dos homens-vapor, logo atrás de Lagartas de Cobre e de uma coluna de cavaleiros-vapor. Em lugar das tendas de campanha do exército chacaliano, o povo de metal trouxera varas de ferro que se interligavam para darem forma a vários esqueletos hexagonais selados com painéis de borracha. Era como se os prados brancos da margem leste tivessem se transformado num lençol de corais.

As ordens militares não tinham descido de forma isolada do reino da montanha; os rastros das caldeiras de dez mil homens-vapor estavam visíveis no meio da neve. Homens-vapor que nunca antes tinham prestado serviço num regimento de batalha tinham os canos das repetidoras de pressão ligados a seus braços, com tubos que recuavam para suas caldeiras e tambores que rufavam com balas de ferro. Faziam uso de cada minuto do seu precioso tempo para praticarem manobras de batalha sob a supervisão dos novos oficiais.

Estanho Dobrado e o submarinista foram levados até o centro do acampamento, onde os porta-estandartes coloridos despontavam com a energia do vento de um campo de lanças como troncos em chamas. Uma vez lá, depararam-se com os cerca de dezoito metros de altura do corpo de guerra do Rei Vapor: um objeto de terror funcional, com uma massa esférica de canhões suportada por suas duas pernas que mais pareciam garras, dotadas de canos de armas e sistemas de lanças para empalar. A estrutura aproximou-se da caixa-arma e o Comodoro pôde constatar que, no interior daquela jaula monstruosa, estava um pequeno homem-vapor dourado e semelhante a uma criança, controlando a máquina com as alavancas de controle.

— Rei Vapor — exclamou Estanho Dobrado, com sua caixa de voz já antiga lutando para se sobrepor ao ruído do vento. — Venho em nome da Casa dos Guardiões do Reino de Chacália e represento a vontade do governo de emergência composto por todas as partes políticas, o exército de resistência, o Partido Igualitarista e o povo do círculo eleitoral de Workbarrows. Reconhece a minha legitimidade?

— RECONHEÇO.

A voz do Rei Vapor trovejou por toda a margem do rio, agitando os órgãos internos do peito do comodoro Black. Àquele volume, podia dar ordens para as próprias montanhas que o exército deixara para trás.

— Nesse caso, invoco o tratado de 980, assinado pelo Primeiro Guardião Lorde Isambard Kirkhill e por Vossa Excelência nos Campos de Fulven e posteriormente ratificado pela Casa dos Guardiões. O parlamento de Chacália convoca o potencial bélico do Estado Livre dos Homens-Vapor e a Casa garante a dispensa necessária para a travessia do leito do Apostaflores e posterior entrada na capital real de Chacália.

A máquina de guerra do Rei Vapor se aproximou da caixa-arma de forma que o monarca pudesse falar através do corpo dourado de seu piloto.

— Você prosperou nesta terra, Estanho Dobrado. É um cidadão de pleno direito de Chacália e os Vapores dos Loas não poderiam estar mais orgulhosos de seus sucessos nem mesmo se tivesse sido o próprio Waldo-Açobhalah a ser eleito como Guardião de Workbarrows.

— Muitas vezes cheguei à conclusão de que o espírito da liberdade é como um Loa, Sua Majestade, e ele está presente em muitos dos que habitam nesta terra.

— Nesse caso, que nós possamos avançar ao seu lado — disse o Rei Vapor, virando-se para seus oficiais e para as ordens militares para comandar o exército inteiro:

— PARA A GUERRA! PARA A GUERRA! EM MARCHA PARA AÇOMÉDIO.

Os membros do Primeiro Comitê presentes na Casa dos Guardiões tinham acabado de assistir horrorizados à forma como Tzlayloc levantara o mensageiro — um revolucionário igualado — e o atirara pela janela de vidro da galeria, fazendo com que os componentes do arauto se despedaçassem no pátio exterior.

— Máquinas — disse Tzlayloc. — Máquinas nojentas!

A princípio, os membros do comitê pensaram que ele devia estar se referindo ao mensageiro igualado, mas depois perceberam que estava comentando as notícias que acabaram de chegar: o exército dos homens-vapor tinha começado a avançar sobre eles. Tzlayloc sentiu-se capaz de destruir a mesa redonda e mandar os mapas de Açomédio e arredores pelos ares. Nunca antes tinha se sentido tão forte, mas tudo estava se desmoronando à sua volta, com os ingratos miseráveis de Açomédio juntando-se à insurreição contrarrevolucionária. Metade da cidade em tumulto e, agora, vinham as criaturas da raça de metal, que tinham finalmente reunido a coragem suficiente para interferirem nos assuntos de Chacália! O habilidoso rei dos homens-vapor preparava-se para vir em auxílio dos seus aliados corruptos, já que os seus focinhos tinham sido retirados do cocho de comida e transformados em bacon. Ele não tinha alimentado o povo? Não tinha oferecido seus tiranos aos Colares de Gideon erguidos em seu nome?

Pensando que a fúria de Tzlayloc tinha finalmente se apaziguado, um dos sacerdotes gafanhotos aproximou-se do presidente, colocando-se tão próximo dele que quase tocava a auréola negra que agora escorria do corpo do seu líder. O coração de Tzlayloc ficou aliviado, tratava-se do ex-engenheiro de motores de transação do Salão Verde, e este sacerdote sempre trazia boas notícias. O líder desconhecia o fato de que, depois de lidar com os altos funcionários insignificantes do Salão Verde, o sacerdote ficara bem-instruído na arte de apresentar as novidades no seu devido tempo, conservando-as para si e não as partilhando senão no momento certo como uma forma de tributo.

Tzlayloc assentia à medida que o sacerdote sussurrava em seu ouvido, até que levantou a cabeça e soltou aquela gargalhada horrível e estridente. A revolução seria alimentada em breve, tão bem-alimentada e por tanto tempo que a Máquina-Mágica jamais poderia se opor à causa com sua pérfida rede de feitiçaria mecânica. Tzlayloc transmitiu ordens ao sacerdote e esperou o companheiro leal trazer o marechal Arinze e a sua comitiva — à qual o Capitão Faísca se juntou em seguida. O Guarda Especial parecia esgotado. Como era irônico que alguém tão poderoso como ele pudesse se mostrar tão maleável. A Caotyl Selvagem, presente no corpo de Tzlayloc, sentiu o desconforto do capitão ao avançar para o exterior da praça. Ele tinha lutado no campo de batalha, sabia o preço em sangue que a guerra sempre reclamava e a revolução determinava que aquela última guerra fosse disputada e vencida a qualquer custo. O inimigo devia sofrer, essa era a ordem das coisas.

— Os exércitos do Estado Livre estão avançando vindos do leste — disse Tzlayloc. — Quais são as notícias de nossos irmãos em Quatérturno, compatriota marechal?

— Nossos compatriotas cantores do mundo estão prestes a conseguir traduzir o feitiço do muro das maldições — disse Arinze. — Os cantores do mundo prometeram ter o muro derrubado em uma semana. Nossos compatriotas descobriram, num dos campos, um operário que trabalhou nele e o homem ainda estava em condições de providenciar algumas informações relativas à...

— Nós não dispomos de uma semana! — interrompeu Tzlayloc. — Dentro de quatro horas, teremos cavaleiros-vapor às portas de Açomédio.

— A Primeira Brigada já foi praticamente toda transferida de atmosférico. Podemos aguentar a capital até o muro das maldições ser derrubado. Compatriota Tzlayloc, nós temos vinte divisões do outro lado da fronteira, são tropas em número mais do que suficiente para nos apoderarmos de todas as cidades, vilas e povoados de Chacália.

— E se o muro das maldições levar mais tempo a cair?

— Também temos mineiros escavando túneis a uma profundidade suficientemente grande para que elas possam passar por baixo do muro das maldições. Neste momento, os escavadores chacalianos não estão oferecendo qualquer resistência a esse avanço. A ralé das fortificações fronteiriças já fugiu. Não há um único casaca-vermelha nem qualquer unidade alfandegária ativa na linha de fronteira. Os regimentos do Norte ainda estão no terreno, mas não se atrevem a avançar com força contra nós porque têm medo de regressar a suas terras e descobrir os soldados do califa instalados nos salões de seus clãs. O compatriota Faísca e os seus guardas têm força mais do que suficiente para darem conta do Sul.

— A Guarda Especial vai receber sua cidade junto à Brumencantada em seu tempo — disse Tzlayloc. — Primeiro, devem nos ajudar a derrubar as forças do Rei Vapor.

— Derrubá-las? — perguntou o marechal, olhando para Tzlayloc com um ar de incredulidade. — Mas nós estamos instalados em Açomédio, a cidade está sob o nosso controle! Deixemos que o inimigo faça a sua investida sobre as nossas fortificações e derrame seu óleo.

Tzlayloc espetou um dedo sobre o mapa.

— Vamos avançar e vencê-los aqui.

O marechal Arinze olhou para o ponto escolhido pelo presidente do Primeiro Comitê.

— No Rio Pântano? Nessa área não há nada, só colinas, pântanos e terras cultivadas. Por favor, compatriota Tzlayloc, com duas brigadas, consigo defender Açomédio até o solstício de inverno, mas não podemos enfrentar um exército de Mecância em campo aberto. Os cavaleiros deles são melhores do que a nossa cavalaria, são mais rápidos e mais fortes. Além disso, estão mais bem-armados. Suas caixas-armas vão dizimar os meus canhões. Dessa forma, não posso garantir uma vitória nem mesmo com doze brigadas atrás de mim.

Tzlayloc esticou o braço e apertou a cara do marechal, exercendo uma pressão suficiente forte para obrigá-lo a se ajoelhar.

— Você tem os deuses da revolução do seu lado! A Caotyl Selvagem é forte e a sua força não para de crescer com cada inimigo do povo que serve de alimento para nossa causa. O que o metal maligno tem do seu lado? Os Loas são tão débeis quanto a fumaça fétida que eles expelem de seus tubos. Foi por isso que Chacália caiu tão facilmente aos pés da revolução, porque se esqueceu da sua fé! Não me volte a duvidar da fé em nossos princípios comunitistas, homenzinho miserável.

O marechal Arinze se levantou apressadamente assim que Tzlayloc o largou. Como qualquer valentão nato, Arinze sabia perfeitamente reconhecer um predador mais forte.

— Será como você diz, compatriota presidente.

Tzlayloc virou-se para Faísca.

— E você, compatriota capitão? Tem algum conselho a me dar sobre a ordem de batalha?

Faísca contemplava soturnamente os cantores do mundo da Comunidade da Partilha Comum que ajudavam o marechal Arinze a se recompor.

— Nós vamos avançar para as terras altas, em direção ao Rio Pântano. Diga onde quer que nos posicionemos e obedeceremos. Avançaremos sobre essa área e lutaremos no outro extremo.

— Uma atitude admirável, compatriota Faísca. A Primeira Brigada vai se dirigir para a Colina da Forca e Spouthall e a Terceira Brigada avançará de imediato com as nossas companhias igualadas do exército revolucionário e a Guarda Especial para enfrentar os invasores do Estado Livre no Rio Pântano.

O Capitão Faísca foi incapaz de permitir que a sua indiferença melancólica levasse a melhor sobre o raciocínio militar. O plano do presidente era uma loucura.

— Está cedendo mais de dois terços de Açomédio para a milícia. Mesmo que vençamos as forças do Rei Vapor, quando voltarmos, teremos uma cidade em grande parte ocupada pelo inimigo. Então, a Terceira Brigada já não poderá contar com o elemento surpresa para irromper pela capital no meio da noite. Cada rua recuperada fará subir consideravelmente o trabalho na tenda dos médicos.

— Não se preocupe com os exércitos particulares dos senhores das indústrias — disse Tzlayloc. — Eles vão ter o que merecem por se oporem ao povo.

Um sentimento terrível se apoderou de Faísca, a ordem de batalha de Tzlayloc não tinha pé nem cabeça exceto numa circunstância. Mas certamente o presidente do Primeiro Comitê da recém-proclamada Comunidade da Partilha Comum de Chacália não seria capaz *daquilo*, ou seria?

— E o Príncipe Alpheus? — perguntou Faísca. — Vai deixá-lo na cidade?

— O compatriota Alpheus está servindo à revolução de inúmeras formas — disse Tzlayloc. — Sua atenção ao dever lhe dá créditos, compatriota capitão, mas proteger o povo da monarquia deixou de ser uma responsabilidade da Guarda. O que o povo costumava gritar às portas do palácio nos dias de apedrejamento? Não há república com reis, não era? Se isso o faz se sentir um pouco melhor, podemos levar a cruz conosco. Talvez a agonia do rei reconforte nossos corações e possa nos inspirar a execução de grandes atos de coragem contra o povo de metal.

Os dedos de Tzlayloc bateram nos mapas estendidos sobre a mesa, deixando manchas negras nas nações vizinhas.

— Sim, compatriota capitão, pode deixar o canalha monárquico na casa de procriação real aos cuidados do Colar de Gideon. Nossas energias estarão concentradas no exterior, não no interior. Vitória após vitória para o povo, com o estandarte da igualdade plantado em cada Estado do mundo.

Lágrimas de energia negra caíram sobre o piso de carvalho da Casa dos Guardiões, fervilhando como ácido aos pés de Tzlayloc. Cada sociedade seria um ninho organizado, com trabalhadores igualados trabalhando em conjunto, indistintos como irmãos e irmãs, perfeitos e satisfeitos, em seu trabalho infinito. Iria ser uma coisa gloriosa.

O último muro das maldições que restava de pé diante da cela oito-zero-nove gritou como um porco moribundo sobre a mesa do matadouro. A energia dos feiticeiros retorceu-se e distorceu-se ao redor da sua estrutura encantada. O muro dobrava-se e enrolava-se em formas jamais imaginadas pelos feiticeiros que o tinham invocado. Lá dentro, o Sussurrador estava encostado contra a parede, rodeado pela imundície dos seus próprios excrementos e por ossos de animais.

— Oliver — sibilou o Sussurrador. — Seu corpo perfeito está coberto de sangue.

— Tive que fazer uma pequena parada lá em cima para negociar a sua liberdade.

Oliver virou a cara de repulsa por causa do fedor da cela.

— Deixaram de levar o balde daqui quando pararam de me trazer a gororoba com que me alimentavam — disse o Sussurrador. — E você, como conseguiu chegar a Hawklam?

— Como cheguei aqui? A cavalo.

— Ainda bem. Sou capaz de comer um animal desses.

Lá fora, os ocupantes das outras celas uivavam de raiva e frustração. Oliver ajudou o Sussurrador a se endireitar e passou a espingarda de um dos carcereiros mortos para que ele a usasse como muleta.

— Eu podia quebrar os feitiços deles — disse Oliver, olhando para a série de celas.

— Ainda continua com essa ideia de levar todos nós para a Terra Prometida, Oliver? Para o zoológico particular dos encantados da Dama das Luzes?

Oliver balançou a cabeça.

— Ela desapareceu, Nathaniel, e a coisa que surgiu no lugar dela é... enfim, digamos que é menos agradável.

— Eu o avisei que um dia iria precisar da minha ajuda, rapaz. Fico contente em saber que está pensando do mesmo modo. Quanto aos outros inquilinos deste andar, pode deixá-los trancados. Todos os que eram capazes de pensar de uma forma minimamente linear já foram levados pela Guarda Especial para sua terra dos encantados livres. Os que estão presos, tão abaixo, são selvagens e perigosos.

— E suponho que você não é nada disso?

— Diga você, Oliver, você que acaba de derramar o sangue de uma centena de carcereiros só para chegar até mim.

— Foram eles mesmos que se mataram com as escolhas que fizeram — disse Oliver. — Além disso, queria ver com meus próprios olhos por que o fecharam numa cela a esta profundidade.

O Sussurrador riu.

— Está indo caçar, não é? Seu bastardo maluco. Você está indo caçar deuses!

— Não era esse o seu plano?

— Era, só achei que você jamais iria concordar com ele. Da forma como as coisas têm se desmoronado em Chacália ao longo das últimas semanas, talvez tivesse sido melhor me tornar o *troll* da ponte da Dama das Luzes e da Brumencantada.

Assim que abandonaram a cela e começaram a percorrer o corredor do manicômio, a aparência disforme do Sussurrador começou a se metamorfosear, recuperando forças à medida que os campos de feiticeiros que o tinham separado do poder terrestre e dos ossos da terra ficavam para trás.

— Agora sim, está melhor. Nunca mais voltarão a me apanhar, Oliver. Já não sou o rapaz que o meu pai vendeu à beira do rio pelo preço de uma garrafa de *jinn*. Cresci em formas que eles jamais poderiam imaginar.

Oliver atravessou as correntes do ar. Os muros das celas se dobravam e se torciam enquanto Sussurrador absorvia o poder das linhas de Ley para recuperar os seus contornos normais.

— Já tem a sua liberdade, Nathaniel. Agora está na hora de nos certificarmos de que também haja um mundo para desfrutá-la.

— Vamos para o leste, rapaz — sibilou o Sussurrador. — Ontem à noite percorri os sonhos de mil homens-vapor. O exército de Mecância já está no terreno. Foi a força do metal que venceu os deuses obscuros da última vez e há uma série de contas extraordinariamente antigas para acertar.

Oliver lembrou-se do povo da cidade-montanha: várias imagens da sua viagem na companhia de Golpe de Vapor confundiram-se com memórias obscuras de outras viagens pelo Estado Livre — algumas como inimigo perseguido, outras como amigo —, no convés de um aerostato, com os picos das montanhas apontando para os céus.

— Você está bem? — perguntou o Sussurrador.

— Minha cabeça está tão cheia, às vezes não sou capaz de pensar.

— Foi assim que eu aprendi a vagar pelos sonhos, com os pesadelos de metade do país à deriva em meu sono. Você precisa aprender a usar esse dom.

— Vou tentar, Nathaniel.

Os dois refizeram o caminho de Oliver através dos corredores escuros e sujos do manicômio. A existência de Oliver foi pressentida pelos seres inumanos mantidos do outro lado dos muros das maldições: alguns deles eram uma amostra de fúria viva, lançando suas mentes contra os muros das celas, enquanto outros eram presenças taciturnas e obscuras numa espera silenciosa, frios como aranhas que aguardam que algo caia por fim em sua teia. Era quase possível para ele compreender a razão pela qual a ordem de cantores do mundo insistia que os encantados fossem controlados e aprisionados. Alguns daqueles seres da raça encantada eram uma força da natureza antes de serem qualquer outra coisa e a parte humana das suas mentes estava carcomida pela bruma, abandonada num corpo semidesenvolvido pela estranheza de uma vida além da Brumencantada e semi-inconsciente da violência de sua existência em Chacália. Só depois Oliver se lembrou de que a ordem tentara interná-lo ali, que desejara separar sua mente do corpo e abri-la como os restos de uma refeição do dia do Círculo na Pousada das Setenta Estrelas que sua compreensão pelos esforços da ordem desapareceu.

O corpo do Sussurrador começou a mudar de forma à medida que avançavam, com os braços sendo sugados para o interior da amálgama de carne. Bolhas de osso começaram a se elevar e a se converter em pele macia e aveludada crescendo em sua cabeça. O Sussurrador estava desaparecendo e em seu lugar surgia agora um guerreiro alto, de cabelos curtos e dourados, vestido com um uniforme estranhamente anacrônico, uma manta marrom sobre o ombro esquerdo.

— Ainda estou aqui, Oliver. Seria este o meu aspecto se a Brumencantada não tivesse se manifestado em minha aldeia.

O Sussurrador apalpou o seu novo cabelo. Até sua voz tinha agora um timbre normal, sem aquele assobio sibilante produzido pela fenda encantada e deformada que lhe tinha servido de boca até então.

— A percepção está apenas na mente e os pensamentos são algo extremamente fluido.

— Seu uniforme está claramente desatualizado.

— É do único livro que eu tive antes de eles me fecharem ali embaixo. *Os Duelistas da Corte de Quatérturno...* Era o meu tesouro mais precioso. Meu pai o comprou para mim numa de suas semanas de abstinência e olha que eu não conheci muitas. Este uniforme é o melhor de todos, não acha?

— De longe. A Terceira Brigada vai pensar que o rei deles regressou do túmulo para castigá-los por o terem deposto com um Colar de Gideon.

A neve se insinuava por entre as portas escancaradas da entrada de Hawklam. O Sussurrador assentiu de satisfação ao ver os cadáveres espalhados pelo chão de mármore. Seus atormentadores durante décadas estavam pelo chão exatamente como sempre os tinha imaginado. Oliver olhou para a base da colina onde se encontrava seu cavalo, aguardando do outro lado da fenda no danificado muro das maldições. Quando estava prestes a reparar nessa falha, o Sussurrador o distraiu: Oliver seguiu a direção do olhar da criatura encantada. Ao sul, o céu estava coberto por uma frota de aerostatos, com os cascos variados como um tabuleiro de xadrez surgindo das nuvens de neve quase luminescentes.

O vento açoitou a colina do hospício de Hawklam e o Sussurrador teve de gritar para se fazer ouvir.

— A frota dos céus está em ação! Mas quem...

— ...a está pilotando? — completou Oliver.

Seus sentidos estenderam-se através dos cascos rígidos e da lona das esferas de gás, até os corpos recentemente igualados dos navegantes das nuvens de Chacália. Metalcarnívoros submetidos às ordens de Tzlayloc por homens brilhantes e oficiais quaterturnianos armados com varinhas de dor repletas de botões. Doses familiares de fogo descarregadas sobre os nervos como punição, caso se esquivassem ou relutassem em obedecer às suas ordens. Uma dor mais terrível do que a disciplina dos chicotes da MRA.

Não foi necessário que Oliver respondesse ao Sussurrador. O assobio das bombas-barbatana caindo sobre as torres e os bairros menos favorecidos de Açomédio deixou claro quais eram as intenções daqueles que eram os novos donos da grande marinha de Chacália e senhores do céu. Serpentinas de chamas irromperam do solo abaixo das naves, as torres pneumáticas ruindo em nuvens de vapor, à medida que o calor destruía sua estabilidade. Açomédio estava pagando o preço da sua resistência, com a antiga garantia da sua liberdade voltada contra si própria para destruir essa mesma liberdade.

— Malditos sejam, estão esvaziando a carga de bombas-barbatana sobre Açomédio — disse o Sussurrador.

— Não todas — disse Oliver, olhando para leste. — Precisam guardar algumas para o exército do Rei Vapor.

O Sussurrador e Oliver se apressaram em descer a colina enquanto Açomédio queimava sob os seus pés.

Capítulo Vinte e Cinco

O sorriso triunfante do Estrangulador de Whineside se transformou num gemido de dor quando uma auréola dourada se acendeu ao redor do corpo de Molly, fazendo com que o campo de escuridão que cobria as suas mãos atingisse uma temperatura insuportável e os seus dedos soltassem o pescoço dela.

O segundo condenado entrou na galeria ao ouvir os gritos do Estrangulador, mas Rodaprateada o atacou com a sua voz de homem-vapor. Pedaços da arma quimecana foram projetados pelos ares com o ataque, mas o condenado apenas recuou um pouco, esticou a mão e soltou tentáculos de energia negra que dilaceraram o peito de Rodaprateada. O homem-vapor caiu sobre as suas lagartas e uma efervescência de energia negra entrou por um rombo na placa de seu peito. Os cristais expostos escureceram com o óleo que escorria dos tubos fibrosos e o homem-vapor gemeu de agonia.

— Rodaprateada!

Molly foi apanhada desprevenida e o Estrangulador de Whineside atirou-se novamente contra a sua auréola dourada, com o seu campo negro transformando-se numa mistura de cores enquanto os seus dedos transformados em garras tentavam perfurar e penetrar a energia dourada que envolvia a silhueta de Molly.

— As coisas que eu vou fazer com você — rosnou o Estrangulador.

Suas palavras saíram enroladas pelo fato de a língua ter se bifurcado em duas mandíbulas ossudas e o cheiro de carne em brasa vindo da sua garganta fez com que Molly sentisse vontade de não respirar.

Reunindo a energia espalhada pelo corpo, recolheu-a numa espiral interna e rolou com o Estrangulador pelo chão.

— Ajude-me — gritou o Estrangulador para o seu parceiro. — Ajude-me, segure as pernas dela!

Seu compatriota largou o corpo de Rodaprateada e se aproximou em suas oito patas negras de energia, movimentando-se como uma aranha. Então Molly liberou a força que estava armazenada dentro dela: o Estrangulador foi cuspido de cima do seu corpo e projetado para o fosso do instrumento letal quimecano, rolando até aquele ser. Cristais de um vermelho sanguíneo choveram sobre ele quando se chocou com o instrumento.

Ao detectar a energia das entidades da Caotyl Selvagem, a arma começou a zumbir com um ruído semelhante ao de um triturador de ossos, fazendo as paredes da galeria estremecerem e uma chuva de alvenaria cair do teto. Era uma canção que não era ouvida há mais de mil anos, a música dos insetos, com notas sinistras e encurtadas que soavam como se vindas de um moribundo. Molly conseguia ver o brilho da máquina nos pontos em que faltavam peças, pontos onde os quimecanos tinham ficado sem familiares para sacrificarem e, assim, completarem aquela coisa horrenda.

Ela não precisou escutar o aviso ofegante de Rodaprateada para se virar e torcer os tentáculos disseminadores de energia negra do segundo condenado, usando-os como as rédeas de um cavalo. Levou o assassino para o mesmo destino do seu companheiro. Já no interior do fosso, os senhores da Caotyl Selvagem acalmaram a violência nos corpos possuídos dos condenados, temendo danificarem o instrumento que, uma vez completo, poderia convocar os seus metadeuses.

Mas não era esse o desejo de Molly. Ao ver os condenados flutuando e estendendo novamente suas garras em sua direção, ela se esticou para chegar ao interior do instrumento letal. Seu modo de funcionamento era tão frio e estranho como os sonhos de um gafanhoto. No entanto, mesmo um aparelho capaz de fissurar os muros da realidade como aquele, tinha que estar preso aos processos deste universo e às leis da mecânica. O sangue de Molly ferveu no interior do corpo enquanto ela começava a formar padrões, experimentando milhares de combinações de chaves de feitiços, com o intuito de encontrar aquela que poderia desativar a arma. Ajustando o padrão a cada acontecimento ínfimo, aproximava-se cada vez mais de seu ciclo de ativação. Os dois assassinos já estavam quase nas extremidades da cova com os olhos escuros e infinitos, duas bestas humanas no interior dos corações dominados pela Caotyl Selvagem. Eles sabiam o que Molly estava tentando fazer, tinham consciência de que ela estava recalibrando o instrumento e reestruturando as forças delicadas que se encontravam em seu interior. As vespas iriam proteger seu ninho. *Não olhe para eles, concentre-se na tarefa.* Ela tinha a sua própria música para tocar.

Os dois assassinos afastaram-se do aro e ergueram as mãos para soltarem uma tempestade infernal sobre ela, mas Molly mudou o tom do instrumento e conseguiu sintonizar a vibração da Caotyl Selvagem que comandava aqueles dois carrascos. Uma sequência de notas sobrenaturais começou a soar no aparelho quimecano atrás dela e a quantidade de energia negra que cercou os assassinos se tornou subitamente tão incorpórea como a bruma do prado, com colunas de força sendo sugadas pelo instrumento. Os espíritos da Caotyl Selvagem acabaram consumindo os corpos hospedeiros: desprovidos da força negra com que alimentavam seus músculos e mantinham firmes suas estruturas externas, os dois condenados começaram a estremecer convulsivamente. A dor causada pela retirada dos espíritos imortais era avassaladora.

Molly repetiu a melodia, observando o desaparecimento das aparições com uma satisfação sombria.

— Querem ir ao encontro dos seus deuses, suas baratas nojentas? Quando os encontrarem, cumprimentem os monstros diabólicos em nome de Molly Templar!

A máquina quimecana começou a vibrar descontroladamente em seu braço retentor e a nuvem da Caotyl Selvagem foi sugada para o mecanismo feito de sangue. Seu tom etéreo mudou e se dissipou em um ruído muito semelhante a um suspiro humano. Os dois condenados jaziam prostrados na beira do fosso, com os ossos transformados em pó debaixo das camadas sucessivas de pele negra nos pontos em que a Caotyl Selvagem os tinha abandonado. Nunca mais o Estrangulador de Whineside voltaria a botar os seus dedos ao redor dos pescoços de vítimas de Açomédio.

Levantou-se uma brisa quente, que chegou à galeria gelada da porta aberta. Molly correu até Rodaprateada, ajudando sua estrutura de ferro a se equilibrar novamente sobre as suas lagartas deslizantes.

— Consegue me ouvir, Rodaprateada?

— Conseguimos — sussurrou a caixa de voz, com a grade enfiada para dentro e amarrotada pela força do ataque do condenado. — Também ouvimos a canção que você tocou. Foi horrível.

— A Caotyl Selvagem pareceu achar o mesmo — respondeu Molly.

Olhando em volta, Molly tentou encontrar alguma coisa que pudesse ser usada como ferramenta para consertar o estrago. Não havia nada ao seu redor, estava fechada no centro da Terra com o maior dispositivo de destruição que o coração corrompido da raça dos homens já concebera e não havia nada à mão, nem mesmo um martelo.

— Fique comigo, Rodaprateada. Não me deixe ficar aqui sozinha nesses corredores. Por favor, não faça isso outra vez!

— Chegou a hora de nós percorrermos caminhos distintos — disse o homem-vapor. — Nosso percurso pelo padrão supremo está chegando ao fim.

Molly se agarrou desesperadamente aos dedos mecânicos do seu amigo.

— Não vou conseguir vê-lo morrer novamente.

— Nós já fomos desativados duas vezes antes, Molly corpo-macio. Isso é fácil. Viver e fazer parte do padrão supremo é mais difícil. Não chore por nós por muito tempo.

— Tenho medo, Rodas Lentas e Chaminé Prateada!

— Nada receie por nós, jovem sangue-veloz. Nós não tememos as trevas antes de sermos ativados, por que deveríamos temer o que vem a seguir? Somos notas de uma melodia. As notas são executadas e a música do padrão supremo continua infinitamente.

Uma poça d'água começava a se formar abaixo de onde a caldeira de Rodaprateada estava vazando e a luz de sua placa de visão já estava desaparecendo. Molly não saberia dizer ao certo quanto tempo ficou sentada ao lado da sua carcaça de metal, até que por fim começou a sentir o calor em suas costas. Uma esfera branca flutuava acima do solo, do tamanho de uma batisfera, com apenas um olho prateado no alto. A cara de uma criança surgiu no metal branco e inexpressivo, semelhante a uma imagem obtida com uma caixa-real projetada através de uma lanterna mágica.

— Não pode salvá-lo novamente? — perguntou Molly à Máquina-Mágica.

<Onde houver vida e vontade, posso ensinar os caminhos da vida do metal, mas ele já passou para uma esfera além do meu alcance. Rodaprateada está presente nos hinos do povo e nas rodas de engrenagem do Engrena-gi-ga.>

Molly chorou e as suas lágrimas perderam-se na poça formada pela água da caldeira de Rodaprateada.

<No interior da cavidade do seu peito, encontram-se duas placas de

alma fundidas numa só. Retire-as e separe-as, Molly Templar; Rodaprateada iria gostar que fossem devolvidas aos corredores de Mecância.>

Molly fez o que foi sugerido. As placas de cristal eram leves como o ar. Será que elas pesavam o mesmo quando ele estava vivo?

<Agora fique diante de mim, descendente de Vindex. Nós duas temos muito trabalho pela frente.>

Irradiando uma luminosidade dourada, Molly avançou um passo. Dois rios de luz nasceram do seu peito e as correntes reuniram-se numa hélice que girava lentamente entre ela e a Máquina-Mágica. Saído da esfera, um raio dourado semelhante avançou e veio se enrolar na hélice, juntando-se a ela e se retorcendo de alegria antes de regressar ao interior da Máquina-Mágica.

<Você foi reconhecida, Operadora.>

Pairando novamente como se fosse mercúrio, a parte frontal da esfera formou uma abertura no ar, um espaço branco e ofuscante em seu interior que se adaptou rapidamente ao corpo de Molly.

— O inimigo é poderoso — disse Molly, hesitando ainda. — E antigamente éramos sete. Sete operadores para sete Máquinas-Mágicas.

<Isso é verdade>, confirmou a Máquina-Mágica. <As Caotyl Selvagens não mudaram absolutamente nada em mil anos, Molly. Elas acreditam ser tão perfeitas que seriam capazes de nos congelar a seu lado durante uma eternidade de âmbar. No entanto, nós somos capazes de mudar, você e eu. Nosso inimigo teme isso acima de todas as coisas. Passei um milênio ouvindo os segredos terrestres sussurrados a mim por minha amante. Tornei-me mais forte, mais inteligente, mais sábia. E você, Molly, você é extraordinária. Talvez desta vez uma única Máquina-Mágica e um único operador sejam suficientes.>

Molly entrou na Máquina-Mágica e a porta se fechou atrás dela. Era como flutuar no interior de uma esfera de água. Ela sentiu a supertensão de seu sangue à medida que os seus corpos se fundiam. Seus sentidos se alargavam de uma maneira que sua mente jamais poderia ter imaginado. O sabor dos sons, a cor das veias latejantes da terra, detalhes ínfimos nas paredes daquele espaço que se revelavam como se a pedra tivesse sido colocada à lupa de um microscópio. Eram vibrações, tudo era música, a canção do padrão supremo de que Rodas Lentas tanto falara. E havia ainda outra coisa: uma dor imensa. A Máquina-Mágica tentava poupá-la disso, mas sua ligação era forte demais. Seu corpo estava sendo sacudido por uma agonia excruciante.

— O que é isso?

<Existe outro operador, Molly. Tzlayloc o está torturando como torturou você para me enfraquecer e tentar me obrigar a ceder à cilada montada pela Caotyl Selvagem. Contudo, continuo a ter dois operadores pelos quais posso distribuir a minha consciência. O trabalho deles baseia-se na agonia, mas não serão capazes de incapacitar as minhas funções.>

— Um formigueiro se formou no meu jardim, garota. Vamos, está na hora de esmagá-lo.

Uma lança de luz foi disparada para o teto da galeria pelo seu corpo e a Máquina-Mágica ergueu-se para o mar de terra ardente que começou a escorrer no mesmo instante para o túnel apocalíptico quimecano. A estrutura maligna cedeu à pressão e um mar de magma invadiu o buraco, alargando suas extremidades, arrastando os corpos dos dois condenados mortos e derretendo o metal do corpo híbrido de Rodas Lentas e Chaminé Prateada.

A terra líquida e o ferro se mesclaram com um silvo e a amante da Máquina-Mágica reivindicou a cicatriz que fora infligida no seu coração.

As ruas que até bem pouco tempo estavam desertas por causa da ocupação, ficaram cheias de açomedianos. As torres e os conjuntos habitacionais pobres tinham sido abandonados por seus ocupantes, aterrorizados com o bombardeamento realizado pelos aerostatos que pairavam sobre a capital. A Terceira Brigada e os revolucionários de Tristesperança tinham se retirado, deixando as ruas e as estradas para os refugiados em histeria. Oliver sentia-se contente pelo fato do Sussurrador continuar com a sua forma humana. A visão dos seus verdadeiros contornos sobre o dorso da égua cigana teria bastado para causar outra onda de pânico. Um grupo de cavaleiros apareceu do lado oposto da rua: era Jack Louco e uma companhia de tropas clandestinas. Oliver apressou o sextúpede por entre a multidão, embora a pressão exercida pelos açomedianos em pânico a tornasse mais difícil de controlar.

— Major Dibnah — gritou Oliver. — Onde está o seu exército?

— Ficou para trás — respondeu o oficial a cavalo. — O velho Guardião Estanho Dobrado já deve ter entregado o convite: o exército do Estado Livre já atravessou o Apostaflores e está se juntando às forças parlamentares. Nós também vamos nos juntar a eles. Não há mais nada a fazer aqui em Açomédio senão nos escondermos nas estações de atmosférico e apanharmos.

Como que para reforçar aquilo que dizia, um aerostato passou por cima das suas cabeças, causando um alvoroço ainda maior entre os refugiados que corriam em busca de abrigos nos edifícios da superfície. Ouviam-se gritos juntamente com o bater de portas, as pessoas acotovelavam-se e escorregavam nos restos das pilhagens.

— Gás sujo — gritou um refugiado. — Gás sujo!

Jack Louco virou o seu cavalo de batalha e chutou a cabeça do homem histérico, derrubando a sua cartola no chão, fazendo-o cair desamparado.

— Maldito imbecil! Eles não estão carregados com barbatanas a gás! Não se pode matar um regimento de homens-vapor com gás sujo!

Oliver avançou com a égua através de uma área aberta entre as multidões que corriam no meio da rua.

— Por aqui, major!

— Obrigado, companheiro. O Primeiro Guardião deu instruções para que todo mundo seguisse a Terceira Brigada para leste. Se conseguirmos armar uma boa confusão com a ajuda de suas tropas, os aerostatos não vão ser capazes de nos alvejar sem matarem seus próprios regimentos ao mesmo tempo.

— Pois é — concordou Oliver. — Quando os aerostatos tiverem terminado, com certeza vão avançar para leste.

Jack Louco olhou para o céu.

— Eles não estão voando nada bem. Devem ser os turnianos que estão ao leme. Tanto faz, quando nos apanharem no campo de batalha, a coisa vai ser feia. Nossos regimentos não estão habituados a ficar na mira da MRA.

O aglomerado de cidadãos regressou massivamente para a rua assim que a sombra do aerostato desapareceu. Oliver estava desesperado para evacuar a cidade. Já sentia a pressão espessa da Caotyl Selvagem e de sua pesada massa diabólica que avançava pelo terreno. A Terceira Brigada estava indo para a batalha para lutar contra os homens-vapor.

Sentado atrás de Oliver no dorso do cavalo, o Sussurrador rosnou de frustração.

— Agora entendi por que você não tem sela. Não estava contando que correria rápido o suficiente para precisar dela.

Fechou os olhos e imaginou um aerostato pairando novamente acima das ruas, trazendo consigo criaturas obscuras como demônios à espreita dos lemes. O dirigível voava a uma altitude tão baixa que as portinholas das armas quase colidiam com as torres da igreja circulista que tinham deixado para trás. Os refugiados correram para os abrigos com gritos horrorizados. Enquanto isso, a companhia de cavalaria observava toda aquela confusão gerada à sua volta. O Sussurrador não tinha estendido a ilusão às mentes dos cavaleiros, embora eles tivessem compreendido aquilo que se passava, tirando, logo em seguida, alguma vantagem do espaço que ele acabara de desimpedir.

— Alguma coisa me diz que esse aerostato vai nos seguir até às portas de Açomédio — disse Oliver, com sua égua já a galope logo atrás de Jack Louco e de sua companhia clandestina.

Com o caminho livre graças ao encantado foragido, o grupo conseguiu chegar em pouco tempo aos limites da cidade, sinalizados pelos globos de mármore com a ponte levadiça da Casa dos Guardiões esculpida neles. Oliver avistou o rastro de fumaça do outro lado das colinas baixas das dunas de leste, na direção de Rio Pântano. O assalto das tropas sob as ordens do Rei Vapor contra as legiões quaterturnianas já tinha começado.

— Eles abandonaram as linhas — disse Oliver, apontando para os montes e trincheiras recém-construidos em frente às portas da cidade que estavam desertos e abandonados.

Jack Louco franziu a sobrancelha.

— É verdade mesmo. Quer dizer que a Guarda Especial passou para o lado dos turnianos... Esses amigos combatem melhor nas planícies do que nos becos apertados dos bairros. Círculo, isso é uma má notícia dos diabos, significa que a Comunidade controla os dois elementos que fizeram com que a vitória pendesse para nosso lado: os nossos aerostatos e a Guarda.

Jack Louco observou as expressões dos cavaleiros sob o seu comando e percebeu que tinha acabado de dar voz às dúvidas que cada um deles sentia em relação a esta guerra. Sua determinação estava prestes a desmoronar.

— Mas nós temos uma coisa que eles não têm — disse Oliver, levantando a voz o suficiente para que toda a companhia de tropas clandestinas pudesse ouvi-lo —, nós combatemos como cidadãos livres de Chacália, não como escravos de um rei, de um primeiro comitê ou de um califa!

Ao puxar uma das suas pistolas, o leão de Chacália esculpido na coronha pareceu reclamar para si a luz inteira daquela tarde, os raios de luz que giraram à sua volta iluminando as tropas com um brilho como jamais tinham visto antes.

— Não aceitaremos suportar o peso da tirania e nos prostrar diante de deuses indignos. Não toleraremos a existência do mal sem o abatermos e não passaremos covardemente para o lado poderoso das trevas que está colocando nossa terra em perigo, porque somos chacalianos. Nossa alma livre não poderá jamais, jamais ser conquistada! Não enquanto houver um chacaliano capaz de dizer: "Não! Sou eu quem escolhe os meus pensamentos, sou eu quem escolhe os meus líderes, sou eu quem decide qual o meu livro de culto. Minha lei será sempre a lei do povo e não o capricho de qualquer brutamonte com um sabre afiado o suficiente para roubar a coroa da cabeça de quem lhe antecedeu."

Uma voz solitária começou a cantar na parte mais recuada da coluna, com suas palavras trêmulas e débeis sendo levadas pelo vento gelado. Porém, uma segunda voz se juntou a ela, reforçando a melodia, e depois uma terceira, até que a canção começou a crescer em intensidade e se instalou nas gargantas de todos os elementos da companhia: era o "Leão de Chacália". A canção não parou de subir de tom e de soar mais forte, cada vez mais forte, até que se sobrepôs ao vento daquele lugar, assim como ao trovejar das bombas-barbatana que caíam na retaguarda e aos disparos dos canhões da frente.

— Eu consigo fazer com que as mulheres vejam um humano feito deus quando olham para mim e moldar os sonhos dos outros como se fossem barro — disse o Sussurrador para Oliver —, mas você consegue criar algo em suas almas e isso não é um talento que a Brumencantada deu para você.

— Esfregue suas mãos no chão — disse Oliver. — Vai encontrar a resposta para isso na sujeira.

Outro som chegou até eles vindo do sul, um canto profano como uma alcateia de lobos uivando para a Lua e uma coluna surgiu do meio da neve que continuava a cair: uma infinidade de soldados nos uniformes alaranjados de seus regimentos ao vento, com *kilts* de padrões xadrez e cores berrantes. Os homens da frente tocavam suas gaitas de foles, com faixas semelhantes a bolsas enroladas ao redor de suas túnicas, criando uma estranha vibração com sua melodia agressiva lançada ao vento.

— Povo das terras altas! — exclamou Jack Louco. — Pelo Círculo, nunca tinha me sentido tão contente por ouvir um gato sendo estrangulado!

Uma mulher da frente da coluna avançou ao encontro deles. De trás do seu casaco castanho estavam penduradas três espingardas carregadas.

Não eram belos exemplares de caça, apenas Brown Janes de trabalho. Aquela era a espingarda comum dos casacas-vermelhas chacalianos.

— Bel McConnell, ou se quiserem Guardiã McConnell. Trouxe comigo os rapazes e as garotas com um mínimo de gosto pela briga que fui encontrando em cada hectare desde Braxney até Lethness. Nesse momento, estamos guardando as fronteiras contra o califa apenas com novatos e companhias do clã dos MacHoakumchild, e olhem que eu preferiria entregar um galinheiro a uma doninha do que confiar num MacHoakumchild.

— Quis ver a capital? — disse Jack Louco. — Isso já não é o que era. Os turnianos estenderam as toalhas de piquenique para o Rei Vapor junto ao Rio Pântano.

— Nós também temos seguido a fumaça, rapazinho — disse a Guardiã McConnell. — Estamos caminhando há vários dias; além disso, estamos com muita fome.

— Nesse caso, vamos dar uma olhada na extensão dos turnianos — propôs Jack Louco. — Suas gaitas podem tocar uma musiquinha alegre enquanto nós avançamos.

— É surdo ou quê, homem? — disse a Guardiã vinda das terras altas. — As gaitas de foles são para tocar músicas de lamento. Vamos tocar um hino fúnebre pela Comunidade da Partilha Comum e pelos seus amiguinhos amantes dos turnianos das planícies. Sem ofensa.

— Não se preocupe, não me senti ofendido.

O grupo precisou de meia hora para atravessar as dunas. Quando chegou ao topo da colina que dava para o Rio Pântano, os sombrios leviatãs do ar já se movimentavam atrás deles, surgindo rapidamente do meio de um oceano de fumaça negra onde Açomédio se incendiava, rendida a seus cascos. O sextúpede de Oliver relinchou de susto ao avistar a batalha que se travava diante de seus olhos. A Terceira Brigada e o exército revolucionário de Tzlayloc estavam posicionados do lado ocidental do terreno, enquanto o Rei Vapor e as forças que restavam do parlamento tinham ocupado o lado oriental. Um véu de fumaça cercava os dois exércitos rivais: o crepitar do fogo disparado pelas espingardas de Tzlayloc era contestado pelo gemido cortante das repetidoras de pressão dos homens-vapor. Mais elevadas e na retaguarda de ambas as forças, as caixas-armas dos homens-vapor e a artilharia quaterturniana travavam um duelo entre si, com grandes pedaços de terra saltando do solo congelado e tropas dispersas com os disparados dos canhões de ambos os lados.

Um fervilhar de energias fissurou o cenário de guerra com as investidas dos cantores do mundo e da Guarda Especial. As linhas de Ley vibraram diante de Oliver: o poder da terra estava sendo sugado dos seus ossos. No extremo da planície, as rajadas de neve moviam-se como fantasmas, como contornos que surgiam e se enrolavam uns em volta dos outros, até que desapareciam no manto branco circundante. Os Vapores dos Loas estavam cedendo perante a força da Caotyl Selvagem. Oliver conseguia sentir o cansaço deles, podia sentir ainda a presença de Tzlayloc na retaguarda de seu exército como a pontada de uma enxaqueca. O líder da revolução estava diferente, fundido com seus senhores, era como se fosse uma formiga esmagada pelas botas dos gigantes. Sob seu jugo, seu ódio por Chacália apenas se amplificava, escorrendo para o campo de batalha em ondas de fúria pura.

Oliver também conseguiu sentir que Tzlayloc estava sintonizando as almas dos mortos, extraindo forças do chacaliano em estado de choque devido à perna arrancada por uma bola de canhão móvel, dos revolucionários igualados que rodopiavam sobre si mesmos com as cabeças enfiadas para dentro pelo martelo de um homem-vapor, dos dois soldados da Terceira Brigada que riam ao empalarem um parlamentar que tinha escorregado no sangue de um companheiro, continuando a extrair forças dos refugiados confusos que fugiam do colapso das torres em Açomédio, das lágrimas de Benjamin Carl e de Hoggstone à medida que gritavam ordens cujo resultado visível era apenas o envio de mais gente do povo para a chacina e, por fim, extraindo forças da agonia no coração do Capitão Faísca que via os seus companheiros matando compatriotas e do Príncipe Alpheus, suspenso em sua cruz dolorosa como se fosse um estandarte. De tudo isto Tzlayloc ia se alimentando, tornando-se cada vez mais forte com sua colheita de maldade e quando os aerostatos chegassem e dizimassem os chacalianos e seus aliados, ele rasgaria as portas do mundo e verteria um mar de insetos esfomeados sobre a Terra.

— Estamos perdendo — disse o Sussurrador. — Eles têm mais tropas e mais armas.

Oliver se esticou para apanhar as rédeas de um cavalo sem cavaleiro que galopava para fugir à escaramuça, saltando para sua sela manchada de sangue e deixando a égua cigana para o Sussurrador.

— Sabe onde fica a ponte, Nathaniel.

...

— Sim, essa é a nossa chance — disse a Guardiã McConnell para suas forças, puxando uma espada longa de guerra de sua sela e apontando para o flanco direito do inimigo. — É lá que os vamos apanhar. Toquem uma música, meus belos rapazes e garotas, toquem "A Limpeza do Clã McMayllie" para a sua Bel!

A companhia de Jack Louco se formou em duas colunas, uma de cada lado do povo das terras altas, trotando ao ritmo da música das gaitas de foles. As tropas das terras altas retiraram os capuzes de pele que cobriam seus instrumentos para cobrir as suas próprias cabeças com eles. Os capuzes se destinavam a protegê-los do veneno exalado pela cortina da Brumencantada, embora também dessem uma aparência medonha, semeando o terror no coração dos seus inimigos. Marchavam para a morte e estavam conscientes disso, mas o povo das Montanhas do Sul era mais livre do que qualquer outro chacaliano e essa liberdade vinha dos lagos e dos vales e só uma pá de terra sobre os seus caixões poderia domá-la.

As camadas de fumaça sobre o campo de batalha começaram a se solidificar, congelando lentamente à medida que o silêncio apoderava-se da planície.

— Vejo que ainda não avançou pelo túnel das ratazanas.

Oliver desceu de seu cavalo congelado para enfrentar o Urso Sombrio. A criatura tinha observado a batalha suspenso na sua bolha de tempo.

— Isso seria fácil demais.

— Jamais valeu a pena salvar a sua espécie nem mesmo uma meia dúzia de vocês — disse o Urso Sombrio. — Já olhou bem para vocês? Basta reparar na confusão que armam com tudo. Mesmo quando as coisas estão bem encaminhadas, não fazem aquilo que seria de se esperar. Se pedirem que fujam, ficam no mesmo lugar. Se pedirem que fiquem onde estão, fogem. Posso ser franco com você? O outro lado da cortina não precisa de vermes como os da sua espécie procriando, combatendo e discutindo por tudo e por nada.

— Eu já estive lá — disse Oliver — e isso é um ponto em que ambos estamos de acordo.

O Urso Sombrio apontou para baixo, na direção da carga pesada de Tzlayloc e da pressão que seus mestres da Caotyl Selvagem estavam impondo ao mundo.

— Olhe para aquilo. Sua raça é *aquilo*. Condensada e embrulhada numa bola de destruição, ódio e inutilidade. Minha predecessora retirava as ervas daninhas, mas a sua raça as deixa crescer novamente.

— Aquilo não somos nós — disse Oliver. — Nós não somos todos assim.

A fina fenda vermelha que era o olho do Urso Sombrio se desviou de Oliver.

— Eles estão bastante furiosos, as Caotyl Selvagens. Guardaram essas vespas num frasco durante mil anos e agora querem voltar a pintar o quadro sem vocês nele. Quase me vejo obrigado a concordar com eles, não fosse o fato de estarem planejando nos excluir também, o que pura e simplesmente não é negociável.

— Sempre pensei que pudesse ser algo básico nesse ponto — disse Oliver. — Você manipula o nível de detalhamento muito melhor do que a minha mãe, mas me parece que a sua função também é bastante básica. Preferiria que não me desse sermões sobre a violência do meu povo. Quantas vezes já matou e destruiu?

— Eu não mato tudo o que existe — disse o Urso Sombrio. — A entropia trata desse assunto. Como você pode matar uma coisa que não é imortal? Vocês todos vão morrer de uma forma ou de outra. Um dia mais tarde, uma semana mais tarde, uma morte de uma estrela mais tarde. Não, eu *restabeleço* tudo o que existe, da mesma forma que os seus lavradores fazem queimas de vegetação rasteira para renová-la. Vocês são como madeira morta, filho da Observadora. Está na hora de avançar e dar espaço a algo que se mostre mais digno deste espaço.

— Enfim — disse Oliver, voltando a subir em seu cavalo congelado no tempo. — Regras e mais regras. Você realmente detesta que o obriguem a ceder. Pergunto-me como você se sentiria se desviasse um pouco do planejado.

— Tem toda a razão quanto a isso — rosnou o Urso Sombrio —, mas o sistema de regras não existe por mero acaso. Sem regras definidoras de uma trajetória de crescimento, tudo o que resta é o tique-taque perfeito de um relógio perfeitamente oco, dando voltas e mais voltas sem ir para lado nenhum, perdido no meio do acaso frio e fervilhante do universo. Mas os meus poderes ainda me permitem salvá-lo. Eu poderia deixar o tempo suspenso para você, que poderia rumar até a cortina da Brumencantada com alguns dos seus amigos distorcidos e semiencantados.

— É como você disse, quanto mais tenta me fazer fugir, mais eu desejo ficar — disse Oliver.

— Para onde vai, jovem Observador?

— Vou pedir à Caotyl Selvagem que se retire e quando tiver acertado esse assunto, venho procurá-lo para pedir a mesma coisa.

O Urso Sombrio riu desdenhosamente.

— Vai ser divertido vê-lo tentar fazer uma coisa dessas. Quando tiver se dado mal, o deixarei viver apenas para que saiba como as coisas vão acabar realmente.

O tempo avançou com o assobiar das bolas de canhão que rasgavam o ar. Oliver conduziu seu sextúpede para baixo, logo atrás do Sussurrador.

— Rapaz — gritou o comodoro. — Você está vivo!

Oliver avistou o submarinista do outro lado de uma coluna de soldados homens-vapor avançando em formação cerrada. Eles cantavam um hino marcial com as suas vozes mecânicas. Uma nuvem de fumaça acre vinda do campo de batalha os camuflou por um instante e Oliver a atravessou.

— Comodoro, onde está o posto de comando do Rei Vapor?

— Por aqui, rapaz, eu o levo até ele.

Oliver verificou se o Sussurrador continuava a segui-lo e aproximou-se do comodoro.

— Você conseguiu, comodoro. Eles ouviram você e o Guardião Estanho Dobrado!

— Ah, como se isso tivesse nos ajudado muito, Oliver. Aquele demônio do Tzlayloc esteve anos planejando esta campanha, enquanto as forças parlamentares estão completamente desordenadas. Essas companhias desgarradas nunca lutaram umas ao lado das outras e é a primeira vez que estão seguindo os líderes que agora lhes pedem que morram por eles. Por mim, não confiaria em nenhum desses pernas de rã para me ajudar a preparar um arpão numa caçada de deslizagudos, quanto mais para manejar as armas de um navio de guerra. No que diz respeito a rachar a cabeça de um adversário com os bastões de debate, são bestiais, mas nunca enfrentaram uma investida de exomontes nem ninguém pediu para que eles aguentassem uma hora enquanto os canhões da Terceira Brigada os bombardeavam.

Oliver desviou-se para permitir que uma coluna de cavaleiros-vapor avançasse com os seus estandartes brilhantes estalando como chicotes velozes. Pouco depois, chegaram ao posto de comando. Os oficiais de cavalaria galoparam até a posição de comando do Rei Vapor, gritando relatórios para os oficiais chacalianos presentes antes de regressarem para as suas unidades com as últimas instruções. Numa das cúpulas da estrutura hexagonal, a unidade de comando do Estado Livre estava sentada de pernas cruzadas e com as lagartas imobilizadas: os cérebros dos sábios-deslizantes coordenavam os seus mu-corpos, fazendo com que o exército e suas ordens militares se movimentassem como um bloco único. Era uma vantagem formidável. Assim, uma linha em colapso poderia ser rapidamente reforçada pela retaguarda, tal como qualquer ataque súbito do inimigo seria detido por cavaleiros que apareceriam do meio da neve como mágica, ou o fogo dos canhões adversários seria contra-atacado pelo fogo das baterias de caixas-armas que estavam acima, no topo das colinas.

Oliver passou diante do gigantesco corpo de guerra do Rei e avistou a forma infantil do líder do Estado Livre fora dele. Hoggstone estava ao seu lado, assim como Ben Carl em sua cadeira de rodas, acompanhado da garota que os levara até ele através dos esgotos de Açomédio. O casaco escuro e conservador do Primeiro Guardião proporcionava um contraste gritante com a mistura de uniformes brilhantes e coloridos dos oficiais sobreviventes dos regimentos.

— Oliver corpo-macio — disse o Rei Vapor. — Decidiu ficar e combater ao nosso lado. Saudações!

O monarca olhou na direção do Sussurrador.

— Além disso, vem acompanhado de alguém que não é aquilo que parece ser. Você escolhe aliados perigosos, Oliver corpo-macio. Vejo que libertou o agitador de sonhos.

— Vivemos tempos perigosos, Sua Majestade — justificou-se Oliver —, e eu tenho a sensação de que estou ficando sem aliados. Golpe de Vapor e Lorde Queimarame morreram. Morreram para me proteger... Morreram com honra.

— Não chore a morte deles, filho de Chacália. O Guardião da Chama Eterna caminha neste momento com os Loas. E quanto à honra de Golpe de Vapor, ela foi restabelecida. Não pode existir melhor fim para um guerreiro. Deram suas vidas para preservar o padrão supremo e eu consigo sentir de forma harmônica seus poderes e orgulho nos hinos do povo.

— Ah, Sua Majestade — interrompeu o comodoro Black —, logo seremos nós a acabar em seus hinos mortais. Olhe!

O comodoro apontou na direção da colina da qual Oliver tinha descido: o bico de um aerostato despontava das dunas cobertas de neve, seguido de outro, e depois mais outro.

— Preparar para receber fogo vindo do ar — comandou Hoggstone, fazendo os seus oficiais apressarem-se em espalhar uma ordem que, há um mês, teria sido impensável para qualquer exército chacaliano.

— Chegou a hora — disse o Rei Vapor, transmitindo as suas ordens aos sábios-deslizantes na cúpula de comando. — Carreguem as caixas-armas.

Lagartas de Cobre surgiu da cúpula e fez uma reverência diante do Rei.

— O carregamento foi iniciado, Sua Majestade.

— A gravidade está do lado dos turnianos, Aliquot Lagartas de Cobre — disse o comodoro. — Eu vi barcos trocando fogo com aerostatos e os balonetes deles levaram uma surra sem que afundassem.

O cérebro transparente de Lagartas de Cobre crepitou com uma faísca azul.

— Querido mamífero, Chacália deteve o monopólio das celgas durante gerações, mas nós tivemos sempre um plano de contingência para o caso de o pior acontecer, isto é, uma das outras nações descobrir uma fonte de abastecimento própria. Nós não iremos investir com simples balas ou munições de canhão.

Hordas de homens-vapor passavam diante deles, transportando cápsulas alongadas e prateadas em carros de transporte. Cada vez mais visível com o frio, a fumaça que saía das suas chaminés mostrava o esforço que era transportar aquela carga pesada. Oliver os observava com curiosidade, sentindo uma memória de cerco aflorar em sua mente de forma espontânea, com morteiros gigantes como sapos inchados expelindo bolas tão grandes como aquelas. Seguramente não estavam pensando em usar estilhaços contra as naves capturadas da MRA, não é?

Oliver apontou para os mapas cobertos de alfinetes sobre a mesa portátil de comando.

— Quando estava descendo para cá, vi nossas forças serem bastante castigadas no flanco oriental.

— É lá que a Guarda Especial está lutando pela Comunidade da Partilha Comum — disse Hoggstone. — A maior parte dos cavaleiros do Estado Livre foi colocada ali, mas a verdade é que estão apanhando. A Guarda do Capitão Faísca está se retraindo, mas os cantores do mundo da Comunidade os estão forçando a combater. Alguns deles se recusaram a lutar logo no início da batalha e os turnianos os executaram com o torque diante dos nossos olhos.

— E o que aconteceu com os cantores do mundo de Chacália? — perguntou Oliver.

— Ainda temos alguns — disse Ben Carl em sua cadeira —, mas a maior parte da ordem fugiu de Açomédio quando a capital foi invadida. Detesto dizer isto, mas estamos em inferioridade numérica, os que passaram pelas fábricas de carne são lentos, mas trazem armas com eles. A Terceira Brigada é composta por veteranos e...

As palavras de Carl foram interrompidas pelo trovão dos lemes dos aerostatos lançando a sua carga sobre o grosso das forças do Estado Livre.

— ...eles se apoderaram da nossa armada — concluiu Oliver.

Ao fechar os olhos, a terra estremeceu. As linhas de Ley estavam sendo drenadas pelos cantores do mundo da Comunidade. Outrora férteis com o poder da terra, estavam agora magras e estéreis. Oliver conseguia sentir as feiticeiras do tempo das linhas chacalianas tentando provocar uma tempestade de neve para obrigarem os aerostatos a recuar, mas os ossos da terra embaixo dos seus pés estavam fracos demais para isso.

Oliver ergueu o olhar para a linha das dunas: a presença zombeteira do Urso Sombrio estava lá, observando o avanço das tropas da Terceira Brigada e divertindo-se com a visão dos combatentes chacalianos se dispersando em pânico, debaixo das sombras dos aerostatos vindos pelos céus. Já não seria preciso muito para fazê-los debandar. Oliver conseguia sentir o quão perto aqueles soldados estavam de ceder e fugir.

— Os soldados estão prestes a desertar — disse o Sussurrador.

— Eu sei — respondeu Oliver, virando o seu cavalo para leste e assentindo na direção do Rei Vapor. — Aguentem a linha contra os aerostatos. Vou tentar minha sorte com os encantados.

Oliver voou literalmente por entre as linhas do Estado Livre, com o Sussurrador aflito para manter o mesmo ritmo. Nathaniel Harwood podia convencer as tropas de que era um deus marcial montado num sextúpede, podia até mesmo ter convencido sua égua, mas a ilusão da habilidade de um cavaleiro não originava a habilidade em si.

O comodoro Black observou os dois cavaleiros desaparecerem por entre as colunas de auxiliares homens-vapor, engolidos pela neve e pelas bandeiras desfraldadas do exército.

— Aquele atirador tem espírito — comentou Hoggstone.

— Aquele rapaz tem o diabo no corpo — disse o comodoro. — Ainda bem que está do nosso lado.

Black aconchegou o sobretudo ao corpo. Antes de tê-lo encontrado e recolhido de seu cabide em Açomédio, aquela peça pertencera ao velho

Loade. O abençoado homem devia ter sido um agarrador. Fosse como fosse, o casaco era de lã chacaliana e ajudava a proteger um pobre homem como ele do frio cortante daquele inverno perverso. Os mapas começaram a estremecer sobre a mesa de comando e o tripé do telescópio agitou-se até cair no chão. As caixas-armas inclinaram-se para frente em suas patas atarracadas: as peças de artilharia do tamanho de uma casa tinham abandonado sua posição sobre o topo da colina e estavam agora se estabelecendo ao lado das colunas de homens-vapor. Os soldados homens-vapor fizeram deslizar as suas cápsulas de aspecto bizarro até os postos de reforço, colocando-as em posição de carregamento na retaguarda das caixas-armas. Sugadas pela fenda, as cápsulas desapareceram, seguidas pelo *clac clac clac* dos cartuchos de cristal da seiva de semente de pólvora carregada a fim de disparar os projéteis até o seu destino. O comodoro Black tapou os ouvidos. Os tiros na trincheira já tinham sido ensurdecedores o suficiente quando estavam nas colinas, lutando contra a artilharia da Terceira Brigada.

Os canos das caixas-armas abriram fogo com um ruído semelhante ao do martelo de um titã que cai sobre a superfície da Terra, enviando suas cápsulas pelos ares rumo aos cascos de padrão xadrez dos aerostatos. Algumas delas atingiram as estruturas semelhantes a gôndolas dos dirigíveis, esmagando a madeira e o metal. Outras abriram buracos nos cascos, fazendo com que as suas cortinas recurvadas se agitassem ao vento. Alguns dos balonetes se esvaziaram no ar, com o gás das celgas se soltando e se perdendo de vista. Sem diminuir a velocidade, os aerostatos, porém, continuaram navegando acima dos campos de Rio Pântano.

Black assentiu tristemente. A história estava apenas se repetindo: tinha sido exatamente assim quando a MRA atacara sua frota de corsários monárquicos. Era possível perfurar aqueles cascos com bolas de canhão, com estilhaços ou até atacá-los com fogo, mas as abençoadas naves eram quase indestrutíveis. As celgas não queimavam e cada aerostato continha milhares de balonetes, esferas de lona do tamanho de um homem, cheias da preciosa substância mais leve que o ar. Era possível furar um deles com os estilhaços, mas centenas de outros restariam para fazerem o aerostato subir aos céus e fugir do alcance do fogo inimigo.

Os monstros blindados do Rei Vapor tinham falhado e suas forças seriam esmagadas e arrasadas, sem qualquer hipótese de escapar para as águas profundas do oceano. O duque de Ferniethian amaldiçoou mais uma vez a sua sorte.

...

A bordo do *Impetuoso*, o comandante revolucionário da nave apontou acusadoramente uma vara de disciplina para o metalcarnívoro que outrora fora o primeiro imediato da Marinha Real Aerostática.

— É como eu tinha dito, devíamos estar voando mais alto, compatriota Ewart! As nossas bombas-barbatana deviam ser lançadas de uma altitude maior.

Ewart se encolheu no momento em que a vara atingiu o seu peito dolorosamente.

— Precisamos manter uma linha de observação por causa da tripulação das janelas dos lemes. Bastava uma mudança na direção de vento para que as bombas caíssem sobre os nossos soldados. Essa neve também não está ajudando.

— Isso não passa de um lamento derrotista da sua parte para tentar disfarçar a tentativa de sabotagem. Não quero ouvir mais desculpas, compatriota. Sua tripulação já me encheu o ouvido com elas!

O oficial revolucionário virou-se para um dos soldados. Havia tantos militares turnianos e homens brilhantes a bordo do *Impetuoso* como marinheiros igualados, atrapalhando-se mutuamente e emitindo ordens contraditórias. Só o fato de o aerostato conseguir se manter em curso com aquela parca tripulação era um milagre, quanto mais agir no meio da batalha.

— Levem o compatriota Ewart e um destacamento de remendadores ao casco a estibordo. Quero altitude máxima. Qualquer estrago causado pelas caixas-armas do Estado Livre deve ser imediatamente reparado, ou haverá punições.

Com quatro marinheiros turnianos atrás de si — quatro novatos que não saberiam distinguir um leme de aerostato do outro —, Ewart seguiu o uivar do vento da brecha na cortina do aerostato e amarrou uma corda de segurança ao redor de sua cintura de ferro para que pudesse subir em segurança através dos balonetes e assim avaliar a dimensão dos estragos causados pelas cápsulas.

— Quantos remendadores são necessários? — gritou um dos marinheiros lá para o alto.

— A rede está destruída — disse Ewart. — Precisamos de...

O metalcarnívoro se deteve ao encontrar a cápsula ainda enterrada nos balonetes, com o metal incrustado em um dos estabilizadores da trave mestra.

A cápsula não tinha sido detonada e Ewart deu dois tapinhas em sua superfície. Esta era a sua *oportunidade*. Se ele conseguisse fazê-la explodir, talvez pudesse abater o *Impetuoso* e levar alguns daqueles turnianos imundos com ele. No entanto, ela não estava coberta por uma capa de cristal. Então, como poderia conter seiva de sementes de pólvora? Ao apalpar as linhas da fundição da cápsula, Ewart sentiu as placas de metal sobressalentes e deixou-se cair para trás, na direção da cortina rasgada que se agitava ao sabor do vento que vinha de fora. Soltou um grito confuso por sua caixa de voz ao rodar em sua corda de segurança, desamparadamente suspenso no ar.

Os marinheiros quaterturnianos riram convencidos de que tinha se desequilibrado da estrutura do casco do aerostato por descuido, certamente, ainda não devia estar habituado aos movimentos de seu novo corpo igualado. Porém, a risada se interrompeu de forma abrupta quando um homem-vapor caiu sobre a grua de reparo. Era uma esfera redonda, dotada de seis patas afiadas como pinças e uma cabeça armada em forma de cúpula com uma repetidora de pressão proeminente como o sugador de um mosquito. Com suas espingardas descansando sobre os ombros, os marinheiros não tiveram qualquer chance: os seis canos do nariz do homem-vapor rodaram com uma rajada de pequenas bolas de ferro, fazendo-os em pedaços. Seus corpos caíram sobre as gruas e balonetes. O homem-vapor desviou a sua atenção para os balonetes, soltando uma rajada de fogo sobre os sacos de gás de lona, que, um a um, foram explodindo, esvaziando-se e soltando o gás de aroma adocicado no interior do ar frio do dirigível. Só então o homem-vapor — que, na verdade, era um mu-corpo de um dos sábios-deslizantes em terra — virou sua repetidora de pressão para o metalcarnívoro que gargalhava.

— Bom trabalho, companheiro — disse Ewart. — Não que eu queira estragar a sua festa, mas se está pensando em afundar o *Impetuoso* dessa forma, vai ficar aqui o resto do dia.

O sábio-deslizante na superfície avaliou a situação numa fração de segundo. Os chacalianos igualados eram pesados. Um aerostato mal conseguia voar com eles a bordo. A presença desse espécime indicava que haveria a bordo menos revolucionários do que marinheiros capturados em Relógio Sombrio. O sábio-deslizante decodificou o sentido das palavras do metalcarnívoro: estragar a festa, talvez uma expressão de origem náutica que quisesse dizer fazer algo de forma a simplificar um processo. O sábio-deslizante que controlava o mu-corpo tomou uma decisão brilhante e uma das suas pinças se alongou e soltou o corpo metálico.

— Muito bem, companheiro. Agora me deixe oferecer a você um cão negro em troca de um macaco branco. Venha ver onde estão as linhas fundamentais do *Impetuoso* — disse Ewart, colocando-se de pé sobre a grua. — Depois, podemos fazer uma visita às janelas dos lemes e mandar alguns turnianos ao encontro dos seus compatriotas lá embaixo.

A informação percorreu o conselho dos sábios-deslizantes por inteiro, passando de mente em mente como um relâmpago antes de ser comunicada aos mu-corpos já instalados nos dirigíveis, assim como àqueles que ainda estavam sendo carregados nas caixas-armas.

O metalcarnívoro e o guerreiro-vapor desapareceram nas entranhas do aerostato. Havia ainda muita coisa por fazer.

Terra e fogo brotavam da planície coberta de neve à medida que o sextúpede de Oliver se dirigia para o ponto desejado. A nova égua que ele roubara tinha sido criada num regimento de cavalaria chacaliana, por isso, não parecia temer os trovões e o caos da guerra. Já a égua cigana do Sussurrador limitava-se a segui-los porque diante dela avistava uma cauda amigável.

Cavalgando no meio da confusão instalada pelo bombardeio do aerostato, era difícil dizer para onde seguir. Só a pressão suscitada pelos encantados — pela elevada concentração de Guardas Especiais — permitiu que se orientasse para a frente oriental do campo de batalha.

Um porta-estandarte chacaliano com as cores do parlamento passou por eles como uma flecha, gritando palavras de encorajamento para um corpo de tropas que tinha deixado de segui-lo. Dois dos rebeldes de Ben Carl arrastavam um terceiro homem pela neve, perguntando pela tenda do médico. Oliver apontou no sentido da área de onde viera, mas eles o ignoraram e se perderam na direção das armas da Terceira Brigada. O homem que eles arrastavam já estava morto. Oliver ainda tentou chamá-los de volta, mas eles foram engolidos pela fumaça dos canhões.

Um pelotão de infantaria chacaliana emergiu da carnificina, com seus milhares de quepes e túnicas denunciando o fato de ser, naquele momento, uma reunião desordenada de soldados unidos apenas pela queda de Açomédio.

Um oficial ao centro do pelotão os chamou.

— Já avistaram os exomontes turnianos?

— Ainda não cruzamos com eles — respondeu Oliver.

— Tenham cuidado, há um esquadrão deles se dirigindo para cá. Lanceiros...

O oficial ia dizer mais alguma coisa, mas uma bala o atingiu de frente e o derrubou no chão, no meio do pelotão. Os chacalianos horrorizados limitaram-se a olhar para o seu tenente contorcido. Do meio da neve, um uivo de *banshee* precedeu uma multidão de soldados em fuga, não para investir, mas para bater em retirada de forma tumultuosa. Eram soldados chacalianos. O bombardeio dos aerostatos tinha conseguido finalmente quebrar o ânimo do exército. Alguns dos homens situados nos extremos do pelotão abandonaram a formação e se juntaram aos desertores, mas suas túnicas vermelhas eram um alvo fácil para qualquer lanceiro.

— Manter a linha! — gritou Oliver. — Manter a linha!

Mas eles o ignoravam, incapacitados de ouvir os seus gritos no mar de terror e desespero em que se encontravam.

— O céu — gritou o Sussurrador. — Olhem para o céu!

Muitos dos aerostatos tinham ficado subitamente silenciosos e subiam à deriva pelos ares, como se as suas ligações de controle tivessem sido interrompidas. No entanto, foi aquilo que surgiu um pouco mais abaixo que imobilizou os soldados no lugar onde se encontravam. Rastros enormes de fumaça e de nuvens de neve tinham se transformado em espectros de espadas desembainhadas, pairando ao redor dos aerostatos ao lado das formas alongadas de leões. Parecia que os céus tinham se aberto e que a alma de Chacália se derramava sobre a batalha.

— Os primeiros reis! — gritou o Sussurrador. — Os primeiros reis voltaram!

As cabeças se ergueram por todo o campo de batalha e viram a armada fantasmagórica que atravessava os céus. Os oficiais de cavalaria desceram das suas montarias, os soldados mais agitados se acalmaram e os tocadores de gaitas de foles retiveram o fôlego ao se depararem com aquela visão, suspendendo a música lúgubre.

Ao lado do marechal Arinze, Tzlayloc mostrava-se enraivecido com os soldados da Terceira Brigada que tinham parado de carregar os canhões para contemplarem aquela visão.

— Não é real, compatriotas, não é real! Não sejam imbecis, nada daquilo é real! — gritou ele, agarrando a própria cabeça. — Saia da minha mente, saia imediatamente da minha mente!

— Nossos dirigíveis foram silenciados — anunciou o marechal Arinze, erguendo o olhar na direção das formas sombrias que resplandeciam através das nuvens de neve.

Surpreso por aquele silêncio abrupto, nem reparou que o corpo de Tzlayloc não parava de crescer. A pele do presidente do Primeiro Comitê de Chacália inchava com protuberâncias desequilibradas, como se tivesse escaravelhos se desenvolvendo por baixo dela.

Arinze estalou os dedos para pedir o telescópio de um dos oficiais do comitê. Os aerostatos tinham sido perfurados pelas caixas-armas dos homens-vapor, mas era um estrago pouco relevante. Quantas vezes ele não tinha visto os dirigíveis de Chacália receberem o seu peso em chumbo e continuarem a semear destruição em terra? Muitas para poder contar. Os aerostatos eram invencíveis, verdadeiros anjos da morte. Sempre que Quatérturno se envolvera em batalhas com o país vizinho a ocidente, a MRA tinha esmagado suas ambições e foi esse terrível muro flutuante de Chacália que sempre garantiu o seu devido lugar como senhores do continente. Não era possível perder uma guerra com a armada aérea de Chacália ao lado, era uma lei imutável da arte da guerra, uma coisa natural.

Arinze virou-se para o major Wildrake, cujos músculos belíssimos davam uma forma rochosa ao seu sobretudo da Terceira Brigada.

— O que pode calar nossos aerostatos, major? Não existe nada no mundo que possa silenciá-los!

Wildrake não tinha ouvido o que ele dissera. Estava hipnotizado pelos leões correndo pelo céu, exatamente como os imaginara quando era pequeno e os desenhara inúmeras vezes a lápis, sentado na escrivaninha de sua mãe.

Mais ao leste, Oliver virou-se em cima do seu cavalo para olhar para o Sussurrador.

— Tantas mentes — sibilou a criatura encantada, coberta pela ilusão tremeluzente de seu corpo de guerreiro humano. — Homens-vapor, turnianos, chacalianos... Todas tão diferentes.

Muitos dos soldados chacalianos à volta deles tinham se ajoelhado; as lágrimas escorriam dos seus olhos por terem permitido que o medo se apoderasse deles a ponto de terem se acovardado e fugido da frente de batalha.

— Pela terra — gritou Oliver. — Por Chacália!

Seu grito se expandiu pelas proximidades e os soldados voltaram a pegar em suas espingardas, regressando para enfrentar as armas da Terceira Brigada. Perto do Sussurrador, a energia terrestre tinha se invertido num vórtice invisível, seus poderes encantados perturbavam a harmonia natural das linhas de Ley. Oliver tomou as rédeas do sextúpede cigano e o levou para longe da carnificina, em direção à pressão encantada que ele pressentia.

— Não — disse o Sussurrador. — Deixe-me ficar aqui. Preciso me concentrar. Todos devem ver. Todos devem ver.

Oliver assentiu e se afastou. Se as forças daquela guerra tinham sido novamente invertidas e os chacalianos estavam regressando para lutar, era mais provável o Sussurrador ser empalado por um lanceiro de passagem ou perfurado por uma baioneta das tropas da Terceira Brigada que os perseguiam.

O flanco oriental do campo de batalha perdeu qualquer resquício de ordem que ainda pudesse ter: já não havia colunas, nem linhas, nem manobras de formações em busca de uma vantagem insignificante na intrincada dança de artilharia. Em vez disso, via-se um mar de cavaleiros-vapor combatendo, no qual pontuavam algumas ilhas de Guardas Especiais. Os guerreiros semelhantes a centauros metálicos trocavam golpes com aqueles que, até bem pouco tempo, tinham sido os grandes protetores de Chacália. Longe da matança, uma linha de tropas da Terceira Brigada protegia os cantores do mundo de Quatérturno. À semelhança dos seus congêneres chacalianos, estes tampouco mostravam grande inclinação para sujarem as mãos, enquanto os seus escravos encantados eram forçados a combater até a morte por eles. Apenas se mantinham atentos aos torques suicidas de qualquer Guarda Especial que caísse na tentação de fugir da luta.

Na frente deles, um cruel teatro de guerra. As caixas-armas vibravam de fúria, ouviam-se os gritos marciais das ordens militares, avançando através dos ossos encantados nos quais os cavaleiros empalavam os guardas. Os porta-estandartes mantinham erguidas as cores da Guarda Especial ao longo do mar de homens-vapor mortíferos, atraindo ataques em ondas sucessivas à medida que os cavaleiros tentavam capturar suas cores para expor nos corredores de sua montanha. Um cavaleiro-vapor que poderia ter sido o irmão gêmeo de Golpe de Vapor conseguiu se agarrar ao cavalo de Oliver. Seu flanco rasgou-se em dois por um ataque encantado. Habituadas a enfrentar seus inimigos ao lado uma da outra, nenhuma das forças tinha qualquer estratégia eficiente para lutar contra os seus ex-aliados e cair sobre eles. Era o poder cru da Brumencantada contra a força física dos guerreiros forjados exclusivamente com o intuito de combaterem. Aquilo não tinha nada a ver com a arte da guerra, aquilo era um massacre desordenado.

Mas Oliver sabia o que tinha de fazer. Foi algo que veio à sua mente sem que tivesse a necessidade de pensar no assunto, uma memória do povo do tempo-rápido, das estranhas sombras da terra para além da cortina de Brumencantada. Seu invólucro humano vibrou no interior do poder do outro domínio, da parte que pertencia à sua mãe, girando e reciclando continuamente a sua força construtiva. A força continuava a crescer e crescer, fazendo a tensão subir para níveis perigosamente altos. Ouviram-se gritos vindos do lado dos cantores do mundo, alertando os Guardas Especiais que conseguiam distinguir os vincos no tecido natural do mundo. Os guardas apontavam na direção de Oliver. Cada centímetro do seu rosto estava em brasa, dimensões que não podiam existir em Chacália dobravam-se ao redor do seu corpo, girando e circulando em trajetórias impossíveis.

O homem-vapor danificado aos pés de Oliver tremia, uma energia azul eletrificava seu corpo trêmulo por inteiro, o infeliz cavaleiro semimorto estava próximo demais do furacão. As balas dos atiradores de elite da Terceira Brigada atravessaram o corpo de Oliver, mas sem a coincidência de realidades necessária, não podiam causar nenhum dano a ele. Oliver gritou de agonia com a onda de choque de energia liberada que se propagou pelos campos de Rio Pântano numa descarga que esmagou o homem-vapor receptor ao seu lado e deixou os guardas encantados de pernas para o ar, fazendo-os soltarem sabres e pistolas. Os homens-vapor e os Guardas Especiais voltaram a se levantar, procurando a origem daquela explosão.

Algo *tinha* realmente mudado. As mãos dos guardas tocaram as respectivas gargantas, sentindo a pele pálida dos seus pescoços pela primeira vez em muitos anos. Seus torques tinham desaparecido. Os colares enfeitiçados de escravidão sumiram dos seus pescoços. Estavam livres. A liberdade que Tzlayloc tanto prometera a eles e que a Comunidade da Partilha Comum roubara tinha finalmente chegado... Liberdade para escolher, para decidir de que lado lutar. Como mastins que passaram a vida inteira sendo espancados por um dono brutal, viraram-se contra a linha quaterturniana com uma fúria inaudita. Os cantores do mundo, atônitos, tentaram ainda ativar os feitiços que aniquilariam os encantados, percebendo só depois que os seus escravos já não estavam domados por aqueles artefatos horrendos.

Os cavaleiros-vapor pareceram ficar tão surpresos com a súbita reviravolta dos encantados chacalianos como as fileiras da Comunidade. Oliver viu um general ser projetado para os céus de uma plataforma. Era o Mestre Serra, com seus membros-armas significativamente mais sujos do que ele os vira nos corredores montanhosos de Mecância, cobertos de sangue e camadas de fuligem. O Mestre apontou para noroeste, na direção do núcleo das formações da Terceira Brigada e o hino que entoou percorreu os corpos blindados das ordens militares, sendo repetido por todas as caixas de voz que encontrava pelo caminho. Foi então que o anfitrião homem-vapor se virou bruscamente, dirigindo-se como uma seta para o centro das linhas da Terceira Brigada.

—Nosso avanço foi anulado — informou o oficial de cavalaria. — A Guarda Especial se libertou dos torques e agora está combatendo contra as nossas forças.

Arinze lançou um olhar nervoso na direção dos cascos xadrezes dos aerostatos inutilmente à deriva com o vento; a chuva de bombas-barbatana tinha sido substituída por uma tempestade de marinheiros e oficiais quaterturnianos mortos.

Um cadáver tinha caído exatamente sobre um dos canhões diante dele, com o uniforme sobre o corpo notoriamente dilacerado pelas balas de uma repetidora de pressão.

O marechal Arinze tentou indicar ao vigia que falasse mais baixo, mas era tarde demais. Tzlayloc ouvira tudo e tinha se intrometido entre os dois, afastando o soldado daquele espaço e esmagando seu crânio como se fosse o de uma fruta madura.

— Não haverá qualquer retirada — uivou Tzlayloc, deixando cair o seu corpo disforme. — Hoje a vitória será nossa, está escrito na face da Terra.

O líder do Primeiro Comitê parecia crescer ainda mais com cada atualização dos reveses acumulados, era como se estivesse se alimentando do desespero das tropas. Tzlayloc estava com o tamanho de uma árvore, os músculos artificiais se multiplicando como o foco de uma doença.

— Será como você diz, compatriota presidente — disse Arinze, erguendo o olhar para aquela criatura.

E pensar que ele tinha chegado a considerar perigosos os labirintos políticos dos assuntos revolucionários do Estado quaterturniano. Um temor supersticioso se apoderou do marechal: uma coisa era invocar o auxílio de divindades — quantos dos seus soldados não ofereciam ainda orações furtivas ao deus sol quando os oficiais políticos olhavam para o lado? —, mas outra bem diferente era se *tornar* um deus. A obsessão de

Tzlayloc começava a possuí-lo a tal ponto que se tornava difícil saber onde começava o homem e onde terminava o ser a serviço da Caotyl Selvagem.

— Preparem o livro — disse Tzlayloc para seu séquito de sacerdotes gafanhotos. — O livro de Ferrãohueteotl.

— Será que Xam-ku já está suficientemente forte para ser invocado? — perguntou um dos sacerdotes.

— *Eu* sou Xam-ku! — gritou Tzlayloc. — Não vê como estou crescendo graças a ele?! Chegou a hora de a Caotyl Selvagem provar a sua fidelidade à causa, de selar o destino desses vermes, dos senhores das indústrias e dos seus lacaios do Estado Livre! Vamos deixá-los percorrer novamente os corredores de Quimeca com seus irmãos comunitistas!

Na sombra da cúpula de comando, o Rei Vapor virou-se para Lagartas de Cobre e seus guerreiros mu-corpos de sentinela.

— Preparem o meu corpo de guerra. Minha hora chegou.

— Os videntes lançaram as rodas de Engrena-gi-ga e as perspectivas são desanimadoras, Sua Majestade — disse Lagartas de Cobre —, incertas na melhor das hipóteses. Os Loas estão exaustos e muitos deles já estão se retirando. Nosso tônico é a luz e a ordem e receio que este seja um dia muito negro.

— Milhares de membros do nosso povo jazem desativados naquele campo, Lagartas de Cobre, cobertos por essa neve anormal que cai sobre o solo dos nossos aliados. Eu não vou abandonar a luz. Recuso-me a abrir mão de um milênio de harmonia e evolução em prol das leis supersticiosas e dos desejos diabólicos do inimigo. Não posso pedir aos cavaleiros-vapor que defendam uma causa pela qual eu próprio não estaria disposto a lutar. O velho inimigo prepara-se para caminhar mais uma vez sobre a superfície da Terra e, pelas barbas de Zaka dos Cilindros, eu irei ao seu encontro.

O monarca de traços infantis do Estado Livre viu os sábios-deslizantes e a corte abrirem caminho, uma plataforma o erguia à altura do coração do seu corpo de guerra. O barulho do metal da jaula de ferro sendo agitado envolveu o corpo do rei. Em seguida, os mu-corpos de uma dezena de sábios-deslizantes se agitaram em grande atividade ao redor de seus contornos para verificarem a pressão dos sistemas, carregarem os reservatórios de munições e lubrificarem as juntas de inúmeras armas de guerra.

— Tragam as minhas armas — ordenou o Rei. — Minha espada e meu escudo.

Foram necessários três cavaleiros para transportar cada peça do armamento do soberano. Seu escudo era feito de um cristal transparente azul, com uma borda de metal afiada que crepitava com a energia elétrica que dele se soltava. Quanto à sua espada, era tão grande como quatro homens-vapor de pé e tinha um conjunto de canos largos ao redor do broquel. Os braços mecânicos receberam as armas ancestrais dos seus servos e ele testou sua lâmina, fazendo com que o ar movido projetasse uma onda de pó de neve sobre o posto de comando. Uma vez terminada a tarefa, os homens-vapor se afastaram da sua carcaça, deixando o monarca para voltarem a enfrentar a massa inimiga. Os pés metálicos do rei aplanaram o chão enquanto ele se virava.

Hoggstone e os oficiais chacalianos vieram apressadamente até o Rei Vapor.

— Sua Majestade, o que está fazendo?! Seu lugar é aqui, coordenando o exército!

— Primeiro Guardião, eu fui guerreiro antes de ser rei — respondeu o homem-vapor, fazendo as esferas de sua caixa de voz estremecerem no volume máximo — e um guerreiro defende o seu povo.

O comodoro Black se virou para Lagartas de Cobre enquanto o rei se afastava.

— Abençoado Círculo! Aliquot Lagartas de Cobre, para onde vai aquele grandalhão?

— Creio que vai ao encontro de sua morte, comodoro.

Oliver encontrou o Sussurrador prostrado sobre a neve. A ilusão humana do guerreiro tinha sido substituída pela realidade de músculos deformados e de carne informe. Do sextúpede cigano, nem sinal.

— Nathaniel? — chamou Oliver, vendo-se obrigado a sacudir seu corpo até a aberração da raça encantada voltar a si.

— Aconteceu alguma coisa que me tirou o chão debaixo dos pés — sussurrou. — Senti na Terra, nos ossos do mundo. Parecia a Dama das Luzes, mas foi mais forte, muito mais forte.

— Não foi a Dama das Luzes — confirmou Oliver.

As coisas estavam ficando realmente perigosas: o Urso Sombrio executara uma intervenção não autorizada por conta própria. Aquela maldita coisa estava tão desesperada por terminar a tarefa de que tinha sido incumbida que começava a inclinar a balança a favor das forças que tencionava aniquilar. Seu desejo era que a Caotyl Selvagem vencesse naquele dia — para que ela desse à luz aos seus deuses num reino pequeno demais para recebê-los —, e ele receberia, assim, a autorização para a guerra total.

— Eu o avisei que ela tinha sido substituída por outra coisa, por um ser feroz e mal-intencionado, que está apenas esperando o nosso fracasso.

— Seja lá o que for, ainda consegui machucá-lo — disse o Sussurrador. — Assim como a Dama das Luzes, não é grande coisa em questões de detalhe. É esse o ponto fraco deles, se você conseguir se transformar num detalhe, irá confundi-los, tal como um deslizagudo atacado por uma horda de camarões.

— Nathaniel — disse Oliver —, se você tem estado inconsciente, quem está fazendo aquilo?

O Sussurrador olhou para a área apontada pelo dedo de Oliver. O céu estava cheio de leões fantasmagóricos e chefes ancestrais de tribos guerreiras que o condenado encantado tinha invocado sobre as mentes dos exércitos, com *banshees* assobiando no vento e cavalgando pelo céu abaixo dos aerostatos à deriva.

— Bem, maldito seja *eu* — sibilou o Sussurrador.

Seu corpo se enrolou e transformou-se novamente no cavaleiro do seu livro de histórias antigas.

Oliver voltou a montar seu sextúpede e ajudou o Sussurrador a subir para a garupa de sua sela. Naquele momento o Capitão Faísca surgiu diante de ambos, com a sua túnica da Guarda perfurada nos pontos em que os cavaleiros-vapor tinham tentado derrubá-lo com lanças ou balas de repetidoras. Na área até bem pouco coberta pelo torque, havia apenas uma marca vermelha.

Faísca olhou para Oliver, reconhecendo-o, e seus olhos se arregalaram ao perceberem o Sussurrador. De uma forma ou de outra, conseguira ver de imediato através da ilusão do encantado, com a ajuda dos seus olhos tão verdadeiros como sua força de semideus.

— Você é da raça dos encantados? Meu Círculo, nunca antes tinha visto um corpo tão afetado pela bruma e capaz de resistir ao efeito nesse estado.

— Devia ter feito algumas visitas aos pisos mais recônditos do hospício de Hawklam em vez de passar tanto tempo enfurnado no palácio, menino bonito.

Oliver tocou o pescoço do capitão.

— Acabaram-se os colares, capitão. Acabaram-se as ordens.

— Você? — perguntou Faísca, perplexo. — Foi você? Não existe poder suficientemente grande neste mundo para anular o feitiço deles.

— É possível que não exista neste mundo, mas de todo modo você está livre agora... Mas livre para fazer o quê?

— Meu filho — disse Faísca. — Quero o meu filho.

— Seu filho? — perguntou Oliver. — Mas se você não é casado, homem... Os folhetins baratos sempre fizeram tanto barulho sobre o maravilhoso solteiro que era!

— Oliver, eu imbecil... Não percebe que é o Príncipe Alpheus? — assobiou o Sussurrador. — É o filho dele que agora está servindo de bandeira numa das hastes do lado de Tzlayloc!

— Só alguns membros da Guarda Especial sabem disso!

— Eu faço parte da sua Guarda, menino bonito, digamos que sou o vigilante noturno.

— Vamos seguir ao seu lado — disse Oliver. — Está na hora de Tzlayloc descer do Primeiro Comitê.

— Três homens encantados para salvar Chacália — suspirou Faísca. — É possível que não seja lá grande coisa.

— Eu acho que será o bastante — respondeu Oliver.

Tzlayloc e o Rei Vapor enfrentaram-se no campo de batalha, com as armadas da Terceira Brigada e as forças do parlamento digladiando-se aos seus pés enquanto os dois titãs combatiam entre si. O presidente do Primeiro Comitê de Chacália estava com metade do tamanho da armadura de guerra do Rei Vapor. Seu corpo tinham se convertido numa massa de carne distorcida, debaixo da qual criaturas de olhos compostos e ossos tão pontudos como um braço-espada caranguenarbianos cresciam e despontavam de seus músculos, saltando deles para decapitarem soldados chacalianos e se deliciarem com os corpos dos mortos espalhados pela neve. Os dois líderes lutavam no interior de uma onda de duas névoas opostas: apoiado pelos seus Loas cada vez mais debilitados, o monarca do Estado Livre mostrava-se tão insubstancial como um aglomerado de vapor sob o assalto da Caotyl Selvagem, protegida por nuvens de vespas negras e furiosas que rodopiavam ao redor do Rei Vapor. Assim que as nuvens explodiam em seu corpo, reagrupavam-se em seguida como cardumes de peixes negros. Os soldados que lutavam à sombra dos titãs e dos exércitos de insetos caíam um por um, agarrados aos ouvidos. O gemido da Caotyl Selvagem instalava-se em seus tímpanos, intensificando-se e tornando-se tão agudo que estes explodiam, forçando os parlamentares a esmagar a cabeça contra as rochas e a rolar pela neve, como se o gelo pudesse anestesiar a dor daquela melodia profana.

Uma coisa com quatro patas, que dificilmente poderia ser chamada de corpo, brotou do ombro de Tzlayloc e saltou para o espaço existente entre o presidente e o Rei Vapor. A manifestação da Caotyl Selvagem agarrou-se à estrutura de pilotagem e tentou enfiar uma garra no crânio dourado da forma infantil do Rei Vapor, mas o monarca se esquivou, virando-se para a direita e para a esquerda enquanto o osso afiado investia em sua direção. Uma das repetidoras de pressão montadas no peito do Rei Vapor conseguiu encontrar o ângulo certo e descarregou toda a sua carga sobre ela, vendo-se livre da besta de garras com uma saraivada de projéteis.

Livrando-se de um dos membros tentaculares de Tzlayloc, o Rei Vapor brandiu o seu braço-espada no ar, cortando aquela ramificação de carne. O membro caiu sobre a neve, esmagando um soldado da Terceira Brigada e transformou-se na mesma hora em uma centopeia ossuda que se apressou a subir pela perna do rei e a se incrustar no ferro através de um círculo de tecido vivo exasperante que rapidamente se propagou para as outras áreas. Uma cabeça de gafanhoto com mandíbulas circulares forçou a sua saída do ponto onde o membro de Tzlayloc havia sido cortado, olhando ao redor e sibilando ameaçadoramente para o monarca.

— Agora é a minha vez! — exultou Tzlayloc. — Seu reinado chegou ao fim. Não preciso do zumbido e do tique-taque dos brinquedos de ferro, nem dos escravos mecânicos.

O Rei Vapor afastou-se de Tzlayloc, obtendo uma perspectiva múltipla do presidente de Chacália com a ajuda de uma lanterna rotativa instalada no visor da sua cabine de pilotagem.

— E eu não vejo qualquer utilidade para a sua visão natimorta do mundo. Você se converteu numa doença, Tzlayloc, fez de si próprio um câncer no estômago do mundo e eu vou extirpá-lo para salvar o meu povo.

Tzlayloc ameaçou a estrutura bélica com os seus tentáculos e inclinou a cabeça para trás para rir. De sua boca escancarada saíram coisas brilhantes e escuras como escaravelhos.

— Hei de colocar a sua placa de alma no topo do monte de peças destruídas que vou construir com os restos do seu povo, brinquedo. A mera existência da sua raça é uma ofensa para mim. Você não passa de um truque de magia, concebido por matemáticos habilidosos que misturaram o minério e o vidro.

O Rei Vapor desligou os seus sentidos olfativos por causa do calor e do fedor que saíam da garganta de Tzlayloc e chegavam até ele através do vento.

— Você nunca mais voltará a perseguir a minha raça!

O regente do Estado Livre desviou-se para o lado no momento em que Tzlayloc gritou e fez avançar uma bola cheia de garras crepitantes para ele. Tzlayloc fez também um gesto obsceno com as folhas nascidas naquilo que costumava ser sua mãos.

— Já vejo que a ferrugem ainda não se instalou em sua memória, rei dos brinquedos. Quando as montanhas de Mecância estiverem enterradas debaixo das geleiras, hei de desfrutar da visão das suas crianças se canibalizando e lutando entre si para evitarem a sentença de morte que vou lançar sobre elas!

Enquanto evitava os braços ágeis do presidente com o seu escudo, o Rei Vapor perfurava a carne rija do adversário com uma série de pequenas rajadas das suas repetidoras.

— Ouça-me, Tzlayloc, escute-me com o coração de corpo-macio que ainda existe em algum parte no interior desse corpo monstruoso que você desenvolveu. Seus aliados estão planejando congelar o nosso reino com algo mais do que gelo. Eles vão abrir as muralhas do mundo e silenciar para sempre a dança do tempo e da energia. Quaisquer que sejam as filosofias em que você se baseia e os sonhos que pretende desenvolver em Chacália, as Caotyl Selvagens não têm qualquer intenção de honrá-los. Elas o trairão! Seu movimento não passa de um corpo hospedeiro para depositar seus ovos, irão consumi-lo, destruirão seus planos!

— MENTIROSO!

Tzlayloc se contraiu como se tivesse sido incendiado, fazendo com que cada centímetro do seu corpo pulsasse e ganhasse vida. O presidente de Chacália inclinou-se para a frente, tentando perfurar as estruturas de defesa do monarca homem-vapor.

— Foram eles que levaram os quimecanos a mil anos de supremacia e os salvaram da era glacial! Sem a ajuda deles, a raça do homem teria sido extinta. Quanto tempo mais a Caotyl Selvagem vai apoiar nossa Comunidade da Partilha Comum, na qual vivemos em cooperação perfeita, num reflexo preciso de sua associação desinteressada? Desta vez não haverá revoltas de escravos, brinquedo insignificante, nem máquinas inteligentes escavando por baixo do gelo para envenenarem e influenciarem as mentes das pessoas!

O Rei Vapor não disse nada, deixou a sua espada falar por ele. Enquanto isso, os quatro canos ao redor do seu punho detonaram e levaram bolas de canhão cheias de veneno químico e toxinas desenvolvidas na ala dos arquitetos até o peito de Tzlayloc. Uma série de criaturas saiu aos gritos das crateras onde as bolas o tinham atingido e dois tentáculos protuberantes cresceram do corpo de Tzlayloc. Um deles segurou o braço-espada do rei e o outro esmagou a sua cabine de pilotagem, mandando o monarca pelos ares.

O rei olhou repulsivamente para o seu tornozelo, especificamente para o ponto onde o membro semelhante a uma centopeia o tinha agarrado e a partir do qual se expandia pelo seu corpo de guerra acima, com nuvens de metal derretido por um ácido da Caotyl Selvagem de uma complexidade assustadora difundindo-se no ar. O Rei Vapor disparou um braço mecânico parecido com um tridente, mas era tarde demais: a perna se separou do corpo e o pé da armadura começou a queimar sobre a neve. O corpo do rei cambaleou para trás.

Numa manobra de desespero, o rei caído atirou o seu escudo como um disco na direção de Tzlayloc, com a energia emanada dos picos da borda tentando atingir a cara de seu adversário enquanto este se inclinava para trás. O escudo passou diante dele e caiu numa elevação do terreno. Tzlayloc lançou um olhar exultante para o monarca caído, as armas montadas no corpo do Rei Vapor descarregavam suas munições no enxame da Caotyl Selvagem saído do corpo de Tzlayloc. Era inútil, o presidente lançou um grito de vitória. Os Loas se movimentavam numa espiral descendente, formando um escudo que começava a se enrugar à medida que as setas negras da Caotyl Selvagem se quebravam em sua superfície.

Os demônios de Tzlayloc imobilizaram-se, confusos. Uma onda de corpos de guerra, cada um deles pilotado por um homem-vapor do tamanho de uma criança, surgiu nas costas do monarca, avançando ao longo do terreno e fazendo o chão estremecer. Depois das estruturas de guerra, surgiu outra onda, esta composta de cavaleiros-vapor encarregados de auxiliar seu monarca caído no campo de batalha. As criaturas diabólicas de Tzlayloc avançaram em direção àquele ataque, arrastando-se pelo chão.

— Mas quantos mu-corpos você tem afinal, brinquedinho? — sussurrou Tzlayloc, olhando para o monarca no chão. — Pouco importa, vou matar todos e fundir a sua escória em imagens da Caotyl Selvagem para os templos do povo!

— Você não vai triunfar, Tzlayloc.

— Andou espiando o futuro, brinquedo? — riu Tzlayloc. — Pois eu vou arranjar um futuro novo para você e o seu povo, assim como para

Chacália e o resto do mundo! Foi o rodar da engrenagem no veneno nojento dos seus fluidos que mostrou como seria a sua morte?

— Foi — gemeu o Rei Vapor.

Tzlayloc observava divertidamente os Loas enfraquecidos em volta do corpo de guerra do monarca, lançando um olhar de ódio para os servos que avançavam sobre ele.

— Então, eu o deixo entregue a essa visão. Espero que consiga viver apenas o tempo necessário para ver o último dos soldados de seu exército esmagado no meio da lama.

No interior da cabine de comando, a mão dourada do Rei Vapor se soltou desamparadamente das alavancas de controle. Mas ele precisava se manter vivo por mais algum tempo. Havia uma coisa pela qual era necessário esperar, antes de abandonar o campo de batalha e avançar para o padrão supremo: Tzlayloc tinha que ser distraído. O Rei Vapor não podia se dar ao luxo de desligar os seus receptores de dor, a falta poderia levá-lo antes do tempo. Seu tempo na Terra estava terminado, mas tinha que aguentar a dor só mais um pouco. Cada segundo tornou-se uma eternidade para o monarca.

Na retaguarda de Tzlayloc, os corneteiros do marechal Arinze fizeram soar novas ordens: as linhas disciplinadas da Terceira Brigada se fecharam em formação defensiva, com os fora da lei igualados de Tristesperança, que tinham até então sido mantidos na reserva, avançando em colunas de reforço. Arinze tinha combatido o Estado Livre tanto debaixo da bandeira do antigo regime quanto pela Comunidade da Partilha Comum. Como tal, seus soldados e ele sabiam aquilo que os esperava. As caixas de arpões farpados foram descarregadas do vagão de munições e passadas até a artilharia.

Um oficial de cavalaria galopou até o marechal.

— Caixas-armas, compatriota marechal, estão avançando para leste.

— Avance até a bateria — ordenou o marechal — e diga aos capitães de artilharia que concentrem sua carga naqueles corpos de guerra monárquicos. Detenham-nos antes que eles cheguem perto das nossas linhas!

Depois de as divisões de artilharia terem voltado a avistar seus canhões e disparado os primeiros tiros para calcular a distância a que se encontravam deles, qualquer observador das manobras daquela batalha teria necessitado de um telescópio para reparar na forma como as quatro estruturas de guerra pareciam surpreendentemente resistentes às farpas do fogo dos turnianos, assim como para perceber que as explosões nas dunas a leste estavam refletindo as explosões ao redor dos homens-vapor gigantes — exatamente no ponto onde teriam caído, caso tivessem passado incólumes pelas estruturas de guerra.

O Capitão Faísca não hesitou em subir no peito do monarca agonizante, fazendo as placas de ferro cederem com o peso dos seus ossos densos de encantado. Oliver surgiu logo depois dele, subindo pelos punhos metálicos. O Sussurrador ficou ao lado do corpo de guerra destroçado, murmurando com o esforço de criar a ilusão viva de outros corpos de guerra homens-vapor com o ângulo ligeiramente diferente necessário para cada observador presente em Rio Pântano. Um rugido de fúria vindo da retaguarda indicava que a montanha de carne que era Tzlayloc tinha finalmente descoberto o truque do qual estava sendo alvo.

Faísca lançou um olhar rápido para a terrível criatura. Aquilo que estava diante dos seus olhos já não era mais o presidente do Primeiro Comitê, nem Jacob Walwyn, nem mesmo qualquer outra ameaça familiar da soberania de Chacália descrita em seu juramento da Guarda. O capitão não conseguia sequer reconhecer naquelas formas o traidor das esperanças de liberdade do povo encantado. A única coisa que ele via diante de si era o monstro que pendurara seu filho em uma cruz como um coelho prestes a ser esfolado e o usara como isca. O capitão desceu da estrutura bélica destroçada e foi ao encontro da investida de Tzlayloc. Oliver podia jurar que o chão estremeceu com a corrida do Guarda Especial.

— Oliver.

O Sussurrador subia no corpo de guerra do monarca homem-vapor, enquanto os seus contornos oscilavam de forma constante entre o guerreiro de bronze e seu corpo real.

— Oliver.

Porém, não era o Sussurrador quem o estava chamando, era o Rei Vapor. O monarca parecia estar muito machucado: o lado direito do seu corpo tinha sido esmagado por baixo do guarda-piloto contorcido e o esquerdo fora perfurado pelas investidas do osso-espada e ferido pelos vestígios de ácido.

— Sua Majestade, seus cavaleiros já estão a caminho para ajudá-lo.

— A parte mais difícil de ser monarca é conhecer com antecedência o momento da nossa própria morte — disse o Rei Vapor.

— Seu povo pode salvá-lo.

O rei quase não ouvia as palavras de Oliver.

— De que outra forma se poderia preparar o caminho para um novo rei?

Oliver tentou abrir a estrutura, mas ela estava mesmo muito danificada. Retirar o monarca dali à força rasgaria o seu corpo em dois.

— Desista de tentar me tirar daqui, jovem corpo-macio — sussurrou o Rei Vapor. — Trate antes de salvar as nossas duas raças. As Caotyl Selvagens alimentam-se das almas e da veneração da sua espécie, bem como da própria força da Terra. As almas são de Chacália e do Estado Livre e a Caotyl Selvagem precisa igualmente dos ossos da terra para drená-las. Quando avançamos ao longo do Círculo, nós o fazemos através dos ossos da terra. Nós somos as canções do pó das estrelas, Oliver, e como todos os insetos, as Caotyl Selvagens sentem-se atraídas pela nossa chama. Sufoque essa chama...

Sufoque essa chama!

O Capitão Faísca estava cercado por um mar de demônios de Tzlayloc. Os seres horrendos emergiam em número cada vez maior de seu corpo deformado. Faísca esmagava e aniquilava aquelas criaturas, tão coberto de sangue e da polpa maligna dos insetos que mais parecia um golem recém-saído do forno. A Caotyl Selvagem, destruída, ia se amontoado pelo terreno, com enxames de seus seres subindo pelos montes de cadáveres com o intuito de atacar o Guarda Especial.

Apesar de toda sua força, o Capitão Faísca era apenas um homem. Em pouco tempo, sua carne começou a se enfraquecer. Sua chuva de murros diminuiu. Mais e mais filhos da Caotyl Selvagem o atravessavam e arranhavam o seu corpo com as garras.

Sufoque essa chama.

Oliver amplificou os seus sentidos, estendendo-os sobre o campo de batalha e chegando até os ossos da terra, mas havia ainda muito mal para que pudesse ignorá-lo. As forças do parlamento agitavam-se com a luta contra as fileiras disciplinadas da Terceira Brigada: havia poucos profissionais entre eles e muitos lutadores de rua amadores e rebeldes carlistas. Os cavaleiros-vapor não poderiam medir forças com as hordas da Caotyl Selvagem, enquanto os pelotões de metalcarnívoros e os reforços da Primeira Brigada se ocupavam de todo e qualquer Guarda Especial que não tivesse escapado de Rio Pântano em busca de sua liberdade. Ainda assim, as linhas de Ley continuavam latejando por baixo de toda aquela confusão, enfraquecidas e esquálidas, mesmo depois de terem sido drenadas e utilizadas pelos cantores do mundo de ambos os lados.

As linhas estavam distorcidas e difusas ao redor dos contornos deformados de Tzlayloc, com o poder da Caotyl Selvagem funcionando como um peso na superfície da Terra que o mundo mal conseguia suportar. Oliver conseguia distinguir claramente a dor e o horror do mundo canalizado em seus ossos, a terra como esponja absorvendo o sangue e as almas de que as Caotyl Selvagens se alimentava. Cada nova porção permitia que mais seres se desenvolvessem através das fendas do mundo. A essência dos chacalianos estava sendo consumida como um combustível lançado numa fornalha acesa. O mundo funcionava como a caldeira dos insetos, uma máquina capaz de alimentar a missão louca de invocar seus maiores e mais profanos deuses.

— Oliver — sibilou o Sussurrador. — Atenção ao inimigo!

Uma onda de demônios da Caotyl Selvagem aos pés da estrutura de guerra caída já subia pela armadura do homem-vapor. Oliver não estava escutando o aviso do Sussurrador. Sua atenção estava dispersa pela rede formada pelas linhas, viajando pelos ossos do mundo.

O Sussurrador praguejou. Aquelas malditas coisas eram difíceis de ludibriar, desumanas, com mentes retorcidas pela carne que se desenvolvera de forma artificial no corpo de Tzlayloc. Seus sonhos eram coisas frias e estranhas. Ele se concentrou ainda mais: as criaturas começaram a cair umas seguidas das outras com rugidos de fúria, vislumbrando Guardas Especiais em seus próprios contornos irregulares e atirando-se umas às outras.

Esquecido da carnificina que acontecia aos pés do corpo de guerra do Rei Vapor, Oliver começou a realinhar as linhas de Ley à sua volta, corrigindo-as e costurando novamente a força da terra de forma a trazer, aos poucos, esse poder até ele. Primeiro, formando uma corrente. E, por fim, uma torrente. Os cantores do mundo de ambos os lados do campo de batalha começaram a desmaiar enquanto a fonte de suas faculdades mágicas desaparecia, seus feitiços e maldições se desfazendo mesmo quando invocados. Parecia existir um imenso reservatório dentro de Oliver, como um poço sem fundo onde ele podia guardar o poder da Terra. Era igualmente capaz de sentir a raiva do Urso Sombrio, posicionado num dos extremos do campo de batalha, rosnando devido àquela intervenção. Uma intervenção legítima, pensou Oliver. O pobre rapaz encantado estava fazendo algo de bom.

Mais abaixo, as criaturas da Caotyl Selvagem que lutavam entre si estavam ficando fracas, com as suas patas de mosquito cravadas no terreno de Chacália. Tzlayloc reconheceu a origem daquela ameaça ao sentir as formas dos seres que cresciam debaixo de sua pele secando, estalando e surgindo à superfície já mortas. Soltou um grito de fúria e, virando-se, avançou por entre os cavaleiros-vapor e suas próprias criaturas sem qualquer atenção. A maior parte da horda ouvia seu chamado e se afastava dos homens-vapor, aproximando-se aos montes da carcaça do monarca caído. O corpo do capitão Faísca jazia sobre a neve que ficara para trás, com suas roupas feitas em pedaços e seus músculos dilacerados e avermelhados. O capitão da Guarda estava morto.

As nuvens de neve acima de Rio Pântano desapareceram parcialmente, revelando um céu azul e repleto de aerostatos à deriva, com suas linhas de controle cortadas e condenadas aos caprichos do vento e do tempo. As Caotyl Selvagens estavam perdendo a capacidade de reformular a terra e de impor sua perfeição fria de colmeia em Chacália. As sombras falsas das estruturas de guerra dos homens-vapor cintilaram antes de desaparecer: o Sussurrador estava concentrando a sua atenção na onda de criaturas em sua direção. Sentindo-se novamente mergulhadas no reino informe e gelado do qual se exilara, as Caotyl Selvagens cambalearam e se arrastaram, mas eram muitas para que a ilusão do encantado pudesse se manter por tempo suficiente.

Oliver sentiu o corpo de guerra do rei estremecer abaixo das suas botas. Teria sido sua ação junto ao poder terrestre que causara um terremoto flutuante? Era pouco provável, o que ele estava fazendo não era mais do que uma variação dos feitiços que os cantores do mundo costumavam executar, moderando a ânsia da terra de controlar aquilo que poderia ser projetado para os céus à sua disposição. Uma porção de terra foi projetada para os céus diante de Tzlayloc, como um gêiser de material do mundo derretido, que se ergueu à altura do presidente do Primeiro Comitê e fez chover pedras em brasa sobre a Caotyl Selvagem. A montanha de carne cambaleante que Jacob Walwyn caiu para trás, com o jato incendiando as crias de Xam-ku que nasciam sob a sua pele.

Havia alguma outra coisa prestes a chegar, montada na onda de fúria da Terra. Oliver sentiu os ossos do mundo vibrarem, sua estrutura reformulada emitiu um tsunami de projeção de terra do buraco e o obrigou a desviar, estilhaçando-se sobre a Caotyl Selvagem que ainda se alimentava.

As linhas de Ley reestruturaram-se ao redor do campo de batalha, rodopiando em torno de uma esfera branca que pairava diante de Tzlayloc num complexo inconcebível de formas.

— Santo Círculo — assobiou o Sussurrador.

Oliver sentiu que alguma coisa o queimava na altura da cintura: suas duas pistolas brilhavam e vibravam no mesmo ritmo que a esfera.

— A Máquina-Mágica.

— Não é isso, são seus malditos *amigos*! — disse o Sussurrador, apontando para cima, na direção de uma nuvem de esferas escurecidas que desciam sobre eles vindas do firmamento. Aerosferas, uma verdadeira chuva delas: a Corte do Ar tinha saído de sua condição de mito! Os lupocaptores vinham, enfim, proteger o seu rebanho.

Oliver sacou sua lâmina de feiticeiro diante da primeira onda de demônios da Caotyl Selvagem que subiu no corpo de guerra do Rei, ávidos e desejosos por devorar o ser encantado que lhes interrompera a refeição. A Caotyl Selvagem tivera um ataque com o aparecimento da Máquina-Mágica e, naquele momento, os monstros estavam centrados em Oliver e em seu companheiro encantado.

— Chegou a hora do Julgamento — disse Oliver.

Unida à Máquina-Mágica, Molly Templar sentiu o choque da batalha em inúmeras linhas. A Caotyl Selvagem tentou imediatamente subverter sua modificação das linhas de Ley. *Elas* já estavam enfraquecidas, o inimigo estava morrendo de fome. Molly reconheceu a presença do estranho rapaz encantado que encontrara nas celas de Tzlayloc: a aridez da terra ao redor era obra dele. Além disso, ele tinha bloqueado o tubo de respiração do inimigo, pois ela conseguia sentir as almas dos mortos movimentando-se de forma incerta ao longo dos ossos da terra. Com sua força de vontade, Molly criou um buraco para que regressassem ao lugar a que pertenciam.

Ignorando a dor do outro operador que continuava ainda a fustigar a Máquina-Mágica, Molly tinha conseguido rechaçar os ataques da Caotyl Selvagem como quem corta as patas de uma aranha, uma por uma. As memórias do conflito prévio entre a Caotyl Selvagem e os setes operadores da Máquina-Mágica tinham estado na mente de Molly durante todo esse tempo. Depois de expulsar todos os outros operadores de todas as outras raças — o agarrador, a caranguenarbiana, o levechicote, o… — guardou apenas a memória de Vindex para se orientar.

Xam-ku, a divindade mais poderosa do panteão das Caotyl Selvagens, enrolou-se ao redor dela, tentando investir por entre os sucessivos escudos da Máquina-Mágica. Ele ainda continuava a combater como na última guerra. As Caotyl Selvagens não aproveitaram o milênio passado no exílio para aprender o que quer que fosse: esse era seu ponto fraco. A ordem perfeita e desejada da estagnação da colmeia. O fim do crescimento caótico e fervilhante da árvore da vida e o mundo refém do âmbar gerado à sua imagem.

<Eu aprendi muita coisa> murmurou a Máquina-Mágica. <Foram mil anos recebendo lições da minha amante, mil anos de evolução. Deixe-me mostrar.>

Molly também tinha aprendido muitas coisas. Após alterar a disposição dos ossos da terra, modificou-a e voltou a modificá-la, de uma forma cada vez mais rápida. A Caotyl Selvagem uivou de dor ao sentir como o padrão supremo era transformado de forma tão veloz que ela não seria capaz de se adaptar, empurrando os seus filhos na direção do abismo de que tinham fugido.

O elemento que não se encaixava, o anjo negro no canto de Rio Pântano, mantinha-se à distância, numa frequência inumana, observando como a oportunidade de uma guerra total se esfumava diante de seus olhos. Molly — ou seria a Máquina-Mágica? — sentiu uma ponta de empatia pelo Urso Sombrio. Ele fora concebido apenas para uma coisa e qual era o propósito de uma bomba se não podia explodir?

Os seres da Caotyl Selvagem lutavam por sua vida naquele reino, sentiam as profundezas gélidas do domínio do informe se abrirem diante deles e uma eternidade de fome, de espera e de sonho de alimento. Agitavam-se desesperadamente, tentando encontrar almas nos ossos do mundo e vida sobre a terra, mas o solo ao redor era árido. A culpa era do jovem encantado que estivera preso com ela. Era ele quem estava roubando a energia por baixo do seu peso nefasto neste mundo!

<A espada> sussurrou Molly.

Oliver se esgueirou por baixo dos tentáculos ondulantes de um dos demônios de Tzlayloc e cortou-o com sua faca de feiticeiro.

— O escudo.

Várias linhas de cabos pesados giraram entre Oliver e o Sussurrador, com três soldados descendo da respectiva aerosfera em direção ao corpo de guerra do Rei Vapor.

O corpo de Nathaniel tinha se transfigurado, usando a ilusão do figurino daqueles que acabavam de aterrissar à sua volta — uma capa negra de couro e ameaçadores tubos de borracha suspensos de ambos os lados do seu capuz. O Sussurrador estava idêntico à ordem de combate da Corte do Ar e, além disso, tinha arrancado uma insígnia das suas mentes para o peito. Os soldados abriram fogo assim que pousaram, com as caldeiras de ferro instaladas em suas costas liberando o vapor da energia consumida pelas suas armas de aspecto estranho, semelhantes a lanças finas de metal e ligadas a cintos de borracha implantados com revestimento de cristal. Estas não eram armas suicidas, disparavam como mil janelas despedaçadas em simultâneo, enquanto as cápsulas eram arremessadas pelas lanças.

Os membros da Corte espalharam-se em todas as direções, disparando sobre a horda de seres demoníacos da Caotyl Selvagem que tentava se apoderar do cadáver do Rei Vapor. A carne apodrecida e o sangue diabólico amontoaram-se por igual sobre a neve e a superfície da estrutura de guerra do homem-vapor.

A carne de Tzlayloc tinha se fragmentado num enxame de insetos escuros diante dos olhos de todos, tentando encurralar o halo dourado da Máquina-Mágica, mas a Caotyl Selvagem tinha entrado em Chacália cedo demais e sua massa fervilhante mostrava-se cada vez mais cansada, diminuindo o ritmo e esgotando sua existência ao queimar a energia profana de que tanto precisava para sobreviver. Jacob Walwyn estava cada vez menor, regressando à sua forma humana, enquanto pedaços gigantescos da sua pele caíam e estrebuchavam de agonia pelo terreno. Pressionados, atacados por todos os lados, foram drenados pelos seus assaltantes encantados, varados pelas armas de combate dos cavaleiros-vapor e feitos em pedaços pelos soldados de capa negra que tinham acabado de aterrissar sobre eles. As linhas da Terceira Brigada, antes disciplinadas, começavam a se desintegrar na retaguarda da Caotyl Selvagem, debaixo da sombra das aerosferas, que pairavam sobre o campo de batalha e descarregavam bombas-barbatana sobre os regimentos turnianos.

O marechal Arinze gritava ordens para sua artilharia tentar erguer seus canhões. Tudo em vão. Os únicos aerostatos presentes na batalha deviam ter estado do lado turniano, mas a Corte do Ar estava acabando com eles. Seus homens ainda estavam tentando ir ao encontro dos soldados de capa preta que tinham sido descarregados em Rio Pântano, mas tombavam diante das pistolas de longo alcance do inimigo e a intensidade inconcebivelmente rápida do fogo das armas dos intrusos.

Estava prestes a ordenar às companhias mais avançadas para formarem um bloqueio na retaguarda e ganharem tempo para que o resto da Terceira Brigada batesse em retirada para Açomédio — o plano defensivo ao qual deveriam ter se apegado desde o início —, quando o centro de comando quaterturniano entrou no raio de alcance de uma das caixas-armas do Estado Livre. Os destroços foram cair sobre vários pontos diferentes do solo coberto de neve e a dúvida sobre a possibilidade das tropas de Arinze conseguirem ou não manter suas posições em Açomédio se tornou puramente acadêmica.

Oliver saiu da cabine de comando destruída do corpo real de guerra. O Rei Vapor tinha sido desativado e o seu corpo estava imóvel e vazio. Em algum lugar em Mecância, os videntes da montanha-reino já estariam lançando as rodas de engrenagem Engrena-gi-ga para localizarem a criança homem-vapor que seria a encarnação do seu último monarca. Oliver observou a Máquina-Mágica castigando os últimos demônios de Tzlayloc no extremo oposto do terreno: seu halo dourado queimava suas peles e os escaravelhos fugiam em busca da escuridão das fendas.

Em seguida, olhou para as linhas inimigas envoltas na fumaça do fogo da caixa-arma. A cruz na qual o príncipe estivera sendo torturado estava vazia! Não havia qualquer rastro de vida no corpo de Faísca, mas seu filho tinha desaparecido. Teria sido um Guarda Especial que honrara o último desejo de seu comandante, resgatando o jovem nobre?

Um dos guerreiros da Corte do Ar ao lado de Oliver puxou seu capuz de couro para baixo e os tubos de respiração de borracha ficaram suspensos em suas luvas: o infame Stave! Oliver não sabia dizer exatamente o porquê, mas a verdade é que não estava muito surpreso. Mas se aquela figura era realmente Harry, onde estava Sussurrador? Nathaniel tinha desaparecido no meio da confusão da batalha. A verdade é que ele tinha os seus próprios planos e eles não incluíam ser descoberto por algum membro da Corte do Ar ou um cantor do mundo capaz de voltar a enfiá-lo numa cela do manicômio de Hawklam.

— Damson Griggs passava a vida dizendo que você não era boa gente, Harry.

— Talvez não seja mesmo, mas tenho um bom *timing* — disse Harry. — Os turnianos estão sendo mandados de volta para casa.

— Parece que estão recuando para a linha de atmosférico mais profunda.

— Então, muito boa sorte para eles, velho amigo. Nossos reforços já fizeram uma pequena visita a essas instalações; a única forma de regressarem para casa é através de uma longa caminhada e de uma oração ao seu deus sol para que os cantores do mundo encontrem a chave que permita descer o seu muro das maldições.

— Eles vão todos morrer, não é?

Harry encolheu os ombros.

— Isso é uma lição, Oliver, não meta o nariz nos assuntos de Chacália se quer mantê-lo intacto.

— Seus colegas arranjaram uma forma de fazer com que os cantores do mundo que sabiam descer o muro das maldições fossem denunciados no expurgo, não foi? Você nunca esteve realmente em perigo, Harry.

— Um muro protege tanto um lado como o outro e eu estive *sempre* em perigo — disse Stave. — A perseguição de que fomos alvo foi real. Nós sabíamos que tinha havido infiltrações na Corte do Ar e a única forma de descobrirmos até que ponto a situação era grave foi me usar de isca. Fizemos os turnianos pensarem que eu conhecia os seus planos e que tinha fugido, precisávamos descobrir quem viria nos perseguir. A situação era muito pior do que aquilo que temíamos ou suspeitávamos. Os radicais tinham pessoas na Corte do Ar, na rede de assobiadores, na Ham Yard, no Salão Verde, nos regimentos e na marinha. Eles puseram todos os meios em ação para nos localizarem e nós seguimos as ligações da cadeia até à origem.

— E mais alguns corpos descem agora ao longo do Apostaflores — disse Oliver — e mais alguns prisioneiros vão ser levados para as celas da Corte.

— São essas as regras do jogo supremo.

Oliver olhou ao redor do campo de batalha. A noite estava prestes a cair, teriam realmente lutado durante todo o dia? Sentia-se exausto. Seu corpo estava ainda dolorido do poder da terra que tinha passado pelos seus ossos de encantado.

— Minha família pagou um preço. Nossos aliados, nosso povo, as pessoas de Açomédio... Todos pagaram um preço.

— Meu Círculo, rapaz, mas você acha que nós não teríamos evitado tudo isso se pudéssemos? — disparou Harry. — É isso que nós fazemos! Não sabíamos de Relógio Sombrio, nem da Guarda Especial, nem dos planos de Tzlayloc para nos fazer voltar aos velhos tempos! Quando me ofereci para servir de isca, pensava que isso seria apenas uma repetição de 1581: um bando de extremistas carlistas com ouro da Comunidade tilintando nos bolsos e o desejo de verem a cabeça de Hoggstone espetada num pau. Nós observamos, Oliver, mas não somos onipotentes. Não somos deuses.

Oliver deteve o olhar nos restos da Caotyl Selvagem que fugiam da radiação da Máquina-Mágica e assentiu.

— Não, Harry, tem razão. Não queremos deuses em Chacália. Nunca mais.

— Seu tio sabia dos riscos, Oliver. Sinto muito por Titus, de verdade, mas você sabe o tipo de homem que ele era. Para salvar Chacália, teria sido capaz de dar a vida vinte vezes seguidas.

O som das gaitas de foles invadiu os campos de Rio Pântano e Oliver ouviu o gemido de um sextúpede próximo. Era Jack Louco que se aproximava sob a sombra do corpo de guerra do monarca homem-vapor.

— Como foi a caçada, jovem? Correu tudo bem?

— Sim, major. Onde está a Guardiã McConnell?

— Uma parte dela está ali adiante e a outra naquela direção. Os malditos canhões turnianos arrancaram a sua cabeça. Encontrei aquela garota cigana por aí. Ela está enfurecida com você. Quer o cavalo dela de volta.

Oliver olhou em volta.

— Acho que fugiu.

— Enfim, não se preocupe, ela é feiticeira, vai conseguir chamá-lo de volta — disse Jack Louco, erguendo o olhar para Oliver e para os reforços da Corte. — Demoraram o que puderam. Regimento da marinha?

Harry apontou com o dedo para o leão dourado em sua túnica.

— Política.

Jack Louco levou o dedo ao nariz.

— Ah, certo, não é preciso dizer mais nada.

— Eu diria que a Comunidade da Partilha Comum está sendo derrotada, major — disse Oliver.

Jack Louco fez rodar o seu sextúpede no sentido das tropas da Terceira Brigada em fuga.

— Claro. Somos chacalianos e esta é nossa terra, certo? O melhor é voltarmos ao assunto. Daqui a Quatérturno há muitas árvores, corda, e turnianos para pendurar.

— Boa caçada, major.

Harry observou o membro da cavalaria partir no encalço das companhias da Terceira Brigada que batiam em retirada.

— Precisamos conversar, Oliver.

Oliver assentiu.

— Não sei por que, mas já imaginava que sim.

Mãe Loade sempre teve razão, a Corte do Ar tinha mesmo os seus próprios fabricantes de armas.

Capítulo Vinte e Seis

O comodoro Black surgiu no caminho das duas sombras que fugiam do campo de batalha. Uma delas encontrava-se tão fraca que cambaleava, sendo praticamente arrastada pela outra.

— Pois é, Jamie, parece que você está metido na mesma confusão que eu.

Jamie Wildrake ergueu o olhar.

— Ora, ora... Se não é o duque de Ferniethian!

O submarinista apontou para o corpo apenas semiconsciente que o agente arrastava consigo.

— Agora que os seus amigos lupocaptores estão atrás de você, decidiu se tornar monarquista?

Wildrake deixou cair o corpo do Príncipe Alpheus na neve.

— Com certeza a Casa dos Guardiões está disposta a pagar para recuperá-lo. Nós podemos dividir o resgate.

— Qual é o valor de um rei, Jamie? E maior que a recompensa que foi oferecida pela minha cabeça por causa dos saques marítimos do pobre velho Samson Dark? Será que chega ao prêmio que pagaram pela frota no exílio? Hoje em dia um rei deve ser uma coisa rara. Quantos membros da casa de procriação real os seus compatriotas empurraram para um Colar de Gideon?

Wildrake pousou sua mão no cabo do sabre.

— Alguns poucos, ao que parece. Digamos que a época de caça aos de linhagem nobre vai começar assim que os Guardiões descobrirem quantos monárquicos foram executados com os colares. Agora, saia da minha frente, gordo velho.

O comodoro puxou o seu sabre.

— Você tem boas razões para estar abençoadamente preocupado, Jamie. Existem cantores do mundo espalhados por todo o Rio Pântano com um ar sonolento e cara de quem chupou uma laranja sem suco. Está batendo em terreno árido, mas, mesmo sem suas bruxarias de combate, continua tendo esses belos músculos. Por que não me mostra o que eles valem?

Wildrake atacou sem qualquer aviso, fazendo saltar o ferro da sua espada sobre a do comodoro.

— Nada mal para um gordo, hein? — disse o comodoro. — A frota real não era meticulosa em suas escolhas nem podia se dar a esse luxo, certo? Nossos barcos aceitavam marinheiros de todas as partes. Certamente, você se lembra disso, não é verdade?

Wildrake bateu com o pé, tentando fazer uma finta, seguida de uma investida de verdade, mas o comodoro se defendeu sem quase precisar se mexer. Aquele estilo de esgrima era o tipo de treino que se adaptava perfeitamente às necessidades de um duelista confinado nos corredores estreitos do interior de um submarino.

— Concórzia, a Liga Catosiana, o Império Sagrado de Kikkosico... No meio de tantos estilos diferentes, acaba-se por apanhar um pouquinho daqui e outro dali.

Wildrake movia a sua espada de um lado para o outro, tentando encontrar o caminho para além da defesa do comodoro com a ajuda de sua força superior.

— Eu diria que os grandes mestres nessa arte da Corte foram fortemente influenciados pelo Leste.

Wildrake passou o sabre para a mão esquerda e voltou a atacar. O tilintar do ferro não foi ouvido por ninguém, à exceção do corpo prostrado do Príncipe Alpheus.

— Um corte, uma morte — disse o comodoro. — Rápido, mortífero e versátil. Tudo aquilo que é admirado no método de Thar. Nada mau, Jamie.

— Cale-se! — gritou Wildrake. — Cale-se de uma vez e lute comigo!

— Tenha cuidado com aquilo que pede, rapaz.

A espada do comodoro avançou de forma fulminante; Wildrake recebeu a investida e conseguiu desviá-la, mas não sem que antes Black cortasse a manga da camisa de Wildrake com a lâmina, desenhando uma linha de sangue vermelha na seda branca.

— Devia ter usado seu casaco para se proteger, Jamie — disse Black —, embora eu entenda porque preferiu se ver livre dele. Os uniformes da Comunidade nunca estiveram muito na moda em Chacália, e agora os pobres que irão usá-los, depois de pilhar os corpos dos seus amigos, e serão pintados pelas senhoras das tinturarias de Handsome Lane com um verde e marrom mais decentes e próprios de Chacália.

Wildrake avançou frontalmente com um movimento falso, mudou a espada da mão esquerda para a direita e cortou o braço do comodoro, obtendo uma linha de sangue semelhante àquela que o comodoro havia feito em seu corpo.

— O sangue de um duque não é diferente do meu — disparou Wildrake, aproximando-se lentamente ao redor do comodoro.

— Quer dizer que eles o treinaram para ser secretamente um canhoto — respondeu o comodoro, cedendo a ele cerca de dois passos. — Não há dúvida de que os seus amigos lá de cima das nuvens são um bando de gente muito esperta. Todos esses anos e ainda têm visões de Kirkhill em seus sonhos.

Wildrake rosnou, fazendo o sabre dançar em suas mãos.

— São espertos o suficiente para acabar com você, Samson Dark.

Wildrake bateu uma vez mais com o pé da frente, fazendo com que um grande pedaço de neve lamacenta atingisse as calças do comodoro. O ruído do ferro cortando o ar se fez ouvir no silêncio do terreno de batalha. Black forçou a lâmina de adversário a dobrar-se por duas vezes, esquivando-se dos ataques do agente com pequenos movimentos. O braço do comodoro começava a doer um pouco. Ter de aguentar o peso do sabre enquanto esgrimia, incomodava-o. Os músculos artificiais e estimulados até brilharem de Wildrake tinham a vantagem na prova de resistência. O almofadinha devia passar horas a fio diante de um espelho só segurando a espada, deliciando-se com a dor causada por aquele peso enquanto admirava a si mesmo.

— Quanto o parlamento estaria disposto a pagar pelo Príncipe Alpheus exatamente? — soprou o comodoro, brandindo sua espada na defensiva.

Wildrake sorriu de orelha a orelha.

— Está tentando ganhar tempo para recuperar o fôlego, balofo? Devia ter passado menos tempo se empanturrando na despensa e mais na fossa de musculação.

— Devia, Jamie, devia mesmo. No entanto, o velho pirata que ainda respira dentro de mim se pergunta quanto poderia obter pela cabeça do rapaz.

Wildrake tentou desfazer a guarda do comodoro. Black sentia agora muita dificuldade para segurar os seus ataques. Parecia que estava sendo atacado por um moinho de vento com um vigor incessante. Se ele continuava vivo, era graças ao estilo de luta defensivo.

— Vender um dos seus? Não, duque. Não me parece que esteja preparado para fazer uma coisa dessas. No fundo você é um sentimental que anseia por uma época enterrada pela História muito antes de qualquer um de nós ter nascido.

O comodoro avançou pela esquerda, mas investiu pela direita, fazendo deslizar sua espada por entre o sabre de Wildrake, imobilizando-o e retirando-o da mão do lupocaptor com um rodopiar hábil do pulso. O sabre caiu no chão, sobre a neve e ficou ali, balançando.

— Devia dar a mesma oportunidade que você deu à frota quando arrebentou conosco nos aerostatos da MRA — disse o comodoro —, mas talvez tenha razão quando diz que sou um sentimental, Jamie.

O comodoro recuou e fez uma pequena saudação, apontando para o sabre caído com a ponta da sua espada.

Wildrake balançou a cabeça e sorriu ferozmente, recuperando a sua lâmina sem jamais tirar os olhos do comodoro.

— Só pode estar brincando, Dark! É uma ave rara, não resta qualquer dúvida disso! Nem em mil anos seria um lupocaptor.

— E você é tão frio como os seus amigos, Jamie, tanto os da Corte como os da Comunidade. Nunca entendeu nada de nada. Essa peça de metal que tem nas mãos... é o coração de um homem que a maneja. Não passa de uma arma, Jamie, de um sabre brilhante, todo deformado e sujo pelas mãos dos vagabundos e assassinos que se serviram de você.

— E você é uma relíquia, Dark. O último dos verdadeiros corsários, derradeiro exemplar de uma era que acabou. Deviam empalhar você e expor no museu em Açomédio, ao lado dos últimos monarcas.

— Se não fizeram isso até agora, não foi por não tentarem. Partiu o meu coração quando descobri que você era o homem da Corte em nossos barcos, o bufão infiltrado na frota. Teria dado um belíssimo pirata se tivéssemos conseguido recuperar a sua alma. Um dos melhores, Jamie.

Wildrake rugiu e atirou-se para a frente, mas o submarinista o evitou se colocando de lado e com um *tchim tchim tchim*, o comodoro Black aguentou os golpes de Wildrake que quase pareciam curtos demais para serem eficazes. Black aproximava o seu sabre do corpo de Wildrake com cada encontro do metal, até que, de uma forma quase delicada, levou a lâmina ao peito de seu adversário e trespassou o coração de Wildrake.

— Pelos velhos tempos, Jamie. Pelos velhos tempos.

Wildrake contemplou a lâmina espetada em seu corpo com um ar de incredulidade.

— Eu sou forte… Os meus músculos… Tão tensos… Seu corpo… Tão flácido.

Black retirou o sabre do corpo de Wildrake com a ajuda de sua bota.

— Você ladra, ladra e não morde, Jamie.

Wildrake sucumbiu, caindo sobre a neve e observando de forma incrédula como o comodoro se afastava e erguia o peso morto do corpo do Príncipe Alpheus em suas costas.

Black apontou para a fumaça que se erguia do campo de batalha atrás deles.

— Você é um dos nossos, Jamie, um chacaliano com sangue de reis correndo nas veias. Por que você fez uma coisa dessas?

— Estava cansado… velho. Da sujeira e da dor. A Corte era fraca demais. A Comunidade teria feito o que fosse preciso para mudar as coisas. Eu podia ter… feito… com que nosso país fosse perfeito.

— Nós somos abençoadamente fracos para uma ideia perfeita, Jamie. Enfim, parece que poupei à Corte o trabalho de caçá-lo, então vou levar o rapaz como pagamento e me despedir de você.

— Eles… vão… encontrá-lo.

Black piscou um olho antes de se afastar, ajeitando o príncipe em suas costas.

— Você matou o Samson Dark, lembra-se? E o pobre velho Blacky aqui, bem, ele é um herói da guerra de 1596. Lutou ao lado do Guardião em Rio Pântano, foi o que foi. Você matou o Samson Dark e agora eu retribuí o favor. Parece-me que isso nos deixa quites.

Quando os lupocaptores descobriram o corpo de Jamie, há muito que a mensagem de acusação sangrenta contra Samson Dark que ele escrevera na neve tinha derretido sobre a relva do prado.

…

Molly não sabia ao certo há quanto tempo se encontrava nas dunas do Rio Pântano quando percebeu a neve derretida ensopando os seus pés. Apesar da noite estar caindo, a temperatura estava mais quente do que estivera durante o dia, com as estações de Chacália voltando pouco a pouco ao normal. Seu corpo transmitia a ele uma sensação estranha. Era como se não estivesse certa do limite em que a Máquina-Mágica terminava e ele começava. A terra parecia ainda fazer parte dela.

A única prova de que os acontecimentos daquele dia não tinham passado de um sonho era a pilha de detritos acumulados diante dos seus olhos. A Máquina-Mágica tinha uma vez mais regressado ao abraço de sua amante. Os agentes da Caotyl Selvagem tinham se dissipado como o eco de um poço. Na base da colina, eram visíveis algumas tochas avançando para a planície escura: os oportunistas já estavam à procura das botas e das moedas que poderiam roubar dos cadáveres, os soldados gritavam os nomes dos camaradas desaparecidos, as esposas com suas crianças chamavam pelos pais que não tinham regressado e algumas ordens de companhias médicas movimentavam-se por entre os corpos, tentando localizar a origem dos apelos cada vez menos insistentes dos feridos.

As estrelas estavam ao leste, parcialmente cobertas pela fumaça que ainda subia para o céu de Açomédio. No entanto, não se via nenhum brilho de incêndio. A rede de água já devia ter sido restabelecida e os incêndios apagados. Pela primeira vez em sua vida, Molly não sabia o que fazer. Tinha sentido o calor vindo das almas próximas da sua quando se juntara à Máquina-Mágica: o comodoro, o rapaz encantado, também Lagartas de Cobre. Talvez estivessem todos na Tock House, isto é, se aquela casa de doidos não tivesse sido destruída pelo assalto aéreo da Comunidade da Partilha Comum. Ela podia se juntar a eles. Podia fazer... o que bem entendesse. Não havia agora ninguém para persegui-la por causa do seu sangue e o internato desaparecera. Querido Círculo, até os registros da sua própria existência deviam estar no interior de um motor de transação avariado, ardendo lentamente nas ruínas do Salão Verde.

De toda forma, Molly sabia que, lá bem no fundo, continuava sendo uma garota de Açomédio. Seguindo a direção da Lua, atravessou o campo de batalha e caminhou para a capital.

Perambulou pelas dunas de Rio Pântano como se fosse um fantasma. Depois de ter se reunido à Máquina-Mágica, tudo passara a parecer para ela raso e tedioso, desprovido da visão que a máquina ancestral lhe fornecera do mundo. Estava diante de um pesadelo surreal: o choro de uma mulher que tinha acabado de descobrir o marido morto no terreno, agarrada ao seu rosto desfeito por um sabre da Comunidade. O homem-vapor com o corpo coberto das armas com que se cruzou, perdido no meio de um campo de cavaleiros desativados e de montes de metal-carnívoros mortos, com a água das suas caldeiras sendo vertida como se fossem lágrimas pelos guerreiros que ele comandara. Molly entregou a ele as placas fundidas de Rodaprateada para assim cumprir a promessa que fizera ao seu amigo de que elas seriam levadas de volta para o Estado Livre. Parecia difícil para ele que eles enterrassem um sacrílego na sala dos mortos, mas talvez a placa fosse limpa e integrada a outro corpo, tal como eles costumavam fazer. Só o Círculo sabia da quantidade de componentes que deviam ser devolvidos à montanha-reino ao longo das semanas que se seguiriam: caravanas inteiras de desativados e peças mais do que suficientes para construir toda uma nova geração de homens-vapor que substituiria os mortos da anterior.

Quando se arrastava por uma encosta, reparou numa figura em uma cadeira de rodas que avançava sozinha pela colina adiante. O chão estava úmido e as rodas patinavam na lama escorregadia.

Molly pegou uma das alças da cadeira e ajudou o homem que seguia nela a subir para o topo da encosta.

— É melhor ter cuidado, velho amigo. Os homens-vapor têm piquetes montados para impedirem os mecomantes de roubarem as suas sepulturas e não vão querer saber se está apenas à procura de um sabre da Comunidade para vender no mercado ou uma das caixas de voz do Estado Livre.

— Obrigado, compatriota, mas não faço parte do bando de corvos — disse o homem. — Estava à procura de um amigo meu, um velho aluno.

— E o encontrou?

— Encontrei aquilo que restava dele. Morreu durante a batalha. Às vezes ajuda ver o corpo para se lembrar do homem.

Molly fez a cadeira contornar um exomonte morto e rodeado por um círculo de chacalianos também mortos ao redor do animal, como que atestando o poder de suas garras.

— Muita gente morreu aqui hoje.

— É verdade.

O homem abrandou a velocidade da cadeira e ambos ficaram por um momento ouvindo os gemidos dos agonizantes e dos feridos que jaziam ainda no campo de batalha.

— O que dizem sobre Chacália? Cada vale tem uma batalha e cada lago uma canção. Pergunto-me o que dirão sobre este lugar daqui a cem anos.

— Vão falar dos leões no céu e dos turnianos mortos na neve. Mas não é preciso esperar cem anos. Até o final da semana, vão aparecer as baladas nos folhetins à venda na entrada de Rottonbow.

— Você é uma verdadeira chacaliana — disse o homem, rindo. — Devia escrever uma dessas baladas e contatar um tipógrafo. Se conseguir escrevê-la depressa o suficiente, pode até ficar com o mercado só para você.

— Sabe de uma coisa? Talvez eu faça isso — respondeu Molly. — E você, vai voltar a ensinar?

— Recebi um convite de um Guardião chamado Estanho Dobrado para concorrer ao parlamento — disse o homem.

Molly riu com um ar de zombaria.

— Aquela velha caldeira? Ele é um radical, há mais de cem anos que os Igualitaristas não conseguem ter a maioria.

— Você os acha radicais? Eu sempre os achei um pouco moderados. De todo modo, eu gosto de me envolver em causas perdidas — disse ele, apontando para um dos cadáveres por entre os quais Molly o conduzia —, e depois disso não me parece que Chacália vá continuar a ser tão complacente com nossa posição na ordem natural das coisas. Açomédio precisará ser reconstruída, assim como a frota. A maior parte dos Guardas Especiais estão sem torque e em fuga, surgirão as exigências, que deverão ser atendidas, para que reduzamos Quatérturno aos escombros. Milhares de chacalianos foram transformados em metalcarnívoros e também vão precisar de toda a ajuda que nós pudermos dar. Parece que talvez estejamos mesmo precisando de uma mudança. E você? Já é suficientemente crescida para votar?

— O Salão Verde recolheu meu código sanguíneo no começo deste ano — disse Molly. — Talvez até vote em você, embora não saiba se estaria fazendo algum favor.

— Olhe que eu ainda sou capaz de segurar um bastão de debate — disse ele, batendo com a mão no lado da sua cadeira de rodas — e, além disso, posso atacar por baixo, que é onde mais dói.

— Então, vamos para Açomédio?

— Sim — disse Benjamin Carl. — Vamos para casa.

Harry empurrou o oficial da Terceira Brigada morto na cadeira para o chão. A divisão mais recuada tinha resistido de forma corajosa numa fazenda a norte de Rio Pântano, mas os sobreviventes do exército da nova ordem parlamentar sedentos de vingança os encurralaram e dizimaram.

— O que foi? Não vai dizer que ele precisava da cadeira — disse Harry ao ver o olhar de Oliver.

— Você veio me fazer uma oferta, Harry.

— O que o faz pensar uma coisa dessas? — perguntou o infame Stave.

— O fato de você estar aqui. Se tivesse que adivinhar, diria que esteve falando com alguém que sabe sobre as armas dele. Ou sobre a sua história. Ou ambas as coisas.

Harry suspirou.

— Sim. São essas duas pistolas, Oliver. Elas têm uma proveniência atribulada. Aquele maldito pastor... Eu devia ter percebido que ele estava preparando alguma.

— Elas fazem parte do mundo, Harry. São parte desta terra.

— Isso é engraçado, Oliver, porque na verdade eu estava pensando em levá-las lá para cima — disse ele, apontando para o teto.

— Com ou sem mim?

Harry piscou o olho para o rapaz.

— Qualquer uma das duas hipóteses pode ser aceitável.

— Não me parece que eu vá dar um bom lupocaptor, Harry.

— Não creio que a Corte esteja muito preocupada com isso. Aquele velho pastor nos passou para trás, Oliver, como nunca ninguém tinha feito antes. Na época, eu ainda pensei que era ele quem estava por trás de todos eswes problemas, mas estava enganado. E olha que eu não costumo admitir isso muitas vezes.

— É exatamente isso que eu quero dizer. Você tem um plano, está sistematizado. Todas essas observações, espiadas, esquemas, além dos jogos, das intervençõezinhas, das pequenas alterações de dados, das manobras de diversão e dos *blefes*...

— Seu pai aceitou as regras do padrão supremo, Oliver.

— Eu não sou o meu pai.

— A Corte não aprecia a existência de agentes livres. Os elementos caóticos aqui embaixo trabalhando por conta própria dificultam nossa faculdade de prever as coisas.

— Nisso você tem razão, Harry. Estas duas pistolas não têm planos nem agendas, mas quando eu as uso, consigo ver o mal, distingui-lo como se fosse uma cor, senti-lo como uma força física.

— Precisamos das regras impostas pelas leis. Alguma vez você percebeu que essas pistolas compreendem o mal porque *são* malévolas? As coisas que o pastor fez quando percorria Chacália... Ele operava sem quaisquer limites. Estava se tornando aquilo que perseguia.

— E você pensa que o que você faz é justiça só porque um rei sanguinário escreveu uma carta régia num pedaço de papel manchado de sangue que roubou do palácio e depois entregou à Corte do Ar? — perguntou Oliver. — A Corte foi recrutá-lo na prisão, tal como a Terceira Brigada foi recrutar seus soldados lá. O que a Corte quer: lupocaptores ou assassinos que aceitem as suas ordens?

— Você pode ser ambas as coisas.

— Você era ambas as coisas quando o meu pai foi ao seu encontro, Harry?

— Oliver?

— Eu consigo sentir o mal, Harry, mas não preciso das armas para perceber a culpa que você sente.

— O que quer dizer com isso, velho amigo?

As pistolas começaram a brilhar nos coldres do cinto de Oliver.

— *As Canções de Esmola*, sua pensão. Quantos barcos você tem hoje em dia circulando nos canais, Harry? Diga-me uma coisa, é muito difícil pôr uma quadrilha-relâmpago de contrabandistas em ação quando você tem todos os recursos da Corte do Ar para aparar as arestas no terreno? Não deve ter sido muito difícil se justificar quando começou, limitou-se a restabelecer velhos contatos para a rede de assobiadores e a coisa foi adquirindo os contornos de um bando de verdade à medida que os anos passavam. Era esse o seu preço pela proteção do velho pastor, por não denunciá-lo. Na verdade, ele estava trabalhando para você em Relógio Sombrio, não estava, Harry? Não se tratava da operação de contrabando dele, mas da *sua*. No entanto, quando meu pai descobriu seus esquemas, deu uma chance a você. Não o denunciou à Corte, pediu apenas para acabar com isso.

— Nem tudo na vida é preto no branco — disse Harry. — Olhe para mim, acabo de salvar Chacália. Atirei nos carlistas que tinham se infiltrado na Corte, no Salão Verde e em cada maldito corredor dos grandes e virtuosos. Quantas vezes salvei a sua vida? Fui eu quem comandou as companhias dos reforços que inverteram essa batalha, pelo amor do Círculo! Sou um herói, oras.

— O herói que sabia o bastante sobre aerostatos para se assegurar de que o dirigível em que o meu pai viajava daria um mergulho na cortina da Brumencantada.

— Minha pequena organização serve Chacália — disse Harry. — Depois de algum tempo isso faz com que você desenvolva uma carapaça. Não sobreviveríamos muito tempo se não fosse assim.

Oliver colocou as duas pistolas em cima da mesa.

— Sendo assim, talvez estejamos os dois destinados a nos tornarmos aquilo que perseguimos. A Corte do Ar deu-lhe três hipóteses: levar as armas, levar a mim e às armas ou...

— Não me obrigue a fazer isso, Oliver.

— Os reforços que nos seguiram eram muito bons. Era quase impossível saber onde eles estavam exatamente. No entanto, eles carregam o peso dos seus pecados consigo. Não existem truques de cantor do mundo que possam esconder uma coisa dessas.

— Mesmo que eu ordene, Oliver, eles não o deixarão fugir.

Oliver riu e o som daquela gargalhada deixou Harry Stave com muito medo.

— Eu não sou grande coisa trabalhando em grupo, Harry. Não recebo ordens de ninguém, não peço autorizações e, com meu sangue selvagem, não me parece que a Corte possa estar muito interessada em outra coisa que não seja me fechar numa cela.

— Oliver, a Corte tem meia dúzia de observadores vigiando esta fazenda, atiradores de elite com espingardas de precisão, e duas companhias de reforços à espera de uma ordem para tomarem de assalto a casa.

Oliver inclinou-se para a frente.

— Você esteve lá para me ajudar quando foi preciso, Harry, por Chacália. É por isso que, desta vez, vou deixá-lo ir. No entanto, eles que não o mandem atrás de mim depois.

— Não está me ouvindo, rapaz. A não ser que me entregue essas pistolas, não vai haver nenhum *depois.*

— Tenho uma mensagem para a Corte. Se quiserem mesmo estas pistolas...

— Diga

— ...terão que vir buscá-las.

O riso de Oliver permaneceu no ar, mesmo depois de ele ter desaparecido da vista de Stave. Os ecos da sua gargalhada ainda se faziam sentir naquela sala quando os soldados de capa negra arrombaram a porta.

...

A atenção do Sussurrador desviou-se dos vigilantes da Corte quando ele abandonou a mente de Harry. Àquela altitude, fazia um frio de rachar e os peculiares observadores não se deixavam corromper facilmente, seus corpos e mentes repletos daquelas poções que tomavam para permanecerem acordados e em estado de alerta total.

— O pobre sujeito tinha razão sobre uma coisa — disse Nathaniel. — Eles não vão descansar enquanto não o encontrarem e o matarem.

Oliver encolheu os ombros e fez girar uma das pistolas em sua mão antes de voltar a guardá-la no coldre.

— Em fuga por ser encantado, em fuga por causa desses caras... Mal dá para saber qual é a diferença. Mas, enfim, e você?

O Sussurrador tinha regressado à sua forma natural, abandonando a aparência humana.

— Vou tentar encontrar uma floresta ou uma gruta, Oliver. Quero viver como um eremita, longe, tão longe de todos os humildinos quanto for possível. Adeus a todo mundo, apenas quero a paz que vem de estar sozinho.

— E em que isso é diferente de estar fechado em Hawklam? — perguntou Oliver.

— Sou eu quem vai escolher onde vou estar e isso faz toda a diferença do mundo. Acredito que você consiga entender isso. Seja como for, Oliver, faça-me um favor...

— Eu devo ao menos isso a você.

— Salvei primeiro a mim mesmo, depois salvei você, depois os encantados e, finalmente, Chacália. Não quero ter mais nada a ver com os seus problemas, Oliver Brooks.

— Vai ter a sua solidão, Nathaniel. Se as coisas ficarem perigosas demais por aqui, posso sempre me meter por algum atalho por onde eles não possam me seguir. Não precisa se preocupar mais comigo.

O Sussurrador sibilou uma gargalhada.

— Preocupar-me com você? Querido Círculo, e eles que pensavam que eu era uma ameaça para o seu reino! Adeus, Oliver. Não venda a sua vida por uma ninharia.

Oliver observou o Sussurrador se dirigir para o meio das árvores, com seus passos arrastados, desaparecendo entre os arbustos na companhia lúgubre do piar de uma coruja.

— Adeus, Sussurrador. Até mais, velho amigo.

Assim que o Sussurrador desapareceu, a Dama das Luzes se materializou aos olhos de Oliver.

— Se você quiser, Oliver, posso remover essa mancha que traz na alma.

— Então, acabaram os pavios, Mãe?

— O tempo dele terminou. Tenho a sensação de que ele excedeu os próprios limites.

— Por minha culpa, sem qualquer dúvida. Eu o instiguei. No que diz respeito à minha alma, sou aquilo que sou. Parte de você foi humana um dia, pelo menos o suficiente para aceitar um amante da raça dos homens e uma pessoa deve se lembrar de ter mudado, evoluído.

A Dama das Luzes desenhou um círculo no ar feito de partículas brilhantes, que se desvaneceram sob as estrelas em miniatura que rodavam em volta da sua órbita.

— O sistema existe para acolher a mudança. Quando chegamos ao fim de todas as coisas, a mudança é o único dado realmente constante.

— Espero não tê-la desiludido.

— Não, Oliver — disse a Dama das Luzes, sorrindo. — Na verdade, você me *surpreendeu*.

— Vou voltar a vê-la?

A Dama já começava a desaparecer. As árvores e o luar se tornaram visíveis através das suas roupas brancas.

— Talvez dentro de outros mil anos. Sua espécie arranja problemas o tempo todo, está sempre escolhendo acreditar nas coisas erradas.

Oliver suspirou. Seguramente ele não estaria por ali depois de mil anos. Chacália, sim, e as armas também. Com certeza elas se lembrariam de tudo.

Mestre Serra avançava na companhia do líder do conselho de videntes e a conversa entre eles ecoava ao longo dos corredores de Mecância. Ambos os homens-vapor estavam prestes a chegar à ala de educação. O ruído alegre dos jovens homens-vapor da creche criava um contraponto entusiástico com a corrente infinita de problemas que a função de regência trazia com elas.

— Não existe margem de erro nessa decisão — disse o Mestre Serra.

— Nem os Loas admitiriam semelhante coisa — corroborou o líder do conselho. — Os resultados do lançamento das rodas de engrenagem Engrena-gi-ga têm sido sistematicamente os mesmos nas últimas semanas. Eu também fui possuído por Zaka dos Cilindros e por Adjasou-Ferrugem, e ambos concordam. Já há algum tempo que se tornou óbvio qual o corpo em que o Rei Vapor se instalou. Você precisa vê-lo, Mestre Serra, até mesmo um venerável guerreiro ancião como você.

— Sim — concordou Mestre Serra. — Os habitantes ancestrais da sala dos mortos sussurram o seu nome. Os sábios-deslizantes o descobriram espalhado pelo padrão supremo ao adoecerem com o mal da informação. Pergunto-me como o seu nome ainda não deslizou de forma espontânea para os hinos do povo.

O guerreiro cumprimentou o educador que os saudava às portas daquele sala. Duas crianças vestidas com roupas da creche passaram por entre eles correndo uma atrás da outra, com suas pegadas derrapando no mármore do chão, sem perceberem a presença daqueles três adultos.

— Se adiarmos o suficiente, estou seguro de que também isso acabará por acontecer — disse o líder do conselho. — Ah, lá está ele, que criança tão séria.

O vidente, o educador e Mestre Serra detiveram-se no ponto em que se encontravam. O jovem homem-vapor estava sentado a uma mesa com folhas de papel espalhadas diante dele, tão concentrado que sequer parecia reparar nos adultos nem nas outras crianças do jardim de infância, que estavam entretidas com suas brincadeiras.

Mestre Serra tinha as suas suspeitas. A placa de alma avariada que tinha sido entregue por uma garota corpo-macio há quatro anos no campo de batalha sangrento de Rio Pântano, a célebre placa de alma que fora profanada e posteriormente reparada e reciclada pela sala dos nascimentos. Pelas barbas de Zaka dos Cilindros, como ele desejara saber onde parara aquela placa de alma em particular!

— Que nome se dá àquela atividade que ele está executando? — perguntou o Mestre Serra.

— É uma forma de representação visual — esclareceu o educador. — É como escrever os esquemas de planificação de um arquiteto. Torna-se necessário olhar para eles durante uma quantidade considerável de tempo, mas, se forem contemplados o suficiente, tudo começa a fazer sentido. É possível discernir uma imagem entre os riscos e as marcas. Além disso, ele tem ensinado outras crianças a fazerem também.

Enfim... A verdade era que o Rei Vapor sempre fora diferente, excêntrico sob várias perspectivas.

— Os corpos-macios têm o hábito de fazer isso, não é?

— Sim, mestre — confirmou o educador, passando uma folha de papel ao cavaleiro-vapor. — Dão-lhe o nome de "pintura".

O Mestre Serra observou o papel, tentando concretizar aquela mistura de cores e de detalhes numa só imagem. Havia alguma coisa ali, alguma coisa de esquivo, fugaz. O guerreiro-vapor tentou pensar no conceito de escrever, na iconografia do povo de metal que talvez pudesse trazer algum significado àquela representação. Era um trabalho difícil de fato.

— Os sábios-deslizantes estão assaz impressionados — disse orgulhosamente o educador. — Especialmente os membros do nosso povo instalados em Chacália, até porque eles têm uma maior familiaridade com esse tipo de manifestação. Registramos a existência de algumas representações similares nas paredes dos vários andares do palácio, é até possível que nós próprios tenhamos praticado semelhante tipo de arte no passado, mas a perdemos durante a era glacial.

A criança ergueu o olhar para os adultos, reparando neles pela primeira vez.

— Meus quadros são coloridos.

Mestre Serra fez um carinho na cabeça da criança.

— Isso eu ainda sou capaz de ver, jovem homem-vapor.

O Mestre Serra levou a folha de papel pintada consigo. De agora em diante, passaria alguns momentos de seu dia a observá-la. O cavaleiro-vapor pensou que podia seguir o conselho que ele próprio tantas vezes dispensara aos seus discípulos no *dojo*: com tempo e prática, qualquer disciplina pode ser dominada e resolver qualquer quebra-cabeça. Toda aquela questão se resolveria por si mesma em algumas semanas.

Fladdock passou por cima do corpo do velhote para ter uma vista mais livre da janela gradeada que dava para as botas dos cidadãos de Nova Albans que passavam por perto. O governo Igualitarista recentemente eleito em Chacália não conseguira ainda mudar grande coisa quanto ao fluxo de condenados ao exílio, tampouco fizera muito pelo seu destino pessoal: depois de passar um mês inteiro fechado num barco prisão apodrecido, à deriva pelas águas do Apostaflores, seguira-se uma longa viagem até Concórzia encerrado nos contêineres fedorentos de uma embarcação de mercadoria a vapor.

A maior parte dos condenados tinha cerca de metade da idade de Fladdock, sendo em sua esmagadora maioria meninos de rua que apenas roubavam para sobreviver. No entanto, para os esmagadores, essas crianças eram peças de caça muito mais fáceis de capturar do que os astutos criminosos profissionais pagos pelas quadrilhas-relâmpago. Com exceção do velho mercador de milho dormindo a seus pés, Fladdock era o condenado mais velho naquele compartimento, e aguardava apenas que um agricultor colonial adquirisse seus papéis. Fladdock estava realmente de olhos bem abertos desde que fora condenado pela sua tentativa inepta de aliviar aquele almofadinha do peso de sua respectiva carteira no campo de Haggswood: fora condenado a oito anos de trabalhos forçados e ao exílio por ter se atrevido a tocar no couro macio da carteira de uma figura importante. Não se podia dizer que fora uma troca muito vantajosa.

— Pode contar mais uma história para nós? — pediu Gallon, cheio de esperança.

Fladdock assentiu gentilmente para o rapaz. Quem poderia adivinhar que o simples fato de saber ler valeria a ele o posto de responsável pelas leituras naquele grupo tão heterogêneo de condenados? Pegando um exemplar de um jornal rasgado que um dos colonizadores de passagem, provavelmente um ex-condenado, entregara através das grades, virou a página inicial: era uma edição do *Notícias Ilustradas de Açomédio* de quatro semanas antes e estava coberto de manchas da água salgada nos pontos em que servira como lastro numa das embarcações ancoradas na baía de Nova Albans.

Fladdock teria preferido a leitura mais relevante de um dos jornais locais, mas os pedintes não podiam se dar ao luxo de escolher, e ao que parecia, os transportados teriam de ser menos seletivos a partir de agora.

— Que história você quer que eu leia, Gallon?

— Qualquer coisa das páginas dos ricos e dos bailes— sugeriu Louisa, a mergulhadora —, como aquela sobre o baile nas Portas do Sol!

— Isso é uma chatice — disse Gallon. — Dê um descanso para os ricaços, menina. As páginas de crime e castigo são as melhores!

— Tem uma história de verdade aqui atrás — disse Fladdock. — Não é só uma notícia, é um relato de ficção. Chama-se relato em série e é do mesmo tipo de contos que se pode encontrar nos folhetins de um *penny*.

— Eu sei muito bem o que é uma merda de uma série — resmungou Louisa, a mergulhadora —, mas isso não nos serve para nada, não é? Não temos o princípio do conto e nenhum de nós vai chegar a saber como a história acaba, porque estaremos enfiados numa fazenda na planície, suando nos campos de um nobre.

— Que pena — disse Fladdock. — Eu a li para mim mesmo ontem e é muito boa. Na verdade, é mesmo uma coisa nova. As pessoas chamam de ficção celestial. É sobre um grupo de aeronautas que viajam para uma de nossas luas num dirigível e descobrem que existem criaturas muito diferentes vivendo por lá. É a última moda em Chacália e foi escrita por uma mulher.

— Por uma mulher? — perguntou Louisa, a mergulhadora. — Posso ver uma ilustração dela?

— Não tem aqui nenhuma ilustração da autora — explicou Fladdock, mostrando as páginas à menina —, mas ela se chama M. W. Templar. Quando encontrar uma história em que o escritor usa as iniciais em lugar de seu nome, é porque a autora é uma mulher... As histórias vendem melhor quando o público não sabe que o autor é uma mulher, sabe?

Fladdock esqueceu-se de mencionar que conhecia pessoalmente a autora e que ela era indubitavelmente uma mulher.

— Leia as histórias de verdade. As de assassinatos e roubos — insistiu Gallon.

— Outra vez? — suspirou Fladdock. — Está bem, dessa vez ficamos com os assassinatos e roubos de verdade, mas só se depois puder ler a série à Louisa. Por qual história vocês querem que eu comece?

— Pela do carpinteiro que levou uma facada nas tripas quando os outros descobriram que ele andava trapaceando nas cartas — sugeriu um dos outros condenados, um jovem caranguenarbiano que tinha perdido um braço.

— Não — disse Gallon, uma expressão séria em seu rosto —, conte a história sobre o Capuz do Pântanos, aquela em que o Capuz consegue escapar de vinte esmagadores depois de enforcar o dono da mina, o sacana que deixou seus trabalhadores morrerem nas galerias porque seria muito caro salvá-los.

— Gallon, você é besta — disse Louisa, a Mergulhadora. — Não existe nenhum Capuz do Pântanos, isso não passa de um nome que os radicais usam quando querem pôr medo nos ricaços.

— Existe, sim senhora! — gritou Gallon. — As histórias dele estão sempre saindo nas folhas de jornal. Dizem que ele tem duas pistolas que brilham como o fogo do diabo e que só mata à noite, quando se torna invisível. Além disso, ele consegue chamar levechicotes do céu para salvá-lo quando os esmagadores o encurralam!

— Meu avô me contava as histórias sobre o Capuz do Pântano que tinham sido contadas pelo avô *dele* — disse a garota. — Esse Capuz é viciado em foolha? É um fantasma? Você deve ser dos que ainda acreditam que os presentes de solstício de inverno chegam com a Mãe Cavalo Branco... Talvez eles sejam entregues aqui amanhã, Gallon.

A leitura improvisada foi interrompida pelo ranger de uma das portas da cela, seguido pela entrada de um guarda colonial, que permitiu a passagem de ar fresco àquele compartimento fedido.

— Todos em pé, minhas coisinhas lindas, que temos visitas de pessoas respeitáveis — disse ele, lançando um olhar para o velho caranguenarbiano às suas costas, esperando à porta. — Enfim, muito responsáveis. Dois senhores fazendeiros que necessitam de mão de obra extra. Prisioneiro Fladdock, está aí?

Fladdock se levantou.

— É o seu dia de sorte, rapaz. Uma das donas de gado que leu a lista de desterrados reconheceu o seu código sanguíneo e acha que é a sua prima de segundo grau, de segunda geração ou uma coisa qualquer dessas. Seja como for, ela comprou o seu contrato.

— Sortudo maldito — murmurou alguém no compartimento.

Fladdock assentiu, tocando a barba áspera em seu rosto. Já não era sem tempo, aquele código sanguíneo era tão autêntico quanto o seu nome ou a cara que continuava a lhe transmitir uma sensação distorcida e inchada ao toque. Durante a viagem, não deixara de ficar surpreso com o fato de os outros condenados não terem conseguido reconhecer os vestígios de sua visita ao cantor do mundo instalado nos fundos de uma rua escondida. Contudo, era até possível que a fazendeira que tinha comprado seus papéis pudesse ser a sua prima em segundo grau de segunda geração. Os monárquicos tinham encontrado na vastidão das planícies e na profundeza das florestas de Concórzia um porto seguro mais do que confortável para suas famílias.

Seria possível que a cara do comodoro Black ainda transmitisse aquela sensação depois de todos aqueles anos desde a sua visita ao cantor do mundo? Se estivesse consciente dos efeitos secundários, Fladdock talvez tivesse perguntado alguma coisa antes. De qualquer modo, o velho lobo do mar astuto acertara em cheio num aspecto: com as forças do velho mundo ainda trêmulas e instáveis tentando encontrar o Príncipe Alpheus, a melhor forma de escapar de Chacália era com um cadastro prisional fidedigno saído dos motores de transação do Salão Verde e uma viagem de ida gratuita até às colônias, debaixo dos narizes dos esmagadores, cortesia dos oficiais coloniais. As forças no poder tinham declarado o rei morto, já que *jamais* se poderiam dar ao luxo de serem desmentidas.

O guarda se virou para o velho caranguenarbiano.

— De quanta mão de obra vai precisar hoje, Senhor Ka'oard?

— A que está nesta cela é o bastante — disse Ka'oard.

O guarda gemeu.

— Outra vez, não, senhor. Não pode continuar fazendo isso. Sua postura começa a causar tensões entre os outros proprietários. Estes prisioneiros são enviados aqui para trabalharem e não para pescarem nas águas dos seus riachos. Disseram-me que o senhor contratou dois tutores para esses maltrapilhos no vale de Vauxtion. Meus lindos meninos precisam aprender como fazer colheitas e cortar madeira, não aprender a ler. Sabia que neste momento estamos atravessando um período de escassez de mão de obra? Quanto dinheiro tem ainda para gastar nos contratos dos nossos condenados?

— Meu caro guarda, não se preocupe com isso. Creio que ainda me restam alguns dos seus valiosos *pence* chacalianos — disse Ka'oard.

O guarda suspirou exasperado e fez sinal para Fladdock sair, passando-o ao condutor do carrinho que tinha sido enviado para recolher o jovem.

Fladdock avançou um passo e esticou a folha de jornal amarrotada para Gallon.

— Guarde-o, Gallon, fica para quando você souber o alfabeto.

O guarda colonial guardou a gorjeta habitual enviada pela nova dona de Fladdock e olhou para o caraguenarbiano.

— Isso já não é como antigamente, Senhor Ka'oard, quando se podia cavalgar durante meses a fio em nossas propriedades sem esbarrar nos vizinhos. Nessa altura, podíamos respirar, sentirmo-nos vivos. Foi numa época assim que eu nasci e passei uns belos anos durante a minha infância, mas esse tempo acabou.

Cerrando as pálpebras por causa da luz do Sol, Fladdock lançou um último olhar para os condenados que estava prestes a deixar para trás, dobrou seus dois braços bem delineados e sorriu ironicamente. Depois, partiu.

— Sim — concordou Ka'oard —, tem toda a razão. Não creio que estes sejam os velhos tempos, mas suponho que sejam o suficiente.

Glossário de Chacália

A

Aerostatos
Naves que se assemelham a dirigíveis movidas a celgas, uma substância leve que funciona como combustível.

Agarrador
Uma espécie pequena em estatura mas muito forte, de peito largo, musculosa e revestida de couro. São habitualmente empregados como mineiros.

Alienista
Indivíduo que estuda a mente humana.

Amantes da Terra
Membros de um dos partidos políticos do parlamento chacaliano.

Assobiadores
Grupo de espiões que trabalham para a Corte do Ar.

Atmosférico
Sistema de transporte subterrâneo movido a vácuo e energia hidráulica; muitos dos túneis foram construídos pelos quimecanos.

B

Bastões de debate
Bastões longos usados pelos políticos, tanto locais como nacionais, para "debaterem" (agredirem fisicamente) uns com os outros.

Bombas-barbatana
Bombas que são largadas de um aerostato.

Brilho
Esteroides que estimulam o crescimento e a força muscular.

Brumaencantada
Força mágica. Um curto período de exposição basta para infectar as pessoas com poderes psíquicos ou, o que é mais comum, levá-las à loucura.

C

Caféł
Uma bebida como café.

Califa
Chefe do deserto e místico, comandante das forças em Cassarábia.

Canção do mundo
Uma força mágica que envia energia para um cantor do mundo.

Cantor do mundo
Um feiticeiro que vai buscar energia nas forças mágicas da terra.

Caotyl Selvagens
Deuses-insetos dos quimecanos que exigiam sacrifícios humanos e escravizavam raças.

Carl, Benjamin
Primeiro Guardião; um igualitarista e comunitista.

Carlista
Um seguidor de Benjamin Carl.

Casa de criação real
Uma casa de criação que tem como objetivo transmitir características e traços genéticos favoráveis para o próximo na linhagem do trono.

Casa dos Guardiões
O parlamento dos chacalianos.

Chicoteadores
O mesmo que mercenários.

Círculo (Circulista)
Um sistema de crenças que constitui a essência da religião de Chacália e que não tem divindades. Os praticantes acreditam apenas neles próprios e uns nos outros.

Colar de Gideon
Um instrumento movido a vapor colocado em torno do pescoço de um prisioneiro e que o executa disparando um explosivo.

Comunidade da Partilha Comum
Sistema político vigente em Quatérturno em que cada cidadão partilha em pé de igualdade os bens e a riqueza do país.

Corpo-macio
Um humano da perspectiva dos homens-vapor.

Corte do Ar
Uma organização altamente secreta existente acima das nuvens e que policia e vigia a situação política do reino de Chacália. São também conhecidos como "observadores dos céus".

D

Doença de Popham
Um descendente de Vindex que possui sangue humano e atributos de mecomancia. Aqueles que possuem esta doença se comunicam com as Máquinas-Mágicas.

E

Encantados
Humanos com superpoderes de origem mágica.

Encanto
Magia ou feitiçaria originária do mundo natural.

Engrena-gi-ga
Espécie de dados que, como o I Ching, podem ser usados para ler o futuro.

Ervassussurrante
Uma droga que é normalmente fumada.

Exército padrão
Nome de um exército de Chacália e da sua filosofia que se centra em técnicas e táticas modernas de treino e combate.

Exomonte
Um animal possante cavalgado em batalha.

G

Girorroxo
Uma planta rara cujo pólen é desejado pelos feiticeiros.

Gritadores
Um partido parlamentar conhecido pelas pontas afiadas dos seus bastões de debate.

H

Homem-vapor
Ser mecânico feito de ferro e rodas de engrenagem. São inteligentes e possuem uma cultura e tradição ricas, assim como um sistema social rígido.

I

Igualitaristas
Partido parlamentar em Chacália.

Igualização
Uma extensão da filosofia igualitarista em que todos têm que se tornar iguais e nenhum cidadão poderá ser superior a outro, nem que seja necessário mutilar aqueles com superioridade física.

L

Levechicotes
Répteis voadores; comem os seus próprios mortos e possuem um terceiro olho que vê o futuro.

Lictor
Oficial responsável pela punição de criminosos.

Linhas de Ley
Falhas geológicas que contêm correntes de energia que libertam forças mágicas.

Lupocaptor
Agentes que espalham o terror em nome da Corte do Ar.

M

Magos de carne
Feiticeiros malévolos que usam mulheres prisioneiras para originar espécies geneticamente alteradas.

Máquinas-Mágicas
Sete máquinas sagradas que o humano Vindex liderou na batalha contra os quimecanos.

Marinha Real Aerostática
Uma componente vital das forças armadas de Chacália.

Mecância
Uma nação montanhosa onde reinam os homens-vapor e cada um tem o seu estilo de vida.

Mecomante
Um indivíduo que consegue consertar as engrenagens dos homens-vapor e dar-lhes "vida" (ativação) e consciência; Jules Robur foi o maior mecomante de todos os tempos.

Motor de transação
Computadores movidos a vapor e engrenagens em que existe pelo menos um tambor de cálculo.

Mu-corpos
Pequenos drones mecânicos que, em conjunto, auxiliam um sábio-deslizante a realizar pequenas tarefas.

Muro maldito
Uma barreira feita de magia negra que separa Quatérturno dos chacalianos.

O

Observadores
Rede de agentes que observam a sociedade e servem à Corte do Ar.

P

Primeiro Comitê
Um partido político de Quatérturno que procura vingança contra os chacalianos.

Q

Quatérturno
Comunidade a leste de Chacália, dominada por revolucionários. Suas fronteiras com Chacália estão cercadas de muros malditos.

Quimeca
Uma cultura antiga e tirânica que governava com mão de ferro durante a Idade de Gelo. Habitavam o subterrâneo e realizavam sacrifícios humanos. Tinham escravos, eram canibais e obedeciam aos deuses-insetos das Caotyl Selvagens.

R

Raspadores
Criaturas enormes, tentaculares e em forma de balão que vivem na atmosfera superior e atacam os aerostatos.

S

Sábio-deslizante
Um homem-vapor cuja genialidade lhe permite empregar mu-corpos que o ajudam a trabalhar com um alto grau de eficiência.

Senhores dos Céus
Indivíduos que policiam os céus.

T

Tambores de cálculo
O "cérebro" de um motor de transação. O tambor de cálculo é feito de rodas de engrenagens.

Torque
Um dispositivo colocado em torno do pescoço daqueles que têm a habilidade de manipular os elementos mágicos que emanam da força do mundo. O torque é controlado por um cantor do mundo.

V

Vindex
Filósofo e professor capturado pelos quimecanos. Conseguiu escapar e alterou o seu corpo, tornando-se o primeiro homem-vapor. Foi o criador das sete Máquinas-Mágicas que liderou na guerra contra os quimecanos.

Z

Zigurate
Monumento religioso em forma de pirâmide.

MAGO APRENDIZ

Raymond E. Feist

Na fronteira do Reino das Ilhas existe uma vila tranquila chamada Crydee. É lá que vive Pug, um órfão franzino que sonha ser um guerreiro destemido a serviço do rei. Mas a vida dá voltas e Pug acaba se tornando aprendiz do misterioso mago Kulgan. Nesse dia, o destino de dois mundos se altera para sempre.

Com sua coragem, Pug conquista um lugar na corte e no coração de uma princesa, mas subitamente a paz do reino é desfeita por misteriosos inimigos que devastam cidade após cidade. Ele, então, é arrastado para o conflito e, sem saber, inicia uma odisseia pelo desconhecido: terá de dominar os poderes inimagináveis de uma nova e estranha forma de magia... ou morrer.

A Saga do Mago é uma aventura sem igual, uma viagem por reinos distantes e ilhas misteriosas, onde conhecemos culturas exóticas, aprendemos a amar e descobrimos o verdadeiro valor da amizade. E, no fim, tudo será decidido na derradeira batalha entre as forças da Ordem e do Caos.

"Um dos 100 melhores livros de todos os tempos."
– BBC

Próximo lançamento

TIGANA

Guy Gavriel Kay

Tigana é uma encantadora obra de mito e magia que vai marcar para sempre os leitores. É a história de uma nação oprimida que luta para se libertar depois de cair nas mãos de conquistadores implacáveis. O povo foi tão amaldiçoado pelas feitiçarias do rei Brandin que o próprio nome da sua bela terra não pode ser lembrado ou pronunciado.

Mas, anos após a devastação de sua capital, um pequeno grupo de sobreviventes, liderado pelo príncipe Alessan, inicia uma cruzada perigosa para destronar os reis despóticos que governam a Península da Palma, numa tentativa de recuperar o nome banido: Tigana.

Num mundo ricamente detalhado, onde impera a violência das paixões, um povo determinado luta para alcançar seus sonhos. *Tigana* é um épico sublime que mudou para sempre as fronteiras da fantasia.

"Guy Gavriel Kay mostra nesta obra por que é considerado o verdadeiro herdeiro da tradição de Tolkien."
– Booklist

COLEÇÃO

BANG!

COLEÇÃO BANG!

A MELHOR FANTASIA, FICÇÃO CIENTÍFICA E HORROR

1. Mago Aprendiz
   Raymond E. Feist

2. A Corte do Ar
   Stephen Hunt

Próximos títulos

Tigana – A Lâmina na Alma
Guy Gavriel Kay

Mago Mestre
Raymond E. Feist

REVISTA BANG!

a sua dose diária de fantasia, ficção científica e horror

Já conhece a revista especializada na cultura do fantástico, da literatura ao cinema e HQs, não faltando entrevistas, ensaios e ficção? Venha descobrir tudo em:

www.revistabang.com

Saiba tudo sobre a editora e os nossos livros em:

www.sdebrasil.com.br

Facebook: /editora.sde.brasil

Twitter: @SdE_Brasil

COLEÇÃO BANG!

Nossa alma livre não poderá jamais, jamais ser conquistada! Não enquanto houver um chacaliano capaz de dizer: "Não! Sou eu quem escolhe os meus pensamentos, sou eu quem escolhe os meus líderes, sou eu quem decide qual o meu livro de culto. Minha lei será sempre a lei do povo e não o capricho de qualquer brutamonte com um sabre afiado o suficiente para roubar a coroa da cabeça de quem lhe antecedeu."

manifesto da coleção bang!

Este é o nosso compromisso com você:
Queremos ser a melhor coleção de
literatura fantástica do Brasil.
Vamos publicar apenas os grandes
livros dos grandes autores.
Todas as obras são válidas, desde que
ignorem as limitações do realismo.
Queremos mexer com a sua cabeça.
Mas um click não basta.
É preciso um Bang!